ILÍADA

Os gregos acreditavam que a *Ilíada* e a *Odisseia* haviam sido escritas por um único poeta, a quem chamavam de Homero. Nada se sabe a respeito de sua vida. Embora sete cidades gregas reivindiquem a honra de ser sua terra natal, segundo a tradição antiga ele era oriundo da região da Jônia, no Egeu oriental. Tampouco há registros de sua data de nascimento, ainda que a maioria dos estudiosos modernos situe a criação da *Ilíada* e da *Odisseia* em fins do século VIII a.C. ou início do século VII a.C.

FREDERICO LOURENÇO nasceu em Lisboa, em 1963. Formou-se em línguas e literaturas clássicas na Faculdade de Letras de Lisboa, onde concluiu seu doutorado e hoje leciona. Colaborou com os jornais *Público*, *O Independente*, *Diário de Notícias* e *Expresso*. Publicou críticas literárias nas revistas *Colóquio/ Letras*, *Journal of Hellenic Studies*, *Humanitas*, *Classical Quarterly* e *Euphrosyne*. É autor dos romances *Pode um desejo imenso*, *Amar não acaba*, *A formosa pintura do mundo* e *A máquina do arcanjo*, e de *Ensaio sobre Píndaro*, *Grécia revisitada* e *Novos ensaios helênicos e alemães*, entre outros. Traduziu também do grego a *Odisseia* e as tragédias de Eurípides, *Hipólito* e *Íon*. Sua tradução da *Odisseia* recebeu o prêmio D. Diniz da Casa de Mateus e o grande prêmio de tradução do Pen Clube Português e da Associação Portuguesa de Tradutores.

PETER JONES é formado em Cambridge, com doutorado em Londres sobre Homero. Foi professor secundário e de classicismo na University of Newcastle upon Tyne. Atualmente é escritor, radialista e jornalista. Nomeado MBE (Ordem do Império Britânico) em 1983, é porta-voz nacional do Co-ordinating Committee for Classicis e fundador, com Jeannie Cohen, da instituição beneficente Friends of Classics. Escreveu as séries

QED e *Eureka* para o *Daily Telegraph*, ambas agora publicadas pela Duckworth como *Learn Latin* e *Learn Ancient Greek*. A Druckworth também publicou sua *Classics in Translation* (outra serie do *Telegraph*), *Ancient and Modern* (de sua coluna semanal no *Spectator*) e *An Intelligent Person's Guide to Classics*. É co-autor das séries *Reading Greek* e *Reading Latin*, para a Cambridge, e autor de livros, artigos e comentários sobre Homero.

E. V. RIEU, editor da Penguin Classics de 1944 a 1964, foi professor da St. Paul's School e do Baliol College, Oxford. Trabalhou na Methuen desde 1923, da qual foi diretor administrativo de 1933 a 1936 e, posteriormente, consultor acadêmico e literário. Foi presidente da Virgil Society em 1951 e vice-presidente da Royal Society of Literature em 1958. Recebeu o título de doutor honorário em letras da Leeds University em 1949 e a Ordem do Império Britânico em 1953. Entre suas publicações, figuram *The Flattered Flying Fish and Other Poems* e traduções da *Odisseia*, da *Ilíada*, das *Bucólicas* de Virgílio, da *Argonáutica* de Apolônio de Rodes e dos *Quatro Evangelhos* pela Penguin Classics. Faleceu em 1972.

HOMERO

Ilíada

Tradução e prefácio de
FREDERICO LOURENÇO

Introdução e apêndices de
PETER JONES

Introdução à edição de 1950
E. V. RIEU

25ª reimpressão

COMPANHIA DAS LETRAS

Copyright da introdução © 2003 by Peter Jones
Copyright da introdução à edição de 1950 © by E. V. Rieu
Copyright do prefácio © 2005 by Frederico Lourenço
Os mapas desta edição foram feitos por Sonia Vaz, baseados em *The Iliad*, editado pela Penguin Group, em 2003.

Grafia atualizada segundo o Acordo Ortográfico da Língua Portuguesa de 1990, que entrou em vigor no Brasil em 2009.

Penguin and the associated logo and trade dress are registered and/or unregistered trademarks of Penguin Books Limited and/or Penguin Group (USA) Inc. Used with permission.

Published by Companhia das Letras in association with Penguin Group (USA) Inc.

TÍTULO ORIGINAL
Ἰλιάδα
CAPA E PROJETO GRÁFICO PENGUIN-COMPANHIA
Raul Loureiro, Claudia Warrak
PREPARAÇÃO
Alexandre Boide
ADAPTAÇÃO PARA O PORTUGUÊS DO BRASIL
Izeti Torralvo
TRADUÇÃO DAS INTRODUÇÕES
Luiz Araujo
REVISÃO
Huendel Viana
Jane Pessoa

Dados Internacionais de Catalogação na Publicação (CIP)
(Câmara Brasileira do Livro, SP, Brasil)

Homero
  Ilíada / Homero ; tradução e prefácio de Frederico Lourenço; introdução e apêndices de Peter Jones; introdução à edição de 1950 E. V. Rieu. — 1ª ed. — São Paulo: Penguin Classics Companhia das Letras, 2013.

  Título original: Ἰλιάδα
  ISBN 978-85-63560-56-8

  1. Poesia épica clássica — Grécia Antiga. 2. Poesia grega I. Título.

12-13349   CDD-883.01

Índices para catálogo sistemático:
1. Epopeia : Literatura grega antiga 883.01
2. Poesia épica : Literatura grega antiga 883.01

Todos os direitos desta edição reservados à
EDITORA SCHWARCZ S.A.
Rua Bandeira Paulista, 702, cj. 32
04532-002 — São Paulo — SP
Telefone (11) 3707-3500
www.penguincompanhia.com.br
www.blogdacompanhia.com.br
www.companhiadasletras.com.br

Sumário

Introdução — Peter Jones 7
Introdução à edição de 1950 — E. V. Rieu 53
Prefácio — Frederico Lourenço 71
Personagens principais 91

MAPAS
1. Uma reconstrução dos campos de batalha
   imaginários de Homero 101
2. A Trôade 102
3. Lugares e contingentes troianos 103
4. Grécia homérica 104
5. Contingentes gregos em Troia 105

ILÍADA

Canto I 109
Canto II 131
Canto III 162
Canto IV 179
Canto V 200
Canto VI 233
Canto VII 252
Canto VIII 269
Canto IX 289
Canto X 313
Canto XI 335
Canto XII 365

Canto XIII   382
Canto XIV   412
Canto XV   430
Canto XVI   458
Canto XVII   490
Canto XVIII   519
Canto XIX   541
Canto XX   556
Canto XXI   575
Canto XXII   598
Canto XXIII   618
Canto XXIV   651

Um breve glossário   681
Índice remissivo   685
Referências bibliográficas 709

Introdução

PETER JONES

A *ILÍADA* DE HOMERO

A *Ilíada* é a primeira obra da literatura ocidental, um poema épico de 15 mil versos composto por volta de 700 a.c., assim intitulado por relatar um incidente ocorrido durante o cerco dos gregos (denominados "aqueus", "argivos" e "dânaos" por Homero) a Ílion, uma cidadezinha na região de Troia (no noroeste da atual Turquia).

Sua narrativa é estruturada em subdivisões denominadas cantos. O Canto I, sobre a desavença entre Agamêmnon e Aquiles, expõe a cólera de Aquiles e sua recusa a participar da batalha. O duelo entre Menelau e Heitor e a cena subsequente envolvendo Afrodite, Páris e Helena, no Canto III, apresentam o inimigo troiano (também chamado de "dárdano", "dardânida" ou "dardânio" pelo poeta) e o motivo do cerco grego. A cena envolvendo Heitor e Andrômaca, no Canto VI, analisa o herói troiano Heitor. O Canto IX é importantíssimo, já que a *Ilíada* depende da rejeição por parte de Aquiles da oferta de reconciliação de Agamêmnon. A sedução de Zeus, no Canto XIV, é um exemplo perfeito da capacidade narrativa de Homero. A partir desse ponto, o épico se concentra cada vez mais em Aquiles, à medida que sua tragédia pessoal se desdobra. Os Cantos XVI e XVIII (a morte de Pátroclo e a decisão de Aquiles de retomar o combate) e XXII-XXIV (a morte de Heitor, o enterro de Pátroclo e a devolução do corpo de Heitor) formam seu núcleo irredutível.

UM RESUMO DA TRAMA

O troiano Páris seduziu Helena, a esposa de Menelau, e levou-a para Ílion. Menelau recorreu a seu irmão Agamêmnon, e juntos eles organizaram uma expedição para resgatá-la. A *Ilíada* transcorre no último ano do sítio dos gregos a Ílion e se inicia com um desentendimento.

Agamêmnon, o comandante da força expedicionária grega, recebeu como butim a filha de um sacerdote local de Apolo. Obrigado a devolvê-la, exige uma substituta. Depois de uma briga furiosa com Aquiles e seu companheiro Pátroclo, toma para si Briseida, o espólio de guerra de Aquiles, o que leva este e seu grande amigo Pátroclo a se retirarem da luta. A deusa Tétis, a mãe de Aquiles, arranca de Zeus, o soberano dos deuses, a promessa de que os gregos começarão a ser derrotados, para que Aquiles seja chamado de volta e se desfaça o agravo. Isso causa imediatamente problemas para Zeus com sua esposa Hera, que é favorável aos gregos (Canto I).

Nos Cantos II-VIII, Homero deixa de lado o desentendimento pontual e apresenta um panorama mais amplo: os combatentes gregos e troianos na terra e os deuses no Olimpo. Vemos Agamêmnon testar o moral das tropas e fazer um papel vexatório (II); o troiano Páris derrotado em um duelo com Menelau, mas sendo salvo por sua deusa padroeira Afrodite (III); as deusas mais hostis a Troia, Hera e Atena, fazendo com que a luta recomece (IV); o herói grego Diomedes vencendo os troianos e até ferindo Afrodite e o deus da guerra Ares (V); Heitor, o maior guerreiro de Troia, em uma conversa comovente com a esposa Andrômaca e o filho (VI); Heitor travando um duelo que não chega ao fim com Ájax e os gregos construindo uma muralha e um fosso para defender suas naus (VII); e Zeus favorecendo os troianos, que obrigam os gregos a recuar de suas novas defesas e a passar a noite acampados na planície (VIII).

Agamêmnon agora reconhece que fez mal em insultar Aquiles e aceita enviar uma compensação substancial para obter seu retorno. Ulisses, Fênix e Ájax lideram a delegação, mas, para seu assombro, Aquiles os repele. É quando começa a sua tragédia. (Canto ix).

Nos Cantos x-xv, Homero prepara as bases para a entrada em combate de Pátroclo, o companheiro inseparável de Aquiles. Em uma expedição noturna, Diomedes e Ulisses invadem o território troiano e roubam os famosos cavalos de Reso (x); Agamêmnon consegue uma breve façanha solitária, mas os gregos são obrigados a retroceder. Aquiles manda Pátroclo averiguar o que está acontecendo, e o velho e sábio Nestor sugere a este que, se Aquiles não voltar a combater, ele, Pátroclo, o faça vestindo a armadura do amigo (xi). Entrementes, os troianos intensificam o ataque contra as defesas gregas. Parte da muralha é destruída; Heitor põe abaixo o portão e os troianos entram precipitadamente. (xii). Supondo que a vitória dos troianos está encaminhada, Zeus se distrai com outros assuntos, e Posêidon aproveita a oportunidade para auxiliar os gregos (xiii). Hera faz amor com Zeus para distraí-lo. Os troianos são derrotados (xiv). Zeus acorda e, enfurecido, ameaça os deuses com violência se voltarem a interferir. Posêidon recua, Apolo destrói as defesas adversárias e Heitor conduz os troianos até as embarcações gregas (xv).

Pátroclo volta para junto de Aquiles e repete a sugestão de Nestor para que entre em combate com sua armadura. Aquiles concorda (fatalmente). Em uma grande façanha individual, Pátroclo obriga os troianos a retrocederem, mas é despido da armadura por Apolo e morto por Heitor (Canto xvi). Irrompe uma feroz batalha pelo corpo de Pátroclo, e Heitor veste a armadura deste (na verdade, de Aquiles). Os gregos se retiram com o corpo de Pátroclo (Canto xvii). Informado da morte do amigo querido, Aquiles assume toda a culpa e anuncia que vai se vingar de Heitor. Tétis avisa-o de que morrerá logo depois, e Aquiles aceita o preço. Eis a sua tragédia. Hefesto faz uma armadura nova para Aquiles, inclusive seu célebre escudo (Canto xviii).

Agamêmnon e Aquiles se reconciliam, e os presentes são entregues ao guerreiro, que agora tem urgência de se vingar (Canto XIX). Avança com tanto ímpeto que Posêidon é obrigado a salvar Eneias de sua fúria, e Apolo aconselha Heitor a buscar abrigo (Canto XX). O rio Xanto, também ele uma divindade, tenta afogar Aquiles, que bloqueou seus canais com os cadáveres; até os deuses se põem a combater entre si (Canto XXI).

Aquiles isola e mata Heitor. Contrariando os costumes, fica com o cadáver e o mutila (Canto XXII). Pátroclo é cremado, e Aquiles organiza os jogos fúnebres (Canto XXIII). Ainda incapaz de aceitar os fatos, arrasta o corpo de Heitor inutilmente ao redor da tumba de Pátroclo. Os deuses concordam que Aquiles foi longe demais e fazem com que o pai de Heitor, Príamo, rei de Troia, vá suplicar a devolução do cadáver. No encontro noturno no alojamento de Aquiles, o velho Príamo é bem-sucedido (Canto XXIV). Aqui termina a *Ilíada*, mas Homero nos deixa com uma ideia clara do que sucederá num futuro próximo: a morte de Aquiles e a destruição de Ílion.

O FOCO DA *ILÍADA*

Como bem observou Aristóteles, Homero decidiu não narrar a guerra de Troia ano a ano, preferindo centrar a ação de seu épico em torno de um único tema: o ódio de Aquiles, anunciado no primeiro verso do poema, que ocasionou muito sofrimento a sua gente (como indica Homero em certo ponto) e, por fim, a ele próprio. Consequentemente, a *Ilíada* se distingue por uma rigorosa economia de ação. Quatro quintos dos eventos se desenrolam em meros quatro dias e noites (a totalidade dos cantos XI-XVIII ocorre em apenas 24 horas). A história gira em torno dos aristocráticos heróis, não da massa de soldados. São muitos os heróis mencionados, mas Homero escolhe uns vinte personagens de ambos os lados nos quais vai se concentrar (inclusive mulheres troianas). A ação humana decorre no interior ou nas adjacências do acampamento dos gregos, na praia, em Ílion ou no campo de batalha, ao passo que a ação divina se desenrola do monte Olimpo ou em um dos morros que circundam Troia, por exemplo, o monte Ida (ver mapa 1). Homero tampouco diferencia de forma marcante os gregos dos troianos. Nos termos do relato, eles adoram os mesmos deuses, falam a mesma língua e compartilham as mesmas ideias e valores. Os dois exércitos desejam o fim da guerra e viver em paz com a família, ainda que os gregos, sendo os agressores imbuídos de uma missão, pareçam mais ferozes que os troianos, que defendem seu lar e estão mais preocupados com a vida do que com o combate.

Ao mesmo tempo, porém, Homero dá a impressão de cobrir a totalidade da guerra, até mesmo os períodos anterior e posterior a ela. Por exemplo, ao longo da *Ilíada*, e totalmente fora do âmbito cronológico da história, somos informados de que a deusa Tétis se casou com o mortal Peleu, gerando Aquiles. Homero pinta um bonito quadro do bebê Aquiles, fala de sua educação e conta como seu amigo íntimo Pátroclo passou a morar em sua casa.

Além disso, conta que foi por escolha de Páris, o belo filho de Príamo, que Afrodite ganhou o pomo de ouro — Homero não menciona a fruta —, e teve por recompensa a mulher mais linda do mundo, Helena, esposa de Menelau, rei de Esparta, na Grécia. Em visita a Esparta, Páris transgrediu todas as normas de hospitalidade e, seduzindo Helena, levou-a consigo para Ílion, coisa que muito contrariou seu irmão Heitor, o maior guerreiro de Troia. Menelau, por sua vez, recorreu ao irmão Agamêmnon, e juntos eles organizaram uma expedição para resgatar Helena. A julgar pelo rol de embarcações listado por Homero, ela consistia em 29 contingentes liderados por 44 comandantes oriundos de 175 localidades gregas em 1186 naus contendo (pode-se presumir) 100 mil homens. A expedição partiu com presságios favoráveis.[1]

Somos informados de que, quando a expedição desembarcou em Troia, Protesilau foi o primeiro combatente morto ao saltar à praia; de que Menelau e Ulisses tentaram resolver a questão mediante negociação; de que foram repelidos — um troiano chegou a cogitar matar Menelau ali mesmo — e de que, durante nove longos anos, os gregos sitiaram Ílion sem sucesso. Homero retoma alguns incidentes desse período, mas não há muito o que contar a respeito. Não era possível construir um épico com apelo para o público grego acerca dos nove anos de *incapacidade* grega de tomar Troia. Nem o pôde outro grego: todos os demais relatos da guerra de Troia são um esforço não exatamente frutífero para preencher a lacuna desses anos de forma factível.

No entanto, há uma exceção. As sementes da *Ilíada* de Homero estão nos fatos ocorridos imediatamente antes do início da história — as incursões gregas chefiadas por Aquiles contra as aldeias troianas vizinhas com o objetivo de expansão. Duas aldeias importantes chamaram particularmente a atenção de Homero: Tebe, onde Aquiles capturou a jovem Criseida, cuja propriedade é o ponto de partida da *Ilíada*; e Lirnesso, onde ele capturou sua favorita Briseida. Mais adiante, Homero enfatiza a divisão do espólio de guerra ocorrida depois desses ataques e o ressentimento de Aquiles em virtude de sua injustiça.[2]

A *Ilíada*, em outras palavras, parece abranger muito mais que alguns dias do último ano da Guerra de Troia. Na primeira obra da literatura ocidental, encontramos economia de ação e escopo bem definido combinados com uma amplitude de visão que, desde então, ditam os rumos da literatura narrativa.

O TEMA CENTRAL

O objetivo desta seção é repassar o conteúdo da *Ilíada* e oferecer certo entendimento dos temas principais que fundamentam a narrativa. Em seu núcleo, o épico propõe a Aquiles a seguinte questão: "Quanto vale a vida de um homem?". Convém aclarar três pontos preliminares.

Primeiro, batalha é algo descrito por Homero como o lugar em que os homens obtêm a glória e, num sentido trivial, a glória do herói homérico admite comparação com a do atleta profissional moderno: ambos se batem na arena pública, a única coisa que conta é a vitória, e o propósito do exercício é obter riqueza e respeito. De modo que a vitória e suas recompensas materiais e sociais são as prioridades dos heróis homéricos, sendo *kleos*, ou seja, a fama que o acompanha para além da morte, sua ambição suprema; por outro lado o julgamento do sucesso ou do fracasso compete em primeiro lugar aos seus pares, não a uma noção interiorizada de autoestima (o que não significa que os heróis careçam dessa noção — Aquiles certamente a tem de sobra). Tanto a derrota como o insulto são extremamente mal recebidos.

Segundo, os heróis são seres humanos complexos e ricamente caracterizados, não insensíveis máquinas de combater. Eles prefeririam muito mais não ter de lutar. Heitor reconhece abertamente que Aquiles é um guerreiro melhor que ele. Diomedes é capaz de engolir um insulto imerecido, pois sabe muito bem do que é capaz (mas não esquece a ofensa). Mas, acima de tudo, como no mundo marcial da *Ilíada* o fracasso geralmente significa a morte, a luta não é glorificada por si só. Ares é o mais odioso dos deuses, e a guerra é descrita com uma série de epítetos dolorosos ("lacrimosa" etc.). Os heróis não querem morrer. Homero sublinha reiteradamente o desejo deles de voltar para casa, para a família. A batalha é um meio para um fim, um modo de vida que lhes dá a oportunidade de granjear reputação entre seus pares e a tão ansiada glória eterna, mas, como mostra a comovente cena envolvendo Heitor e Andrômaca, ela se insere num arcabouço humano maior.[3]

Por fim, não devemos nos ater à ideia de que o exército grego é como um exército moderno, com uma estrutura de comando clara que torne a desobediência a Agamêmnon automaticamente "errada". Agamêmnon é considerado o líder geral da expedição em virtude do número de soldados que trouxe consigo, mas, como os debates constantes deixam claro, a autoridade não é um fato consumado: é demonstrada pela capacidade de vencer uma discussão e persuadir os demais (daí a necessidade de os heróis serem oradores eficazes, além de guerreiros). Só no Olimpo há um senhor incontestável capaz de cobrar obediência imediata — Zeus —, e ainda assim apenas pela sua superioridade física.

O problema que Aquiles enfrenta é o de estar fadado a ter uma vida breve e, portanto, saber que dispõe de pouco tempo para conquistar a fama eterna. Assim, para ele, a vida parece ser particularmente intensa, e quando, no Canto I, Agamêmnon diz que pode perfeitamente ficar com a jovem Briseida no lugar de Criseida, é o que basta para que um homem como Aquiles, conhecido pelo gosto por uma briga, ameace abandonar o exército. Seu argumento é exposto em 1.149-71: (I) Os troianos nunca me fizeram mal, (II) nós estamos lutando pela honra de Menelau e Agamêmnon, mas (III) embora eu seja o protagonista no combate, recebo uma recompensa mínima, e (IV) agora Agamêmnon pretende me tomar até o pouco que consegui.

A reação de Agamêmnon precipita a saída de Aquiles: ele não só o exorta a se afastar da luta como garante que ficará com Briseida. Em outras palavras, Agamêmnon anuncia perante todo o exército que Aquiles, o maior dos guerreiros, é dispensável para suas exigências e as da expedição, e que ele (Agamêmnon) fará o que bem entender com a propriedade duramente adquirida por Aquiles. É esse ataque violento, público, injusto e portanto profundamente humilhante na percepção de Aquiles quanto a sua importância para o exército grego, acompanhado da apoderação por parte de Agamêmnon daquilo que por direito é seu, que o leva a cogitar matar o monarca, ato que Atena precisa se esforçar para impedi-lo de praticar. É significativo que nenhum grego se oponha à retirada de Aquiles: Agamêmnon está claramente errado e mais tarde vem a admiti-lo.[4]

Mas, no Canto IX, quando Agamêmnon cede e se dispõe a oferecer compensação, Aquiles já mudou de posição. Agora não há mais o que o induza a lutar. E repete aos emissários a acusação inicial, segundo a qual é ele o protagonista no combate, mas Agamêmnon fica com toda a recompensa; só que agora vai mais longe. Nenhuma compensação material pode indenizá-lo, porque toda a compensação do mundo não se equipara ao valor da própria vida.

Os emissários ficam perplexos com sua resposta, e nisso têm razão: se Aquiles não aceita a compensação oferecida por intermédio de seus amigos mais próximos, o que há de aceitar? Afinal de contas, não é essa a maneira como funciona o mundo heroico voltado para o material. Os comandantes ficam igualmente assombrados ao tomar conhecimento do fracasso da missão. Diomedes, porém, observa que a embaixada estava fadada a ser uma perda de tempo; Aquiles nunca acatou conselhos de ninguém; lutará quando quiser, e nada se pode fazer para alterar isso. Diomedes tem razão, assim como Pátroclo, companheiro de Aquiles, quando posteriormente observa que, como todo herói tem o dever de beneficiar seu povo, a rancorosa ausência de Aquiles da batalha não serve para nada: "Terrível é esse valor de que és dotado! Que homem futuro tirará/ proveito de ti, se te recusas a evitar a morte vergonhosa dos Argivos?".

Diomedes percebe que Aquiles não se opõe à teoria da compensação material pelos agravos sofridos. Está apenas sendo Aquiles. Se ele soubesse o que queria para ser induzido a voltar a lutar, bastava dizê-lo: a delegação o teria prometido de pronto (e, aliás, a *Ilíada* terminaria ali). Mas a única coisa que ele sabe é que Agamêmnon deve pagar "todo o preço daquilo que me mói o coração". Nenhum membro da embaixada pergunta o que ele quer dizer com isso. Todos fazem o que podem, e Aquiles não mostra o menor interesse. Não admira que Aristóteles o chame de "um bom homem, mas um paradigma da obstinação".[5]

Mas, se são ruins para os gregos, para Aquiles as consequências são catastróficas. A decisão de não participar da luta é o começo do seu fim. A primeira de uma sequência de decisões que ele passa a tomar, acreditando avaliar a situação de maneira correta quando, na verdade, compreende tudo de modo inteira e tragicamente equivocado. No Canto XI, ele sente que os gregos vão de fato lhe implorar que retorne imediatamente. Mas isso não acontece. No Canto XVI, quando Heitor incendeia uma nau, Aquiles autoriza Pátroclo a lutar em seu lugar a fim de evitar uma crise imediata: isso, sente ele, deve resolver o problema. Equivoca-se: Heitor mata Pátroclo. No Canto XVIII, Aquiles decide vingar a morte do amigo. Isso pelo menos lhe traria satisfação. Não lhe traz coisa nenhuma: matar Heitor de nada serve para mudar o estado de espírito de Aquiles. O enterro de Pátroclo e os jogos fúnebres pelo menos geram certo motivo de reconciliação com Agamêmnon, mas Aquiles continua sem conseguir dormir e insiste em mutilar Heitor. Porém, mais importante que todas essas considerações são as consequências sinistras de sua decisão de vingar a morte de Pátroclo: significará a sua própria morte logo depois, e ele a toma com pleno conhecimento de que assim será. Algumas tragédias colhem o homem desprevenido. É o caso de Heitor: só no fim ele reconhece que sua hora chegou, embora nós tenhamos sido alertados disso muito antes. Também é o caso de Pátroclo (posto que, de modo verdadeiramente trágico, o Canto XVI esteja repleto de ironias e indicadores de sua destruição iminente que só o leitor é capaz de ver). Aquiles encara sua tragédia sem hesitação.[6]

Quanto vale a vida de um homem? Aquiles dá sua resposta no Canto XVIII — a vingança contra a pessoa que matou um amigo querido é algo digno de ser pago com a vida. Trata-se, em muitos aspectos, de uma decisão horripilante: Aquiles assina a própria pena de morte. Mas também se trata, em muitos aspectos, de uma decisão heroica. O mundo homérico de compensação material e status heroico — questões tão cruciais para Aquiles no Canto I — parece muito distante. Aquiles opta por morrer não para obter a glória eterna (apesar de esperar que suas façanhas marciais a obtenham), mas porque se considera responsável pela morte de Pátroclo.

Não obstante, até mesmo as consequências imediatas são sinistras para Aquiles: ainda que o herói já fosse um obstinado amante do conflito, o poeta se empenha em enfatizar o quanto ele excede os padrões da normalidade humana na busca de sua implacável vingança. Fica enlouquecido, quase bestial, em seu desejo de perpetrá-la, e os deuses concordam: Aquiles é como um leão, sem compaixão e sem nenhuma vergonha.

Em tal estado de perturbação, não admira que a vingança não o conforte. É isso que torna tão notável o Canto XXIV. Devastado pelo desejo de vingança, mas confrontado com a impossibilidade de aplacar sua angústia, Aquiles desiste de atacar o cadáver de Heitor e o devolve ao pai Príamo. Mas não se trata de uma conversão de última hora, de uma súbita epifania, já que Zeus é quem revela a Tétis que a devolução do corpo garantirá glória a Aquiles. Ele reconhece que é a vontade de Zeus, e que não tem opção. Ademais, seu famoso discurso de consolação a Príamo é mais "aconselhamento" que consolação. Ele vê as tragédias de ambos estreitamente entrelaçadas. A vida, diz, na melhor das hipóteses, é uma mistura de males e benesses, como tem sido tanto para Príamo como para Peleu, o pai de Aquiles: graças à ação de Aquiles, Príamo, um pai, perdeu o filho Heitor; pelo mesmo motivo, Aquiles perdeu Pátroclo, e em breve seu pai, Peleu, perderá seu filho. Mas também há um momento extraordinário, quando Príamo e Aquiles se entreolham com admiração — como se Príamo enxergasse algo de Heitor no homem que massacrou seu filho querido e Aquiles enxergasse algo do velho e solitário Peleu — que logo ficará ainda mais solitário — no pai do seu pior inimigo. Por certo, aqui sentimos que a vida é muito mais que vingança; e a virilidade, muito mais que matança de homens.

Aqui, pois, na primeira obra da literatura ocidental, vemos a intensa exploração literária de um grande tema humano que parece comover a todos, por mais particular (e estranha) que seja a ambientação. Não se trata tanto do que acontece — a ação é muito limitada —, e sim do que se passa na mente do personagem central, Aquiles. Este servirá de modelo para grande parte da literatura que viria.

A *Ilíada* também é a primeira tragédia do mundo. Duzentos anos antes de os poetas trágicos gregos criarem a expressão artística para o palco, Homero apreendeu sua natureza essencial na figura de Pátroclo (cf. acima e nota 6) e ainda mais na de Aquiles — um herói inicialmente injuriado, de ascendência divina, que vê seu mundo inexplicavelmente transformado em cinzas em consequência das decisões que tomou por livre e espontânea vontade, ainda que de maneira intempestiva —, cuja grandeza está em sua recusa a renunciar à responsabilidade por seus atos, mesmo que a consequência inevitável seja a própria morte.[7]

OS DEUSES

O historiador da Grécia Antiga Heródoto afirmava que Homero (assim como Hesíodo, poeta épico quase contemporâneo e autor de *Teogonia*, ou "Genealogia dos deuses") deu aos gregos suas divindades.[8] Segundo essa proposição, desde tempos imemoriais, os deuses eram cultuados, mediante rituais, como poderes anônimos representantes de quase todos os aspectos da existência humana (ver "Personificação" em "Um breve glossário") e precisavam ser apaziguados para que não agissem contra os seres humanos com toda a força cega e irresistível da gravidade, por exemplo. Homero e Hesíodo, porém, teriam sido os primeiros a conferir aos deuses uma face individual, humana, tendo com eles constituído uma comunidade, informando-nos acerca de seu nascimento, suas relações familiares, seu caráter e suas atividades do dia a dia. A humanidade dos deuses se evidencia em seus pormenores mais mundanos. Zeus é seu chefe, e eles brigam como qualquer família. Têm uma vida cotidiana. Depois de uma longa jornada de trabalho, apreciam a comida (a ambrosia) e a bebida (o néctar), caçoam-se entre si, divertem-se e vão dormir com a esposa em casa, no Olimpo. E o mais espantoso é que durante o dia esses imortais fazem coisas que geralmente não lhes rende nada além de dor, em especial combater em prol de seus mortais favoritos. Hera, a rainha do Olimpo, comenta o trabalho que teve para reunir o exército grego para atacar Troia; Afrodite se queixa porque o herói grego Diomedes lhe feriu o pulso (Zeus sorri e a manda concentrar-se nos prazeres do leito nupcial); Ares, o deus da guerra, reclama porque Diomedes lhe pungiu a barriga (Zeus manda-o parar de choramingar).[9]

Em Homero, os deuses têm seus favoritos e interagem regularmente com os humanos na *Ilíada*, em geral sem recorrer a disfarces.[10] Afrodite, por exemplo, era a deusa da força que associamos ao desejo sexual e, como Páris a elegeu ganhadora do pomo de ouro, ela lhe deu Helena e o protegeu, assim como aos troianos, ao longo de toda a *Ilíada*. No entanto, tais relacionamentos não eram livres de atritos. Aqui, por exemplo, afrodite instruiu Helena a sair da muralha para fazer amor com Páris. Helena se recusa:

Vai tu sentar-te ao lado dele, abjura os caminhos dos deuses
e que não te levem mais teus pés ao Olimpo!
Em vez disso estima-o sempre e olha por ele,
até que ele te faça sua mulher, ou até sua escrava!
Mas eu para lá não irei — seria coisa desavergonhada —
tratar do leito àquele homem. No futuro as Troianas
todas me censurariam. Tenho no peito dores desmedidas.
(III.406-12)

É deveras notável. Helena não teme discutir com a deusa em pessoa, e nos termos mais rudes. Fala de mulher para mulher. Enquanto nós associamos os deuses ao misterioso, ao numinoso, ao irracional ou aterrorizante, a reação de Helena a Afrodite não sugere que ela sinta o mesmo pela deusa.[11] Mas a situação muda abruptamente com a resposta de Afrodite:

> Encolerizada lhe respondeu a divina Afrodite:
> "Não me enfureças, desgraçada!, para que eu não te
> abandone e deteste do modo como agora maravilhosamente
> te amo; e para que eu não invente detestáveis inimizades
> entre Troianos e Dânaos: então morrerias de morte
> maligna."
>
> (III.413-7)

A resposta de Afrodite fala por si. Nenhum ser humano se opõe a um deus. Em outras palavras, os deuses são extremistas. Amam ou odeiam, ajudam ou prejudicam, aproximam-se ou se distanciam.[12] Faz parte da magia de Homero sua capacidade de, como Mozart, reconciliar sem esforço o íntimo com o divino.[13]

Entretanto, seja qual for a relação com seus favoritos, os deuses de Homero são imortais e todo-poderosos e, em última instância, não toleram que os mortais ameacem sua superioridade. Podem ser sumamente implacáveis: Apolo despe Pátroclo impiedosamente de modo que o possam matar, Hera troca facilmente suas três cidades prediletas pela destruição de Troia. Eles também podem ser bons como Íris a consolar o rei Príamo; podem ser magníficos como Posêidon correndo pelas águas em seu carro de combate.

Todavia, até mesmo os deuses devem reconhecer em Zeus o seu senhor: quando ele inclina a cabeça, o Olimpo estremece e sua vontade é feita, pouco importando o quanto os demais tentem resistir. Assim, ainda que os humanos *falem* sobre e com os deuses em termos quase indelicados, como se fossem apenas outros seres humanos um tanto mais poderosos, Homero sabe que os deuses são muito mais do que isso. Quando os descreve na narrativa em terceira pessoa, eles ganham contornos de seres majestosos. Apesar de sua trivialidade ocasional, Homero oferece aos gregos uma visão que, particularmente na pessoa de Zeus, poderia no fim das contas se traduzir em um princípio de ordem e até em monoteísmo.[14]

Não obstante, entende-se por que muitos pensadores sérios que vieram mais tarde (como Platão)[15] fizeram tanta restrição ao tratamento homérico dos deuses. Cabe citar a famosa conclusão de um crítico antigo conhecido por Longino (século I d.C.?): "ao relatar as mágoas, desavenças, vinganças, lágrimas, prisões e os diversos infortúnios dos deuses, Homero, ao que me parece, fez o possível para transformar os homens da Guerra de Troia em deuses, e os deuses em homens".[16] Longino considera isso aterrador e explica que, por esse motivo, o comportamento dos deuses deve ser interpretado de maneira alegórica. Essa reação a Homero tornou-se comum pelo menos a partir do século V a.C., e se intensificou na era cristã, quando a Igreja reconheceu a primazia da educação greco-romana, mas teve de dar um jeito de transformar os deuses pagãos em bons cristãos.

No tocante ao destino ou fado, convém recordar que, na ausência de escrituras sagradas e, portanto, de dogma, os gregos não eram teólogos. Para Homero, o destino não passava de um dispositivo puramente literário, o qual ele empregava ou deixava de lado conforme lhe convinha: era a vontade do poeta. Do mesmo modo, Homero atribuía a responsabilidade pelas ações dos homens tanto à vontade divina como ao impulso humano, agindo em conjunto.[17] Não lhe era possível distinguir uma da outra (como nós tampouco o podemos): é como se homens e deuses fossem plenamente responsáveis pelo que acontecia.

Tais características geram um agudo senso de vulnerabilidade e grandeza tipicamente humanas. O épico é recitado por um narrador onisciente na terceira pessoa, Homero. Ele sempre conta a nós, seu público, o que está acontecendo no Olimpo (o que marca a comparação com a tragédia grega, na qual, na ausência do narrador onisciente, o mundo é muito mais inóspito e incognoscível). Mas a maior parte de seus heróis não sabe de nada. Esse contraste gera páthos quando os frágeis seres humanos lutam, sem queixa e muitas vezes com gloriosa confiança, contra essas dificuldades impossíveis. Sua morte, em particular, chega a ser muito comovente. Até mesmo os deuses choram.[18] Mais importante, talvez: a história se afasta do particular e adquire um significado humano mais geral. De certo modo, a guerra entre heróis no campo de batalha de Troia parece simbolizar a própria vida em toda a sua glória e futilidade.

POESIA E HISTÓRIA, FATO E FICÇÃO: HOUVE MESMO UMA GUERRA DE TROIA?

A poesia homérica é oral no estilo (cf. a próxima seção), e sua linguagem tem origem antiga. Consequentemente, é provável que a poesia épica tenha sido transmitida por poetas orais já desde a Grécia do fim da Idade do Bronze, o chamado período "micênico", que terminou por volta de 1100 a.C. Isso talvez explique por que Homero (*c.* 700 a.C.) parece "saber" da armadura de bronze, por exemplo, e do combate de carros, desconhecidos na sua época, e fala na Micenas "rica em ouro" (que o era de fato no fim da Idade do Bronze, mas não no tempo dele). Portanto, não é impossível que também tenham sido transmitidos detalhes de uma guerra entre gregos e troianos nos arredores de Ílion. Esse é um dos campos em que os estudiosos afirmam ter encontrado história em Homero.

Infelizmente, isso não nos permite concluir que a *Ilíada* contenha a história específica de uma determinada guerra ocorrida em Troia. Em primeiro lugar, os poetas épicos orais não eram historiadores antigos que trabalhavam a partir de fontes históricas (e muito menos a partir de um texto). Na verdade, o épico homérico não contém nenhuma compreensão histórica do mundo micênico: por exemplo, ninguém adivinharia pela leitura de Homero que a escrita (Linear B) era usada na Idade do Bronze para registrar o funcionamento de uma sociedade economicamente complexa e palaciana.

Além disso, a finalidade do trabalho dos poetas épicos orais era a descrição do heroísmo em ação — a aquisição de glória e fama por intermédio da guerra e da aventura e os problemas que isso acarretava. Homero não foi o único a fazê-lo. Por exemplo, o épico babilônico *Gilgamesh* (muito mais antigo que Homero) impressiona pelas semelhanças gerais e específicas com a *Ilíada*. Por exemplo, tanto Aquiles como Gilgamesh são filhos de deusas; ambos perdem um amigo querido; ambos ficam arrasados com essa perda e adotam uma ação extrema na tentativa de compensá-la; e assim por diante.[19] Reforçando, uma característica universal de tal narrativa é ser influenciada pela temática e pelos padrões narrativos do folclore e do mito. Heródoto apontou a natureza folclórica da *Ilíada* ao argumentar que nenhum rei da vida real deixaria saquearem sua cidade, matarem seus filhos e destruírem seu povo só porque um filho seu resolveu levar uma linda estrangeira para casa.[20]

Em terceiro lugar, os Homeros do mundo grego recriavam histórias vivas para seus contemporâneos com as antiquíssimas técnicas da composição oral comuns a toda poesia heroica, ou seja, unindo típicas sequências de "temas". Por exemplo, o primeiro livro da *Ilíada* contém uma introdução, uma súplica, uma prece, uma visitação divina, a convocação e dissolução de uma assembleia, uma viagem de navio, um sacrifício, refeições e entretenimento — tudo mais do que comum a esse tipo de composição. Se acrescentarmos armamento/vestimenta, vários tipos de cena de combate, cenas de mensageiro, cenas de recepção, presságios e sono, abrangeremos os elementos compositivos fundamentais da *Ilíada*.[21]

Com base em tais considerações, pode-se concluir que toda a *Ilíada* é inventada: os gregos jamais atacaram Ílion e não havia canto tradicional nenhum a respeito de uma Guerra de Troia na Grécia da Idade do Bronze. Porém, mesmo que a ideia de um ataque grego a Ílion tenha um fundo de verdade, é altamente provável que quatrocentos anos de relato oral houvessem obliterado todo registro sério que pudesse haver dele. Quanto ao verniz antigo — carro e armadura de bronze e assim por diante —, os poetas tinham interesse em dar aos poemas uma aparência antiga e genuína; é possível que esse verniz tenha sido acrescentado por eles próprios. Consequentemente, muitos estudiosos alegam que a *Ilíada* de Homero é muito mais a criação da cultura contemporânea ou quase contemporânea do século VIII a.C. Foi uma reação às exigências do público grego do tempo de Homero que habitava uma região por eles conhecida como Jônia, ao sul de Troia (ver o mapa 3: naturalmente, por isso são tão escassos os topônimos troianos nessa região). Por alguma razão hoje irrecuperável, eles queriam um épico sobre as relações gregas com os vizinhos do norte. Foi o que lhes deu Homero, lançando mão de todos os recursos da poesia oral.[22]

Todavia, essa não pode ser *toda* a história. Mesmo que a *Ilíada* seja essencialmente ficção, a ficção não exclui a história. Afinal de contas, os romances são ficção, mas geralmente tentam evocar um mundo real, e o mundo real, pelo menos o do tempo de Homero, tem muita relevância no poema. Por exemplo, o pano de fundo econômico da *Ilíada* é agrícola, assim como no conjunto do mundo antigo (e inclusive do mundo moderno até a Revolução Industrial). Tal como os agricultores do poeta grego antigo Hesíodo, os guerreiros ganhavam a vida cultivando a terra. Homero nada faz para dissimular esse mundo, que emerge constantemente, inclusive no calor da batalha.[23] Apascentar rebanhos é o trabalho real da época, e um herói pode até topar com uma ninfa quando está no campo, como aconteceu com Bucólion, ou com uma deusa, como foi o caso tanto de Páris como de Anquises, o pai de Eneias; caso tenha menos sorte, arrisca dar com um Aquiles descontrolado, como os irmãos de Andrômaca. Diomedes cria cavalos, Andrômaca alimenta pessoalmente o de Heitor, Pândaro pinta um retrato comovente de si próprio à procura do seu, Príamo acusa os filhos de serem ladrões de cordeiros e cabritos e ele próprio se atira no esterco do pátio ao saber da morte de Heitor. "Pastor do povo" é um epíteto comum a esses heróis, os valores são calculados pelo preço dos bois e a luta é constantemente comparada com os fazendeiros a defenderem o gado contra os animais selvagens. O mundo dos heróis "em casa" é o do lavrador, e ele exerce uma ocupação muito digna. Trata-se de um pano de fundo frequente e realista do mundo em grande parte marcial e heroico da *Ilíada*.[24]

Consideremos as implicações políticas da descrição homérica do exército grego em Troia: ora este parece ser um "povo" unido, ora não passa de uma frouxa confederação de tropas recrutadas em contingentes de toda a Grécia, cujos líderes estão em conflito constante para angariar prestígio. Caso esta seja uma descrição justa, é bem possível que a situação do exército reflita o mundo contemporâneo de Homero, no qual os aristocratas agrários de estilo antigo continuavam competindo entre si enquanto uma cidade-estado mais "democrática" começava a emergir lentamente.

Nesse caso, Homero reflete o seu mundo, coisa que nada tem de surpreendente. Portanto, caso se queira afirmar que, até certo ponto, ele também reflete o mundo passado, inclusive um em que de fato teria ocorrido um conflito greco-troiano, cumpre argumentar que é, decerto, muita coincidência o poeta adivinhar com precisão quando descreve heróis vivendo em palácios cercados de muralhas, empunhando armas de bronze, usando armadura e cnêmides de bronze e combatendo em carros, ou que Micenas era rica em ouro (VII.180, XI.46). Ainda seria possível mencionar o catálogo de naus gregas e a lista de contingentes troianos no fim do Canto II, que parecem mostrar o quadro de um mundo com certa semelhança com o período da Idade do Bronze (ver nos mapas 3 e 5 as regiões de onde provêm os vários contingentes listados).

Por fim, seria possível assinalar que os arqueólogos descobriram uma cidade florescente na região que Homero chama de Troia (e nós chamamos de Trôade, mapas 1 e 2). Nela, uma colina chamada Hisarlik em turco, escavada pelo aventureiro e fantasista Heinrich Schliemann de 1870 a 1890,[25] foi identificada pelos gregos e romanos posteriores como a Ílion de Homero, como indicam os monumentos lá deixados. A arqueologia mostra que essa cidade foi atacada e sitiada por volta de 1200 a.C., e também que teve contato com os gregos da Idade do Bronze; e é interessante que os historiadores gregos do século V a.C., Heródoto e Tucídides, datem a Guerra de Troia mais ou menos nesse mesmo período mediante a contagem regressiva das gerações (algumas das quais são reconhecidamente míticas). Hisarlik tampouco é demasiado pequena para ter sido sitiada durante dez anos, como parecia ser até recentemente. Hoje diz-se que Schliemann descobriu apenas a cidadela. De acordo com as interpretações obtidas a partir de novas escavações, a cidade era dez vezes maior do que se imaginou inicialmente: estendia-se ao sul e era defendida por um fosso substancial.

Tudo isso serve de respeitável evidência do passado profundo em Homero — mas convém indagar uma vez mais se comprova uma Guerra de Troia nos termos homéricos. Os adversários da hipótese da "Guerra de Troia" responderiam que não há nenhum indício de que os gregos tenham levado a cabo um ataque a Hisarlik. Eles admitiriam que a *Ilíada* contém referências à geografia da região de Trôade, sugerindo que o poeta a conhecia bem (por exemplo, IX.4--7, XII.10-33), e que essa Ílion, tal como a descreve Homero, pode ter semelhança com Hisarlik, mas objetariam que isso nada diz sobre o caráter histórico do poema. Homero precisava de um lugar antigo para a batalha: Hisarlik pode ter sido um modelo perfeito para que sua imaginação trabalhasse. Ele também não oferece prova suficiente de que tivesse uma visão da Idade do Bronze tardia da região em torno de Hisarlik, cujo litoral havia se alterado radicalmente na época de Homero, como revelam as investigações geológicas. Por certo, o poeta apresenta um vasto quadro mental da aparência por ele atribuída ao campo de batalha troiano, o qual Andrew Morley fez o possível para representar (mapa 1), mas isso não é prova de que a Guerra de Troia tenha ocorrido. (Convém assinalar que sempre haverá divergências quanto ao lugar em que Homero imaginou o acampamento e as embarcações dos gregos. Alguns o situam ao norte, ao longo da praia do Helesponto; outros, a oeste, no litoral do mar Egeu.)

Com base nos indícios ora disponíveis, podemos concluir que a poesia de Homero devia estar ligada a uma tradição de poesia oral existente na era micênica. Porém a *Ilíada* representa aquilo que ele *achava* que tinha sido o mundo heroico: em outras palavras, Homero tomou o que a tradição oferecia e plasmou na forma da *Ilíada* que temos hoje, de acordo com suas próprias suposições culturais e prioridades narrativas de poeta épico oral. Nessa medida, a questão de ter havido ou não uma Guerra de Troia é irrelevante para os desígnios do autor. Caso tenha havido, devemos encontrar provas concretas fora da *Ilíada*. Quem sabe? Tais evidências podem surgir no futuro.

Mas, sejam quais forem as conclusões que desejemos tirar quanto até que ponto a nossa *Ilíada* reflete algo ocorrido na circunvizinhança de Hisarlik no século XIII a.C., temos de observar que Hisarlik era por si só um lugar importante naquela época. A supracitada investigação geológica revelou a existência, na época, de uma baía que ia do norte dos Dardanelos até Hisarlik (como mostra a representação de Morley). Como a entrada dos Dardanelos a partir do Egeu era especialmente difícil naquele ponto, em virtude de correntes e ventos adversos, Hisarlik deve ter sido o porto perfeito para buscar abrigo. Hisarlik também comerciava muito metais e têxteis, assim como cavalos de raça (daí os tais "Troianos domadores de cavalos"). Tudo isso explica sua grande riqueza, a qual pode ser avaliada pelas belas muralhas e pelo tesouro de Príamo.[26] Como Constantinopla, era defensável e podia controlar a navegação numa importante rota leste-oeste. Portanto, no século XIII a.C., era um lugar de importância estratégica e certamente tinha vínculos com o mundo grego.[27]

Mas, ao contrário de Constantinopla, era incapaz de manter sua posição. Os rios Escamandro e Simoente a assorearam vagarosamente. Na época dos romanos, por causa da possível ligação com a poesia homérica, tinha se transformado em atração turística.[28]

ALGUNS PORMENORES TÉCNICOS DA POESIA ORAL

Na década de 1920, o norte-americano Milman Parry demonstrou que a poesia homérica era oral no estilo. Isso significa, em primeiro lugar, ser tradicional, desenvolvida no transcurso de centenas de anos de narração; de fato, grande parte da linguagem de Homero é evidentemente tão antiga que nem ele nem nós temos certeza do significado de algumas palavras empregadas. Em segundo lugar, significa que se trata de um tipo de poesia que podia ser composta por poetas profissionais treinados no calor da apresentação, sem a ajuda da escrita. Como a métrica em que a poesia homérica foi composta é muito complexa, o treinamento de poetas como Homero devia consistir em ouvir outros poetas fluentes no gênero e com eles aprender. Em resumo, o poeta novato precisava ter na ponta da língua milhares de frases, sentenças e até cenas completas semiprontas mas ainda flexíveis, que se ajustassem à métrica e, durante séculos de declamação, tivessem se tornado indispensáveis à construção imediata de longos poemas épicos.

Isso explica as tantas repetições verbais em Homero: tudo, desde o "glorioso Heitor", passando pelo "divino Aquiles de pés velozes" até "tombou com um estrondo e sobre ele ressoaram as armas". Na verdade, cerca de um quinto de Homero é repetição. Isso também explica os muito recorrentes padrões de ação, os tijolos de construção de cenas que também fazem parte do "kit" do poeta oral. Por exemplo, as cenas de chegada são estruturadas assim: A parte; A chega; A encontra B; B está fazendo algo; outros também estão ocupados; A fala.[29] As cenas de batalha obedecem igualmente a padrões regulares, por exemplo: (I) A não mata B, B mata A (aqui B é sempre grego), (II) A erra o golpe em B; B o atinge, mas não o perfura; A mata B (aqui A é sempre grego), (III) A erra o golpe em B, mas mata C.[30]

Como já foi dito, o poeta oral, trabalhando sem escrita, precisa aprender a manter o controle sobre o enredo, e um dos recursos de Homero é o dispositivo conhecido como "composição anular". Aqui Menelau protege o corpo de Pátroclo:

Não passou despercebido ao filho de Atreu, Menelau
                                        dileto de Ares,
que pelos Troianos fora Pátroclo subjugado na refrega.
Atravessou as filas dianteiras armado de bronze cintilante
e pôs-se de plantão por cima dele, como uma vaca que
                                        deu à luz
pela primeira vez, junto a sua vitela com lamentosos
                                        mugidos:
assim em volta de Pátroclo se colocou o loiro Menelau.
À sua frente segurava a lança e o escudo bem equilibrado,
ávido de matar quem se aproximasse para levar o cadáver.
(XVII.1-8)

Homero descreve Menelau nos termos de uma vaca a proteger seu bezerro. Mas começa dizendo que Menelau "pôs-se de plantão por cima dele" e termina dizendo "assim em volta de Pátroclo se colocou o loiro Menelau". Isso é "composição anular" (*ringkomposition*) — a repetição de palavras ou ideias que levam o poeta de volta ao lugar em que começou. Às vezes, há dois ou três anéis, geralmente repetidos em ordem inversa: no exemplo acima, "armado de bronze cintilante" pode se ligar diretamente a "segurava a lança e o escudo bem equilibrado". É possível ainda entrever um terceiro anel — "Atravessou as filas dianteiras" pode se ligar diretamente a "ávido de matar quem se aproximasse para levar o cadáver". Isso nos daria três anéis — a (avanço), b (armado), c (vigília) —, tornando possível reconstituir a informação em ordem inversa, na forma c (vigília), b (armado), a (avanço).

Muitas descrições e símiles (as digressões em geral) se estruturam desse modo. As falas também são assim.[31]

A POSTURA NARRATIVA DE HOMERO

Na última vez em que o vemos, Aquiles está dormindo nos braços de Briseida, a mulher que Agamêmnon tomou para si, desencadeando o conflito. Trata-se de uma despedida pungente do personagem central da *Ilíada*, mas, como é típico em Homero, ele se restringe a descrever o momento: "Porém Aquiles dormiu no íntimo recesso da tenda bem construída;/ e ao seu lado veio se deitar Briseida de lindo rosto" (XXIV.675-6). Em termos gerais, Homero, no papel de narrador na terceira pessoa, limita-se a relatar. Não faz comentário, não avalia nem nos diz como reagir. Por isso é que alguns o classificam como "contido", ou mesmo "objetivo", como se (recorrendo a uma analogia moderna) ele não passasse de uma câmera a registrar a cena distanciadamente, sem dela fazer o menor julgamento.

Obviamente, Homero é tão subjetivo quanto qualquer câmera, já que escolhe com muito cuidado as cenas que deseja pesquisar e o ângulo pelo qual olhá-las; ademais, tem plena liberdade de controlar o que seus personagens fazem e dizem entre si, e como reagem e interagem. É sobretudo nas falas que se assumem posturas morais e se desdobra a linguagem avaliadora. Mas isso não altera o ponto principal: que o próprio Homero não nos impõe explicitamente suas opiniões usando a situação privilegiada de narrador na terceira pessoa para nos provocar esta ou aquela reação. Deixa os personagens falarem por si e trata de ficar na sombra. Raramente põe ideias na mente das pessoas ou interpreta estados mentais. Sua prática contrasta fortemente com a do poeta romano Virgílio, por exemplo, que nos alerta o tempo todo para a visão "correta" das coisas (assim, Dido, apaixonada por Eneias, "não deu importância à aparência ou ao seu bom nome e não mais guardou seu amor em segredo no coração, mas chamou-o de casamento, usando a palavra para ocultar sua culpa").[32] Mesmo o romancista moderno raramente consegue resistir à tentação de nos dizer como interpretar um personagem ou cena.

Não obstante, Homero nada tem de inocente. Aqui Heitor lança seu ataque final e fatal contra Aquiles, e Homero enfeita o momento com um símile: "reunindo as suas forças, lançou-se como a águia de voo sublime,/ que através das nuvens escuras se lança em direção à planície/ para arrebatar um terno cordeiro ou tímida lebre" (XXII.308-10).

No caso, Heitor é a águia; e Aquiles, o terno cordeiro. Temos todo o direito de perguntar como o poeta se atreve a desenvolver uma comparação aparentemente tão absurda.

"Focalização" é o termo técnico correspondente ao indagar, acerca de qualquer texto literário, "pelos olhos de quem o leitor deve entender essas palavras?"[33] Claro está que, em termos objetivos, Aquiles não pode ser descrito como um "terno cordeiro". O símile faz mais sentido se o "enxergarmos" pelos olhos de Heitor. Este está se preparando para a derradeira provação. É como se tentasse se convencer de que ele é uma águia quando ataca; Aquiles, um cordeiro. Portanto, o símile é "focalizado" pelos olhos de Heitor naquele momento, dando-nos um *insight* sutil, por parte do narrador, do que ele está sentindo.

É importantíssimo ter em mente essa técnica na leitura das falas. Os heróis homéricos dizem o que lhes convém dizer no momento. Nem sempre se trata da verdade objetiva. Por exemplo, ao ver os gregos em sérias dificuldades porque refutou a delegação que veio solicitar seu retorno, Aquiles exclama para Pátroclo: "Penso que agora os Aqueus estarão ao redor dos meus joelhos,/ suplicantes: sobreveio uma desgraça que já não se pode aguentar" (XI.609-10). Pode-se objetar que, no Canto IX, os gregos já tinham se ajoelhado aos seus pés, suplicantes, e Aquiles os rejeitou. Mas não se trata disso. Trata-se de um debochado grito de triunfo: a situação há de mostrar como os gregos precisam de Aquiles agora.

> Na verdade me disse minha mãe, Tétis dos pés prateados,
> que um dual destino me leva até ao termo da morte:
> se eu aqui ficar a combater em torno da cidade de Troia,
> perece o meu regresso, mas terei um renome imorredouro;
> porém se eu regressar para casa, para a amada terra pátria,
> perece o meu renome glorioso, mas terei uma vida longa,
> e o termo da morte não virá depressa ao meu encontro.
> (IX.410-6)

Eis uma novidade para nós. Até agora, fomos informados de que Aquiles estava fadado a uma vida breve, ainda que gloriosa.[34] Mas essa revelação, concebida para aquele momento, é o argumento perfeito para convencer a embaixada de que não terá sucesso. Em ambos os casos, Homero refocaliza a ação pelos olhos de um herói específico numa situação específica.

A questão da focalização é importante porque nos leva a repensar nossas opiniões sobre a "objetividade" da narrativa em terceira pessoa de Homero. Por exemplo, acaso podemos ter certeza absoluta de que, quando chama Ulisses de "astucioso" ou descreve a guerra como "lacrimosa", ele está apenas relatando os fatos como os vê? Acaso não haveria um elemento de julgamento pessoal nessas descrições?

FALA, AÇÃO E PERSONAGEM

Tendemos a associar o épico heroico à ação. Mas, na *Ilíada*, há nada menos que 666 falas, constituindo mais de 40% do conjunto da obra. O fato mais notável de todos é que, embora Aquiles esteja ausente em mais da metade da *Ilíada*, sua voz é ouvida muito mais que a de qualquer outro.[35] Heitor e Agamêmnon vêm em segundo lugar, bastante adequadamente (ainda que muito atrás) — eles são os líderes de seus exércitos e também os principais antagonistas de Aquiles. Zeus, sendo o rei dos deuses, é quem mais tem a dizer no lado divino, como era de esperar. Essas simples estatísticas revelam os agentes principais e o equilíbrio do poder prevalecente na terra e no Olimpo. Mas o número de falas não é tudo. A intensidade também é importante. Andrômaca, mulher de Heitor, tem apenas quatro falas, mas em momentos altamente emotivos — quando ela pensa e, depois, quando fica sabendo que nunca mais verá o marido. Briseida, a moça que Agamêmnon arrebatou de Aquiles, tem só uma fala, a qual profere quando é devolvida a Aquiles e encontra Pátroclo morto. É um extraordinário lamento de catorze versos.[36]

As falas carregam o peso psicológico do poema. Os atores de Homero revelam quem são, o que os move, principalmente naquilo que dizem entre si e no que fazem, sobretudo no modo como uns reagem aos outros. Como dissemos, há uma forte distinção entre as falas, que avaliam, interpretam e revelam o personagem, cabendo ao narrador (em terceira pessoa) aparentemente apenas o papel de relatar (ver a seção acima).

Vejamos, por exemplo, a cena em que Aquiles manda Pátroclo averiguar quem foi ferido. Este chega à tenda de

Nestor, e Homero revela com requintada economia as relações entre tais personagens. Nestor e Macáon,

> [...] depois de terem bebido e afastado a sede ressequidora,
> deliciaram-se contando histórias um ao outro.
> Mas eis que Pátroclo estava à porta, homem divino.
> Ao vê-lo se levantou o ancião do trono fulgente:
> conduziu-o pela mão e disse-lhe para se sentar.
> Mas Pátroclo, de onde estava, não quis anuir e disse:
>
> "Sentar-me não quero, ó ancião criado por Zeus; não me
> convencerás.
> Venerando e respeitado é quem me mandou para saber
> quem é o homem que trazes ferido. Mas eu próprio
> estou a reconhecê-lo: vejo que é Macáon, pastor do povo.
> Agora voltarei de novo para Aquiles, para lhe dar a notícia.
> Tu bem sabes, ó ancião criado por Zeus, quão terrível
> é aquele homem! Depressa culparia quem não tem culpa."
>
> A ele deu resposta Nestor de Gerênia, o cavaleiro:
> "Será que Aquiles está assim preocupado com os filhos
> dos Aqueus,
> tantos quantos foram feridos por dardos? Nada ele sabe
> do sofrimento que campeia no exército. [...]"
> (XI.642-58)

No momento em que Pátroclo aparece, Nestor vislumbra uma ótima oportunidade de enviar um recado a Aquiles por intermédio de seu mais próximo companheiro. Não admira que trate imediatamente de fazer com que Pátroclo se sinta bem-vindo e em casa. A resposta deste é contundente. O "homem" não vai gostar, diz. Ele é "terrível".

Com poucos e breves traços sutilmente sugestivos, sabemos tudo quanto precisamos saber sobre que tipo de pessoa é Aquiles, o domínio que ele tem sobre Pátroclo, o que este sente pelo amigo e comandante e seu mal-estar (plenamente justificável) por ser manipulado por Nestor. Mas Nestor não desiste. Algumas baixas gregas? A situação é muito pior — e se lança a uma longa fala de 148 versos para convencê-lo de que, se Aquiles não voltar a combater, talvez o próprio Pátroclo deva fazê-lo. É um momento decisivo, carregado de fatalidade.

Por isso, aliás, a fala de Nestor é tão longa. Trata-se de um momento crítico, e Homero geralmente expande tais momentos para indicar sua importância. Por exemplo, na luta entre Aquiles e Heitor, no Canto xx, os dois heróis arremessam em vão suas lanças, então Heitor investe contra Aquiles, que o mata. Mas essa curta ação se desenrola ao longo de 340 versos, desde o instante em que Príamo vê Aquiles percorrendo velozmente a planície até a morte de Heitor — a arte expansiva do poeta oral chega ao ápice do primor (xxii.25-366).

Também é típico de Homero mostrar o personagem não mediante a descrição direta, e sim pela reação dos outros. Por exemplo, quando os arautos de Agamêmnon chegam ao alojamento de Aquiles para levar Briseida:

[...] ficaram espantados, em pé, com medo
do rei, e não lhe dirigiram a palavra nem o interrogaram.
Mas ele [Aquiles] sabia bem, no seu coração, e assim disse:

"Salve, ó arautos, mensageiros de Zeus e dos homens.
Aproximai-vos. Não sois vós os culpados, mas Agamêmnon,
que aqui vos manda por causa de Briseida, a donzela."
(1.331-6)

O simples relato de Homero do receio e desconforto dos arautos basta para indicar tanto que estão descontentes com a missão que lhes cabe — sua função é levar mensagens, no entanto, eles param, trêmulos e incapazes de falar — como o tipo de reação que esperam de um homem como Aquiles, que, pouco antes, esteve a ponto de querer matar

Agamêmnon. A sensação de alívio quando ele os absolve e lhes dá as boas-vindas é quase palpável. Afinal de contas, o tal Aquiles é capaz de demonstrar compaixão.

Homero se coloca em segundo plano e deixa os personagens falarem e agirem por si — um ótimo exemplo dessa "objetividade" homérica, da qual o poeta naturalmente tem controle total (ver p. 30). Sua recusa a interpretar as cenas para nós, preferindo permanecer à distância e simplesmente relatar o que aconteceu e quem disse o que a quem, nos concede espaço para respirar, interpretar o que acontece. Se, por exemplo, perguntarmos qual é a moral da *Ilíada* ou o que Homero quer que pensemos de Aquiles ou da guerra ou da vida, será difícil dar uma resposta definitiva.

O romancista, pelo contrário, se empenha em deixar o mínimo para a imaginação: o leitor raramente tem dúvida quanto à visão do autor do significado de cada palavra e de cada ação, seja ela banal ou importante. Nesse ponto, Homero se antecipou ao teatro. O dramaturgo não pode plasmar respostas através da narrativa autoral em terceira pessoa: expostos ficam só os atores, suas palavras e ações. A interpretação é tudo. Poeta oral, Homero declama os papéis como um ator; mas, embora tenha a possibilidade de direcionar a interpretação por meio da narrativa em terceira pessoa se assim o preferir, ele tende a não o fazer. Essa parte cabe apenas a nós.

BATALHAS

Dos 15 mil versos da *Ilíada*, a batalha ocupa uns 5500, constituídos de trezentos encontros.[37] De modo nada realista, a morte quase sempre chega rápida e certeiramente depois de um único golpe, ainda que algumas sejam mais estranhas ou horrendas em virtude de golpes excepcionalmente violentos.

Foi então em Ilioneu que Peneleu enterrou a lança,
debaixo do sobrolho, nas raízes dos olhos,

ejetando o próprio olho: a ponta penetrou direita
através do olho e da garganta; tombou para trás,
esticando ambos os braços. Mas Peneleu desembainhou
a espada afiada e desferiu-lhe um golpe no pescoço,
decapitando-lhe a cabeça com o elmo. No olho estava
ainda a lança potente; e levantando-a como uma papoula
mostrou-a aos Troianos e proferiu uma palavra ufanosa:
(XIV.493-500)

Mas o campo não fica juncado de guerreiros a gemerem feridos e moribundos.

Dos trezentos encontros, há apenas 28 duelos em que os guerreiros se enfrentam e concordam em lutar. Muito raramente eles se lançam a um longa sequência de mortes (Pátroclo e Aquiles figuram entre as poucas exceções).[38] Golpear e correr é, de longe, a tática predileta. Em outras palavras, os guerreiros tendem sempre a se proteger da melhor maneira possível. Não querem morrer. Dos 230 combatentes mortos nesses encontros, 170 são troianos; apenas cinquenta são gregos.[39]

Embora haja muitas sequências e características típicas de cenas de batalha (ver p. 29), Homero as alterna com muita habilidade: luta generalizada, combates individuais, sequências de mortes, batalhas a pé e em carros, exortações, insultos, desafios, fugas, contra-ataques, intervenções divinas, símiles etc. Em particular, ele com frequência nos oferece pequenos retratos individuais deveras tocantes dos guerreiros mortos, evocando mundos pessoais distantes do campo de batalha:

E Escamândrio, filho de Estrófio, arguto na caça,
foi morto pela lança pontiaguda do Atrida Menelau —
ele, o excelente caçador! A própria Ártemis lhe ensinara
a matar todas as criaturas que nas montanhas nutrem
                                           as florestas.
Mas de nada lhe serviu agora Ártemis, a arqueira,

nem a perícia com o arco, em que antes fora excelente.
Mas o Atrida Menelau, famoso lanceiro,
acertou-lhe com a lança nas costas enquanto fugia,
no meio dos ombros, empurrando-a até sair pelo peito.
Tombou de cara no chão e sobre ele ressoaram as armas.
(v.49-58)

Notemos a principal informação: Escamândrio, arguto na caça, é morto por Menelau. Então vem o desenvolvimento: ele era caçador, discípulo de Ártemis, mas, ironicamente, agora ela não podia ajudá-lo. Por fim, o detalhe da morte: ele é atingido nas costas ao fugir. Esse método de descrição da morte de um guerreiro é bem comum.

As cenas contrastantes de guerra e paz muito reforçam o *páthos* da *Ilíada*. A breve descrição que acompanha a queda de um combatente com frequência realça o contraste. Aqui o herói grego Diomedes mata Xanto e Tóon:

Depois lançou-se contra Xanto e Tóon, filhos de Fénops,
ambos bem-amados. Ao pai oprimia a dolorosa velhice,
e não gerou outro filho a quem deixar os seus haveres.
Ali os matou Diomedes, privando-os a ambos da vida
amada, deixando ao pai deles o pranto e o luto doloroso,
uma vez que não permaneceram vivos para que o pai
                                         os recebesse
no seu regresso; pelo que outros familiares dividiram
                                         a fortuna.
(v.152-8)

A economia de palavras de Homero é característica. O relato basta: ele não se dá ao trabalho de fazer um comentário intrusivo e comovente para despertar a nossa compaixão.

Os símiles também apresentam mundos distantes do campo de batalha. O universo natural dos leões, dos javalis, dos caçadores e agricultores aparece com frequência.

INTRODUÇÃO 39

Normalmente, trata-se de um lugar perigoso, de defesa e ataque. Aqui Idomeneu enfrenta Eneias:

> Mas o terror não se apoderou de Idomeneu como de um
> rapaz
> mimado, mas estacou como um javali nas montanhas,
> confiante
> na sua força, que aguenta a chusma de homens que contra ele
> avança em local ermo; o dorso se lhe eriça em cima
> e como fogo lhe brilham os olhos; e afia as presas,
> ansioso por dali repulsar homens e cães —
> assim permaneceu firme Idomeneu, famoso pela sua lança,
> sem arredar pé, à investida de Eneias [...].
> (XIII.470-7)

Igualmente em evidência estão os símiles mais singelos. Aqui o deus Apolo destroça as defesas gregas como um garoto que brinca na praia:

> [...] Deitou abaixo a muralha
> dos Aqueus com a facilidade do menino que espalha areia
> na praia junto do mar, quando com ela constrói
> brincadeiras infantis
> e logo em seguida com as mãos e os pés a espalha,
> brincando.
> Foi assim que tu, ó Febo arqueiro, derrubaste o longo
> trabalho
> e o esforço dos Argivos, lançando contra eles a debandada.
> (XV.361-6)

Aqui o poeta recorda o tempo anterior à guerra. Quando Aquiles persegue Heitor, eles passam pelos "amplos lavadouros,/ belos e feitos de pedra, onde as vestes resplandecentes/ vinham lavar as mulheres e belas filhas dos Troianos;/ mas isso fora antes, em tempo de paz, antes da chegada dos Aqueus" (XXII.153-6). Esse enfoque de mundos diferentes, distantes do derramamento de sangue e da morte, é um dos maiores êxitos da *Ilíada*, uma fonte de sua rica humanidade.

SÍMILES

Há mais de trezentos símiles na *Ilíada*, estendendo-se por cerca de 1100 versos (7% do total). São criações miraculosas, que reorientam a atenção do ouvinte das maneiras mais inesperadas e dão, ao poema de vividez, páthos e humor. Há quatro tipos básicos:

1. Símiles breves com um único ponto de comparação, por exemplo, "como chega a noite" (I.47), "como gamos" (XXII.1).

2. Um símile breve estendido, na forma "como X, que...", por exemplo, "como gamos/ que após terem percorrido uma grande planície se cansam/ e ali ficam estacados, sem qualquer força no espírito" (IV.243-5).

3. O tema é mencionado, e o símile começa na forma "como quando, como, qual" e termina com "tal foi/assim X aconteceu" (composição anular: ver p. 29). Os símiles que comparam Idomeneu a um javali e Apolo a um garoto destruindo um castelo de areia são desse tipo.

4. O símile apresenta o tema *antes* que a narrativa tenha chegado a esse ponto — assim, "tal como acontece Y, assim aconteceu X", por exemplo: A lança atingiu o redondo escudo "de Areto". O escudo não a deteve, e a lança o atravessou e, furando o cinturão de Areto, feriu-lhe o ventre. "Tal como quando um homem forte com o afiado machado/ golpeia atrás dos chifres um boi do curral e corta/ os tendões completamente e o boi cai para trás —/ assim Areto saltou para a frente, mas tombou para trás"

(XVII.520-3). O importante é que Areto não havia tombado quando o símile começou — este descreve um boi caindo e *depois* diz que foi assim que tombou Areto.

Os símiles tendem a ocorrer em momentos de muita emoção, drama e tensão, na maior parte dos casos introduzindo uma mudança de perspectiva (por exemplo, a entrada de um guerreiro), e são especialmente frequentes nas cenas de combate. Os pontos de comparação com a vida e ação humanas mais comuns são os leões (usados quarenta vezes ao todo), as aves, o fogo, o gado, o vento, a água e os javalis. Trinta e um temas ocorrem uma única vez: entre eles mula, burro, verme, arco-íris, grão, orvalho, leite, chumbo, óleo, marfim, trombeta, castelo de areia e domador de cavalos. No tocante a sua função, esses símiles introduzem mundos de paz e abundância em um poema marcial; impõem o mundo imutável da natureza à efêmera existência humana, dignificando-a e conferindo-lhe significado; o uso de temas contemporâneos de Homero, que fazem parte da experiência de todos os ouvintes, dá uma vivacidade contemporânea ao mundo do passado heroico; e geralmente cria um páthos profundo, por exemplo, quando o guerreiro agonizante é comparado com uma papoula pesada da chuva da primavera (VIII.306-7). Nos símiles, talvez mais que em outras partes, Homero nos fala de maneira bem direta. Nesta passagem Aquiles se dirige a Pátroclo, que acaba de presenciar o violento ataque troiano contra os gregos:

> "Por que razão choras, ó Pátroclo, como uma garotinha,
> uma menina, que corre para a mãe a pedir colo
> e, puxando-lhe pelo vestido, impede-a de andar,
> fitando-a chorosa até que a mãe a pegue no colo?
> Igual a ela, ó Pátroclo, choras tu lágrimas fartas."
> (XVI.7-11)

Aquiles é mais amiúde comparado com o fogo (catorze vezes), com um deus e um leão, e nove vezes evocado numa imagem pai-filho, geralmente envolvendo Pátroclo — uma comparação significativa.

A AUTENTICIDADE E A SOBREVIVÊNCIA DO TEXTO DE HOMERO

Em *Prolegomena ad Homerum* (1795), o estudioso alemão F. A. Wolf argumentava que a *Ilíada* e a *Odisseia* eram obras de mais de um homem.[40] Segundo seu raciocínio, Homero não sabia escrever, e os poemas eram excessivamente longos para a recitação oral. Por conseguinte, ele concluía que Homero compôs uma série de poemas orais curtos e interligados, por volta de 950 a.C.; que estes foram ampliados por outros poetas até que a escrita ficasse disponível; então foram ainda mais ampliados por editores literários antigos; e o resultado é o que temos hoje. Portanto, o trabalho do estudioso consistia em distinguir o que era homérico do que não o era: a famosa questão homérica. Assim começaram as longas batalhas entre os "analistas", como Wolf, e os "unitaristas", que acreditavam que o compositor da *Ilíada* era um só.

Surgiram muitas teorias analíticas rivais.[41] Algumas alegavam que Homero compôs apenas alguns cantos, e que outros, não ele, reuniram numa estrutura maior canções breves compostas por diversos poetas. Outras afirmavam que a *Ilíada* foi, inicialmente, um poema breve, acerca da raiva de Aquiles, mais tarde expandido mediante o acréscimo de episódios ou a ampliação dos já existentes. Não faltaram imagens da construção da *Ilíada*: em películas como a casca da cebola ou em camadas como um bolo; em peças de quebra-cabeça ou numa superestrutura habitacional; como uma massa em que se misturavam ingredientes, e assim por diante.

Hoje, porém, a teoria oral prevalece. A maioria dos estudiosos acredita que um só poeta foi responsável pela nossa *Ilíada*; que seu tamanho e foco concentrado indicam um esforço poético único, gerado por determinadas circunstâncias culturais e poéticas; que Homero surge no fim de uma tradição de narração oral de centenas de anos (de modo que, em certo sentido, herdou a obra de centenas de poetas orais anteriores); e que seu mérito artístico está na maneira singular como reelaborou esse material tradicional, concebido em primeiro lugar para possibilitar ao poeta oral recitá-lo — de frase e sentença, em um nível, para "tema" e padrão narrativo em níveis mais amplos —, chegando à obra-prima que temos hoje. Mas isso suscita dúvidas: como seus poemas sobreviveram até o presente e que semelhança têm com o "original" oral (se é que os poetas orais tinham um conceito de "original")?

Toda a literatura grega antiga teve sua forma definitiva estabelecida por estudiosos gregos em atividade no Egito, a partir do século III a.C., para produzir os melhores textos de que eram capazes.[42] Seus textos formam a base do nosso, mas é impossível saber até que ponto o nosso texto representa uma recitação oral: a prova, por definição, não pode existir. Esses eruditos gregos antigos, tal como os anteriores, ficaram contrariados com boa parte do que encontraram em Homero, sobretudo as repetições (eles não entendiam o funcionamento da poesia oral — ver p. 29) e as falhas de estilo e lógica (nesse aspecto, a poesia oral é diferente da escrita). Por isso, levantaram diversas objeções quanto ao que era homérico e ao que não o era, de modo que a tese da existência de "vários Homeros" é antiquíssima. Sem dúvida alguma, houve interferência no texto de Homero até (pelo menos) o século III a.C. A questão é: quanta?

Os estudiosos geralmente convergem na afirmação de que o Canto X não é de autoria de Homero. Ele é inteiramente autônomo, não volta a ser mencionado e, caso não estivesse presente, não faria falta. A matança de homens adormecidos à noite nada tem de heroico. Há muitas excentricidades de linguagem, e as falas não são construídas como no restante do épico. Além disso, é geral o consenso de que, na concepção, a *Ilíada* é obra de uma única mente, ainda que continue havendo discordância quanto aos detalhes.[43] Atualmente, as incoerências em geral são explicadas como o resultado da expansão e do desenvolvimento graduais da história por parte de Homero, em um prolongado período, ou da incorporação de material que não se encaixa bem no texto, não em virtude de interferências de outrem.

Isso suscita outra pergunta importante: se os épicos de Homero eram obras compostas para recitação oral por volta de 700 a.C., como sobreviveram até hoje? Em alguma etapa, devem ter sido repassadas por escrito, mas nós não sabemos como nem quando. Alguns estudiosos acreditavam que Homero usava a escrita — nesse caso, não há nenhum problema. Decerto existiam versões escritas no século VI a.C., pois temos notícia do esforço para produzir um texto padrão de Homero para que os bardos o recitassem nos duelos. A partir de então, a influência de Homero era tal que seus textos passaram a ser copiados e recopiados para fins educacionais e de fruição em todos os períodos greco-romanos.

Quando o império romano do Ocidente ruiu, no século V d.C., o conhecimento da literatura grega existente no hemisfério ocidental desapareceu com ele.[44] Nos quase mil anos seguintes, até mesmo a Bíblia era lida na tradução latina de Jerônimo (iniciada em 380 d.C.). Mas os gregos continuaram a ler e copiar no império romano do Oriente, centrado em Constantinopla (a atual Istambul), quase totalmente habitado por grecófonos.

No entanto, quando os turcos otomanos começaram a ameaçar a cidade, a partir do século XII d.C., os eruditos fugiram para o oeste com seus preciosos manuscritos. Por isso a literatura grega sobrevive hoje. A Europa Ocidental tomou conhecimento de Homero nessa época, obviamente, porque os autores romanos o mencionavam com frequência (a *Eneida* de Virgílio era uma espécie de *Ilíada-Odisseia* romana).

Foi uma época palpitante para os eruditos da Itália, quando os gregos começaram a chegar com grandes obras das quais já tinham ouvido falar, mas nunca haviam lido. Uma data conveniente para marcar o retorno de Homero ao Ocidente é o ano de 1354, quando Petrarca adquiriu de Nicolaos Sigeros, um grego envolvido na unificação das igrejas ocidental e oriental, um manuscrito contendo os dois épicos homéricos. Naturalmente, não era capaz de lê-los, e escreveu em uma carta: "Homero é mudo para mim, ou melhor, eu sou surdo para ele. No entanto, gosto simplesmente de olhar para ele e, muitas vezes, abraçando-o e suspirando, digo: 'Ó grande homem, com que entusiasmo te ouviria'".[45]

Hoje em dia, ninguém precisa sofrer por isso.

NOTAS

1   Aristóteles, *Poética* 1459a; consta que, na praia, os gregos moravam em *klisiai*, literalmente "alpendres", presumivelmente choças, abrigos ou tendas de madeira construídos perto dos navios. O de Aquiles é surpreendentemente opulento (XXIV.448-56); o casamento de Tétis: XXIV.59--61; bebê Aquiles: IX.485-91; sua educação: XI.832; Pátroclo: XXIII.85-90; a aparência de Páris: III.38, 54-5, 64-6; Páris e Afrodite: XXIV.28-30; a beleza de Helena: III.156--8; abuso da hospitalidade por parte de Páris: XIII.620--7; sedução de Helena por Páris: III.442-6; a atitude de Heitor: III.38-57; missão de recrutamento: VII.126-7, XI.769ss.; lista de embarcações: II.494-779; presságios: II.299-332. Convém observar que Homero não faz referência à necessidade de Agamêmnon sacrificar a filha Ifigênia para angariar um vento favorável a Troia, tema importante dos poetas trágicos gregos (por exemplo, de *Agamêmnon* de Ésquilo. Note-se que o passado é quase sempre "focalizado" (ver p. 31) pela boca dos personagens, não objetivamente relatado por Homero.

2   Protesilau: II.701-2; negociação fracassada: III.205-24; proposta de assassinato: XI.140; cerco frustrado: II.134-8;

incidentes passados: por exemplo, II.721-3, o banimento de Filoctetes para a ilha de Lemnos; a captura de Criseida: 1.366-9; Briseida: II.688-93; divisão dos espólios: por exemplo, I.161-9, IX.328-33.

3   Riqueza e respeito: *timê*, literalmente "valor, mérito" no sentido de "honra, status, respeito", é o que os heróis homéricos esperam de seus pares; recompensas materiais: os guerreiros se arriscam extraordinariamente para despojar o adversário da armadura, mas precisam dela como prova de que venceram e como recompensa (a armadura é muito cara) (ver, por exemplo, as graves consequências para Diomedes em XI. 369-400); recompensas sociais: por exemplo, IV.255-64; o valor de Aquiles: por exemplo, IX.604-5; insulto: convém frisar aqui que a capacidade de dar bom conselho é tão valorizada quanto a façanha militar (ver, por exemplo, II.370-4; IX.438-43; XI.783-91); os heróis preferiam não lutar: XII.322-5; admissão de sua inferioridade por parte de Heitor: XX.434 (Eneias expressa a mesma coisa em XX.87-102); Diomedes: IV.412-8; IX.34-6; fracasso e morte: ver XII.310-28, onde Sarpédon, aliado dos troianos, discute seu "contrato" com sua comunidade — riqueza e um estilo de vida agradável em troca de arriscar a vida na batalha. Comparar com Ulisses em XI.404-10; Ares: V.889-90; guerra como algo doloroso: ver XIII.343-4 sobre o horror que o campo de batalha evoca e cf. II.400-1, III.111-2 e o realismo de XVII.91-105; família: por exemplo, II.292-7 (a morte de um guerreiro geralmente suscita visões da família que ele nunca mais voltará a ver, por exemplo em V.410-5, XVII.300-3); glória eterna: por exemplo Heitor em XXII.297-305; cena de Heitor e Andrômaca: VI.390-502.

4   As tropas de Agamêmnon: I.281, II.576-80; oradores: IX.74-8; contestação de ordens: XIV.83-108; superioridade de Zeus: VIII.5-27, XV.105-8; a vida breve de Aquiles: I.352-4 (uma segunda perspectiva é oferecida em IX.410-6, mas a opção por uma vida longa e enfadonha nada tem de convincente, a não ser como argumento nessa altura do enredo); a ameaça de Aquiles: I.169-71; Agamêmnon e Briseida: I.172-87; Atena e a recomendação de prudência: I.212-4; o mea-culpa de Agamêmnon: II.377-8, IX.115-20, XIX.86-138.

5   Agamêmnon fica com as recompensas: IX.330-3; nenhuma compensação é suficiente: IX.379-87; valor da vida: IX.401--9; embaixada frustrada: por exemplo, IX.515-23; a opinião de Diomedes: IX.697-703; a opinião de Pátroclo: XVI.31-2; o insulto: IX.387; Aristóteles sobre Aquiles: *Poética* 1454b.

6   Os gregos precisam do retorno de Aquiles: XI.608-10; Pátroclo devia lutar: XVI.64-5; vingando Pátroclo: XVIII.91-3; a inutilidade da morte de Heitor: XXII.386-90; reconciliação com Agamêmnon: XXIII.890-4; a mutilação de Heitor: XXIV.1-21; a consciência de seu destino por parte de Aquiles: XVIII.94-100; o destino de Heitor: XXII.297-305 — nós sabemos disso com certeza desde XIV.68, e sugestões de seu destino nos são oferecidas já em VI.486-502 e VIII.473-4; trágicos indicadores da morte de Pátroclo: XVI.46-7, 91-6, 250, 684-7; ironia trágica XVI.36ss., 97--100, 246-8; Pátroclo conhece seu destino: XVI.844-6; cf. Zeus em VIII.470ss., XV.64ss.

7   Os feitos marciais de Aquiles: XVIII.120-1; seu gosto pelo conflito: I.177; seu caráter quase bestial: XXI.542-3, XXII.346-7, XXIII.175-6; comparado a um leão: XXIV.39-45; a vingança não leva a nada: 24.1-21; glória para Aquiles: XXIV.110; a vontade de Zeus: XXIV.133-40; Aquiles consola Príamo: XXIV.518-51; a vida pode ser boa e pode ser ruim: XXIV.525-48; a perda de Heitor por Príamo: XXIV.521, 541-2, 547-8; a perda de Aquiles: XXIV.511-2; admiração mútua: XXIV.629-32.

8   Heródoto, *Histórias* 2.53.

9   Briga entre deuses: por exemplo I.539, IV.507-16, VIII.5--17, XV.12-34, XXI.385-513; deuses se recolhendo ao descanso: I.597-611; suor de Hera: IV.26-9; ferida de Afrodite: V.426-30; Ares atingido em batalha: V.855-7, 888-90.

10 Aqui o contraste com a *Odisseia* é notável. Não há necessidade de se preocupar em saber se Homero "realmente tem isso em mente" quando introduz um deus, ou seja, se não se tratou apenas de outra maneira de dizer que algo aconteceu naturalmente. Homero era muito bem capaz de dizer que algo aconteceu naturalmente. Quando introduz um deus, ele de fato introduz um deus.

11 É notável que raramente se diga que os heróis temem os deuses. Quando Zeus conversa com Tétis, a mãe de Aqui-

les, acerca da liberação do corpo de Heitor, é preciso enfatizar: "diz-lhe isto para que ele se amedronte e restitua Heitor" (XXIV.116).

12 A ajuda dos deuses não é demérito para os heróis. Os deuses só apoiam os vencedores. A ajuda divina prova que o herói a *merece*, e o herói com ela se regozija. Ver, por exemplo, a reação de Aquiles quando Atena diz que vai enganar Heitor para levá-lo a lutar com ele: Aquiles fica exultante (XXII.224).

13 Ver, por exemplo, o encontro de Aquiles com Atena em I.197-200.

14 Apolo despe Pátroclo: XVI.786-817; Hera permuta cidades: VI.51-3; Íris consola Príamo: XXIV.169ss.; o carro de Posêidon: XIII.17-31; Zeus inclina a cabeça: 1.528-30.

15 Platão, *República* 386bss.

16 Longino, *On the Sublime* 9.7, tradução de D. A. Russel, in *Ancient Literary Criticism* (Oxford, 1971).

17 Por exemplo, em IX.702-3, onde Diomedes diz que Aquiles voltará a lutar "quando o coração no peito/ o mandar e uma divindade o incitar".

18 Por exemplo, quando Zeus lamenta a morte de Sarpédon.

19 Ver M. L. West, *The East Face of Helicon* (Oxford: Clarendon, 1977), um relato brilhante da influência do Oriente Próximo sobre a literatura grega antiga.

20 Heródoto, *Histórias* 2.120.

21 Ver C. M. Bowra, *Heroic Poetry* (Londres, 1952).

22 Não digo isso para tentar afirmar que um indivíduo chamado Homero tenha inventado a história da *Ilíada*: uso "Homero" aqui no sentido de "tradição épica oral na Jônia".

23 Ver H. Strasburger, "The Sociology of the Homeric Epics", in Peter Jones e G. M. Wright (eds.), *Homer: German Scholarship in Translation* (Oxford: Clarendon, 1997), pp. 47-70. Convém frisar que os aristocratas do tempo de Homero não dependiam da criação de gado e de incursões como os heróis de seus poemas. O comércio exterior e a produção de grãos formavam a base de sua riqueza.

24 Bucólion: VI.25; Páris XXIV.29; Anquises: V.313 — Afrodite, nada menos!; os irmãos de Andrômaca: VI.421-4; os cavalos de Diomedes: V.271; os cavalos de Heitor:

VIII.187-9; os cavalos de Pândaro: v.180ss; os filhos de Príamo: XXIV.262; Príamo rola no esterco: XXII.414; valor em bois: por exemplo VI.236; agricultores e luta, por exemplo, XII.298-306; agricultura, uma vocação digna: XVIII.555-6.

25 Ver, por exemplo, David Traill, *Schliemann of Troy: Treasure and Deceit* (Harmondsworth: Penguin, 1995).

26 Cf. XVIII.288-9.

27 Historicamente, que fique bem claro, é absurdo o fato de os habitantes da Ílion de Homero parecerem não possuir uma frota de embarcações de guerra.

28 Sobre tudo isso, ver L. Foxhall e J. K. Davies (eds.), *The Trojan War: Its Historicity and Context* (Bristol: Bristol Classical Press, 1984).

29 Por exemplo, II.167-72, XIX.3-7.

30 Por exemplo, (I) v.15-9; (II) XI.231-40 (III) VIII.117-23. Ver B. Fenik, *Typical Battle Scenes in the Iliad* (Wiesbaden: Franz Steiner, 1968).

31 Ver, por exemplo, VI.407-32.

32 Virgílio, *Eneida* 2.170-2, vertido a partir da tradução inglesa de David West (Harmondsworth: Penguin Classics, 1990). Considere, por outro lado, como Homero lida com Helena, que, cheia de tocante remorso como ela é, continua sendo encarada por alguns como uma hipócrita interesseira. Penélope, na *Odisseia*, é igualmente difícil de interpretar.

33 Ver I. J. F. de Jong, *Narrators and Focalizers: The Presentation of the Story in the Iliad* (Amsterdam: B. R. Grüner, 1987). Para outro exemplo, ver a nota 1 desta "Introdução".

34 Por exemplo, em 1.352, 415-8, 505-6.

35 Setenta e sete personagens discursam (28 gregos, 29 troianos e aliados, dezenove deuses e um cavalo). Aquiles é o que mais fala (87 discursos, 965 versos ao todo); depois Heitor (cinquenta falas, 530 versos), Agamêmnon (43 falas, 445 versos), Zeus (37 falas, 337 versos), Nestor (31 falas, 489 versos), Hera (29 falas, 238 versos), Diomedes (27 falas, 239 versos), Odisseu (26 falas, 342 versos), Príamo (25 falas, 213 versos), Menelau (22 falas, 152 versos), Atena (vinte falas, 159 versos). Estatísticas de N.

J. Lowe, *The Classical Plot and the Invention of Western Narrative* (Cambridge: Cambridge University Press, 2000), pp. 116-8.

36 XIX.287-300. Convém observar aqui que os personagens masculinos e femininos de Homero habitam mundos muito diferentes, mas sem gerar a sensação de que um deles seja inferior e o outro superior. Os mundos são apenas diferentes, possuem características diversas.

37 Ver Hans van Wees, in A. B. Lloyd (ed.), *Battle in Antiquity* (Londres: Duckworth, 1996). Há 170 encontros em que somos informados a respeito dos participantes e das armas usadas — a lança é, de longe, a arma predileta — e 130 outros dos quais só sabemos os nomes ou o número de mortos. Somente dezoito encontros envolvem mais de um golpe, e apenas seis envolvem mais que uma troca de golpes.

38 Por exemplo, em XVI.284ss. e XX.455ss.

39 Ao todo, são mortos 281 troianos e 61 gregos. Há um debate contínuo sobre até que ponto a inclinação pró-grega de Homero é *simplesmente* chauvinismo ou um ingrediente essencial do universo moral do poema. Já se afirmou que a simpatia de Homero pelos troianos aumenta à medida que cresce o número de mortos entre eles.

40 Existe uma edição de *Prolegomena ad Homerun* traduzida diretamente do latim para o inglês, com introdução e notas de A. Grafton, G. Most e J. Zetzel (Princeton, 1985).

41 H. W. Clarke, *Homer's Readers: A Historical Introduction to the Iliad and Odyssey* (Associated University Presses, 1981), um relato brilhante do modo como Homero conquista a imaginação dos leitores há mais de dois milênios, dá detalhes analíticos das batalhas em seu capítulo 4.

42 Quando Alexandre, o Grande, morreu, em 323 a.C., os generais que ele deixou encarregados das várias regiões de seu vasto e instável "império" não tardaram a assumir o controle local e se tornar reis. Ptolemeu (*Ptolemaios*) coroou-se rei do Egito e decidiu transformar Alexandria num centro intelectual rival de Atenas. As consequências foram a Biblioteca e o Museu de Alexandria (hoje poderíamos chamá-los de centros de humanidades e pesquisa científica), fundados com o objetivo de atrair os mais destacados eruditos.

43 A relação da *Ilíada* com a *Odisseia* é outra questão fascinante que não podemos explorar aqui.

44 O "colapso" do império no Ocidente significou a perda, por parte de Roma, da capacidade de centralizar a tributação e o controle político do continente europeu. O resultado foi a fragmentação do império ocidental em reinos locais autônomos, as sementes da Europa moderna. No entanto, o império romano já tinha sido dividido em blocos administrativos distintos para o Ocidente e o Oriente no século IV d.C., e a porção oriental do império (que passou a ser conhecida como império bizantino) sobreviveu até a queda de sua capital, Constantinopla (a antiga Bizâncio grega), nas mãos dos turcos otomanos, em 29 de maio de 1453.

45 Ver Clarke, *Homer's Readers*, p. 57.

Introdução à edição de 1950

E. V. RIEU

Os gregos consideravam a *Ilíada* a obra-prima de Homero. E o livro de cabeceira de Alexandre, o Grande, em suas aventurosas campanhas, era a história de Aquiles, não as desventuras de Ulisses, como talvez fosse de esperar. Eu mesmo não aceitava esse veredicto, e achava que muitos leitores modernos eram da mesma opinião. Por isso, não foi sem inquietude que me despedi da *Odisseia* e me entreguei à tarefa de traduzir a *Ilíada*,* que fazia doze anos que não lia inteira. Em pouco tempo, comecei a ter sentimentos conflitantes, mas, agora que terminei o trabalho, recuperei plenamente a confiança. Os gregos estavam certos.

Trata-se de uma questão de diferença não em termos de habilidade, mas de níveis artísticos. A *Odisseia*, com seu final feliz, apresenta uma visão romântica da vida: a *Ilíada* é uma tragédia.[1] Para pintar o retrato de Ulisses — convincente, justo e belo como é —, Homero levou seu cavalete para os declives mais baixos do monte Olimpo, agradáveis, verdes e arborizados. Um bom lugar, pois é lá que as musas certamente vão brincar. Mas, para compor a *Ilíada*, ele escalou bem mais pela encosta, aproximando-se das neves eternas e da própria morada das musas e dos outros

---

* E. V. Rieu traduziu a *Ilíada* para a Penguin Books em 1945.
1 Neste texto, não insinuo que se saiba realmente qual das duas obras Homero escreveu primeiro.

deuses. Naquelas alturas, teve uma visão diferente e mais nítida da paisagem. Parte da neblina havia se dissipado, o sol batia inclemente na neve, tornando visíveis diversas coisas novas, muitas delas adoráveis e terríveis. O próprio Homero tornou-se, caso isso seja possível, mais humano. Subira muito; tinha encarado e decifrado alguns enigmas supremos; e podia se dar ao luxo de sorrir tanto das formiguejantes atividades dos homens como do espetáculo mais venerável dos deuses. Por isso, é com muita certeza que eu garanto ao leitor já conhecedor da *Odisseia* que ele terá mais vontade de chorar com a morte de um único cavalo na *Ilíada* do que com a matança de todo um bando de pretendentes; e mais vontade de rir; e, se acompanhar Homero até a eminência olímpica de onde ele contempla o mundo, chegará mais perto de altitudes em que o pranto e o riso perdem toda a importância.

O enredo da *Ilíada* é simples. O rei Agamêmnon, o imperial senhor supremo da Grécia (ou Acaia, como a chama Homero), com seu irmão Menelau de Esparta, convocou os príncipes que lhe deviam lealdade a unir forças contra Príamo, de Troia, porque Páris, um dos filhos do rei troiano, fugira com a mulher de Menelau, a belíssima Helena de Argos. Mesmo depois de passar nove anos acampadas junto a suas naus na praia próxima de Ílion, as forças aqueias não conseguem liquidar o assunto, apesar de haver capturado e pilhado várias cidades em território troiano sob a garbosa liderança de Aquiles, filho de Peleu, príncipe dos mirmidões, o mais temível e rebelde dos aliados reais de Agamêmnon. O sucesso dessas incursões gera um conflito entre Aquiles e seu comandante em chefe. Agamêmnon recebeu a jovem Criseida como butim e se recusa a devolvê-la ao pai, um sacerdote local de Apolo, mesmo quando este se apresenta no acampamento disposto a pagar o resgate para libertá-la. O sacerdote reza ao seu deus; segue-se uma peste; e Agamêmnon é obrigado pela força do sentimento público a devolver a moça e, assim, apaziguar a ira do deus. No entanto, para se ressarcir, o rei confisca um dos espólios de Aquiles, uma garota chamada Briseida. Tomado de indignação, Aquiles se recusa a continuar lutando e retira os mirmidões do campo de batalha. Depois de uma trégua frustrada, que visava permitir que Menelau e Páris resolvessem sua diferença num duelo, os dois exércitos voltam a se enfrentar e, devido à ausência de Aquiles, os aqueus, que até então mantinham as forças troianas encurraladas em Ílion ou perto das muralhas da cidade, acabam, de maneira lenta mas constante, ficando na defensiva. São forçados a cavar um fosso e erguer uma fortificação em torno de suas naus e tendas. Mas as defesas são atacadas por Heitor, o comandante em chefe troiano, que logra incendiar um navio aqueu. A essa altura, Aquiles, que permanecia irredutível a todas as súplicas, concorda em autorizar seu escudeiro e melhor amigo Pátroclo a assumir o comando do exército mirmidão para salvar os aqueus em apuros. O rapaz cumpre a missão com brilho, mas avança demais e acaba sendo morto por Heitor junto à muralha de Troia. Esse desastre desperta Aquiles. Em um acesso de ódio a Heitor, e de tristeza pela morte do companheiro, ele se reconcilia com Agamêmnon, volta ao campo de batalha, obriga os apavorados troianos a retornarem a sua cidade e enfim mata o inimigo. Não contente com a vingança, fustiga bestialmente seu cadáver. O pai de Heitor, o rei Príamo, triste e horrorizado, é inspirado pelos deuses a visitar Aquiles em seu acampamento, no meio da noite, a fim de resgatar o corpo do filho.[2] Aquiles cede; e a *Ilíada* termina com uma desconfortável trégua para o funeral de Heitor.

Esse é o arcabouço da história. Ao contrário dos que descrevem o enredo de um thriller na orelha do livro, eu revelei o fim. E o fiz, sem medo de estragar o prazer do leitor,

---

2 Para os aqueus, era mais importante que para nós dar um destino adequado aos mortos. Quanto a isso, ver o fantasma de Pátroclo (Canto XXIII).

para frisar que a *Ilíada* é um ótimo exemplo do método grego de construir uma história ou uma peça. Na maior parte dos casos, como o tema era tradicional, o público já conhecia o desfecho quando se sentava para ouvir ou assistir, e o autor tinha de garantir o efeito por outros métodos que não o da surpresa. Naturalmente, podia mostrar maior ou menor grau de originalidade nos detalhes da composição. Na *Odisseia*, por exemplo, foi um toque de gênio quebrar a narrativa fazendo com que Ulisses recitasse suas aventuras para os nobres feácios na misteriosa corte do rei Alcino. E, no caso da *Ilíada*, os primeiros espectadores de Homero devem ter adorado o humor ousado com que ele apresentava a comédia do Olimpo; pois acredito eu que essa foi uma de suas principais contribuições para a velha lenda da Guerra de Troia. Mas, à parte tais inovações, Homero emprega dois recursos típicos da arte grega. Em primeiro lugar, assim como os dramaturgos áticos, longe de sentir que o conhecimento prévio dos ouvintes é uma desvantagem, ele o aproveita oferecendo-lhes apartes nunca antes revelados. A observação nefasta que acompanha a promessa de Heitor de conceder os cavalos de Aquiles a Dólon é um bom exemplo. Do mesmo modo, o efeito da magnífica fala em que Aquiles rejeita as propostas de Agamêmnon é realçado pelo fato de ele realmente pensar que o Destino lhe dará a liberdade de voltar ileso para casa, ao passo que nós sabemos que a morte de seu amigo mais querido o arrastará novamente para a guerra e, no fim (ou melhor, para além do fim), ele também será morto. O que me leva a outro ponto. A ação da *Ilíada* abrange apenas cinquenta dias de uma guerra de dez anos. Homero leva duas sombras a projetar seu lúgubre significado em cada página — a do passado e a daquilo que está por vir.

Além disso, Homero emprega o recurso da ação retardada. Seus ouvintes sabem o que vai acontecer, mas não como nem quando. A sinistra figura de Aquiles é apresentada no início do poema, mas logo se recolhe ao segundo plano e por lá fica até que cheguemos ao Canto IX. Quase somos levados a nos acalmar, mas não chegamos a tanto. São muitas as referências ao ausente para que o esqueçamos. No entanto, quando retorna ao primeiro plano, Aquiles volta a se retirar com uma demonstração de orgulho indomável que nos leva a indagar como Homero há de quebrar esse espírito adamantino. E não nos surpreendemos ao descobrir que lhe são necessários nove tremendos cantos para chegar a tanto. Encontramos o mesmo artifício de suspense na *Odisseia*. Também ali, o protagonista é apresentado no começo para logo desaparecer e ser tema das conversas dos outros personagens até que apareça em pessoa no Canto V. Além disso, o paralelo na técnica se estende à conclusão das duas obras. Em ambas, o Canto XXII leva a ação ao clímax (Heitor é morto; os pretendentes são eliminados); no Canto XXIII, temos um interlúdio pacífico (os jogos fúnebres; Penélope reconhece Ulisses), e o Canto XXIV provê a solução do drama (Aquiles obedece aos deuses e cede; Ulisses é reintegrado por intervenção divina). A semelhança na composição é uma das muitas coisas que me inclinam a opinar que o mesmo homem é autor das duas obras.

Aqueles que nada sabem da "questão homérica" hão de se admirar ao descobrir que, no passado, esses poemas esplendidamente construídos, e em especial a *Ilíada*, foram duramente criticados pelos que os estudavam com mais cuidado e, presumivelmente, deviam admirá-los muito mais. Eles apontavam certas incongruências na narrativa e afirmavam que a *Ilíada* é o produto conjunto de diversos poetas de variado mérito, que não tinham nem mesmo a duvidosa vantagem de trabalharem juntos, pois viveram em épocas diferentes e cada um emendava o trabalho dos predecessores, fazendo muitas suturas no curso desse processo de alfaiataria. Hoje, acredito eu, geralmente se admite que Homero não inventou a História de Troia; e também que a prática dos poetas antigos consistia em construir seus edifícios com a ajuda de tijolos tirados de estruturas preexistentes. Aliás, é de *esperar* que a *Ilíada* contenha indicações bem claras de que é o último de uma longa linhagem de poemas. Como o Hermes descrito por Príamo, ela contém todos os sinais de boa raça e ascendência nobre. Já mencionei a evidência de técnicas avançadas provida por certos elementos de sua construção. Poderia acrescentar outros pontos que, nestes tempos tardios da literatura, nós somos por demais sofisticados para notar com surpresa ou simplesmente notar, por exemplo, que em Homero já está consolidada a convenção segundo a qual a musa deu ao autor condições de nos contar tudo que seus personagens dizem ou pensam, até mesmo seus derradeiros solilóquios. Caso tenha sido Homero o inventor de toda essa técnica, seria mais que mesquinho negar-lhe a originalidade; porém, mesmo que se admita a opinião mais plausível, de que ele herdou grande parte dela dos poetas anteriores, isso não prova de modo algum que a *Ilíada* não seja dele.

No fim, resta-nos um outro tipo de evidência, que é psicológica. Para mim, a prova de unidade propiciada pela coerência de Homero no desenho dos personagens é a mais convincente entre muitas. Note-se, em primeiro lugar, que ele não os descreve extensamente — faz com que estes se revelem pelo que dizem e fazem nas cenas em que aparecem. Por exemplo, Tétis, a mãe de Aquiles, é uma senhora tristonha que sempre tem uma queixa: sua única obsessão é o amor pelo filho ilustre, mas malfadado, em benefício do qual ela se dispõe a importunar qualquer um, de Zeus a Hefesto. Desde sua primeira aparição, no Canto I, e em todos os episódios em que reaparece, até o último canto, Homero a apresenta com total coerência — e isso em cenas às quais foi negada a legitimidade de pertencimento à *Ilíada*. Eu argumento que esse alto grau de coerência seria impossível a mais de um autor, particularmente sem o auxílio, fosse onde fosse, de um retrato de corpo inteiro saído da pena do criador original. O mesmo vale para os demais personagens importantes — Atena, Ulisses, Nestor ou a própria Helena — da *Ilíada* à

Odisseia. Eles são sempre os mesmos. Tenho certeza — com base nos fundamentos literários em geral — de que um autor novo que os retomasse não conseguiria reproduzir sua mão. Aliás, nenhum neófito no terreno da poesia épica que fosse original a ponto de "contribuir" para a *Ilíada* ou a *Odisseia* o teria conseguido — pelo contrário, certamente faria questão de deixar vestígios de sua mente nos personagens. Os dramaturgos áticos, que tanto recorreram a Homero, decerto mostraram essa tendência tão humana. É difícil reconhecer os personagens homéricos no retrato que *eles* pintam de Helena, Ulisses, Ájax e companhia.

Sem embargo, a narrativa apresenta incoerências que foram as armas principais dos que queriam fragmentar a *Ilíada*. Eu convido cordialmente os novos leitores a tentar detectar algumas delas sozinhos, muito embora, ao contrário de Aquiles nos esportes, não ofereça "gloriosos prêmios" aos vencedores. Não ganha nenhum tento quem descobrir passagens em que Homero ressuscita um homem depois de matá-lo na batalha: isso acontece a qualquer autor. Um ponto (em dez) é concedido a quem achar pequenas incongruências no tempo. Por exemplo, em 24 horas, Ulisses, além de jantar três vezes, faz mais coisas que qualquer herói de uma história moderna de aventura seria capaz de fazer em três dias. Mas essas pequenas liberdades temporais são parte do privilégio do dramaturgo, e Homero, particularmente na *Ilíada*, é acima de tudo um dramaturgo. Metade do poema consiste em falas, e tudo o mais nos é apresentado como num palco — aliás, Homero inventou o drama antes que tivessem inventado o teatro para recebê--lo. Dou no máximo dois tentos para o espírito inquiridor que perguntar como é possível que Príamo, no Canto III, depois de nove anos às voltas com os chefões aqueus a esmurrarem seus portões, ache necessário perguntar a Helena quem é quem. Mas, pontos para valer, só os receberá quem detectar um erro verdadeiro que não seja contornável mediante uma explicação — como é o caso, em minha opinião, de todos os supostos crimes literários pelos quais Homero foi esquartejado e servido picadinho nos bancos escolares na época vitoriana, inclusive a mim.

Se hoje reintegramos Homero como uma só pessoa ou, quando muito, duas (pois creio que faço parte da minoria que atribui a *Ilíada* e a *Odisseia* a um único autor), a primeira coisa que o leitor há de perguntar é de onde vem a história da *Ilíada*. Quem me dera poder responder. Os eruditos já pesquisaram exaustivamente essa questão. Chegaram à conclusão de que houve uma *Achilleis* — ou história de Aquiles — anterior, várias histórias, aliás, nas quais o jovem herói furioso que se recusa a lutar até a 11ª hora tinha outros nomes que não Aquiles. Ocorre que o próprio Homero nos oferece uma delas, na qual o papel principal cabe a Meleagro, assim como, na *Odisseia*, nos dá o "Príncipe errante", uma vez com Ulisses como herói, uma com Menelau. Não faltam histórias de cerco e saqueio de cidades nas mitologias de outras raças. E suponho que as que lemos em Homero provêm, com conteúdo exotérico ou pelo menos ritual, da boca de sábios que viveram muito antes dele; que, ao longo dos séculos, elas se propagaram pelo mundo, sofrendo muitas alterações de nomenclatura e idioma e mergulhando no nível folclórico, no qual, mesmo não sendo plenamente compreendidas, pelo menos lograram sobreviver graças ao seu interesse ou à sua excelência; e que, na época de Homero, foram alçadas ao nível que reconhecemos como literário. É a minha impressão. Custaria muito confirmar tal coisa; e, neste ponto, só acrescentarei que estou convencido de que Homero não se dava conta do conteúdo esotérico de suas histórias, se é que o tinham. Sua visão da verdade era muito própria, mas passava pela arte.

A narrativa de Homero tem algum sentido histórico? A resposta é sim e não. Duvido que, ao contar a história da Guerra de Troia, ele nos ofereça história, mesmo na forma mais diluída. *Existiu* um lugar chamado Troia (ou Ílion), e sabemos que foi destruído mais de uma vez. Mesmo assim, essa guerra de dez anos, tal como o poeta a descreve, projetando algumas gerações no passado, não ocorreu (mesmo sem a participação dos deuses) em Troia e, em minha opinião, tampouco alhures. Era uma ficção de tipo especialíssimo, existente desde muito antes da época de Homero — ficção essa que ele adornou com nomes de pessoas que seu público acreditava serem ancestrais dos príncipes governantes, e nós mesmos podemos reconhecer algumas delas que viveram de fato. Se for correta, essa opinião aumenta enormemente o mérito da realização de Homero, fazendo caber a ele a construção do conto e dos personagens que o constituem. Eu preferiria a *Ilíada* a toda uma prateleira de relatórios de guerra da Idade do Bronze, por mais exatos que fossem.

Além disso, Homero nos oferece história — a história de seu mundo. Mas essa afirmação requer esclarecimento. Sabemos, pelos indícios arqueológicos, que Homero procura arqueologizar, inclusive para nos transportar à Era Micênica. Um bom exemplo é a taça de Nestor: em Micenas, descobriu-se um vaso comparável, com alguns pombos em cima. Entretanto, no tempo de Homero, não havia a ciência da arqueologia, nem relatos escritos em que o romancista histórico se pudesse apoiar. Assim sendo, de onde ele tirou tais detalhes do passado? Creio que só há uma resposta. Tirou-os da obra dos poetas anteriores, do mesmo modo como deles tirou boa parte do vocabulário e até alguns versos e maneiras de tratar situações recorrentes. Não obstante essa dívida, Homero nos deixa no espírito uma impressão de total originalidade. Ele depende de sua própria observação da vida. Não nego que invoca o glamour do passado mítico quando confronta Ulisses com as sereias ou Meleagro com o javali de Cálidon. Mas tenho a forte sensação de que, em tudo quanto mais importa, na descrição da estrutura geral da sociedade, das relações dos homens com as mulheres e até das circunstâncias físicas de sua existência, se inspira em modelos contemporâneos seus. Vou além e digo que não podia ter feito outra coisa e, ao mesmo tempo, conseguiu encantar seu público, que, convém lembrar, não o lia em livro impresso e com o auxílio de instrutivas notas de rodapé, mas o escutava recitar seus hexâmetros, acompanhado da lira, como um entretenimento de sobremesa regado a vinho. E sustento que, em tais circunstâncias, qualquer tentativa de descrever um mundo exótico está fadada ao fracasso.

Homero cativava a mente dos ouvintes com aquilo que ele conhecia. Por exemplo, qualquer membro da plateia reconheceria de pronto a força da ironia simples com que os mirmidões são comparados com um enxame de vespas. Da mesma maneira, devia conhecer a ferocidade do leão; e, por esse motivo, eu desconfio dos arqueólogos que alegam que os leões estavam extintos no período e no lugar em que desejam situar o poeta. Acaso um narrador atual, no esforço de dar vida a sua história, apresenta aos ouvintes, a cada cinco minutos, um dodó em ação? Se a arqueologia não é capaz de acomodar Homero em um período que contém leões e as demais coisas a que ele se refere com familiaridade, creio que a arqueologia precisa rever seus conceitos. E, para ser bem sincero, ela o faz de dez em dez anos ou de vinte em vinte. No momento, está em voga situar Homero no tardio ano de 750 a.C. Quanto a mim, eu o colocaria no século X anterior à nossa era. Mas a questão da datação é dificílima, e a única coisa que sou capaz de sustentar é que Homero nos dá um quadro unificado do mundo que ele viu com os próprios olhos, seja qual for a data exata. Nesse sentido, nos oferece uma visão da história: a história de um período sobre o qual — a não ser por conta de algumas relíquias quebradas — nada saberíamos sem ele.

Não tenho a menor necessidade de descrever o mundo de Homero tal como revelado na *Ilíada*. Ele o faz muito melhor do que eu seria capaz; contempla-o com olhos de poeta. Até agora, eu o discuti principalmente como construtor de histórias; e os problemas em pauta eram simples em comparação com a dificuldade de avaliá-lo como poeta imaginativo. Só posso fazer abordagens enviesadas dessa tarefa, e sou obrigado a retomar algumas das impressões novas que me têm assediado nos muitos anos de estudo de seus mecanismos mentais.

Impressiona-me o realismo, a sutileza e a modernidade na concepção dos personagens de Homero. Quando falo em "modernidade", não quero dizer que vamos topar com figuras como Dólon, Páris, Diomedes ou Briseida em Piccadilly, e sim que, para Homero, eles eram contemporâneos e verdadeiros. O poeta não os foi buscar no passado lendário: criou-os a partir da sua experiência de vida. A impressão profunda de realidade que deixam em mim desterrou inteiramente de minha mente a ideia que recebi, nos tempos de estudante, segundo a qual Homero remetia à assim chamada "idade heroica", em que os "heróis" eram tão comuns e correntes quanto a amora silvestre. Bastou uma única leitura da sórdida briga de Agamêmnon com Aquiles, no Canto I, para que minhas ilusões se esfumassem. Logo me convenci de que a natureza humana não se alterou materialmente nos 3 mil anos decorridos desde Homero; que sua gente era muito mais interessante que os "heróis"; que sua realização poética, ao elevá-los ao nível trágico, era muito mais sublime; e, aliás, todo esse efeito se esmaece se heroizarmos seus homens e deuses descrevendo-os e fazendo-os falar num estilo pomposo e antiquado. Em outras palavras, descobri que Homero nos descreve *a nós* em circunstâncias um tanto diferentes. E essa conclusão não fica de modo algum abalada quando ele faz com que seus guerreiros joguem nos outros pedras tão grandes que "nem dois homens levantariam, dos mortais de hoje". Isso não passa de um tributo convencional à antiga crença de que a regressão, mais que o progresso, é a regra das coisas humanas.

Outro mal-entendido que corrigi rapidamente dizia respeito ao humor de Homero. O "riso homérico" é uma expressão infeliz. Quando, no Olimpo, os convivas se dobram às gargalhadas ao ver o deus Hefesto coxear de um lado para outro no salão, não é Homero quem ri, e sim os deuses por ele criados.

Tampouco é pertinente falar, como fez o dr. Leaf, no "humor feroz" de seus guerreiros. Qualquer um que acabe de matar o inimigo e de salvar a própria vida num combate mortal provavelmente dirá chistes sem o menor vestígio de urbanidade. Homero é mais realista que seus críticos, a maioria dos quais, me atrevo a dizer, nunca viu uma batalha. Eles não lhe permitem sequer aliviar uma passagem melancólica com um interlúdio mais leve. Quando há um contratempo na cremação de Pátroclo e Íris se apressa a ajudar Aquiles trazendo os Ventos para resolver o problema, o dr. Leaf (que não deixa de detectar aqui "um toque de humor") nos diz que a cena "não está à altura da dignidade de seu ambiente"; na verdade, ele censura a impropriedade de "um interpolador".

No entanto, o que eu quero mostrar é que o senso de humor de Homero é muito diferente daquele de suas criaturas. É uma essência sutil que tudo impregna como o perfume do azeite imperecível de Hera, o qual "bastava agitá-lo no palácio de brônzeo chão de Zeus para que o seu perfume chegasse ao céu e à terra". Em seu tratamento do Céu, esse humor está presente desde o momento em que Zeus comenta com triste resignação os problemas conjugais que Tétis lhe criou, e penetra todas as cenas olímpicas até a última intervenção dos deuses, quando Hermes disfarçado elogia Príamo ao perceber que ele tem antepassados nada ignóbeis. O mais notável é que Homero nos dá a impressão de que não só acredita em seus deuses como de que eles eram deveras muito veneráveis e detentores de poderes formidáveis. Além disso, os gregos o aceitavam como seu primeiro teólogo e criador da religião olimpiana. Eu sei que existiam outras fés cujos adeptos não se sentiam impedidos de rir de seus deuses. Mas continuo achando que, nesse aspecto, a realização de Homero é única no caso de um homem de letras. E não tenho explicação para isso.

Mas posso apontar um fato. O elemento cômico praticamente só é introduzido nas ocasiões em que os deuses *aparecem juntos*, em ação solidária ou hostil. No trato com os seres humanos, cada qual na sua qualidade, eles estão longe de ser divertidos. Apolo e sua irmã Ártemis montam um espetáculo ridículo quando em guerra com o tio e a consorte do pai, mas, ao agir sozinho nas primeiras páginas da *Ilíada*, Apolo é uma pessoa muito séria e desagradável; assim como Ártemis quando o rei Eneu erra na conta e ela lhe pespega o javali de Cálidon. Mesmo Afrodite, que faz uma figura tão patética em certa batalha campal, é uma potência com a qual nem mesmo Helena pode brincar quando ela, a deusa do amor, está tratando de seus assuntos. É assim, penso eu, que Homero preserva a dignidade de seus deuses — com uma exceção. Ele dá ao deus da guerra muitos atributos terríveis e sanguinários, mas não faz o menor esforço para nos levar a sentir que ele é muito mais que apenas truculento. É possível que o motivo pelo qual o poeta degrada e ridiculariza Ares de maneira frequente, num poema que muito se ocupa da batalha, seja o fato de a *Ilíada* não ter sido escrita para glorificar a guerra (embora admita o seu fascínio), e sim para enfatizar sua trágica futilidade.

Portanto, Homero tem reverência por seus deuses, mas sente com toda a razão que seria artificial fazer com que aquelas criaturas formidáveis se levassem mutuamente a sério como *ele* leva cada uma delas. São membros de uma família e, como tais, estão todos no mesmo nível, como os membros de uma família humana, cujo pai pode ser um terror para um subalterno seu, mas fulmina com menos efeito dentro de casa. Assim, para um Homero realista, a comédia de costumes dos deuses era artisticamente inevitável.[3] E é

---

3 Mas os deuses não revidam rindo-se da humanidade. Pelo contrário, com exceção de uma ou outra conversa alegre com seus favoritos (por exemplo, de Atena com Diomedes no Canto v; ou de Atena com Ulisses no Canto xiii da *Odisseia*), levam os homens a sério e os consideram criaturas miseráveis, ainda que fascinantes. Quanto a isso, ver Apolo, em xxi, ou Zeus, em xvii e xx.

claro que, numa tragédia, isso tinha utilidade para amenizar ou contrastar com a cena melancólica que viria a seguir. Mas o humor de Homero não se restringe ao Olimpo: também permeia o drama humano. Às vezes, nele entra à feição de alívio, como quando Idomeneu e Meríones se pilham um ao outro, descansando em meio a uma das mais cruentas batalhas, ou na descrição brilhante dos jogos que se seguem ao funeral de Pátroclo. Mas nem sempre é assim. O delicioso relato de Agamêmnon inspecionando as tropas, quando o imprudente comandante em chefe consegue ofender a quase todos seus oficiais graduados, não é precedido de uma passagem em que a tensão fosse alta. No fim, somos obrigados a concluir que Homero não deixava de enxergar humor tanto na terra como no céu. Ele o encontrava na própria textura da realidade. E creio que com razão.

A dicção de Homero é magnífica e corresponde a sua observação. É fácil regozijar-se com isso e ficar satisfeito. Mas alguns de nós não nos satisfazemos tão depressa: queremos saber como ele obtém a nobreza. Quanto a mim, passei a sentir que a sua poesia não é tanto de palavras quanto de ideias — se é que se podem separar as duas coisas. Eu proponho uma compreensão mediante o exame dos epítetos que ele usa com tanta abundância. Todo objeto manufaturado que menciona é bem-feito e verdadeiro. Uma nau é sempre veloz, bem construída e segura; uma lança, sempre resistente, comprida e afiada, e (encanta notá-lo) tem o costume de projetar uma longa sombra no chão e também de ser acariciada pela brisa mesmo quando em repouso na mão do guerreiro; equivale a dizer que ela relembra o tempo em que sua haste fazia parte de um freixo exposto ao vento no flanco da montanha ou então aguarda o momento em que há de se deslocar, ligeira, no ar. Todos os fenômenos naturais, como a aurora de dedos róseos e a ambrosina e misteriosa noite, vêm acompanhados de adjetivos que buscam a quintessência de sua qualidade ou beleza. Todos os homens de Homero são nobres, ímpares, destemidos, sensatos ou caracterizados por outra excelência qualquer; e todas as suas mulheres, adoráveis ou pelo menos bem vestidas e de cabelo lindamente penteado. Qual é o significado desse uso indiscriminado de epítetos honoríficos — epítetos que geralmente parecem insinceros ou pelo menos surgem em lugares absolutamente inadequados?[4] Os estudiosos tendem a justificá-los como acessórios decorativos do estilo épico e, na maior parte, como um legado deixado para Homero pela obra de seus predecessores. Isso não me satisfaz. Se Homero os assumiu como acessórios, seu gênio lhes deu um novo uso, que por sua vez é o espelho de sua mente. Quando ele qualifica um guerreiro como corajoso ou destemido bem no momento em que o tal guerreiro se comporta como um consumado covarde, não creio que seja por descuido ou convencionalismo — Homero está vendo esse guerreiro como ele era, ou será, ou como de fato é na essência. Quando fala num carro de guerra bonito e bem construído, não trabalha na ilusão de que toda a manufatura de seu tempo (excelente como sem dúvida era) tivesse chegado à perfeição. Ele não gosta de artigos de má qualidade e o que vê com os olhos da mente é a coisa perfeita. E faz o mesmo com as pessoas. Tudo que escrevi até agora neste ensaio, se for correto, mostra o quanto Homero é realista. Mas a realidade que ele enxerga tem certa transparência, aos seus olhos, que lhe permite ver e registrar a realidade ideal ou superior. Isso me traz à mente seu retrato de Zeus no monte Ida, quando, cansado de ver a batalha interminável, volta "os olhos brilhantes para o longe", onde, entre outras coisas mais satisfatórias, pode examinar "os Ábios, homens justíssimos".

Não quero dizer com esse símile que, quando chama um canalha de "destemido", Homero se entregue à ilusão ou

---

4 Como nossas expressões parlamentares — por exemplo, "o nobre deputado" ou "o ilustre e distinto membro" de determinada instituição.

ao pensamento volitivo, e sim que enxerga a realidade em dois níveis. E eu acrescentaria que ele vê o bem como mais *real* que o mal. É como se tivesse antecipado a Teoria das Formas de Platão, segundo a qual todas as coisas terrenas são cópias imperfeitas e transitórias das Formas ideais que têm existência permanente no Céu. Eu gosto de imaginar que Homero, mais privilegiado que Platão, de fato viu essas Formas e, em certa ocasião, chegou a trazê-las à terra. Pois foi isso que fez quando deu cavalos imortais a Aquiles. Sua atitude para com os animais em geral merece um estudo mais detido;[5] mas nesses cavalos de Aquiles, se o leitor os acompanhar em seus triunfos e lágrimas, acho que admitirá que Homero nos deu uma coisa única. E também há de notar um ponto interessante. Quando se manifesta no mundo comum e corrente, o Ideal não humilha as criaturas efêmeras — aproxima-as mais de si. Assim, quando Homero faz com que Pédaso, um puro-sangue mortal, seja emparelhado com os cavalos divinos de Aquiles, toma o cuidado de nos contar que Pédaso, "mortal embora fosse", se manteve à altura do par imortal, e sua subsequente morte é uma das coisas mais pungentes que nos é dado aguentar em todas as pesadelares batalhas da "guerra lacrimosa".

Minha teoria, segundo a qual a poesia de Homero nos dá realidade e super-realidade, se estiver correta, deita um pouco de luz no problema central da *Ilíada*: o caráter de Aquiles. Já vimos a que sórdida luz ele é apresentado no primeiro canto. Mas esse é apenas o começo — precisamos acompanhá-lo em cada estágio de degradação a que a situação exasperante de uma guerra prolongada pode levar um personagem cuja própria força é a sua fraqueza. Até

---

[5] Ao contrário de nós, ele não tem complexo de superioridade com relação aos animais. Reconhece não só suas qualidades essenciais como seu direito de exibi-las; mostra simpatia até pela vespa (XVI) e é o único escritor que conheço a admirar a intrepidez da mosca que teima em pousar no nariz da gente (XVII).

mesmo seu melhor amigo e admirador Pátroclo acha que ele perverte uma natureza nobre para fins ignóbeis. Seu orgulho se transforma em monomania, e nem mesmo a dor que ele sente pela morte de Pátroclo, baseada em sua autoestima ofendida, produz abrandamento — pelo contrário, leva a uma insensata irrupção de crueldade e fúria. No entanto, os deuses honram Aquiles o tempo todo e, com eles, Homero faz com que sintamos que, por trás daquilo tudo, esconde-se uma verdadeira grandeza. E, no fim, na cena memorável em que Aquiles entrega o cadáver de Heitor ao seu velho pai, podemos entrever quem é o verdadeiro Aquiles. Eu digo "é", não "pode ser", pois considero que a função da tragédia não é meramente a de lamentar o desperdício de virtude e chorar o leite derramado, mas insinuar uma solução decisiva, sugerir que, se fôssemos capazes de olhar as coisas com os olhos olímpicos de Zeus, veríamos que, afinal de contas, o leite que choramos não se derramou deveras.

Acrescentei um glossário a esta edição ["Personagens principais"] com alguns fatos referentes aos personagens mais importantes da história. Ao compilá-lo, decidi dizer acerca desses personagens somente aquilo que Homero, a nossa autoridade principal e primeira, permite, e ao mesmo tempo acrescentar entre parêntesis certas informações colhidas em outros autores. Durante o trabalho, topei com alguns pontos interessantes — por exemplo, a primazia de Páris sobre Heitor e a normalidade da linhagem de Helena. Também pude reforçar algumas impressões que recebi do próprio texto. O interesse principal de Homero é o estudo dos seres humanos e dos deuses humanos. Ele se dispõe a rejeitar ou atenuar o grotesco e o paranormal. A bela Helena não saiu de um ovo e, à parte uma referência perfunctória ao Julgamento de Páris, foi sua fragilidade humana e a de seu sedutor que provocaram a Guerra de Troia. O tratamento que ele dá aos deuses e a suas muitas intervenções e resgates na batalha está muito a par com isso. Quando Aquiles luta com o deus rio Xanto (Escamandro), ficamos o tempo todo nos perguntando se se trata de um poder demoníaco em ação ou se Aquiles simplesmente resolveu correr o risco de se afogar num rio transbordante. Em suma, Homero se inclina a pairar sobre o nosso lado da linha que separa o natural do sobrenatural — não que eu, no que me diz respeito, me recuse a transpô-la de quando em quando, orientado por semelhante guia.

Highgate,
setembro de 1949

NOTA COMPLEMENTAR

Depois que a Introdução acima foi escrita, a decifração de Michael Ventris da Linear B inaugurou uma nova era nos estudos homéricos, e o professor T. B. L. Webster, em *From Mycene to Homer* (Londres: Methuen, 1958; e Nova York: Praeger), soube aproveitar muito bem as oportunidades agora oferecidas de estabelecer com maior exatidão a datação dos poemas de Homero e de rastreá-los até a fonte. Sua obra brilhante me convenceu de que eu me equivoquei ao tentar situar Homero no tão distante século X a.C.; e também de que parte da poesia anterior em que sugeri que Homero se abeberou era a dos próprios micênicos, cuja obra literária ainda estamos por descobrir.

junho de 1959

Prefácio

FREDERICO LOURENÇO

Assim como na noite o dia se contém
e o sol ao fim da trajetória em lua se resolve
assim emerge o homem dessa mesma terra mãe
que o há de receber com mãos de quem absolve
RUY BELO, "Glauco e Diomedes"

A *Ilíada* é o primeiro livro da literatura europeia e, de certo ponto de vista, nenhum outro livro conseguiu superá-lo — nem mesmo a *Odisseia*. Lida hoje, no século XXI, a *Ilíada* mantém inalterada a sua capacidade esmagadora de comover e perturbar. As civilizações passam, mas a cultura sobrevive? É nesse sentido que parece apontar a mensagem deste extraordinário poema. Ler a *Ilíada* é reclamarmos o lugar que por herança nos cabe no processo de transmissão da cultura ocidental: cada novo leitor acrescenta mais uma etapa, ele mesmo um novo elo.

A origem da cadeia de transmissão situa-se em algum ponto na Idade do Bronze, mas à falta de dados objetivos só a fantasia especulativa permite, em parte, que a essa origem possamos aceder. Que etapas marcantes podem então ser reconstituídas? Podemos dizer que no século VIII a.C., no fim de uma longa tradição épica oral, surge este canto de sangue e lágrimas, em que os próprios deuses são feridos e os cavalos do maior herói choram. Um canto no qual "luz e morte coincidem hora a hora", nas palavras de Luiza Neto Jorge.

No século VI a.C., uma família aristocrática de Atenas providencia, a expensas próprias, a primeira edição oficial. Mais de duzentos anos depois, Aristóteles prepara uma edição que será lida com paixão pelo seu mais famoso aluno, Alexandre. Quando, passados mais de dois séculos, Cleópatra introduz os dedos no cesto que não contém apenas figos, gerações de estudiosos na grande Biblioteca da cidade fundada por Alexandre já tinham produzido, com amor e dedicação, sucessivas edições críticas em papiro. Mil anos mais tarde, eclesiásticos bizantinos copiam os primeiros manuscritos completos, que ainda hoje podemos consultar nas bibliotecas de Florença, Veneza e Londres. Um desses manuscritos, atualmente na Biblioteca Ambrosia de Milão, foi comprado por Petrarca: frustrado por não conseguir ler o poema em grego, o poeta florentino encomenda uma tradução latina a Leôncio Pilato, a primeira de várias traduções renascentistas. Por fim, em 1488, vem a lume, na Itália, a primeira edição impressa da *Ilíada*. E ao que tudo indica, três décadas depois, dom Jerônimo Osório, bispo de Silves, verte para o português os primeiros oito cantos do poema, tarefa retomada mais tarde (também de forma parcial) pela marquesa de Alorna. Ao elenco oferecido por Maria Helena Ureña Prieto, no *Dicionário de literatura grega* da Editora Verbo, de traduções portuguesas da *Ilíada*, acrescento a esplendorosa "transcriação" em verso proposta pelo poeta brasileiro Haroldo de Campos, que a despeito das suas miríficas excentricidades chegou mais perto do verdadeiro sopro homérico do que os seus antecessores. No entanto, pode-se dizer com rigorosa objetividade que a primeira tradução, desde o Renascimento aos nossos dias, a exprimir em língua portuguesa o que está, de fato, no texto grego encontra-se nos excertos da *Ilíada* apresentados por Maria Helena da Rocha Pereira na conhecida antologia *Hélade*.

Não deixa de ser sintomático que seja em relação à *Ilíada* (e não à *Odisseia*) que o estudioso da poesia homérica sente mais relutância em negar a existência de um poeta chamado Homero. Fato esse a que não é alheia a circunstância de, após dois séculos de esquartejamento analítico das duas epopeias (visando surpreender estratos cronológicos e diferentes autorias, graças à contribuição combinada da linguística e da arqueologia), a interpretação unitária da *Ilíada* — ou seja, a que vê no poema a atividade criadora de um só poeta — ter voltado a dominar numa universidade tão influente nos estudos clássicos como é a de Oxford.

Esse fato igualmente salta à vista com a consulta ao novo comentário à *Ilíada* coordenado por Joachim Latacz (cf. a seção "Referências bibliográficas"). E na edição crítica do poema da coleção Teubner, em que esta tradução se baseia, sob a responsabilidade de Martin West — a primeira, em toda a história da filologia clássica, que parte da colação sistemática dos testemunhos relevantes: mais de 1500 papiros; manuscritos tanto completos como fragmentários; e preciosas citações da *Ilíada* em textos de autores antigos e bizantinos —, podemos ler nas palavras iniciais do prefácio em latim que a Ilíada "é a obra de um só grande poeta", que nela trabalhou durante muitos anos, tendo numa primeira fase criado uma estrutura relativamente singela, a qual veio depois a dar complexidade com novos episódios. No entanto, o próprio West admite não só a existência de pequenas interpolações posteriores como reconhece, à semelhança da grande maioria dos estudiosos de Homero, que o Canto x da *Ilíada* ("Dolonia") não fazia parte dos planos do Grande Poeta, que concebeu o todo com assinalável rigor arquitetônico (aliás, os 579 versos deste canto surgem na nova edição crítica entre parêntesis).

Resta acrescentar que os dois maiores especialistas homéricos da atualidade, justamente os referidos Latacz e West, tomam como evidente o fato de Homero ter composto a *Ilíada* por escrito. No belo estudo de David Bouvier, publicado em

2002 (com mais de quinhentas páginas), lemos "eu considero a *Ilíada* proveniente de uma tradição oral, mas concebida graças à escrita e em função dela" (*Le Sceptre et la lyre*, p. 10). Rara confluência de opinião da filologia clássica britânica, alemã e francesa? Uma solução definitiva para o problema nunca será encontrada; até porque nomes de peso como Walter Burkert e Richard Janko ainda defendem a ideia de que os poemas homéricos foram ditados por um aedo analfabeto a alguém que sabia escrever. De fato, há as óbvias marcas de técnica oral: um terço do poema é constituído por fórmulas, empregadas mais de uma vez. Mas técnica oral, como observou Adam Parry (filho do próprio Milman Parry, "pai" dos estudos oralistas), não implica necessariamente composição oral (cf. Latacz, *Homer: Tradition und Neuerung*, p. 458). É difícil não vermos na concepção e na estrutura arquitetônicas da *Ilíada* dados que pressupõem a escrita.

"A escrita suprema de imaginar por música as coisas", nas palavras de Herberto Helder.

Num ideário heroico em que a guerra é vista como fonte de glória, é curioso que seja da guerra, mas naquilo que ela tem mais ignóbil, que surge o mecanismo escolhido para pôr em movimento a ação da *Ilíada*. No Canto I, Aquiles relembra a situação à mãe, a deusa Tétis: entre os despojos de uma cidade aliada dos troianos recém-saqueada, estavam duas jovens, Criseida e Briseida, distribuídas respectivamente a Agamêmnon (rei dos aqueus) e Aquiles, como escravas e concubinas. Figura tutelar do Canto I é o velho sacerdote Crises, pai de Criseida, que chega no início do poema ao acampamento dos aqueus para resgatar a filha, trazendo consigo incontáveis riquezas. Agamêmnon rejeita o resgate, escorraçando Crises com palavras cruéis e deixando bem clara a função que Criseida desempenha como concubina (é evidente o propósito de retratar Agamêmnon como monarca arrogante e truculento; para Aquiles, Briseida é muito mais do que mero objeto sexual).

Este início da narrativa, com os problemas morais e humanos que de imediato levanta, tem um profundo alcance estruturante no poema: o canto final vai justamente apresentar-nos a situação contrária, em que um pai idoso (Príamo) arrisca a viagem até a tenda de Aquiles para resgatar o cadáver de seu filho Heitor. Que alguma coisa se processou e se resolveu na orgânica do poema percebe-se pelo fato de, no Canto XXIV, o velho pai suplicante ser acolhido num espírito de humanidade e compaixão. Fecha-se aí o círculo, com o apaziguamento da "cólera" (que, em grego, é a primeira palavra da *Ilíada*); cólera essa cujas trágicas consequências e ramificações fatais os 24 cantos da epopeia nos descrevem e problematizam com inigualável profundidade e sutileza.

Aquiles, embora indubitavelmente o protagonista da *Ilíada*, permanece longe da vista do leitor durante a maior parte do poema. Durante os primeiros dezoito cantos, Aquiles continua amuado em consequência da desconsideração de que foi alvo no Canto I e recusa-se a combater. É o herói bélico por excelência, mas podemos ler 80% da *Ilíada* sem que ele pegue numa única arma. Porém, não é difícil perceber a intenção de Homero. O que está em questão é dar o maior realce possível ao momento em que Aquiles volta, enfim, a pegar nas armas, com o intuito exclusivo de matar Heitor, para assim vingar a morte de Pátroclo.

A natureza do vínculo afetivo entre Aquiles e Pátroclo é tema que causa perplexidade aos leitores de Homero desde as épocas clássica e helenística, a ponto de célebres editores helenísticos da *Ilíada* terem tentado amenizar a intensidade dos sentimentos descritos por meio da excisão cirúrgica de alguns versos. Excesso de zelo, diremos nós, pois nesse caso não é preciso chegar ao ponto de ejetar versos do poema para salvaguardar a artificialidade da convenção vigente na epopeia grega (ao contrário daquilo que se verifica nos outros gêneros literários da Grécia) de que a sexualidade masculina é exclusivamente heterossexual. A bem dizer, a questão que se põe é muito simples: não obstante o tragediógrafo Ésquilo na sua peça *Mirmidões*, Platão no *Banquete* e os modernos *queer studies* estarem em iludida sintonia ao entenderem o elo entre os dois heróis à luz do amor sexual, tal conclusão está longe de encontrar fundamento objetivo no texto homérico. Projetar para o interior da tenda de Aquiles a possibilidade física de uma relação homoerótica é ir além do que Homero nos diz sobre homens e mulheres, tanto na *Ilíada* como na *Odisseia*. Sobretudo, é ignorar um dado absolutamente fulcral sobre a masculinidade homérica, dado esse tão bem realçado por Eugénio de Andrade num sugestivo poema sobre Homero: "homens/ que se batiam como quem encontra/ voluptuosa a própria morte". Na *Ilíada*, o coito entre homens não é vivido na cama, mas sim no campo de batalha, onde não é ao falo, mas a um mortífero objeto fálico, que incumbe a penetração: a lança.

Nas palavras do grande especialista Richard Janko, "a lança persegue sua vítima como um homem à sua amante" (vol. 4 da *Ilíada* comentada da Cambridge, p. 83). Na *Ilíada*, segundo informa o referido estudo crítico, Homero descreve-nos 148 ferimentos, doze dos quais infligidos por flechas; treze por pedras; dezessete por espadas; e 106 por lanças. As estatísticas falam por si. O caráter de violência sexual no manejo da lança salta aos olhos claramente das palavras de Idomeneu no Canto XIII (episódio por vezes ignorado, mas cuja função estrutural foi bem compreendida pelo clarividente Karl Reinhardt em *Die Ilias und ihr Dichter*, p. 297). Ao delinear uma oposição entre o covarde e o homem "sério", Idomeneu descreve este último como alguém que anseia pela "cópula" do combate (as ressonâncias eróticas do verso 286, de resto, já foram identificadas na época bizantina). Em seguida, ao elogiar o seu companheiro Meríones, Idomeneu diz que nunca será atingido nas costas, dado que na batalha ele se lança sempre adiante para "namorar" os guerreiros que combatem na linha de frente (v. 291). Mais desconcertante ainda é o fato de, no Canto XXII, no episódio culminante do poema, essa terminologia voltar a ser utilizada no solilóquio em que Heitor recusa a ideia de ser morto por Aquiles como se fosse uma mulher (XXII.125), imaginando em seguida a mais improvável das imagens naquele contexto de derradeiro embate com o destino: o encontro de dois namorados.

A relação de Aquiles e Pátroclo não é sexual; é uma relação de amor heroico, elo de lealdade na mundividência homérica não menos inquebrantável na morte — e depois dela — do que no convívio diário. Quantas vezes gregos e troianos não arriscam a própria vida no campo de batalha só para evitar a mutilação ou a espoliação do corpo do amigo morto? Dar a vida por quem já morreu pode parecer-nos inútil, mas faz pleno sentido segundo os cânones do amor heroico, segundo os quais "seguir-te não será morrer", nas palavras de Daniel Faria, no seu lindíssimo poema sobre Aquiles e Pátroclo. Cânones esses igualmente esclarecedores da violência com que Aquiles reage à notícia de que Heitor matou Pátroclo — sem dúvida um dos momentos mais assombrosos que a literatura grega tem a nos oferecer. Aquiles chora, arranca os cabelos, atira terra por cima da cabeça. Mais tarde, quando se trata de prestar as honras fúnebres a Pátroclo, sacrifica cavalos, cães e doze rapazes troianos na pira funerária. Depois arrasta todos os dias o cadáver de Heitor, atrelado ao seu carro, em torno do túmulo do amigo, a ponto de os próprios deuses sentirem repugnância. Como afirma Martin West no seu livro *The East Face of Helicon* (p. 334): "o poeta define o tema como sendo a cólera de Aquiles; mas poderia ter conseguido uma definição mais completa se dispusesse do vocabulário para dizer 'a viagem emocional de Aquiles'".

Viagem que, de certo ponto de vista, não se processa apenas longe da vista do leitor, como dissemos; longe do coração também. Um dos processos mais significativos do poema é a estratégia evidente de enaltecer o lado troiano. A *Ilíada* começa com a cólera de Aquiles; mas é com o funeral de Heitor que termina. Aliás, as últimas palavras do último verso são "Heitor, domador de cavalos". Num livro com o expressivo subtítulo *The Tragedy of Hector*, James Redfield argumentou que, no fundo, a figura principal da *Ilíada* é Heitor: é a "tragédia de Heitor" que nos esmaga e nos comove. Heitor que, ao contrário de Aquiles, não participa da guerra por escolha individual; nem dela pode se retirar quando alguma coisa o ofende. O papel de Heitor é trágico por ele não ter a possibilidade de escolha: compete-lhe defender os pais idosos, a mulher, o filho, os concidadãos, a cidade. Todos dependem dele. Quando ele morre, Troia morre também.

No entanto, Aquiles tem a sua própria tragédia. De certa forma, ele está sempre em descompasso com o mundo que o rodeia; até com a deusa, sua mãe. Pois transparece claramente das palavras dela que ambos têm "projetos" diferentes para a vida de Aquiles. Quando Aquiles relata a Tétis a desconsideração de que foi alvo por parte de Agamêmnon, intuímos pelas reações de ambos que foi posto em ação certo mecanismo inelutável do destino, do qual já não haverá fuga possível. Por mais paradoxal que pareça, é Aquiles, o mortal, que "assume" a curta duração da sua vida; Tétis, inesperadamente, é mais mãe que deusa: e as suas palavras mostram que não está conformada com o destino do filho. "Quem dera que junto às naus estivesses sentado sem lágrimas/ e sem sofrimento, visto que curta é a tua vida, sem duração!/ Agora será rápido o teu destino e mais do que todos os outros/ sofrerás. Para um fado cruel te dei à luz no nosso palácio" (1.415-8).

"Mais do que todos os outros sofrerás." A capacidade de sentir mais dor do que o comum dos mortais é apanágio do homem homérico. Muitas vezes, embora os homens já tenham dores suficientes, somos postos perante intervenções divinas que visam intensificar essa dor. Na *Odisseia*, por exemplo, há os célebres versos "porém Atena não permitiu de modo algum que os arrogantes/ pretendentes se abstivessem de comportamentos ultrajantes,/ para que a dor penetrasse ainda mais fundo no coração de Ulisses" (XVIII.346-8). Na *Ilíada* as dores são maiores, a ponto de até os deuses não escaparem do sofrimento com a mesma facilidade das figuras divinas da *Odisseia*. O próprio deus da guerra, Ares, é ferido na *Ilíada* por um mortal; Afrodite, a deusa do amor, também. Claro que temos como contraponto o famoso riso inexaurível dos deuses — que surge, maldosamente, como reação à perna manca e aos trejeitos claudicantes de Hefesto —, o irônico desentendimento divino dos Cantos XX e XXI, tradicionalmente denominados "Teomaquia", e a volúpia cósmica da relação sexual de Zeus e Hera no Canto XIV, um prodígio de sensualidade iridescente.

O próprio Zeus é um caso paradigmático do olhar homérico sobre a interseção dolorosa das categorias humana e divina. Uma imagem memorável do Canto VIII da *Ilíada* o mostra inabalável no seu poder, segurando a balança com que pesa os destinos de gregos e troianos. Mas no Canto XVI, quando o deus supremo quer salvar da morte Sarpédon, seu filho, vê-se ele próprio constrangido a ceder ao destino. E nada poderia exprimir com mais força o sofrimento do pai divino do que a chuva sobrenatural do verso 439: lágrimas de sangue a chover do céu. Só por meio delas Zeus pode expressar o que sente — e sofre.

Mas a *Ilíada* mostra-nos Aquiles perante outra tragédia interior, uma que tem passado despercebida a muitos helenistas. Para a notarmos, temos de equacionar de outro modo a noção de que a *Ilíada* é o poema da *aretê* (excelência) heroica, em que os heróis combatem para obter renome e glória, noção essa de que o Canto V e a personagem de Diomedes são máximos exemplos. Só que uma coisa é clara: Aquiles não é Diomedes. O conflito psicológico que Homero encena na pessoa de Aquiles deflagra no Canto I, ponto de virada daquela carreira paradigmática de heroísmo, renome e glória; e o momento em que tudo explode é a assembleia dos aqueus, no Canto I, com a desconsideração de que Aquiles é alvo por parte de Agamêmnon. Mas aí Homero não nos dá ainda a medida plena do que aconteceu: só percebemos que o conceito de heroísmo homérico ruiu no avassalador Canto IX, quando Agamêmnon manda Ulisses e Ájax à tenda de Aquiles com a incumbência de prometerem mundos e fundos se ele reconsiderar a sua posição. Mas Aquiles não é permeável a quaisquer argumentos. Por quê? Simplesmente porque deixou de acreditar na própria guerra, na glória, no heroísmo. Como explica a Ulisses (num dueto sobremaneira significativo, magistralmente explorado por Platão em *Hípias Menor*): "Igual porção cabe a quem fica para trás e a quem guerreia;/ na mesma honra são tidos o covarde e o valente:/ a morte chega a quem nada faz e a quem muito alcança" (IX.318-20).

Não será, nunca mais, a busca da glória heroica que levará Aquiles a combater. Só um motivo absolutamente pessoal e íntimo, como a dor perante a morte de Pátroclo, o levará a pegar nas armas. Se por um lado, quando o herói máximo comete o seu máximo feito (matar Heitor), o heroísmo "tradicional" já deixara de lhe fazer sentido, por outro, há uma espécie de reinvenção do conceito de heroísmo no ato de matar na plena consciência de que a morte da vítima acarreta a morte de quem mata. Às vezes parece que morrer, na *Ilíada*, é muito mais importante que viver.

Sendo a *Ilíada* um poema de guerra, é natural que grande parte da ação se passe no campo de batalha, onde sentimos frequentemente que estamos lendo o relato pormenorizado de cada arremesso de lança e de cada morte que ocorreu nos dez anos da Guerra de Troia. Todo helenista, mesmo o mais apaixonado defensor da superioridade da *Ilíada* em relação à *Odisseia*, é obrigado a reconhecer que se instala uma certa monotonia no suceder interminável de arremessos de lança e golpes de espada (consequência da decisão do poeta de apontar para os principais heróis, um de cada vez, os holofotes da glória épica em sucessivas carnificinas, denominadas *aristeiai* na bibliografia especializada); e que, contrariamente ao que dirá mais tarde o rapsodo Íon no diálogo homônimo de Platão, Homero não surge aos olhos do leitor da *Ilíada* como exímio conhecedor de batalhas e de combates, mas antes como um confuso repórter de guerra incapaz de imprimir clareza e propósito narrativo às batalhas narradas — talvez porque, como observou Jasper Griffin, o verdadeiro interesse de Homero não seja a guerra, mas sim a morte (*Homer on Life and Death*, p. 94).

A terminologia bélica é vaga (ainda hoje os helenistas se interrogam sobre o que seriam os "diques da guerra"), e o olhar do poeta vai incidindo de modo diferente sobre os mesmos objetos ao sabor das circunstâncias: caso flagrante é o da muralha construída pelos aqueus para defender as tendas e as naus, que ora não passa de estrutura rudimentar, ora é descrita como uma construção monumental, com merlões, ameias, torres e contrafortes. O poeta é mais preciso na explicitação da genealogia dos combatentes do que na visualização das posições, na linha de combate, de cada herói. Parte-se do princípio de que os mais valentes e corajosos são os "dianteiros": estão na primeira linha do combate, onde se desenrolam os duelos entre aristocratas. Atrás dos dianteiros, há a "chusma", ou "turba" dos outros soldados, cujos feitos e óbitos não merecem a atenção do poeta. Carros de cavalos, muitas vezes já sem cocheiro, contribuem para aumentar a impressão de caos estratégico, em que cada um luta para seu lado, sendo a unidade de ataque conseguida apenas esporadicamente por meio das elaboradas tiradas retóricas com que os comandantes se incitam mutuamente e que, não raro, começam com insultos.

Entre os comandantes destacam-se, pela posição hierárquica, do lado grego, os dois atridas (filhos de Atreu), Agamêmnon e Menelau, nenhum deles, a bem da verdade, figura especialmente carismática. Se Agamêmnon surge como guerreiro mais competente que o irmão, não deixa de avultar como desumano carniceiro no campo de batalha, como já notou W. Friedrich (*Verwundung und Tod in der Ilias*, p. 61); aliás, no que concerne à crueldade desnecessária em combate, só um guerreiro equivale a ele: Meríones, companheiro de Idomeneu, rei de Creta. Muito mais interessante é a figura de Nestor, o ancião orador cuja torrencial eloquência retórica ocasiona, tanto na *Ilíada* como na *Odisseia*, digressões da mais inconcebível irrelevância para a prossecução da história, mas que, por outro lado, proporcionam satisfação literária ao leitor. Ulisses é, naturalmente, um personagem que prende sempre a atenção, ainda que por vezes o seu comportamento na *Ilíada* o aproxime mais do cínico Ulisses da tragédia ática do século v do que do protagonista da *Odisseia*. A presença de dois heróis chamados Ájax pode confundir quem lê a *Ilíada* pela primeira vez: um é filho de Télamon (também referido como "Ájax Telamônio") e será porventura o maior guerreiro grego depois de Aquiles; o outro, exímio arqueiro, é filho de Oileu. São conhecidos conjuntamente por "ajantes", embora se tenha levantado a possibilidade de, numa fase mais antiga da tradição épica, a forma "ajantes" não designar os dois guerreiros de nome Ájax, mas Ájax Telamônio e Teucro, seu irmão. Refiram-se ainda Diomedes, talvez o paradigma máximo, como já vimos, da *aretê* heroica; e Pátroclo, o mais humano, compreensivo e bondoso herói de todo o imaginário homérico.

Do lado troiano, temos como foco de tensão e fascínio a diferença de personalidade entre Heitor e Páris. Se Heitor encanta qualquer leitor pela nobreza, virilidade, espírito de sacrifício e digna aceitação da tragicidade do destino humano (além de ser ideal filho, esposo e pai), Páris fascina pela irresponsabilidade, narcisismo e despreocupada entrega ao prazer do sexo. Mas é o pai de ambos que encarna um conceito puramente altruísta de heroísmo. Príamo, como tão bem viu Colin Macleod no seu comentário exemplar ao Canto XXIV, "torna-se um novo tipo de herói, que ostenta capacidade de aguentar o sofrimento e suscita admiração não apenas porque enfrenta a morte, mas porque mostra humildade e consegue pôr freio ao ódio perante o seu pior inimigo" (p. 22). No entanto, as figuras troianas que mais ficarão na mente do leitor da *Ilíada* são as femininas: Hécuba com o seu sofrimento esmagador; Andrômaca, de cuja boca Homero faz sempre fluir poesia da mais arrebatada genialidade; e Helena, que apesar de não ser troiana está fisicamente em Troia durante a guerra: afinal, é por causa de todas as mortes por ela provocadas que a *Ilíada* constitui o canto mais "trágico" (mesmo antes de existir tragédia... mas dessa realidade já Platão se apercebeu no Livro x da *República*, 598d) já composto sobre a condição humana.

O desgaste emocional causado pela narração de tantas mortes leva o leitor que lê a *Ilíada* do primeiro ao último verso a ter muitas vezes a sensação de que, tratando-se embora de um poema de guerra, os momentos mais marcantes surgem nos episódios que fogem por completo à temática bélica. É o caso da despedida de Heitor da mulher e do filho, no Canto VI. Heitor está armado. Quando vê o pai, Astíanax foge aos gritos para os braços da ama, cheio de medo do capacete com o seu penacho de crinas de cavalo. Pai e mãe desatam a rir. Heitor tira o capacete da cabeça, beija e abraça o filho; depois o entrega nos braços da mãe, que recebe Astíanax entre risos e lágrimas. Nesse momento, diz o poeta, Heitor condói-se com pena da mulher e consola-a com as palavras "ninguém me lançará na morte contra a vontade do destino". Nada mais simples; nada mais sublime.

Entre os inúmeros traços reveladores de exímia sofisticação arquitetônica, há um que suscita especial admiração: a capacidade demonstrada pelo poeta da *Ilíada* no campo da construção prospectiva de episódios e situações psicológicas. Os grandes episódios não funcionam de modo avulso: como demonstrou Wolfgang Schadewaldt nos seus insuperáveis *Iliasstudien*, encerram pequenas sementes, já germinadas, que irão dar fruto poético mais adiante. Melhor exemplo não há que a mencionada despedida de

Heitor e Andrômaca. É um momento único no poema, de ternura, amor e compreensão recíproca entre os esposos (ainda "namoram": cf. VI.516), que, sem o saberem, estão juntos pela última vez. Mas há uma figura que, embora ausente, impõe a sua presença nesta cena: Aquiles. Marido e mulher já sabem, no seu íntimo, que é pelas mãos dele, e só dele, que Heitor encontrará um "namoro" muito diferente: a morte. No belo discurso dirigido por Andrômaca ao marido, antes de este lhe garantir que, contra o destino, ninguém (= Aquiles) o matará, ficamos sabendo alguma coisa do passado da mais impressionante figura feminina criada por Homero.

Diz Andrômaca a Heitor que o considera pai, mãe, irmão e marido. O pai fora morto no ataque à sua cidade. Os sete irmãos foram chacinados num só dia. A mãe fora rebaixada de rainha a escrava, mas depois devolvida em troca de avultado resgate; morrera de compreensível desgosto, ao qual não seria estranho o fato de o homem que a escravizou ter sido justamente quem lhe matou o marido e os sete filhos. Homem esse cujo nome (não é nem preciso dizer) é Aquiles. A cena é tocante por si só; mas funciona também prospectivamente, porque carregará de quase insuportável emotividade, no final do poema, o episódio da morte de Heitor, os lamentos de Andrômaca, que dificilmente são lidos sem sentirmos os olhos marejados de lágrimas (Cantos XXII e XXIV), o ato de Príamo de beijar as mãos assassinas de Aquiles.

O poeta da *Ilíada* é um mestre na arte do contraste. De outro modo, seria insuportável sua insistência no negrume da morte, nas feridas infligidas por armas de bronze, cujo *gore* o poeta descreve sem pestanejar, na mutilação de cadáveres (para o leitor a quem horrorizem as decapitações a partir do Canto X, ofereço a consolação de que param no Canto XIV; segue-se uma longa pausa, de modo a tornar bem horripilante a imagem de Aquiles decapitando Deucalião no Canto XX). Tipicamente, o contraste como recurso poético materializa-se na oposição entre paz e guerra. A paz na *Ilíada* é uma reminiscência do passado, um recordar de tempos idos, em que o ritmo do cotidiano era feito de ínfimos pormenores de grande beleza. A manifestação mais genial desta técnica ocorre no Canto XXII, pouco antes de Aquiles matar Heitor.

Heitor morre vestido com as armas de Aquiles, que arrancara a Pátroclo. Aquiles, por sua vez, veste armas novas, divinas, que a deusa Tétis, sua mãe, pedira a Hefesto. O escudo segurado por Aquiles é uma maravilha da metalurgia e da poética. Na descrição pormenorizada que dele faz o poeta no Canto XVIII, notamos que todo um universo de experiência humana está sendo gravado no escudo. Vemos a terra, o céu e o mar; o sol, a lua e todos os astros do firmamento. Duas cidades se destacam pelas situações contrastantes em que se encontram. Numa, celebra-se uma boda com música e dança. A outra está em guerra, cercada: até as mulheres, as crianças e os velhos têm de defender as suas muralhas. Os homens saem para uma emboscada e chegam a um local idílico, aonde vão ter dois pastores com os seus rebanhos, tocando flauta. Apesar de indefesos, os pastores são mortos pelos soldados. Na expressão "deleitando-se ao som da flauta", que o poeta aplica aos pastores, e na descrição dos soldados escondidos "revestidos do fulvo bronze", encerra-se todo um mundo de contraste, toda a desumanidade da guerra, toda a precariedade da paz.

Paz essa que tem a sua expressão mais atemporal nas imagens gravadas no escudo que representam atividades agrícolas e vitícolas: num poema sobre a essência da humanidade, não podem faltar o pão e o vinho. A descrição da vindima avança além de qualquer coisa no exercício de cartografar aquilo que é ser Homem, passando do reconforto que comida e bebida proporcionam ao corpo para a emoção que a arte causa na alma:

No meio deles um rapaz dedilhava com amorosa saudade
a lira de límpido som; na sua voz aguda e delicada entoava
o canto dedicado a Lino; e os outros com sintonizado
                                  estampido
seguiam na dança de pés saltitantes com uivos de alegria.
(XVIII.569-72)

A descrição do escudo de Aquiles encerra outro contraste, do qual o poeta não se apercebeu. A história contada pela *Ilíada* situa-se numa sociedade com características micênicas, em que as armas são de bronze. Mas há um evidente anacronismo no modo como o poeta nos fala da feitura do escudo: a técnica utilizada só seria inventada quando se passaram a fabricar na Grécia armas de ferro. Esse "descuido" leva-nos circularmente às observações iniciais deste Prefácio, a respeito do célebre problema da composição dos poemas homéricos. A presença de muitos outros exemplos de anacronismo histórico e de discrepâncias linguísticas é fruto da tradição épica desenvolvida oralmente ao longo de vários séculos, antes de a escrita alfabética ter se imposto na Grécia, em meados do século VIII a.C. A linguagem formulaica, repetida de geração em geração, faz com que certos versos já consagrados se tornem uma espécie de fósseis, onde encontramos cristalizados elementos do passado em incômoda contradição com o "presente" que está sendo narrado. Esse fato explica que encontremos, por exemplo, no canto que é linguisticamente o mais recente da *Ilíada* — o curioso Canto X, conhecido por "Dolonia", que avilta os heróis ao fazer deles facínoras e no qual encontramos, pela primeira vez na história da literatura, a expressão "fio da navalha" (v. 173) — a referência a um elmo com presas de javali semelhante ao que foi encontrado num túmulo micênico.

Temos nessas passagens a harmonização de vários séculos de vivência histórica e linguística: aliás, em muitos aspectos a língua homérica conservou fenômenos fonéticos e morfológicos mais antigos do que o próprio grego grafado nas tabuinhas micênicas em Linear B, fato que levou alguns especialistas a supor que o hexâmetro dactílico já existiria no século XV a.C., donde se levanta a possibilidade de certos versos da Ilíada, cuja fonética revela grande antiguidade, terem chegado intactos ao poema do século VIII com setecentos anos de tarimba. Seria esse o caso do verso 651 do Canto II, "Meríones igual de Eniálio matador de homens" (cf. Morris e Powell, A New Companion to Homer, p. 234).

Se a existência de "epopeias" mais antigas está implícita na Ilíada, assume a certa altura foros de explicitude num verso do Canto XX, em que o futuro herói da Eneida lembra ao herói da Ilíada que ambos conhecem "os cantos épicos antigos de homens mortais" (v. 204). Aliás, um dos aspectos mais belos da Ilíada é a consciência revelada do próprio valor da poesia. Da primeira vez que nos é apresentada a personagem de Helena, no Canto III da Ilíada, ela está tecendo uma grande tapeçaria, representando as batalhas que gregos e troianos travaram por sua causa (III.125-8). É a mais antiga *mise en abîme* da história da literatura, em que a macroestrutura de uma obra literária é refletida e sintetizada dentro do próprio texto. E mais adiante, no Canto VI, Helena diz a Heitor que sobre todos eles fez Zeus abater um destino doloroso, "para que no futuro/ sejamos tema de canto para homens ainda por nascer" (VI.357-8).

Se Helena revela essa insólita clarividência com relação ao seu estatuto de personagem poética, Aquiles, o protagonista, chega inclusive a revestir a capa de um cantor épico. Quando, no Canto IX, Agamêmnon envia à tenda de Aquiles uma embaixada com palavras de desagravo, os integrantes da delegação encontram o herói a dedilhar uma lira de prata, despojo que lhe coube após ter matado o pai e os sete irmãos de Andrômaca: "com ela deleitava o seu coração, cantando os feitos gloriosos/ dos homens; e só Pátroclo estava sentado à sua frente,/ ouvindo em silêncio" (IX.189-90). Em última análise, esses versos nos dizem o essencial sobre a poesia homérica. Tanto no que diz respeito à sua estética como à sua recepção.

No labirinto de controvérsias relativas à autoria dos poemas homéricos, existe um fato impossível de refutar: a *Ilíada* e a *Odisseia* apresentam um número considerável de versos iguais, número esse que poderíamos elevar de modo exponencial se contabilizássemos, em ambos os poemas, os hemistíquios ("meios versos") constituídos exatamente pelas mesmas palavras. Desse fato surge a vantagem de ser o mesmo tradutor a traduzir ambas as epopeias, de modo a tornar palpável a semelhança entre os dois poemas aos olhos de quem não os lê na língua original.

Assim, procurei salvaguardar a maior coerência possível, não só interna, como também entre os dois poemas, no que diz respeito à correspondência das fórmulas mais importantes e representativas, embora esteja consciente de que o rigor absoluto nesse campo nunca será possível nem desejável, dada a multiplicidade de variantes passíveis de serem extraídas de cada fórmula, variantes essas que afloram com sutis diferenças conforme os contextos poéticos: será que *pukinón épos* ("válida palavra") pode ser traduzida da mesma maneira em VII.375; XI.788; e XXIV.744? Nesse caso, fiz isso para salvaguardar a coerência da fórmula (uma vez que os contextos poéticos não inviabilizavam tal exercício de uniformização), mas não sem perguntar a mim mesmo se o saudoso professor Luís Filipe Lindley Cintra não teria razão ao convir "ser preferível errar, acreditando, do que acertar sempre mas por cálculo e por tática" (cf. João Nuno Alçada, *Por ser cousa nova em Portugal: Oito ensaios vicentinos*, Coimbra, 2003, p. 69).

Além disso, Homero aplica o adjetivo *pukinós* a coisas tão díspares (desde a cama onde nos deitamos às asas de um pássaro, desde o desvario do homicídio aos galhos de uma árvore) que descortinar exatamente o que ele quer dizer ao aplicá-lo a uma palavra é tarefa assaz melindrosa.

A tradução "válida" ajusta-se de modo especialmente expressivo ao emprego da fórmula por Andrômaca no final da *Ilíada*, uma vez que permite convocar os dois sentidos etimológicos de "valer": ter valor e despedir-se. Existiriam ainda outros detalhes como esse a debater, mas deixo a respectiva discussão para estudos futuros sobre Homero.

Ainda assim, chamo a atenção para a fórmula que descreve a armadura dos aqueus, porque decidi acatar com agrado uma sugestão oportuna da doutora Maria Helena da Rocha Pereira. Por isso, a fórmula *euknémides Akhaioí*, que na *Odisseia* traduzi por "Aqueus de belas joelheiras", surge na *Ilíada* como "Aqueus de belas cnêmides", o que apresenta, logo de cara, a vantagem de importar diretamente para o verso em português a musicalidade do verso grego. Como afirmou Ezra Pound: "ainda não consegui ler meia página de Homero sem encontrar invenção melódica, pelo que quero dizer invenção melódica que não supusera poder existir" (*ABC of Reading*).

Aos leitores que gostariam de ter lido na *Odisseia* "Atena com olhos de coruja" (*glaukôpis Athéne*) em vez de "Atena de olhos esverdeados", lembro que não há dados concretos oferecidos pela linguística grega que nos permitam aproximar etimologicamente o som inicial de *glaukôpis* do substantivo *glaux* (coruja), ainda mais levando em conta que não só a palavra para coruja em Homero não é *glaux* como a ligação entre Atena e a coruja é ateniense e posterior à época homérica. O epíteto *glaukôpis* liga-se ao adjetivo *glaukós*, que designa em Homero a cor do mar, como se comprova na *Ilíada* em XVI.34; e ninguém explicou melhor o seu significado do que Sophia de Mello Breyner Andresen no conto "Era uma vez uma praia atlântica": "tinha os olhos de um cinzento nebuloso como o mar de Inverno mas, às vezes, um sorriso os azulava e então pareciam muito claros".

Por outro lado, em relação a *boôpis* (adjetivo aplicado à deusa Hera), não há qualquer dúvida quanto à ligação etimológica a "vaca", embora se possa admitir que o sentido não seja absolutamente literal, mas antes (como sugere Kirk no vol. 1 da edição comentada da Cambridge, na nota ao verso 551 do Canto 1 da *Ilíada*) *"with placid gaze, like that of a cow"*. É importante frisar que a ideia sugere beleza, à semelhança da "face de toira" que, pela voz de Ricardo Reis, Sophia aplica à sensual Neera no livro *Dual*.

Personagens principais

GREGOS

AGAMÊMNON. Filho de Atreu e rei de Micenas, em Argos. É o comandante da expedição a Troia porque colabora com mais navios. Irmão mais velho de Menelau (os dois são mencionados como atridas, ou "filhos de Atreu"). Foi assassinado pela esposa Clitemnestra ao retornar à Grécia.

ÁJAX, filho de Oileu. Chefe dos lócrios.

ÁJAX, filho de Télamon, da ilha de Salamina. O "enorme" Ájax Telamônio, baluarte defensivo dos gregos (nunca lidera um ataque), famoso pelo escudo gigantesco como uma torre.

ANTÍLOCO. Filho de Nestor; um jovem guerreiro destacado na luta e também nos jogos. Irmão de Trasimedes.

AQUILES. Filho do mortal Peleu e da divina ninfa do mar Tétis, da Ftia, na Tessália. Líder dos mirmidões. Pátroclo é o seu amigo mais querido. O ódio de Aquiles conduz a história da *Ilíada*. Atena sempre está ao seu lado. Homero pressagia sua morte nas mãos de Páris e Apolo. Chamado de "pés velozes" devido à velocidade com que persegue o inimigo na batalha.

ATREU. Pai de Agamêmnon e Menelau.

AUTOMEDONTE. Um mirmidão e servo de Aquiles. Serve de escudeiro e auriga de Pátroclo quando este luta sem Aquiles.

CALCAS. Filho de Testor. O principal adivinho e profeta da expedição grega.

DIOMEDES, filho de Tideu e neto de Eneu. Guerreiro jovem porém brilhante e respeitadíssimo. Sempre fala no pai, que tombou no malogrado cerco de Tebas (descrito em *Os sete contra Tebas*) e, anteriormente, lá tivera algumas vitórias atléticas, graças a Atena. Um grande favorito de Atena.

ESTÊNELO. Filho de Capaneu, escudeiro de Diomedes.

EURÍPILO. Foi ferido por Páris e socorrido por Pátroclo.

FÊNIX. Rei dos dólopes e velho amigo de Aquiles. Peleu o fez tutor de Aquiles.

HELENA. Filha de Zeus, irmã de Castor, Polideuces e Clitemnestra. Casada com Menelau de Esparta, provocou a guerra ao fugir para Troia com Páris.

HÉRACLES. Homem que se tornou deus. Participou de uma batalha anterior contra os troianos. Era filho de Zeus com Alcmena, por isso Hera o detestava. No início da carreira, foi obrigado a executar doze trabalhos para Euristeu. Depois se vingou dos homens que o tinham insultado, inclusive o rei troiano Laomedonte, a quem matou. Enfurecida, Hera impeliu-o ao longo da costa até a ilha de Cós, e Zeus a castigou pendurando-a com bigornas atadas aos pés. De vez em quando, ele atacava até mesmo os deuses.

IDOMENEU. Filho de Deucalião de Creta. Um combatente mais idoso e lento, embora firme.

LÁPITAS. Um povo da Tessália que combateu os centauros, seres homens, metade cavalos.

MACÁON. Filho de Asclépio, o famoso curandeiro. Ele cura Menelau e posteriormente é ferido, mas salvo por Nestor.

MELEAGRO. Herói amaldiçoado pela mãe, Altaia, por haver matado o irmão numa briga. Como Aquiles, chegou a se recusar a servir no campo de batalha.

MENÉCIO. Pai de Pátroclo.

MENELAU. Filho de Atreu. Rei de Lacedemônia/Esparta e irmão mais novo de Agamêmnon. Sua esposa Helena foi seduzida e raptada por Páris de Troia.

MENESTEU. Comandante do contingente ateniense.

MERÍONES. Filho de Molo. Sobrinho e escudeiro de Idomeneu e segundo no comando das forças cretenses.

NESTOR. Filho de Neleu. Rei de Pilos. O mais velho dos chefes combatentes em Troia, tem fama de ser uma fonte de sabedoria. Chamado Nestor de Gerênia — não se sabe por quê.

PÁTROCLO. Filho de Menécio. Originário de Opunte. Escudeiro e grande amigo de Aquiles.

PELEU. Pai de Aquiles, um grande guerreiro na juventude com seus cavalos, armadura e a famosa lança de freixo (tudo presente dos deuses quando de seu casamento com a ninfa do mar Tétis). Agora, na velhice, mora sozinho na Ftia.

TALTÍBIO. Principal arauto de Agamêmnon.

TÉLAMON. Pai do grande Ájax Telamônio.

TERSITES. Único membro da tropa de baixa patente a ter um papel na *Ilíada*, foi duramente repreendido por Ulisses.

TEUCRO. Filho de Télamon. Meio-irmão de Ájax. Excelente arqueiro.

TIDEU. Pai de Diomedes, herói de um cerco anterior de Tebas.

ULISSES. Filho de Laertes. Rei de Ítaca e herói da *Odisseia*. Conhecido pela sagacidade. Grande favorito de Atena.

TROIANOS E ALIADOS DE TROIA
A FAMÍLIA REAL TROIANA (VER XX.215-40)

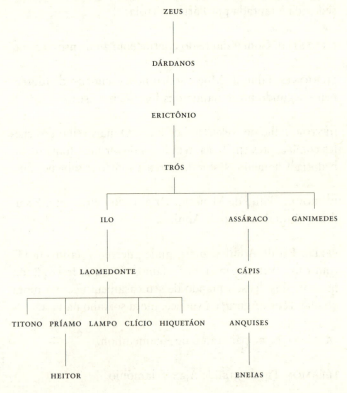

ANDRÔMACA. Filha de Eécion, rei de Tebas. Esposa de Heitor e mãe de Astíanax.

ANTENOR. Chefe troiano que aconselhou os compatriotas a entregarem Helena.

ASTÍANAX. Filho de Heitor e Andrômaca.

BRISEIDA. Filha de Briseu de Lirnesso. Quando saqueou a cidade, Aquiles capturou Briseida. Mais tarde, Agamêmnon tomou-a para si a fim de compensar a perda de Criseida.

CASSANDRA. Filha de Príamo e Hécuba. Após o saque de Ílion, Agamêmnon levou-a consigo para a Grécia, onde sua esposa Clitemnestra a matou. Era uma profetisa que, por ter rejeitado os galanteios de Apolo, foi condenada a sempre dizer a verdade sem que ninguém acreditasse em suas palavras.

CRISEIDA. Filha de Crises, o sacerdote de Apolo em Crise, Troia. Capturada por Aquiles em Tebas, foi entregue a Agamêmnon, que se viu obrigado a devolvê-la ao pai para pôr fim à ira de Apolo.

DEÍFOBO. Filho de Príamo e Hécuba. Um comandante troiano. Atena tomou sua forma a fim de instigar Heitor a lutar com Aquiles.

DÓLON. Filho de Eumedes. Jovem e rico troiano que gostava muito de cavalos.

EÉCION. Pai de Andrômaca, morto por Aquiles (assim como seus filhos).

ENEIAS. Filho da deusa Afrodite e do mortal Anquises. Segundo no comando de Heitor. Herói da *Eneida* de Virgílio, um épico romano (19 a.C.) sobre a saga de Eneias ao abandonar a Ílion saqueada pelos gregos para fundar a raça romana na Itália.

GLAUCO. Filho de Hipóloco. Um aliado troiano da Lícia, segundo no comando depois de seu primo Sarpédon.

HÉCUBA. Esposa de Príamo, a quem deu muitos filhos, inclusive Heitor, Páris, Heleno e Deífobo.

HEITOR. Filho de Príamo e Hécuba. Casado com Andrômaca (com um filho, Astíanax); líder dos troianos e dos exércitos aliados e o maior guerreiro de Troia. Crítico mordaz do irmão mais novo Páris.

HELENO. Filho de Príamo e Hécuba. Tal como a irmã Cassandra, tinha o dom da adivinhação.

IDEU. Principal arauto de Príamo.

ILO. Avô de Príamo. Ílion é a "cidade de Ilo".

LAOMEDONTE. Antigo e traiçoeiro rei de Troia, famoso por violar acordos — por exemplo, o de dar a Héracles seus famosos cavalos se este salvasse sua filha de um monstro marinho. Ou de pagar a Posêidon a construção de muralhas ao redor de Ílion.

PÂNDARO. Filho de Licáon. Um aliado troiano de Lícia. Arqueiro hábil, mas traiçoeiro.

PÁRIS. Filho de Príamo e Hécuba. Aparentemente mais novo que seu irmão Heitor (ver "Heitor"). Homero se refere ao rapto de Helena como a causa da guerra, mas faz apenas uma breve alusão ao famoso julgamento de Páris sobre as deusas Afrodite, Hera e Atena quando era pastor no monte Ida.

POLIDAMANTE. Filho de Pântoo. Um dos líderes troianos mais capazes. É um estrategista cauteloso, lúcido, que Homero usa como um modelo para Heitor.

PRÍAMO. Filho de Laomedonte e descendente de Dárdano, filho de Zeus (daí "dardânio"). Idoso rei de Troia.

SARPÉDON. Filho de Zeus e líder dos aliados troianos de Lícia.

DEUSES

AFRODITE. Filha de Zeus; mãe de Eneias; amante do deus da guerra Ares; deusa associada principalmente aos impulsos sexuais. Como Páris a elegeu a mais linda das três deusas, ela apoia o lado troiano. Chamada de "Cípris" devido ao famoso lugar de seu culto em Chipre.

APOLO. Filho de Zeus e Leto, também chamado Febo. Deus da profecia, da doença e da saúde, assim como dos instrumentos de corda (daí a lira e o arco). A morte súbita (não violenta) dos homens é atribuída a suas setas. Luta do lado troiano.

ARES. Filho de Zeus e Hera; o deus da guerra, chamado por Zeus de "o mais odioso" dos deuses. Luta do lado troiano e, na batalha dos deuses, é ignominiosamente vencido por Atena.

ÁRTEMIS. Filha de Zeus e Leto, irmã de Apolo; deusa da caça e dos animais silvestres. Usava suas setas para dar morte serena às mulheres. Favorável aos troianos.

ATENA. Filha de Zeus, também chamada Palas ("Senhora"?, "Amante"?, "Jovem"?) Atena. Deusa da guerra, da sabedoria e das artes e ofícios. Irredutivelmente favorável aos gregos em virtude de sua derrota no julgamento de Páris; colabora com Hera contra os troianos. "Tritogênia" significa, possivelmente, que, quando Zeus pariu Atena, expelindo-a de sua cabeça, ela foi criada pelo rio Tritão, na Grécia. "Atritona" continua inexplicável.

CRONO. Marido de Reia e pai de Zeus, Posêidon, Hades e Hera. Foi deposto do poder por Zeus, que o derrotou em combate e o lançou, com seus aliados Titãs, nas profundezas da terra. Chegou ao poder castrando o pai Urano com uma foice.

DESVARIO (em grego, *atê*). Filha de Zeus. É a personificação da insensatez: o impulso de fazer algo irracional e insano, com consequências desastrosas. Ver "Personificação" em "Um breve glossário".

DISCÓRDIA (em grego, *éris*). Irmã de Ares, o rei da guerra — outra personificação. Foi ela que jogou entre os deuses o pomo de ouro em que se lia "para a mais linda" (ver p. 11).

ERÍNIAS. Deusas do mundo subterrâneo que preservam a ordem natural das coisas, guardam os juramentos e punem os atos inaturais (inclusive o desrespeito aos pais).

HADES. Filho de Crono e Reia. Deus dos mortos, que recebeu como quinhão o mundo subterrâneo quando ele e seus irmãos Zeus e Posêidon partilharam o mundo. Associado aos cavalos.

HEBE. Filha de Zeus e Hera. Copeira e criada dos deuses.

HEFESTO. Filho de Zeus e Hera. Mestre artífice e arquiteto do Olimpo. Favorável aos gregos. Em Homero, nasceu coxo e foi expulso do Olimpo por Zeus por tentar soltar a mãe, Hera, quando Zeus a atou.

HERA. Filha de Crono e Reia, irmã e esposa de Zeus. Irredutivelmente favorável aos gregos, vive conspirando com Atena contra Zeus e acaba sendo castigada por ele (ver "Héracles"). Deusa do casamento e da maternidade. "De alvos braços" talvez porque se valorizasse a pele clara; "olhos de plácida toura" talvez por ter sido associada à vaca no ritual pré-histórico.

HERMES. Filho de Zeus e Maia. O embaixador dos deuses, ainda que na *Ilíada* Íris seja usada mais amiúde como mensageira. Chamado "auxiliador", pois conduz os mortos ao Hades; chamado "matador de Argos", um monstro de muitos olhos enviado por Hera para vigiar Io, uma jovem amada por Zeus. Este mandou Hermes se livrar do tal monstro.

ILITIAS. Filhas de Hera. Deusas do trabalho de parto.

ÍRIS (= arco-íris). Mensageira dos deuses.

LETO. Mãe de Apolo e Ártemis, filhos de Zeus.

MUSA. Deusa da memória, que ajuda o poeta a cantar fatos de tempos remotos.

OCEANO. O antigo deus cujo grande rio, acreditavam os gregos, circundava o mundo.

POSÊIDON. Filho de Crono e Reia e irmão mais novo de Zeus. Recebeu o mar como domínio quando os irmãos Zeus, Posêidon e Hades partilharam o mundo. Deus das forças elementares, como os terremotos. Favorável aos gregos porque construiu as muralhas de Ílion para o trapaceiro rei troiano Laomedonte, mas nada recebeu pelo trabalho.

TÉTIS. Filha do Velho do Mar (Nereu). Ninfa marinha que se casou com o mortal Peleu, pai de seu único filho, Aquiles. Sempre ao seu lado quando ele precisa de ajuda.

TITÃS. Deuses poderosíssimos que apoiaram Crono na luta contra o filho Zeus. Foram arrojados nas profundezas da terra quando Zeus os derrotou.

XANTO. Deus do rio troiano Xanto, chamado de "Escamandro" pelos mortais; também é o nome de um rio da Lícia.

ZEUS. Filho de Crono e Reia. Deus do céu e da água (daí os epítetos "que comanda as nuvens" etc.). O mais forte dos deuses e, portanto, a divindade olímpica suprema, o "Pai". Ele concorda em apoiar Aquiles em sua contenda com Agamêmnon e mostra certa simpatia pelos troianos, particularmente por Heitor e Príamo.

MAPA I

1. Uma reconstrução dos campos de batalha imaginários de Homero vistos de um ponto acima de Imbros, olhando para o sul.

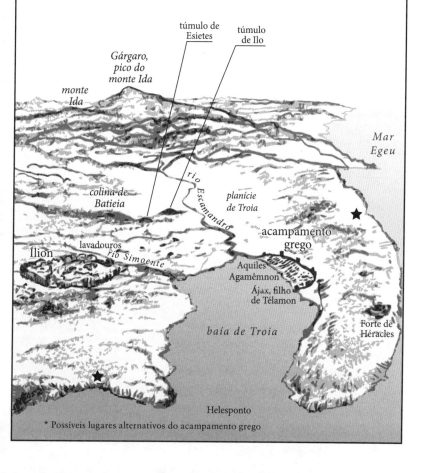

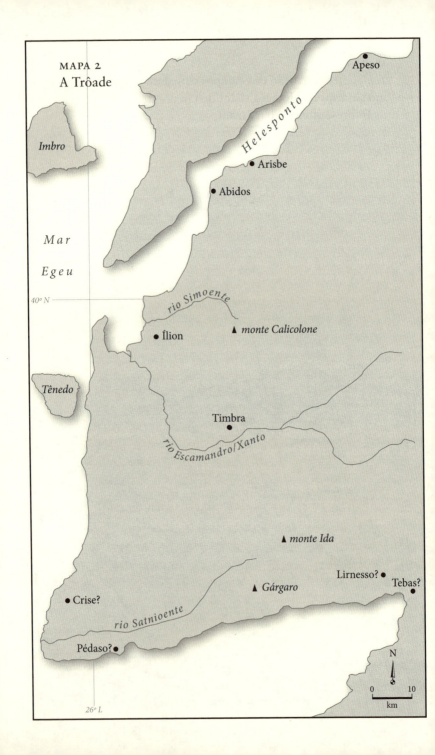

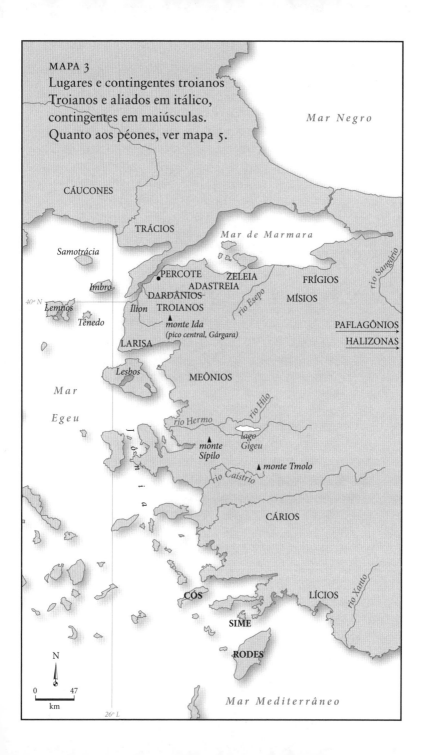

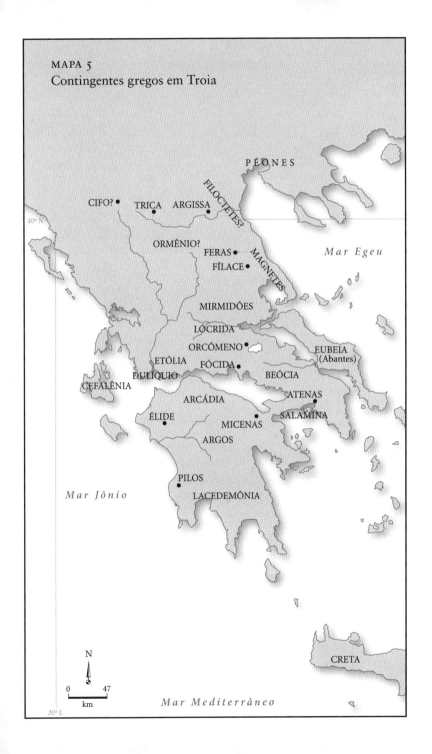

Ilíada

Para o leitor que queira cotejar esta tradução com o grego, os números na margem esquerda da página indicam a numeração dos hexâmetros gregos, pois na tradução para o português nem sempre foi possível fazer a correspondência exata do verso em grego. Do conteúdo, porém, nada se perdeu do original.

Canto 1

Canta, ó deusa, a cólera de Aquiles, o Pelida
(mortífera!, que tantas dores trouxe aos Aqueus
e tantas almas valentes de heróis lançou no Hades,
ficando seus corpos como presa para cães e aves
5   de rapina, enquanto se cumpria a vontade de Zeus),
desde o momento em que primeiro se desentenderam
o Atrida, soberano dos homens, e o divino Aquiles.

Entre eles qual dos deuses provocou o conflito?
Apolo, filho de Leto e de Zeus. Enfurecera-se o deus
10 contra o rei e por isso espalhara entre o exército
uma doença terrível de que morriam as hostes,
porque o Atrida desconsiderara Crises, seu sacerdote.
Ora este tinha vindo até as naus velozes dos Aqueus
para resgatar a filha, trazendo incontáveis riquezas.
Segurando nas mãos as fitas de Apolo que acerta ao longe
15 e um cetro dourado, suplicou a todos os Aqueus,
mas em especial aos dois Atridas, condutores de homens:

"Ó Atridas e vós, demais Aqueus de belas cnêmides!
Que vos concedam os deuses, que o Olimpo detêm,
saquear a cidade de Príamo e regressar bem a vossas casas!
20 Mas libertai a minha filha amada e recebei o resgate,
por respeito para com o filho de Zeus, Apolo que acerta
                                                ao longe."

Então todos os outros Aqueus aprovaram estas palavras:
que se venerasse o sacerdote e se recebesse o glorioso
resgate.
Mas tal não agradou ao coração do Atrida Agamêmnon;
25 e asperamente o mandou embora, com palavras desabridas:

"Que eu te não encontre, ó ancião, junto às côncavas naus,
demorando-te agora ou voltando nos tempos próximos,
pois de nada te servirá o cetro e a fita do deus!
Não libertarei a tua filha. Antes disso a terá atingido a
velhice
30 em minha casa, em Argos, longe da sua pátria,
enquanto se afadiga ao tear e dorme na minha cama.
Vai-te agora. Não me encolerizes: partirás mais salvo."

Assim falou. Amedrontou-se o ancião e obedeceu ao que
fora dito.
Caminhou em silêncio ao longo da praia do mar marulhante.
35 E depois de ter se afastado para longe, rezou o ancião
ao soberano Apolo, que Leto de belos cabelos deu à luz:

"Ouve-me, senhor do arco de prata, deus tutelar de Crise
e da sacratíssima Cila, que pela força reges Tênedo,
ó Esminteu! Se alguma vez ao belo templo te pus um teto,
40 ou queimei para ti as gordas coxas de touros
ou de cabras, faz que se cumpra isto que te peço:
que paguem com tuas setas os Dânaos as minhas lágrimas!"

Assim disse, orando; e ouviu-o Febo Apolo.
Desceu do Olimpo, com o coração agitado de ira.
45 Nos ombros trazia o arco e a aljava duplamente coberta;
aos ombros do deus irado as setas chocalhavam
à medida que avançava. E chegou como chega a noite.

Depois sentou-se à distância das naus e disparou uma seta:
terrível foi o som produzido pelo arco de prata.

CANTO I

₅₀ Primeiro atingiu as mulas e os rápidos cães;
mas depois disparou as setas contra os homens.
As piras dos mortos ardiam continuamente.

Durante nove dias contra o exército voaram os disparos
                                              do deus.
Ao décimo dia, Aquiles convocou a hoste para a assembleia:
₅₅ fora isso que lhe colocara no espírito a deusa Hera
                                          de alvos braços.
Pois sentia pena dos Dânaos, porque os via morrer.
Assim que se encontraram todos reunidos,
levantou-se para lhes falar Aquiles de pés velozes:

"Atrida, julgo agora que seremos obrigados a regressar
₆₀ e voltar frustrados para casa, isto no caso de fugirmos
                                          à morte,
se ao mesmo tempo a guerra e a doença dizimam os Aqueus.
Mas agora interroguemos algum vidente ou sacerdote,
ou um intérprete de sonhos — também os sonhos vêm
                                          de Zeus —,
que nos indique por que razão se encolerizou Febo Apolo,
₆₅ se por causa de promessa ou de hecatombe nos censura;
na esperança de que aceite o sacrifício de ovelhas e cabras
imaculadas e que assim afaste de nós a pestilência."

Tendo assim falado, voltou a sentar-se. Entre eles se levantou
então Calcas, filho de Testor, de longe o melhor dos
                                          adivinhos.
₇₀ Todas as coisas ele sabia: as que são, as que serão e as que
                                          já foram.
Guiara até Ílion as naus dos Aqueus, graças aos vaticínios
que lhe tinham sido concedidos por Febo Apolo.
Bem-intencionado, assim se dirigiu à assembleia:

"Mandas-me explicar, ó Aquiles dileto de Zeus,
₇₅ a ira do soberano Apolo que acerta ao longe.

Por isso falarei. Mas tu deverás refletir e jurar
que me defenderás com as tuas palavras e as tuas mãos.
Pois sei que encolerizarei certo homem: aquele que rege,
poderoso, os Argivos e a quem obedecem os Aqueus.
80 Maior é o rei que se encoleriza contra um homem inferior.
Pois embora a ira durante um dia consiga reprimir,
daí por diante se mantém ressentido, até cumprir
o que lhe vai no coração. Pensa, pois, se me salvarás."

Respondendo-lhe assim falou Aquiles de pés velozes:
85 "Toma coragem e profere o oráculo que souberes.
Por Apolo dileto de Zeus a quem tu rezas, ó Calcas,
e por intermédio de quem aos Dânaos dás oráculos,
enquanto eu for vivo e contemplar a luz na terra
ninguém te porá a mão pesada junto às côncavas naus —
90 ninguém de todos os Dânaos, nem que te refiras a
                Agamêmnon,
que agora entre todos os Aqueus declara ser o mais nobre."

Tomando então coragem, falou o adivinho irrepreensível:
"Não é porque o deus censura alguma promessa ou
                hecatombe,
mas por causa do sacerdote, que Agamêmnon desconsiderou.
95 Não libertou a filha nem quis receber o resgate:
por isso nos dá desgraças o deus que acerta ao longe.
E não afastará dos Dânaos a repugnante pestilência,
até que ao querido pai seja restituída a donzela de olhos
brilhantes, gratuitamente e sem resgate, e seja levada até
                Crise
100 uma sagrada hecatombe. Então convencê-lo-emos a
                acalmar-se."

Tendo assim falado, voltou a sentar-se. Entre eles se levantou
o herói, filho de Atreu, Agamêmnon de vasto poder,
irritado: tinha o coração cheio de negra raiva
e os olhos assemelhavam-se a fogo faiscante.

105 Com olhar nefasto, foi a Calcas que primeiro dirigiu
a palavra:

"Adivinho de desgraças, em meu benefício nunca tu
profetizaste!
Sempre te é caro ao coração profetizar sofrimentos,
mas uma palavra benfazeja nunca foste capaz de proferir
ou fazer cumprir! Agora estás a vaticinar no meio dos
Dânaos,
110 dizendo que é por causa disto que o deus lhes traz desgraças,
porque pela donzela Criseida eu não quis aceitar o glorioso
resgate, visto que decidi em vez disso ficar com ela
em minha casa. Prefiro-a a Clitemnestra, minha esposa
legítima, pois em nada lhe é inferior, nem de corpo,
115 nem de estatura, nem na inteligência, nem nos lavores.
Mas apesar disso restituí-la-ei, se for isso a coisa melhor.
Quero que o povo seja salvo, de preferência a que pereça.
Mas preparai para mim outro prêmio, para que não seja
só eu
entre os Argivos que fico sem prêmio, pois tal seria
indecoroso.
120 Pois vedes todos vós como o meu prêmio vai para outra
parte."

Respondendo-lhe assim falou o divino Aquiles de pés velozes:
"Gloriosíssimo Atrida, mais ganancioso de todos os homens!
Como podem dar-te um prêmio os magnânimos Aqueus?
Nada sabemos de riqueza que jaza num fundo comum,
125 mas os despojos das cidades saqueadas foram distribuídos,
e seria indecoroso tentar reaver tais coisas de junto do povo.
Pela tua parte, deverás cedê-la, como manda o deus. E nós
Aqueus
te daremos três e quatro vezes a respectiva recompensa,
quando Zeus nos conceder saquear Troia de belas
muralhas."

Respondendo-lhe assim falou o poderoso Agamêmnon:
"Não é deste modo, valente embora sejas, ó divino Aquiles,
que me enganas, pois nem me passarás à frente nem
                                                    convencerás.
Na verdade o que queres é que, mantendo tu próprio o teu
                                                    prêmio,
seja eu forçado a passar sem o meu, visto que me mandas
                                                    restituí-la.
Mas se me derem um prêmio os magnânimos Aqueus,
dando algo que me agrade, que seja recompensa condigna —
mas se nada me derem, então eu próprio irei tirar o
                                                    prêmio
que te pertence, ou a Ájax, ou até a Ulisses: tirá-lo-ei
e levá-lo-ei comigo. Zangar-se-á quem receber a minha visita!
Mas nestas coisas pensaremos depois, num momento futuro.
Agora lancemos uma escura nau para o mar divino;
nela reunamos remadores e nela ponhamos a hecatombe;
façamos embarcar a própria Criseida de lindo rosto.
E que da nau tome o comando um chefe aconselhado:
talvez Ájax, ou Idomeneu ou o divino Ulisses,
ou então tu próprio, ó Pelida, mais temível dos homens,
para que o sacrifício oferecido apazigue o deus que atua
                                                    ao longe."

Fitando-o com sobrolho carregado respondeu Aquiles
                                                    de pés velozes:
"Ah, como te vestes de vergonha, zeloso do teu proveito!
Como obedecerá às tuas palavras algum dos Aqueus,
para seguir caminho ou pelejar pela força contra guerreiros?
Eu não vim para cá lutar por causa dos lanceiros Troianos,
visto que eles em nada me ofenderam:
nunca eles me levaram bois ou cavalos, nem jamais na Ftia
de férteis sulcos, alimentadora de homens,
prejudicaram as colheitas, pois muitas coisas há de permeio:
montanhas sombrias e o mar retumbante.
Mas foi a ti, grande desavergonhado!, que seguimos,

CANTO I

para que te regozijasses, para que obtivéssemos honra
               para Menelau:
foi por ti, ó cara de cão!, que investimos contra os Troianos.
160 Mas nisto não queres tu pensar nem refletir.
E ameaças vir tu próprio tirar-me o prêmio, pelo qual
muito me esforcei, e que me deram os filhos dos Aqueus.
Nunca recebo eu prêmios como os teus, quando saqueiam
os Aqueus uma das cidades bem habitadas dos Troianos.
165 A maior porção da guerra impetuosa têm as minhas mãos
de aguentar; mas quando chega o momento da distribuição,
és tu que ficas com o prêmio melhor; e eu volto para as naus
com coisa pouca, mas que me é querida, depois de ter me
                 cansado
a combater. Mas agora voltarei para a Ftia, visto que
                é muito melhor
170 regressar para casa com as naus recurvas, pois não estou
                 disposto
a ficar aqui, desonrado, acumulando para ti tesouros."

A ele deu resposta Agamêmnon, soberano dos homens:
"Foge, pois, se é isso que o coração te impele a fazer!
Não te peço que fiques por minha causa. Junto de mim
175 outros há que me honram, sobretudo Zeus, o conselheiro!
De todos os reis criados por Zeus és para mim o mais odioso.
Sempre te são gratos os conflitos, as guerras e as lutas.
Se és excepcionalmente possante, é porque um deus tal
                te concedeu.
Vai-te para casa com as tuas naus e com os teus
                companheiros;
180 rege os Mirmidões. Pois de ti não quero saber,
nem me interessa a tua ira. E deste modo te ameaçarei:
uma vez que Febo Apolo me arrebata Criseida,
mandá-la-ei embora numa das minhas naus e com
                companheiros
meus, mas irei depois à tua tenda buscar Briseida de lindo
                rosto,

185 essa que te calhou como prêmio, para que fiques bem a saber
quanto mais forte que tu eu sou! Que doravante a outro
                                                                         repugne
declarar-se meu igual e comparar-se comigo na minha
                                                                                presença!"

Assim falou. Mas uma dor se apoderou do Pelida, cujo
                                                                                   coração
no peito hirsuto se dividia no que haveria de pensar:
190 ou desembainhar de junto da coxa a espada afiada
e dispersar a assembleia matando o Atrida;
ou antes acalmar a ira e refrear o coração.
Enquanto isto pensava no espírito e no coração,
tirando a espada da bainha, chegou Atena,
195 vinda do céu. Mandara-a a deusa Hera de alvos braços,
pois a ambos ela estimava e protegia no seu coração.
Postou-se atrás dele e agarrou no loiro cabelo do Pelida,
visível apenas para ele. Nenhum dos outros a viu.
Espantou-se Aquiles ao voltar-se para trás; e logo
                                                                                 reconheceu
200 Palas Atena, cujos olhos faiscavam terrivelmente.
E falando dirigiu-lhe palavras aladas:

"Por que aqui regressas, ó filha de Zeus detentor da égide?
Será para veres a insolência do Atrida Agamêmnon?
Mas isto te direi, coisa que penso vir a cumprir-se:
205 é pela sua arrogância que depressa perderá a vida."

A ele respondeu a deusa, Atena de olhos esverdeados:
"Vim para refrear a tua fúria (no caso de me obedeceres)
do céu: mandou-me a deusa Hera de alvos braços,
pois a ambos ela estima e protege no seu coração.
210 Mas desiste agora do conflito e não tires a espada com a mão.
Com palavras o podes injuriar, como de fato acontecerá.
Pois isto te direi, coisa que haverá de se cumprir:
no futuro três vezes mais gloriosas oferendas te serão

CANTO I

trazidas, por causa da insolência dele. Refreia-te
e obedece-nos."

215 Respondendo-lhe assim falou Aquiles de pés velozes:
"Forçoso é, ó deusa, que se obedeça às palavras de vós
ambas,
ainda que o coração esteja enraivecido. Assim será melhor.
Àquele que aos deuses obedece, ouvidos lhe dão eles
também."

Assim falou e reteve a mão pesada no punho de prata,
220 enfiando de novo a grande espada na bainha; não
desobedeceu
à palavra de Atena. Por seu lado, partiu ela para o Olimpo,
para o palácio de Zeus detentor da égide, para junto dos
deuses.

Mas o Pelida falou de novo com palavras agressivas
ao Atrida; de forma alguma desistiu da sua raiva:
225 "Pesado de vinho! Olhos de cão! Coração de gamo!
Armares-te para a guerra juntamente com o povo,
ou fazeres uma emboscada com os príncipes dos Aqueus:
isso nunca tu ousaste no coração. Tal coisa para ti seria
a morte.
Muito mais agradável é ires pelo vasto exército dos Aqueus,
230 arrancando os prêmios a quem te levanta a voz.
Rei voraz com o próprio povo, é sobre nulidades que tu
reinas:
se assim não fosse, ó Atrida, esta agora seria a tua última
insolência.
Mas isto te direi; e jurarei um grande juramento.
Por este cetro, que nunca mais terá folhas ou rebentos,
235 a partir do momento em que deixou o tronco nas montanhas,
nem nunca mais reverdecerá — pois dele cortou o bronze
as folhas e o casco, e agora os filhos dos Aqueus
que proferem sentenças o seguram, aqueles que praticam

a justiça por mando de Zeus — será este um poderoso
juramento:
240 sobrevirá um dia aos filhos dos Aqueus o desejo de terem
Aquiles,
a todos eles. E nesse dia não conseguirás tu, apesar do
sofrimento,
socorrê-los, quando muitos por Heitor matador de homens
caírem chacinados. E tu morderás dentro de ti o coração
de raiva, porque em nada honraste o melhor dos Aqueus."

245 Assim falou o Pelida, atirando para o chão o cetro cravejado
de adereços dourados, sentando-se ele próprio em seguida.
Quanto ao Atrida, continuava encolerizado. Então entre eles
se levantou Nestor das doces palavras, o límpido orador
de Pilos;
da sua língua fluía um discurso mais doce que o mel.
250 Vira morrer já duas gerações de homens mortais,
dos que com ele nasceram e foram alimentados
na sacra Pilos; e agora reinava sobre a terceira.
Bem-intencionado, assim se dirigiu à assembleia:

"Ah, como é grande a desgraça que à Acaia sobreveio!
255 Na verdade se regozijariam Príamo e os filhos de Príamo,
e todos os outros Troianos se alegrariam no coração,
se soubessem de todo este conflito entre vós ambos,
vós que entre os Dânaos sois excelsos no conselho e na luta.
Ouvi-me! Sois ambos mais novos do que eu.
260 Pois já eu com homens mais valentes que vós
me dei — e nunca esses me desconsideraram.
De resto nunca homens assim eu alguma vez verei:
homens como Pirítoo e Driante, pastor do povo;
Ceneu e Exádio e o divino Polifemo;
265 Teseu e Egeu, semelhante aos imortais.
Os mais fortes foram eles dos homens da terra;
os mais fortes foram eles, e com os mais fortes combateram:
até com centauros das montanhas, que de todo destruíram.

Com estes homens me dei, quando vim de Pilos,
270 de uma terra longínqua. Foram eles que me chamaram.
E combati por minha conta e risco. Com eles não conseguiria
lutar nenhum dos mortais que hoje habitam a terra.
Mas eles ouviam os meus conselhos e obedeciam às
                                         minhas palavras.
Obedecei também vós, pois o melhor é obedecer.
275 Que não procures tu, nobre embora sejas, tirar-lhe
                                         a donzela,
mas deixa-a estar: foi a ele primeiro que os Aqueus deram
                                         o prêmio.
Quanto a ti, ó Pelida, não procures à força conflitos com
                                         o rei,
pois não é honra qualquer a de um rei detentor de cetro,
a quem Zeus concedeu a glória.
280 Embora sejas tu o mais forte, pois é uma deusa que tens
                                         por mãe,
ele é mais poderoso, uma vez que reina sobre muitos mais.
Atrida, refreia agora a tua ira; eu próprio te suplico
que abandones a cólera contra Aquiles, que para todos
os Aqueus é um forte baluarte na guerra destruidora."

285 Respondendo-lhe assim falou o poderoso Agamêmnon:
"Tudo o que tu disseste, ó ancião, foi na medida certa.
Mas este homem quer estar sempre acima dos outros;
sobre todos quer ele prevalecer; sobre todos reinar
e a todos dar ordens. Penso que há um que não lhe obedece.
290 Se um guerreiro o fizeram os deuses que são para sempre,
é por isso que o incentivam a proferir injúrias?"

Em resposta o interrompeu o divino Aquiles:
"Chamar-me-ia um covarde e uma nulidade,
se tivesse de te ceder naquilo que me ordenas.
295 A outros dá as tuas ordens, mas não penses mandar
em mim. Pois penso nunca mais te obedecer.
E outra coisa te direi; tu guarda-a no coração:

com as mãos não lutarei eu por causa da donzela,
contigo ou com outro, visto que tirais o que me destes.
Mas dos outros haveres junto à minha escura nau veloz,
desses nada levarás contra a minha vontade.
Se tal tentares, que estes fiquem também a saber:
rapidamente da minha lança correrá teu negro sangue."

Assim que pararam de se injuriar com palavras violentas,
dispersaram a assembleia junto às naus dos Aqueus.
O Pelida dirigiu-se às suas tendas e às suas naus
bem-proporcionadas, com Pátroclo, filho de Menécio,
e com os seus outros companheiros. Por seu lado,
o Atrida fez lançar ao mar uma nau veloz;
escolheu vinte remadores e fez embarcar a hecatombe
para o deus, assim como Criseida de lindo rosto.
Como comandante foi Ulisses de mil ardis.
Tendo embarcado, navegaram estes pelos caminhos aquosos.
Mas o filho de Atreu ordenou às hostes que se purificassem.
E eles purificaram-se, atirando a sujidade para o mar;
e a Apolo ofereceram imaculadas hecatombes
de touros e cabras junto à orla do mar nunca cultivado.
Ao céu chegou o aroma, rodopiando por entre o fumo.

Entre o exército deste modo eles se esforçavam.
Mas Agamêmnon não desistiu do conflito com que
                                                  ameaçara
Aquiles, mas dirigiu-se a Taltíbio e a Euríbato,
que eram seus arautos e seus ágeis escudeiros:

"Ide agora até à tenda de Aquiles filho de Peleu
e trazei pela mão Briseida de lindo rosto.
Se ele não a entregar a vós, irei eu próprio buscá-la,
acompanhado de muitos outros; o que para ele será ainda
                                                    pior."

Assim dizendo despediu-os, impondo-lhes uma forte palavra.

CANTO I

Eles caminharam contrariados pela orla do mar nunca cultivado,
e chegaram às tendas e às naus dos Mirmidões.
Encontraram-no junto da sua tenda, junto da nau escura,
330 sentado; e ao vê-los não se alegrou Aquiles.
Mas ambos ficaram espantados, em pé, com medo
do rei, e não lhe dirigiram a palavra nem o interrogaram.
Mas ele sabia bem, no seu coração, e assim disse:

"Salve, ó arautos, mensageiros de Zeus e dos homens.
335 Aproximai-vos. Não sois vós os culpados, mas Agamêmnon,
que aqui vos manda por causa de Briseida, a donzela.
Pois bem, traz aqui a donzela, ó Pátroclo criado por Zeus,
e deixa que a levem. E que sejam eles testemunhas
perante os deuses bem-aventurados e os homens mortais,
340 e perante esse rei tão áspero, no caso de doravante
surgir a necessidade de eu afastar dos outros a desgraça.
Pois ele ferve de raiva no seu espírito mal-intencionado,
e não sabe olhar bem para trás e para a frente,
de modo a que os Aqueus combatam a salvo junto às naus."

345 Assim falou; e Pátroclo obedeceu ao querido companheiro
e trouxe da tenda Briseida de lindo rosto, dando-a
para a levarem. Eles voltaram para junto das naus dos Aqueus.
E com eles foi a mulher, contrariada. Mas logo Aquiles
rompeu a chorar e foi sentar-se longe dos companheiros,
350 na praia junto ao mar cinzento, olhando para o mar cor de vinho.
E estendendo as mãos, à mãe amada orou com afinco:

"Mãe, já que me deste à luz para uma vida tão curta,
honra deveria o Olímpio ter me concedido,
Zeus que troveja nas alturas. Mas agora em nada me honrou.
355 Pois o filho de Atreu, Agamêmnon de vasto poder,
desonrou-me. Tirou-me o prêmio, pela própria arrogância."

Assim falou, vertendo lágrimas; e ouviu-o a excelsa mãe,
sentada nas profundezas do mar junto ao ancião, seu pai.
Rapidamente, como a bruma, emergiu do mar cinzento:
360 sentou-se à frente do filho enquanto vertia lágrimas
e acariciou-o com a mão. Depois chamou-lhe pelo nome
e disse:

"Meu filho, por que choras? Que dor te chegou ao espírito?
Fala, não escondas o pensamento, para que ambos
saibamos."

Suspirando profundamente lhe deu resposta Aquiles
de pés velozes:
365 "Tu sabes. Para que dizer tudo a quem já sabe?
Fomos para Tebas, a sagrada cidade de Eécion:
saqueamo-la e de lá trouxemos todos os despojos;
bem os dividiram entre si os filhos dos Aqueus.
Para o Atrida escolheram Criseida de lindo rosto.
370 Mas Crises, sacerdote de Apolo que acerta ao longe,
veio até as naus dos Aqueus vestidos de bronze,
para resgatar a filha, trazendo incontáveis riquezas.
Segurando nas mãos as fitas de Apolo que acerta ao longe
e um cetro dourado, suplicou a todos os Aqueus,
375 mas em especial aos dois Atridas, condutores de homens.
Então todos os outros aprovaram as suas palavras:
que se venerasse o sacerdote e se recebesse o glorioso resgate.
Mas tal não agradou ao coração do Atrida Agamêmnon;
e asperamente o mandou embora, com palavras desabridas.
380 Furioso, o ancião voltou para trás; mas Apolo ouviu
a sua prece, uma vez que lhe era muito caro,
e disparou contra os Argivos setas malignas. Em seguida
todo o povo morria rapidamente, pois os disparos do deus
chegaram a todo o lado no vasto exército dos Aqueus.
385 Transmitiu-nos depois o sabedor adivinho os oráculos
do deus;
e fui eu o primeiro a dizer que se propiciasse o deus.

Mas a cólera apoderou-se do Atrida e logo se levantou
com palavras ameaçadoras — que agora se cumpriram.
Numa nau veloz mandam os Aqueus de olhos brilhantes
390 uma donzela para Crise e levam oferendas para o deus;
quanto à outra, vieram os arautos à minha tenda buscá-la,
à filha de Briseu, que me tinham dado os filhos dos Aqueus.
Mas agora, se na verdade podes, protege tu o teu filho
indo ao Olimpo para suplicar a Zeus, se é que alguma vez
395 lhe alegraste o coração com palavras ou com atos.
Pois muitas vezes te ouvi declarar no palácio de meu pai
que só tu entre os imortais afastaste a desgraça vergonhosa
do filho de Crono da nuvem azul, no dia em que
acorrentá-lo quiseram os demais Olímpios,
400 Hera e Posêidon e Palas Atena.
Mas foste tu, ó deusa, que das correntes o libertaste,
quando chamaste para o alto Olimpo aquele das cem mãos,
a quem os deuses chamam Briareu, embora todos os homens
lhe chamem Egéon; pois mais forte ele é que o pai.
405 Sentou-se ele ao lado do Crônida, exultante na sua glória;
e os deuses bem-aventurados sentiram medo e não
                                            o acorrentaram.
Estas coisas traz-lhe agora à lembrança e agarra-lhe
                                            os joelhos,
na esperança de que ele queira favorecer os Troianos,
encurralando os Aqueus junto às popas das naus
410 enquanto são chacinados, para que todos tirem proveito
daquele rei, e que reconheça o Atrida, Agamêmnon
                                            de vasto poder,
a sua loucura, por em nada ter honrado o melhor dos
                                            Aqueus."

Vertendo lágrimas lhe respondeu então Tétis:
"Ah, meu filho! Por que te dei à luz, amaldiçoada, e te criei?
415 Quem dera que junto às naus estivesses sentado sem
                                            lágrimas
e sem sofrimento, visto que curta é a tua vida, sem duração!

Agora será rápido o teu destino e mais do que todos os outros
sofrerás. Para um fado cruel te dei à luz no nosso palácio.
Dizer esta tua palavra a Zeus, que com o trovão se deleita,
₄₂₀ irei pois até ao Olimpo coberto de neve; talvez ele me ouça.
Mas fica tu agora junto às naus velozes na tua ira
contra os Aqueus, e completamente te abstém da refrega.
É que Zeus foi ontem para o Oceano, para os irrepreensíveis
Etíopes, assistir a um festim, e com ele foram todos os deuses.
₄₂₅ Mas no décimo segundo dia regressará de novo ao Olimpo,
e nessa altura irei para o palácio de brônzeo chão de Zeus.
Dirigir-lhe-ei súplicas: julgo poder convencê-lo."

Assim dizendo partiu, deixando-o onde estava,
encolerizado no coração por causa de uma mulher de bela
cintura,
₄₃₀ que à força e à sua revelia lhe tiraram. Por seu lado, Ulisses
chegou a Crise, trazendo a sagrada hecatombe.

Quando entraram no porto de águas fundas,
dobraram a vela e guardaram-na na nau escura;
rapidamente desceram o mastro com os cabos dianteiros
₄₃₅ e com os remos remaram até ao ancoradouro.
Lançaram as âncoras e ataram as amarras.
Eles próprios saíram e caminharam pela orla do mar,
levando a hecatombe para Apolo que acerta ao longe.
Da nau preparada para o alto-mar trouxeram a filha de
Crises.
₄₄₀ Levou-a até ao altar Ulisses de mil ardis;
depositou-a nos braços do pai, e assim lhe dirigiu a palavra:

"Manda-me, ó Crises, Agamêmnon soberano dos homens
restituir-te a tua filha e oferecer a Febo uma sagrada
hecatombe
em nome dos Dânaos, para que propiciemos o soberano,
₄₄₅ que contra os Argivos muitos sofrimentos lançou."

CANTO I

Assim dizendo, entregou-a nos braços do pai, que recebeu
com regozijo a filha amada. E logo aprontaram para o deus
a sagrada hecatombe em torno do bem construído altar.
Lavaram as mãos e pegaram nos grãos de cevada.
450 Entre eles levantou Crises as mãos e rezou em voz alta:

"Ouve-me, senhor do arco de prata, deus tutelar de Crise
e da sacratíssima Cila, que pela força reges Tênedo!
Tal como antes deste ouvidos à minha prece,
e para me honrares fustigaste a hoste dos Aqueus,
455 também agora faz que se cumpra isto que te peço:
afasta dos Dânaos a pestilência repugnante."

Assim disse, orando; e ouviu-o Febo Apolo.
Depois que rezaram e atiraram os grãos de cevada,
primeiro puxaram para trás as cabeças das vítimas
e depois as degolaram e esfolaram.
460 Cortaram as coxas e cobriram-nas com dupla camada
de gordura e sobre elas colocaram pedaços de carne crua.
O ancião queimou-as nas achas e por cima verteu vinho
frisante.
Junto dele os jovens seguravam garfos de cinco dentes.
Queimadas as coxas, provaram as vísceras,
465 cortaram o resto da carne e puseram-na em espetos;
assaram-na com cuidado e dos espetos a tiraram.
Quando puseram termo ao esforço de preparar o jantar,
comeram e nada lhes faltou naquele festim compartilhado.
Mas quando afastaram o desejo de comida e bebida,
470 vieram mancebos encher as taças de bebida;
vertidas as libações, serviram-nas a todos.
Durante todo o dia apaziguaram com cantos o deus,
entoando um belo hino, os mancebos dos Aqueus,
cantando em honra do deus que atua ao longe,
que no seu espírito se deleitou a ouvi-los.
475 E quando se pôs o sol e sobreveio a escuridão,
foram todos deitar-se junto às popas das naus.

Quando surgiu a que cedo desponta, a Aurora de róseos
dedos,
regressaram então para o vasto acampamento dos Aqueus.
Enviou-lhes um vento favorável Apolo que atua ao longe:
480 levantaram o mastro e alçaram as brancas velas.
O vento inchou o centro da vela e as ondas de púrpura
cantaram em redor da nau em movimento,
que por cima das ondas apressava o seu caminho.

Quando chegaram ao vasto acampamento dos Aqueus,
485 arrastaram a escura nau para a terra firme, para cima
da areia da praia, alinhando por baixo o equipamento.
Eles próprios se dispersaram por entre as tendas e as naus.

Porém na sua ira estava sentado junto às rápidas naus
o filho de Peleu criado por Zeus, Aquiles de pés velozes.
490 Recusava-se a partir para a assembleia, ou a partir
para a guerra, mas gastava o próprio coração ali
permanecendo, embora desejasse o grito de guerra e a refrega.

Foi quando sobreveio a décima segunda aurora
que para o Olimpo regressaram os deuses que são para
sempre,
495 todos juntos, e foi Zeus a liderá-los. Não olvidou Tétis
os pedidos de seu filho, mas emergiu de manhã cedo
da onda do mar e subiu ao rasgado céu, ao Olimpo.
Encontrou Zeus que vê ao longe sentado longe dos outros,
no pináculo mais elevado do Olimpo de muitos cumes.
500 Sentou-se junto dele e com a mão esquerda lhe agarrou
os joelhos, enquanto com a direita o segurava sob o queixo.
Em tom de súplica dirigiu a palavra a Zeus Crônida
soberano:

"Zeus pai, se entre os imortais alguma vez te auxiliei
com palavras ou atos, faz que se cumpra esta minha prece:
505 honra o meu filho, aquele que acima de todos os outros

CANTO I

está destinado a vida curta. Pois agora Agamêmnon, soberano
dos homens, o desonrou, tirando-lhe o prêmio pela arrogância.
Mas mostra-lhe tu a recompensa, ó conselheiro Zeus Olímpio!
Concede a primazia aos Troianos, até que os Aqueus
510 honrem o meu filho e lhe paguem com honraria devida."

Assim falou; mas não lhe deu resposta Zeus que comanda as nuvens.
Ficou sentado durante muito tempo em silêncio. Mas Tétis, do modo
que lhe agarrara os joelhos, desse modo continuava sem o largar;
e novamente lhe falou, tomando a palavra pela segunda vez:

"Com verdade me promete o que te peço e inclina a cabeça;
515 ou então recusa (pois nada há que te cause receio), para que eu saiba
bem como de todos os deuses sou aquela que menos honra recebe."

Indignado lhe respondeu então Zeus que comanda as nuvens:
"É triste o trabalho em que me lanças para entrar em conflito
com Hera, quando ela me provocar com palavras injuriosas.
520 Entre os deuses imortais está ela continuamente a censurar-me,
porque afirma querer eu beneficiar os Troianos na refrega.
Mas tu agora deverás de novo retirar-te, não vá Hera reparar
que aqui vieste. Refletirei sobre como cumprir estas coisas.
Inclinarei agora a cabeça para ti, para que acredites:
525 pois da minha parte é esta a maior garantia entre os imortais.
Nenhuma palavra em relação à qual inclino a cabeça
é revogável, falsa, ou ficará sem cumprimento."

Assim falou o Crônida, inclinando o sobrolho azul.
Agitaram-se as madeixas de ambrosia na cabeça
530 do soberano imortal e o alto Olimpo tremeu.

Depois de assim se terem aconselhado um com o outro,
saltou ela do fulgurante Olimpo para o mar profundo.
Zeus foi para o seu palácio. Todos os deuses se levantaram
dos seus assentos à entrada do pai; nenhum ousou esperar
535 que ele se aproximasse, mas todos se levantaram.
Em seguida sentou-se ele no seu trono. Porém a Hera
não passou despercebido que com ele se aconselhara
Tétis dos pés prateados, filha do Velho do Mar.
Logo falou a Zeus Crônida com palavras mordazes:

540 "Quem dos deuses, Pensador de Enganos, contigo
se aconselhou?
Sempre te é caro manteres-te afastado de mim,
judiciando coisas pensadas em segredo!
E nunca tu ousaste declarar-me a palavra que tens em teu
pensamento."

A ela deu resposta o pai dos homens e dos deuses:
545 "Hera, não penses vir a conhecer todas as minhas
palavras: difíceis elas te seriam, minha esposa embora sejas.
Porém aquilo que te compete ouvir, ninguém o ouvirá
primeiro, pertença ele à raça dos homens ou dos deuses.
Mas sobre aquilo que eu decido pensar afastado dos deuses,
550 não faças perguntas nem de modo algum procures saber."

A ele respondeu Hera rainha com olhos de plácida toura:
"Crônida terribilíssimo, que palavra foste tu dizer?
No passado nunca tive o hábito de perguntar ou inquirir,
mas sempre descansado pudeste planejar o que bem querias!
555 Mas sinto agora um receio terrível: que influenciado te tenha
Tétis dos pés prateados, filha do Velho do Mar.
Pois de manhã cedo se sentou contigo e te agarrou os joelhos.

CANTO I

> E a ela julgo eu que inclinaste a cabeça, em sinal
> de penhor em como
> honrarás Aquiles, matando muitos junto às naus dos
> Aqueus."

560 A ela deu resposta Zeus que comanda as nuvens:
"Deusa surpreendente! Sempre coisas imaginas; nunca
te escapo.
Mas nada tu conseguirás alcançar, e do meu coração
ficarás ainda mais longe. E isso para ti será a coisa pior.
Se é este o caso, é porque assim o caso me aprouve.
565 Senta-te em silêncio e ouve as minhas palavras,
com receio de que em nada te ajudem os deuses no Olimpo
quando de ti me aproximar, para te pôr minhas mãos
irresistíveis."

Assim falou; amedrontou-se Hera rainha com olhos
de plácida toura.
Sentou-se em silêncio, vergando seu amado coração.
570 Confrangeram-se no palácio de Zeus os deuses celestiais.
Entre eles tomou então a palavra o famoso artífice, Hefesto,
para agradar à mãe amada, Hera de alvos braços:

"Na verdade que trabalho tão triste e insuportável,
se vos agredis deste modo por causa dos mortais,
575 lançando o conflito entre os deuses! Nem há prazer
no belo festim, pois prevalece o que há de pior.
A minha mãe dou este conselho: sabedora embora seja,
que agrade a Zeus, pai amado, para que de novo a não
censure o pai, agitando assim o nosso banquete.
580 E se quisesse o astral relampejador Olímpio precipitar-nos
dos nossos assentos? É que de longe é ele o mais forte!
Mas fala-lhe tu com palavras suaves: de imediato
será o Olímpio compassivo para conosco."

Assim falou; levantando-se, uma taça de asa dupla

585 colocou nas mãos da mãe amada, e assim lhe disse:
"Aguenta, minha mãe, e refreia-te apesar do que sofres,
para que a ti, que tanto amo, meus olhos não vejam
atingida, pois nessa altura não poderia eu socorrer-te,
por mais que me doesse. Duro é o Olímpio de enfrentar.
590 Já em tempo anterior, quanto tentei salvar-te, me agarrou
ele pelo pé e me lançou para fora do limiar divino:
durante um dia inteiro me despenhei, e ao pôr do sol
caí em Lemnos: pouco era o sopro que me restava.
Foi aí, depois da minha queda, que os Síntias me trataram."

595 Assim falou; e sorriu a deusa, Hera de alvos braços.
Sorrindo, recebeu na mão a taça do filho.
Depois, da esquerda para a direita, a todos os outros deuses
ele serviu o doce néctar, tirando-o de uma cratera.
E brotou entre os deuses bem-aventurados o riso inexaurível,
600 quando viram Hefesto afadigando-se pelo palácio.

Deste modo, durante todo o dia, até ao pôr do sol
se banquetearam; e nada lhes faltou no festim compartilhado,
nem mesmo a lindíssima lira, que Apolo segurava,
nem o canto das Musas, que cantavam um canto alternado,
respondendo umas às outras com voz maravilhosa.
605 Quando desceu a luz resplandecente do sol,
cada qual foi para sua casa descansar, lá onde
o palácio para cada um construíra com artes engenhosas
o muito famigerado Hefesto, deus ambidestro.
Para o leito foi Zeus, astral relampejador Olímpio,
610 onde costumava dormir quando o doce sono sobrevinha.
Deitou-se e adormeceu; ao seu lado estava Hera do trono
                                                  dourado.

Canto II

Os outros deuses e os homens, senhores de carros de cavalos,
dormiram toda a noite. Só a Zeus não tomou o sono suave,
mas ponderava em seu espírito como poderia trazer honra
a Aquiles, matando muitos junto às naus dos Aqueus.
5 No espírito lhe surgiu então a melhor deliberação:
enviar um sonho nocivo ao Atrida Agamêmnon.
E falando-lhe proferiu palavras aladas:

"Vai agora, ó sonho nocivo, até as naus velozes dos Aqueus.
Quando chegares à tenda do Atrida Agamêmnon,
10 com verdade lhe diz tudo como te ordeno:
manda-o armar depressa os Aqueus de longos cabelos,
pois agora lhe seria dado tomar a cidade de amplas ruas
dos Troianos, porquanto se não dividem já os imortais
que no Olimpo têm sua morada (a todos convenceu
15 Hera suplicante), mas concedemos-lhe que ganhe a glória."

Assim falou. Partiu o sonho, assim que ouviu as palavras.
Chegou rapidamente às naus velozes dos Aqueus
e foi ter com o Atrida Agamêmnon. Encontrou-o
a dormir na tenda; sobre ele se derramava o sono imortal.
20 Postou-se junto à sua cabeça com a forma do filho de Neleu,
Nestor, a quem entre os anciãos mais honrava Agamêmnon.
Assemelhando-se a ele, assim lhe falou o sonho divino:

"Tu dormes, ó filho do fogoso Atreu, domador de cavalos.
Não deve dormir toda a noite o homem aconselhado,
a quem está confiada a hoste, a quem tantas coisas
    preocupam.
Mas agora presta rapidamente atenção. Sou mensageiro de
    Zeus,
que embora esteja longe tem grande pena e se compadece
    de ti.
Manda armar depressa os Aqueus de longos cabelos,
pois agora te seria dado tomar a cidade de amplas ruas
dos Troianos, porquanto se não dividem já os imortais
que no Olimpo têm a sua morada (a todos convenceu
Hera suplicante), mas sobre os Troianos pousam desgraças
vindas de Zeus. Mas tu guarda isto no teu espírito; que
    o olvido
se não apodere de ti, quando te largar o sono doce como
    mel."

Assim falando, desapareceu o sonho, deixando-o ali a refletir
no coração sobre coisas que não haveriam de se cumprir.
Pois pensava ele poder naquele dia tomar a cidade de Príamo,
insensato!, que não conhecia os trabalhos que Zeus planejava.
Na verdade era sua intenção impor sofrimentos e gemidos
tanto a Troianos como a Dânaos, no decurso de combates
    renitentes.

Então acordou do sono; retinia em derredor a voz divina.
Sentou-se direito e vestiu a bela túnica macia
de recente urdidura e sobre si atirou uma capa;
nos pés resplandecentes calçou as belas sandálias.
Aos ombros atirou uma espada cravejada de prata
e tomou o cetro paterno, imperecível para sempre,
com o qual se dirigiu às naus dos Aqueus vestidos de bronze.

Nesse momento subiu a Aurora ao alto Olimpo
para anunciar a luz a Zeus e aos outros imortais.

50 Logo ordenou aos arautos de voz penetrante
que chamassem para a assembleia os Aqueus de longos
                                                    cabelos.
Aqueles chamaram; e reuniram-se estes com grande rapidez.
Porém o rei sentou primeiro o Conselho dos magnânimos
                                                    anciãos
junto à nau de Nestor, o rei nascido em Pilos.
55 Depois de os reunir, cogitou uma cuidada deliberação:

"Ouvi-me, amigos! Veio ao meu encontro enquanto dormia
um sonho na noite imortal. Ao divino Nestor muito
se assemelhava no aspecto, na estatura e no porte.
Postou-se junto à minha cabeça e assim me disse:
60 'Tu dormes, ó filho do fogoso Atreu, domador de cavalos.
Não deve dormir toda a noite o homem aconselhado,
a quem está confiada a hoste, a quem tantas coisas
                                                    preocupam.
Mas agora presta rapidamente atenção. Sou mensageiro
                                                    de Zeus,
que embora esteja longe tem grande pena e se compadece
                                                    de ti.
65 Manda armar depressa os Aqueus de longos cabelos,
pois agora te seria dado tomar a cidade de amplas ruas
dos Troianos, porquanto se não dividem já os imortais
que no Olimpo têm a sua morada (a todos convenceu
Hera suplicante), mas sobre os Troianos pousam desgraças
70 vindas de Zeus. Mas tu guarda isto no teu espírito.' Assim
dizendo, voou para longe; largou-me então o doce sono.
Incitemos agora na medida do possível os filhos dos Aqueus!
Com palavras, antes de mais, irei pô-los à prova como
                                                    deve ser:
darei ordem para que fujam com as naus de muitos remos.
75 Porém vós de todos os lados devereis refreá-los com palavras."

Tendo assim falado voltou de novo a sentar-se. Entre eles
se levantou Nestor — ele que era rei de Pilos arenosa.

Bem-intencionado assim se dirigiu à assembleia:
"Ó amigos, regentes e comandantes dos Argivos!
₈₀ Se qualquer outro dos Aqueus tivesse relatado este sonho,
considerá-lo-íamos um logro e mais ainda o rejeitaríamos.
Mas quem o viu é quem se declara dos Aqueus o mais nobre.
Incitemos agora na medida do possível os filhos dos Aqueus!"

Assim falando foi o primeiro a retirar-se da assembleia.
₈₅ Por seu lado se levantaram e obedeceram ao pastor do povo
os reis detentores de cetro; e por seu lado se apressava o povo.
Tal como se lançam as raças das abelhas enxameantes
de uma côncava rocha saindo uma atrás da outra sem cessar
e esvoaçam em cachos sobre as flores da primavera,
₉₀ voando algumas por aqui, outras porém por ali —
assim das naus e das tendas muitas raças
marchavam em frente pela areia funda em grupos
até a assembleia. Entre eles lavrava como fogo o Rumor,
mensageiro de Zeus, impelindo-os a se reunirem.
₉₅ Em agitação turbulenta estava a assembleia e a terra gemeu
sob o peso dos homens sentados. Ouviam-se berros
e com seus gritos tentavam nove arautos contê-los,
para que parassem de berrar e ouvissem os reis criados
                                                    por Zeus.
A custo se sentara o povo, contido nos seus assentos,
₁₀₀ tendo já parado o clangor. Levantou-se o poderoso
                                                    Agamêmnon,
segurando o cetro que com seu esforço fabricara Hefesto.
Hefesto deu-o depois a Zeus Crônida soberano,
e por sua vez o deu Zeus ao forte Matador de Argos,
Hermes soberano, que o deu a Pélope, condutor de cavalos;
₁₀₅ por sua vez de novo o deu Pélope a Atreu, pastor do povo;
e Atreu ao morrer deixou-o a Tiestes dos muitos rebanhos;
por sua vez o deixou Tiestes a Agamêmnon para que
                                                    o detivesse,
assim regendo muitas ilhas e toda a região de Argos.
Apoiado contra o cetro, assim falou ele aos Argivos:

CANTO II

110 "Ó amigos, heróis dos Dânaos e escudeiros de Ares!
Grandemente me iludiu Zeus Crônida com grave desvario,
deus duro!, que antes me prometera inclinando a cabeça
que eu regressaria para casa depois de saquear Ílion de
                                                     belas muralhas.
Mas agora congeminou um dolo maldoso e manda-me
115 voltar sem glória para Argos, depois de ter perdido tanto
                                                       povo.
É assim o bel-prazer de Zeus de supremo poder,
que deitou por terra as cabeças de muitas cidades,
e a outras ainda fará o mesmo: é que sua é a força máxima.
Pois esta é uma vergonha de que ouvirão falar os vindouros:
120 que deste modo, em vão, uma hoste tão numerosa e valorosa
de Aqueus uma guerra guerreou escusada e lutou contra
                                                      homens
em menor número, sem que por fim se visse qualquer
                                                      finalidade.
Se na verdade quiséssemos — tanto Aqueus como
                                                     Troianos —
celebrar leais juramentos para contarmos ambos os lados,
125 e se se reunissem os Troianos, tantos quantos habitam
                                                   seus lares,
e se nós Aqueus nos organizássemos em grupos de dez
e se cada grupo escolhesse um Troiano como escanção,
muitos grupos de dez não teriam quem lhes vertesse o vinho!
Desta maneira afirmo eu que os filhos dos Aqueus excedem
130 em número os Troianos, que habitam a cidade. Mas existem
aliados de muitas cidades, homens que arremessam lanças,
que me impedem e não permitem a mim, que tanto quero,
saquear a cidade bem habitada de Ílion.
Já passaram nove anos do grande Zeus:
135 das naus apodrecem as madeiras, soltam-se as amarras.

As nossas esposas e os nossos filhos pequenos
estão sentados nos palácios à nossa espera. Mas a nossa tarefa
está por cumprir — aquela por causa da qual aqui viemos.

Mas façamos como eu digo e obedeçamos todos:
140 fujamos com as naus para a nossa amada terra pátria,
pois não tomaremos Troia, a cidade de amplas ruas."

Assim falou; a todos agitou o coração no peito por entre
a multidão, a todos quantos não participaram do Conselho.
E a assembleia foi posta em movimento como as grandes ondas
145 no mar de Icária, que o Euro e o Noto fizeram surgir
precipitando-se das nuvens de Zeus pai.
Tal como quando a sobrevinda do Zéfiro move uma funda seara
com a violência do seu sopro e faz vergar as espigas —
assim a assembleia foi posta em movimento. Com gritos
150 corriam em direção às naus; sob os seus pés se elevou
no alto a poeira. Cada um chamava pelo outro,
para se acercar das naus e arrastá-las para o mar divino.
Desimpediram os acessos e ao céu chegou o alarido
dos saudosos de casa. Debaixo das naus tiraram os suportes.

155 Então teriam os Argivos granjeado o regresso além do destino,
se a Atena não tivesse Hera proferido a seguinte palavra:
"Ah!, Atritona, filha de Zeus detentor da égide!
É assim que para casa e para a amada terra
pátria fugirão os Argivos sobre o vasto dorso do mar?
160 E a Príamo e aos Troianos assim deixariam a soberba —
Helena, a Argiva, em prol da qual muitos dos Aqueus
morreram em Troia, longe da amada terra pátria.
Mas vai tu agora por entre a hoste dos Aqueus vestidos de bronze.
Com as tuas palavras suaves refreia cada homem;
165 não deixes que eles arrastem as naus recurvas para o mar!"

Assim falou; e não desobedeceu Atena, a deusa de olhos esverdeados.

CANTO II

    Lançou-se veloz dos píncaros do Olimpo
e rapidamente chegou às naus velozes dos Aqueus.
Encontrou em seguida Ulisses, igual de Zeus em conselho,
170 em riste, pois na nau bem construída não pusera ainda
a mão, uma vez que a dor se abatera sobre o espírito
                                                                        e o coração.
Postando-se junto dele, assim lhe disse Atena de olhos
                                                                        esverdeados:

    "Filho de Laertes, criado por Zeus, Ulisses de mil ardis!
É deste modo que para a vossa amada terra pátria
175 fugireis, precipitando-vos para as naus de muitos remos?
E a Príamo e aos Troianos assim deixaríeis a soberba —
Helena, a Argiva, em prol da qual muitos dos Aqueus
morreram em Troia, longe da amada terra pátria.
Mas vai agora por entre a hoste dos Aqueus; não fiques
                                                                            para trás.
180 Com as tuas palavras suaves refreia cada homem;
não deixes que eles arrastem as naus recurvas para o mar!"

    Assim disse; e ele reconheceu a voz da deusa que lhe falava.
Caminhou depressa, atirando a capa ao chão, que apanhou
o escudeiro Euríbates de Ítaca, que o servia.
185 Foi ter com Agamêmnon, filho de Atreu,
e dele recebeu o cetro paterno, imperecível para sempre.
Segurando-o foi por entre as naus dos Aqueus vestidos
                                                                          de bronze.
Se porventura encontrava um rei ou outro homem nobre,
aproximava-se dele e com palavras suaves o refreava:

190 "Desvairado, parece mal assustares-te como se fosses
                                                                        um covarde.
Senta-te agora e manda também sentar-se o teu povo.
Pois não sabes ainda ao certo a intenção do Atrida, que agora
os põe à prova, mas depressa castigará os filhos dos Aqueus.
Não ouvimos nós todos no Conselho aquilo que ele disse?

195 Que encolerizado ele não faça mal aos filhos dos Aqueus!
Pois orgulhoso é o coração dos reis criados por Zeus:
é de Zeus que vem a sua honra; ama-os Zeus, o conselheiro."

Mas se porventura via um homem do povo metido numa rixa,
batia-lhe com o cetro, repreendendo-o com estas palavras:
200 "Desvairado! Senta-te sossegado e ouve o que dizem outros,
melhores que tu! Não passas de um covarde, de um fraco!
Não serves para nada, nem na guerra, nem pelo conselho.
Não penses que, aqui, nós Aqueus somos todos reis!
Não é bom serem todos a mandar. É um que manda;
205 um é o rei, a quem deu o Crônida de retorcidos conselhos
o cetro e o direito de legislar, para que decida por todos."

Autoritário, assim percorreu o exército; e para a assembleia
se precipitaram eles de novo, de junto das naus e das tendas,
com o estrondo da onda que no mar marulhante rebenta
210 contra a longa praia e das profundezas sai um rouco bramido.

Todos os outros se sentaram, contidos nos seus assentos.
Só Tersites de fala desmedida continuava a tagarelar —
ele que no espírito tinha muitas e feias palavras,
sem nexo e sem propósito, para vilipendiar os reis,
215 embora o que acaso lhe ocorresse dizer fizesse surgir o riso
entre os Argivos. Era o homem mais feio que veio para Ílion:
tinha as pernas tortas e era coxo num pé; os ombros
eram curvados, dobrando-se sobre o peito. A cabeça
era pontiaguda, donde despontava uma rala lanugem.
220 Para Aquiles e Ulisses era ele especialmente odioso,
pois contra ambos disparatava; mas agora era contra
o divino Agamêmnon que gritava estridentes insultos.
Muito irados contra ele estavam os Aqueus no coração.
Mas ele gritava em voz alta e assim insultava Agamêmnon:

CANTO II

225 "Filho de Atreu, estás descontente? Falta-te alguma coisa?
As tuas tendas estão cheias de bronze e muitas mulheres
escolhidas estão nas tuas tendas, essas que nós Aqueus
te demos em primeiro lugar, quando saqueávamos uma
                                                                             cidade.
Ou será ouro que tu queres? Ouro que te traga um dos
                                                                             Troianos
230 domadores de cavalos de Ílion, como resgate pelo filho,
que eu ou outro dos Aqueus capturei e trouxe para cá?
Ou será uma mulher jovem, para a ela te unires em amor,
e para ficares só tu com ela? Parece mal ser quem manda
neles a trazer as desgraças aos filhos dos Aqueus!
235 Covardes! Tristes vergonhas! Mulheres aqueias, já não
                                                                             Aqueus!
Regressemos para casa com as naus e deixemos aqui este
                                                                             homem
em Troia para tirar proveito dos despojos, para que veja
se nalguma coisa também nós contribuímos, ou não!
Ele que há pouco desonrou Aquiles, melhor homem que ele,
240 pois tirou-lhe o prêmio, devido à sua própria arrogância.
Na verdade não há raiva no coração de Aquiles: não quer
                                                                             saber.
Se assim não fosse, ó Atrida, terias sido insolente pela
                                                                             última vez."

Assim falou Tersites, insultando Agamêmnon, pastor
                                                                             do povo.
Rapidamente se postou junto dele o divino Ulisses;
245 fitando-o com sobrolho carregado repreendeu-o com
                                                                             duras palavras:

"Tersites de fala desbragada (embora até sejas bom orador),
controla-te! Não queiras entrar, sozinho, em conflito com
                                                                             reis.
Pois eu afirmo que não há criatura mortal mais abjeta que tu,
entre todos que para debaixo de Ílion vieram com os Atridas.

Por isso não devias andar com os nomes dos reis na boca,
nem proferir injúrias, nem preocupar-te com o regresso.
Não sabemos ao certo como estas coisas se passarão,
se nós os filhos dos Aqueus regressaremos bem ou mal.
Agora contra o Atrida Agamêmnon, pastor do povo,
lanças insultos, porque lhe oferecem muitos prêmios
os heróis Dânaos. É assim que falas, com impropérios.
Mas uma coisa eu te direi, coisa que se cumprirá:
se eu te encontrar outra vez a disparatar como agora,
que a cabeça não permaneça sobre os ombros de Ulisses
e que eu não me chame pai de Telêmaco,
se eu não te agarro e te dispo a roupa,
a túnica e a capa com que cobres as vergonhas,
e te mando embora a chorar da assembleia para junto
das naus velozes, espancado com bordoada humilhante."

Assim falou; e com o cetro bateu-lhe nas costas e nos ombros.
Tersites agachou-se; copiosamente lhe escorriam as lágrimas.
Logo lhe apareceu nas costas um inchaço ensanguentado,
sob o cetro de ouro. Mas sentou-se, amedrontado;
e cheio de dores, com expressão desesperada, limpou as
                                                           lágrimas.
Mas os outros, embora acabrunhados, riam-se
                                                           aprazivelmente.
Entre eles um assim dizia, olhando de soslaio para outro:

"Ah, na verdade são aos milhares os feitos valentes de Ulisses,
tanto na primazia dos conselhos como na autoridade
                                                          guerreira!
Mas esta foi a melhor coisa que ele fez entre os Argivos,
visto que cortou o palavreado a este caluniador
                                                       desavergonhado.
Não me parece que doravante o seu coração orgulhoso
de novo o encoraje a insultar reis com palavras
                                                      despudoradas!"

CANTO II

Assim falava a multidão. Levantou-se Ulisses, saqueador
                                  de cidades,
segurando o cetro na mão. A seu lado ia Atena de olhos
                                  esverdeados,
280 semelhante a um arauto, que ordenava às hostes que
                                  se calassem,
de modo a que os filhos dos Aqueus, os mais perto e mais
                                  longe,
ouvissem as palavras e seguissem o que lhes era aconselhado.
Bem-intencionado, assim se dirigiu à assembleia:

"Atrida, de ti agora, ó soberano, querem os Aqueus fazer
285 o mais desprezado entre todos os homens mortais,
nem cumprem a promessa que te fizeram, quando para
cá se dirigiram de Argos apascentadora de cavalos:
que regressarias para casa depois de saquear Ílion de belas
                                  muralhas.
É que na verdade como crianças pequenas ou viúvas
290 eles choram uns com os outros por voltar para casa.
De fato isto é esforço para se voltar para casa desanimado.
Pois aquele que está longe da mulher um só mês
sofre na nau bem construída — esse a quem os ventos
invernosos e o mar revolto mantêm longe;
295 mas para nós chegou já volvido o nono ano
desde que aqui estamos: pelo que não levo a mal
aos Aqueus que sofram junto às naus recurvas. Mas é
vergonhoso nos demorarmos para regressarmos sem nada.
Aguentai, amigos, e permanecei mais um tempo,
300 para sabermos se com verdade ou sem ela Calcas vaticinou.
Pois todos sabemos isto nos corações — e todos vós sois
testemunhas, todos que as divindades da morte não levaram
ontem ou antes de ontem —: quando as naus dos Aqueus
se reuniram em Áulis, trazendo desgraças a Príamo e aos
                                  Troianos,
305 e nós em torno de uma fonte nos sagrados altares
sacrificávamos aos imortais e oferecíamos hecatombes

debaixo de um belo plátano, donde fluía água transparente,
foi então que apareceu um grande portento. Uma serpente
de dorso avermelhado, medonha, que o Olímpio mostrara
à luz do dia, deslizou debaixo do altar e atirou-se ao plátano,
onde estavam as crias de um pardal, crias inocentes!,
no ramo mais alto, aterrorizadas sob as folhas:
eram oito; com a mãe que as gerara eram nove.
Então a serpente devorou as crias, que piavam de modo
confrangedor, enquanto a mãe esvoaçava, chorando pelos
                                                  filhos.
Porém a serpente enrolando-se apanhou a chorosa pela asa.
Mas depois que devorou as crias e o próprio pardal,
invisível fez a serpente o deus que a fizera visível:
em pedra a transformou o Crônida de retorcidos conselhos.
E nós ali em pé nos espantamos com o que acontecera.
Quando o portento terrível interrompeu a hecatombe,
imediatamente nos deu Calcas o seguinte vaticínio:
'Por que vos mantendes em silêncio, ó Aqueus de longos
                                                  cabelos?
A vós mostrou este grande prodígio Zeus conselheiro,
que veio tarde, que tarde se cumprirá, mas cuja fama
                                                  nunca morrerá.
Tal como a serpente devorou as crias e o próprio pardal —
eram oito, com a mãe que as gerara eram nove —
assim durante igual número de anos estaremos em guerra,
mas no décimo ano saquearemos a cidade de amplas ruas.'
Foi assim que ele falou; e agora na verdade tudo se cumpre.
Permanecei todos aqui, ó Aqueus de belas cnêmides,
até que tomemos a imponente cidadela de Príamo!"

Assim falou. Os Argivos levantaram um grande alarido,
e as naus em derredor ressoaram devido aos gritos dos
                                                  Aqueus,
que elogiavam as palavras do divino Ulisses.
Entre eles falou então Nestor de Gerênia, o cavaleiro:

CANTO II

"Ah, na verdade vós conduzis uma assembleia como se fosseis
rapazinhos tolos, que nada percebem dos trabalhos da guerra.
Aonde foram parar os nossos acordos e juramentos?
340 Que se lancem então no fogo os conselhos e planos
              dos homens,
as libações sem mistura, os apertos de mão em que confiamos.
Inúteis são estas altercações com palavras, visto que
                expediente
algum conseguimos encontrar, apesar de há muito aqui
                estarmos.
Atrida, mantém como até aqui fizeste sem cedências
              o propósito:
345 rege os Argivos, conduzindo-os para tremendos combates.
Deixa que estes pereçam, um ou dois dentre os Aqueus,
que querem deliberar separadamente — mas daí não virá
vantagem alguma —, antes que partam para Argos; antes que
saibamos se é mentira a promessa de Zeus detentor da égide.
350 Pois eu declaro que o Crónida de supremo poder inclinou
a cabeça naquele dia, em que nas naus velozes embarcaram
os Argivos, para aos Troianos trazerem a morte e o destino,
relampejando do lado direito e mostrando portentos
               favoráveis.
Por conseguinte, que ninguém se apresse a regressar para
                casa,
355 antes que ao lado da mulher de algum Troiano tenha
                dormido,
vingando assim os estrebuchamentos e lamentações
               de Helena.
Todavia, se alguém está profundamente desejoso de regressar,
que pegue então na sua nau bem construída,
para que à frente de todos encontre a morte e o destino.
360 Mas reflete tu próprio, ó soberano, e deixa-te convencer
               por outro:
para ti não será digna de rejeição a palavra que eu proferir.
Separa os homens por raças e por tribos, ó Agamêmnon:
que à tribo preste auxílio cada tribo; à raça, cada raça.

Se tu assim fizeres e se te obedecerem os Aqueus,
365 ficarás a saber quem são os covardes entre os chefes e o povo,
e quem são os valentes: pois combaterão nas suas seções.
Ficarás a saber se é por vontade divina que não tomas
                a cidade,
ou se é pela covardia dos homens, pela sua incapacidade
                guerreira."

Respondendo-lhe assim falou o poderoso Agamêmnon:
370 "No discurso vences tu de novo, ó ancião, os filhos dos
                Aqueus.
Quem me dera — ó Zeus pai, ó Atena, ó Apolo! —
ter entre os Aqueus dez conselheiros de tal categoria!
Rapidamente se vergaria a cidade de Príamo soberano,
e pelas nossas mãos seria tomada e saqueada!
375 Mas a mim deu sofrimentos Zeus Crônida detentor da égide,
que me atira para conflitos escusados e desentendimentos.
Na verdade por causa da donzela eu e Aquiles entramos
em conflito com palavras violentas; comecei eu por me
                encolerizar.
Se alguma vez nos voltarmos a unir em conselho, para
                os Troianos
380 não haverá mais adiamento da desgraça, nem por um
                momento!
Ide agora tomar a vossa refeição, para podermos combater.
Que cada um afie bem a lança e cuide bem do escudo;
que cada um dê bem de comer aos cavalos de pés velozes;
que cada um verifique bem o carro e pense na guerra,
385 para que todo o dia sejamos postos à prova na guerra
                detestável.
Pois não haverá qualquer pausa, nem por um momento,
até que chegue a noite para separar a fúria dos homens.
Em torno do peito escorrerá de suor o talabarte do escudo
duplamente protetor; cansaço sentir-se-á na mão que
                segura a lança.
390 De suor escorrerá o cavalo enquanto puxa o carro polido.

Mas àquele que eu encontrar longe da refrega com vontade
de permanecer junto às naus recurvas, para esse não haverá
meio de fugir seguidamente aos cães e às aves de rapina."

Assim falou; e os Argivos gritaram alto como a onda
395 contra o elevado promontório, quando o Noto sobrevindo
a atira contra um rochedo saliente de que nunca se afastam
as ondas de todos os ventos, quando surgem deste lado
e daquele.
Levantaram-se para se dispersar depressa por entre as naus.
Depois fizeram fogo nas tendas e tomaram a refeição.
400 E cada um sacrificava a um dos deuses que são para sempre,
rezando para escapar à morte e à labutação da refrega.

Porém Agamêmnon senhor dos homens sacrificou um
gordo
boi de cinco anos de idade ao Crônida de supremo poder
e chamou os anciãos e chefes da hoste dos Aqueus:
405 Nestor em primeiro lugar e o soberano Idomeneu;
mas também os dois Ajantes e o filho de Tideu;
como sexto veio Ulisses, igual de Zeus no conselho.
Por sua livre vontade veio Menelau, excelente em auxílio,
pois sabia bem no coração com que se afadigava o irmão.
410 Posicionaram-se em torno do boi e tomaram os grãos de
cevada.
Entre eles rezou assim o poderoso Agamêmnon:

"Gloriosíssimo Zeus máximo, ó deus da nuvem azul, que
o éter
habitas! Que o sol se não ponha e não sobrevenha a
escuridão,
antes que eu tenha derrubado a sala de banquetes de Príamo
415 negra de fumo e lhe tenha destruído as portas com fogo
ardente;
nem antes que tenha rasgado em torno do peito de Heitor
a túnica

com o bronze; e que em volta dele muitos companheiros
mordam a terra ao baterem com a cabeça no chão."

Assim falou; mas a ele não concederia cumprimento
                                        o Crônida:
₄₂₀ aceitou o sacrifício, mas retribuiu-lhe com esforços
                                             incessantes.
Depois que rezaram e atiraram os grãos de cevada,
primeiro puxaram para trás as cabeças das vítimas
e depois as degolaram e esfolaram.
Cortaram as coxas e cobriram-nas com dupla camada
de gordura e sobre elas colocaram pedaços de carne crua.
₄₂₅ Assaram-nas em espetos de madeira desnudados de folhas;
e espetaram as vísceras, que assaram sobre a chama de
                                                Hefesto.
Queimadas as coxas, provaram as vísceras,
cortaram o resto da carne e puseram-na em espetos;
assaram-na com cuidado e dos espetos a tiraram.
₄₃₀ Quando puseram termo ao esforço de preparar o jantar,
comeram e nada lhes faltou naquele festim compartilhado.
Mas quando afastaram o desejo de comida e bebida,
entre eles tomou a palavra Nestor de Gerênia, o cavaleiro:

"Glorioso Atrida, Agamêmnon soberano dos homens!
₄₃₅ Não permaneçamos agora reunidos, nem por mais tempo
adiemos a obra que o deus nos põe nas mãos.
Mas que agora os arautos dos Aqueus vestidos de bronze
chamem ao longo das naus para que o povo se reúna;
pela nossa parte, percorramos juntos o vasto exército
₄₄₀ dos Aqueus, para mais depressa suscitarmos o combate
                                                afiado."

Falou; e não lhe desobedeceu Agamêmnon soberano dos
                                                homens.
Logo ordenou aos arautos de voz penetrante
que chamassem para a guerra os Aqueus de longos cabelos.

CANTO II

Aqueles chamaram; e reuniram-se estes com grande rapidez.
₄₄₅ De roda do Atrida os reis criados por Zeus apressavam-se
na organização do exército; e com eles ia Atena de olhos
                                                           esverdeados,
segurando a égide — veneranda, imarcescível, imortal,
de que pendiam cem borlas inteiramente feitas de ouro,
todas bem forjadas, valendo cada uma o preço de cem bois.
₄₅₀ Com ela se lançava, faiscante, pela hoste dos Aqueus,
incitando-os a avançar. No peito de cada um lançava
no coração a força inquebrantável para guerrear e combater.
Então lhes pareceu a guerra mais doce do que regressar
nas côncavas naus para a amada terra pátria.

₄₅₅ Tal como o fogo violento incendeia uma enorme floresta
no cume da montanha e de longe se avistam as labaredas —
assim do bronze incontável daqueles que marchavam
subia pelo ar o fulgor resplandecente até ao céu.
Tal como as muitas raças de pássaros providos de asas,
₄₆₀ gansos ou grous ou cisnes de longos pescoços,
na pradaria asiática junto às correntes do Caístrio
voam por aqui e por ali, radiantes com a força das asas,
avançando à medida que gritam e toda a pradaria ressoa —
assim as muitas raças se entornaram das naus e das tendas
₄₆₅ para a planície do Escamandro; e de modo terrível
ressoou a terra debaixo dos pés, deles e dos cavalos.

Posicionaram-se então na pradaria florida do Escamandro
aos milhares, como as folhas e as flores na época própria.
Tal como as muitas raças de moscas enxameantes,
₄₇₀ que zumbem através da propriedade do pastor
na estação primaveril, quando o leite enche os baldes —
assim contra os Troianos estavam os Aqueus de longos
                                                           cabelos
posicionados na planície, desejosos de os desmembrar.
Tal como caprinos rebanhos de cabras os homens cabreiros
₄₇₅ separam facilmente, quando se misturam nas pastagens —

assim os comandantes os organizavam por aqui e por ali
para seguirem para a guerra, entre eles o poderoso
                              Agamêmnon,
nos olhos e na cabeça igual de Zeus que com o trovão
                              se deleita;
nos abdominais igual de Ares; e nos peitorais, de Posêidon.
₄₈₀ E tal como no rebanho de bois acima dos outros se destaca
o touro, pois dele é a preeminência entre os bois
                              arrebanhados —
assim naquele dia concedeu Zeus ao Atrida que se destacasse
no meio da multidão, o mais preeminente dos heróis.
Dizei-me agora, ó Musas que no Olimpo tendes vossas
                              moradas —
₄₈₅ pois sois deusas, estais presentes e todas as coisas sabeis,
ao passo que a nós chega apenas a fama e nada sabemos —,
quem foram os comandantes dos Dânaos e seus reis.
A multidão eu não seria capaz de enumerar ou nomear,
nem que tivesse dez línguas, ou então dez bocas,
₄₉₀ uma voz indefectível e um coração de bronze,
a não ser que vós, Musas Olímpias, filhas de Zeus
                              detentor da égide,
me lembrásseis todos quantos vieram para debaixo de Ílion.
Enumerarei os comandantes das naus e a ordenação das
                              naus.

Dos Beócios foram comandantes Leito e Peneleu,
₄₉₅ assim como Arcesilau e Protoenor e Clónio;
eles que na Híria habitavam e em Áulis rochosa,
em Esqueno e Escolo e Eteono de muitas escarpas,
e em Tespeia e Graia e no espaçoso Micalesso;
eram eles que habitavam Harma e Ilésio e Eritras,
₅₀₀ senhores de Éleon, mas também de Hila e de Péteon,
de Ocália e de Médeon, cidadela bem fundada;
de Copas, Eutrésis e de Tisbe cheia de pombas;
habitavam Coroneia e Haliarto de relva atapetado,
senhores de Plateia que habitavam Glisas;

CANTO II

505 senhores de Hipotebas, cidadela bem fundada,
e do sagrado Onquesto, reluzente bosque de Posêidon,
que detinham Arna rica em vinhas e Mideia,
a sacratíssima Nisa e Antédon junto do mar.
Destes vieram cinquenta naus; em cada uma
510 embarcaram cento e vinte mancebos dos Beócios.

Os que habitavam Asplédon e Orcómeno dos Mínias:
desses eram chefes Ascálafo e Iálmeno, filhos de Ares,
a quem gerara, em casa de Actor filho de Azeu, Astíoca,
a virgem veneranda, depois de subir para o tálamo
515 com Ares possante: pois em segredo ele dormira com ela.
Alinhavam com estes côncavas naus em número de trinta.

Dos Fócios eram comandantes Esquédio e Epístrofo,
filhos de Ífito, filho do magnânimo Náubolo;
eram senhores de Ciparisso e de Píton rochosa,
520 da sacratíssima Crisa, de Dáulis e do Panopeu;
eram eles que habitavam Anemoreia e Hiâmpolis,
vivendo junto do Cefiso, rio divino;
detinham ainda Lileia, junto da nascente do Cefiso.
Com eles seguiam escuras naus em número de quarenta.
525 Posicionaram com eficiência o alinhamento dos Fócios,
preparados para a luta com os Beócios do lado esquerdo.

Dos Lócrios era comandante o rápido Ájax, filho de Oileu,
o menor dos dois Ajantes, sem a estatura de Ájax, filho
                                                    de Télamon;
era menor, de longe. Era baixo e vestia um colete de linho,
530 mas com a lança era superior a todos os Helenos e Aqueus.
Eram estes que habitavam Cino e Opoente e Caliaro;
Bessa e Escarfa e as agradáveis Augeias,
Tarfa e Trônio junto às correntes de Boágrio.
Com ele seguiam escuras naus em número de quarenta
535 dos Lócrios, que habitam defronte da sagrada Eubeia.

Senhores de Eubeia eram os Abantes resfolegando força,
que detinham Cálcis e Irétria e Histieia de muitas vinhas,
e Cerinto junto do mar e a cidadela sagrada de Dio;
senhores de Caristo que habitavam Estira,
540 deles era comandante Elefenor, vergôntea de Ares,
filho de Calcodonte, magnânimo comandante dos Abantes.
Seguiam-no os velozes Abantes, que usavam cabelo
comprido atrás,
lanceiros desejosos de rasgar com lanças espetadas
os coletes que protegiam o peito dos inimigos.
545 Com ele seguiam escuras naus em número de quarenta.

E aqueles que detinham Atenas, cidadela bem fundada,
terra do magnânimo Erecteu, a quem outrora alimentou
Atena
filha de Zeus, quando o deu à luz a terra produtora de
cereais;
fez com que habitasse Atenas, no seu templo esplendoroso,
550 onde com o sacrifício de touros e carneiros o tranquilizam
os mancebos dos Atenienses, volvidos os anos;
destes era comandante Menesteu, filho de Peteu.
Semelhante a ele não havia outro homem na terra,
capaz de alinhar carros de cavalos e homens portadores
de escudo.
555 Só Nestor com ele rivalizava, pois era ele o mais velho.
Com ele seguiam escuras naus em número de cinquenta.

E de Salamina conduziu Ájax doze naus,
que posicionou junto às falanges dos Atenienses.

Os que eram senhores de Argos e de Tirinto amuralhada,
560 de Hermione e de Ásina recortadas pela baía funda;
Trezena e Eionas e Epidauro cheio de vinhas,
senhores de Egina e de Mases, mancebos dos Aqueus:
deles era comandante Diomedes, excelente em auxílio,
e Estênelo, filho amado do glorioso Capaneu.

CANTO II

565 Com eles vinha um terceiro, Euríalo, homem divino!,
 filho do soberano Mecisteu, filho de Talau.
 Mas a todos eles comandava Diomedes, excelente em auxílio,
 e com eles seguiam escuras naus em número de oitenta.

 Os que detinham Micenas, cidadela bem fundada,
570 a rica Corinto e as bem fundadas Cleonas,
 que habitavam Orneias e a agradável Aretírea;
 e Sícion, onde primeiro reinou Adrasto;
 e os que detinham Hiperésia e a íngreme Gonoessa,
 senhores de Pelena que habitavam Égion,
575 todo o Egíalo e por toda a ampla Hélice:
 deles comandava cem naus o poderoso Agamêmnon,
 filho de Atreu; e com ele seguiam as melhores
 e mais numerosas hostes, ele próprio vestido na sua glória
 de bronze viril, destacando-se no meio de todos os heróis,
580 porque era ele o mais nobre e comandava a hoste mais
  numerosa.

 Os que detinham a ravinosa Lacedemônia cheia de grutas,
 Fáris e Esparta e Messa cheia de pombas,
 que habitavam Briseias e as agradáveis Augeias,
 senhores de Amiclas e de Helo, cidadela junto do mar;
585 eles que detinham Laas e habitavam Étilo:
 deles comandava o irmão, Menelau excelente em auxílio,
 sessenta naus, separadamente alinhadas.
 Entre elas se movimentava confiante na própria vontade,
 incitando-os à guerra; muito queria ele no coração
590 vingar os estrebuchamentos e lamentações de Helena.

 Os que habitavam Pilos e a agradável Arena,
 Tríon, travessia do Alfeu, e o bem fundado Épi;
 eles que habitavam Ciparisseis e Anfigeneia,
 Ptéleo e Helo e Dórion, lá onde as Musas
595 encontraram Tâmiris, o Trácio, e o canto lhe calaram,
 vindo da Ecália, de casa de Êurito, o Ecálio —

pois ufanara-se ele de as vencer, se contra ele cantassem
as Musas, filhas de Zeus detentor da égide;
mas elas na sua cólera o estropiaram e lhe tiraram
600 o canto sortílego, fazendo-o esquecer a arte da lira.
Destes era comandante Nestor de Gerênia, o cavaleiro;
e com ele alinhavam noventa côncavas naus.

Os que habitavam a Arcádia debaixo da escarpada montanha
de Cilene, junto ao túmulo de Épito, onde os homens
combatem
605 encostados; senhores de Feneu e Orcômeno de muitos
rebanhos;
de Ripa e de Estrácia e da ventosa Enispa;
eles que detinham Tegeia e a agradável Mantineia,
senhores de Estínfalo que habitavam a Parrásia:
deles comandava o filho de Anceu, o forte Agapenor,
610 sessenta naus; e em cada nau estavam embarcados
homens Árcades, bons conhecedores da guerra.
A eles dera o próprio Agamêmnon, senhor dos homens,
as naus bem construídas para a travessia do mar cor de vinho:
oferta do Atrida, porque a navegação em nada os interessava.

615 E os que habitavam Buprásion e a Élide divina,
toda a região que Hermina e Mírsino junto do mar
e a Rocha Olênia e Alésion delimitam:
destes havia quatro comandantes, e dez naus velozes
seguiam cada comandante, depois de embarcados muitos
Epeus.
620 Comandantes eram por um lado Anfímaco e Tálpio:
este, filho de Ctéato; aquele, de Êurito, da raça de Actor;
por outro lado o filho de Amarinceu, Diores possante;
como quarto comandava Polixeino, semelhante aos deuses,
filho do soberano Agástenes, filho de Augeu.

625 E de Dulíquio e de Equinas, ilhas sagradas,
do outro lado do mar, defronte de Élide:

CANTO II

    destes era comandante Meges, igual de Ares,
    filho de Fileu, a quem gerara o cavaleiro Fileu, dileto de Zeus,
    que outrora viera para Dulíquio, irado contra o pai.
630 Com ele seguiam escuras naus em número de quarenta.

    E Ulisses comandava os magnânimos Cefalênios, que
                                                      habitavam
    Ítaca e o Nériton coberto de árvores agitadas pelo vento,
    senhores da Crocileia e da áspera Egílipe,
    que detinham Zacinto e habitavam Samos,
635 senhores do continente e habitantes da orla marítima:
    destes era comandante Ulisses, igual de Zeus no conselho.
    Com ele seguiam doze naus de rebordos vermelhos.

    Dos Etólios era o comandante Toas, filho de Andrêmon,
    eles que habitavam Plêuron e Óleno e Pilena,
640 e Cálcis junto do mar e Cálidon rochosa:
    é que não viviam já os filhos do magnânimo Eneu,
    nem ele próprio era vivo, nem o loiro Meleagro,
    a quem fora ordenado que regesse os Etólios.
    Com ele seguiam escuras naus em número de quarenta.

645 Dos Cretenses era comandante o famoso lanceiro Idomeneu,
    eles que detinham Cnoso e Gortina amuralhada,
    Licto e Mileto e Licasto de pedra branca,
    Festo e Rício, cidades bem habitadas,
    e os outros que habitavam Creta das cem cidades.
650 Destes eram comandantes o famoso lanceiro Idomeneu
    e Meríones, igual de Eniálio matador de homens.
    Com eles seguiam escuras naus em número de oitenta.

    E Tlepólemo, filho de Héracles, homem alto e valente,
    conduzia de Rodes nove naus de orgulhosos Ródios,
655 eles que habitam Rodes divididos em três:
    Lindo e Ieliso e Cameiro de pedra branca:
    destes era comandante o famoso lanceiro Tlepólemo,

que Astioqueia deu à luz devido à Força de Héracles —
ela que fora trazida de Éfire de junto do rio Seleis,
660 saqueadas muitas cidades de guerreiros criados por Zeus.
Tlepólemo fora criado no belo recinto do palácio,
mas imediatamente do pai matou o tio amado,
Licímnio, vergôntea de Ares, homem já idoso.
Logo construiu as naus; e depois de reunir o povo,
665 fugiu pelo mar, uma vez que era ameaçado
pelos outros filhos e netos da Força de Héracles.
Nas suas errâncias chegou a Rodes, sofrendo dores:
aí dividiu o povo em três tribos e foi estimado
por Zeus, que é soberano dos deuses e dos homens.
670 E sobre eles derramou o Crônida riquezas maravilhosas.

Nireu comandou três naus de Sime,
Nireu filho de Aglaia e de Cárops soberano;
Nireu, que era o homem mais belo entre os outros Dânaos
que vieram para debaixo de Ílion, à exceção do
          irrepreensível Pelida.
675 No entanto era um fraco; e pouco era o povo que o seguia.

E os que detinham Nisiro e Crápato e Caso
e Cós, cidade de Eurípilo, e as Ilhas Calídnias:
destes eram comandantes Fidipo e Ântifo,
ambos filhos de Téssalo, filho de Héracles.
680 Com eles alinhavam trinta côncavas naus.

Agora, daqueles que habitavam Argos de Pelasgo,
senhores de Alo e Álope, habitantes de Tráquis,
que detinham a Ftia e a Hélade, terra de belas mulheres,
Mirmidões de seu nome, mas também Helenos e Aqueus:
685 destes comandava Aquiles cinquenta naus.
Porém não era na guerra dolorosa que fixavam o pensamento:
pois não havia quem os comandasse nas linhas de combate.
Junto às naus estava deitado o divino Aquiles de pés velozes,
encolerizado por causa de Briseida, donzela de lindo cabelo,

CANTO II

690 que ele trouxera de Lirnesso após grandes esforços,
quando destruiu Lirnesso e as muralhas de Tebas,
tendo derrubado os lanceiros Mines e Epístrofo,
filhos do soberano Eveno, filho de Selepo:
por causa dela estava Aquiles deitado em sofrimento.
Mas em breve viria o momento de se levantar.

695 E aqueles que detinham Fílace e o florido Píraso,
santuário de Deméter, e Íton, mãe dos rebanhos,
e Ântron junto do mar e Ptéleo de relva atapetado:
destes fora comandante o belicoso Protesilau,
quando era vivo; mas cobria-o agora a terra negra.
700 Com ambas as faces dilaceradas, a esposa ficara em Fílace,
na casa incompleta; quanto a ele, matara-o um Dárdano,
quando saltava da nau, de longe o primeiro dos Aqueus.
Porém não ficaram sem comandante, apesar das saudades:
mas comandava-os Podarces, vergôntea de Ares,
705 filho de Íficlo, filho de Fílaco rico em rebanhos,
ele próprio irmão do magnânimo Protesilau,
nascido depois; mas o outro era melhor e mais velho,
o belicoso herói Protesilau. Deste modo às hostes
não faltava um chefe, apesar das saudades daquele valente.
710 Com ele seguiam escuras naus em número de quarenta.

E aqueles que habitam Feras junto ao lago de Bebeis;
Beba e Gláfiras e a bem fundada Iolco:
destes comandava onze naus o filho amado de Admeto,
Eumelo, que para Admeto deu à luz a divina entre
                                                          as mulheres,
715 Alceste, a mais excelsa na beleza das filhas de Pélias.
E os que habitavam Metona e Taumácia,
senhores de Melibeia e da áspera Olízon:
destes comandava Filoctetes, o sapiente arqueiro,
sete naus; em cada uma tinham embarcado cinquenta
720 remadores, bons conhecedores do combate com arco e flecha.
Pois ele jazia agora numa ilha, em grande sofrimento,

na sacra Lemnos, onde o deixaram os filhos dos Aqueus
padecendo da ferida horrível de uma venenosa serpente.
Aí jazia, cheio de dores; mas em breve se lembrariam
₇₂₅ os Aqueus junto às naus do soberano Filoctetes.
Porém não ficaram sem comandante, apesar das saudades:
mas comandava-os Médon, filho ilegítimo de Oileu,
que Rena dera à luz para Oileu, saqueador de cidades.

E aqueles que detinham Trica e Itoma das muitas escarpas,
₇₃₀ senhores da Ecália, cidade de Êurito, o Ecálio:
destes eram comandantes dois filhos de Asclépio,
excelentes médicos, Podalério e Macáon.
Com eles alinhavam trinta côncavas naus.

E os senhores de Ormênio e da fonte Hipereia,
₇₃₅ que habitavam Astérion e os brancos cumes do Títano:
destes era comandante Eurípilo, glorioso filho de Evémon.
Com ele seguiam escuras naus em número de quarenta.

E os que detinham Argissa e habitavam Girtona,
Orta e Elona e a cidade branca de Oloósson:
₇₄₀ destes era comandante o paciente guerreiro Polipetes,
filho de Pirítoo, gerado por Zeus imortal.
Deu-o à luz para Pirítoo a famosa Hipodamia,
no dia em que se vingou dos centauros hirsutos,
escorraçando-os de Pélion em direcção a Etices.
₇₄₅ Não vinha só, pois com ele estava Leonteu, vergôntea
de Ares,
filho do magnânimo Corono, filho de Ceno.
Com eles seguiam escuras naus em número de quarenta.

Guneu comandou de Cifo vinte e duas naus;
com ele vinham os Enienes e os Perebos, pacientes na guerra,
₇₅₀ que estabeleceram as suas casas na invernosa Dodona,
e habitavam a terra arável junto do desejável Titaresso,
que verte no Peneu a sua corrente de lindo fluir,

CANTO II

mas não mistura as suas águas com os redemoinhos prateados
do Peneu, mas corre como azeite sobre as águas dele.
755 É afluente da terrível Água Estígia dos juramentos.

Dos Magnetes era comandante Prótoo, filho de Tentrédon,
que viviam junto do Peneu e do Pélion coberto de árvores
agitadas pelo vento; comandava-os o veloz Prótoo.
Com ele seguiam escuras naus em número de quarenta.

760 Pois eram estes os regentes e comandantes dos Dânaos.
Mas entre eles quem era o melhor diz-me agora tu, ó
                                        Musa —
entre homens e cavalos, que seguiram com os dois Atridas.

Quanto a cavalos, os melhores eram as éguas do filho de
                                        Feres,
as que conduzia Eumelo, rápidas como pássaros,
765 de igual pelo e de idade igual, os dorsos alinhados por um fio.
Estas éguas criara na Pereia Apolo do arco de prata,
ambas fêmeas, portadoras do pânico de Ares.

Quanto a homens, o melhor era Ájax, filho de Télamon,
estando Aquiles zangado; pois o melhor de todos era ele,
770 assim como os cavalos que transportavam o irrepreensível
                                        Pelida.
Mas ele encontrava-se junto das naus recurvas, preparadas
para o alto-mar, encolerizado contra Agamêmnon, pastor
                                        do povo,
filho de Atreu. E as hostes ao longo da orla do mar
se deleitavam com o lançamento de discos e de dardos,
775 e com os arcos; os cavalos estavam junto aos respectivos
                                        carros,
mastigando o lódão e a salsa criada pelos pântanos;
os carros estavam bem cobertos e jaziam nas tendas
dos comandantes, que sentiam saudades do chefe guerreiro,
caminhando para trás e para a frente, mas sem combater.

780 Assim marcharam como se o fogo lavrasse na terra inteira;
a terra gemeu como que sob Zeus, que com o trovão
                                                  se deleita,
encolerizado, quando fustiga o chão em torno de Tifeu
na terra dos Árimos, onde se diz ser o leito de Tifeu:
deste modo grandemente gemeu a terra sob os pés
785 dos que caminhavam; e depressa atravessaram a planície.

Aos Troianos chegou Íris pela célere rajada dos seus pés,
de junto de Zeus detentor da égide, com uma triste notícia.
Estavam eles na assembleia perto dos portões de Príamo,
e encontravam-se todos reunidos, tanto novos como velhos.
790 Postando-se perto deles, falou Íris de pés velozes,
assemelhando a voz à de Polites, filho de Príamo,
que como sentinela dos Troianos se sentava, confiante
na rapidez dos seus pés, no alto do túmulo do velho Esietes,
à espera de ver os Aqueus a avançarem de junto das naus.
795 Assemelhando-se a ele, assim falou Íris de pés velozes:

"Ancião, sempre te são caras as palavras, como outrora
em tempo de paz; mas levantou-se agora a guerra incessante.
Na verdade entrei já em muitos combates de homens,
mas nunca vi um exército como este, nem tão numeroso.
800 Pois é como as folhas ou como os grãos de areia
que eles avançam, para combater contra a cidadela.
Heitor, a ti em especial faço este apelo: faz como te digo.
É que na grande cidadela de Príamo estão muitos aliados;
e tem a sua própria língua cada um destes homens dispersos.
805 Que cada um faça sinal àqueles que estão sob o seu comando,
e que os conduza para fora, uma vez organizados os
                                                  cidadãos."

Assim falou; mas Heitor não deixou de reconhecer a voz
                                                  da deusa,
e depressa dispersou a assembleia. Lançaram-se às armas.
Escancararam os portões e para fora se precipitou o exército,

CANTO II

810 tanto infantaria como cavalaria. Levantou-se um fragor
desmedido.
Ora existe uma íngreme elevação defronte da cidade,
lá longe na planície, com espaço desafogado em toda a volta,
a que os homens dão o nome de Batieia,
mas a que os deuses dão o nome de Túmulo da Agilíssima
Mirina.
815 Foi aí que os Troianos e os aliados separaram as tropas.

Dos Troianos era comandante o grande Heitor de elmo
faiscante,
filho de Príamo; e com ele alinhavam as melhores hostes
e mais numerosas que combatiam com as lanças.

Dos Dardânios era comandante o valente filho de Anquises,
820 Eneias, que a divina Afrodite dera à luz para Anquises,
depois de ao homem se ter unido a deusa nas faldas do Ida.
Não vinha só, pois com ele seguiam os dois filhos de Antenor,
Arquéloco e Acamas, bons conhecedores de todo o combate.
Aqueles que habitavam Zeleia no sopé do Ida,
825 homens ricos que bebem a água negra do Esepo,
Troianos: destes era comandante o filho glorioso de Licáon,
Pândaro, a quem o próprio Apolo oferecera o arco.

E os que detinham Adrasteia e a terra do Apeso,
senhores de Pitieia e da escarpada montanha de Tereia:
830 destes eram comandantes Adrasto e Ânfio do colete de linho,
ambos filhos do Percósio Mérops, que acima de todos
era perito nos vaticínios e não deixava que os filhos
partissem para a guerra matadora de homens. Mas eles não
obedeceram, pois era o destino da negra morte que os levava.

835 Aqueles que habitavam Percota e Práctio,
senhores de Sesto e Âbido e da divina Arisbe:
destes era comandante Ásio, filho de Hírtaco, condutor
de homens;

Ásio, filho de Hírtaco, a quem os grandes e fulvos
cavalos haviam trazido, de junto do rio Seleis.

840 Hipótoo comandava as raças de lanceiros Pelasgos,
que habitavam Larisa de férteis sulcos:
destes eram comandantes Hipótoo e Pileu, vergôntea de Ares,
ambos filhos de Leto, o Pelasgo, filho de Têutamo.

Mas os Trácios eram comandados por Acamas e Píroo,
845 o herói, eles que estão contidos pelo forte Helesponto.

Eufemo era o comandante dos lanceiros Cícones,
filho de Trezeno, filho de Ceas criado por Zeus.

Porém Pirecmes conduzia os Peônios de arcos recurvos,
de longe — de Amídon junto à ampla corrente do Áxio;
850 do Áxio cujas águas fluem com mais beleza na terra.

Dos Paflagônios era comandante Pilémenes de coração
                                                                                  hirsuto;
vinha da terra dos Ênetos, donde vêm as mulas selvagens.
Eram senhores de Citoro que habitavam Sésamon;
tinham suas famosas moradas em torno do rio Partênio,
855 assim como Cromna e Egíalo e os sublimes Eritinos.

Mas dos Halizonas eram comandantes Ódio e Epístrofo,
da longínqua Álibe, o local de nascimento da prata.

Dos Mísios eram comandantes Crómis e Ênomo, o áugure;
porém não evitou o destino da morte, apesar dos augúrios,
860 mas foi subjugado, no rio, às mãos do veloz Aquiles,
quando dizimava os Troianos e também outros.

Fórcis e o divino Ascânio comandavam os Frígios,
da longínqua Ascânia, desejosos de combater na refrega.

Dos Meônios eram comandantes Mestles e Ântifo,
865 filho de Telémenes; dera-os à luz a ninfa do Lago Gigeu:
comandaram os Meônis, que nasceram debaixo do Tmolo.

Nastes comandou de novo os Cários de bárbara fala,
senhores de Mileto e da montanha de Ftires com alta
                                                        folhagem,
das correntes de Meandro e dos altos píncaros de Mícale.
870 Destes eram comandantes Anfímaco e Nastes —
Nastes e Anfímaco, filhos gloriosos de Nomíon.
Veio ele para a guerra todo vestido de ouro como uma
                                                        donzela,
o estulto!, pois não foi por isso que evitou a morte dolorosa,
mas foi subjugado, no rio, às mãos do veloz Aquiles,
875 e foi o fogoso Aquiles que lhe ficou com o ouro.

E Sarpédon e o irrepreensível Glauco eram comandantes
                                                        dos Lídios,
da longínqua Lídia, de junto dos torvelinhos do Xanto.

Canto III

Depois de todos alinhados juntamente com os chefes,
os Troianos levantaram um grito como se fossem pássaros:
era como o grito dos grous que ressoa do céu,
quando fogem ao inverno e às desmedidas tempestades
5   e com gritos se lançam no voo até as correntes do Oceano,
para trazerem aos Pigmeus o destino e a morte,
levando através do ar a hostilidade maléfica.

Porém os Aqueus avançavam em silêncio, resfolegando
força, cada um desejoso de auxiliar o companheiro.

10 Tal como quando o Noto derrama nos cumes das montanhas
a bruma que aos pastores não agrada, mas que ao ladrão
é mais propícia que a noite, pois apenas se consegue ver
a distância do arremesso de uma pedra —
assim se levantou um turbilhão de pó sob os pés
dos que marchavam; e depressa atravessaram a planície.

15 Ora quando estavam já perto, aproximando-se uns dos
                                                    outros,
dentre os Troianos saiu para o combate o divino Alexandre.
Aos ombros trazia uma pele de leopardo, o arco recurvo
e a espada; e brandindo duas lanças de brônzea ponta,
desafiou todos os melhores guerreiros dos Argivos
20 a com ele lutar corpo a corpo em tremendo combate.

CANTO III

Dele se apercebeu Menelau dileto de Ares
quando avançava com largos passos à frente da hoste:
e tal como o leão faminto que se regozija ao encontrar
uma grande carcaça de veado chifrado ou de cabra selvagem,
25 e vorazmente a devora, embora contra ele se lancem
cães de caça e vigorosos mancebos —
assim se regozijou Menelau ao ver Alexandre divino
com os olhos: pois pensava vingar-se do malfeitor.
E logo do seu carro saltou armado para o chão.

30 Mas quando Alexandre de aspecto divino o viu aparecer
à frente dos combatentes, sentiu o coração atingido;
e logo se imiscuiu no meio do seu povo, receoso da morte.
Tal como o homem que nas veredas da montanha avista
uma serpente e logo recua sobressaltado com os membros
35 dominados pela tremura, as faces tomadas pela palidez —
assim se misturou na multidão de orgulhosos Troianos
o divino Alexandre, com medo do filho de Atreu.
Mas viu-o Heitor, que o repreendeu com palavras
             humilhantes:

"Páris devasso, nobre guerreiro somente na cuidada
               aparência,
desvairado por mulheres e bajulador! Quem dera que não
               tivesses
40 nunca nascido, ou que tivesses morrido sem teres casado!
Isso quereria eu, pois seria muito melhor assim, em vez
de seres para todos motivo de censura e desprezo.
Na verdade rir-se-ão os Aqueus de longos cabelos,
ao pensarem que combates na linha de frente porque és belo
45 de corpo, a despeito de te faltar força de espírito e coragem.
Foi assim que partiste nas naus preparadas para o alto-mar,
navegando o mar depois de reunidos os fiéis companheiros,
e ao chegares a um povo estrangeiro trouxeste uma
               mulher bela
de terra longínqua, nora de homens lanceiros, como grande

⁵⁰ flagelo para teu pai, para a cidade e para todo o povo,
mas para regozijo dos teus inimigos e para tua vergonha?
Não te aguentarias em combate contra Menelau dileto
                                                          de Ares?
Ficarias a saber de que têmpera é o homem cuja linda
                                                      mulher possuis.
De nada te serviria a lira ou os dons de Afrodite,
⁵⁵ muito menos os teus penteados e beleza, estatelado no pó.
Mas os Troianos são mesmo uns covardes: se assim não fosse,
terias sido já apedrejado por causa do mal que praticaste."

A ele deu resposta Alexandre de aspecto divino:
"Heitor, visto que me censuras com razão, e não para lá
                                                       da razão —
⁶⁰ sempre inflexível é o teu coração como o machado que,
                                                        desferido
através de uma prancha pelo homem conhecedor da arte
de construir naus, aumenta o ímpeto de quem golpeia:
assim inflexível é o espírito que tens no peito —,
não me lances à cara os dons amáveis da dourada Afrodite.
⁶⁵ Não se devem rejeitar os dons gloriosos dos deuses,
que eles próprios outorgam e que nenhum homem alcançaria
por sua vontade. Mas se queres que eu lute e combata,
manda sentar os demais Troianos e todos os Aqueus;
coloca-me no meio, assim como a Menelau dileto de Ares,
⁷⁰ para combatermos por Helena e por tudo o que lhe pertence.
E aquele dos dois que vencer e mostrar ser o melhor,
que esse leve para casa todas as riquezas e a mulher.
Pela vossa parte, tendo jurado amizade com leais sacrifícios,
habitai Troia de férteis sulcos, e que eles regressem a Argos
⁷⁵ apascentadora de cavalos e à Acaia de belas mulheres."

Assim falou; e Heitor sentiu grande alegria ao ouvir
                                                       as palavras.
Foi para o meio e conteve as falanges dos Troianos,
segurando a lança a meio: e todos acabaram por se sentar.

Porém contra ele apontavam os arcos os Aqueus de longos cabelos,
80 com intenção de o atingir com setas ou pelo lançamento de pedras.

Mas entre eles gritou alto Agamêmnon, senhor dos homens:
"Refreai-vos, ó Argivos! Não dispareis, ó mancebos dos Aqueus!
Pois parece querer dizer uma palavra Heitor do elmo faiscante."

Assim falou; e eles abstiveram-se da luta, calando-se
85 imediatamente. Então Heitor falou a ambas as partes:
"Ouvi de mim, Troianos e Aqueus de belas cnêmides,
a palavra de Alexandre, por causa de quem surgiu o conflito.
Pois ele pede aos demais Troianos e a todos os Aqueus
que deponham as armas na terra provedora de dons,
90 colocando-se ele no meio, assim como Menelau dileto de Ares,
para combaterem por Helena e por tudo o que lhe pertence.
E aquele dos dois que vencer e mostrar ser o melhor,
que esse leve para casa todas as riquezas e a mulher.
Pela nossa parte, juraremos amizade com leais sacrifícios."

95 Assim falou; e todos permaneceram em silêncio.
Entre eles falou então Menelau, excelente em auxílio:
"Ouvi-me agora vós também a mim: sobreveio uma dor
grande ao meu coração. Entendo que devem separar-se
já Argivos e Troianos, pois já padecestes muitas desgraças
100 devido ao meu conflito e ao início que lhe deu Alexandre.
Que morra aquele dos dois, para quem foi já preparada
a morte e o destino. Vós outros, separai-vos rapidamente.
Trazei dois carneiros, um branco e um negro,
para a Terra e para o Sol; e para Zeus traremos outro.
105 Ide buscar a Força de Príamo, para que ele próprio
faça os juramentos, visto que seus filhos são arrogantes

e perjuros; que ninguém contrarie pela força os juramentos
de Zeus! Sempre inconstantes são os espíritos dos jovens;
mas quando participa um ancião, ele olha bem para trás
e para a frente, para que tudo corra bem a ambas as
partes."

Assim falou; e regozijaram-se Aqueus e Troianos,
esperançosos de descansarem da guerra dolorosa.
Pararam os carros de cavalos nas linhas de combate
e desceram, despindo as armas, que colocaram no chão,
umas junto às outras, pois havia pouco espaço de permeio.
Heitor mandou para a cidadela dois arautos, para trazerem
depressa os carneiros e para chamarem Príamo.
E a Taltíbio deu ordem o poderoso Agamêmnon
que fosse até as côncavas naus, para trazer um carneiro;
e ele não desobedeceu ao divino Agamêmnon.

Porém Íris chegou como mensageira junto de Helena
de alvos braços,
assemelhando-se à cunhada, esposa do filho de Antenor:
aquela a quem desposara o poderoso Helicáon, filho
de Antenor,
Laódice, a mais destacada na beleza das filhas de Príamo.
Encontrou-a no palácio, tecendo uma grande tapeçaria
de dobra dupla, purpúrea, na qual ela bordava muitas
contendas
de Troianos domadores de cavalos e de Aqueus vestidos
de bronze:
contendas que por causa dela tinham sofrido às mãos de
Ares.
Postando-se junto dela, assim lhe disse Íris de pés velozes:

"Chega aqui, querida noiva, para observares as façanhas
espantosas
de Troianos domadores de cavalos e de Aqueus vestidos
de bronze.

CANTO III

Os mesmos que antes traziam uns contra os outros na planície
a guerra de muitas lágrimas, voltados para a peleja mortífera,
estão agora em silêncio, tendo parado a batalha: estão recostados
135 contra os escudos, e junto deles estão as lanças espetadas no chão.
Mas Alexandre e Menelau, dileto de Ares, irão combater
com suas longas lanças pela posse da tua pessoa.
Daquele que vencer serás chamada esposa amada."

Assim falando, a deusa lançou-lhe no coração a doce saudade
140 do primeiro marido, da sua cidade e dos seus progenitores;
e logo se cobriu Helena com véus brilhantes,
precipitando-se para fora do quarto com lágrimas nos olhos,
não sozinha, pois duas criadas com ela seguiam:
Etra, filha de Piteu, e Clímene com olhos de plácida toura.
145 Chegaram rapidamente às Portas Esqueias.

Aqueles que de roda de Príamo e Pântoo e Timetas
e Lampo e Clício e Hiquetáon, vergôntea de Ares,
Ucalégon e Antenor, ambos prudentes — todos estes
se sentavam como anciãos junto às Portas Esqueias.
150 Devido à idade tinham desistido da guerra; como oradores,
porém, eram excelentes, semelhantes às cigarras que no bosque
pousam numa árvore e lançam suas vozes delicadas como lírios.
Deste modo pois se sentavam na muralha os regentes dos Troianos.
Assim que viram Helena avançando em direção à muralha,
155 sussurraram uns aos outros palavras aladas:

"Não é ignomínia que Troianos e Aqueus de belas cnêmides
sofram durante tanto tempo dores por causa de uma mulher destas!

Maravilhosamente se assemelha ela às deusas imortais.
Mas apesar de ela ser quem é, que regresse nas naus;
160 que aqui não fique como flagelo para nós e nossos filhos."

Assim falaram. Mas Príamo com sua voz chamou Helena.
"Chega aqui, querida filha, e senta-te ao meu lado,
para veres o teu primeiro marido, teus parentes e teu povo —
pois no meu entender não tens culpa, mas têm-na os deuses,
165 que lançaram contra mim a guerra cheia de lágrimas dos
Aqueus —
e para me dizeres quem é este homem guerreiro,
ele que é um Aqueu tão alto e tão forte;
na verdade outros haverá uma cabeça mais altos,
mas nunca com os olhos vi homem mais belo,
170 nem de aspecto tão nobre: pois parece um rei."

A ele respondeu Helena, divina entre as mulheres:
"Venerando és tu para mim, querido sogro, e terrível:
quem me dera ter tido o prazer da morte malévola,
antes de para cá vir com o teu filho, deixando o tálamo,
175 os parentes, a minha filha amada e a agradável companhia
das que tinham a minha idade: mas isso não pôde acontecer.
E é por isso que o choro me faz definhar.
Mas responder-te-ei àquilo que me perguntas.
Este é o Atrida, Agamêmnon de vasto poder,
que é um rei excelente e um forte lanceiro.
180 Era cunhado da cadela que sou; se é que foi mesmo."

Assim falou; e o ancião, maravilhado, disse estas palavras:
"Ó venturoso Atrida, filho do destino, abençoado dos deuses!
Muitos são os mancebos dos Aqueus que tu reges!
Uma vez viajei até a Frígia cheia de vinhas,
185 onde vi muitos Frígios, donos de cavalos rutilantes,
o povo de Otreu e de Mígdon, semelhante aos deuses,
acampados ao longo das ribeiras do Sangário:
como aliado me posicionei entre eles naquele dia

em que chegaram as Amazonas, iguais dos homens.
190 Mas nem eles eram tantos como os Aqueus de olhos
                                                    brilhantes!"

Em segundo lugar o ancião viu Ulisses e perguntou:
"E este aqui, querida filha, diz-me tu quem é.
É mais baixo por uma cabeça que o Atrida Agamêmnon,
mas é mais largo de ombros e de peito quando se olha
                                                    para ele.
195 As armas dele estão depostas na terra provedora de dons.
Parece um carneiro no meio das linhas de combate:
assemelho-o a um carneiro lanzudo movendo-se
no meio de um grande rebanho de ovelhas brancas."

A ele deu resposta Helena, filha de Zeus:
200 "Este é o filho de Laertes, Ulisses de mil ardis,
que foi criado na terra de Ítaca, áspera embora seja,
conhecedor de toda a espécie de dolos e planos ardilosos."

A ela deu resposta o prudente Antenor:
"Proferiste, ó mulher, uma palavra verdadeira.
205 Uma vez aqui veio o divino Ulisses, numa embaixada
por causa de ti com Menelau, dileto de Ares.
Recebi-os com hospitalidade e estimei-os no palácio,
pelo que conheci a sua natureza e os seus planos ardilosos.
Quando se imiscuíram entre os Troianos reunidos,
210 em pé sobressaía Menelau com seus largos ombros.
Mas estando ambos sentados era Ulisses o mais nobre.
Porém quando perante todos teceram palavras e planos,
na verdade Menelau falava com eloquência, com poucas
palavras, mas muito claras, visto que não era prolixo
215 nem falava sem nexo, embora fosse mais novo.
Mas quando se levantava Ulisses de mil ardis,
ficava em pé com os olhos pregados no chão,
sem mover o cetro para trás ou para a frente,
mas segurava-o, hirto, como quem nada compreendia:

220 dirias que era um palerma, alguém sem inteligência.
Mas quando do peito emitia a sua voz poderosa,
suas palavras como flocos de neve em dia de inverno,
então outro mortal não havia que rivalizasse com Ulisses.
E já não nos espantávamos com o aspecto de Ulisses."

225 Em terceiro lugar o ancião avistou Ájax e perguntou:
"Quem é este outro homem Aqueu, alto e forte,
que pela cabeça e largos ombros sobressai entre os Argivos?"

A ele deu resposta Helena de longos vestidos, a mulher
divina:
"Este é o enorme Ájax, baluarte dos Aqueus.
230 E daquele lado está Idomeneu como um deus entre os
Cretenses,
e em torno dele estão reunidos os comandantes dos
Cretenses.
Muitas vezes o recebeu Menelau, dileto de Ares,
em nossa casa, quando lá ia vindo de Creta.
Mas agora vejo todos os outros Aqueus de olhos brilhantes,
235 que eu seria bem capaz de reconhecer e nomear;
só não consigo ver dois condutores de hostes:
Castor domador de cavalos e o pugilista Polideuces,
meus irmãos, que minha mãe deu à luz.
Ou não seguiram para cá, da agradável Lacedemônia,
240 ou embora tenham vindo nas naus preparadas para o
alto-mar,
não querem agora participar neste combate de homens,
por recearem os vergonhosos insultos a meu respeito."

Assim falou. Mas eles estavam enterrados no solo da vida,
lá longe na Lacedemônia, na sua amada terra pátria.

245 Entretanto arautos conduziam pela cidade os leais sacrifícios:
dois carneiros e vinho que alegra o coração, fruto da terra,
num odre de cabra. Transportou a cratera reluzente

o arauto Ideu, assim como taças de ouro.
Postando-se junto ao ancião, assim o incitou:

250 "Levanta-te, ó filho de Laomedonte! Chamam-te os melhores
dos Troianos domadores de cavalos e Aqueus vestidos de
        bronze
para desceres até a planície, para jurardes leais sacrifícios.
Mas Alexandre e Menelau, dileto de Ares, irão combater
com suas longas lanças pela posse da mulher.
255 Que siga quem vencer tanto a mulher como as riquezas.
Pela nossa parte, tendo jurado amizade com leais sacrifícios,
habitemos Troia de férteis sulcos, e que eles regressem a Argos
apascentadora de cavalos e à Acaia de belas mulheres."

Assim falou. Estremeceu o ancião e ordenou aos
        companheiros
260 que atrelassem os cavalos; eles obedeceram rapidamente.
Então subiu Príamo para o carro e segurou as rédeas.
Junto dele montou Antenor para o carro lindíssimo e através
das Portas Esqueias para a planície conduziram os céleres
        cavalos.
Quando chegaram junto dos Troianos e dos Aqueus,
265 desceram do carro para a terra provedora de dons
e dirigiram-se para o meio dos Troianos e dos Aqueus.
Logo se levantaram Agamêmnon, senhor dos homens,
e Ulisses de mil ardis; os ilustres arautos reuniram
os leais sacrifícios dos deuses e numa cratera misturaram
270 vinho, vertendo depois água sobre as mãos dos reis.
Com suas mãos tirou o Atrida a adaga que sempre
pendia junto à longa bainha da sua espada e cortou
pelos das cabeças dos carneiros; e logo os arautos
os distribuíram aos melhores dos Troianos e Aqueus.
275 No meio deles elevou o Atrida as mãos e assim rezou:

"Zeus pai que reges do Ida, gloriosíssimo, máximo!
E tu, ó Sol, que tudo vês e tudo ouves!

E vós, ó rios, e tu, Terra! E vós que nos infernos
vos vingais dos homens mortos, que com perjúrio juraram!
²⁸⁰ Sede vós testemunhas, vigiai os leais sacrifícios!
Na eventualidade de Alexandre matar Menelau,
que fique ele com Helena e com todas as riquezas;
e nós regressaremos nas naus preparadas para o alto-mar.
Mas na eventualidade de o loiro Menelau matar Alexandre,
²⁸⁵ que os Troianos devolvam Helena e todas as riquezas,
e em desagravo paguem aos Argivos a retribuição devida —
de tal ordem que a recordem homens ainda por nascer.
No entanto, se Príamo e os filhos de Príamo não quiserem
pagar a retribuição, depois de ter morrido Alexandre,
²⁹⁰ então continuarei a combater por causa da recompensa,
aqui permanecendo, até que chegue ao fim da guerra."

Assim disse; e degolou os carneiros com o bronze impiedoso.
Depô-los depois no chão arfantes e privados de sopro vital,
pois o bronze lhes tirara a força.
²⁹⁵ Verteram vinho da cratera para as taças,
e rezaram aos deuses que são para sempre.
E assim dizia um dos Aqueus ou Troianos:

"Gloriosíssimo Zeus máximo, e vós, outros deuses imortais!
A quem primeiro invalidar estes juramentos, que deste modo
³⁰⁰ se lhe entornem por terra os miolos como a este vinho —
deles e dos filhos, e que as mulheres sejam subjugadas por
outros."
Assim diziam; mas não lhes outorgaria cumprimento o
Crônida.

Entre eles falou então Príamo, filho de Dárdano:
"Ouvi-me, Troianos e Aqueus de belas cnêmides!
³⁰⁵ Eu próprio regressarei agora para Ílion ventosa,
uma vez que não aguentaria ver com os olhos
meu filho amado a combater contra Menelau, dileto de
Ares.

CANTO III   173

   Isto sabe já Zeus e os outros deuses imortais:
   a qual dos dois está destinado o termo da morte."

310 Assim falou; e o homem divino pôs no carro os carneiros
   e subiu ele próprio, puxando para trás as rédeas;
   junto dele montou Antenor para o carro lindíssimo.
   E arrepiando caminho, voltaram para Ílion.

   Porém Heitor, filho de Príamo, e o divino Ulisses
315 demarcaram primeiro um recinto, e em seguida
   agitaram as sortes num casco trabalhado com bronze,
   para se saber quem dos dois lançaria primeiro a brônzea
                                                     lança.
   E as hostes rezavam, elevando as mãos aos deuses;
   e assim dizia um dos Aqueus ou Troianos:

320 "Zeus pai, que reges do Ida, gloriosíssimo, máximo!
   Àquele que trouxe tais trabalhos a ambos os povos
   faz tu que entre para a mansão de Hades; e que fiquemos
   pela nossa parte com a amizade e os leais juramentos."

   Assim falavam. Mas no casco pegou Heitor do elmo
                                                     faiscante,
325 olhando para trás; e de imediato saltou para fora a sorte
                                                     de Páris.
   Todos se sentaram alinhados, cada um onde tinha
   seus cavalos de altas patas e as armas embutidas.

   Então sobre os seus ombros vestiu as belas armas
   o divino Alexandre, esposo de Helena das belas tranças.
330 Primeiro protegeu as pernas com as belas cnêmides,
   adornadas de prata na parte ajustada ao tornozelo.
   Em segundo lugar protegeu o peito com a couraça
   que pertencia ao irmão, Licáon; com ela se vestiu.
   Aos ombros pôs uma espada de bronze com adereços
335 prateados; em seguida o escudo, possante e resistente.

Na altiva cabeça colocou um elmo bem trabalhado,
com penacho de cavalo: e terrível era o seu movimento.
Agarrou depois a forte lança, bem ajustada à sua mão.
E de igual modo vestiu as armas o belicoso Menelau.

340 Depois que se armaram, cada um do seu lado da hoste,
avançaram para o meio dos Troianos e dos Aqueus,
lançando olhares temíveis. E o espanto dominou
Troianos domadores de cavalos e Aqueus de belas cnêmides.
Ambos se colocaram perto um do outro no local demarcado,
345 brandindo as lanças em fúria recíproca, um contra o outro.

Foi Alexandre quem primeiro atirou a lança de longa sombra,
e atingiu o Atrida no escudo bem equilibrado nos lados.
Contudo o bronze não o atravessou: virou-se a ponta dentro
do escudo possante. Em seguida com seu bronze se atirou
350 contra ele o Atrida Menelau, com uma prece a Zeus pai:
"Zeus soberano, concede que me vingue de quem errou
primeiro, o divino Alexandre; e subjuga-o às minhas mãos,
para que de futuro estremeça quem dos homens vindouros
pense causar danos ao anfitrião que o recebeu com amizade."

355 Assim falou; e tendo apontando a lança de longa sombra
atirou-a, atingindo o Priâmida no escudo bem
                                              equilibrado.
Através do escudo fulgente penetrou a lança potente
e através do colete bem trabalhado penetrou:
e junto ao flanco a lança rasgou a túnica,
360 mas ele desviou-se, evitando assim a negra morte.
Porém o Atrida tirou da bainha a espada prateada
e desferiu de cima um golpe na saliência do elmo.
Mas despedaçou-se sua espada em três e em quatro,
caindo-lhe da mão. Gemeu o Atrida, olhando para o vasto
                                                    céu:
365 "Zeus pai, nenhum deus é mais destrutivo que tu!
Pois pensara eu vingar-me da devassidão de Alexandre,

CANTO III

mas agora tenho nas mãos a espada partida e em vão
atirei a lança, uma vez que não o atingiu."

Assim dizendo, atirou-se a ele com um salto e agarrou-o
pelo elmo com sua farta crista de penachos de cavalo;
370 e girando com ele em volta o arrastou em direção aos
Aqueus,
enquanto Páris sufocava por causa da fivela bem bordada
debaixo do macio pescoço, justa, para que o elmo não caísse.
E agora o teria arrastado Menelau com glória indizível,
se arguta não tivesse se apercebido Afrodite, filha de Zeus,
375 que partiu a meio a fivela, feita da pele de um boi morto;
e o elmo vazio foi levado pela mão firme de Menelau,
que o herói atirou para o meio dos Aqueus de belas cnêmides,
depois de o fazer girar. Receberam-no os fiéis companheiros.
Mas ele deu novo salto, desejoso de proceder à matança
380 com a sua lança de bronze. Mas Afrodite arrebatou Páris,
facilmente, como é próprio de uma deusa, ocultando-o
com nevoeiro opaco, e deitou-o no perfumado leito nupcial.

Em seguida foi ela própria chamar Helena, que encontrou
na alta muralha, no meio de uma multidão de Troianas.
385 Com a mão lhe tocou a deusa no vestido perfumado,
assemelhando-se a uma anciã muito idosa, cardadora de lã,
que já antes quando vivia na Lacedemônia lhe cardava
a bela lã e a quem Helena especialmente estimava.
Assemelhando-se a ela lhe falou a divina Afrodite:

390 "Chega aqui. É Alexandre que te manda regressar para casa.
Pois ele está no tálamo, reclinado na cama embutida,
resplandecente na sua beleza e belas roupas. Não dirias
que ali foi ter depois de combater o inimigo, mas a caminho
de uma dança, ou que ali se sentou tendo parado de dançar."

395 Assim falou, agitando o coração no peito de Helena.
E quando esta viu o lindíssimo pescoço da deusa,

o peito suscitador de desejo e os olhos brilhantes,
espantou-se e assim lhe falou, tratando-a pelo nome:

"Deusa surpreendente! Por que deste modo queres me enganar?
400 Na verdade me levarás para mais longe, para uma das cidades
bem habitadas da Frígia ou da agradável Meônia,
se também lá existir algum homem mortal que te é caro,
visto que Menelau venceu o divino Alexandre e agora
intenta levar para casa a mulher detestável que eu sou.
405 Por isso agora aqui vieste como urdidora de enganos.
Vai tu sentar-te ao lado dele, abjura os caminhos dos deuses
e que não te levem mais teus pés ao Olimpo!
Em vez disso estima-o sempre e olha por ele,
até que ele te faça sua mulher, ou até sua escrava!
410 Mas eu para lá não irei — seria coisa desavergonhada —
tratar do leito àquele homem. No futuro as Troianas
todas me censurariam. Tenho no peito dores desmedidas."

Encolerizada lhe respondeu a divina Afrodite:
"Não me enfureças, desgraçada!, para que eu não te
415 abandone e deteste do modo como agora maravilhosamente
te amo; e para que eu não invente detestáveis inimizades
entre Troianos e Dânaos: então morrerias de morte maligna."

Assim falou; e amedrontou-se Helena, filha de Zeus.
Caminhou em silêncio, cobrindo-se com um véu brilhante
420 e reluzente, passando despercebida a todas as Troianas:
pois era a deusa que ia à frente, indicando o caminho.

Quando elas chegaram ao lindíssimo palácio de Alexandre,
as servas voltaram-se depressa para os seus lavores;
mas para o alto tálamo seguiu a divina entre as mulheres.
Para ela colocou um assento Afrodite, deusa dos sorrisos,
425 em frente de Alexandre; fora a própria deusa a buscá-lo.

CANTO III

Aí se sentou Helena, filha de Zeus detentor da égide,
desviando os olhos. E assim disse ao marido:

"Voltaste da guerra. Quem me dera que lá tivesses morrido,
vencido por homem mais forte, como é o meu primeiro
                                              marido!
430 Na verdade te vangloriaste no passado de seres melhor
que Menelau, dileto de Ares, pela força das mãos e da
                                                lança!
Vai lá agora desafiar Menelau, dileto de Ares, para de novo
combater contigo, corpo a corpo. Mas eu própria
te mando desistir: contra o loiro Menelau não combatas
435 um combate corpo a corpo nem queiras contra ele lutar
insensatamente, para que não sejas vencido pela lança dele."

A ela respondeu Páris com estas palavras:
"Mulher, não fales ao meu coração com duros insultos.
Hoje venceu Menelau com a ajuda de Atena; mas outra vez
440 serei eu a vencê-lo: também tenho deuses que me ajudam.
Mas vamos agora para a cama e voltemo-nos para o amor.
Nunca desta maneira o desejo me envolveu o coração —
nem quando primeiro te raptei da agradável Lacedemónia
e naveguei nas naus preparadas para o alto-mar,
445 unindo-me a ti em leito de amor numa ilha rochosa —
da maneira como agora te amo e me domina o doce desejo."

Assim falou e foi para a cama; e atrás dele seguiu a mulher.
Enquanto eles estavam deitados na cama encordoada,
o Atrida por seu lado dava passadas como um animal
                                                selvagem,
450 para ver se nalgum lado descortinava Alexandre de
                                                aspecto divino.
Mas entre os famosos Troianos e seus aliados, ninguém pôde
mostrar Alexandre a Menelau, dileto de Ares. E não era
por amizade que o teriam escondido, se o tivessem
                                                encontrado,

pois para todos eles era ele mais odioso do que a negra morte.
455 Entre eles disse então Agamêmnon, senhor dos homens:

"Ouvi-me, ó Troianos e Dardânios e vossos aliados!
A vitória coube sem dúvida a Menelau, dileto de Ares.
Entregai a Argiva Helena e todas as suas riquezas,
e pagai em desagravo a retribuição que parecer certa —
460 de tal ordem que a recordem homens ainda por nascer."
Assim falou o Atrida; e os outros Aqueus assentiram.

Canto IV

Os deuses sentados ao lado de Zeus reuniam-se em concílio
no chão de ouro, e entre eles a excelsa Hebe vertia o néctar.
Brindavam-se uns aos outros com as taças douradas,
ao mesmo tempo que observavam a cidade dos Troianos.
5 De imediato tentou o Crônida provocar Hera
com palavras mordazes, assim dizendo com malícia:

"Duas são as deusas que Menelau tem como auxiliadoras:
Hera, a Argiva, e Atena, a Alalcomeneia!
Mas elas estão aqui sentadas à distância, deliciadas
10 a observar, ao passo que Afrodite, deusa dos sorrisos,
está sempre ao lado do outro, protegendo-o do destino.
Mesmo agora o salvou, quando ele pensava morrer.
A vitória coube sem dúvida a Menelau, dileto de Ares.
Mas pensemos agora como serão estas coisas:
15 se de novo agitaremos a guerra maligna e o fragor tremendo
da refrega, ou se estabeleceremos a amizade entre as duas
                                                                partes.
Se tal coisa fosse agradável e aprazível para todos,
poderia permanecer habitada a cidade de Príamo,
e de novo Menelau levaria para casa Helena, a Argiva."

20 Assim falou; por seu lado sussurraram Atena e Hera,
sentadas uma ao lado da outra, a planejar desgraças
para os Troianos. Atena manteve-se em silêncio, embora

furibunda contra Zeus pai, dominada por uma raiva
                                                             selvagem.
Porém Hera não conteve a ira no peito, e declarou:

25 "Crônida terribilíssimo, que palavra foste tu dizer?
Como queres tu tornar estéril e vão o meu esforço,
o muito suor que suei, os meus cavalos exaustos, quando
chamava o povo para trazer a desgraça a Príamo e seus
                                                             filhos?
Faz como entenderes. Nós, os outros deuses, não te
                                                           louvaremos."

30 Encolerizado lhe respondeu Zeus, que comanda as nuvens:
"Deusa surpreendente! Será que Príamo e seus filhos
te fizeram tantos males, que incessantemente planejas
arrasar a cidadela bem construída de Ílion?
Se pudesses entrar dentro das portas e das altas muralhas
35 para devorares Príamo e seus filhos em carne crua,
assim como os outros Troianos, talvez apaziguasses a ira!
Faz como tu quiseres. Mas que no futuro este conflito
não venha a ser causa de discórdia entre ti e mim.
E outra coisa te direi: tu guarda-a no teu coração.
40 Quando pela minha parte eu quiser destruir
uma das tuas cidades, onde habitam homens que te são caros,
não procures reter a minha cólera, mas deixa-me atuar:
também eu te presenteei de bom grado, mau grado o meu
                                                           coração.
Pois de todas as cidades sob o Sol e o céu cheio de astros
45 habitadas por homens que à face da terra têm sua morada,
destas a que tem mais honra no meu coração é a sacra Ílion,
assim como Príamo e o povo de Príamo da lança de freixo.
Nunca o meu altar teve falta do festim compartilhado,
da libação ou do cheiro a gordura queimada, a honra
                                                           que nos coube."

50 A ele deu resposta Hera rainha com olhos de plácida toura:

CANTO IV

"Na verdade são três as cidades que me são mais queridas:
Argos, Esparta e Micenas de amplas ruas. Estas poderás
destruir, quando se tornarem odiosas ao teu coração.
Não estou aqui em sua defesa, nem as quero enaltecer.
55 Mesmo que esteja ressentida e recuse a sua destruição,
de nada me serve o ressentimento, uma vez que és mais forte.
É lícito todavia que o meu esforço não fique por cumprir.
Pois também eu sou uma deusa, nascida donde tu nasceste,
e como filha mais velha me gerou Crono de retorcidos
conselhos,
60 com honra dupla, não só porque sou mais velha, como
porque
sou chamada tua esposa, e tu reges todos os deuses imortais.
Mas cedamos pois neste assunto um ao outro:
eu a ti; e tu a mim. E todos os outros deuses imortais
nos seguirão. Depressa ordena tu agora a Atena
65 que se dirija ao tremendo barulho da guerra dos Troianos
e Aqueus,
e que se esforce para que aos Aqueus exultantes na glória
sejam os Troianos os primeiros a lesar, à revelia dos
juramentos."

Assim falou; e não lhe desobedeceu o pai dos homens
e dos deuses.
Logo dirigiu a Atena palavras aladas:
70 "Vai depressa para o meio do exército dos Troianos e dos
Aqueus
e esforça-te para que aos Aqueus exultantes na glória
sejam os Troianos os primeiros a lesar, à revelia dos
juramentos."
Assim dizendo, incitou Atena, já desejosa de partir.
E ela lançou-se veloz dos píncaros do Olimpo.

75 Tal como o astro enviado pelo Crônida de retorcidos
conselhos
como portento a marinheiros ou ao vasto exército de povos,

estrela brilhante, de que se projetam abundantes centelhas —
assim se lançou em direção à terra Palas Atena, aterrando
no meio deles com um salto; e o espanto dominou quem
olhava,
80 Troianos domadores de cavalos e Aqueus de belas cnêmides.
E assim dizia um deles, olhando de soslaio para o outro:

"Virá de novo a guerra maligna e o fragor tremendo
da refrega, ou então entre ambas as partes estabelece
Zeus a amizade, ele que dispensa a guerra aos homens."

85 Deste modo falava um dos Aqueus ou dos Troianos.
Porém Atena entrou pelo meio dos Troianos, assemelhando-se
a um homem, a Laódoco, filho de Antenor, forte lanceiro;
pôs-se à procura de Pândaro igual dos deuses, até o
encontrar.
E encontrou o forte e irrepreensível filho de Licáon ali em pé;
90 em torno dele estavam as possantes fileiras de combate das
tropas
portadoras de escudo, que o seguiram desde as correntes
do Esepo.
Postando-se junto dele, dirigiu-lhe palavras aladas:

"Quererás tu seguir o meu conselho, ó fogoso filho de
Licáon?
Ousarias então disparar uma célere flecha contra Menelau,
95 assim obtendo favor e glória entre todos os Troianos,
principalmente, dentre todos, do rei Alexandre.
Dele receberias decerto em primeiro lugar dons
resplandecentes,
se ele visse o belicoso Menelau, filho de Atreu, atingido
pela tua seta e deposto em cima da pira dolorosa.
100 Dispara pois uma seta contra o glorioso Menelau!
E promete a Apolo Liceu do arco glorioso
que lhe oferecerás uma famosa hecatombe dos primeiros
cordeiros

CANTO IV

nascidos, quando regressares para casa, à sacra cidadela
                                                    de Zeleia."

Assim falou Atena, persuadindo o tino àquele desatinado.
105 Logo tirou Pândaro o arco bem polido, do chifre de um bode
selvagem, que outrora ele próprio atingira debaixo do peito
depois de esperar que saísse da rocha, ferindo-o no peito,
de tal modo que o bode caiu para trás num recesso da rocha.
Os chifres nasciam-lhe da cabeça com dezesseis pés
110 de comprimento; e o artífice de chifres ajustara-os bem,
alisando tudo com cuidado e adornando a ponta com ouro.
Foi este o arco que ele retesou, depois de o ter apoiado bem
no chão; e os valentes companheiros seguraram diante dele
os escudos, não fossem levantar-se os filhos belicosos dos
                                                    Aqueus,
115 antes de ter sido atingido o belicoso Menelau, filho de Atreu.
Abriu então o tampo da aljava e de lá tirou uma seta que
                                                    não fora
ainda disparada, aladas, baluarte de negras dores.
E rapidamente ajustou à corda a flecha amarga,
prometendo a Apolo Liceu do arco glorioso
120 que lhe oferecia uma famosa hecatombe dos primeiros
                                                    cordeiros
nascidos, quando regressasse a casa, à sacra cidadela de
                                                    Zeleia.
Em simultâneo puxou os entalhes da seta e da corda bovina.
Aproximou a corda do peito; e do arco, a ponta de ferro.
Depois que esticou o grande arco em movimento circular,
125 ressoou o arco, vibrou alto a corda, e apressou-se rápida
a flecha aguda, desejosa de voar por entre a multidão.

Mas de ti, ó Menelau, não se esqueceram os imortais deuses
bem-aventurados, antes de mais a filha de Zeus que
                                                    conduz as hostes,
que se postou junto de ti e desviou a flecha pontiaguda.
130 Desviou-a da pele, do mesmo modo que uma mãe afasta

uma mosca do filho deitado sob o efeito do sono suave;
e ela própria guiou a seta até ao ponto onde as douradas
pregadeiras do cinto e o colete duplo se sobrepunham.
Embateu contra o fecho do cinto a seta amarga
¹³⁵ e, atravessando depois o cinto de adornos variegados,
penetrou o colete ricamente trabalhado e o saio que ele
vestia
como proteção para o corpo e barreira contra os dardos,
o qual mais que tudo o protegia. Também através dele
penetrou.
Deste modo feriu a seta a parte de fora da carne,
¹⁴⁰ e logo jorrou da ferida o negro sangue.
Tal como quando uma mulher tinge de púrpura o marfim —
mulher da Meônia ou da Cária — para adornar o bocete
dos cavalos,
e jaz na câmara de tesouros e muitos são os cavaleiros
que desejam levá-lo; mas ali permanece como adorno do rei,
¹⁴⁵ adereço com o qual tanto o cavaleiro como o cavalo se
glorificam —
do mesmo modo, ó Menelau, se te tingiram as coxas de
sangue:
as tuas lindas coxas, as pernas e os belos tornozelos por baixo.

Estremeceu em seguida Agamêmnon, soberano dos homens,
quando se apercebeu do negro sangue a jorrar da ferida;
¹⁵⁰ estremeceu também o próprio Menelau, dileto de Ares.
Mas quando viu que estavam de fora o atilho e as barbas,
de novo se lhe animou a coragem no peito.

Com um profundo gemido lhes falou o poderoso
Agamêmnon,
segurando a mão de Menelau; e gemeram também os
companheiros.

¹⁵⁵ "Querido irmão, foi para morreres que sacrificamos com
juramentos,

colocando-te para combateres só à frente de Aqueus
                                                  e Troianos,
visto que deste modo os Troianos te atingiram, calcando
                                                  os leais
juramentos. Mas não é vão o juramento, nem o sangue
                                                  dos carneiros,
nem as libações e apertos de mão, em que nós confiamos.
160 Mesmo que em seguida não outorgue cumprimento
                                                  o Olímpio,
mais tarde outorgá-lo-á, e grande será a expiação deles,
com as próprias cabeças, com as das mulheres e dos filhos.
Pois isto eu bem sei no espírito e no coração:
virá o dia em que será destruída a sacra Ílion,
165 assim como Príamo e o povo de Príamo da lança de freixo.
E Zeus, o excelso filho de Crono, que no éter habita,
agitará sobre eles todos a escura égide em retaliação
por este dolo; não ficarão estas coisas sem cumprimento.
Mas terei por tua causa uma dor terrível, ó Menelau,
170 se morreres preenchendo o destino da tua vida.
E eu regressaria frustrado à sedenta Argos,
pois logo em seguida se lembrarão os Aqueus da terra pátria,
e assim a Príamo e aos Troianos deixaríamos a soberba —
Helena, a Argiva. E os teus ossos se decomporão ao jazeres
175 na terra de Troia, sem teres cumprido a tarefa.
E algum dos arrogantes Troianos assim diria
ao saltar para cima do túmulo do glorioso Menelau:
'Quem dera que do mesmo modo contra todos Agamêmnon
cumprisse a sua ira, tal como agora conduziu para cá
                                                  o exército
180 dos Aqueus e logo partiu para casa, para a amada terra
                                                  pátria,
com as naus vazias, tendo aqui deixado o nobre Menelau.'
Assim falará alguém. E que então me engula a vasta terra."

Encorajando-o lhe dirigiu a palavra o loiro Menelau:
"Anima-te e não assustes a hoste dos Aqueus.

185 Não foi mortal a ferida da aguda seta, mas protegeu-me
o cinto faiscante e debaixo dele o cinturão e o saio,
fabricado por homens que trabalham o bronze."

Respondendo-lhe assim falou o poderoso Agamêmnon:
"Quem dera que assim seja, ó caro Menelau.
190 Mas o médico examinará a ferida e nela porá
fármacos para acalmar as negras dores."

Falou; e dirigiu a palavra a Taltíbio, o divino arauto:
"Taltíbio, chama aqui o mais depressa possível Macáon,
filho de Asclépio, o médico irrepreensível,
195 para que veja o belicoso Menelau, filho de Atreu, a quem
atingiu com a seta certo homem, bom conhecedor do arco,
Troiano ou Lício, ficando ele com a glória, e nós com
                                      o sofrimento."

Assim falou; e o arauto, tendo ouvido, não lhe desobedeceu.
Foi por entre o povo dos Aqueus vestidos de bronze
200 à procura do herói Macáon; viu-o em pé, e em torno dele
estavam as possantes fileiras de combate de tropas portadoras
de escudo, que o seguiram de Trica apascentadora de cavalos.
Postando-se junto dele, dirigiu-lhe palavras aladas:

"Levanta-te, ó filho de Asclépio: chama-te o poderoso
                                      Agamêmnon,
205 para veres Menelau, o belicoso comandante dos Aqueus,
                                                a quem
atingiu com a seta certo homem, bom conhecedor do arco,
Troiano ou Lício, ficando ele com a glória, e nós com
                                      o sofrimento."

Assim falou, incitando-lhe no peito o coração.
Foram por entre a turba do vasto exército dos Aqueus.
210 Mas quando chegaram aonde estava o loiro Menelau
ferido, em torno dele reunidos em círculo os mais nobres,

CANTO IV

no meio deles estacou o homem semelhante aos deuses,
e logo do fecho do cinto arrancou a flecha, da qual
ao ser arrancada se quebraram as barbas pontiagudas.
215 Desapertou o cinto faiscante e o cinturão por baixo
e o saio fabricado por homens que trabalham o bronze.
Porém quando viu a ferida, onde embatera a seta aguda,
chupou dela o sangue e, bom conhecedor, nela pôs fármacos
apaziguadores, que Quíron benevolente oferecera a seu pai.

220 Enquanto se ocupavam de Menelau, excelente em auxílio,
avançavam as fileiras de Troianos portadores de escudos.
E os Aqueus vestiram de novo as armas, lembrados da peleja.
Então não terias visto a descansar o divino Agamêmnon!
Nem a esquivar-se, nem privado da vontade de combater —
225 mas apressando-se para a luta glorificadora de homens!
Deixou os cavalos e o carro com variegados adornos
                                            de bronze;
e à distância os cavalos arfantes retinha seu escudeiro,
Eurimedonte, filho de Pireu, filho de Ptolemeu,
a quem ordenou que os mantivesse perto, para quando
230 o cansaço lhe tomasse os membros ao dar as ordens às
                                            tropas.
Mas ele próprio percorreu a pé as fileiras de homens.
E àqueles dentre os Dânaos de velozes poldros que ele visse
apressados, junto desses parava para os encorajar com
                                            palavras:

"Argivos, nada percais da vossa coragem furiosa!
235 Pois de mentiras não será auxiliador Zeus pai!
Aqueles que primeiro agridem à revelia dos juramentos,
desses comerão decerto os abutres as tenras carnes;
pela nossa parte, levaremos as esposas deles e as crianças
pequenas nas naus, quando tomarmos a cidadela!"

240 A quem ele visse esquivando-se da guerra odiosa,
a esse ele repreendia com palavras furiosas:

"Argivos fanfarrões, vergonhosos, não tendes respeito?
Por que assim ficais de pé, atarantados, como gamos
que após terem percorrido uma grande planície se cansam
e ali ficam estacados, sem qualquer força no espírito?
É assim que vós estais, atarantados, e não combateis.
Será que estais à espera que se aproximem os Troianos
das naus de belas proas junto à orla do mar cinzento,
para verdes se sobre vós estende a mão o filho de Crono?"

Com tais comandos percorria as fileiras dos homens.
E ao percorrer a turba de homens chegou aos Cretenses,
que vestiam as armas em volta do fogoso Idomeneu.
Idomeneu estava na linha de frente, semelhante a um
                                                    javali
na sua força; Meríones incitava as falanges da retaguarda.
Ao vê-los se regozijou Agamêmnon, soberano dos homens,
e logo interpelou Idomeneu com palavras suaves:

"Idomeneu, honro-te acima dos outros Dânaos de poldros
                                                    velozes,
tanto na guerra como em tarefas de outra ordem,
e no festim, quando o vinho frisante dos anciãos
os mais nobres dos Argivos misturam na cratera.
Pois embora os outros Aqueus de longos cabelos bebam
a porção que lhes compete, cheia está sempre a tua taça,
tal como a minha, para beberes sempre que te pedir
                                                    o coração.
Vai pois para a guerra, como o homem que antes
                                                    afirmavas ser."

A ele deu então resposta Idomeneu, condutor dos Cretenses:
"Atrida, serei certamente para ti um fiel companheiro,
tal como primeiro fiz a promessa e dei a garantia.
Mas vai agora incitar os outros Aqueus de longos cabelos,
para que combatamos rapidamente, visto que os Troianos
invalidaram os juramentos; e doravante terão a morte

e o destino, porque agrediram primeiro à revelia dos
                                                         juramentos."

Assim falou; e o Atrida passou à frente, com regozijo
                                                      no coração.
E ao percorrer a turba dos homens chegou junto dos dois
                                                         Ajantes,
que vestiam as armas no meio de uma nuvem de infantaria.
275 Tal como da sua atalaia o homem cabreiro vê uma nuvem
avançando por cima do mar, impelida pelo sopro do Zéfiro,
e na distância a que se encontra lhe parece a nuvem mais
                                                          negra
que betume ao avançar por cima do mar, trazendo um
                                                  grande vendaval;
e treme ao vê-la e conduz o rebanho para dentro de uma
                                                        gruta —
280 assim junto dos dois Ajantes se moviam os densos batalhões
de mancebos criados por Zeus para a guerra furiosa,
batalhões negros, de que se espetavam escudos e lanças.
E regozijou-se ao vê-los o poderoso Agamêmnon,
e falando-lhes proferiu palavras aladas:

285 "Ó Ajantes, comandantes dos Aqueus vestidos de bronze!
A vós não dou ordens, pois tal não me ficaria bem.
Vós mesmos incitareis as vossas tropas a lutar com afinco.
Quem dera — ó Zeus pai, ó Atena, ó Apolo! —
que nos peitos de todos houvesse corações como os vossos!
290 Rapidamente se vergaria a cidade de Príamo soberano,
e pelas nossas maos seria tomada e saqueada!"

Assim dizendo, deixou-os ali e foi ter com outros.
Em seguida encontrou Nestor, o límpido orador de Pilos,
dispondo seus companheiros e incitando-os a combater
295 em torno do possante Pélagon, de Alastor, de Crômio;
do poderoso Hêmon e de Biante, pastor do povo.
Dispôs primeiro os cavaleiros com seus cavalos e carros;

por trás colocou muita e valente infantaria, que seria
o baluarte da guerra; no meio colocou os covardes,
300 para que tivessem de combater à força, à sua revelia.
Estava a dar as ordens aos cavaleiros, para controlarem
os cavalos em vez de os atirarem para o meio do tumulto:

"Que confiante na destreza de cavaleiro e na coragem
nenhum de vós pretenda combater os Troianos isolado
à frente dos outros; e que também não arrepie caminho,
305 pois sereis deste modo mais vulneráveis. Mas aquele que
consiga com seu carro aproximar-se do carro inimigo,
que esse atire a lança, pois assim será muito melhor.
Foi desta maneira que os antigos destruíram cidades
e muralhas, tendo no peito este espírito, este coração."

310 Assim os incitava o ancião, conhecedor de guerras antigas.
Ao vê-lo se regozijou o poderoso Agamêmnon,
e falando dirigiu-lhe palavras aladas:

"Ancião, prouvera que, à semelhança do coração no teu peito,
também os teus membros te obedecessem e fosse firme
                                                              a tua força!
315 Mas a velhice que chega a todos te oprime. Quem dera
                                                              que outro
tivesse a tua idade, e que tu próprio fosses um dos mancebos!"

A ele deu resposta Nestor de Gerênia, o cavaleiro:
"Atrida, muito quereria eu ser aquele que fui
quando matei o divino Ereutálion. Mas não é de uma vez
320 que aos homens os deuses dão todas as coisas.
Nessa altura era eu um mancebo; agora sobreveio a
                                                              velhice.
Mas permanecerei entre os cavaleiros; dar-lhes-ei coragem
com as minhas decisões e palavras; é esse o privilégio dos
                                                              anciãos.
Combaterão com lanças os jovens lanceiros, mais novos

CANTO IV

325 que eu e por isso mais confiantes na sua força."
Assim falou; e o Atrida passou à frente, com regozijo
                                        no coração.
Encontrou em pé Menesteu, condutor de cavalos, filho
                                        de Peteu.
Em seu redor estavam os Atenienses, peritos no grito de
                                        guerra.
E perto estava também Ulisses de mil ardis; e junto dele
330 estavam as fileiras dos Cefalênios, a quem não faltava força,
estacadas: pois a hoste não tinha ouvido o grito de guerra,
pois só recentemente tinham sido postas em movimento
as falanges de Troianos domadores de cavalos e Aqueus.
Estavam por isso à espera do momento em que outro
batalhão dos Aqueus avançasse contra os Troianos
335 para assim dar início à guerra.
Quando os viu, repreendeu-os Agamêmnon, soberano dos
                                        homens,
e falando-lhes proferiu palavras aladas:

"Ó filho de Peteu, rei criado por Zeus!
E tu, perito em dolos malignos, zeloso do teu proveito!
340 Por que razão ficais assim para trás, à espera dos outros?
Ficava-vos melhor se vos colocásseis entre os primeiros
e assim enfrentásseis as labaredas da guerra.
Pois sois os primeiros a ouvir o meu chamamento
quando nós Aqueus preparamos um banquete para os anciãos.
345 Aí vos comprazeis a comer carne assada e a beber
taças de vinho doce como mel, tanto quanto quereis.
Mas agora gostaríeis de ver dez batalhões dos Aqueus
a combater à vossa frente com o bronze impiedoso."

Fitando-o com sobrolho carregado, respondeu o astucioso
                                        Ulisses:
350 "Atrida, que palavra passou além da barreira dos teus dentes?
Como podes tu dizer que rejeitamos a guerra, quando nós
                                        Aqueus

levamos a guerra afiada contra os Troianos domadores
de cavalos?
Verás — se assim quiseres e se por tal sentires algum
interesse —
o amado pai de Telêmaco no meio dos combatentes dianteiros
355 dos Troianos domadores de cavalos. Proferiste palavras
de vento."

Com um sorriso lhe deu resposta o poderoso Agamêmnon,
quando o viu encolerizado; e retirou aquilo que dissera:
"Filho de Laertes, criado por Zeus, Ulisses de mil ardis!
Não te repreendo em demasia, nem te dou ordens.
360 Pois sei que o coração no teu peito é conhecedor
de pensamentos benévolos; tu pensas como eu.
Mas o desagravo virá no futuro, se alguma palavra maldosa
foi proferida: que de tudo isto os deuses não aproveitem
nada."

Assim dizendo, deixou-o ali e foi ao encontro de outros.
365 Encontrou o filho de Tideu, Diomedes de altivo coração,
em pé junto aos cavalos e aos carros bem articulados.
Junto dele estava Estênelo, filho de Capaneu.
Quando o viu, repreendeu-o Agamêmnon, soberano
dos homens,
e falando-lhe proferiu palavras aladas:

370 "Ah, filho do fogoso Tideu, domador de cavalos!
Por que hesitas? Por que olhas para as alas da guerra?
Deste modo não tinha Tideu o costume de ficar para trás,
mas combatia os inimigos muito à frente dos companheiros,
segundo diz quem o viu esforçando-se na guerra; pela
minha parte,
375 nunca o conheci nem vi: mas dizem que ele era superior
aos outros.
Uma vez veio até Micenas, mas não com intento belicoso,
como hóspede do divino Polinices, para juntar um exército.

CANTO IV

Nesse tempo levavam a guerra contra as sagradas
                              muralhas de Tebas,
e muito suplicavam eles para que lhes concedessem
                              famosos aliados.
380 E os Micênios queriam atendê-los e assentiam quando
                              pediam;
mas Zeus desviou as decisões, mostrando portentos
                              desfavoráveis.
Depois que partiram e estavam já a caminho,
chegaram ao Asopo de fundos juncais reclinado na relva;
foi aí que os Aqueus mandaram Tideu numa missão:
385 e ele foi, encontrando muitos dos filhos de Cadmo
banqueteando-se em casa da Força de Etéocles.
Então, embora estrangeiro, não teve receio o cavaleiro Tideu,
apesar de só no meio de tantos filhos de Cadmo.
Desafiou-os para as contendas atléticas, e tudo ele ganhou
390 facilmente. Pois quem o ajudava era a deusa Atena.
Mas encolerizaram-se os filhos de Cadmo, chicoteadores
                              de cavalos,
e quando ele regressava armaram uma forte cilada
de cinquenta mancebos. Dois destes comandavam:
Méon, filho de Hêmon, igual dos deuses imortais;
395 e o filho de Autófono, o seguro guerreiro Polifontes.
Mas Tideu fez desabar sobre eles um destino vergonhoso
e matou-os a todos; só a um deixou que regressasse a casa —
mandou embora Méon, obedecendo aos portentos dos
                              deuses.
Tal era Tideu da Etólia; mas o filho que gerou é pior
400 que ele na guerra, embora seja melhor na conversa."

Assim falou; mas nada lhe respondeu o possante Diomedes,
por respeito para com a reprimenda do rei venerando.
Mas deu-lhe resposta o filho do glorioso Capaneu:

"Atrida, não profiras mentiras, quando sabes dizer a verdade.
405 Nós declaramo-nos de longe melhores que os nossos pais.

Conquistamos a sede da heptápila Tebas, quando ambos
juntamos uma hoste menor sob uma muralha mais forte,
tendo acreditado nos portentos divinos e na ajuda de Zeus.
Por seu lado, pereceram eles devido à sua própria loucura.
⁴¹⁰ Por isso não coloques os nossos pais em honra igual à nossa."

Fitando-o com sobrolho carregado, respondeu o forte
                                      Diomedes:
"Amigo, fica em silêncio e obedece às minhas palavras:
não considero vergonhoso que Agamêmnon, pastor do povo,
incite a combater os Aqueus de belas cnêmides.
⁴¹⁵ Dele será a glória, na eventualidade de os Aqueus
chacinarem os Troianos e tomarem a sacra Ílion;
e sobre ele se abaterá o sofrimento, se forem os Aqueus
                                      chacinados.
Que agora tu e eu nos concentremos na coragem feroz."

Assim falando, saltou armado do carro para o chão;
⁴²⁰ e terrivelmente ressoou o bronze sobre o peito do soberano
que avançava: o medo até teria dominado quem era corajoso.

Tal como na praia de muitos ecos as ondas do mar são
                                      impelidas
em rápida sucessão pelo sopro do Zéfiro e surge primeiro
a crista no mar alto, mas depois ao rebentar contra a terra
                                      firme
⁴²⁵ emite um enorme bramido e em torno dos promontórios
incha e se levanta, cuspindo no ar a espuma salgada —
assim avançavam em rápida sucessão as falanges dos Dânaos
para a guerra incessante; e cada um dos comandantes dava
ordens aos seus soldados, mas os outros marchavam
⁴³⁰ em silêncio — nem terias te apercebido de que toda aquela
tropa que avançava tinha voz no peito, pois todos se calavam
com medo dos comandantes. E em torno de todos reluziam
as armas embutidas, com as quais avançavam vestidos.

CANTO IV

Quanto aos Troianos, tal como as ovelhas de um homem rico
esperam em número incontável pela ordenha do alvo leite,
435 balindo sem cessar porque ouvem as vozes dos cordeiros —
assim se elevou o clamor dos Troianos pelo vasto exército.
É que não tinham todos a mesma fala, nem a mesma língua,
mas as línguas estavam misturadas, pois eram povos
de muitas terras.

Aos Troianos incitava Ares; aos Aqueus, Atena de olhos
esverdeados,
440 assim como o Terror, o Medo e a Discórdia sempre
furibunda,
irmã e amiga de Ares matador de homens —
ela que primeiro levanta um pouco a cabeça, mas depois
fixa a cabeça no céu, enquanto caminha sobre a terra.
Foi ela que atirou para o meio deles o conflito que chega
a todos,
445 ao percorrer toda a turba, assim aumentando os gemidos
dos homens.

Quando chegaram ao mesmo local para se enfrentarem
uns aos outros,
brandiram todos juntos os escudos, as lanças e a fúria
de homens
de brônzeas couraças; e os escudos cravados de adornos
embateram uns contra os outros e surgiu um estrépito
tremendo.
450 Então se ouviu o gemido e o grito triunfal dos homens
que matavam e eram mortos. A terra ficou alagada de sangue.
Tal como os rios invernosos se precipitam das montanhas,
atirando juntos o enorme caudal para a embocadura de
dois vales,
e das poderosas nascentes vêm lançar as águas num oco
desfiladeiro,
455 e lá longe nas montanhas o pastor chega a ouvir-lhes
o estrondo —

assim era o eco e o terror dos que embatiam uns contra
os outros.

Foi Antíloco o primeiro a matar um homem armado
dos Troianos,
um valente que combatia na primeira linha: Equepolo,
filho de Talísio.
Primeiro desferiu-lhe um golpe no elmo com crinas de cavalo
460 e pela testa adentro lhe empurrou a lança; além do osso
foi a ponta de bronze e a escuridão cobriu-lhe os olhos:
tombou em combate mortal como se desmorona uma
muralha.
Ao cair agarrou-lhe pelos pés o poderoso Elefenor,
filho de Calcodonte, magnânimo comandante dos Abantes,
465 procurando arrastá-lo para longe dos projéteis, para depressa
o despir das armas. Mas foi curta a duração do seu esforço.
Pois enquanto arrastava o cadáver o avistou o magnânimo
Agenor,
e nas costelas, que deixara expostas a descoberto do
escudo, o feriu
com um golpe da brônzea lança, deslassando-lhe os
membros.
470 Assim o deixou o sopro vital; e sobre o seu corpo começou
a luta
penosa de Troianos e Aqueus: como lobos se atiravam eles
uns aos outros e cada homem por outro homem era
derrubado.

Então atingiu Ájax, filho de Télamon, o filho de Antémion —
o florescente Simoésio, ainda solteiro, que outrora a mãe
475 dera à luz junto às correntes do Simoente, quando descia
do Ida;
pois aí se dirigira com os pais para ver os rebanhos.
Por essa razão lhe puseram o nome de Simoésio; mas aos pais
não restituiu o que gastaram ao criá-lo, pois breve foi
a sua vida,

CANTO IV

subjugado como foi pela lança do magnânimo Ájax.
⁴⁸⁰ Enquanto avançava entre os primeiros foi atingido no peito,
junto ao mamilo direito; e completamente lhe trespassou
o ombro a lança de bronze. No chão caiu como o álamo
que cresceu nas terras baixas de uma grande pradaria,
liso, mas com ramos viçosos na parte de cima —
⁴⁸⁵ álamo que com o ferro fulgente o homem fazedor de carros
cortou para com ele fabricar um lindíssimo carro,
e que deixou a secar, jazente, na ribeira de um rio.

Deste modo Ájax, criado por Zeus, matou Simoésio,
filho de Antémion. E no meio da confusão contra ele atirou
⁴⁹⁰ Ântifo da couraça faiscante, filho de Príamo, a lança
                                                        pontiaguda.
Mas não lhe acertou, atingindo antes na virilha Leuco,
valente companheiro de Ulisses, que arrastava um cadáver.
Tombou em cima dele, largando a mão do cadáver.
Pela morte dele muito se encolerizou Ulisses, que avançou
⁴⁹⁵ através da linha de frente armado de bronze faiscante;
posicionou-se perto e arremessou a lança reluzente,
olhando em redor. Os Troianos recuaram perante
o arremesso do guerreiro. E não foi em vão que lançou,
mas atingiu o filho ilegítimo de Príamo, Democoonte,
⁵⁰⁰ que viera de Ábido, dos estábulos de rápidas éguas.
Foi ele que Ulisses, irado por causa do companheiro,
atingiu na têmpora com a lança, cuja ponta de bronze
                                                        penetrou
através da outra têmpora. A escuridão cobriu-lhe os olhos;
caiu com um estrondo e as armas ressoaram em torno dele.

⁵⁰⁵ Cederam terreno os combatentes dianteiros e o glorioso
                                                        Heitor.
Os Argivos elevaram um grande grito, recolheram os
                                                        cadáveres
e investiram em frente. Indignou-se Apolo, que observava
a partir de Pérgamo, e assim gritou aos Troianos:

"Levantai-vos, ó Troianos domadores de cavalos! Não cedais
510 na peleja aos Argivos, pois a sua pele não é de pedra
nem de ferro quando é ferida pelo bronze que rasga a carne!
E Aquiles, filho de Tétis das belas tranças, não está
combatendo,
mas encontra-se junto às naus remoendo a cólera no
coração!"

Assim gritou da cidade o deus terrível. Porém aos Aqueus
515 incitava a filha de Zeus, a gloriosíssima Tritogênia,
que avançava pelo meio da turba quando os via a desistir.

Então Diores, filho de Amarinceu, foi acorrentado pelo
destino.
Foi atingido na perna direita junto ao calcanhar por uma
pedra
lacerante; fora o comandante dos Trácios que a atirara,
520 Piro, filho de Ímbraso, que até ali viera do Eno.
Tanto os nervos como os ossos a pedra impiedosa esmagou;
e ele caiu para trás no pó, enquanto estendia ambas as mãos
aos queridos companheiros. A vida saía-lhe pela boca.
Mas quem o atingira, Piro, veio correndo, e desferiu-lhe
525 um golpe junto ao umbigo. Logo todas as vísceras
se entornaram no chão e a escuridão cobriu-lhe os olhos.

Porém a Piro que recuava atingiu com a lança Toas da Etólia,
no peito acima do mamilo. O bronze fixou-se em seus
pulmões.
Aproximou-se então Toas, que logo lhe arrancou do peito
530 a lança possante e, desembainhando a espada afiada,
desferiu-lhe um golpe no estômago, assim tirando-lhe a vida.
Mas não o despiu das suas armas, pois em volta dele estavam
os companheiros Trácios, com o cabelo no alto da cabeça,
segurando nas mãos as lanças compridas; embora fosse alto,
535 potente e soberbo, repeliram-no e ele teve de ceder e recuar.

Deste modo estavam ambos, lado a lado, estatelados no
                                                    chão:
dos Trácios — um — e dos Epeios vestidos de bronze —
                                                    outro —
os comandantes. E em torno deles jaziam mortos muitos
                                                    outros.

Nesse momento já ninguém entraria de ânimo leve no
                                                    combate,
540 ninguém que sem ter sido atingido ou ferido pelo bronze
                                                    afiado
circulasse ali no meio e fosse levado pela mão por Palas
                                                    Atena,
por ela protegido do arremesso de projéteis.
Pois naquele dia jazeram muitos Troianos e Aqueus
uns ao lado dos outros, com o rosto virado para o chão.

Canto v

Foi então que a Diomedes, filho de Tideu, Palas Atena
outorgou força e coragem, para que se tornasse
                                                preeminente
entre todos os Argivos e obtivesse uma fama gloriosa.
Fez-lhe arder do elmo e do escudo uma chama indefectível,
5   como o astro na época das ceifas que pelo brilho sobressai
entre os outros, depois de ter se banhado no Oceano.
Foi uma chama destas que ela lhe acendeu na cabeça
e nos ombros; e enviou-o para o meio da refrega,
onde se juntava o maior número de combatentes.

Havia entre os Troianos um certo Dares, homem rico
10 e irrepreensível, sacerdote de Hefesto. Tinha dois filhos:
Fegeu e Ideu, conhecedores de toda espécie de combate.
Estes, separando-se dos outros, investiram contra Diomedes.
Eles seguiam montados no carro, mas ele avançava a pé.
E quando já estavam perto, aproximando-se uns dos outros,
15 foi Fegeu o primeiro a arremessar a lança de longa sombra.
Por cima do ombro esquerdo do Tidida voou a ponta da
                                                       lança,
sem o atingir. Em seguida lançou-se contra ele com seu bronze
o Tidida; e não foi em vão que o dardo lhe fugiu da mão,
pois acertou-lhe no peito, entre os mamilos, atirando-o do
                                                       carro.
20 Ideu saltou para trás, deixando o lindíssimo carro, sem ousar

CANTO V   201

colocar-se de plantão para proteger o cadáver do irmão.
Não teria aliás escapado à escuridão do destino se Hefesto
não o tivesse protegido, escondendo-o nas trevas, para que
de todo o sacerdote idoso não fosse acometido pela dor.
25 Os cavalos é que o magnânimo filho de Tideu arrebatou,
dando-os aos companheiros para levarem até as côncavas
naus.
Quando os magnânimos Troianos viram os filhos de Dares,
um em fuga, e o outro chacinado ao lado do carro,
desanimou-se o coração de todos. Porém Atena de olhos
esverdeados
30 pegou na mão de Ares furioso e assim lhe dirigiu a palavra:

"Ares, Ares flagelo dos mortais, sanguinário derrubador
de muralhas!
E se deixássemos agora os Troianos e os Aqueus combatendo,
seja deles qual for a quem Zeus pai quer conceder a glória?
Pela nossa parte cedamos, evitando deste modo a ira de
Zeus."

35 Assim dizendo, conduziu Ares furioso para longe da batalha.
Sentou-o na ribeira arenosa do rio Escamandro, enquanto
os Dânaos punham em fuga os Troianos. Cada um dos
comandantes
matou um homem: primeiro Agamêmnon, soberano dos
homens,
atirou do seu carro o possante Ódio, o chefe dos Halizonas.
40 Nele, o primeiro a fugir, acertou com a lança nas costas,
no meio dos ombros, empurrando-a até sair pelo peito.
Tombou com um estrondo e sobre ele ressoaram as armas.

Em seguida Idomeneu matou Festo, filho de Boro,
o Moeônio, que viera de Tarna de férteis sulcos.
45 Atingiu-o o famoso lanceiro Idomeneu com a sua grande
lança,
quando subia para o carro, no ombro direito.

Caiu do carro e tomou-o a escuridão detestável.
Despiram-no das suas armas os escudeiros de Idomeneu.
E Escamândrio, filho de Estrófio, arguto na caça,
⁵⁰ foi morto pela lança pontiaguda do Atrida Menelau —
ele, o excelente caçador! A própria Ártemis lhe ensinara
a matar todas as criaturas que nas montanhas nutrem
as florestas.
Mas de nada lhe serviu agora Ártemis, a arqueira,
nem a perícia com o arco, em que antes fora excelente.
⁵⁵ Mas o Atrida Menelau, famoso lanceiro,
acertou-lhe com a lança nas costas enquanto fugia,
no meio dos ombros, empurrando-a até sair pelo peito.
Tombou de cara no chão e sobre ele ressoaram as armas.

E Meríones matou Féreclo, filho de Técton, filho de Hármon,
⁶⁰ cujas mãos sabiam fabricar toda espécie de espantoso
artefato; é que muito o tinha estimado Palas Atena.
Fora ele quem construíra para Alexandre as naus iniciadoras
dos males, que para todos os Troianos criaram a desgraça,
assim como para ele próprio, visto que desconhecia os
oráculos
⁶⁵ dos deuses. Perseguiu-o Meríones: quando o apanhou,
trespassou-lhe a nádega direita. A ponta da lança atravessou
a bexiga completamente, penetrando debaixo do osso:
ele caiu de joelhos e encobriu-o a morte.

E Meges matou Pedeu, filho de Antenor —
⁷⁰ filho ilegítimo, embora o tivesse criado a divina Teano
de forma igual aos queridos filhos, para agradar ao marido.
Dele se aproximou o filho de Fileu, famoso lanceiro,
atingindo-o com a lança afiada no nervo do pescoço:
e o bronze cortou por completo a língua debaixo dos dentes.
⁷⁵ Tombou no pó e seus dentes morderam a frieza do bronze.

Eurípilo, filho de Evenor, matou o divino Hipsenor,
filho do altivo Dolopíon, a quem fizeram sacerdote

do Escamandro, honrado pelo povo como um deus.
Contra ele investiu Eurípilo, glorioso filho de Evenor,
quando fugia à sua frente e a meio da corrida lhe desferiu
um golpe no ombro com a espada, decepando-lhe o braço
pesado.
O braço caiu ensanguentado por terra; e sobre os seus olhos
caíram a morte purpúrea e o destino ingente.

Assim se esforçavam eles na labutação da refrega.
Quanto ao Tidida, não perceberias a que lado pertencia,
se era com os Troianos a sua camaradagem, ou com os
Aqueus.
É que ele irrompia pela planície, semelhante ao rio no auge
da torrente invernosa, cujo caudal arrasta os diques;
não o contêm as barreiras dos diques, nem os muros
das viçosas vinhas contêm o rio que se precipita
de repente quando o impele a chuva de Zeus,
ficando assim destruídas muitas e belas obras dos homens.
Deste modo pelo Tidida eram desbaratadas as falanges
dos Troianos: não lhe resistiam, apesar de serem em
número maior.

Quando porém o avistou o glorioso filho de Licáon
irrompendo pela planície e desbaratando as falanges,
depressa retesou contra o Tidida o seu arco recurvo
e disparou com pontaria certeira contra o ombro direito,
no topo da couraça; atravessou-a a seta amarga,
penetrando por completo. A couraça ficou salpicada de
sangue.
Por cima dele gritou alto o glorioso filho de Licáon:

"Levantai-vos, magnânimos Troianos, chicoteadores
de cavalos!
Foi atingido o melhor dos Aqueus; e não julgo que ele aguente
por muito tempo a flecha poderosa, se na verdade me incitou
o soberano filho de Zeus, quando parti da Lícia."

Assim falou, ufanoso; mas ao outro não subjugou a seta
veloz,
mas recuou e posicionou-se junto dos cavalos e do carro,
e dirigiu a palavra a Estênelo, filho de Capaneu:
"Levanta-te, valoroso filho de Capaneu, e desce do carro,
110 para me arrancares do ombro a seta amarga."

Assim falou; e Estênelo saltou do carro para o chão.
Em pé, a seu lado, arrancou do ombro a seta veloz.
Mas através da túnica flexível jaculou o sangue.

Então fez uma prece Diomedes, excelente em auxílio:
115 "Escuta, ó Atritona, filha de Zeus detentor da égide!
Se alguma vez ao lado de meu pai te posicionaste, benévola,
na furiosa refrega, do mesmo modo sê-me agora favorável!
Concede-me que mate aquele homem; que ele entre no raio
da minha lança, ele que antes me feriu, declarando
120 que eu não veria por muito tempo a luz brilhante do sol."

Assim falou, rezando; e ouviu-o Palas Atena, tornando-lhe
os membros mais leves, mais leves os pés e as mãos.
Postando-se junto dele, dirigiu-lhe palavras aladas:
"Tem coragem, ó Diomedes, e luta contra os Troianos!
125 No teu peito eu coloquei a força de teu pai — a força
inquebrantável que tinha Tideu, cavaleiro portador de escudo.
E tirei da frente dos teus olhos a bruma que lá pairava,
para que conheças bem quem é deus e quem é homem.
Por isso se vier ao teu encontro algum deus para te testar,
130 não combatas de modo algum contra os outros deuses
imortais, a não ser que Afrodite, filha de Zeus,
entre na refrega: a ela poderás ferir com o bronze afiado."

Tendo assim falado, partiu Atena de olhos esverdeados.
O Tidida voltou de novo a imiscuir-se entre os combatentes
135 da frente; e embora antes estivesse desejoso de combater
os Troianos,

agora sentia três vezes mais força: como o leão,
ao qual no campo o pastor feriu, quando saltou por cima
da vedação do curral das ovelhas, mas não venceu;
avivou-lhe antes a força, mas em seguida não lhe faz frente,
140 metendo-se dentro dos estábulos, o rebanho aterrorizado:
e empilhadas ficam as ovelhas, umas ao lado das outras;
porém o leão salta na sua fúria para fora do curral —
assim no meio dos Troianos se imiscuía o possante Diomedes.

Foi então que matou Astínoo e Hipíron, pastor do povo:
145 a um atingiu por cima do mamilo com a lança de brônzea
 ponta;
ao outro desferiu com a espada possante um golpe no ombro,
decepando-lhe o ombro do pescoço e das costas. Deixou-os
onde estavam e pôs-se a perseguir Abante e Poliído,
filhos de Euridamante, idoso intérprete de sonhos.
150 Porém não regressaram, para o ancião lhes interpretar
os sonhos: ambos foram mortos pelo possante Diomedes.
Depois lançou-se contra Xanto e Tóon, filhos de Fénops,
ambos bem-amados. Ao pai oprimia a dolorosa velhice,
e não gerou outro filho a quem deixar os seus haveres.
155 Ali os matou Diomedes, privando-os a ambos da vida
amada, deixando ao pai deles o pranto e o luto doloroso,
uma vez que não permaneceram vivos para que o pai os
 recebesse
no seu regresso; pelo que outros familiares dividiram a
 fortuna.

Depois atirou-se aos dois filhos de Príamo, filho de Dárdano,
160 que seguiam no mesmo carro, Equémon e Crômio.
Tal como o leão que salta no meio dos bois e parte o pescoço
de uma vitela ou de uma vaca a pastarem na verdura
 silvestre —
assim a ambos lançou do carro o filho de Tideu, à revelia
 deles
e de modo humilhante, despindo-os depois das suas armas.

165 E aos companheiros deu os cavalos para levarem para
                                                    as naus.

No entanto avistou-o Eneias desbaratando as fileiras de
                                                    homens.
Caminhou por entre a refrega e pelo arremesso de lanças,
à procura do divino Pândaro, a ver se o encontrava.
Encontrou o possante e irrepreensível filho de Licáon,
170 e falando-lhe cara a cara lhe disse estas palavras:

"Pândaro, onde estão o teu arco, as setas aladas
e a tua fama? Nisso não há aqui homem que contigo rivalize,
nem há Lício que afirme ser melhor arqueiro que tu.
Mas dispara agora uma seta contra aquele homem
                                        (elevando as mãos
175 a Zeus), seja ele quem for que assim prevalece e tantos males
pratica contra os Troianos, pois a muitos já deslassou os
                                                    joelhos.
Se é que não é um deus irado contra os Troianos,
                                                    encolerizado
por causa de sacrifícios. Pesada é a cólera de um deus."

A ele deu resposta o glorioso filho de Licáon:
180 "Eneias, conselheiro dos Troianos vestidos de bronze,
é ao fogoso Tidida que em tudo o assemelho,
reconhecendo-o pelo escudo, pelo penacho do elmo
e observando os seus cavalos. Não sei ao certo se é um deus.
Mas se ele é o homem que digo, o fogoso filho de Tideu,
185 não é sem a ajuda de um deus que assim tresvaria, mas
                                                    tem perto
um dos deuses imortais, com os ombros envoltos em nuvens,
que desviou dele a seta veloz quando o atingiu.
Pois já contra ele disparei uma seta e acertei-lhe no ombro
direito, atravessando-lhe por completo a couraça.
190 E pensava eu que o lançaria no Hades;
contudo, não o subjuguei. Na verdade é um deus irado!

Além de que não tenho cavalos nem carro em que pudesse
                                                            montar,
embora no palácio de Licáon estejam onze belos carros,
novos em folha, recém-construídos, cobertos de panos.
E junto de cada um está a respectiva parelha de cavalos
mastigando a branca cevada e a espelta.
Muitas coisas me recomendou o velho lanceiro Licáon
no palácio bem construído, quando para cá vim.
Mandou-me vir montado com cavalos e carros,
para liderar os Troianos nos fortes combates.
Mas não lhe obedeci — muito mais proveitoso teria sido! —,
querendo poupar os cavalos, não lhes fosse faltar alimento
                                                            no meio
desta multidão de homens, habituados a comer quanto
                                                            queriam.
Por isso os deixei, e vim para Ílion sem montaria, confiante
no meu arco. Mas não parece que me sirva de grande coisa.
Pois ainda agora disparei contra dois comandantes:
contra o Tidida e contra o Atrida, e a ambos o meu disparo
                                                            causou
decerto o derrame de sangue. Mas o que fiz foi incitá-los
                                                            ainda mais!
Desafortunadamente tirei do prego o arco recurvo no dia
em que vim para a agradável Ílion como comandante
dos Troianos, para fazer um favor ao divino Heitor.
Mas se eu regressar a casa e vir com os olhos
a minha pátria, a minha esposa e o meu alto palácio,
que logo outro homem me corte a cabeça,
se eu não quebro este arco com as mãos e o atiro ao fogo:
pois para mim não tem mais utilidade que o vento."

Respondeu-lhe então Eneias, comandante dos Troianos:
"Não fales assim. As coisas não mudarão de feição
até que nós dois com carro e cavalos enfrentemos
aquele homem e o ponhamos à prova nas armas.
Mas agora sobe tu para o meu carro, para que vejas

como são os cavalos de Trós, que pela planície sabem
correr com rapidez, seja em perseguição ou em debandada.
Ambos nos levarão a salvo para a cidade, se de novo
Zeus outorgar a glória a Diomedes, filho de Tideu.
Mas pega tu agora no chicote e nas rédeas reluzentes:
serei eu a desmontar do carro para combater;
ou então enfrenta-o tu, e eu ocupar-me-ei dos cavalos."

A ele deu resposta o glorioso filho de Licáon:
"Eneias, segura tu as rédeas e conduz os teus cavalos.
Puxarão melhor o carro recurvo com o condutor habitual,
se se der o caso de termos de fugir do filho de Tideu.
Que eles não se descontrolem, espantados, recusando-se
a levar-nos para longe da guerra, por sentirem falta da tua
voz,
pelo que contra nós se lançaria o magnânimo filho de Tideu
e nos mataria, levando depois os cavalos de casco não
fendido.
Sê tu próprio a conduzir o teu carro e os teus cavalos,
e eu responderei à investida dele com a lança pontiaguda."

Assim dizendo, subiram para o carro adornado
e contra o Tidida conduziram com afinco os cavalos velozes.
Viu-os Estênelo, glorioso filho de Capaneu,
e logo disse ao Tidida palavras aladas:

"Tidida Diomedes, que encantas o meu coração!
Vejo dois homens possantes avançando para te combater,
ambos dotados de força desmesurada: um deles é bom
arqueiro,
Pândaro, que declara além do mais ser filho de Licáon;
o outro é Eneias, que do irrepreensível Anquises declara
ser filho — ele que tem como mãe a deusa Afrodite.
Cedamos pois, montados no carro, e não te lances através
da linha de frente, para que não percas a vida amada."

Fitando-o com sobrolho carregado, respondeu o forte
                                            Diomedes:
"Não me fales em medrosas retiradas, pois não me
                                            convencerás!
Não faz parte da minha natureza combater escondido,
nem rebaixar-me perante outros. A minha vontade é firme.
255 Recuso-me a montar no carro; é da maneira que estou
que irei ao encontro deles. Palas Atena não me deixa tremer.
Quanto a eles, não os levarão os cavalos velozes de junto
                                            de nós,
a eles os dois — mesmo que um deles consiga fugir.
E outra coisa te direi; e tu guarda-a no teu coração:
260 se Atena, a deusa de muitos conselhos, me conceder a glória
de os matar aos dois, tu deverás aguentar aqui os cavalos
                                            velozes,
atando as rédeas ao rebordo do carro; e lança-te
em seguida aos cavalos de Eneias, e conduz as montarias
de junto dos Troianos para os Aqueus de belas cnêmides.
265 Pois eles são da raça dos que a Trós deu Zeus que vê ao longe,
como recompensa pelo filho, Ganimedes, porquanto eram
                                            eles
os melhores de todos os cavalos debaixo da Aurora e do Sol.
Desta raça furtou descendência Anquises, senhor dos homens,
deixando cobrir as suas éguas sem que Laomedonte se
                                            apercebesse.
270 Destas éguas nasceram-lhe no palácio seis poldros:
ficou ele com quatro deles, para criar nas manjedouras;
mas ofereceu dois a Eneias, congeminador de debandadas.
Se apanhássemos estes cavalos, ficaríamos com fama
                                            excelente!"

Eram estas as palavras que diziam um ao outro. E depressa
275 se aproximaram dos outros dois, que conduziam
                                            os cavalos velozes.
O primeiro a falar foi o filho glorioso de Licáon:
"Filho do altivo Tideu de coração possante e fogoso!

Na verdade não te subjugou a minha célere flecha, seta
 amarga!
Mas agora tentarei atingir-te com a lança, se eu conseguir."

280 Assim falando, apontou e arremessou a lança de longa
 sombra,
acertando no escudo do Tidida. E através do escudo
penetrou a brônzea ponta, atingindo o colete.
Por cima dele gritou bem alto o glorioso filho de Licáon:
"Foste atingido no baixo-ventre, pelo que não julgo
285 que muito tempo aguentarás. E assim me deste a glória!"

Sem receio lhe deu resposta o possante Diomedes:
"Atiraste ao lado — não acertaste. Porém não penso
que vós dois desistireis, até que um ou outro, tombando,
farte de sangue o deus Ares, guerreiro do escudo de cabedal!"

290 Assim falando, atirou a lança. E Atena guiou-a até ao nariz,
entre os olhos de Pândaro. Penetrou através dos alvos dentes.
O bronze renitente cortou a língua pela raiz e a ponta
da lança saiu por baixo, pela base do queixo.
Tombou do carro e ressoaram por cima dele as armas
295 reluzentes e faiscantes. Desviaram-se para o lado
os cavalos velozes. E foi aí que o deixaram a força e a vida.

Porém Eneias saltou para o chão, segurando o escudo e a
 lança
comprida, receoso de que os Aqueus arrastassem o cadáver.
Pôs-se de plantão por cima de Pândaro, como um leão
 confiante
300 na sua força, segurando à frente o escudo e a lança,
pronto a matar quem tentasse pegar o cadáver.
Emitiu um grito medonho. Mas o Tidida com a mão
pegou numa rocha (coisa tremenda!), que nem dois homens
levantariam, dos mortais de hoje! Sem dificuldade a
 levantou, só.

CANTO V   211

305 E com ela atingiu Eneias na anca, no local onde a coxa
    se junta à anca, osso a que os homens chamam a "taça".
    E estilhaçou a "taça", dilacerando também ambos os
                                                      tendões.
    A rocha lacerante rasgou-lhe a carne; o herói caiu de joelhos
    e com a mão possante se recostou contra a terra.
310 A escuridão da noite veio cobrir-lhe os olhos.

    E agora teria perecido Eneias soberano dos homens,
    se arguta não se tivesse apercebido a filha de Zeus, Afrodite,
    sua mãe, que o concebeu para Anquises quando ele
                                                      tratava do gado.
    Em torno do filho amado lançou ela os alvos braços,
                                                      estendendo
315 à frente dele uma prega da sua veste resplandecente como
                                                      barreira
    contra os projéteis, não fosse algum dos Dânaos de
                                                      rápidos poldros
    arremessar-lhe bronze contra o peito e roubar-lhe a vida.
    Levou ela então o filho amado para longe da guerra.

    Mas o filho de Capaneu não olvidou as recomendações
320 que lhe fizera Diomedes, excelente em auxílio:
    manteve os próprios cavalos de casco não fendido
    longe da refrega, atando as rédeas ao rebordo do carro,
    e lançou-se em direção aos cavalos de belas crinas de Eneias,
    para os levar dentre os Troianos para os Aqueus de belas
                                                      cnêmides.
325 Deu-os ao querido companheiro Deípilo, que entre todos
    da sua idade ele mais estimava pela consonância de espírito —
    incumbiu a ele levá-los até as côncavas naus. O herói
    montou então no seu carro e pegou nas rédeas resplandecentes
    e depressa conduziu os cavalos de fortes cascos em demanda
330 do Tidida. Mas ele perseguia a deusa Cípris com o bronze
                                                      afiado,
    sabendo que ela era uma deusa débil, e não uma das deusas

que se impõem no meio das guerras dos homens —
não era Atena, nem Ênio, saqueadora de cidades.
Mas quando chegou ao pé dela, após tê-la perseguido por
entre
335 a multidão, foi então que o filho do magnânimo Tideu
lhe feriu a superfície da mão delicada com o bronze afiado;
e de imediato a lança lacerou a carne através da veste
ambrosial,
que as próprias Graças lhe tinham tecido, na parte do pulso
acima da palma da mão. Jorrou o sangue imortal da deusa,
340 o icor, que tem seu fluxo nos deuses bem-aventurados.
É que eles não comem pão, nem bebem o vinho frisante:
e por isso são exangues e têm o nome de imortais.
A deusa gritou alto e deixou cair o filho.
Mas tomou-o nos seus braços Febo Apolo e envolveu-o
345 numa nuvem escura, não fosse algum dos Dânaos de
rápidos poldros
arremessar-lhe bronze contra o peito e roubar-lhe a vida.
Mas gritando alto lhe disse Diomedes, excelente em auxílio:

"Afasta-te, ó filha de Zeus, da guerra e da refrega!
Não te basta iludires as mulheres na sua debilidade?
350 Mas se pretendes entrar na guerra, penso que a guerra
te fará estremecer, só de ouvires falar dela de longe!"

Assim falou; e ela partiu, desesperada, em grande aflição.
Foi Íris de pés como o vento que a levou da liça,
acabrunhada de dores — até a linda pele escurecia.
355 Em seguida, à esquerda da batalha, encontrou sentado
Ares furioso,
a lança reclinada contra uma nuvem; ali estavam seus
cavalos velozes.
Caindo de joelhos, logo implorou Afrodite ao querido irmão
que lhe emprestasse os cavalos com adereços de ouro:

"Querido irmão, acode-me e dá-me os teus cavalos,

CANTO V

360 para que possa chegar ao Olimpo, onde fica a sede dos
                                                            imortais.
   Estou muito aflita por causa da ferida infligida por um
                                                            homem mortal:
   o Tidida, que neste momento até contra Zeus pai
                                                            combateria!"

   Assim falou; e Ares deu-lhe os cavalos com adereços de ouro.
   Ela subiu para o carro, desesperada no seu coração;
365 e para junto dela subiu Íris, que com as mãos pegou nas
                                                            rédeas.
   Com o chicote incitou os cavalos, que não se recusaram
                                                            a correr
   e depressa chegaram à sede dos deuses, ao escarpado Olimpo,
   onde os cavalos refreou a rápida Íris de pés como o vento,
   soltando-os do carro; à sua frente atirou pasto ambrosial.
370 Mas a divina Afrodite lançou-se sobre os joelhos de Dione,
   sua mãe; e ela, por seu lado, abraçou a filha.
   E acariciando-a com a mão, chamou-lhe pelo nome:
   "Querida filha, quem dentre os deuses celestiais te tratou tão
   depravadamente, como se andasses às claras a praticar o
                                                            mal?"

375 A ela deu resposta Afrodite, deusa dos sorrisos:
   "Feriu-me o filho de Tideu, o altivo Diomedes,
   porque eu afastava da guerra o meu filho amado,
   Eneias, que me é de longe o mais caro de todos.
   Pois não é entre Troianos e Aqueus o combate tremendo,
380 mas já os Dânaos combatem contra os deuses imortais."

   Então lhe deu resposta Dione, divina entre as deusas:
   "Aguenta, querida filha, e refreia-te, apesar do que sofres.
   Muitos de nós que no Olimpo temos nossa morada já
                                                            sofremos
   às mãos dos homens, por querermos dar tristes dores uns
                                                            aos outros.

385 Sofreu Ares, quando Oto e o possante Efialtes,
filhos de Aloeu, o prenderam com fortes correntes:
treze meses ficou ele preso num jarro de bronze.
Então teria perecido Ares que da guerra não se sacia,
se a madrasta deles, a lindíssima Eribeia,
390 não tivesse avisado Hermes: foi ele que às escondidas
tirou Ares, já desesperado, pois as correntes o esmagavam.
Também sofreu Hera, quando o possante filho de Anfitrião
a atingiu no seio direito com uma flecha de farpa tripla:
tomou-a nessa altura uma dor impossível de acalmar.
395 Além destes sofreu uma seta veloz o monstruoso Hades,
quando o mesmo homem, filho de Zeus detentor da égide,
o atingiu em Pilos no meio dos mortos, entregando-o à dor.
Hades dirigiu-se ao palácio de Zeus no alto Olimpo,
sofrendo no coração, trespassado de dores: é que a seta
400 entrara-lhe no ombro enorme e atormentava-se-lhe
                                                  o espírito.
Aplicou-lhe Peéon fármacos anuladores do sofrimento
e curou-o: na verdade, não tinha têmpera de homem mortal.
Homem duro, urdidor de torpezas, incapaz de avaliar
                                                os torpes atos,
visto que com suas setas fez sofrer os deuses, que o Olimpo
                                                detêm!
405 Mas contra ti o incitou Atena, a deusa de olhos esverdeados.
Insensato!, pois em seu espírito não sabe o filho de Tideu
que não dura muito tempo quem contra os deuses combate,
nem os filhos pequenos se sentarão tagarelando ao seu colo
quando ele regressar da guerra e da tremenda refrega.
410 Por isso, que o Tidida — agora muitíssimo possante —
se acautele, não vá lutar contra ele alguém mais forte que tu;
para que Egaleia, filha sensata de Adrasto, não acorde
do sono toda a casa com os seus lamentos,
chorando pelo marido legítimo, o melhor dos Aqueus:
415 ela que é a esposa robusta de Diomedes, domador de
                                                  cavalos."

CANTO V

Assim falou; e com ambas as mãos limpou o icor do braço.
O braço melhorou e as dores profundas acalmaram.
Mas ao olharem para ela tentaram Atena e Hera
provocar Zeus Crônida com palavras mordazes.
₄₂₀ Quem tomou primeiro a palavra foi Atena de olhos
esverdeados:

"Zeus pai, encolerizar-te-ás em relação àquilo que eu disser?
Na verdade Cípris tem estado a incentivar uma das
mulheres
Aqueias a seguir os Troianos, a quem ela tanto estima;
e ao acariciar uma dessas Aqueias de belos vestidos,
₄₂₅ na dourada pregadeira arranhou Afrodite a sua mão
delicada."

Assim falou. Sorriu o pai dos homens e dos deuses,
e chamando a dourada Afrodite assim lhe disse:
"A ti, querida filha, não te são dados os esforços guerreiros;
ocupa-te antes com os esforços do desejo no casamento:
₄₃₀ que estas coisas digam respeito ao célere Ares e a Atena."

Enquanto deste modo diziam estas coisas entre si,
contra Eneias investiu Diomedes, excelente em auxílio,
embora soubesse que ele estava nos braços de Apolo.
Mas nem perante o grande deus sentia reverência, sempre
₄₃₅ desejoso de matar Eneias para o despir das belas armas.
Três vezes se lançou com vontade de o matar;
e três vezes o repeliu Apolo com o escudo reluzente.
Mas quando pela quarta vez se lançou como um deus,
com um grito terrível lhe falou Apolo, que age de longe:

₄₄₀ "Pensa, ó Tidida, e cede! Não queiras pensar coisas iguais
às que pensam os deuses, pois não é a mesma a raça
dos deuses imortais e a dos homens que caminham sobre
a terra."

Assim falou; e o Tidida afastou-se um pouco para trás,
para evitar a cólera de Apolo que acerta ao longe.
₄₄₅ E para longe da refrega foi Eneias levado por Apolo,
para a sacra Pérgamo, onde lhe fora construído o templo.
Foi aí que Leto e Ártemis, a arqueira, o curaram
e glorificaram no grande santuário.

Porém Apolo do arco de prata formou um fantasma
₄₅₀ igual ao próprio Eneias e armado do mesmo modo;
e em redor do fantasma os Troianos e divinos Aqueus
golpearam as fivelas de cabedal em torno dos peitos
uns dos outros, os escudos redondos e os couros franjados.
Então a Ares furioso dirigiu a palavra Febo Apolo:

₄₅₅ "Ares, Ares flagelo dos mortais, sanguinário derrubador
de muralhas!
Entrando tu próprio na refrega não quererás de lá tirar
este homem,
o Tidida, que neste momento até contra Zeus pai combateria?
Cípris feriu ele primeiro de perto no pulso do braço,
e depois lançou-se contra mim mesmo, igual a um deus!"

₄₆₀ Assim falando, sentou-se na maior elevação de Pérgamo,
ao passo que Ares maligno entrou pelas fileiras dos Troianos,
semelhante ao célere Acamante, condutor dos Trácios,
e aos filhos de Príamo, criados por Zeus, assim clamou:

"Ó filhos de Príamo, rei criado por Zeus,
₄₆₅ até quando permitireis que a hoste seja chacinada pelos
Aqueus?
Quando estiverem combatendo junto aos portões bem
construídos?
Jaz um homem que honrávamos como a Heitor divino,
Eneias, filho do magnânimo Anquises:
salvemos do estrupido o valente companheiro!"

CANTO V 217

470 Assim dizendo, incitou a força e a coragem de cada um.
Foi então que Sarpédon repreendeu Heitor divino:

"Heitor, onde está a força que tinhas antigamente?
Afirmavas que sem hostes nem aliados defenderias
sozinho a cidade, com teus irmãos e cunhados!
475 Pois agora nenhum desses consigo ver nem descortinar,
mas amedrontam-se como cães receosos de um leão.
Nós é que estamos lutando: nós que somos os aliados!
Na verdade, embora aliado, para cá vim de muito longe:
pois longe é a Lícia, junto dos torvelinhos do Xanto,
480 onde deixei a esposa amada e meu filho ainda pequeno,
e muitos haveres, os quais cobiça quem deles está privado.
Todavia incito os Lícios e pela minha parte estou desejoso
de lutar contra um homem, embora aqui não possua eu nada
que os Aqueus pudessem carregar ou levar para longe;
485 mas tu estás aí parado, nem ordenas às outras hostes
que se detenham para proteger as suas mulheres.
Como que tomados pela trama de um fio inelutável,
oxalá não vos torneis espólio e presa de homens inimigos,
esses que depressa destruiriam a vossa cidade bem habitada!
490 É a ti que cabe velar por tudo isto de dia e de noite,
suplicando aos comandantes dos famigerados aliados
que jamais arredem pé, para evitares uma forte censura."

Assim falou Sarpédon; e as palavras morderam o espírito
                                                de Heitor.
E logo do seu carro saltou armado para o chão.
495 Brandindo duas lanças afiadas, percorreu todo o exército,
incitando ao combate; e levantou o fragor tremendo da
                                                refrega.
Reagruparam-se as tropas e posicionaram-se defronte dos
                                                Aqueus;
mas os Argivos, cerrados, não desarmaram nem se
                                                acovardaram.
Tal como o vento dispersa o joio nas eiras sagradas

500 de homens peneireiros, na altura em que a loira Deméter
separa o trigo do joio entre rajadas de vento
e os montes de joio se embranquecem — assim os Aqueus
se embranqueciam por causa da nuvem de pó, que no seu meio
o percutir das patas dos cavalos fazia subir até ao céu de bronze,
505 ao juntarem-se de novo na contenda. Os aurigas viravam os cavalos.
Levaram em frente a força das mãos; porém com a noite
escondeu Ares furioso o combate para favorecer os Troianos,
lançando-se por toda a parte. E assim obedeceu aos comandos
de Febo Apolo, deus da espada de ouro, que o incumbira
510 de acordar o espírito dos Troianos, quando observou Palas Atena
retirando-se; pois era ela que prestava auxílio aos Dânaos.

E o próprio Apolo levou Eneias para fora do seu rico
santuário, e lançou força no coração do pastor do povo.
Postou-se então Eneias no meio dos companheiros,
515 que se alegraram ao verem-no vivo, incólume e detentor
de força valente. Mas sobre nada o interrogaram: não o permitia
outro esforço, que o deus do arco de prata levantava
com Ares, flagelo dos mortais, e a Discórdia, sempre furibunda.

Por seu lado os dois Ajantes e Ulisses e Diomedes
520 incitavam os Dânaos a combater; e eles próprios
não se amedrontaram com a violência e as investidas
dos Troianos, mas permaneceram como o nevoeiro que o Crônida,
quando não há vento, faz estacar nos píncaros das montanhas,
imóvel, quando dorme a força do Bóreas e dos outros

CANTO V 219

525 ventos furiosos, que as nuvens sombrias
dispersam por todo o lado com rajadas estridentes:
assim estacaram os Dânaos sem medo dos Troianos.
E o Atrida percorreu a hoste, dando muitas ordens:

"Amigos, sede homens e assenhoreai-vos de vosso coração
aguerrido!
530 Tende vergonha uns dos outros nos potentes combates!
A maior parte dos homens com vergonha não morre, mas
salva-se;
porém dos que fogem não vem renome nem vantagem!"

Falou e depressa arremessou a lança; atingiu um varão
dianteiro,
companheiro do magnânimo Eneias, Deicoonte, filho de
Pérgaso,
535 a quem os Troianos honravam como aos filhos de Príamo,
porque se prestava rápido ao combate entre os dianteiros.
Foi ele que o poderoso Agamêmnon atingiu no escudo
com sua lança;
mas o escudo não deteve a lança, que atravessou o bronze,
penetrando através do cinturão no baixo-ventre.
540 Tombou com um estrondo e sobre ele ressoaram as armas.

Então Eneias abateu dois campeadores excelentes dos Dânaos:
os filhos de Díocles, Créton e Orsíloco,
cujo pai vivia nas bem fundadas Feras,
homem rico em sustento, da raça do rio Alfeu,
545 que flui na sua amplidão através da terra dos Pílios
e que gerou Orsíloco para ser soberano de muitos homens.
Orsíloco gerou o magnânimo Díocles,
e de Díocles nasceram filhos gêmeos,
Créton e Orsíloco, bons conhecedores de toda a espécie
de combate.
550 Quando ambos chegaram à idade viril, seguiram com os
Argivos

nas escuras naus para Ílion de belos cavalos, no intuito
de conseguirem honra para os Atridas, Agamêmnon e
                                                    Menelau.
Mas a ambos naquela terra cobriu o termo da morte.
Tal como dois leões nos píncaros das montanhas
555 são alimentados pela mãe nas brenhas da funda floresta;
e ambos arrebatam vacas e robustas ovelhas,
dando cabo dos cercados dos homens, até que eles próprios
são abatidos às mãos dos homens com o bronze afiado —
assim foram estes dois subjugados pelas mãos de Eneias
560 e tombaram como se fossem altos pinheiros.

Mas ao tombarem, deles se compadeceu Menelau, dileto
                                                    de Ares;
atravessou as filas dianteiras armado de bronze cintilante,
brandindo a lança. E Ares incitou-lhe a força com esta
                                                    intenção:
para que fosse subjugado pelas mãos de Eneias.
565 Viu-o Antíloco, filho do magnânimo Nestor,
e atravessou as filas dianteiras, pois receava pelo pastor do
                                                    povo,
não fosse sofrer algo, anulando-lhes o seu esforço totalmente.
Ambos tinham os braços e as lanças pontiagudas
estendidos um contra o outro, desejosos de combater;
570 mas muito perto se postou Antíloco do pastor do povo.
Eneias não permaneceu, rápido guerreiro embora fosse,
quando viu os dois homens juntos um do outro.
Porém eles, tendo arrastado os mortos para a hoste dos
                                                    Aqueus,
atiraram os desgraçados para os braços dos companheiros,
575 voltando eles próprios para pelejar entre os dianteiros.

Foi então que ambos abateram Pilémenes, igual de Ares,
comandante dos magnânimos escudeiros Paflagônios.
Feriu-o em riste o Atrida, o famoso lanceiro Menelau,
com a lança, acertando-lhe na clavícula;

CANTO V

580 e Antíloco atirou contra Mídon, seu escudeiro e auriga,
valente filho de Atímnio, que virava os cavalos de casco
                                                          não fendido,
acertando-lhe no cotovelo com uma pedra. Das mãos
lhe caíram na poeira as rédeas, brancas como marfim.
Lançou-se então Antíloco e enterrou-lhe a espada na fronte;
585 do carro bem construído caiu de cabeça, arfante,
na poeira em cima da testa e dos ombros.
Muito tempo ali ficou (pois calhara cair em areia funda)
até que com seus coices os cavalos o derrubaram.
Chicoteou-os Antíloco e conduziu-os para a hoste dos
                                                          Aqueus.

590 Viu-os Heitor por entre as fileiras e investiu contra eles,
gritando. Com ele seguiram as falanges dos Troianos,
vigorosas. Conduziu-os Ares e a soberana Ênio,
ela que traz o Tumulto ignominioso da chacina;
e Ares segurava nas mãos uma lança monstruosa,
595 deslocando-se ora à frente, ora atrás, de Heitor.

Ao vê-lo estremeceu Diomedes, excelente em auxílio:
tal como o homem que atravessa uma grande planície
estaca desamparado ante o curso impetuoso do rio a fluir
para o mar, e recua ao ver o rio fervilhando de espuma —
600 assim naquele momento recuou o Tidida, falando à hoste:

"Amigos, como admirávamos o divino Heitor
por ser lanceiro e guerreiro corajoso!
Está sempre a seu lado um deus, que afasta a desgraça,
como agora Ares, semelhante a um homem mortal.
605 Mas cedei, sempre de rosto voltado para os Troianos:
contra os deuses não queirais combater pela força."

Assim falou; e deles se aproximaram de perto os Troianos.
Foi então que Heitor matou dois homens conhecedores da
                                                          peleja,

ambos montados num só carro, Menestes e Anquíalo.
Deles ao tombarem se compadeceu Ájax, filho de Télamon.
Aproximou-se em grande medida e arremessou a lança
brilhante:
atingiu Anfio, filho de Sélago, que vivia em Peso,
homem de grande fortuna e propriedades; mas o destino
levou-o para prestar auxílio a Príamo e a seus filhos;
e a ele atingiu Ájax, filho de Télamon, no cinturão:
no baixo-ventre se fixou a lança de longa sombra
e tombou com um estrondo. Precipitou-se Ájax glorioso
para o despir das armas, mas os Troianos sobre ele vazaram
lanças pontiagudas e reluzentes; muitas delas recebeu seu
escudo.
Apoiando o calcanhar no cadáver, dele tirou a lança de
bronze;
mas não conseguiu despir-lhe dos ombros as belas armas,
oprimido como estava por causa dos dardos.
Receava a possante defesa dos altivos Troianos,
pois muitos e valentes o atacavam com as suas lanças;
e embora ele fosse alto, potente e soberbo,
repeliram-no, e ele teve de ceder e recuar.

Assim se esforçavam eles na labutação da refrega.
Porém a Tlepólemo, filho de Héracles, alto e viril,
impeliu contra Sarpédon divino o destino inelutável.
E quando estavam já perto, avançando um contra o outro —
o filho e o neto de Zeus que comanda as nuvens —,
foi Tlepólemo o primeiro a falar, assim dizendo:

"Sarpédon, conselheiro dos Lícios, por que te vês obrigado
a andar para aí encolhido, homem inexperiente do combate?
Mentem os que te proclamam filho de Zeus detentor da
égide,
visto que és muito inferior àqueles varões
que dentre os homens antigos foram gerados por Zeus.
De outra têmpera dizem ter sido a Força de Héracles,

       meu pai, ousado guerreiro de coração de leão,
640   que outrora aqui veio pelos cavalos de Laomedonte
       só com seis naus e menor número de homens:
       saqueou a cidade de Ílion e causou desolação nas suas ruas.
       Mas o teu coração é de covarde e o teu povo sucumbirá.
       Não penso que para os Troianos tu serás um baluarte
645   por teres vindo da Lícia, mesmo que fosses mais forte;
       mas por mim subjugado passarás os portões do Hades."

       A ele deu resposta Sarpédon, comandante dos Lícios:
       "Tlepólemo, na verdade teu pai arrasou a sacra Ílion,
       devido aos desvarios daquele homem, o altivo Laomedonte,
650   que repreendeu com palavras ásperas quem bem o servira,
       e não lhe deu as éguas, pelas quais ele de longe aqui viera.
       A ti declaro eu aqui que a morte e o escuro destino
       te chegarão por meu lavor: pela minha lança subjugado,
       trarás a mim glória; ao Hades de nobres poldros, a tua
                                                          alma."

655   Assim falou Sarpédon. Por sua vez, a lança de freixo
       elevou Tlepólemo. E das mãos de ambos ao mesmo tempo
       voaram as lanças compridas. No meio do pescoço lhe
                                                       acertou
       Sarpédon e a ponta dolorosa atravessou-o por inteiro.
       A escuridão da noite veio cobrir-lhe os olhos.
660   Mas com sua lança comprida acertara Tlepólemo
       na coxa esquerda de Sarpédon: furiosa penetrou a ponta,
       ferindo o osso. Mas ainda o pai afastou dele a desgraça.

       Os divinos companheiros de Sarpédon, igual dos deuses,
       levaram-no da batalha. Pesava-lhe ao arrastar-se
665   a lança comprida, pois a ninguém ocorrera o pensamento
       de lhe arrancar da coxa a lança de freixo, para que
                                                        andasse —
       estavam apressados, de tal modo se esforçavam por lhe
                                                          acudir.

Do outro lado levaram Tlepólemo os Aqueus de belas
cnêmides
para longe da batalha. Apercebeu-se o divino Ulisses
670 de ânimo paciente e enfureceu-se em seu querido coração.
Em seguida refletiu no espírito e no coração se haveria
primeiro de perseguir o filho de Zeus que troveja nas alturas,
ou se deveria antes tirar a vida a muitos dentre os Lícios.
Mas ao magnânimo Ulisses não estava destinado que
fosse ele
675 a matar o possante filho de Zeus com o bronze afiado;
por isso, para a multidão dos Lícios lhe desviou a mente
Atena.
Então matou Cérano e Alastor e Crômio
e Alcandro e Hálio e Noémon e Prítanis.
E mais Lícios teria abatido o divino Ulisses,
680 se rápido não tivesse se apercebido Heitor do elmo faiscante.
Atravessou as filas dianteiras armado de bronze cintilante,
levando o terror aos Dânaos. Alegrou-se com a sua vinda
Sarpédon, filho de Zeus, e dirigiu-lhe uma palavra
comovente:

"Filho de Príamo, não me deixes aqui jazente como presa
685 para os Dânaos, mas acode-me! Que depois me abandone
a vida na vossa cidade, visto que já não deverei
regressar para casa e à minha querida pátria
para alegrar minha esposa amada e meu filho pequeno."

Assim falou; nada respondeu Heitor do elmo faiscante,
690 mas apressou-se desejoso de o mais rapidamente possível
repelir os Argivos e a muitos deles tirar a vida.
Seus divinos companheiros sentaram Sarpédon, igual dos
deuses,
debaixo de um lindíssimo carvalho de Zeus detentor da
égide.
E da sua coxa extraiu a lança de freixo
695 o possante Pélagon, que era seu querido companheiro.

CANTO V

Perdeu os sentidos e uma névoa se derramou sobre os seus olhos.
Mas depois voltou a si e o sopro do Bóreas
o reanimou, ele que deploravelmente expirara a vida.

Porém sob o ímpeto de Ares e de Heitor equipado de bronze
700 os Argivos nem volviam em direção às escuras naus,
nem mantinham a posição no combate, mas iam recuando
cada vez mais, assim que ouviram estar Ares entre os Troianos.

A quem mataram então primeiro, a quem em último lugar,
Heitor filho de Príamo e o brônzeo Ares?
705 Teutrante, igual dos deuses, e o hípico estribeiro Orestes
e Treco, lanceiro da Etólia, e Enômao
e Heleno, filho de Énops, e Orésbio da borla luzente,
que vivia em Hile, muito atento à sua fortuna,
junto do Lago Cefísio; e perto dele outros
710 Beócios habitavam, detentores de terra muito fértil.

Deles se apercebeu então a deusa, Hera de alvos braços,
dos Argivos a morrer em potente combate.
E logo disse a Atena palavras aladas:

"Ah, Atritona, filha de Zeus detentor da égide!
715 Na verdade será vã a palavra que prometemos a Menelau —
que regressaria para casa, tendo saqueado Ílion de belas muralhas —,
se permitirmos que neste tresvairo campeie Ares maligno.
Mas pensemos também nós na bravura animosa!"

Assim falou; e não lhe desobedeceu a deusa, Atena de olhos esverdeados.
720 Afadigou-se ao equipar os cavalos arreados de ouro
Hera, deusa soberana, filha do grande Crono.
Depressa equipou Hebe o carro com rodas recurvas,

brônzeas e de oito raios, em volta do eixo de ferro.
A camba é de ouro imperecível, e os aros por cima
₇₂₅ são adornados de bronze, maravilha de se ver!
Os cubos da roda são de prata e revolvem de ambos os lados.
O carro está trabalhado com ouro e prata entretecidos,
e são duplos os rebordos que o recobrem.
Do carro se espetava a vara de prata e na extremidade
₇₃₀ atrelou ela o belo jugo dourado, lançando por cima
as fivelas de ouro. E Hera conduziu até ao jugo os corcéis
de patas velozes, sedenta da discórdia e do grito de guerra.

Porém Atena, filha de Zeus detentor da égide,
deixou descair sua veste macia no chão de seu pai —
₇₃₅ veste bordada, que ela própria fizera com as suas mãos.
Vestiu a túnica de Zeus que comanda as nuvens
e envergou as armas para a guerra lacrimosa.
Em torno dos ombros atirou a égide borlada,
terrível, toda ela engalanada de Pânico: nela
₇₄₀ está a Discórdia, está a Sanha, está o gélido Assalto,
está a cabeça monstruosa da Górgona, terrível
e medonha, portento de Zeus detentor da égide.
Na cabeça colocou o elmo de dois chifres e quatro bossas,
dourado, equipado com os peões de cem cidades.

₇₄₅ Pisou com os pés o carro flamejante
e pegou na forte lança de brônzea ponta,
pesada, imponente, enorme: com ela fileiras de heróis
                                                             subjuga,
contra quem se enfurece de tão poderoso pai nascida.
Depressa com o chicote incitou Hera os cavalos;
e de sua própria iniciativa rangeram as portas do céu,
₇₅₀ que as Horas detêm, guardiãs do vasto céu e do Olimpo,
desencerrando ou cerrando a nuvem cerrada.
Através das portas conduziram os cavalos aguilhoados
e encontraram o Crônida sentado longe dos outros,
no píncaro mais elevado do Olimpo de muitos cumes.

CANTO V

755 Então refreou os cavalos a deusa, Hera de alvos braços,
e interrogou o excelso Zeus Crônida, assim dizendo:

"Zeus pai, não te enfureces contra Ares por estas façanhas,
ele que assim debalde a hoste dos Aqueus desbaratou,
sem decoro, para minha dor, enquanto à sua vontade
760 se deleitam Cípris e Apolo do arco de prata,
tendo incitado este desvairado, que da justiça nada sabe?
Zeus pai, será que contra mim te encolerizarás,
se ferindo Ares penosamente eu o expulsar do combate?"

A ela deu resposta Zeus, que comanda as nuvens:
765 "Contra ele incita Atena, arrebatadora de despojos,
ela que sempre quis atingi-lo com dores cruéis."

Assim falou; e não lhe desobedeceu a deusa, Hera de alvos
braços,
mas chicoteou os cavalos, que voaram sem constrangimento
entre a terra e o céu cheio de astros.

770 Tão longe quanto na vaga névoa da distância vê com seus
olhos
o homem sentado na atalaia, observando o mar cor de
vinho —
tão longe assim saltavam na distância os cavalos
relinchantes.
Mas quando chegaram a Troia e aos dois rios que lá fluem,
lá onde o Simoente e o Escamandro juntam o seu curso,
775 aí parou os cavalos a deusa, Hera de alvos braços.
Desatrelou-os do carro e sobre eles derramou denso nevoeiro.
E para eles o Simoente fez nascer ambrosia para pastarem.

Caminharam então ambas com passos de pávidas pombas,
desejosas de levar auxílio aos homens Argivos.
780 Mas quando chegaram ao local onde se juntava maior
número

de valentes em torno da Força de Diomedes domador de cavalos,
semelhantes a leões de cruenta voracidade
ou a selvagens javalis, cuja força não é pouca,
foi então que gritou a deusa, Hera de alvos braços,
₇₈₅ assemelhando-se ao magnânimo Estentor de brônzea voz,
cuja voz equivalia à de outros cinquenta homens:

"Vergonha, Argivos! Reles vilezas, belos só de aspecto!
Enquanto nesta guerra participava o divino Aquiles,
nunca os Troianos saíam para lá das Portas Dardânias,
₇₉₀ pois receavam a sua lança potente!
Agora longe da cidade pelejam junto às côncavas naus."

Assim dizendo, incitou a coragem e o ânimo de cada um.
Para junto do Tidida saltou a deusa, Atena de olhos esverdeados.
Encontrou o soberano perto de seus cavalos e de seu carro,
₇₉₅ refrescando a ferida que com a flecha Pândaro lhe infligira.
O suor afligia-o debaixo do largo cinturão do escudo redondo:
por isso se afligia e se lhe afadigava o braço,
levantando o cinturão para limpar o negro sangue.
Mas a deusa agarrou o jugo dos cavalos e disse:

₈₀₀ "Pouco parecido contigo foi o filho que gerou Tideu.
Tideu não era de pequena estatura, mas um guerreiro!
Pois mesmo quando eu o proibia de combater
e exibir a sua potência, quando privado de Aqueus
foi a Tebas, para o meio dos Cádmios, como mensageiro:
₈₀₅ ordenara-lhe eu que jantasse tranquilo no palácio;
mas ele com seu ânimo valente, como sempre fora,
desafiou os mancebos dos Cádmios e facilmente
os venceu a todos, tão próxima estava eu da sua pessoa!
Quanto a ti, estou ao teu lado e protejo-te;
₈₁₀ com afinco te ordeno a combater os Troianos.

CANTO V

Mas ou a fadiga de muitas lutas te entrou no corpo,
ou então te domina o desânimo temeroso; pelo que
de Tideu não és filho, do fogoso filho de Eneu."

Respondendo-lhe assim falou o possante Diomedes:
815 "Reconheço-te, ó deusa, filha de Zeus detentor da égide.
Por isso de bom grado te falarei sem nada esconder.
Não é o desânimo temeroso que me domina, nem outro
                                                   receio,
mas ainda estou lembrado das ordens por ti impostas:
não me permitiste combater frente a frente contra os outros
820 deuses imortais, mas se a filha de Zeus, Afrodite,
entrasse na liça, a ela deveria eu ferir com o bronze afiado.
Foi por isso que agora cedi eu próprio, e aos demais
Argivos ordenei que todos aqui se congregassem.
Pois reconheço que está Ares a dominar a batalha."

825 A ele respondeu a deusa, Atena de olhos esverdeados:
"Tidida Diomedes, que encantas o meu coração,
não receies tu Ares por esse motivo, nem outro
dos imortais, a tal ponto sou eu tua auxiliadora.
Mas contra Ares conduz primeiro os cavalos de casco não
                                                   fendido:
830 fere-o de perto e não receies Ares furioso que aqui desvaira,
esse forjado flagelo, todas as coisas para todos os homens!
Ele que antes falou comigo e com Hera como se
fosse combater contra os Troianos e ajudar os Argivos;
mas agora está no meio dos Troianos, esquecido de tudo
                                                   isto."

835 Assim falando, a deusa atirou do carro Estênelo ao chão,
puxando-o para trás com a mão; e ele saltou, álacre.
Então subiu ela para o carro, para junto do divino Diomedes,
uma deusa ávida de combater. Rangeu alto o carvalhoso
eixo das rodas, pois o carro levava uma deusa e um nobre
                                                   guerreiro.

840 Agarrou o chicote e as rédeas Palas Atena e de imediato
conduziu contra Ares os cavalos de casco não fendido.

Ora Ares estava a despir das suas armas o musculoso
                                                    Perifante,
de longe o melhor dos Etólios, glorioso filho de Oquésio:
era a ele que despia Ares, coberto de sangue. Mas Atena
                                                    pôs
845 na cabeça o gorro de Hades, para que Ares poderoso não
                                                    a visse.
E quando Ares, flagelo dos mortais, viu o divino Diomedes,
deixou jazente onde estava o musculoso Perifante,
no mesmo local onde o abatera e lhe tirara a vida,
e foi direto contra Diomedes domador de cavalos.

850 Quando estavam já perto, avançando um contra o outro,
Ares arremeteu por cima do jugo e das rédeas dos cavalos
com a lança de bronze, desejoso de o privar da vida.
Com sua mão segurou a lança Atena de olhos esverdeados,
e atirou-a por cima do carro para seguir seu vão caminho.
855 Em seguida arremeteu Diomedes, excelente em auxílio,
com a lança de bronze; e apressou-a Palas Atena
até ao baixo-ventre, onde o cingia uma cinta protetora.
Foi aí que o atingiu e feriu, rasgando a linda pele;
de novo retirou a lança. Urrou então o brônzeo Ares,
860 como urram nove mil ou dez mil homens
na guerra, que se juntam no conflito de Ares.
E um tremor dominou os Aqueus e os Troianos aterrados,
de tal forma urrou Ares que da guerra não se sacia.

Tal como das nuvens surge a densa escuridão
865 quando do bafo canicular um vento agreste se levanta —
ao Tidida Diomedes assim surgiu o brônzeo Ares,
lançando-se por meio das nuvens na celestial vastidão.
Depressa chegou à sede dos deuses, ao escarpado Olimpo,
e ao lado de Zeus Crônida se sentou, desalentado;

CANTO V 231

870 indicou o sangue imortal que fluía da ferida
e lamentando-se proferiu palavras aladas:

"Zeus pai, não te enfureces ao veres tais façanhas?
Bem frigidamente nós os deuses sempre sofremos
por vontade uns dos outros, por darmos aos homens
favores.
875 Contigo estamos todos em conflito, pois geraste a virgem
desvairada e funesta, que atos injustos sempre intenta.
É que todos os outros, que são deuses no Olimpo,
te obedecem; e a ti estamos, cada um de nós, sujeitos.
Porém a ela não queres ligar, nem por palavras nem atos,
880 mas dás-lhe incentivo, porque tu próprio geraste tal filha
maligna.
Agora ao filho de Tideu, ao arrogante Diomedes,
ela deu incentivo, para que lutasse contra os deuses imortais.
Foi Cípris que ele feriu primeiro, no pulso da mão,
e depois contra mim arremeteu como se fosse um deus.
885 Mas levaram-me para longe meus céleres pés; senão teria ali
padecido sofrimentos no meio dos cadáveres repulsivos,
ou então teria de viver privado de força, golpeado pelo
bronze."

Fitando-o de sobrolho carregado disse Zeus que comanda
as nuvens:
"Tu que és todas as coisas para todos os homens, não te
lamentes
890 aqui sentado! Dos deuses do Olimpo és para mim o mais
odioso.
Sempre te são gratos os conflitos, as guerras e as lutas.
Tens o feitio insuportável e inflexível da tua mãe,
de Hera; ela a quem mal consigo subjugar pelas palavras!
Penso que é por causa dela que agora sofres estas coisas.
895 Mas não permitirei mais que estejas com dores,
pois és meu filho e foi para mim que tua mãe te deu à luz.
Se tivesses nascido de outro deus, com teu feitio pernicioso,

estarias há muito mais rebaixado que os filhos do
                                              Firmamento."

Assim falou; e deu ordem a Peéon para que o curasse.
900 Aplicou-lhe Peéon fármacos anuladores do sofrimento
e curou-o: na verdade, não tinha têmpera de homem mortal.
Tal como o suco de um figo torna espesso o alvo leite,
antes líquido, que coalha rapidamente ao ser mexido —
assim depressa ele curou Ares furioso.
905 Hebe deu-lhe banho e vestiu-o com vestes graciosas.
Sentou-se ele ao lado de Zeus Crônida, exultante na sua
                                                     glória.

De volta para o palácio do grande Zeus regressaram
Hera, a Argiva, e Atena, a Alalcomeneia:
elas que de Ares, flagelo dos mortais, pararam a matança.

Canto VI

Só a Troianos e Aqueus competiu o fragor tremendo da
                                                   refrega.
E muitas vezes de um lado e do outro grassou a luta na
                                                   planície,
enquanto arremetiam uns contra os outros com as
                                                   brônzeas lanças,
no terreno entre as correntes do Simoente e do Xanto.

5   Foi Ájax, filho de Télamon, baluarte dos Aqueus, o primeiro
a romper uma falange troiana, trazendo luz aos
                                                   companheiros:
atingiu um homem que era o mais nobre dentre os Trácios,
o filho de Eussoro, o alto e possante Acamante.
Primeiro desferiu-lhe um golpe no elmo com crinas de cavalo
10 e pela testa adentro lhe empurrou a lança; além do osso
foi a ponta de bronze e a escuridão cobriu-lhe os olhos.

Então Diomedes, excelente em auxílio, abateu Axilo,
filho de Teutrante, que habitava a bem construída Arisbe,
homem rico em sustento, estimado por todos os homens;
15 a todos dera hospitalidade, pois vivia perto da estrada.
Mas naquele momento nenhum desses afastou a triste
                                                   desgraça,
em combate contra os inimigos; mas a ambos privou da
                                                   vida,

ao próprio Axilo e a Calésio, seu escudeiro, que naquele dia
era auriga de seu carro; e ambos passaram para debaixo
da terra.

20 Euríalo em seguida abateu Dreso e Ofélcio;
pôs-se a perseguir Esepo e Pédaso, a quem a ninfa,
a náiade Abarbárea, dera à luz para o irrepreensível Bucólion.
Ora Bucólion era filho do altivo Laomedonte e era
o primogênito, embora solteira fosse a mãe que o gerara.
25 Quando apascentava as ovelhas, uniu-se em leito de amor;
e ela concebeu e deu à luz filhos gêmeos, a quem
o filho de Mecisteu quebrou a força e os membros
gloriosos, despindo-lhes as armas dos ombros.

Astíalo foi morto por Polipetes, tenaz em combate.
30 Ulisses abateu o Percósio Pidites
com a lança de bronze; e Teucro, o divino Aretáon.
Antíloco, filho de Nestor, matou Ablero com a lança luzente.
E Agamêmnon, soberano dos homens, matou Élato,
que vivia junto às margens do Satnioente de lindo fluir,
35 na íngreme Pédaso. E o herói Léito apanhou Fílaco
em fuga. E Eurípilo abateu Melântio.

Em seguida Adrasto por Menelau, excelente em auxílio,
foi tomado vivo: pois seus cavalos, correndo de terror
desvairados
pela planície, ficaram presos nos ramos de uma tamargueira;
40 e quebrando o carro recurvo na extremidade da vara
voltaram à cidade, para onde os outros fugiam em
debandada.
Mas o amo resvalou do carro junto à roda e bateu
com o rosto no chão. A seu lado se postou
o Atrida Menelau, segurando a lança de longa sombra.
45 Mas logo Adrasto lhe agarrou os joelhos e implorou:

"Toma-me vivo, ó filho de Atreu, e aceita condigno resgate!

Jazem muitos tesouros no palácio de meu pai abastado:
bronze, ouro e ferro muito custoso de trabalhar.
Destes tesouros te agraciará meu pai com incontáveis
                                                                    riquezas,
se souber que fui tomado vivo junto às naus dos Aqueus."

Assim falou; no peito do outro lhe convencia o coração.
E Menelau estava prestes a dá-lo ao escudeiro, para o levar
para junto das naus velozes dos Aqueus. Mas Agamêmnon
correu para junto dele e dirigiu-lhe uma palavra de censura:

"Menelau amolecido! Por que deste modo te compadeces
de homens? Será que em tua casa recebeste dos Troianos
nobres favores? Que nenhum deles fuja da íngreme desgraça
às nossas mãos, nem mesmo o rapaz que se encontre ainda
no ventre da mãe. Que nem ele nos escape, mas que de Ílion
sejam todos de uma vez eliminados, sem rastro nem
                                                                     lamento!"

Assim dizendo, o herói virou as intenções do irmão,
pois falava na medida justa. Então Menelau afastou com
                                                                     a mão
o herói Adrasto, a quem o poderoso Agamêmnon
desferiu um golpe no flanco. Caiu para trás. E o Atrida
pôs-lhe o calcanhar no peito e arrancou a lança de freixo.

Foi então que Nestor gritou bem alto, assim dizendo aos
                                                                     Argivos:
"Amigos! Heróis dos Dânaos e escudeiros de Ares!
Que ninguém fique para trás, ávido de despojos,
para que maiores quantidades possa levar para as naus,
mas chacinemos homens! Depois, já tranquilos, podereis
despir das armas os cadáveres que jazem na planície."

Assim dizendo, incitou a força e coragem de cada um.
Então teriam de novo os Troianos pelos bélicos Aqueus

sido empurrados para Ílion, subjugados pela sua fraqueza,
se de Eneias e de Heitor não tivesse Heleno se aproximado —
Heleno, filho de Príamo, o melhor de todos os áugures:

"Eneias e Heitor! Visto que sobre vós sobretudo pesa
o esforço de Troianos e Lícios, porque sois os melhores
em toda a iniciativa, assim como na luta e no conselho,
permanecei onde estais, percorrei a hoste e mantende-la
dos portões afastada, antes que nos braços das mulheres
caiam os fugitivos, assim alegrando os inimigos.
Porém após terdes incitado todas as falanges,
combatamos contra os Dânaos, aqui permanecendo,
ainda que nos sintamos fatigados. A necessidade nos oprime.
Heitor, vai tu agora para a cidade e fala à mãe
que é tua e minha: diz-lhe para reunir as anciãs
no templo de Atena de olhos esverdeados na acrópole.
Depois de abrir com a chave as portas da casa sagrada,
a veste que lhe parecer a mais bela e mais ampla
das que tem em casa e que a ela própria for a mais grata,
que deponha essa veste nos joelhos de Atena de belos cabelos,
jurando que lhe sacrificará no templo doze vitelas com um ano,
inexperientes do acicate, na esperança de que se compadeça
da cidade, das mulheres e filhos pequenos dos Troianos;
na esperança de que afaste da sagrada Ílion o Tidida,
feroz lanceiro e possante congeminador de debandadas,
que eu afirmo ter se tornado o mais forte dos Aqueus.
Nem jamais assim receamos Aquiles, condutor de homens,
que dizem ter nascido de uma deusa. Mas este homem
em excesso desvaira, e ninguém o iguala pela força."

Assim falou; e Heitor não desobedeceu ao irmão.
E logo do seu carro saltou armado para o chão.
Brandindo duas lanças afiadas, percorreu todo o exército,
incitando ao combate; e levantou o fragor tremendo da refrega.

Reagruparam-se as tropas e posicionaram-se defronte dos
                                                                Aqueus;
mas os Argivos cederam e desistiram da matança.
Pensavam que do céu cheio de astros descera um imortal
para prestar auxílio aos Troianos, visto que assim reagiam.
110 Aos Troianos bradou Heitor, vociferando bem alto:

"Troianos corajosos e famigerados aliados!
Sede homens, amigos! Lembrai-vos da bravura animosa!
Entretanto irei até Ílion, para dizer aos anciãos
conselheiros e às nossas mulheres que rezem
115 aos deuses e lhes prometam hecatombes."

Assim falando, partiu Heitor do elmo faiscante. O couro
                                                            negro
embaixo e em cima lhe batia contra   tornozelos e pescoço:
era o rebordo que cercava a extremidade do escudo bossudo.

Porém Glauco, filho de Hipóloco, e o filho de Tideu
120 encontraram-se no meio das duas hostes, desejosos de
                                                            combater.
E quando já estavam perto, avançando um contra o outro,
o primeiro a falar foi Diomedes, excelente em auxílio:

"Quem és tu, valentão, dentre os homens mortais?
Pois antes nunca te vi na peleja exaltadora de homens.
125 Porém agora sais muito à frente de todos os outros
na tua audácia e aguardas a minha lança de longa sombra.
Filhos de infelizes são os que se opõem à minha força.
Mas se és um dos imortais que desceu do céu,
não seria eu a combater contra os deuses celestiais!
130 Nem mesmo o filho de Driante, o possante Licurgo,
viveu muito tempo, ele que lutou contra os deuses celestiais.
Foi ele que outrora escorraçou as amas do delirante
                                                            Dioniso
da sagrada montanha de Nisa; e todas elas deixaram cair

no chão as varas de condão, golpeadas pelo carniceiro
Licurgo
com o acicate das vacas. Mas Dioniso fugiu espantado
e mergulhou nas ondas do mar, onde em seu regaço acolheu
Tétis o amedrontado: enorme era seu terror ante a ameaça
do homem.
Contra Licurgo se enfureceram os deuses que vivem sem
dificuldade.
E o filho de Crono cegou-o. Nem por muito mais tempo
viveu,
visto que era detestado por todos os deuses imortais.
Não seria eu a combater contra os deuses bem-aventurados!
Mas se pertences aos homens, que comem o fruto da terra
lavrada,
aproxima-te, para que chegues mais rápido às amarras da
morte."

A ele deu resposta o glorioso filho de Hipóloco:
"Tidida magnânimo, por que queres saber da minha
linhagem?
Assim como a linhagem das folhas, assim é a dos homens.
Às folhas, atira-as o vento ao chão; mas a floresta no seu viço
faz nascer outras, quando sobrevem a estação da primavera:
assim nasce uma geração de homens; e outra deixa de existir.
Mas se quiseres, ouve também isto, para que fiques sabendo
da minha linhagem, pois muitos varões há que a conhecem.
Há uma cidade, Éfire, no centro de Argos apascentadora
de cavalos:
foi lá que viveu Sísifo, que foi o mais ardiloso dos homens —
Sísifo, filho de Éolo. Foi ele que gerou um filho, Glauco;
e Glauco gerou o irrepreensível Belerofonte,
a quem os deuses deram beleza e amorável virilidade.
Mas contra ele planeou Proito no coração coisas malévolas
e afastou-o, porque era muito mais forte, da terra dos
Argivos:
é que Zeus os fizera súditos do seu cetro. Ora com ele

CANTO VI

160 estava a esposa de Proito, a divina Anteia, louca para
se deitar
em oculto amor; mas de forma alguma logrou convencer
quem albergava bons pensamentos: o fogoso Belerofonte.
Ao rei Proito assim falou depois a mulher mentirosa:
'Morre tu, ó Proito, ou então mata Belerofonte,
165 que comigo à minha revelia quis deitar-se em amor.'
Assim falou; e do soberano se apoderou a fúria, assim que
tal ouviu.
Absteve-se de o matar, pois disso sentia respeito no coração.
Mandou-o para a Lícia; e deu-lhe para levar sinais ominosos,
escrevendo muitos e mortíferos numa tabuinha de aba dupla:
170 mandou que os mostrasse a seu sogro, para que ele o
matasse.
Deste modo foi ele para a Lícia, sob irrepreensível escolta
divina.
Mas quando chegou à Lícia e ao curso do Xanto,
de bom grado o honrou o soberano da ampla Lícia.
Durante nove dias o honrou como hóspede e matou nove
bois.
175 Mas quando ao décimo dia surgiu a Aurora de róseos dedos,
foi então que o interrogou e pediu para ver os sinais
que lhe teriam sido enviados da parte de Proito, seu genro.
Porém quando recebeu o sinal maligno de seu genro,
primeiro mandou-o matar a terrífica Quimera.
180 Ela é de raça divina — não pertence à dos homens:
à frente tem forma de leão, atrás de dragão, no meio de
cabra;
seu sopro é a fúria terrível do fogo ardente.
Mas Belerofonte matou-a, obedecendo aos portentos dos
deuses.
Em segundo lugar, lutou contra os Sólimos gloriosos:
185 dizia ele ter sido aquela a maior batalha em que participara.
Em terceiro lugar, abateu as Amazonas, iguais dos homens.
Contra ele, enquanto regressava, teceu o rei outro espesso
engano:

escolhendo os melhores varões da ampla Lícia, preparou
uma emboscada. Mas estes nunca regressaram para casa,
190 pois a todos eles matou o irrepreensível Belerofonte.
Mas quando o rei reconheceu que ele era filho de um deus,
reteve-o lá e deu-lhe sua filha em casamento;
deu-lhe ainda metade de toda a honra de seu reino.
E os Lícios demarcaram-lhe um domínio senhorial superior
195 a todos: terra de pomares e lavoura, para que nela habitasse.
E ela deu à luz três filhos para o fogoso Belerofonte:
Isandro e Hipóloco e Laodameia.
Com Laodameia se deitou Zeus, o conselheiro:
e ela deu à luz o divino Sarpédon, armado de bronze.
200 Quando também Belerofonte foi odiado por todos os deuses,
vagueou, só, pela planície de Aleia, devorando
seu próprio coração e evitando as veredas humanas.
Isandro, seu filho, por Ares que da guerra não se sacia
foi morto, quando combatia contra os Sólimos gloriosos;
205 sua filha foi morta pela irada Ártemis das rédeas douradas.
Quanto a Hipóloco, foi ele que me gerou. Afirmo ser seu
    filho.
Mandou-me para Troia e muitas recomendações me fez:
que primasse pela valentia e fosse superior aos outros todos,
para que não desonrasse a linhagem paterna — eles
210 que em Éfire e na ampla Lícia nasceram para ser os mais
    nobres.
É desta linhagem, pois, e deste sangue que declaro
    descender."

Assim falou; regozijou-se Diomedes, excelente em auxílio.
Espetou a lança na terra provedora de dons
e com doces palavras se dirigiu ao pastor do povo:

215 "Na verdade, és antigo amigo da casa de meu pai!
Outrora o divino Eneu recebeu o irrepreensível Belerofonte
no seu palácio, onde o reteve durante vinte dias!
E um ao outro ofereceram belos dons hospitaleiros:

Eneu presenteou-o com um cinturão brilhante de púrpura;
220 e Belerofonte deu-lhe uma taça dourada de asa dupla,
a qual, quando para cá vim, eu deixei em minha casa.
De Tideu não me lembro, visto que me deixou ainda
                                                                 pequeno,
quando a hoste dos Aqueus pereceu em Tebas.
Por conseguinte, sou teu amigo e anfitrião em Argos;
225 tu és meu, na Lícia, se eu visitar a terra daquele povo.
Evitemos pois a lança um do outro por entre esta multidão.
Há muitos Troianos e seus famigerados aliados para eu
                                                                             matar:
aquele que o deus me proporcionar e que eu alcançar com
                                                                       os pés;
e há muitos Aqueus para tu matares — àquele que fores
                                                                      capaz.
230 Mas troquemos agora as nossas armaduras, para que até
                                                                        estes
aqui saibam que amigos paternos declaramos ser um do
                                                                        outro."

Depois que assim falaram, ambos saltaram dos carros:
apertaram as mãos e juraram ser fiéis amigos.
Foi então que a Glauco tirou Zeus Crônida o siso;
235 ele que trocou com o Tidida Diomedes armas de ouro
por armas de bronze: o valor de cem bois pelo de nove.

Quando Heitor chegou às Portas Esqueias e à torre,
em volta dele correram as esposas e filhas dos Troianos,
perguntando-lhe pelos filhos, pelos irmãos, pelos parentes
240 e pelos maridos. Porém ele ordenou-lhes que rezassem aos
                                                                      deuses,
a cada um deles. Mas sobre muitas delas pairavam desastres.

Quando chegou ao lindíssimo palácio de Príamo,
adornado com polidas colunatas (pois no palácio
havia cinquenta aposentos de pedra polida,

construídos uns perto dos outros: era lá que dormiam
os filhos de Príamo, ao lado de suas esposas legítimas;
do outro lado, em frente, dentro do pátio, ficavam
das filhas os doze aposentos de pedra polida,
construídos uns perto dos outros: era lá que dormiam
os genros de Príamo, ao lado de suas esposas virtuosas),
veio ao seu encontro sua mãe generosa, trazendo
Laódice, que das suas filhas primava pela beleza.
E acariciando-o com a mão, chamou-lhe pelo nome:

"Filho, por que razão aqui vieste, deixando a guerra audaz?
Decerto te oprimem os malfadados filhos dos Aqueus,
combatendo em torno da cidadela; e impeliu-te teu espírito
a vires aqui, para do cimo da cidade levantares a Zeus as
            tuas mãos.
Mas fica até que eu te traga o vinho doce como mel,
para que ofereças libações a Zeus pai e aos outros imortais
em primeiro lugar; depois também tu tirarás proveito, se
            beberes.
Ao homem cansado o vinho aumenta grandemente a força:
como no teu caso, cansado como estás por defenderes os
            teus."

A ela respondeu em seguida o alto Heitor do elmo faiscante:
"Não me tragas vinho doce como mel, ó excelsa mãe,
para que não me quebrantes e me esqueça da força e da
            coragem.
Envergonho-me de oferecer a Zeus o vinho frisante
com mãos sujas; nem fica bem ao homem empastado
de sangue e sujeira rezar a Zeus da nuvem azul.
Mas agora para o templo de Atena arrebatadora de despojos
vai tu com oferendas, depois de teres reunido as anciãs.
A veste que te parecer a mais bela e mais ampla
das que tens em casa e que a ti própria for a mais grata,
que deponhas essa veste nos joelhos de Atena de belos
            cabelos,

jurando que lhe sacrificarás no templo doze vitelas com
um ano,
275 inexperientes do acicate, na esperança de que se compadeça
da cidade, das mulheres e filhos pequenos dos Troianos;
na esperança de que afaste da sagrada Ílion o Tidida,
feroz lanceiro e possante congeminador de debandadas.
Mas agora para o templo de Atena arrebatadora de despojos
280 vai tu; eu irei atrás de Páris, para o chamar, na esperança
de que ouça as minhas palavras. Quem me dera que a terra
abrisse um abismo à frente dele! Como flagelo o criou
o Olímpio para Troianos e filhos do magnânimo Príamo.
Se eu o visse descer para a mansão de Hades,
285 diria que meu coração olvidara o sofrimento."

Assim falou. Ela foi para a grande sala chamar as criadas;
e estas reuniram em toda a cidade as anciãs.
Mas a rainha desceu até à perfumada câmara de tesouro,
onde estavam as suas vestes ricamente bordadas,
290 trabalho de mulheres Sidónias, que da Sidónia trouxera
o próprio Alexandre divino, quando navegou o mar vasto
naquele caminho em que trouxera a nobre Helena.
Destas escolheu Hécuba uma veste como dom para Atena:
a que era mais bela, mais variada e mais ampla;
295 refulgia como um astro, por baixo das outras vestes.
Pôs-se então a caminho e com ela seguiram muitas anciãs.

Quando chegaram ao templo de Atena na acrópole,
abriu-lhes a porta Teano de lindo rosto,
filha de Cisseu, esposa de Antenor domador de cavalos:
300 pois foi ela que os Troianos fizeram sacerdotisa de Atena.
Levantaram todas as mãos a Atena com grito ululante;
e Teano de lindo rosto pegou na veste
e deitou-a nos joelhos de Atena de belos cabelos,
assim rezando à filha do grande Zeus:

305 "Excelsa Atena, custódia da cidade, divina entre as deusas!

Quebra a lança de Diomedes e concede que ele tombe
de cabeça à frente das Portas Esqueias, para que
de imediato sacrifiquemos doze vitelas com um ano,
inexperientes do acicate, na esperança de que te compadeças
₃₁₀ da cidade, das esposas dos Troianos e seus filhos pequenos."
Assim rezou. Mas a prece foi rejeitada por Palas Atena.

Enquanto assim rezavam à filha do grande Zeus,
Heitor dirigiu-se ao belo palácio de Alexandre:
o palácio que ele próprio construíra com homens
₃₁₅ que eram os melhores construtores em Troia de férteis sulcos.
Foram eles que lhe fizeram o tálamo, a sala e o pátio,
perto dos palácios de Príamo e Heitor na acrópole.
Aí entrou Heitor, dileto de Zeus, e na mão segurava
uma lança de onze cúbitos; à frente reluzia da lança
₃₂₀ a brônzea ponta, em torno da qual passava um anel de ouro.
Encontrou o irmão no tálamo a tratar das belas armas,
do escudo e da couraça, e a sentir pelo tato o arco recurvo.
A Argiva Helena no meio das mulheres servas estava sentada,
indicando às criadas os seus gloriosos trabalhos.
₃₂₅ Viu-o Heitor, que o repreendeu com palavras humilhantes:

"Estranha criatura! Não te fica bem estares para aí amuado.
As tropas morrem em torno da cidade e da íngreme muralha,
em combate; e é por ti que a guerra e o grito da refrega
lavram em volta da cidade. Tu próprio te zangarias com outro
₃₃₀ qualquer que visses a tentar retirar-se da guerra odiosa.
Vá, levanta-te, antes que a cidade se abrase em fogo ardente."

A ele deu resposta Alexandre de aspecto divino:
"Heitor, visto que me censuras com razão, e não para lá
                                                                 da razão,
por isso te falarei: e tu presta atenção e ouve o que eu digo.
₃₃₅ Não é por raiva e ressentimento contra os Troianos
que me sento no tálamo, mas porque quis ceder à tristeza.
Já a minha esposa tentou me convencer com palavras suaves

CANTO VI

a voltar para a guerra: e também eu refleti para mim próprio
que tal seria a melhor coisa. A vitória alterna por entre os homens.
340 Mas espera tu agora, para que eu vista a minha armadura de guerra.
Ou então parte, e eu te seguirei; penso no entanto ultrapassar-te."

Assim falou; mas não lhe deu resposta Heitor do elmo faiscante.
Foi Helena que a ele se dirigiu com doces palavras:
"Cunhado da cadela fria e maldosa que eu sou,
345 quem dera que naquele dia quando me deu à luz minha mãe
a rajada maligna da tempestade me tivesse arrebatado
para a montanha ou para a onda do mar marulhante,
onde a onda me levasse antes de terem acontecido tais coisas.
Porém uma vez que os deuses decretaram tais males,
350 quem me dera ter sido esposa de um homem mais digno,
a quem atingisse a raiva e os muitos insultos dos homens.
Mas este homem não está no seu perfeito juízo, nem alguma vez
estará: penso que dos frutos de tudo isto ele terá o proveito.
Mas agora entra e senta-te nesta cadeira, ó cunhado,
355 já que a ti sobretudo o sofrimento cercou o espírito,
pela cadela que sou e pela loucura de Alexandre.
Sobre nós fez Zeus abater um destino doloroso, para que no futuro
sejamos tema de canto para homens ainda por nascer."

A ela respondeu em seguida o alto Heitor do elmo faiscante:
360 "Não me mandes sentar, Helena, amável embora sejas:
não me convencerás. Já o espírito me impele a levar auxílio
aos Troianos, que de mim, ausente, sentem grande saudade.
Mas tu incentiva este, e que ele próprio se apresse,
para que alcance os meus passos enquanto eu estiver na cidade.

Pois irei eu agora a minha casa para ver quem lá está:
minha mulher amada e meu filho pequeno.
Não sei se, outra vez, ainda voltarei a vê-los,
ou se já os deuses me aniquilaram às mãos dos Aqueus."

Assim falando, partiu Heitor do elmo faiscante;
e depressa chegou ao seu palácio bem construído.
Não encontrou na grande sala Andrômaca de alvos braços:
é que ela, o filho e uma criada bem vestida tinham se
posicionado na muralha, chorando e lamentando-se.
Quando Heitor não encontrou a esposa irrepreensível,
foi até a soleira e assim falou no meio das servas:

"Agora, ó servas, dizei-me a verdade: em que direção
saiu Andrômaca de alvos braços do palácio? Será que foi
à casa das minhas irmãs ou das minhas cunhadas de belas
vestes?
Ou terá ido ao templo de Atena, onde as outras
Troianas de belas tranças propiciam a deusa terrível?"

A ele deu resposta a atarefada governanta:
"Heitor, uma vez que ordenas que se diga a verdade,
não foi à casa das tuas irmãs nem cunhadas de belas vestes,
nem foi ao templo de Atena, onde as outras
Troianas de belas tranças propiciam a deusa terrível;
mas foi para a grande muralha de Ílion, porque ouviu
dizer estarem
os Troianos acabrunhados, sendo grande a força dos Aqueus.
Ela dirigiu-se logo à muralha, muito apressada e igual
a uma tresloucada. Com ela foi a ama com a criança."

Assim falou a mulher governanta. Heitor saiu às pressas
de casa, e percorreu o mesmo caminho pelas ruas bem
construídas.
Quando, tendo atravessado a grande cidadela, chegou
às Portas Esqueias, através das quais ia a sair para a planície,

CANTO VI   247

   eis que correu ao seu encontro a esposa generosa,
395 Andrômaca, filha do magnânimo Eécion —
   Eécion, que habitava sob a arborizada Placo,
   em Tebas Hipoplácia, onde regia os Cilícios:
   e era a sua filha que desposara Heitor armado de bronze.

   Ela veio ao seu encontro, e com ela vinha a criada
400 segurando ao colo o brando menino tão pequeno,
   filho amado de Heitor, semelhante a uma linda estrela,
   a quem Heitor chamava Escamândrio, embora os outros
   lhe chamassem Astíanax; pois só Heitor era baluarte de Ílion.
   Sorriu Heitor, olhando em silêncio para o seu filho.
405 Mas Andrômaca aproximou-se dele com lágrimas nos olhos
   e, acariciando-o com a mão, chamou-lhe pelo nome:

   "Homem maravilhoso, é a tua coragem que te matará!
   Nem te compadeces desta criança pequena nem de mim,
   desafortunada, que depressa serei a tua viúva.
   Pois rapidamente todos os Aqueus se lançarão contra ti
410 e te matarão. Mas para mim seria melhor descer para
                                                         debaixo
   da terra, se de ti ficar privada. Nunca para mim haverá
   outra consolação, quando tu encontrares o teu destino,
   mas só sofrimentos. Já não tenho pai nem excelsa mãe:
   meu pai foi morto pelo divino Aquiles,
415 que arrasou a cidadela bem habitada dos Cilícios,
   Tebas de altos portões. Assassinou Eécion, porém não
   o despojou das armas, por respeito a seu espírito;
   mas cremou-o vestido com a rica armadura,
   e por cima fez um túmulo: ao redor plantaram ulmeiros
420 as ninfas da montanha, filhas de Zeus detentor da égide.
   Quanto aos sete irmãos que eu tinha no palácio,
   todos eles num só dia desceram à mansão de Hades:
   matou-os a todos o divino Aquiles de pés velozes,
   no meio do gado de passo cambaleante e das brancas ovelhas.
425 E minha mãe, que foi rainha debaixo da arborizada Placo,

para cá ele a trouxe com o resto dos despojos,
mas depois libertou-a, tendo recebido incontável resgate;
no palácio de seu pai foi abatida por Ártemis, a arqueira.
Heitor, tu para mim és pai e excelsa mãe; és irmão
e és para mim o vigoroso companheiro do meu leito.
Mas agora compadece-te e fica aqui na muralha,
para não fazeres órfão o teu filho e viúva a tua mulher.
Quanto à hoste, posiciona-a perto da oliveira brava,
donde a cidade pode ser melhor escalada e a muralha está
exposta ao assalto. Já três vezes naquele sítio os mais valentes
experimentaram o assalto, na companhia dos dois Ajantes,
do glorioso Idomeneu e dos Atridas e do valoroso filho de
Tideu.
Será porque um bom conhecedor de auspícios os avisou,
ou porque o próprio espírito os incitou e impeliu a fazê-lo."

A ela respondeu em seguida o alto Heitor do elmo faiscante:
"Todas essas coisas, mulher, me preocupam; mas muito eu
me
envergonharia dos Troianos e das Troianas de longos
vestidos,
se tal como um covarde me mantivesse longe da guerra.
Nem meu coração tal consentiria, pois aprendi a ser sempre
corajoso e a combater entre os dianteiros dos Troianos,
esforçando-me pelo grande renome de meu pai e pelo meu.
Pois isto eu bem sei no espírito e no coração:
virá o dia em que será destruída a sacra Ílion,
assim como Príamo e o povo de Príamo da lança de freixo.
Mas não é tanto o sofrimento futuro dos Troianos que me
importa,
nem da própria Hécuba, nem do rei Príamo,
nem dos meus irmãos, que muitos e valentes tombarão
na poeira devido à violência de homens inimigos —
muito mais me importa o teu sofrimento, quando em
lágrimas
fores levada por um dos Aqueus vestidos de bronze,

CANTO VI

privada da liberdade que vives no dia a dia:
em Argos tecerás ao tear, às ordens de outra mulher;
ou então, contrariada, levarás água da Messeida ou da
                                                  Hipereia,
pois uma forte necessidade terá se abatido sobre ti.
E alguém assim falará, ao ver as tuas lágrimas:
460 'Esta é a mulher de Heitor, que dos Troianos domadores
                                                  de cavalos
era o melhor guerreiro, quando se combatia em torno
                                                  de Ílion.'
Assim falará alguém. E a ti sobrevirá outra vez uma dor
                                                  renovada,
pela falta que te fará um marido como eu para afastar
                                                  a escravatura.
Mas que a terra amontoada em cima do meu cadáver me
                                                  esconda,
465 antes que ouça os teus gritos quando te arrastarem para
                                                  o cativeiro."

Assim falando, o glorioso Heitor foi para abraçar o seu filho,
mas o menino voltou para o regaço da ama de bela cintura
gritando em voz alta, assarapantado pelo aspecto de seu
                                                  pai amado
e assustado por causa do bronze e da crista de crinas
                                                  de cavalo,
470 que se agitava de modo medonho da parte de cima do elmo.
Então se riram o pai amado e a excelsa mãe:
e logo da cabeça tirou o elmo o glorioso Heitor,
e deitou-o, todo ele coruscante, no chão da casa.
Em seguida beijou e abraçou o seu filho amado
475 e a Zeus e aos outros deuses dirigiu esta oração:

"Ó Zeus e demais deuses, concedei-me que este meu filho
venha a ser como eu, o melhor entre os Troianos; que seja tão
ilustre pela força e que pela autoridade seja rei de Ílion.
Que no futuro alguém diga 'este é muito melhor que o pai',

⁴⁸⁰ ao regressar da guerra. Que traga os despojos sangrentos
do inimigo que matou e que exulte o coração da sua mãe!"

Assim dizendo, nos braços da esposa amada pôs o filho.
Ela recebeu-o no colo perfumado, sorrindo por entre
                                      as lágrimas.
Mas ao aperceber-se de como ela reagia, o marido sentiu
                                                    pena;
⁴⁸⁵ e acariciando-a com a mão, chamou-lhe pelo nome:

"Mulher maravilhosa, não me entristeças demasiado
                                        o coração.
Nenhum homem além do destino me precipitará no Hades;
porém digo-te não existir homem algum que à morte
                                        tenha fugido,
nem o covarde, nem o valente, uma vez que tenha nascido.
⁴⁹⁰ Agora volta para os teus aposentos e presta atenção
aos teus lavores, ao tear e à roca; e ordena às tuas servas
que façam os seus trabalhos. Pois a guerra é aos homens
todos que compete, quantos vivem em Ílion; a mim
                                              sobretudo."

Assim falando, o glorioso Heitor pegou no elmo
⁴⁹⁵ com crinas de cavalo. Sua esposa amada regressou para casa,
voltando-se muitas vezes para trás, em choro abundante.
Em seguida chegou depressa à casa bem construída
de Heitor matador de homens; lá dentro encontrou
muitas servas e no meio de todas elas ergueu o lamento.
⁵⁰⁰ Elas choravam Heitor, ainda vivo, na casa dele:
pois pensavam que ele já não voltaria da guerra,
tendo escapado à força e às mãos dos Aqueus.

Nem Páris se demorou em seu alto palácio,
mas vestiu a gloriosa armadura, embutida de bronze,
⁵⁰⁵ e apressou-se através da cidade, confiado nos rápidos pés.
Tal como quando o cavalo no estábulo se saciou

à manjedoura e, quebrando os arreios, corre a galope
pela planície, desejoso de se banhar no rio de lindo fluir,
exultante: mantém a cabeça erguida, as crinas lhe esvoaçam
510 nos ombros e, confiante na sua beleza, levam-no os ágeis
                                              joelhos
para os lugares costumeiros e para as pastagens das éguas —
assim Páris, filho de Príamo, desceu da alta Pérgamo,
resplandecente como o sol nas suas armas; e ria-se,
enquanto o levavam os rápidos pés. Depois foi depressa
515 que ultrapassou o divino Heitor, seu irmão, quando este
                                                    estava
prestes a regressar do palácio onde estivera a namorar
                                              com a mulher.
O primeiro a falar foi o divino Alexandre:
"Irmão, na verdade retive-te na tua pressa ao atrasar-me;
não cheguei na hora certa, como tinhas me ordenado."

520 A ele deu resposta Heitor do elmo faiscante:
"Estranha criatura, nenhum homem no seu perfeito juízo
amesquinharia o teu desempenho no combate, pois és
                                                    corajoso.
Mas é de propósito que te desleixas e não mostras vontade.
E por isso sofro no meu coração, quando a teu respeito ouço
525 injúrias da parte dos Troianos, que por tua causa muito
                                                    sofrem.
Mas vamos! Estas coisas resolveremos no futuro, se Zeus
nos conceder colocar para os deuses a taça da salvação
                                                no palácio,
após de Troia termos escorraçado os Aqueus de belas
                                                    cnêmides."

Canto VII

Assim dizendo, dos portões se precipitou o glorioso Heitor,
e com ele foi Alexandre, seu irmão. No coração
desejavam ambos entrar no combate e na guerra.
Tal como um deus oferece aos marinheiros anelantes
uma brisa, quando se cansaram de percutir o mar com remos
bem polidos e seus membros estão deslassados pela fadiga —
assim aos Troianos anelantes apareceram estes dois.

Foi então que um deles matou o filho do soberano Areítoo,
Menéstio que habitava em Arna, a quem o homem da clava
Areítoo gerou e Filomedusa com olhos de plácida toura.
Heitor atingiu Eioneu com a lança pontiaguda, no pescoço
sob o elmo de bronze bem trabalhado e deslassou-lhe
                                                os membros.
Glauco, filho de Hipóloco, condutor dos homens da Lícia,
atingiu no ombro com a lança em potente combate Ifínoo,
filho de Déxio, quando saltava para o carro puxado por
éguas velozes. Tombou do carro e os membros se lhe
                                                deslassaram.

Mas quando deles se apercebeu a deusa, Atena de olhos
                                                esverdeados,
a chacinarem os Argivos em potente combate,
lançou-se veloz dos píncaros do Olimpo
para a sacra Ílion; e ao seu encontro se precipitou Apolo,

pois vira-a de Pérgamo e queria a vitória para os Troianos.
Deste modo se encontraram ambos junto ao carvalho.
A ela falou primeiro o soberano Apolo, filho de Zeus:

"Por que de novo ávida, ó filha do grande Zeus,
25 aqui chegas do Olimpo e te mandou teu ânimo ingente?
Será para dares aos Dânaos a vitória alteradora da batalha,
visto que em nada te fazem pena os Troianos aniquilados?
Mas se por mim te deixasses convencer, mais proveitoso
seria:
ponhamos agora cobro à guerra e ao combate por hoje.
30 De futuro combaterão de novo, até que atinjam o objetivo
de Ílion, já que parece bem ao coração de vós,
deusas imortais, destruir por completo esta cidade."

Respondendo-lhe assim falou a deusa, Atena de olhos
esverdeados:
"Que assim seja, tu que atuas de longe! Foi a pensar nisso
35 que eu própria vim do Olimpo para o meio de Troianos
e Aqueus.
Mas diz como pensas pôr fim à batalha destes varões?"

A ela falou em seguida o soberano Apolo, filho de Zeus:
"Incitemos a força possante de Heitor domador de cavalos,
na esperança de que desafie um dos Dânaos a combater
40 sozinho, um contra o outro, em aterradora peleja.
Por seu lado, irritados, os Aqueus de brônzeas cnêmides
incitarão alguém a combater, só, contra o divino Heitor."

Assim falou; não lhe desobedeceu a deusa, Atena de olhos
esverdeados.
E Heleno, filho amado de Príamo, compreendeu no espírito
45 a deliberação que agradara aos deuses em concílio.
Postou-se junto de Heitor e assim lhe dirigiu a palavra:

"Heitor, filho de Príamo, igual de Zeus em conselho!

Será que te deixarás convencer por mim? Pois sou teu irmão.
Ordena aos Troianos e a todos os Aqueus que se sentem;
50 tu próprio desafia quem for mais nobre entre os Aqueus
a combater contra ti em aterradora peleja.
Não é ainda teu destino que morras e encontres teu fim:
foi isso que eu ouvi da parte dos deuses imortais."

Assim falou; e Heitor sentiu grande alegria ao ouvir
                                                                               as palavras.
55 Foi para o meio e conteve as falanges dos Troianos,
segurando pelo meio a lança: e todos acabaram por se sentar.
Agamêmnon fez que se sentassem os Aqueus de belas
                                                                                           cnêmides.

Quanto a Atena e a Apolo do arco de prata,
sentaram-se com a forma de abutres
60 no alto carvalho de Zeus pai, detentor da égide,
deleitando-se com os homens sentados em filas cerradas,
todas elas eriçadas de escudos, elmos e lanças.
Tal como a ondulação do Zéfiro se derrama sobre o mar
quando volta a soprar, e o mar enegrece sob o vento —
65 assim estavam sentadas as filas de Aqueus e Troianos
na planície. Então Heitor falou a ambas as partes:

"Ouvi-me, ó Troianos e Aqueus de belas cnêmides,
para que eu diga o que o coração me impele a dizer!
Os juramentos, não os quis o excelso Crônida cumprir;
70 mas com espírito malévolo tudo atrasa para ambas as partes,
até que vós tomeis a cidade bem muralhada de Troia,
ou sejais subjugados junto às naus preparadas para o mar.
Convosco estão os mais nobres do exército dos Aqueus:
destes saia aquele a quem o coração impelir a lutar comigo,
75 e como campeão de todos aqui venha contra Heitor divino.
É isto que declaro, e que Zeus seja nossa testemunha:
se aquele me matar com o bronze de comprida ponta,
que me arranque as armas e as leve para as côncavas naus.

CANTO VII

    Mas restitua o meu cadáver a minha casa, para que do fogo
80 Troianos e mulheres dos Troianos me deem, morto, a porção.
Porém se eu o matar a ele, e se glória me outorgar Apolo,
arrancar-lhe-ei as armas e levá-las-ei para a sacra Ílion,
onde as deporei no templo de Apolo que acerta ao longe;
mas restituirei o cadáver às naus bem construídas,
85 para que lhe deem sepultura os Aqueus de longos cabelos.
Amontoar-lhe-ão um túmulo junto ao amplo Helesponto;
e no futuro assim dirá um dos homens ainda por nascer,
ao navegar com muitos remos no mar cor de vinho:
'de um homem há muito falecido o túmulo é este,
90 a quem outrora em nobre gesta matou o glorioso Heitor.'
Assim alguém dirá; e a minha glória nunca mais perecerá."

Assim falou; mas todos permaneceram em silêncio.
Envergonhavam-se de recusar, mas receavam anuir.
Por fim foi Menelau que se levantou e lhes falou,
95 injuriando-os com insultos e suspirando no coração:
"Ai de mim, fanfarrões! Mulheres aqueias, já não Aqueus!
Na verdade isto será uma vergonha — danado dano! —
se agora nenhum dos Dânaos quer afrontar Heitor.
Que todos vós vos transformeis em água e terra,
100 para aí sentados sem ânimo, sem prestígio algum!
Contra ele me armarei eu próprio; porém é lá em cima
que entre os deuses imortais são detidos os liames da vitória."

Depois de assim falar, vestiu a bela armadura.
Ter-se-ia então revelado, ó Menelau, o termo da tua vida
105 às mãos de Heitor, visto que ele era muito mais forte,
se ao levantarem-se não tivessem os reis dos Aqueus
                                          te agarrado.
O próprio Atrida, Agamêmnon de vasto poder,
segurou-lhe a mão direita e assim lhe falou pelo nome:

"Tresvarias, ó Menelau criado por Zeus! E de tal loucura
110 não estás tu precisado! Controla-te, por mais que sofras,

e não queiras por rivalidade combater contra um homem
melhor:
Heitor, filho de Príamo, que também os outros abominam.
Até Aquiles se arrepia de na peleja exaltadora de homens
enfrentar este homem; ele que é muito melhor que tu!
115 Mas vai agora sentar-te no meio dos teus companheiros;
contra este escolherão os Aqueus outro campeão.
Apesar de ele ser destemido e insaciável no combate,
penso que ele quererá dobrar os joelhos descansado,
se escapar à fúria da guerra e à aterradora peleja."

120 Assim dizendo, o herói virou as intenções do irmão,
pois falava na medida justa: Menelau obedeceu. Em seguida
dos ombros os aliviados escudeiros lhe despiram as armas.
Mas Nestor levantou-se entre os Argivos e assim falou:

"Ah, como é grande a desgraça que à Acaia sobreveio!
125 Na verdade gemeria o ancião cavaleiro Peleu,
exímio conselheiro e orador dos Mirmidões,
que outrora, rejubilante, me interrogou em sua casa
sobre a linhagem e o nascimento de todos os Argivos.
Se agora ouvisse falar de todos os que se acovardam
diante de Heitor,
130 muitas vezes elevaria aos imortais as suas mãos, para que
dos seus membros partisse a alma para a mansão de Hades.
Quem dera — ó Zeus pai, ó Atena, ó Apolo! — que eu fosse
tão jovem como quando junto ao rápido curso do Celadonte
combatiam reunidos os Pílios e os Árcades, furiosos
lanceiros,
135 às muralhas de Feia em torno das correntes do Iárdano!
Para eles saiu como campeão Ereutálion, homem igual dos
deuses,
envergando nos ombros as armas do soberano Areítoo —
do divino Areítoo, a quem chamavam o 'homem da clava'
tanto os varões como as mulheres de belas cinturas,
140 porque não combatia com o arco nem com a lança comprida,

mas com uma clava de ferro desbaratava as falanges!
Foi ele que Licurgo assassinou pelo dolo (e não pela força)
num estreito desfiladeiro, e aí não o salvou da morte
a clava de ferro; pois antes disso Licurgo o atacou e trespassou
a meio do corpo com a lança; e para trás caiu ele por terra.
Despojou-o das armas, que lhe dera o brônzeo Ares,
passando ele próprio a vesti-las na labutação da refrega.
Mas quando Licurgo ficou velho no seu palácio,
deu as armas a Ereutálion, seu estimado escudeiro, para vestir.
E com elas vestido ele desafiou todos os nobres guerreiros;
mas eles muito tremiam e se amedrontavam: nenhum se atreveu.
A mim incitou-me, na sua coragem, o ânimo muito paciente
a combater, embora em idade fosse eu o mais novo de todos.
Combati com ele; e foi a mim que Atena concedeu a glória.
Ele foi o homem mais alto e mais forte que matei: na verdade
jazia morto como um colosso, esparramado dali para cá.
Quem me dera ser novo e ter firmeza na minha força!
Quem lhe fizesse frente encontraria logo Heitor do elmo faiscante!
Mas vós, que sois os mais nobres do exército dos Aqueus,
não quereis de livre vontade lutar frente a frente com Heitor."

Deste modo os repreendeu o ancião. Nove deles se levantaram.
Levantou-se como primeiro Agamêmnon, soberano dos homens;
e depois dele se levantou o Tidida, o possante Diomedes;
e depois dele os dois Ajantes, vestidos de bravura animosa;
e depois deles Idomeneu e o camarada de Idomeneu,
Meríones, igual de Eniálio matador de homens;
e depois deles Eurípilo, glorioso filho de Evémon;
e Toas, filho de Andrêmon, e o divino Ulisses.
Todos eles queriam lutar com o divino Heitor.
A eles falou Nestor de Gerênia, o cavaleiro:

"Ponde as sortes um de cada vez, a ver a quem calha:
pois ele beneficiará os Aqueus de belas cnêmides,
e ele próprio beneficiará também o seu ânimo,
se escapar à fúria da guerra e à aterradora peleja."

175 Assim falou; e cada um marcou a sua sorte e deitaram-nas
para dentro do elmo do Atrida Agamêmnon.
As hostes rezaram, levantando as mãos aos deuses.
E assim rezava cada um, olhando para o vasto céu:
"Zeus pai, faz que calhe a Ájax, ou ao filho de Tideu,
180 ou ao próprio rei de Micenas muito rica em ouro!"

Assim diziam; e agitou o elmo Nestor de Gerênia,
                                              o cavaleiro.
De lá saltou a sorte que todos desejavam,
a de Ájax. Um arauto levou-a por todo o exército,
mostrando-a da esquerda para a direita aos chefes dos
                                                                Aqueus.
185 Mas eles não a reconheciam, e todos a recusaram.
Quando porém ao ser levada por todo o exército
chegou àquele que a marcara e a deitara, ao glorioso Ájax,
ele estendeu a mão; e o arauto aproximou-se para a depor.
Reconheceu o sinal na sorte e regozijou-se no coração.
190 Atirou-a ao chão junto do pé e assim falou aos outros:

"Amigos, é de fato a minha sorte e rejubilo no coração,
visto que penso vencer o divino Heitor.
Mas agora, enquanto visto a armadura de guerra,
ao mesmo tempo rezai vós a Zeus Crônida soberano,
195 em silêncio entre vós, para que os Troianos não ouçam —
ou então às claras, pois não temos medo de ninguém!
É que ninguém à minha revelia me impelirá a fugir
pela força ou pelo engenho: espero não ter nascido
e crescido como um desatinado em Salamina!"

200 Assim falou; e eles rezaram a Zeus Crônida soberano.

CANTO VII

E assim rezava cada um, olhando para o vasto céu:
"Zeus pai que reges do Ida, gloriosíssimo, máximo!
Dá vitória a Ájax e concede-lhe a glória brilhante.
Mas se também estimas Heitor e cuidas dele,
205 então dá a ambos igual força e glória!"

Assim rezavam; e Ájax armou-se de bronze cintilante.
Depois que sobre o corpo vestira todas as armas,
avançou tal como caminha o enorme Ares quando
entra na guerra entre os homens que o Crônida juntou,
210 para combaterem na fúria do conflito devorador da alma.
De tal modo avançou o enorme Ájax, baluarte dos Aqueus,
sorrindo com expressão medonha. Com grandes passadas
dos seus pés caminhou, brandindo a lança de longa sombra.
Por seu lado ao verem-no exultaram os Argivos,
215 mas aos Troianos deslassou os membros o pávido tremor;
e no peito do próprio Heitor martelava o coração.
Mas de forma alguma podia virar as costas ou refugiar-se
entre a turba das hostes, pois ele é que desafiara em combate.
Ájax aproximou-se segurando um escudo como uma torre,
220 brônzeo, com o couro de sete bois, que Tíquio lhe fizera —
ele que era o melhor dos fazedores de escudos e que vivia
em Hila e lhe fizera o escudo reluzente com sete peles
de touros bem nutridos e por cima a oitava camada
                                              de bronze.
Segurando este escudo à frente do peito, Ájax Telamônio
225 postou-se perto de Heitor e proferiu palavras de ameaça:

"Heitor, agora ficarás a saber em combate corpo a corpo
como são os guerreiros que existem entre os Dânaos,
além de Aquiles, desbaratador de varões, com ânimo de leão.
Mas ele está nas recurvas naus preparadas para o mar,
230 furioso contra Agamêmnon, pastor das hostes.
Porém nós somos de raça a podermos enfrentar-te,
e somos muitos. Mas dá tu início ao combate e à guerra."

A ele deu resposta o alto Heitor do elmo faiscante:
"Ájax Telamônio, criado por Zeus, condutor das hostes!
235 Não me ponhas à prova como se eu fosse um rapaz franzino
ou uma mulher, que nada sabe de façanhas guerreiras.
Conheço bem as batalhas e as matanças dos homens.
Sei manejar para a direita e para a esquerda o meu escudo
de couro curtido: é isso que considero pelejar como deve ser.
240 Sei investir contra a chusma de carros puxados por éguas
velozes;
e sei executar em cerrado combate a dança de Ares
furibundo.
Mas pela pessoa que és não te quero ferir desprevenido,
mas de forma frontal, se acaso tal me for concedido."

Assim dizendo, apontou e arremessou a lança de longa
sombra
245 e atingiu o terrível escudo de Ares com o couro de sete bois,
na parte de fora de bronze, a oitava camada que tinha por
cima.
Através de seis camadas penetrou o bronze intransigente,
mas no sétimo couro foi retido. Por sua vez então
lançou Ájax criado por Zeus a sua lança de longa sombra
250 e atingiu o Priâmida no escudo bem equilibrado.
Através do escudo fulgente penetrou a lança potente
e através do colete bem trabalhado penetrou:
e junto ao flanco a lança rasgou a túnica,
mas ele desviou-se, evitando assim a negra morte.
255 Arrancaram ambos com as mãos as lanças compridas
e atiraram-se um ao outro como carnívoros leões
ou selvagens javalis, cuja força não é pouca.
Com a lança lhe desferiu o Priâmida um golpe no escudo,
porém não penetrou o bronze, pois virara-se a ponta.
260 Mas Ájax com um salto atingiu-lhe o escudo; a lança
penetrou completamente, atirando-o para trás, contuso:
esfolou-lhe o pescoço e fez brotar o negro sangue.
Mas nem assim desistiu da luta Heitor do elmo faiscante,

CANTO VII

    mas recuou e com mão firme agarrou num pedregulho
265 que jazia na planície, lacerante, negro e pesado. Atirou
    com ele contra o escudo com couro de sete bois de Ájax
    e acertou no meio, na bossa. O bronze em torno ressoou.
    Então Ájax levantou uma rocha ainda maior
    e lançou-a, pondo no lançamento a sua força ilimitada.
270 Amolgou o escudo com a rocha que era como uma mó,
    debilitando-lhe os joelhos; e Heitor ficou estatelado de costas,
    debaixo do escudo. Mas logo o fez levantar Apolo.
    E teriam agora desferido golpes de espada em luta cerrada,
    se os arautos, mensageiros de Zeus e dos homens,
275 se não tivessem aproximado, um dos Troianos, outro dos Aqueus
    vestidos de bronze, Taltíbio e Ideu, ambos prudentes.
    No meio deles levantaram os cetros e assim disse
    o arauto Ideu, conhecedor de prudentes conselhos:

    "Queridos filhos, não combatais nem luteis por mais tempo:
280 ambos sois amados por Zeus que comanda as nuvens;
    ambos sois lanceiros, algo que todos nós sabemos.
    Já se faz noite: e prestimoso é rendermo-nos à noite."

    Respondendo-lhe assim falou Ájax Telamônio:
    "Ideu, ordenai a Heitor que profira essas palavras,
285 pois foi ele que desafiou todos os valentes a combater.
    Que fale ele primeiro. De bom grado farei como ele disser."

    A ele deu resposta o alto Heitor do elmo faiscante:
    "Ájax, visto que o deus te deu força e grandeza
    e sensatez, e com a lança és o melhor dos Aqueus,
290 cessemos agora do combate e da peleja, por hoje;
    no futuro combateremos de novo, até que o deus
    decida a qual de nós concederá a vitória.
    Já se faz noite: e prestimoso é rendermo-nos à noite,
    para que possas alegrar junto às naus todos os Aqueus,
295 já que lá tens muitos parentes e companheiros.

Pela minha parte na grande cidade do rei Príamo
alegrarei os Troianos e as Troianas de longos vestidos,
que rezando à minha pessoa entrarão no certame divino.
Mas ofereçamos um ao outro presentes gloriosos,
300 para que assim diga algum dos Aqueus ou Troianos:
'lutaram na verdade no conflito devorador da alma,
mas depois se entenderam e se despediram com amizade'."

Assim falando, ofereceu-lhe a espada cravejada de prata,
juntamente com a bainha e com o boldrié bem cortado.
305 E Ájax deu-lhe o cinturão resplandecente de púrpura.
Separaram-se. Um seguiu seu caminho por entre as hostes
dos Aqueus; o outro pela turba dos Troianos, que exultaram
porque o viam vivo e a seguir seu caminho invulnerado,
tendo escapado à força e às mãos invencíveis de Ájax.
310 E foram para a cidadela, mal acreditando que estava salvo.
Por seu lado, levaram Ájax os Aqueus de belas cnêmides
para junto do divino Agamêmnon, exultante na vitória.

Quando chegaram às tendas dos filhos de Atreu,
matou-lhes um boi Agamêmnon soberano dos homens,
315 um touro de cinco anos, para o Crônida de supremo poder,
que prepararam e esfolaram, esquartejando-o em seguida.
Cortaram as postas com perícia e puseram-nas em espetos;
depois assaram bem a carne e distribuíram as porções.
Quando puseram termo ao esforço de preparar o jantar,
320 comeram e nada lhes faltou naquele festim compartilhado.
A Ájax honrou com o lombo contínuo do boi
o herói, filho de Atreu, Agamêmnon de vasto poder.
Mas quando afastaram o desejo de comida e bebida,
o primeiro a tecer-lhes a teia da prudência foi o ancião
325 Nestor, cujo conselho desde havia muito parecia o melhor.
Bem-intencionado assim se dirigiu à assembleia:

"Ó Atridas e demais regentes de todos os Aqueus!
Jazem mortos muitos Aqueus de longos cabelos,

cujo negro sangue foi entornado no belo Escamandro
330 por Ares aguçado e para o Hades desceram as almas.
Por isso importa parar de madrugada a guerra dos Aqueus:
todos reunidos traremos para cá os mortos em carros
de bois e mulas; depois cremá-los-emos a pouca distância
das naus, para que mais tarde cada um possa levar os ossos
335 para casa, para os filhos, quando regressarmos à terra pátria.
Em redor da pira meçamos e levantemos um túmulo único,
indiscriminado, na planície; e perto dele construamos
depressa altas muralhas como defesa para nós e para as naus.
E nelas façamos portões bons de fechar,
340 para que através deles possam passar carros de cavalos.
E cá fora cavemos perto uma vala profunda,
que pela interposição manterá longe tropas e cavalos,
não vá acontecer que nos pressione o ataque dos Troianos."
Assim falou; e com ele todos os reis concordaram.

345 Na acrópole de Ílion decorria uma assembleia dos Troianos,
feroz e tumultuosa, junto às portas do palácio de Príamo.
Entre eles o primeiro a falar foi o prudente Antenor:

"Ouvi-me, Troianos e Dardânios e aliados,
para que vos diga o que o coração me impele a dizer!
350 Restituamos Helena, a Argiva, e com ela os tesouros
aos Atridas para levarem: é que agora estamos a combater
tendo renegado os fiéis juramentos; por isso não espero eu
que para nós algo de proveitoso se cumpra, se assim não
                                                    fizermos."

Tendo assim falado, voltou a sentar-se. Entre eles se levantou
355 o divino Alexandre, esposo de Helena de belos cabelos,
que respondendo-lhe proferiu palavras aladas:

"Antenor, isto que tu dizes já não me agrada:
sabes conceber outro discurso melhor que esse!
Mas se na verdade foi a sério aquilo que disseste, então

360 não há dúvida de que os deuses te deram cabo da mente.
Falarei pois eu próprio entre os Troianos domadores de
cavalos:
e digo já frontalmente que não restituirei a minha mulher.
Mas quanto aos tesouros que trouxe de Argos para nossa
casa,
quero dá-los todos e acrescentá-los com a minha própria
fortuna."

365 Tendo assim falado, voltou a sentar-se. Entre eles se levantou
Príamo Dardânida, igual dos deuses em conselho,
que bem-intencionado assim se dirigiu à assembleia:

"Ouvi-me, Troianos e Dardânios e aliados,
para que vos diga o que o coração me impele a dizer!
370 Tomai agora a vossa refeição na cidade, como antigamente;
concentrai-vos na guarda e que cada um esteja vigilante!
Que Ideu vá de madrugada as côncavas naus
para transmitir aos Atridas, Agamêmnon e Menelau,
a palavra de Alexandre, por causa de quem surgiu o conflito.
375 Que transmita também esta válida palavra, para o caso
de quererem
parar a guerra dolorosa, até que tenhamos cremado os
mortos:
no futuro combateremos de novo, até que o deus
decida a qual de nós concederá a vitória."

Assim falou; e eles escutaram e obedeceram-lhe.
380 No exército tomaram a refeição por regimentos.
Ideu foi de madrugada às côncavas naus; encontrou
no lugar de assembleia os Dânaos, escudeiros de Ares,
junto à proa da nau de Agamêmnon. Então colocando-se
no meio deles assim disse o arauto de voz sonorosa:

385 "Ó Atridas e demais regentes de todos os Aqueus!
Incumbiu-me Príamo e os outros altivos Troianos

de transmitir, se vos aprouver e se tal vos for agradável,
a palavra de Alexandre, por causa de quem surgiu o conflito.
Os tesouros que na côncava nau Alexandre trouxe
390 para Troia — prouvera que antes tivesse morrido! —
todos eles quer restituir e acrescentar com a própria fortuna.
Mas quanto à esposa legítima do glorioso Menelau,
declara não querer restituí-la, embora os Troianos o queiram.
Pedem-me ainda que transmita esta palavra, para o caso
de quererdes
395 parar a guerra dolorosa, até que tenhamos cremado
os mortos:
no futuro combateremos de novo, até que o deus
decida a qual de nós concederá a vitória."

Assim falou; e todos permaneceram em silêncio.
Por fim falou Diomedes, excelente em auxílio:
400 "Que ninguém aceite os tesouros de Alexandre,
nem mesmo Helena! É claro até para quem não tem siso
que sobre os Troianos foram atados os nós do morticínio."

Assim falou; e gritaram alto todos os filhos dos Aqueus,
aplaudindo o que dissera Diomedes domador de cavalos.
405 A Ideu dirigiu então a palavra o poderoso Agamêmnon:

"Ideu, tu próprio ouves na verdade a palavra dos Aqueus,
ouves como te respondem; também a mim me apraz assim.
Quanto aos mortos não ponho objeção a que os queimem:
aos cadáveres dos mortos não se pode negar, visto que
410 estão mortos, que rapidamente recebam o consolo do fogo.
Que testemunhe os juramentos Zeus, o esposo tonitruante
de Hera."

Assim dizendo, ergueu o cetro a todos os deuses,
e Ideu voltou para trás, em direção a Ílion sagrada.

Ora na assembleia estavam sentados Troianos e Dardânidas,

415 todos reunidos, à espera do momento em que chegaria
Ideu. Ele chegou e transmitiu a sua mensagem, em pé
no meio deles. Muito depressa se prepararam para ambas
as tarefas: alguns para buscar os mortos; outros, lenha.
E por seu lado os Argivos saíram de junto das naus
420 bem construídas: alguns para buscar os mortos; outros, lenha.

O sol começava a lançar seus raios sobre os campos,
erguendo-se do Oceano com fundas correntes de brando fluir
em direção ao céu, quando as hostes se encontraram.
Difícil foi então a tarefa de reconhecer cada homem!
425 Mas com água os lavaram do sangue empastado, chorando
lágrimas escaldantes enquanto os levantavam para as
          carroças.
Não permitiu lamentações o grande Príamo; em silêncio
empilharam os cadáveres nas piras, sofrendo no coração;
e depois de os cremarem regressaram a Ílion sagrada.
430 Por seu lado do mesmo modo os Aqueus de belas cnêmides
empilharam os cadáveres nas piras, sofrendo no coração;
e depois de os cremarem regressaram às côncavas naus.

Não surgira ainda o sol, era o bruxuleante lusco-fusco da
         noite.
Foi então que em torno da pira se reuniu a nata dos Aqueus.
435 Mediram e levantaram um túmulo único, indiscriminado,
na planície; e perto dele construíram uma muralha
e altas torres, como defesa para as naus e para eles.
Nelas fizeram portões bons de fechar,
para que através deles pudessem passar carros de cavalos.
440 E cá fora cavaram perto uma vala profunda,
grande e ampla, e nela posicionaram estacas.
Assim se esforçavam os Aqueus de longos cabelos.
Porém os deuses sentados junto de Zeus, o astral
         relampejador,
se admiraram do grande trabalho dos Aqueus vestidos
         de bronze.

CANTO VII

445 Entre eles o primeiro a falar foi Posêidon, Sacudidor da Terra:

"Zeus pai, será que alguém entre os mortais na terra
    ilimitada
declarará aos imortais seu propósito e pensamento?
Não vês que de novo os Aqueus de longos cabelos
construíram uma muralha para defender as naus, e em redor
450 uma vala, mas sem oferecerem aos deuses gloriosas
    hecatombes?
Deste feito se espalhará a fama até onde chega a aurora
e da muralha se esquecerão que eu próprio e Febo Apolo
construímos pelo nosso esforço para o herói Laomedonte."

Muito perturbado lhe respondeu Zeus que comanda as
    nuvens:
455 "Sacudidor da Terra de vasto poder, o que foste dizer!
Outro deus poderia bem recear esta congeminação,
mais fraco que tu tanto pelos braços como pela força!
Não duvides que se espalha a tua fama até onde chega
    a aurora!
Vai! Quando os Aqueus de longos cabelos
460 tiverem regressado com as naus à amada terra pátria,
rebenta com a muralha e arrasta-a toda para o mar;
e cobre a vasta praia novamente com areia,
para que por ti fique eliminada a muralha dos Aqueus."

Enquanto assim falavam uns com os outros,
465 o sol pôs-se e chegou ao fim o trabalho dos Aqueus.
Abateram bois nas tendas e tomaram a refeição.
E de Lemnos vieram muitas naus trazendo vinho,
as quais enviara Euneu, filho de Jasão,
que Hipsípile dera à luz para Jasão, pastor do povo.
470 Só para os Atridas, Agamêmnon e Menelau,
oferecera o filho de Jasão mil medidas de vinho.
Foi lá que compraram vinho os Aqueus de longos cabelos,
uns por bronze, outros por ferro reluzente,

outros por couros, outros pelas próprias vacas,
475 outros por escravos. Fizeram um abundante festim.
Toda a noite se banquetearam os Aqueus de longos cabelos;
e os Troianos e seus aliados fizeram o mesmo na cidade.
Toda a noite lhes planejou maldades Zeus, o conselheiro,
trovejando de modo assustador. Tomou-os o pálido terror.
480 Das taças o vinho derramou-se para o chão e ninguém
ousou beber, sem ter oferecido libações ao Crônida
de sublime poder.
Depois deitaram-se para descansar e acolheram o dom do
sono.

Canto VIII

Por toda a terra espalhava a Aurora o seu manto de açafrão,
enquanto Zeus, que com o trovão se deleita, reunia os deuses
no píncaro mais elevado do Olimpo de muitos cumes.
Ele próprio tomou a palavra e todos os deuses escutaram:

5 "Ouvi-me vós, ó deuses todos e deusas todas,
para que vos diga o que o coração me impele a dizer.
Que não tente feminina deusa alguma ou deus viril
desobedecer às minhas palavras, mas aquiescei todos vós,
para que rapidamente eu faça cumprir estes trabalhos.
10 Quem eu observar separado dos deuses com intenção
de quer aos Troianos, quer aos Dânaos, prestar auxílio,
golpeado e de forma ignominiosa regressará ao Olimpo.
Ou então agarrarei nele para o lançar no Tártaro sombrio,
para muito longe, para o abismo mais fundo sob a terra,
15 onde os portões são de ferro e o chão é de bronze,
tão longe sob o Hades como sob o céu está a terra.
Sabereis então que sou eu o mais forte de todos os deuses.
Experimentai, pois, ó deuses, para que todos saibais!
Do céu pendurai uma corrente feita de ouro
20 e agarrai nela, ó deuses todos e deusas todas!
Mas não arrastaríeis do céu para a planície terrena
Zeus, o sublime conselheiro, ainda que vos esforçásseis.
Porém no momento em que eu quisesse puxá-la,
arrastaria a própria terra e o próprio mar;

25 e em seguida ataria a corrente à volta do cume do Olimpo,
e todas as coisas ficariam suspensas no espaço:
em tal medida sou superior aos deuses e aos homens."

Assim falou; e todos permaneceram em silêncio,
espantados com as suas palavras, pois com força se
              exprimira.
30 Por fim falou entre eles a deusa, Atena de olhos esverdeados:

"Pai de todos nós, mais excelso dos soberanos,
nós também sabemos quão intransigente é a tua força.
No entanto temos pena dos lanceiros dos Dânaos,
que agora morrerão ao cumprir um funesto destino.
35 Mas desistiremos do combate, tal como tu ordenas.
Porém daremos aos Argivos conselhos que os favoreçam,
para que não pereçam todos em consequência da tua ira."

Com um sorriso lhe falou Zeus que comanda as nuvens:
"Anima-te, ó Tritogênia, querida filha. Não é com séria
40 intenção que falo; pelo contrário, quero ser-te favorável."

Assim falando, atrelou ao carro os cavalos de brônzeos
              cascos,
ambos velozes e ambos com longas crinas douradas;
e ele próprio se vestiu de ouro e agarrou no chicote
de ouro bem forjado e subiu para o carro que era dele
45 e chicoteou-os. Voaram sem constrangimento
entre a terra e o céu cheio de astros.

Chegou ao Ida, montanha de muitas fontes, mãe de feras:
a Gárgaro, onde tem seu recinto e seu perfumado altar.
Aí parou os cavalos o pai dos homens e dos deuses;
50 desatrelou-os do carro e sobre eles derramou denso nevoeiro.
Ele próprio se sentou nos cumes, exultante na sua glória,
observando a cidade dos Troianos e as naus dos Aqueus.

CANTO VIII

Depois que os Aqueus de longos cabelos tomaram com pressa
a refeição nas tendas, levantaram-se para se armarem.
55 Por seu lado se armaram os Troianos na cidade;
eram em menor número, mas ávidos de combater na luta,
pela necessidade de defender os filhos e as mulheres.
Escancararam os portões e para fora se precipitou o exército,
tanto infantaria como cavalaria. Levantou-se um fragor
                                                    desmedido.
60 Quando chegaram ao mesmo local para se enfrentarem
                                                    uns aos outros,
brandiram todos juntos os escudos, as lanças e a fúria
                                                    de homens
de brônzeas couraças; e os escudos cravados de adornos
embateram uns contra os outros e surgiu um estrépito
                                                    tremendo.
Então se ouviu o gemido e o grito triunfal dos homens
65 que matavam e eram mortos. A terra ficou alagada de sangue.

Enquanto era de manhã e o dia sagrado aumentava,
de ambos os lados acertavam as lanças e o povo morria.
Mas quando o Sol chegou ao meio do firmamento,
foi então que o Pai ergueu a balança de ouro,
70 e nela colocou os dois fados da morte irreversível para
Troianos domadores de cavalos e Aqueus de brônzeas
                                                    túnicas,
segurando a balança pelo meio. Desceu o dia fatal dos
                                                    Aqueus.
Na terra provedora de dons ficaram sediados os destinos
dos Aqueus, sendo os dos Troianos elevados até ao vasto céu.
75 Bem alto trovejou ele do Ida e lançou um relâmpago candente
para o meio do exército dos Aqueus. Admiraram-se eles
perante tal visão e a todos dominou o pálido terror.

Foi então que nem Idomeneu aguentou ficar, nem
                                                    Agamêmnon;
nem os dois Ajantes ficaram, escudeiros de Ares:

80 ficou só Nestor de Gerênia, guardião dos Aqueus,
não porque quisesse, mas porque um cavalo estava ferido,
alvejado pelo divino Alexandre, esposo de Helena de
                                                    lindos cabelos,
no alto da cabeça, onde as primeiras crinas dos cavalos
despontam da testa e onde fica o ponto mais vulnerável.
85 Com a dor o cavalo empinara-se, pois a flecha lhe entrava
no cérebro: lançou a confusão entre carros e cavalos
à medida que se rebolava em volta do bronze.
Mas quando o ancião saltava para cortar os tirantes
com a espada, vieram os cavalos velozes de Heitor
por entre a multidão, transportando um auriga audaz:
90 o próprio Heitor. E agora teria o ancião perdido a vida,
se logo o não tivesse visto Diomedes, excelente em auxílio.
Com um grito terrível assim incitou Ulisses:

"Filho de Laertes, criado por Zeus, Ulisses de mil ardis!
Para onde foges, virando costas como um covarde na turba?
95 Que não te atinja enquanto foges uma lança nas costas!
Fica aqui agora, para afastarmos do ancião o homem
                                                    selvagem."

Assim falou; mas não lhe deu ouvidos o sofredor e divino
                                                    Ulisses,
mas apressou-se para junto das côncavas naus dos Aqueus.
Apesar de só, o Tidida juntou-se aos combatentes dianteiros
100 e postou-se à frente dos cavalos do ancião, filho de Neleu.
Falando-lhe proferiu palavras aladas:

"Ancião, na verdade são jovens lanceiros que te acossam:
sentes a força deslassada e oprime-te a difícil velhice,
além de que débil é o teu escudeiro e lentos os teus cavalos.
105 Mas sobe tu para o meu carro, para que vejas
como são os cavalos de Trós, que pela planície sabem
correr com rapidez, seja em perseguição ou em debandada.
Tirei-os, congeminadores de debandadas, há tempo a Eneias.

CANTO VIII

Que os escudeiros tratem dos teus cavalos, mas estes dois
110 conduziremos contra os Troianos domadores de cavalos,
para que Heitor fique a saber se a minha lança desvaria
nas mãos."

Assim falou; e não lhe desobedeceu Nestor de Gerênia,
o cavaleiro.
Das éguas de Nestor trataram em seguida dois escudeiros
valentes, Estênelo e o amavioso Eurimedonte.
115 Quanto aos outros dois, subiram para o carro de Diomedes.
Nestor tomou nas mãos as rédeas resplandecentes
e chicoteou os cavalos; depressa chegaram perto de Heitor,
a quem o Tidida alvejou enquanto acometia direto.
Não o atingiu, mas ao escudeiro que segurava as rédeas,
120 Eniopeu, filho do soberbo Tebeu,
atingiu no peito junto ao mamilo enquanto segurava as
rédeas.
Tombou do carro e desviaram-se os cavalos
de patas velozes. Ali se lhe deslassou a força e a vida.
De Heitor se apoderou uma dor terrível pelo auriga;
125 porém deixou-o ali jazente, embora sofresse pelo
companheiro,
e pôs-se a procurar um auriga audaz. Não foi por muito
tempo
que os seus cavalos ficaram sem condutor, pois logo
encontrou
o filho de Ífito, o audaz Arqueptólemo, que fez montar
para trás
dos cavalos de patas velozes, dando-lhe as rédeas para as
mãos.

130 Então teria sido a desgraça, teriam acontecido coisas
irremediáveis,
e na cidade de Ílion teriam sido encurralados como ovelhas,
se rápido não tivesse se apercebido o pai dos homens e dos
deuses.

Trovejando de modo terrível lançou um branco relâmpago
e fê-lo cair por terra à frente dos cavalos de Diomedes.
135 Levantou-se uma labareda terrível de enxofre ardente
e os cavalos, aterrorizados, prostraram-se sob o carro.
Das mãos de Nestor fugiram as rédeas purpúreas
e com temor no coração assim disse a Diomedes:

"Tidida, vira em fuga os teus cavalos de casco não fendido.
140 Não percebes que a vitória de Zeus não segue no teu encalço?
Hoje é àquele homem que Zeus Crônida outorga a glória;
no futuro outorgá-la-á de novo a nós, se ele assim entender.
Nenhum homem poderia frustrar o pensamento de Zeus,
por mais forte que fosse, pois ele é ainda mais poderoso."

145 A ele deu resposta Diomedes, excelente em auxílio:
"Todas estas coisas, ó ancião, disseste na medida certa.
Mas esta dor amarga se apoderou do meu coração;
pois um dia dirá Heitor no meio dos Troianos:
'o Tidida por mim afugentado voltou para as naus.'
Assim se ufanará. E que nesse dia a ampla terra
150 abra um abismo hiante à minha frente."

Respondendo-lhe assim falou Nestor de Gerênia, o cavaleiro:
"Ai de mim, ó filho do fogoso Tideu! O que foste tu dizer!
Ainda que Heitor te chame covarde e debilitado,
não lhe darão ouvidos Troianos nem Dardânidas
155 nem as esposas dos magnânimos Troianos portadores
de escudos,
elas a quem no pó atiraste seus vigorosos companheiros de
leito."

Assim falando, virou em fuga os cavalos de casco não
fendido,
de novo por entre a turba; os Troianos e Heitor com gritaria
sobrenatural entornavam sobre eles lanças carregadas de
gemidos.

160 Contra Diomedes gritou então o alto Heitor do elmo
                                                          faiscante:

"Tidida, apreço te concediam os Dânaos de rápidos poldros,
com lugar de honra, carnes e taças repletas até cima;
mas agora te vilipendiarão. Afinal sempre foste uma mulher.
Foge lá, menina medrosa! Não será por hesitação minha
165 que escalarás as nossas muralhas, nem levarás nas naus
as nossas mulheres. Antes disso terei tratado do teu destino."

Assim falou; e o Tidida ficou dividido sobre o que fazer:
se haveria de virar os cavalos e combatê-lo frente a frente.
Três vezes hesitou no espírito e no coração;
170 e três vezes do Ida trovejou Zeus, o conselheiro,
dando aos Troianos sinal da vitória alteradora da batalha.
Aos Troianos bradou Heitor, vociferando bem alto:

"Troianos e Lícios e Dárdanos, prestos combatentes!
Sede homens, amigos, e lembrai-vos da bravura animosa!
175 Reconheço que zeloso me concedeu o Crônida
vitória e grande glória, porém aos Dânaos, sofrimento.
Tolos, que congeminaram erguer estas muralhas,
fracas e inúteis! Não serão elas a suster a minha força
e facilmente sobre a vala escavada saltarão os nossos cavalos.
180 Mas quando me encontrar perto das côncavas naus,
que a lembrança do fogo ardente não esteja ausente,
para que pelo fogo eu queime as naus e junto às naus
chacine os próprios Argivos assarapantados pelo fumo."

Assim falando, gritou para os cavalos e disse:
185 "Xanto e tu, ó Podargo, e Éton e Lampo divino!
Agora retribuí-me a alimentação, que em abundância
Andrômaca filha do magnânimo Eécion
vos pôs à frente, dando-vos trigo de sabor a mel
e misturando-lhe vinho para beberdes, quando lhe
                                                           aprouvesse —

190 mais do que a mim, que declaro ser vigoroso esposo dela!
Agora lançai-vos e apressai-vos, para que tiremos
o escudo a Nestor, cuja fama chega ao céu por ser
todo feito de ouro, tanto as barras como o escudo em si,
e que tiremos ainda dos ombros de Diomedes domador de
cavalos
195 a couraça trabalhada, que Hefesto fabricou com seu
esforço.
Se tomarmos estes dois objetos, eu sentiria a esperança
de ainda esta noite fazer embarcar os Aqueus nas naus
velozes."

Assim falou, ufano. Irritou-se a excelsa Hera,
agitando-se no trono; o grande Olimpo tremeu.
200 E assim falou ela ao poderoso deus Posêidon:

"Que coisa terrível, Sacudidor da Terra de vasto poder!
Não te comove o coração pelos Dânaos a morrer!
Mas para ti trazem eles oferendas a Hélice e a Egas,
muitas e graciosas. E tu próprio lhes desejaste a vitória.
205 Pois se todos nós, que somos adjuvantes dos Dânaos,
quiséssemos repelir os Troianos e afastar Zeus que vê ao
longe,
naquele local ele ficaria sentado, vexado e sozinho, no Ida."

Molestado lhe disse então o poderoso Sacudidor da Terra:
"Hera de fala inefável, que palavra foste tu dizer!
210 Eu é que não quereria que nós, os outros, lutássemos
contra Zeus Crônida, pois ele é de longe o mais forte."
Assim falaram entre si, dizendo estas coisas.

De Aqueus se enchia o espaço, das naus à vala da muralha,
tanto de carros como de homens portadores de escudo,
215 encurralados; encurralara-os o igual do célere Ares,
Heitor Priâmida, quando Zeus lhe outorgou a glória.
E agora teria queimado com fogo ardente as naus niveladas

CANTO VIII

se no espírito de Agamêmnon não tivesse colocado a
excelsa Hera
a iniciativa de se mexer e de rapidamente incitar os Aqueus.
220 Caminhou ao longo das tendas e das naus dos Aqueus
segurando na mão firme uma grande capa purpúrea;
postou-se junto da escura nau de grande quilha de Ulisses,
que estava no meio, pelo que seria ouvido de ambos os lados,
desde as tendas de Ájax, filho de Télamon,
225 até as de Aquiles — eles que nos extremos colocaram
as naus niveladas, confiados na coragem e na força das mãos.
Com um grito penetrante assim falou aos Dânaos:

"Vergonha, Argivos! Reles vilezas, belos só de aspecto!
Para onde foram as jactâncias, quando dizíamos ser os
melhores,
230 as quais outrora proferistes em Lemnos presunçosamente,
ao comerdes abundantes carnes de bois de chifres direitos,
ao beberdes taças repletas de vinho:
cada um defrontaria na guerra cem Troianos,
ou até duzentos! Pois agora nem sois dignos de um,
235 de Heitor, que depressa queimará as naus com fogo ardente.
Zeus pai, já a alguém dentre os reis soberbos
com tal desvario cegaste e o privaste da glória máxima?
No entanto afirmo nunca ter passado belo altar teu
na minha nau de muitos bancos no caminho para cá,
240 mas em todos queimei a gordura e as coxas de bois,
desejoso de arrasar Troia de belas muralhas.
Mas agora, ó Zeus, concede-me ao menos este favor:
ao menos permite que nós fujamos e escapemos
e não deixes que os Aqueus sejam subjugados pelos
Troianos."

245 Assim falou; e o Pai compadeceu-se dele que chorava,
garantindo que seu povo se salvaria e não pereceria.
Logo enviou uma águia, mais seguro dos alados portentos,
segurando nas garras um gamo, cria de uma rápida corça.

Deixou cair o gamo junto do belo altar de Zeus, onde os
Aqueus
²⁵⁰ costumavam sacrificar a Zeus, senhor de todos os portentos.
Quando eles viram que da parte de Zeus viera a ave,
mais se lançaram contra os Troianos, lembrados da peleja.

Então nenhum dos dianteiros dos Dânaos, por muitos que
fossem,
se ufanou de conduzir os velozes cavalos à frente do Tidida,
²⁵⁵ com intenção de os levar por cima da vala para lutar
frente a frente.
E Diomedes foi o primeiro a matar um homem armado
dos Troianos,
Agelau, filho de Fradmo, que virara os cavalos para fugir.
Enquanto se voltava, nas costas entre os ombros lhe fixou
o Tidida a lança, que lhe trespassou o peito.
²⁶⁰ Tombou do carro e sobre ele ressoaram as armas.

Depois dele vieram os Atridas, Agamêmnon e Menelau;
e depois dele os dois Ajantes, vestidos de bravura animosa;
e depois deles Idomeneu e o camarada de Idomeneu,
Meríones, igual de Eniálio matador de homens;
²⁶⁵ e depois deles Eurípilo, glorioso filho de Evémon;
e como nono chegou Teucro, retesando o arco que flectia
para trás.

Posicionou-se debaixo do escudo de Ájax Telamônio
e Ájax moveu o escudo por cima dele. O herói aguardava
até que com o disparo atingisse alguém na multidão:
²⁷⁰ tombava então esse homem e perdia a vida, ao que Teucro
de novo recuava como a criança para junto da mãe,
neste caso para junto de Ájax, que o cobria com o escudo
luzente.

Qual dos Troianos matou primeiro o irrepreensível Teucro?
Primeiro Orsíloco; depois Órmeno e Ofelestes

CANTO VIII

275 e Detor e Crômio e Licofonte igual dos deuses
e Amopáon, filho de Poliémon, e Melanipo.
A todos, uns a seguir aos outros,
fez tombar na terra provedora de dons.
Ao vê-lo se regozijou Agamêmnon, soberano dos homens,
pois dizimava as falanges dos Troianos com o arco possante.
280 Postou-se junto dele e assim lhe dirigiu a palavra:

"Teucro, cabeça amada, filho de Télamon, rei do povo!
Continua a disparar assim, a ver se te tornas a luz para
                                                    os Dânaos
e para teu pai, Télamon, que te criou desde pequeno
e, embora fosses filho ilegítimo, te acarinhou em sua casa.
285 A teu pai, agora tão longe, empurra para a glória!
Eu te direi como tudo isto irá se cumprir:
se Zeus detentor da égide e Atena me concederem
arrasar a cidade bem construída de Ílion,
primeiro na tua mão, depois na minha, porei um dom,
290 ou uma trípode, ou uma parelha de cavalos com carro,
ou então uma mulher que contigo dormirá na cama."

Respondendo-lhe assim falou Teucro irrepreensível:
"Atrida gloriosíssimo, por que me incitas a mim,
que estou já motivado? Pois não desisto enquanto tiver
295 força, mas desde que os forçamos em direção a Ílion
tenho estado atento e com o arco tenho abatido homens.
Já disparei oito flechas de compridas barbas; e todas
se fixaram na carne de mancebos rápidos no combate.
Só neste cão raivoso é que não há meio de acertar!"

300 Assim falando, da corda disparou outra seta
contra Heitor; o coração incitara-o a atingi-lo.
Todavia não acertou nele, mas no irrepreensível Gorgítion,
filho valente de Príamo: foi no peito que lhe acertou
com a seta, ele a quem dera à luz uma mãe de Esime,
305 a bela Castianeira, no corpo igual às deusas.

Inclinou a cabeça como a papoula à qual no jardim
pesam as sementes e as chuvas da primavera —
assim inclinou a cabeça, pesada devido ao elmo.

Porém Teucro disparou da corda outra seta
310 contra Heitor; o coração incitara-o a atingi-lo.
Todavia não acertou nele, pois Apolo desviou a seta.
Acertou em Arqueptólemo, audaz auriga de Heitor,
que ao lançar-se na liça foi atingido junto ao mamilo.
Tombou do carro e desviaram-se os cavalos velozes;
315 e foi aí que se lhe deslassaram a alma e a força.

De Heitor se apoderou uma dor terrível pelo auriga.
Mas deixou-o jazente, embora sofresse pelo amigo,
e ordenou a Cebríones, seu irmão que estava ali perto,
que tomasse as rédeas dos corcéis; ele ouviu e não
                                                                         desobedeceu.
320 Heitor saltou para o chão do carro resplandecente,
e emitiu um grito medonho; agarrando com a mão numa
                                                                            rocha
foi direto contra Teucro, pois o coração o impelia a feri-lo.

Ora Teucro tirara da aljava uma seta amarga e colocava-a
na corda: enquanto a esticava, Heitor do elmo faiscante
325 atingiu-o junto do ombro, onde a clavícula separa
o pescoço e o peito, local extremamente vulnerável.
Foi aí que Heitor o atingiu, ávido, com a pedra lacerante,
e partiu-lhe a corda do arco. A mão junto ao pulso perdeu
a sensibilidade; tombou de joelhos e o arco caiu-lhe da mão.

330 Porém Ájax não descurou o irmão que tombara:
foi a correr e pôs-se de plantão, cobrindo-o com o escudo.
Em seguida se agacharam dois fiéis companheiros,
Mecisteu, filho de Équio, e o divino Alastor;
para as côncavas naus o levaram, gemendo profundamente.

CANTO VIII

335 De novo nos Troianos o Olímpio incitou a coragem;
e eles empurraram os Aqueus para a vala profunda.
Entre os dianteiros ia Heitor, exultante na sua força.
Tal como o galgo que, na perseguição com patas velozes,
ao javali ou ao leão toca por trás no flanco ou nas nádegas,
340 e está atento ao momento em que a presa se desvia —
assim Heitor pressionava os Aqueus de longos cabelos,
matando quem ficava para trás. Eles fugiam, desbaratados.

Mas quando através das estacas e da vala passaram
em fuga, sendo muitos deles subjugados às mãos dos
                                                                         Troianos,
345 pararam e permaneceram junto das naus,
chamando uns pelos outros; e a todos os deuses
levantaram as mãos e cada um rezou com fervor.
Heitor desviava para cá e além seus cavalos de belas crinas,
com olhos semelhantes à Górgona ou a Ares, flagelo dos
                                                                         mortais.

350 Ao vê-los se compadeceu a deusa, Hera de alvos braços;
e logo dirigiu a Atena palavras aladas:
"Ah, filha de Zeus detentor da égide! Será que nós duas
pelos Dânaos que morrem não sentimos pena, uma última
                                                                         vez?
Morrem, preenchendo a medida do destino maligno,
355 por causa da investida de um só homem, louco, insuportável:
Heitor Priâmida, que na verdade causou tantas desgraças."

A ela deu resposta a deusa, Atena de olhos esverdeados:
"Prouvera que ele perdesse a força e o ânimo,
destruído pelas mãos dos Argivos na sua terra pátria!
360 Mas o meu pai está desvairado com maus pensamentos,
impiedoso, sempre nefasto, frustrador das minhas vontades.
Nem se lembra de certas coisas, como amiúde seu filho
eu salvei, agastado pelos trabalhos impostos por Euristeu.
Frequentemente ele dirigia queixas ao céu; e Zeus

365 enviava-me do céu para lhe prestar auxílio.
Se tudo isto eu tivesse sabido no meu espírito prudente,
quando Euristeu o enviou para a mansão de Hades, o
Guardião,
para do Érebo trazer o cão de Hades detestável,
às íngremes correntes da Água Estígia não teria ele escapado.
370 Porém agora Zeus detesta-me, pois cumpriu as
deliberações de Tétis,
que lhe beijou os joelhos e lhe agarrou o queixo com a mão,
suplicando-lhe que honrasse Aquiles, saqueador de cidades.
Mas um dia tratar-me-á de novo por 'amada Olhos
Esverdeados'.
Arreia-nos agora os cavalos de casco não fendido,
375 para que eu me dirija à casa de Zeus detentor da égide
a fim de me armar para a guerra, para que eu veja
se o filho de Príamo, Heitor do elmo faiscante,
se regozijará ao ver-nos surgir ao longo dos diques da guerra.
Muitos Troianos saciarão os cães e as aves de rapina
380 com sua gordura e suas carnes, tombados junto às naus
dos Aqueus."

Assim falou; e não lhe desobedeceu a deusa, Hera de alvos
braços.
Afadigou-se ao equipar os cavalos arreados de ouro
Hera, deusa soberana, filha do grande Crono.
Porém Atena, filha de Zeus detentor da égide,
385 deixou descair sua veste macia no chão de seu pai —
veste bordada, que ela própria fizera com as suas mãos.
Vestiu a túnica de Zeus que comanda as nuvens
e envergou as armas para a guerra lacrimosa.
Pisou com os pés o carro flamejante
390 e pegou na forte lança de brônzea ponta,
pesada, imponente, enorme: com ela fileiras de heróis
subjuga,
contra quem se enfurece de tão poderoso pai nascida.
Depressa com o chicote incitou Hera os cavalos;

e de sua própria iniciativa rangeram as portas do céu,
que as Horas detêm, guardiãs do vasto céu e do Olimpo,
395 desencerrando ou cerrando a nuvem cerrada.
Através das portas conduziram os cavalos aguilhoados.

Quando as viu Zeus pai, encolerizou-se de modo terrível;
e mandou Íris das asas douradas transmitir-lhes uma
mensagem:
"Apressa-te, célere Íris! Manda-as para trás e não deixes
que elas
400 apareçam à minha frente: bonito não será o nosso conflito!
Pois isto te direi, coisa que haverá de se cumprir:
debaixo do carro lhes estropiarei seus cavalos velozes
e a elas próprias atirarei do carro, estilhaçando-o.
Nem volvidos dez mil anos se curarão das feridas
405 que lhes serão infligidas pelo relâmpago.
Que veja a Olhos Esverdeados o que é lutar contra seu pai!
Contra Hera não me zango tanto nem me encolerizo,
visto que sempre me quer frustar no que determino."

Assim falou; e com pés de tempestade foi Íris dar a notícia.
410 Das montanhas do Ida chegou ao alto Olimpo.
Aos primeiros portões do Olimpo de muitas escarpas
deu com elas e reteve-as; e a ambas transmitiu a palavra
de Zeus:

"Aonde vos apressais? Por que no peito vos enlouquece
o coração?
Não permite o Crônida que presteis auxílio aos Argivos.
415 Pois deste modo vos ameaça o filho de Crono e assim se
cumprirá:
debaixo do carro vos estropiará vossos cavalos velozes
e a vós próprias atirará do carro, estilhaçando-o.
Nem volvidos dez mil anos vos curareis das feridas
que vos serão infligidas pelo relâmpago.
420 Que vejas, Olhos Esverdeados, o que é lutar contra teu pai!

Contra Hera não se zanga tanto nem se encoleriza,
visto que sempre o queres frustar no que determina.
Mas sobremaneira danada serias, ó cadela desavergonhada,
se na verdade te atrevesses a levantar a forte lança contra
Zeus."

₄₂₅ Tendo assim falado, partiu Íris de pés velozes;
porém a Atena dirigiu Hera o seguinte discurso:
"Ah, filha de Zeus detentor da égide! Já não suporto
que nós duas lutemos contra Zeus por causa dos mortais.
Que dentre eles um morra e o outro continue a viver,
₄₃₀ conforme acontecer. E que Zeus delibere no seu espírito
e dirima entre Troianos e Dânaos, da melhor maneira."

Assim falando, virou os cavalos de casco não fendido.
Para elas as Horas desatrelaram os corcéis de belas crinas
e em seguida os ataram nas manjedouras de ambrosia,
₄₃₅ encostando o carro contra a parede resplandecente.
As deusas foram sentar-se em tronos dourados,
no meio dos outros deuses, acabrunhadas em seu coração.

Zeus pai conduziu do Ida o carro de belas rodas e os
cavalos
para o Olimpo e entrou na assembleia dos deuses.
₄₄₀ Desatrelou-lhe os cavalos o famoso Sacudidor da Terra,
que colocou o carro no suporte, estendendo por cima um
pano.
O próprio Zeus que vê ao longe sentou-se no trono dourado
e debaixo dos seus pés o alto Olimpo estremeceu.
Afastadas de Zeus apenas Atena e Hera se sentavam;
₄₄₅ nem lhe dirigiram a palavra nem o questionaram.
Porém ele compreendeu no seu espírito e assim falou:

"Por que assim estais acabrunhadas, Atena e Hera?
Não vos cansastes certamente de na luta exaltadora de
homens

CANTO VIII

destruir os Troianos, contra quem nutris ódio cruel!
450 De tal modo é a minha força e irresistíveis são as minhas
mãos
que me não desviaria nenhum dos que são deuses no Olimpo.
Mas os vossos membros gloriosos foram tomados pelo
tremor
antes que a guerra tivésseis visto e da guerra os atos
tremendos.
Pois isto eu direi, coisa que haveria de se cumprir:
455 atingidas pelo relâmpago não seria no vosso carro
que teríeis regressado ao Olimpo, onde fica a sede dos
imortais."

Assim falou; por seu lado sussurraram Atena e Hera,
sentadas uma ao lado da outra, a planejar desgraças
para os Troianos. Atena manteve-se em silêncio, embora
460 furibunda contra Zeus pai, dominada por uma raiva
selvagem.
Porém Hera não conteve a ira no peito, mas declarou:

"Crônida terribilíssimo, que palavra foste tu dizer?
Nós também sabemos quão intransigente é a tua força.
No entanto temos pena dos lanceiros dos Dânaos,
465 que agora morrerão ao cumprirem um funesto destino.
Mas desistiremos do combate, tal como tu ordenas.
Porém daremos aos Argivos conselhos que os favoreçam,
para que não pereçam todos em consequência da tua ira."

Em resposta lhe falou Zeus que comanda as nuvens:
470 "Ao nascer da aurora verás o Crônida poderosíssimo
(se quiseres, ó Hera soberana com olhos de plácida toura)
destruindo o exército numeroso dos lanceiros Argivos.
Pois não desistirá da guerra o temível Heitor
antes que junto às naus se erga o Pelida de pés velozes,
475 no dia em que às popas das naus combaterão
no mais terrível aperto em torno de Pátroclo morto,

tal como está destinado. Quanto à tua ira, não lhe dou
importância, nem que fosses até aos últimos limites
da terra e do mar, onde estão Jápeto e Crono,
480 que nem com os raios de Hipérion, o Sol, se deleitam
nem com brisa alguma, pois o Tártaro profundo os rodeia.
Nem que aí fosses ter nas tuas errâncias, nem assim daria
importância à tua ira, pois ninguém tem mais de cadela
                    do que tu."

Assim falou; mas nenhuma resposta lhe deu Hera de alvos
                    braços.

485 A radiosa luminescência do Sol caiu no Oceano,
arrastando a negra noite por cima da terra produtora de
                    cereais.
À revelia dos Troianos se desvaneceu a luz, mas para os
                    Aqueus
bem-vindo e três vezes implorado chegou o negrume da noite.

Foi então que o glorioso Heitor convocou a assembleia dos
                    Troianos,
490 levando-os para longe das naus, para junto dos
                    redemoinhos do rio,
em local puro, onde o chão estava livre de cadáveres.
Desmontaram dos carros para o chão, para ouvir
                    o discurso
que proferisse Heitor, dileto de Zeus. Na mão segurava
uma lança de onze cúbitos; à frente reluzia da lança
495 a brônzea ponta, em torno da qual passava um anel de ouro.
Apoiado na lança, dirigiu aos Troianos estas palavras:

"Ouvi-me, Troianos, Dárdanos e aliados!
Pensava agora destruir as naus e todos os Aqueus
e regressar novamente a Ílion ventosa.
500 Mas antes disso sobreveio a escuridão, que salvou
os Argivos e as naus na orla do mar.

CANTO VIII

Cedamos pois agora à noite escura
e preparemos a nossa ceia. Desatrelai dos carros
os cavalos de belas crinas e lançai-lhes comida à frente.
505 Da cidade trazei bois e robustas ovelhas
rapidamente; providenciai vinho doce como mel
e pão de vossas casas; e recolhei também muita lenha,
para que toda a noite, até a aurora que cedo desponta,
façamos arder muitos fogos, cujo brilho chegue ao céu,
510 não vão os Aqueus de longos cabelos apressarem-se
a fugir durante a noite sobre o vasto dorso do mar.
Que sem esforço eles não embarquem em segurança,
mas que algum deles devido a um dardo ainda sofra em casa,
atingido quer por uma seta, quer por uma lança afiada,
515 ao precipitar-se para a nau, para que a outro repugne
trazer aos Troianos domadores de cavalos a guerra lacrimosa.
E que arautos, diletos de Zeus, anunciem na cidadela
que rapazes no viço da juventude e velhos de brancas
                                                                         têmporas
se devem congregar à volta da cidadela nas muralhas divinas.
520 Quanto às mulheres, mais femininas, que cada uma ateie
em sua casa um grande fogo; e que se faça uma zelosa vigília,
para que um assalto não entre na cidade na ausência da
                                                                         hoste.
Que assim seja, magnânimos Troianos, como eu digo!
Que o discurso agora proferido constitua conselho benéfico;
525 à aurora dirigirei outro aos Troianos domadores de cavalos.
Rezo esperançado a Zeus e aos outros deuses para que
escorracem daqui os cães trazidos pelo destino,
esses a quem os fados trouxeram nas escuras naus.
Durante a noite nos protegeremos a nós mesmos,
530 mas ao nascer do dia vestiremos as armaduras
e às côncavas naus levaremos um Ares aguçado.
Ficarei a saber se o Tidida, o possante Diomedes,
me repelirá de junto das naus para a muralha, ou se
o matarei com o bronze e arrebatarei seus despojos
                                                                         sangrentos.

535 Ele amanhã ficará sabendo o seu valor: se resistirá à investida
da minha lança. Mas é entre os dianteiros, segundo penso,
que jazerá golpeado, com muitos companheiros em volta dele,
amanhã, ao nascer do Sol. Pela minha parte, quem me dera
ser imortal e viver todos os meus dias isento de velhice
540 e ser honrado como são honrados Atena e Apolo,
já que este é o dia que trará a desgraça aos Argivos."

Assim falou Heitor; e os Troianos gritaram alto.
Desatrelaram dos jugos os cavalos suados
e ataram-nos com correias, cada um junto do seu carro.
545 Da cidade trouxeram bois e robustas ovelhas
rapidamente; e providenciaram vinho doce como mel
e pão das suas casas; recolheram também muita lenha,
e ofereceram aos deuses imaculadas hecatombes.
Os ventos levaram o aroma da planície até o céu, aroma
550 agradável, mas que os deuses bem-aventurados não
degustaram,
nem tal quiseram: pois muito lhes era detestável Ílion sagrada
e Príamo e o povo de Príamo da lança de freixo.

Mas os Troianos com grandes pensamentos ficaram toda
a noite
ao longo dos diques da guerra e para eles ardiam muitos
fogos.
555 Tal como quando no céu os astros em torno da lua luminosa
aparecem com nitidez, quando o ar não tem sopro de vento,
e à vista surgem todos os cumes, os altos promontórios
e as florestas; do céu se rasga o éter infinito, todos os astros
se tornam visíveis e em seu coração se alegra o pastor —
560 assim no meio das naus e das correntes do Xanto brilhavam
os fogos que os Troianos fizeram arder diante de Ílion.
Mil fogos ardiam na planície, e junto de cada um
se sentavam cinquenta homens no clarão do fogo ardente.
E seus cavalos mastigavam a branca cevada e a espelta
565 de pé junto aos carros, aguardando a Aurora do belo trono.

Canto IX

Deste modo os Troianos se mantiveram vigilantes; mas
                                                      aos Aqueus
dominava a divina Inquietação, amiga do pânico paralisante,
e um intolerável sofrimento acometia os mais nobres.
Tal como quando dois ventos encrespam o mar piscoso,
5   o Bóreas e o Zéfiro, ambos provindos da Trácia,
ambos chegados de repente: logo a escura onda azul se
                                                      levanta
com as suas cristas e muitas algas são espalhadas pelo mar —
assim se despedaçava o ânimo nos peitos dos Aqueus.

O Atrida, acometido no coração por uma dor enorme,
                                                      andava
10   para trás e para a frente, ordenando aos arautos de voz
                                                      penetrante
que convocassem para a assembleia cada homem pelo nome,
mas sem gritarem alto. Entre os primeiros ele próprio se
                                                      afadigava.
Sentaram-se na assembleia, acabrunhados; e Agamêmnon
levantou-se, derramando lágrimas como a fonte de água
                                                      negra
15   que do rochedo desdenhado por cabras derrama sombrio
                                                      caudal.
Gemendo profundamente, aos Argivos dirigiu estas palavras:

"Ó amigos, regentes e comandantes dos Argivos!
Grandemente me iludiu Zeus Crônida com grave desvario,
deus duro!, que antes me prometera inclinando a cabeça
que eu regressaria para casa depois de saquear Ílion de
belas muralhas.
Mas agora congeminou um dolo maldoso e manda-me
voltar sem glória para Argos, depois de ter perdido tanto
povo.
É assim o bel-prazer de Zeus de supremo poder,
que deitou por terra as cabeças de muitas cidades,
e a outras ainda fará o mesmo: é que sua é a força máxima.
Mas façamos como eu digo e obedeçamos todos:
fujamos com as naus para a nossa amada terra pátria,
pois não tomaremos Troia, a cidade de amplas ruas."

Assim falou; e todos os outros ficaram em silêncio.
Muito tempo calados sofreram os filhos dos Aqueus,
mas por fim falou Diomedes, excelente em auxílio:

"Atrida, lutarei primeiro contra ti na tua loucura, onde
é lícito,
ó soberano, que o faça: na assembleia. E tu não te zangues.
Primeiro vilipendiaste a minha valentia no meio dos
Dânaos,
dizendo que eu era medroso e impotente: todas essas coisas
sabem-nas os Argivos, tanto os novos como os velhos.
Com dualidade te presenteou o Crônida de retorcidos
conselhos:
por um lado com o cetro te concedeu seres honrado acima
de todos;
mas por outro não te deu valentia, onde reside a maior
força de todas.
Estranha pessoa! Consideras que os filhos dos Aqueus
são de fato medrosos e impotentes, como tu afirmas?
Se é verdade que o teu coração anseia pelo regresso,
vai-te! O caminho está aqui e as tuas naus estão próximas

do mar, as naus numerosas que te seguiram de Micenas.
45 Mas os demais Aqueus de longos cabelos permanecerão,
até que destruamos Troia. Ou que também eles
fujam nas naus para a amada terra pátria!
Nós dois, eu e Estênelo, lutaremos até atingirmos
o objetivo de Ílion. Pois foi com ajuda divina que viemos."

50 Assim falou; e gritaram alto todos os filhos dos Aqueus,
aplaudindo o que dissera Diomedes, domador de cavalos.
Entre eles se levantou para falar Nestor, o cavaleiro:

"Tidida, no que toca à guerra és muito possante,
e no conselho és o melhor dos teus coetâneos.
55 Ninguém amesquinhará o teu discurso entre os Aqueus,
nem refutará; mas não atingiste ainda a perfeição das
                                                      palavras.
Na verdade tu és jovem; poderias ser meu filho,
o mais novo deles. Contudo dás bons conselhos
aos reis dos Argivos, visto que falas na medida certa.
60 Mas eu, que declaro ser mais velho do que tu,
falarei e tudo afirmarei; e não haverá homem algum
que desonre o meu discurso, nem o poderoso Agamêmnon.
Homem sem raça, sem lei e sem lar é aquele
que ama a guerra terrível entre o seu próprio povo.
65 Cedamos pois agora à noite escura
e preparemos a nossa ceia. Que vários sentinelas
se posicionem na vala escavada fora da muralha.
Aos mancebos imponho estas ordens. Porém depois,
ó Atrida, sê tu a reger! Ninguém detém mais realeza que tu.
70 Prepara uma refeição para os anciãos, como te é lícito e
                                                       honroso.
Repletas estão as tuas tendas do vinho que as naus dos
                                                       Aqueus
te trazem diariamente sobre o vasto mar a partir da Trácia.
Podes recorrer a todo o tipo de hospitalidade, já que és rei
                                                       de muitos.

E quando muitos estão reunidos deixar-te-ás convencer
por aquele
75 que emitir o melhor conselho. De fato todos os Aqueus estão
precisados de sérios e válidos conselhos, visto que
inimigos perto
das naus atearam muitos fogos. Quem se alegraria com tal
coisa?
Esta noite destruirá, ou então salvará, o nosso exército."

Assim falou; eles escutaram-no e obedeceram-lhe.
80 Apressaram-se os sentinelas com seu equipamento
em torno de Trasimedes, filho de Nestor, pastor do povo;
e Ascálafo e Iálmeno, filhos de Ares;
e Meríones e Afareu e Deípiro;
e o divino Licomedes, filho de Creonte.
85 Foram sete os comandantes dos sentinelas, e com cada um
seguiram cem mancebos, segurando nas mãos lanças
compridas.
Puseram-se a caminho e sentaram-se entre a vala e a
muralha.
Aí atearam fogo e cada um preparou a sua refeição.

Porém o Atrida conduziu juntos os conselheiros dos Aqueus
90 para a sua tenda, e pôs-lhes à frente comida animadora do
espírito.
E eles lançaram mãos às iguarias que tinham à sua frente.
Mas quando afastaram o desejo de comida e bebida,
o primeiro a tecer-lhes a teia da prudência foi o ancião
Nestor, cujo conselho desde havia muito parecia o melhor.
95 Bem-intencionado assim se dirigiu à assembleia:

"Atrida gloriosíssimo, Agamêmnon soberano dos homens!
Começo e acabo por me dirigir a ti, porque és rei
de muitas hostes e foi Zeus que te concedeu
o cetro e a justiça, para que deliberes pelo povo.
100 Por isso é preciso que tu, mais que todos, fales e ouças,

CANTO IX

e que cumpras aquilo que o coração de outro o leve a dizer
para o bem comum. Pertença tua será o que ele propuser.
Pela minha parte falarei como me parecer melhor,
pois nenhum outro pensará conselho melhor do que este
que tenho em mente desde há muito até hoje,
desde o dia em que tu, ó criado por Zeus!, tiraste
a jovem Briseida da tenda do furibundo Aquiles,
coisa que não aprovamos. Na verdade eu próprio
tudo fiz para te dissuadir; mas tu cedeste ao teu espírito
altivo e sobre um homem excelente, honrado pelos deuses,
lançaste desonra. Tens o prêmio que arrebataste. Mas agora
pensemos como poderemos desagravá-lo e persuadi-lo
com agradáveis presentes e com palavras suaves."

A ele deu resposta Agamêmnon, soberano dos homens:
"Ó ancião, não foi com mentiras que narraste os meus
                                                desvarios.
Fiquei desvairado, nem eu próprio o nego. De valor igual
a muitas hostes é o homem que Zeus amou no coração,
tal como agora o honra e destrói o exército dos Aqueus.
Visto que desvairei e cedi a funestos pensamentos,
quero desagravá-lo e oferecer presentes gloriosos.
Nomearei perante todos vós os fulgurantes presentes:
sete trípodes sem marca de fogo, dez talentos de ouro,
vinte caldeirões resplandecentes, doze poderosos cavalos
premiados, que ganharam prêmios pela velocidade.
Desprovido de despojos não seria o homem a quem
tais coisas coubessem, nem lhe faltaria ouro precioso,
se fosse senhor de tais prêmios como os que para mim
obtiveram meus cavalos de casco não fendido.
Darei ainda sete mulheres peritas em trabalhos
                                                irrepreensíveis,
mulheres de Lesbos; quando ele tomou Lesbos bem
                                                construída
escolhi-as, elas que pela beleza vencem todas as raças das
                                                mulheres.

Serão estas que lhe darei, e entre elas estará a que lhe tirei,
a filha de Briseu. E jurarei também um grande juramento:
nunca com ela fui para a cama nem a ela me uni
como é norma entre os humanos, homens e mulheres.
¹³⁵ Todas estas coisas serão já preparadas; e se de futuro
os deuses permitirem saquear a grande cidadela de Príamo,
que ele lá entre e encha uma nau com ouro e bronze,
quando nós Aqueus fizermos a divisão dos despojos;
e que seja ele próprio a escolher vinte mulheres Troianas,
¹⁴⁰ as que sejam mais belas depois de Helena, a Argiva.
E se regressarmos à aqueia Argos, terra riquíssima,
ele será meu genro. Honrá-lo-ei como a Orestes,
que nasceu tarde e em grande fausto está a ser criado.
São três as filhas que tenho no palácio bem construído:
¹⁴⁵ Crisótemis, Laódice e Ifianassa.
Destas leve ele a que quiser, sem a cortejar com presentes,
para a casa de Peleu; e pela minha parte oferecerei um dote
muito rico, como nenhum homem ainda deu pela filha.
Sete cidades lhe darei, bem populosas:
¹⁵⁰ Cardâmile, Énope e Hira atapetada de relva;
as sagradas Feras e Anteia com seus prados profundos;
a bela Epeia e Pédaso coberto de vinhas.
Todas estão perto do mar, nos limites de Pilos arenosa;
e nelas habitam homens ricos em rebanhos e em gado,
¹⁵⁵ que o honrarão com presentes como se fosse um deus
e sob seu cetro cumprirão suas prósperas ordenações.
Estas coisas eu cumprirei se ele abandonar a sua cólera.
Que se domine (pois o Hades é inapelável e indomável
e por isso é detestado pelos mortais e por todos os deuses)
¹⁶⁰ e se submeta a mim, pois sou detentor de mais realeza,
além de que declaro pela idade ser mais velho do que ele."

A ele deu resposta Nestor de Gerênia, o cavaleiro:
"Atrida gloriosíssimo, Agamêmnon soberano dos homens!
Prêmios jamais desdenháveis ofereces ao soberano Aquiles!
¹⁶⁵ Mas agora incitemos homens escolhidos, que rapidamente

cheguem à tenda de Aquiles, filho de Peleu.
Aliás que nisto consintam aqueles que eu escolher:
antes de mais será Fênix, dileto de Zeus, que irá à frente;
e depois dele o grande Ájax e o divino Ulisses.
170 Dos arautos que sejam Ódio e Euríbates a acompanhá-los.
Trazei água para as mãos e mantende-vos em silêncio,
para rezarmos a Zeus Crônida: que de nós se compadeça!"

Assim falou; e as suas palavras foram do agrado de todos.
Logo os escudeiros lhes verteram água para as mãos.
175 Vieram mancebos encher as taças de bebida;
serviram-nas a todos em taças, tendo vertido primeiro
                                                                            uma libação.
Depois de terem invocado os deuses e bebido quanto desejava
seu coração, saíram da tenda de Agamêmnon, filho de Atreu.
Muito lhes recomendou Nestor de Gerênia, o cavaleiro,
180 (olhando nos olhos de cada um — de Ulisses principalmente)
que tentassem persuadir o irrepreensível Pelida.

Caminharam ao longo da praia do mar marulhante,
rezando muito ao Sacudidor da Terra, que a segura,
para que facilmente persuadissem o grande espírito do
                                                                                    Eácida.
185 Chegaram às naus e às tendas dos Mirmidões
e encontraram-no a deleitar-se com a lira de límpido som,
bela e bem trabalhada, cuja armação era de prata —
lira que ele arrebatara depois de destruir a cidade de Eécion.
Com ela deleitava o seu coração, cantando os feitos gloriosos
190 dos homens; e só Pátroclo estava sentado à sua frente,
ouvindo em silêncio, à espera que o Eácida parasse de cantar.

Avançaram os outros dois; liderava-os o divino Ulisses.
Pararam à frente dele e logo se levantou Aquiles, espantado,
com a lira na mão, deixando o lugar onde estava sentado.
195 Do mesmo modo se levantou Pátroclo, ao ver os homens.
Cumprimentando-os falou Aquiles de pés velozes:

"Sede bem-vindos! Chegais como homens muito amigos —
na verdade a necessidade será bastante premente — vós que,
para mim, apesar de irado, sois os mais estimados dos
Aqueus."

Assim dizendo, levou-os para dentro o divino Aquiles
200 e sentou-os em cadeiras e tapetes de púrpura.
Logo disse a Pátroclo, que estava ali ao pé:

"Coloca aí uma cratera maior, ó filho de Menécio:
mistura um vinho mais forte e serve uma taça a cada um.
Pois são homens muito amigos que tenho debaixo do teto."

205 Assim falou; e Pátroclo obedeceu ao querido companheiro.
Colocou uma grande tábua de trinchar à luz do fogo
e sobre ela pôs o dorso de ovelha e de gorda cabra
e o lombo de um enorme porco, rico em gordura.
Segurou-os Automedonte, enquanto Aquiles trinchava.
210 Cortou fatias cuidadosamente e as pôs em espetos;
o fogo foi atiçado pelo filho de Menécio, homem divino.
Depois que o fogo abrandou e a chama esmoreceu,
espalhou os borralhos e sobre eles pôs os espetos; salpicou
o sal divino, apoiando os espetos contra os resguardos do
fogo.
215 Depois de ter assado a carne e de a ter colocado em
travessas,
Pátroclo pegou no pão e arranjou-o em cima da mesa
em belos cestos, enquanto Aquiles servia a carne.
Foi o próprio Aquiles a sentar-se defronte do divino Ulisses,
junto à outra parede; e que sacrificasse aos deuses pediu
220 a Pátroclo, seu companheiro. Este atirou oferendas no fogo.
Lançaram mãos às iguarias que tinham à sua frente.
Mas depois de afastarem o desejo de comida e bebida,
Ájax fez sinal a Fênix; apercebeu-se o divino Ulisses,
que enchendo uma taça de vinho saudou Aquiles:

CANTO IX 297

225 "Salve, Aquiles! De festins compartilhados não somos
                                                    carentes,
nem na tenda de Agamêmnon, filho de Atreu, nem agora
                                                      aqui:
pois à nossa frente temos muita comida animadora do
                                                  espírito
com que nos banquetearmos. Só que manjares deliciosos
                                                  não nos
interessam, ó criado por Zeus! É grande e enorme o
                                                sofrimento
230 que vemos e receamos. Está em dúvida se salvamos ou
                                                  perdemos
as naus bem construídas, se não te vestires com a tua força.
Perto das naus e da muralha estão postados
os altivos Troianos e seus aliados famigerados.
Ateando muitos fogos ao longo do exército, não pensam
235 ser resistidos e atirar-se-ão sobre as escuras naus.
Zeus Crônida, mostrando-lhes do lado direito sinais
                                                favoráveis,
relampeja; e Heitor exultando grandemente na sua força
desvaira furiosamente, confiado em Zeus, e não respeita
deuses nem homens. Dele se apoderou uma loucura potente.
240 Ele reza para que rapidamente surja a Aurora divina
e ameaça que das naus irá cindir os altos postes das popas,
para depois lhes deitar fogo consumidor; e junto delas
dizimará os Aqueus, tresloucados por causa do fumo.
É terrivelmente que receio estas coisas, não vão os deuses
245 cumprir-lhe as jactâncias, pelo que seria nosso destino
morrermos em Troia, longe de Argos apascentadora de
                                                  cavalos.
Ergue-te, então, se estás disposto, ainda que tarde, a defender
os filhos dos Aqueus, oprimidos, do grito de guerra dos
                                                 Troianos!
Para ti mesmo sofrimento haverá no futuro. E remédio
                                                    de mal
250 praticado não se encontrará. Mas antes que seja tarde demais

reflete sobre como poderás afastar dos Dânaos o dia funesto.
Ó amigo! Foi a ti que teu pai Peleu deu esta incumbência
naquele dia em que te mandou da Ftia a Agamêmnon:
'meu filho, Atena e Hera te darão força, se quiserem;
₂₅₅ mas tu domina o coração orgulhoso
que tens no peito. A afabilidade é preferível.
Abstém-te da discórdia geradora de conflitos,
para que te honrem ainda mais Aqueus novos e velhos.'
Disto te incumbiu o ancião, mas olvidaste. Para agora,
₂₆₀ deixa a cólera opressora do coração. E Agamêmnon
dar-te-á dignos presentes, se abandonares a ira.
Se tu me ouvires, eu te enumerarei todos os presentes
que na sua tenda Agamêmnon te prometeu:
sete trípodes sem marca de fogo, dez talentos de ouro,
₂₆₅ vinte caldeirões resplandecentes, doze poderosos cavalos
premiados, que ganharam prêmios pela velocidade.
Desprovido de despojos não seria o homem a quem
tais coisas coubessem, nem lhe faltaria ouro precioso,
se fosse senhor de tais prêmios como os que para

                                                               Agamêmnon
obtiveram seus cavalos de casco não fendido.
₂₇₀ Dará ainda sete mulheres peritas em trabalhos irrepreensíveis,
mulheres de Lesbos; quando tomaste Lesbos bem construída
escolheu-as, elas que pela beleza vencem todas as raças
                                                                 das mulheres.
Serão estas que te dará, e entre elas estará a que te tirou,
a filha de Briseu. E jurará também um grande juramento:
₂₇₅ nunca com ela foi para a cama nem a ela se uniu
como é norma, ó rei, entre os humanos, homens e mulheres.
Todas estas coisas serão já preparadas; e se de futuro
os deuses permitirem saquear a grande cidadela de Príamo,
que tu lá entres e enchas uma nau com ouro e bronze,
₂₈₀ quando nós Aqueus fizermos a divisão dos despojos;
e que sejas tu próprio a escolher vinte mulheres Troianas,
as que sejam mais belas depois de Helena, a Argiva.
E se regressarmos à aqueia Argos, terra riquíssima,

CANTO IX

tu serás seu genro. Honrar-te-á como a Orestes,
285 que nasceu tarde e em grande fausto está a ser criado.
São três as filhas que tem no palácio bem construído:
Crisótemis, Laódice e Ifianassa.
Destas leva a que quiseres, sem a cortejares com presentes,
para casa de Peleu; e ele pela sua parte oferecerá um dote
290 muito rico, como nenhum homem ainda deu pela filha.
Sete cidades te dará, bem populosas:
Cardâmile, Énope e Hira atapetada de relva;
as sagradas Feras e Anteia com seus prados profundos;
a bela Epeia e Pédaso coberto de vinhas.
295 Todas são perto do mar, nos limites de Pilos arenosa;
e nelas habitam homens ricos em rebanhos e em gado,
que te honrarão com presentes como se fosses um deus
e sob teu cetro cumprirão tuas prósperas ordenações.
Estas coisas ele cumprirá se tu abandonares a tua cólera.
300 Mas se o Atrida for por ti demasiado detestado em teu
               coração,
tanto ele como seus presentes, compadece-te de todos os
               outros
Aqueus oprimidos no exército, eles que te honrarão como
se fosses um deus, pois perante eles magno renome
               granjearás.
É agora que poderias matar Heitor, pois próximo de ti
305 ele chegaria na sua mortífera loucura, já que afirma como
               ele não
haver ninguém entre os Dânaos que as naus aqui trouxeram."

Respondendo-lhe assim falou Aquiles de pés velozes:
"Filho de Laertes, criado por Zeus, Ulisses de mil ardis!
Impõe-se que eu diga a minha palavra claramente,
310 do modo como penso e como irá cumprir-se, para que
não estejais aí sentados a grasnar aos meus ouvidos.
Como os portões do Hades me é odioso aquele homem
que esconde uma coisa na mente, mas diz outra.
Pela minha parte, direi aquilo que me parecer melhor.

315 Não penso que o Atrida Agamêmnon me persuadirá,
nem os outros Dânaos, visto que não há consideração
para quem luta permanentemente contra homens inimigos.
Igual porção cabe a quem fica para trás e a quem guerreia;
na mesma honra são tidos o covarde e o valente:
320 a morte chega a quem nada faz e a quem muito alcança.
Nunca tive vantagem alguma por sofrer dores no coração
ao pôr constantemente em risco a minha vida na guerra.
Tal como a ave que leva no bico a seus pintos implumes
aquilo que encontra, enquanto ela própria passa mal,
325 de igual modo eu mantive vigília durante muitas noites
e suportei dias sangrentos em atos de guerra,
combatendo homens inimigos por causa das suas mulheres.
Doze cidades de homens eu destruí com as minhas naus;
por terra afirmo que saqueei onze na terra fértil de Troia.
330 Destas cidades retirei numerosos e excelentes despojos,
e carregando todas as coisas dava-as a Agamêmnon,
o Atrida, enquanto ele ficava atrás, nas suas naus velozes,
para receber. Depois distribuía pouco e ficava com muito.
Alguns despojos ele deu como prêmios a nobres e reis,
335 que ficaram com eles, incólumes; mas dentre os Aqueus
só a mim tirou o prêmio e ficou com a mulher que me
                                                    agradava.
Que durma com ela e tire o seu prazer. Mas por que razão
têm os Aqueus de combater os Troianos? Por que reuniu
e trouxe para cá a hoste o Atrida? Por causa de Helena?
340 São apenas os filhos de Atreu que gostam das suas mulheres,
entre os homens mortais? Todo aquele que é bom homem
e no seu perfeito juízo ama e estima a mulher, tal como eu
amava aquela, apesar de ela ser cativa da minha lança.
Agora que me tirou o prêmio das mãos e me ludibriou,
345 não pretenda ele tentar-me: bem o conheço. Não me
                                                    convencerá.
Ó Ulisses! Que juntamente contigo e com os outros reis
ele pense como afastar das naus o fogo abrasador.
Na verdade ele fez muita coisa sem precisar da minha ajuda,

até construiu uma muralha e fez escavar ao pé uma vala,
³⁵⁰ grande e ampla, e nela posicionou estacas.
Mas nem assim consegue resistir ao ímpeto de Heitor
                                                 matador
de homens. Enquanto eu lutava no meio dos Aqueus,
Heitor não pensava em combater longe da muralha,
mas só até as Portas Esqueias e ao carvalho avançava.
³⁵⁵ Aí me esperou uma vez em combate singular, mas a custo
fugiu da minha arremetida. Visto que agora não quero lutar
contra Heitor divino, amanhã sacrificarei a Zeus e aos
                                                 deuses todos;
depois de encher bem as naus, lançá-las-ei ao mar.
Tu verás, se quiseres e se isso te interessar, à aurora
³⁶⁰ as minhas naus navegando sobre o piscoso Helesponto,
e a bordo estarão homens ávidos de dar aos remos.
Se me conceder boa viagem o famoso Sacudidor da Terra,
no terceiro dia terei chegado à Ftia de férteis sulcos.
Muitos haveres lá tenho, que deixei ao vir para cá.
³⁶⁵ Mas daqui levarei mais ouro e fulvo bronze,
e as mulheres de bela cintura e o ferro cinzento
que me calharam por sorte. Porém o prêmio, que ele me deu,
de novo na sua insolência me tirou o poderoso Agamêmnon,
o Atrida. Declarai-lhe tudo, como eu digo, às claras,
³⁷⁰ para que se encolerizem os outros Aqueus, não vá ele
ter a esperança de intrujar outro dentre os Dânaos,
ele que é sempre desavergonhado. Mas na minha cara
não ousaria ele olhar, embora tenha desfaçatez de cão.
Não deliberarei com ele conselhos, nem façanha alguma.
³⁷⁵ Totalmente ele me enganou e ofendeu. Nunca mais
me seduzirá com palavras. Chega! Que sossegado encontre
a destruição, visto que o juízo lhe tirou Zeus, o conselheiro.
São-me detestáveis os seus presentes, não lhes dou valor
                                                 algum.
Nem que me oferecesse dez vezes mais ou vinte vezes mais
³⁸⁰ do que agora oferece, e que a isso acrescentasse outros dons,
nem que fossem os tesouros de Orcômeno, ou da egípcia

Tebas, onde nas casas jaz a maior quantidade de riqueza;
Tebas com seus cem portões, e de cada um arremetem
duzentos guerreiros equipados com carros e cavalos!
₃₈₅ Nem que me desse tantos presentes como grãos de pó e areia,
nem assim Agamêmnon conseguiria convencer o meu
espírito,
antes que tenha pagado todo o preço daquilo que me mói
o coração.
Não desposarei a filha de Agamêmnon, filho de Atreu,
nem que com a dourada Afrodite ela competisse em beleza
₃₉₀ e que Atena de olhos esverdeados igualasse nos lavores.
Nem assim eu a desposaria. Que ele escolha outro dos
Aqueus,
que seja mais parecido com ele e detentor de maior realeza.
Pois se os deuses me salvarem e eu conseguir chegar a casa,
decerto o próprio Peleu tratará de me escolher uma esposa.
₃₉₅ Muitas são as Aqueias na Hélade e na Ftia,
filhas de nobres, daqueles que protegem as cidades:
dessas escolherei a que eu quiser para ser minha mulher.
Aí, muitas vezes, me veio a meu espírito viril a vontade
de desposar uma mulher, que fosse a esposa adequada,
₄₀₀ para assim me deleitar com a fortuna que Peleu granjeou.
De valor comensurável à minha vida não são os tesouros
que dizem possuir Ílion, cidadela bem habitada, dantes
em tempo de paz, antes de virem os filhos dos Aqueus;
nem sequer os tesouros contidos na soleira marmórea
₄₀₅ do arqueiro Febo Apolo nos penhascos de Delfos.
Pois extorquíveis são bois e robustas ovelhas
e adquiríveis são trípodes e flavos cavalos; mas que a vida
de um homem volte de novo, depois de lhe passar a barreira
dos dentes, isso não é possível por extorsão ou aquisição.
₄₁₀ Na verdade me disse minha mãe, Tétis dos pés prateados,
que um dual destino me leva até ao termo da morte:
se eu aqui ficar a combater em torno da cidade de Troia,
perece o meu regresso, mas terei um renome imorredouro;
porém se eu regressar para casa, para a amada terra pátria,

415 perece o meu renome glorioso, mas terei uma vida longa,
e o termo da morte não virá depressa ao meu encontro.
Aliás também aos outros eu recomendaria que para casa
navegásseis de novo, uma vez que já não atingireis o objetivo
de saquear a íngreme Ílion. Na verdade Zeus que vê ao longe
420 estende sobre ela a sua mão e as suas gentes enchem-se
             de coragem.
Mas ide então vós, e aos comandantes dos Aqueus transmiti
a minha mensagem (pois esse é privilégio de conselheiros),
para que deliberem no espírito outro plano melhor que este,
um que lhes salve as naus e o exército dos Aqueus
425 junto das côncavas naus, já que não lhes saiu bem este plano,
que conceberam em sua mente, por causa da minha cólera.
No entanto, que Fênix aqui fique conosco a dormir,
para que amanhã siga comigo nas naus para a pátria amada,
no caso de ele assim querer; pois à força eu não o levaria."

430 Assim falou; e todos permaneceram em silêncio, admirados
com o discurso; pois com veemência exprimira a sua recusa.
Por fim tomou a palavra o velho cavaleiro Fênix, rompendo
em lágrimas, pois muito receava pelas naus dos Aqueus:

"Se no teu espírito lançaste o regresso, ó glorioso Aquiles,
435 e não estás disposto a repelir das naus velozes o fogo ardente,
uma vez que a cólera se abateu sobre o teu coração,
como então, meu querido filho, é que vou ser aqui deixado,
sem ti? Foi contigo que me mandou o velho cavaleiro Peleu
naquele dia em que da Ftia te mandou a Agamêmnon,
440 criança que nada sabias da guerra maligna
nem das assembleias, onde os homens se engrandecem.
Por isso ele me mandou, para que eu te ensinasse tudo,
como ser orador de discursos e fazedor de façanhas.
Assim, querido filho, não quereria ser aqui deixado
445 por ti, nem que um deus se dispusesse ele próprio
a despir-me da velhice e a fazer de mim um jovem,
como quando primeiro deixei a Hélade de belas mulheres,

fugindo do conflito com meu pai, Amintor, filho de Órmeno,
ele que se irou contra mim por causa da amante de belos
cabelos,
450 que ele amava a ponto de desprezar a esposa legítima,
minha mãe. Pelos joelhos me suplicou minha mãe
que me deitasse com a amante, para que o ancião a odiasse.
Obedeci-lhe e pratiquei o ato. Apercebeu-se meu pai
e amaldiçoou-me com força, invocando a Erínia detestável:
455 nunca sobre seus joelhos se sentaria filho amado
por mim gerado. Os deuses cumpriram a maldição,
Zeus subterrâneo e a temível Perséfone.
Deliberei então matá-lo com o bronze afiado,
mas um dos imortais me acalmou a ira, pondo-me
460 no peito a voz do povo e os muitos insultos dos homens,
para que não fosse chamado parricida entre os Aqueus.
Foi então que o coração no meu peito já não suportou
permanecer no palácio de meu pai encolerizado.
Tanto amigos como parentes andaram em volta de mim
465 a suplicar-me para que permanecesse no palácio,
e muitas ovelhas robustas e bois de passo cambaleante
degolaram e muitos porcos ricos em gordura
foram chamuscados na chama de Hefesto
e dos jarros do ancião abundante vinho foi bebido.
470 Durante nove noites vigiaram a meu lado toda a noite:
vigiaram-me por turnos, e nunca o fogo chegou a esmorecer,
nem aquele que estava sob o alpendre do pátio de bela cerca,
nem o que estava no pórtico perto da porta do meu quarto.
Mas quando sobreveio a escuridão da décima noite,
475 foi então que saí, arrombando as portas bem cerradas
do quarto e galguei sem dificuldade a cerca do pátio,
passando despercebido aos guardas e às servas.
Fugi depois para longe, percorrendo a ampla Hélade,
e cheguei à Ftia de férteis sulcos, mãe de rebanhos,
480 a casa do rei Peleu. Ele acolheu-me benevolente
e estimou-me como um pai estima seu filho único
e bem-amado, herdeiro de grande fortuna.

Fez-me rico e deu-me muito povo para governar.
Fui viver para a fronteira da Ftia, como rei dos Dólopes.
E fui eu que te fiz assim, ó Aquiles semelhante aos deuses,
amando-te do coração. Pois com nenhum outro querias
tu ir ao festim, nem banquetear-te no palácio,
antes que eu tivesse te sentado ao meu colo
e cortado uma lasca de carne e dado um gole de vinho.
Muitas vezes a túnica sobre o meu peito molhaste
de vinho, engasgando-te na tua pobre criancice!
Deste modo muito eu sofri e trabalhei por ti,
sabendo que nunca os deuses me dariam um filho
nascido de mim. Fiz de ti o meu filho, ó divino Aquiles,
para que um dia de mim afastasses o opróbrio da desgraça.
Por isso, ó Aquiles, domina o teu espírito orgulhoso!
Não te fica bem um coração insensível. Os próprios deuses
cedem, eles que têm maior valor, honra e força.
Com incensos, juramentos cheios de reverência,
libações e aroma do sacrifício os homens conseguem
propiciá-los, quando alguém erra ou transgride.
Pois as Preces são filhas do grande Zeus,
coxas, engelhadas e vesgas dos dois olhos,
elas que seguem sempre no encalço do Desvario.
Mas o Desvario é forte e veloz e por isso as ultrapassa
de longe; lança-se à frente delas por toda a terra para
prejudicar os homens. Mas as Preces mitigam por trás.
A quem venera as filhas de Zeus quando dele se aproximam,
a esse dão elas muitas bênçãos e ouvem-no quando reza.
Mas contra quem as contraria e obstinadamente se lhes opõe
põem-se a caminho e dirigem orações a Zeus Crônida:
que atrás dele siga o Desvario; depois de apanhado, que
                                                    expie.
Assim, ó Aquiles, faz tu que a honra siga as filhas de Zeus,
a honra que dobra o espírito dos homens de bem.
Pois se não te oferecesse presentes (nem outros prometesse)
o Atrida, mas se sempre furiosamente estivesse zangado,
nunca te diria eu para longe de ti lançares tua cólera,

para aos Argivos acabrunhados prestares auxílio.
Mas agora de imediato ele oferece muitos presentes,
 e promete
520 ainda outros para o futuro; e mandou homens que te
 suplicassem,
escolhendo os melhores do exército aqueu, eles que a ti
 próprio
são os mais amados dos Argivos. Não desprezes seus
 discursos,
nem seus passos. Que antes te encolerizasses não era
 censurável.
Deste modo ouvimos falar da fama dos homens heroicos
525 de antanho, quando a algum sobrevinha a cólera furiosa:
eram permeáveis a presentes e deixavam-se inflectir pelas
 palavras.
Eu próprio me recordo deste feito de há muito (recente não é,
de forma alguma!), como foi: a vós, todos amigos, o narrarei.
Combatiam os Curetes e os Etólios tenazes em combate
530 em torno da cidade de Cálidon e entre eles se chacinavam:
os Etólios, por seu lado, defendiam a agradável Cálidon;
mas os Curetes tentavam arrasá-la na labutação da refrega.
Pois um flagelo entre eles lançara Ártemis do trono dourado,
encolerizada porque Eneu não lhe oferecera as primícias
535 de seu pomar abundante, embora os outros deuses
 participassem
da hecatombe: só à filha do grande Zeus ele não ofereceu,
ou porque se esqueceu, ou porque não se apercebeu:
é que no espírito estava grandemente iludido.
Mas a arqueira, filha de Zeus, encolerizada, enviou-lhe
um temível javali selvagem de brancas presas,
540 que a seu modo causou muitos males no pomar de Eneu.
Muitas altas árvores arrancou e atirou ao chão,
com as próprias raízes e com as próprias flores da maçã.
Porém Meleagro, filho de Eneu, matou o javali,
depois que reunira de muitas cidades homens caçadores
545 e cães: pois não por poucos homens seria domado o javali,

CANTO IX   307

tal era o seu tamanho; e a muitos atirou para a pira funerária.
Mas a deusa levantou em torno dele alta grita e alarido
(em torno da cabeça e da pele hirsuta do javali),
entre os Curetes e os magnânimos Etólios.
550 Ora enquanto combatia Meleagro, dileto de Ares,
tudo corria mal aos Curetes, nem podiam estar
fora das muralhas, numerosos embora fossem.
Mas quando de Meleagro se apoderou a ira (que faz com que
nos peitos dos outros inche o espírito, sensatos embora
                                                          sejam),
555 foi então que irado no coração contra a mãe amada, Altaia,
ele se deitou junto da esposa legítima, a bela Cleópatra,
(filha de Marpessa dos belos tornozelos, filha de Eveno,
e de Idas, que era o mais forte dos homens que então
habitavam a terra — ele que tomara o arco para enfrentar
560 o soberano Febo Apolo, por causa da donzela de belos
                                                    tornozelos.
Ela a quem no palácio o pai e a mãe veneranda
chamavam pelo nome de Alcíone, porque a própria mãe
num desgosto como o do alcíone muito sofrido a lamentava,
porque lhe arrebatara a filha Febo Apolo, que atua de longe).
565 Junto dela se deitou Meleagro em ira amarga,
furioso devido às imprecações da mãe, que rezava aos deuses
em grande sofrimento por causa do assassínio do irmão;
e com as mãos muito batia na terra que tudo alimenta,
chamando por Hades e pela temível Perséfone,
570 enquanto estava ajoelhada com o peito umedecido de
                                                        lágrimas,
para que eles dessem a morte a seu filho. E a Erínia que na
                                                        escuridão
caminha ouviu-a do Érebo, ela cujo coração não tem
                                                        suavidade.
Depressa em torno dos portões retumbava o estrondo
das muralhas a serem alvejadas; a Meleagro suplicavam
                                                        os anciãos
575 dos Etólios e enviaram-lhe os melhores sacerdotes dos deuses,

para que saísse e os socorresse, prometendo-lhe ingente
                                                       oferenda.
Lá onde se estendia a mais fértil planície da agradável
                                                       Cálidon:
foi aí que lhe pediram que escolhesse um lindíssimo terreno
de cinquenta jeiras — metade dele plantado de vinhas,
                                                       a outra
580 de terra arável — para que da planície fosse destacado.
Muitas súplicas lhe dirigiu o velho cavaleiro Eneu,
tendo pisado a soleira de seus altos aposentos:
agitando as portas bem ajustadas, ajoelhou-se perante o filho.
Muitas súplicas lhe dirigiram as irmãs e a excelsa mãe.
585 Mas ele recusava com mais afinco. Muito suplicaram
os companheiros que lhe eram mais fiéis e mais queridos.
Mas nem assim conseguiram persuadir o coração no seu
                                                       peito,
até que o tálamo estava a ser arrombado e os Curetes
                                                       trepavam
pelas muralhas e lançavam fogo à grande cidadela.
590 Foi então que a esposa de bela cintura de Meleagro
lhe dirigiu súplicas, chorosa, e enumerou-lhe todos os males
que sobrevêm àqueles cuja cidade é tomada:
chacinam os homens, o fogo destrói a cidade,
e estranhos levam as crianças e as mulheres de cintura firme.
595 Moveu-se-lhe o espírito ao ouvir falar destes atos malévolos;
pôs-se a caminho e sobre o corpo vestiu suas armas
                                                       resplandecentes.
Assim afastou dos Etólios o dia da desgraça, cedendo
a seu ânimo; mas a ele jamais pagaram os dons,
muitos e preciosos. Mesmo assim ele afastou o mal.
600 Quanto a ti, não me remoas tais coisas no espírito, ó amigo,
e que a divindade por aí não te deixe enveredar! Mais
                                                       difícil seria
salvar as naus em chamas. Vem antes ao encontro das
                                                       oferendas!
E como se fosses um deus te honrarão os Aqueus.

CANTO IX

Mas se sem oferendas entrares na batalha aniquiladora de homens,
605 não serás tão honrado, ainda que nos protejas da guerra."

Respondendo-lhe assim falou Aquiles de pés velozes:
"Fênix, paizinho ancião, criado por Zeus! Não preciso
desta honra para nada. Penso ter sido honrado por intenção
de Zeus, a qual possuirei junto às naus recurvas, enquanto
610 houver sopro no meu peito e rapidez nos meus joelhos.
Agora dir-te-ei outra coisa e tu guarda-a no coração:
não me confundas o ânimo com lágrimas e prantos,
favorecendo assim o herói Atrida. Não tens obrigação
de o estimares, não venhas por mim, que te amo, a ser odiado.
615 Belo seria para mim que prejudicasses quem me prejudica.
Sê rei como eu e participa de metade da minha honra.
Estes farão de mensageiros, mas fica tu aqui deitado,
num leito macio. Assim que surgir a Aurora deliberaremos
se havemos de regressar à nossa terra ou aqui havemos de ficar."

620 Assim falou; e em silêncio indicou a Pátroclo com o sobrolho
que estendesse para Fênix uma cama bem grossa, para que
rapidamente se pensasse em partir da tenda. Entre eles então
falou Ájax, filho de Télamon, semelhante aos deuses:

"Filho de Laertes, criado por Zeus, Ulisses de mil ardis,
625 partamos! Não me parece que se cumpra a finalidade do discurso
por termos feito este caminho; e cabe-nos agora rapidamente
relatar o assunto aos Dânaos, desfavorável embora seja;
eles que neste momento estão sentados à espera. Mas Aquiles
colocou no peito um coração magnânimo e selvagem —
630 homem duro!, que nada liga à amizade dos companheiros,
amizade com que o honramos nas naus acima dos outros.
Impiedoso! Pois há quem aceite recompensa pelo assassínio

do irmão; há quem aceite também pelo filho morto:
e o assassino permanece na sua terra, tendo pagado grande preço
635 e o coração e ânimo orgulhoso do parente é refreado pelo fato
de ter recebido a recompensa. A ti, porém, um coração maligno
e inflexível puseram os deuses no peito, por causa de uma só
donzela. E nós oferecemos-te agora sete, das melhores,
e muitas outras coisas além delas. Assume antes um ânimo
640 complacente e respeita a tua morada: pois como teus hóspedes
aqui viemos da turba dos Dânaos e quereríamos acima de todos
ser por ti estimados e amados, de quantos Aqueus existem."

Respondendo-lhe assim falou Aquiles de pés velozes:
"Ájax criado por Zeus, filho de Télamon, condutor das hostes!
645 Tudo o que dizes está em conformidade com o meu sentir.
Mas o meu coração incha de raiva quando me recordo
daquelas coisas: de como no meio dos Argivos me rebaixou
o Atrida, como se eu fosse algum refugiado desrespeitado.
Mas ide então vós e declarai a minha mensagem:
650 antes não pensarei na guerra sangrenta,
antes que o filho do fogoso Príamo, o divino Heitor,
chegue às tendas e às naus dos Mirmidões enquanto
chacina os Argivos e com o fogo já chamuscou as naus.
Mas penso que na minha tenda e na minha escura nau
655 Heitor seja retido, por mais ávido que esteja de combater."

Assim falou. Cada um deles pegou numa taça de asa dupla
e, vertida a libação, voltaram às naus, com Ulisses à frente.

Porém Pátroclo ordenou aos companheiros e às servas
que depressa estendessem para Fênix uma cama bem grossa.

CANTO IX

660 Elas obedeceram e estenderam a cama, tal como ordenara:
velos e uma manta e finos lençóis de linho.
Aí se deitou o ancião, à espera da Aurora divina.

Mas Aquiles foi deitar-se no recesso interior da tenda bem
construída;
ao seu lado dormiu uma mulher, que ele trouxera de Lesbos,
665 filha de Forbante, Diomeda de lindo rosto.
E Pátroclo deitou-se do lado oposto: junto dele dormia
Ífis de bela cintura, que lhe dera o divino Aquiles
quando tomou a íngreme Esquiro, cidade de Enieu.

Quanto aos outros, quando chegaram à tenda do Atrida,
670 com taças douradas os brindaram os filhos dos Aqueus,
tendo se levantado de um lado e do outro. Interrogaram-nos.
E o primeiro a perguntar foi Agamêmnon, soberano dos
homens:

"Diz-me então, ó louvado Ulisses, grande glória dos Aqueus,
se ele está disposto a afastar das naus o fogo devorador,
675 ou se recusou e retém ainda a cólera no seu magnânimo
coração?"

A ele deu resposta o sofredor e divino Ulisses:
"Atrida gloriosíssimo, Agamêmnon soberano dos homens!
Na verdade ele não quer estancar a ira, mas está cheio
de cólera ainda maior e nem quer saber de ti nem dos teus
presentes.
680 Disse que tu próprio deverias aconselhar-te junto dos Argivos
sobre como poderias salvar as naus e a hoste dos Aqueus.
Pela sua parte ameaça zarpar ao nascer da Aurora,
lançando ao mar as naus recurvas e bem construídas.
Afirmou que aconselharia aos outros que para casa
685 navegassem de novo, uma vez que já não atingiremos
o objetivo
de saquear a íngreme Ílion. Na verdade Zeus que vê ao longe

estende sobre ela a sua mão e as suas gentes enchem-se
                                                               de coragem.
Assim falou. Também estes te dirão estas coisas, eles que
me seguiram: Ájax e os dois arautos, ambos prudentes.
690 Porém Fênix, o ancião, ficou lá deitado, como Aquiles
                                                                  ordenou,
para que amanhã seguisse nas naus para a pátria amada,
no caso de ele assim querer; pois à força ele não o levaria."

Assim falou; e todos os outros ficaram em silêncio,
admirados com o seu discurso, pois com veemência se
                                                                 exprimira.
695 Muito tempo calados sofreram os filhos dos Aqueus,
mas por fim falou Diomedes, excelente em auxílio:

"Atrida gloriosíssimo, Agamêmnon soberano dos homens!
Prouvera que nunca tivesses dirigido súplicas ao irrepreensível
Pelida, oferecendo presentes incontáveis. Orgulhoso é ele
                                                                    de si,
700 e agora o fizeste muito mais orgulhoso ainda.
Mas agora o deixemos: que parta ou que fique.
Novamente combaterá, quando o coração no peito
o mandar e uma divindade o incitar.
Mas façamos como eu digo e obedeçamos todos:
705 por agora ide todos descansar, tendo satisfeito o coração
com comida e bebida, pois aí reside força e coragem.
Porém quando surgir a bela Aurora de róseos dedos,
rapidamente deverás dispor à frente das naus o povo e os
                                                                       carros
de cavalos: incita-os e combate tu próprio entre os
                                                                dianteiros."

710 Assim falou; e todos os reis assentiram, maravilhados
com as palavras de Diomedes, domador de cavalos.
Verteram libações e foi cada um para a sua tenda,
e lá se deitaram e acolheram o dom do sono.

Canto x

Os outros comandantes dos Aqueus dormiram junto das naus
durante toda a noite, tomados pelo sono suave.
Mas ao Atrida Agamêmnon, pastor do povo, o doce sono
não tomava, pois estava dilacerado por muitas coisas na
mente.
5 Tal como quando relampeja o esposo de Hera de belos
cabelos,
provocando muita chuva sobrenatural ou granizo
ou nevões, quando os flocos de neve salpicam os campos
ou algures a grande embocadura da guerra penetrante —
assim cerradamente gemeu Agamêmnon no seu peito,
10 do fundo do coração, e o espírito tremeu dentro dele.

Cada vez que olhava para a planície troiana, espantava-se
com os muitos fogos que ardiam em torno de Ílion
e com o som de flautas e gaitas e com as vozes dos homens;
porém quando olhava para as naus e hostes dos Aqueus,
15 muitos cabelos arrancou pelas próprias raízes, orando
a Zeus sublime, com grandes gemidos no seu nobre coração.

No espírito lhe surgiu então a melhor deliberação:
dirigir-se em primeiro lugar a Nestor, filho de Neleu,
na esperança de que congeminasse alguma irrepreensível
20 artimanha, que de todos os Dânaos afugentasse a desgraça.
Levantou-se e vestiu em torno do peito uma túnica

e nos pés resplandecentes calçou as belas sandálias.
Em seguida envergou a fúlvida pele de um leão, grande
e arruivado, que lhe chegava aos pés. Pegou na lança.

25 Do mesmo modo a Menelau tomava o tremor — pois também
sobre suas pálpebras o sono não assentara — não fossem sofrer
os Argivos, que por sua causa sobre vastas extensões de água
tinham vindo para Troia, intentando a guerra audaz.
Com uma pele de leopardo cobriu primeiro os largos ombros,
30 pele mosqueada; depois levantou e pôs na cabeça um elmo
de bronze e com mão firme pegou na lança.

Pôs-se a caminho para acordar seu irmão, que com grandeza
regia todos os Aqueus e pelo povo era honrado como um deus.
Encontrou-o a pôr aos ombros a bela armadura
35 junto da popa da nau; e bem-vinda foi para ele a sua chegada.
O primeiro a falar foi Menelau, excelente em auxílio:

"Por que motivo, meu irmão, assim te armas? Será que irás incitar
algum dos camaradas a infiltrar-se como espião entre os Troianos?
No entanto, tenho grande receio que nenhum aceite a incumbência
40 de como espião se infiltrar sozinho entre homens inimigos,
durante a noite ambrosial. Teria de ter esse homem um ânimo audaz."

Respondendo-lhe assim falou o poderoso Agamêmnon:
"Tu e eu, ó Menelau criado por Zeus, temos necessidade
de um útil conselho, que protegerá e salvará os Argivos
45 e suas naus, visto que a mente de Zeus tergiversou.
Aos sacrifícios de Heitor no seu espírito deu preferência.

CANTO X

Pois nunca eu vi, nem ouvi pelo relato de outrem,
que um só homem num dia meditasse tamanhas desgraças
como as que Heitor, dileto de Zeus, infligiu aos filhos dos
                                                       Aqueus
⁵⁰ sozinho — ele que nem é filho amado de deusa ou de deus.
Feitos praticou ele que, segundo afirmou, afligirão os Argivos
por muito tempo: pois tais são os males que cismou para
                                                       os Aqueus.
Mas agora vai tu chamar Ájax e Idomeneu, correndo
                                                       depressa
ao longo das naus. Pela minha parte irei ter com o divino
                                                       Nestor,
⁵⁵ e incitá-lo-ei a levantar-se, na esperança de que queira
                                                       dirigir-se
ao cenáculo sagrado das sentinelas para lhes dar ordens.
A Nestor em especial eles obedeceriam, pois seu filho
é capitão das sentinelas, assim como o companheiro
                                                       de Idomeneu,
Meríones: a eles principalmente confiamos esta incumbência."

⁶⁰ A ele deu resposta Menelau, excelente em auxílio:
"Com que intenção me comandas e ordenas?
Deverei ficar com eles, aguardando que tu chegues,
                                                       ou deverei
correr de novo para cá, depois de ter dado a tua ordem?"

Respondendo-lhe assim falou Agamêmnon, soberano dos
                                                       homens:
⁶⁵ "Fica lá, para que não nos desencontremos um do outro
no caminho. Pois muitos são os trilhos pelo acampamento.
Levanta a voz por onde quer que vás e esforça-te por
                                                       despertá-los,
chamando por cada homem pela linhagem e pelo nome
                                                       paterno,
honrando todos eles. Não penses em te engrandecer com
                                                       orgulho,

70 mas lancemo-nos nós próprios à obra. Deste modo nos deu
Zeus à nascença uma infelicidade pesada e profunda."

Assim dizendo, mandou seguir o irmão, bem instruído.
E ele, por seu lado, partiu em demanda de Nestor, pastor
do povo.
Encontrou-o na tenda, junto da nau escura,
75 na cama macia. Junto dele estavam as armas trabalhadas,
o escudo e duas lanças e o elmo coruscante.
Ao pé estava o cinturão reluzente, que o ancião costumava
pôr
à cintura, quando se armava para a guerra aniquiladora
de homens,
conduzindo o seu povo, já que ainda não cedera à triste
velhice.
80 Apoiando-se no ombro, levantou a cabeça
e assim falou ao Atrida, questionando-o com palavras:

"Quem és tu que assim caminhas só pelas naus e pela hoste,
no negrume da noite, quando os outros mortais dormem?
Vens à procura de uma das mulas, ou de um companheiro?
85 Fala, e não te aproximes em silêncio. De que tens
necessidade?"

A ele deu resposta Agamêmnon, soberano dos homens:
"Ó Nestor, filho de Neleu, grande glória dos Aqueus!
Reconhecerás o Atrida Agamêmnon, a quem sobre todos
os outros Zeus assolou com trabalhos continuamente,
enquanto
90 houver sopro no meu peito e rapidez nos meus joelhos.
Vagueio assim, porque sobre os meus olhos o sono
deleitoso
não assenta, mas preocupam-me a guerra e as desgraças
dos Aqueus.
Terrivelmente receio pelos Dânaos, nem sinto sequer coração
firme, mas sou atirado em todas as direções, e o coração

CANTO X

95 salta-me para fora do peito e tremem meus membros
                                                  gloriosos.
    Mas se algo quisesses fazer, visto que também a ti o sono
                                                       não vem,
    dirijamo-nos para junto dos sentinelas, para que os
                                                     observemos,
    não se dê o caso de, moídos pelo cansaço e pelo sono,
    terem adormecido e de todo terem descurado a vigilância.
100 É que homens inimigos estão postados aqui perto. E não
                                                        sabemos
    se acaso não estarão dispostos a combater durante a noite."

    A ele respondeu em seguida Nestor de Gerênia, o cavaleiro:
    "Atrida gloriosíssimo, Agamêmnon soberano dos homens!
    Decerto para Heitor não fará Zeus, o conselheiro, cumprir
105 todos os pensamentos, como ele agora espera. Penso, antes,
    que ele sofrerá desgraças piores que as nossas, no caso de
    Aquiles desviar o seu coração da cólera ressentida.
    Seguir-te-ei de bom grado. Despertemos também outros,
    tanto o Tidida, famigerado pela lança, como Ulisses;
110 e o célere Ájax e Meges, o valente filho de Fileu.
    Mas que além destes alguém vá também chamar
    Ájax, semelhante aos deuses, e o soberano Idomeneu.
    Pois as naus deles são as mais afastadas (perto não estão!).
    Mas por muito que o estime e o respeite, repreenderei
115 Menelau, mesmo que me leves a mal, e não disfarçarei,
    por ele estar dormindo, recaindo sobre ti este trabalho.
    Agora deveria ele ter se esforçado a chamar todos os nobres,
    pois sobreveio uma necessidade que já não se pode aguentar."

    A ele deu resposta Agamêmnon, soberano dos homens:
120 "Ó ancião, noutra altura te incitarei a repreendê-lo,
    já que amiúde não liga às coisas e não quer esforçar-se,
    porém sem ceder à preguiça nem à irresponsabilidade,
    mas porque põe os olhos em mim e aguarda a minha
                                                    liderança.

Mas desta vez acordou e levantou-se antes de mim
e eu próprio o mandei ir chamar aqueles que referiste.
Ponhamo-nos a caminho! Encontrá-los-emos à frente dos portões
com os sentinelas, pois foi lá que ordenei que se reunissem."

A ele respondeu em seguida Nestor de Gerênia, o cavaleiro:
"Desta maneira nenhum dos Argivos o repreenderá ou lhe
desobedecerá, quando ele incitar outro ou der ordens."
Assim falando, vestiu sobre o peito a túnica
e nos pés resplandecentes calçou as belas sandálias;
e segurou também em volta uma túnica purpúrea,
ampla e de dobra dupla, sobre a qual o pelo era espesso.
Pegou numa forte lança, aguçada com o bronze afiado,
e caminhou ao longo das naus dos Aqueus vestidos de bronze.
Primeiro foi Ulisses, igual de Zeus no conselho,
que Nestor de Gerênia, o cavaleiro, acordou do sono,
com a sua voz. Logo o chamamento lhe fez ressoar a mente.
Saindo da tenda, assim lhes dirigiu a palavra:

"Por que vagueais sós pelas naus e pela hoste,
na noite ambrosial? Precisados de que aqui viestes?"

A ele respondeu em seguida Nestor de Gerênia, o cavaleiro:
"Filho de Laertes, criado por Zeus, Ulisses de mil ardis!
Não te zangues, pois tal é a desgraça que sobreveio aos Aqueus.
Mas segue-nos, para que acordemos outro, a quem incumba
deliberações sobre se devemos fugir ou combater."

Assim falou. Na tenda entrou Ulisses de mil ardis
e nos ombros pôs um escudo trabalhado. Foi com eles.
Chegaram junto do Tidida Diomedes. Encontraram-no
fora da tenda com as armas. À sua volta dormiam
os companheiros, com os escudos sob as cabeças; mas as lanças

CANTO X

estavam espetadas, em riste, no chão; e de longe reluzia
o bronze como o relâmpago de Zeus pai. O herói dormia;
debaixo dele estava estendida a pele de um boi campestre
e sob a sua cabeça estava esticado um tapete brilhante.
Postando-se junto dele, Nestor de Gerênia, o cavaleiro,
                                                  acordou-o
com um movimento do seu pé: incitou-o e repreendeu-o
                                                 cara a cara:

"Levanta-te, ó filho de Tideu! Por que dormes toda a noite?
Não sabes tu que os Troianos na zona alta da planície
estão acampados junto às naus, e que exíguo espaço os
                                                    detém?"

Assim falou; e Diomedes acordou muito depressa do sono
e falando-lhe proferiu palavras aladas:
"És rijo, ó ancião! E do esforço nunca desistes!
Não há outros mais novos, filhos dos Aqueus,
que depois pudessem ir acordar cada um dos reis,
andando por todo o lado? Mas tu, ó ancião, és intratável!"

Respondendo-lhe assim falou Nestor de Gerênia, o cavaleiro:
"Tudo o que disseste, ó amigo, foi na medida certa.
Tenho filhos irrepreensíveis e hostes numerosas:
destes qualquer um se poria a caminho para chamar os
                                                    outros.
Mas grande é a necessidade que sobreveio aos Aqueus.
Pois agora para todos se coloca no fio da navalha:
ou a destruição funesta para os Aqueus ou a sobrevivência.
Mas agora vai acordar o célere Ájax e o filho de Fileu,
já que tu és mais novo — caso de mim tenhas pena."

Assim falou; e Diomedes pôs aos ombros a pele de um
                                                leão, grande
e arruivado, que lhe chegava aos pés. Pegou na lança.
E o herói pôs-se a caminho, para acordar e trazer os outros.

180 Depois que se imiscuíram no meio dos sentinelas reunidos,
não encontraram os comandantes dos sentinelas dormindo,
mas todos estavam sentados com as suas armas, acordados.
Tal como no redil os cães estão de guarda em volta das
                                                              ovelhas,
tendo ouvido a fera destemida, que através da floresta
185 vem dos montes; e se levanta em torno dela um grande
                                                              alarido
de homens e de cães e assim para eles o sono desapareceu —
assim de suas pálpebras desaparecera o sono deleitoso,
mantendo vigília na noite ruim. Pois constantemente
se viravam para a planície, à espera do avanço dos Troianos.
190 Ao vê-los se alegrou o ancião, encorajando-os com
                                                              o discurso;
e falando-lhes proferiu palavras aladas:

"Desta maneira, queridos filhos, mantende a vigília! Que
                                                              de ninguém
o sono se apodere, para não proporcionarmos alegria aos
                                                              inimigos!"

Assim dizendo, depressa atravessou a vala. Com ele seguiram
195 os reis dos Argivos, quantos foram convocados para
                                                              o concílio.
E com eles foram Meríones e o belo filho de Nestor.
Eles próprios os chamaram, para que participassem
                                                              do concílio.
Atravessaram a vala escavada e sentaram-se
em local puro, onde o chão estava livre dos cadáveres
200 dos que tombaram, lá onde o temível Heitor desistira
de matar Aqueus, quando a noite em derredor o ocultara.
Aí se sentaram e dirigiram palavras uns aos outros.
Entre eles o primeiro a falar foi Nestor de Gerênia,
                                                              o cavaleiro:

"Amigos, será que não há nenhum homem que confie

205 em seu espírito audacioso para entre os magnânimos
                                                    Troianos
se infiltrar? Poderia acaso tomar algum dos inimigos
que ficou para trás, ou ouvir algum rumor entre os
                                                    Troianos —
que conselhos trocam entre si, se hão de ficar onde estão,
afastados das naus, ou se hão de regressar à cidade,
210 uma vez que já deixaram os Aqueus na mó de baixo.
Tudo isso ele poderia saber e de novo regressar para nós
incólume. Grande seria sob o céu o seu renome
entre todos os homens, e sua seria uma dádiva honrosa.
Pois todos quantos detêm o poder sobre as naus,
215 destes cada um lhe daria uma ovelha negra a amamentar
o seu cordeiro: prenda não há que com esta se assemelhe.
E para sempre ele estará presente nos banquetes e festins."

Assim falou; e todos eles permaneceram em silêncio.
Então entre eles falou Diomedes, excelente em auxílio:

220 "Nestor, o meu coração e o meu espírito orgulhoso
incitam-me a entrar no acampamento aqui perto dos
                                                    inimigos,
os Troianos. Porém se outro homem comigo viesse,
maior seria o apoio e também maior a audácia.
Quando dois se põem a caminho, um discerne antes do outro
225 o que é mais proveitoso; ao passo que quando é só um
a discernir, curto é o pensamento e tênue a astúcia."

Assim falou; e muitos quiseram seguir com Diomedes.
Quiseram ambos os Ajantes, seguidores de Ares;
quis Meríones; e muito quis o filho de Nestor;
230 quis o Atrida, Menelau famoso pela lança;
quis o paciente Ulisses meter-se entre a turba
dos Troianos; pois sempre audaz era o espírito na sua mente.
Entre eles falou então Agamêmnon, soberano dos homens:

"Tidida Diomedes, que encantas o meu coração!
Escolherás pois o companheiro que tu quiseres, o melhor
dos que apareceram, visto que muitos estão dispostos.
Não deixes para trás o melhor homem, por pudor no teu
espírito,
levando contigo um pior, por cederes ao pudor, olhando só
para a linhagem, mesmo que seja detentor de maior realeza."

Assim falou, receoso por causa do loiro Menelau.
Mas de novo entre eles falou Diomedes, excelente em auxílio:

"Se me ordenais que eu escolha o companheiro,
como me esqueceria eu do divino Ulisses,
cujo coração e espírito orgulhoso o exaltam
em todos os esforços e estima-o Palas Atena?
Se ele me seguisse, até do fogo ardente
regressaríamos, pois superior é ele no entendimento."

A ele deu resposta o sofredor e divino Ulisses:
"Tidida, não me louves nem repreendas em demasia.
Dizes coisas entre os Argivos que eles já sabem.
Mas vamos! Pois a noite se esvai e a aurora se aproxima;
os astros já avançaram e já passaram mais de dois terços
da noite: só nos resta agora a terceira parte."

Assim falando, envergaram suas armas terríveis.
Ao Tidida deu Trasimedes, tenaz em combate,
uma espada de dois gumes (pois a sua ficara junto da nau)
e um escudo. Na cabeça pôs um elmo de couro
taurino, sem corno e sem penacho: elmo a que se chama
"acachapado" e que protege as cabeças de mancebos
vigorosos.
Meríones deu a Ulisses um arco e uma aljava
e uma espada; e pôs-lhe na cabeça um elmo feito de couro,
retesado por dentro com muitas tiras de cabedal.
Por fora, cerradas, estavam dispostas as brancas presas

de um javali de reluzentes colmilhos, deste lado e daquele,
265 com excelente perícia; e por dentro havia um forro de pano.
Era um elmo que outrora de Eleunte, a Amintor, filho de
    Órmeno,
Autólico roubara, tendo forçado a entrada no robusto
    palácio;
deu-o depois a Anfidamante de Citera, para o levar
    a Escandeia;
Anfidamante deu-o a Molo, como presente de hospitalidade;
270 e ele deu-o a seu filho, Meríones, para ele usar.
E agora fora posto para cobrir a cabeça de Ulisses.

Depois que eles envergaram suas armas terríveis,
puseram-se a caminho e lá deixaram todos os comandantes.
Como portento Palas Atena lhes enviou do lado direito
275 uma garça, perto do caminho; não a viram com os olhos
no negrume da noite, mas ouviram-na chamar.
E Ulisses alegrou-se com a ave e assim rezou a Atena:

"Ouve-me, filha de Zeus detentor da égide, tu que sempre
estás a meu lado em todos os trabalhos! Não te passo
    despercebido
280 ao deslocar-me. Estima-me agora especialmente, ó Atena,
e concede-nos que com bom renome regressemos às naus,
tendo praticado uma grande façanha que prejudique os
    Troianos."

Em segundo lugar rezou Diomedes, excelente em auxílio:
"Ouve-me também a mim, filha de Zeus, ó Atritona!
285 Segue-me como quando com meu pai, o divino Tideu,
seguiste para Tebas, quando ele foi mensageiro dos Aqueus.
Deixou os Aqueus de brônzeas túnicas junto ao Asopo
e dali levou uma palavra suave aos Cádmios;
mas na viagem de regresso congeminou contigo façanhas
290 terríveis, ó deusa divina, pois de bom grado estavas a seu
    lado.

Do mesmo modo vem agora para o meu lado e me protege.
E para ti sacrificarei uma vitela de ampla testa,
indomada, que nenhum homem pôs sob o jugo.
Sacrificá-la-ei com os chifres ornados de ouro."

295 Assim rezaram; e ouviu-os Palas Atena.
Depois de rezarem à filha do grande Zeus,
puseram-se a caminho como dois leões na noite escura,
no meio da chacina e dos cadáveres,
por entre as armas e o negro sangue.

Por seu lado não permitiu Heitor que os orgulhosos Troianos
300 dormissem, mas reuniu todos os que eram mais nobres,
todos os que eram regentes e comandantes dos Troianos.
E depois de os reunir congeminou uma válida deliberação:

"Quem estaria disposto a por mim praticar este ato,
mediante grande recompensa? O pagamento será certo.
305 Darei um carro e dois cavalos de arqueados pescoços,
os que forem os melhores junto às naus velozes dos Aqueus,
a quem ousar (para si próprio ganhará a glória!)
aproximar-se das rápidas naus, para se informar sobre
se as naus velozes estão sendo guardadas como antes,
310 ou se subjugados pelas nossas mãos os inimigos
planejam entre si a fuga, sem vontade de vigiar
durante a noite, moídos pelo tremendo cansaço."

Assim falou; e todos permaneceram em silêncio.
Ora havia entre os Troianos um certo Dólon, filho de
                                                    Eumedes,
315 o arauto divino, homem rico em ouro e rico em bronze,
que de aspecto era feio, mas era rápido de pés.
Era o único irmão entre cinco irmãs.
Aos Troianos e a Heitor disse estas palavras:

"Heitor, o meu coração e o meu espírito orgulhoso

CANTO X

320 incitam-me a aproximar-me das rápidas naus para me
informar.
Mas agora levanta o cetro e jura-me
que me darás os cavalos e o carro adornado de bronze
que transportam o irrepreensível Pelida;
e para ti não serei espião inútil nem além do que esperas.
325 Pois irei direto até ao acampamento, até chegar
à nau de Agamêmnon, onde se calhar os comandantes
deliberam, sobre se devem fugir ou combater."

Assim falou; e Heitor pegou no cetro com as mãos e jurou:
"Seja Zeus minha testemunha, esposo tonitruante de Hera,
330 que nesses cavalos mais ninguém dos Troianos montará,
mas afirmo que serás tu a vangloriar-te com eles para
sempre!"

Assim dizendo, jurou em vão, incitando embora o outro.
Logo aos seus ombros pôs Dólon o arco recurvo
e envergou por cima a pele de um lobo cinzento; na cabeça
335 pôs um gorro feito com pele de furão. Pegou num dardo
afiado
e foi da hoste até as naus. No entanto, não haveria
de regressar das naus, para trazer informação a Heitor.
Depois que deixou a turba de cavalos e de homens,
com afinco seguiu seu caminho. Mas enquanto caminhava,
340 apercebeu-se dele Ulisses, criado por Zeus, que disse a
Diomedes:

"Anda por aqui um homem, ó Diomedes, que vem do
exército.
Não sei se será um espião, que vem se meter no meio das
naus,
ou se será alguém que vem despojar um dos cadáveres dos
mortos.
Mas deixemos primeiro que ele passe um pouco à nossa
frente

na planície. Depois, lançando-nos a ele, tomá-lo-emos
rapidamente. Se ele conseguir fugir-nos pela rapidez dos pés,
pressiona-o constantemente da hoste em direção às naus,
brandindo a tua lança, para que ele não fuja para a cidade."

Assim dizendo, deitaram-se no meio dos cadáveres, fora
do caminho. Mas Dólon correu à frente deles na sua
estultícia.
Quando distava tanto quanto dista uma parelha de mulas
em terra arável — pois são superiores aos bois quando
se trata de arrastar o arado articulado em terra funda —,
correram atrás dele e ele estacou ao ouvir o barulho,
pois esperava no coração que fossem amigos que vinham
da parte dos Troianos, porque Heitor decidira retirar-se.
Mas quando estavam à distância de um arremesso de lança
(ou menos), percebeu que eram inimigos e flectiu os joelhos
depressa para fugir. E eles lançaram-se rápidos na
perseguição.

Tal como quando dois galgos de afiados dentes, peritos
na caça,
perseguem uma corça ou lebre com persistência e sem tréguas
em terreno arborizado e o animal, aos guinchos, corre em
frente —
assim o Tidida e Ulisses, saqueador de cidades, impediram
a Dólon o acesso ao exército e sem tréguas corriam atrás dele.
Mas quando Dólon estava para se misturar no meio dos
sentinelas,
fugindo para as naus, foi então que Atena lançou força
no Tidida, para que nenhum dos Aqueus de brônzeas túnicas
se ufanasse de ter desferido o golpe, chegando ele em
segundo lugar.
Brandindo a lança lhe gritou então o possante Diomedes:

"Para onde estás, ou com a lança te acertarei; e não julgo
que depois escapes da morte escarpada às minhas mãos."

CANTO X

Assim falou e arremessou a lança, mas de propósito não
                                                    acertou
no homem. Por cima do ombro direito passou a ponta da
                                                    lança
polida, fixando-se na terra. Por seu lado, Dólon estacou,
375 aterrorizado, balbuciando e com os dentes a chocalhar na
                                                    boca,
pálido de medo. Arfantes, Ulisses e Diomedes apanharam-no,
agarrando-o pelas mãos. Ele rompeu em lágrimas e disse:

"Tomai-me vivo e eu próprio me resgatarei. Tenho em casa
bronze e ouro e ferro muito custoso de trabalhar:
380 com estes tesouros meu pai vos pagaria incontável resgate,
quando ouvir que estou vivo nas naus dos Aqueus."

Respondendo-lhe assim falou o astucioso Ulisses:
"Anima-te e não deixes que a morte te entre no coração.
Mas diz-me agora tu com verdade e sem rodeios:
385 aonde assim caminhas sozinho do exército para as naus
no negrume da noite, quando dormem os outros mortais?
Ou será que vens despojar um dos cadáveres dos mortos?
Foi Heitor que te mandou às côncavas naus para espionares
cada coisa, ou vieste porque teu próprio coração te impeliu?"

390 Em seguida lhe respondeu Dólon, com o corpo a tremer:
"Com muitas ilusões logrou Heitor levar-me para longe
                                                    da razão,
ele que me prometeu os cavalos de casco não fendido
do altivo Pelida, assim como seu carro adornado de bronze.
Mandou-me atravessar a rápida noite escura até chegar
395 perto dos homens inimigos para me informar sobre
se as naus velozes estão sendo guardadas como antes,
ou se subjugados pelas nossas mãos os inimigos
planejam entre si a fuga, sem vontade de vigiar
durante a noite, moídos pelo tremendo cansaço."

400 Sorrindo lhe respondeu então o astucioso Ulisses:
"Na verdade o teu coração ansiava por grandes recompensas:
os cavalos do fogoso Eácida! Mas difíceis são eles
de ser dominados ou conduzidos por homens mortais,
à exceção de Aquiles, a quem gerou uma mãe imortal.
405 Mas diz-me agora tu com verdade e sem rodeios:
ao aqui vires, onde deixaste Heitor, o pastor do povo?
Onde estão suas bélicas armas, onde seus cavalos?
Como estão dispostas as vigias e dormidas dos demais
                 Troianos?
Que conselhos trocam entre si? Se hão de ficar onde estão,
410 afastados das naus? Ou se hão de regressar à cidade,
uma vez que já deixaram os Aqueus na mó de baixo?"

Respondendo-lhe assim falou Dólon, filho de Eumedes:
"Então dir-te-ei estas coisas com verdade e sem rodeios.
Heitor com todos aqueles que são conselheiros
415 deliberam junto ao túmulo do divino Ilo,
longe da confusão. Quanto à vigilância de que falas,
ó herói, nenhuma foi escolhida para vigiar e guardar
                 o exército.
Todos os que estão junto dos fogos por necessidade
mantêm-se acordados e ordenam uns aos outros
420 que vigiem; mas os aliados provindos de muitas terras
dormem. Pois deixam aos Troianos a tarefa de vigiar,
visto que eles não têm perto os seus filhos nem as mulheres."

Respondendo-lhe assim falou o astucioso Ulisses:
"De que modo dormem eles? Misturados entre os Troianos
425 domadores de cavalos, ou à parte? Diz-me, para que eu
                 saiba."

Respondendo-lhe assim falou Dólon, filho de Eumedes:
"Então dir-te-ei estas coisas com verdade e sem rodeios.
Para o lado do mar estão os Cários, os Peônios de arcos
                 recurvos

CANTO X

　　　　e os Léleges e os Cáucones e os divinos Pelasgos.
430 Para as bandas de Timbra ficaram os Lícios e os Mísios
　　　　　　　　　　　　　　　　　　　　　　　senhoris,
　　　　Frígios domadores de cavalos e Meônios dos carros de
　　　　　　　　　　　　　　　　　　　　　　　combate.
　　　　Mas por que sobre todas essas coisas me interrogais?
　　　　Se quereis entrar no meio da turba dos Troianos,
　　　　afastados estão os Trácios adventícios, últimos de todos.
435 Entre eles está o rei Reso, filho de Eioneu.
　　　　Dele são os cavalos maiores e mais belos que alguma vez vi.
　　　　São mais brancos que a neve e velozes como o vento.
　　　　O carro está bem embutido com ouro e prata.
　　　　E enormes armas de ouro, maravilha de se ver!,
440 trouxe ele; armas que a homens mortais não fica bem
　　　　envergar, mas tão somente aos deuses imortais.
　　　　Mas levai-me agora para as naus velozes,
　　　　ou aqui me deixai atado com corrente cruel,
　　　　para que vos ponhais a caminho para testardes
445 se aquilo que vos disse está certo ou não."

　　　　Fitando-o com sobrolho carregado disse o possante
　　　　　　　　　　　　　　　　　　　　　　　Diomedes:
　　　　"Por mim, ó Dólon, em teu coração não ponhas a fuga,
　　　　ainda que tenhas anunciado coisas úteis ao caíres nas
　　　　　　　　　　　　　　　　　　　　　　　nossas mãos.
　　　　Pois na verdade se nós te soltarmos e te deixarmos ir,
450 noutra altura virás de novo às naus velozes dos Aqueus,
　　　　ou para espiares, ou então para combateres às claras.
　　　　Por outro lado, se subjugado às minhas mãos morreres,
　　　　nunca mais serás motivo de incômodo para os Argivos."

　　　　Falou; e Dólon estava prestes a tocar-lhe no queixo
455 com a mão firme para suplicar, mas no meio do pescoço
　　　　com a espada lhe desferiu Diomedes um golpe e cortou
　　　　　　　　　　　　　　　　　　　　　　　os tendões;
　　　　e a cabeça de Dólon proferia ainda sons ao bater na terra.

Em seguida tiraram-lhe da cabeça o gorro feito de pele de furão
e a pele de lobo, assim como o arco recurvo e a lança comprida.
⁴⁶⁰ Essas coisas ergueu Ulisses a Atena, deusa das pilhagens,
com a mão e rezando proferiu estas palavras:

"Regozija-te, ó deusa, com estes despojos! É primeiro a ti
de todos os deuses do Olimpo que invocamos! Manda-nos
para junto dos cavalos e das dormidas dos Trácios."

⁴⁶⁵ Assim falou; e ergueu bem alto os despojos e deitou-os
em cima de uma tamargueira. Por cima colocou um sinal
visível, atando juncos e ramos frondosos da tamargueira,
para não arriscarem não dar com o lugar na rápida noite escura.

Avançaram por entre os cadáveres e o negro sangue,
⁴⁷⁰ e rapidamente chegaram ao local onde estavam os homens Trácios.
Eles dormiam, moídos pelo cansaço tremendo, e em seu redor
jaziam no chão as belas armas, bem ordenadas,
em três filas. Junto de cada homem estava a parelha de cavalos.
Reso dormia no meio deles; e junto dele os céleres corcéis
⁴⁷⁵ estavam presos pelas rédeas ao alto rebordo do carro de combate.
Foi ele que Ulisses viu em primeiro lugar e indicou-o a Diomedes:

"Este, ó Diomedes, é o homem; e estes são os cavalos,
de que nos falou Dólon, que nós matamos.
Mas agora mostra força possante: não te compete
⁴⁸⁰ estares inerte com tuas armas, mas desatrela os cavalos.
Ou então mata tu os homens e eu tratarei dos cavalos."

CANTO X   331

Assim falou; e no coração dele Atena de olhos esverdeados
                                                            insuflou força.
Matou a torto e a direito. Deles vinha hediondo gemido
                                                                  ao serem
golpeados com a espada; e a terra ficou vermelha de sangue.
485 Tal como o leão se atira aos rebanhos sem pastor de cabras
ou ovelhas, saltando para cima delas com intenção
                                                                  selvagem —
assim o filho de Tideu se lançou sobre os homens Trácios,
até matar doze deles. Porém o astucioso Ulisses,
àquele a quem o Tidida matara com a espada,
490 a esse ele agarrava por trás pelos pés e arrastava para o lado,
pensando no seu espírito, para que os cavalos de belas crinas
passassem facilmente e não sentissem temor no coração
por pisarem cadáveres humanos. Pois ainda não tinham
                                                                  esse hábito.

Quando o filho de Tideu se acercou do rei Reso,
495 como décimo terceiro lhe roubou a vida doce como mel,
enquanto ele arfava: pois como sonho maligno se postara
                                                                  Diomedes
de noite junto à cabeça de Reso, devido à astúcia de Atena.
Entretanto os cavalos de casco não fendido desatrelara
o sofredor Ulisses e atara-os com as rédeas. Tirou-os da
                                                                  confusão,
500 acicatando-os com o arco, visto que não lhe ocorrera tirar
com as mãos do carro embutido um chicote reluzente.
Silvou para assim dar sinal ao divino Diomedes.

Mas Diomedes ficou pensando que coisa mais danada poderia
ainda fazer: se levar o carro, onde estavam as armas
                                                                  adornadas,
505 e puxá-lo pela vara ou então levantá-lo no ar;
ou se tirar o sopro da vida a ainda mais Trácios.
Enquanto ponderava em seu espírito, aproximou-se Atena
e, postando-se ali perto, assim falou ao divino Diomedes:

"Lembra-te do regresso, ó filho do magnânimo Tideu,
para as côncavas naus, para que não corras em fuga,
de modo a que acaso outro deus não desperte os Troianos!"

Assim disse; e ele reconheceu a voz da deusa que lhe falava.
Rapidamente montou nos cavalos e Ulisses acicatou-os
com o arco. Cavalgaram em direção às naus velozes dos
                 Aqueus.

Porém não foi cega a vigília de Apolo do arco de prata,
quando viu Atena prestando ajuda ao filho de Tideu.
Furioso contra ela se imiscuiu entre a turba dos Troianos
e despertou o conselheiro dos Trácios, Hipocoonte,
nobre parente de Reso. Este acordou do sono.
Quando viu o lugar vazio, onde antes estavam os céleres
                 corcéis,
e os homens arfantes no meio de hedionda chacina,
gemeu e chamou pelo nome seu companheiro amado.
Da parte dos Troianos surgiu bramido e confusão indizível
ao reunirem-se todos juntos. Olharam para os feitos
                 terríveis
praticados pelos homens que tinham ido para as côncavas
                 naus.

Assim que eles chegaram ao sítio onde mataram o espião
de Heitor, refreou os céleres corcéis Ulisses, dileto de Zeus.
O Tidida saltou para o chão e pôs os despojos sangrentos
nas mãos de Ulisses e depois montou de novo.
Chicoteou os cavalos, que não se recusaram a correr
até as côncavas naus, pois era lá que lhes era agradável estar.
Nestor foi o primeiro a ouvir o som e assim falou, dizendo:

"Amigos, regentes e comandantes dos Argivos, deverei
disfarçar ou dizer a verdade? Mas o coração impele-me
                 a falar.
Fere-me os ouvidos o barulho de céleres corcéis!

Oxalá Ulisses e o possante Diomedes assim tenham
                                                               conduzido
de junto dos Troianos cavalos de casco não fendido.
Mas terrivelmente receio no meu espírito que os melhores
dos Argivos tenham sofrido algum mal devido à
                                                        arremetida troiana."

540 Não acabara ainda de falar, quando eles próprios chegaram.
Saltaram para o chão e os outros os saudaram
com apertos de mão e palavras suaves.
O primeiro a falar foi Nestor de Gerênia, o cavaleiro:

"Diz-me agora, ó louvável Ulisses, grande glória dos Aqueus,
545 como vós tomastes esses cavalos! Foi por terdes entrado
no meio da turba dos Troianos? Ou um deus, que vos
                                                        encontrou,
a vós os deu? Maravilhosamente se assemelham aos raios
                                                        do sol!
De modo constante me misturo em combate com os
                                                        Troianos,
e afirmo que nunca fico junto das naus, velho guerreiro
                                                        embora seja.
550 Mas nunca vi tais cavalos nem imaginei outros como eles.
Penso que um deus vos terá encontrado para a vós os dar.
Ambos sois amados por Zeus que comanda as nuvens,
e pela filha de Zeus detentor da égide, Atena de olhos
                                                        esverdeados."

Respondendo-lhe assim falou o astucioso Ulisses:
555 "Ó Nestor, filho de Neleu, grande glória dos Aqueus!
Facilmente o deus que assim quisesse daria cavalos
melhores que estes, pois os deuses são de longe superiores.
Estes cavalos, ó ancião, a que aludes, são Trácios
e adventícios. Seu amo matou o excelente Diomedes,
560 e com ele doze companheiros, todos nobres.
E como décimo terceiro matamos um espião perto

das naus, que para espiar o nosso acampamento
enviara Heitor e os outros orgulhosos Troianos."

Assim falou; e conduziu os cavalos de casco não fendido
565 através da vala, exultante; e com ele foram os outros Aqueus,
regozijando-se. Quando chegaram à tenda bem construída
do Tidida, com belas correias ataram os cavalos
à hípica manjedoura, onde estavam os velozes cavalos
de Diomedes, mastigando o trigo doce como mel.
570 E na popa da nau colocou Ulisses os despojos sangrentos
de Dólon, até que oferecesse um sacrifício a Atena.

Eles próprios entraram no mar para lavar das pernas,
das coxas e do pescoço o suor abundante.
Depois que a onda do mar lavara o suor abundante
575 dos seus corpos e lhes refrescara o coração,
foram tomar banho em banheiras polidas.
Tendo ambos tomado banho e ungido com azeite,
sentaram-se a jantar. E da taça repleta tiraram
vinho doce como mel e ofereceram libações a Atena.

Canto XI

Do leito onde se deitava junto do orgulhoso Titono
surgiu a Aurora, para trazer a luz aos deuses e aos homens.
Zeus enviou a Discórdia para junto das naus velozes dos
    Aqueus,
a medonha Discórdia, que segurava nas mãos um portento
    de guerra.
5 Postou-se junto da escura nau de grande quilha de Ulisses,
que estava no meio, pelo que seria ouvida de ambos os lados,
desde as tendas de Ájax, filho de Télamon,
até as de Aquiles — eles que nos extremos colocaram
as naus niveladas, confiados na coragem e na força das mãos.
10 Aí se postou a deusa e emitiu um grito enorme e terrível;
e a cada um dos Aqueus lançava grande força
no coração para guerrear e combater.
Então lhes pareceu a guerra mais doce do que regressar
nas côncavas naus para a amada terra pátria.

15 Por sua vez gritou alto o Atrida e ordenou aos Argivos
que se armassem; e ele próprio vestiu seu bronze reluzente.
Primeiro protegeu as pernas com as belas cnêmides,
adornadas de prata na parte ajustada ao tornozelo.
Em segundo lugar protegeu o peito com a couraça
20 que outrora lhe dera Cíniras como presente de hospitalidade.
Pois ouvira em Chipre um grande rumor: os Aqueus
estariam para navegar nas suas naus para Troia.

Por isso oferecera a couraça para agradar ao rei.
Por cima estavam dez tiras de escuro azul,
25 doze de ouro e vinte de estanho.
Serpentes azuis entrançavam-se até o pescoço,
três de cada lado, semelhantes ao arco-íris que o Crônida
põe no meio das nuvens, como portento para os mortais.
Em volta dos ombros atirou a espada, cravejada
30 de adereços dourados, sendo a bainha adornada
de prata, provida de correntes de ouro.

Pegou então no escudo ricamente trabalhado
e valoroso, que protegia um homem de cada lado:
escudo belo, que tinha dez círculos de bronze,
e por cima vinte bossas de estanho branco e luminoso,
35 tendo no meio uma bossa de escuro azul.
Coroava-o como grinalda a Górgona de horrível aspecto,
que olhava, medonha; e junto dela estavam o Terror e o
                                                    Pânico.
Do escudo pendia um boldrié de prata; e por cima
serpenteava uma serpente de azul, com três cabeças,
40 cada uma para seu lado, saídas do mesmo pescoço.

Na cabeça colocou o elmo de dois chifres e quatro bossas,
com penachos de cavalo que se agitavam, terríveis, de cima.
Pegou em duas fortes lanças de brônzeas pontas
e afiadas. De longe, até o céu, reluzia o bronze.
45 E Atena e Hera trovejaram, para concederem
honra ao rei de Micenas, rica em ouro.

A seu cocheiro ordenou então cada homem
que segurasse bem os cavalos junto da vala,
enquanto eles próprios seguiam a pé, armados.
50 Uma grita inextinguível surgiu ao encontro da Aurora.
Muito à frente dos cocheiros estavam eles dispostos
junto da vala; a pouca distância seguiam os cocheiros.
Entre eles levantou o Crônida um fragor maligno;

CANTO XI

e do céu mandou orvalho tinto de sangue, porque estava
55 prestes a enviar para o Hades muitas cabeças valentes.

Os Troianos do outro lado, na parte alta da planície,
reuniam-se em torno do grande Heitor, do irrepreensível
Polidamante e de Eneias, honrado entre o povo troiano
como um deus; também os três filhos de Antenor, Pólibo
60 e o divino Agenor e o jovem Acamante, semelhante aos
deuses.
Entre os dianteiros levava Heitor o seu escudo bem
equilibrado.
Tal como das nuvens refulge um astro de mau agouro,
todo cintilante, e depois desaparece atrás das nuvens
sombrias —
assim Heitor aparecia entre os dianteiros a dar ordens,
65 e depois entre os da retaguarda; e todo vestido de bronze
brilhava como o relâmpago de Zeus detentor da égide.

Tal como os ceifeiros de cantos opostos do campo
vão aproximando as carreiras ceifadas de trigo ou cevada
no terreno de um homem rico e cerradas caem as paveias —
70 assim Troianos e Aqueus arremetiam uns contra os outros;
e de nenhum lado surgia a lembrança da fuga ruinosa.
Iguais cabeças tinha a batalha e atiravam-se uns aos
outros
como lobos. A Discórdia plena de gemidos alegrou-se com
tal visão.
Pois era a única dos deuses que estava ao lado dos
combatentes.
75 Os outros deuses não estavam com eles, mas descansados
se sentavam nos seus palácios, lá onde para cada um
fora construída uma bela casa nas faldas do Olimpo.
Todos culpavam o Crônida, senhor da nuvem azul,
porque ele estava decidido a dar glória aos Troianos.
80 Porém não lhes deu importância o Pai. Longe dos outros
estava sentado, exultando na sua glória, enquanto

olhava para a cidade dos Troianos e para as naus dos Aqueus,
para o refulgir do bronze, para quem matava e era morto.

Enquanto era de manhã e o dia sagrado aumentava,
85 de ambos os lados acertavam as lanças e o povo morria.
Mas à hora em que o lenhador prepara a refeição
nas clareiras da montanha, quando já sente os braços
cansados de cortar altas árvores e a exaustão lhe enche
o ânimo, e o desejo de doce comida lhe vem ao espírito —
90 foi então que com seu valor os Dânaos desbarataram
as falanges, chamando pelos camaradas ao longo das filas.
E entre os primeiros irrompeu Agamêmnon e matou Bienor,
pastor do povo, e depois seu camarada, Oileu, condutor
de cavalos.

Oileu saltara do carro para se colocar à sua frente.
95 Mas no momento em que arremetia o rei desferiu-lhe
um golpe na testa com a lança afiada; o elmo pesado de
bronze
não reteve a lança, que o atravessou assim como ao osso.
Os miolos por dentro ficaram todos borrifados;
e assim subjugou quem contra ele arremetia.
Ali os deixou Agamêmnon, soberano dos homens,
100 na brilhante nudez dos seus torsos, pois despira-os
das túnicas. Depois avançou para matar Iso e Ântifo,
ambos filhos de Príamo, um bastardo e outro legítimo,
ambos
no mesmo carro. Era o bastardo que segurava as rédeas,
mas o famoso Ântifo estava a seu lado para combater.
105 A estes prendera outrora Aquiles com vimes novos
enquanto apascentavam os rebanhos nos penedos do Ida,
soltando-os depois mediante resgate.
Agora o Atrida, Agamêmnon de vasto poder,
com a lança acertou em Iso no peito por cima do mamilo;
e com a espada feriu Ântifo junto à orelha e atirou-o do
carro.

CANTO XI

110 Apressou-se a despojá-los das belas armaduras, pois
já os conhecia: vira-os junto às rápidas naus,
quando do Ida os trouxera Aquiles de pés velozes.

Tal como o leão esmaga as crias inocentes da célere corça,
agarrando-as com sua dentição possante depois de chegar
115 à toca, para depois as privar da sua tenra vida; e a mãe,
embora por acaso esteja ali perto, não lhes pode valer,
mas ela própria se aproxima a tremer e se lança depressa
na corrida pela mata cerrada e pelo bosque, apressando-se
alagada em suor devido à arremetida da fera possante —
120 assim nenhum dos Troianos logrou afastar a morte daqueles
dois, mas foram eles próprios perseguidos pelos Argivos.

Depois matou Pisandro e Hipóloco, tenaz em combate,
filhos do fogoso Antímaco, que na esperança de receber
ouro de Alexandre, gloriosos dons, especialmente se opôs
125 a que Helena fosse restituída ao loiro Menelau.
Seus filhos tomou o poderoso Agamêmnon,
ambos no mesmo carro, conduzindo juntos os céleres corcéis.
É que de suas mãos tinham escapado as rédeas luzentes
e os cavalos corriam tresloucados. Como um leão arremeteu
130 contra eles o Atrida. Ambos lhe dirigiram súplicas do carro:

"Toma-nos vivos, ó filho de Atreu, e aceita condigno resgate!
Jazem muitos tesouros no palácio de Antímaco,
bronze, ouro e ferro muito custoso de trabalhar.
Destes tesouros te agraciará nosso pai com incontáveis
riquezas,
135 se souber que fomos tomados vivos junto às naus dos
Aqueus."

Deste modo, vertendo lágrimas, se dirigiam ao rei
com palavras suaves. Mas dura foi a voz que ouviram:

"Se na verdade sois os filhos do fogoso Antímaco, ele que

outrora ordenou à assembleia dos Troianos que
                                    imediatamente
140 matassem Menelau, que ali se dirigira com o divino Ulisses,
para que não regressasse novamente para junto dos Aqueus,
agora pagareis o preço da repugnante atitude de vosso pai."

Falou; e do carro atirou Pisandro ao chão, atingindo-o
com a lança no peito; e de costas caiu ele por terra.
145 Mas Hipóloco saltara do carro, pelo que o matou no chão:
decepou-lhe os braços com a espada e cortou-lhe a cabeça,
que pôs a rolar como uma pedra por entre a multidão.
Deixou-os onde estavam. Lá onde a maior parte das falanges
seguiam em debandada: foi aí que arremeteu, e com ele
                                                    outros
150 Aqueus de belas cnémides. Peões matavam outros peões,
que fugiam à força; cavaleiros, outros cavaleiros — e por
                                                    baixo
subia da planície a poeira levantada pelas patas retumbantes
dos cavalos. Com o bronze chacinavam. E o poderoso
                                            Agamêmnon,
sempre matando, seguia em frente, dando ordens aos Argivos.

155 Tal como quando numa moita sem árvores altas o fogo
                                                    ardente
lavra, levado para todo o lado pelo vento rodopiante,
e de alto a baixo caem as matas devido ao avanço das
                                                chamas —
assim por causa do Atrida Agamêmnon caíram as cabeças
dos Troianos em fuga, e muitos cavalos de arqueados
                                                pescoços
160 levavam a chocalhar carros vazios ao longo dos diques da
                                                guerra,
saudosos dos cocheiros irrepreensíveis, que jaziam no chão,
mais amados pelos abutres do que pelas suas mulheres.
Então Zeus afastou Heitor das lanças e da poeira,
da chacina de homens, do sangue e do estampido;

CANTO XI

165 mas o Atrida foi atrás dele, dando ordens aos Dânaos.
Passaram ao lado do túmulo de Ilo, filho de Dárdano,
no meio da planície, e passaram à pressa a figueira brava,
desejosos de chegar à cidade. O Atrida seguia sempre aos
                                        gritos,
e as suas mãos implacáveis estavam borradas de sangue.
170 Mas quando chegaram às Portas Esqueias e ao carvalho,
foi aí que eles estacaram e ficaram à espera uns dos outros.
Porém no meio da planície alguns ainda fugiam como vacas
que um leão pôs em fuga no negrume da noite; a todas pôs
em fuga, mas é a uma que aparece a morte escarpada:
175 primeiro com sua dentição possante lhe agarra o pescoço,
e depois devora-lhe o sangue e todas as vísceras.
Era assim que o Atrida, o poderoso Agamêmnon,
os perseguia, sempre matando os da retaguarda em fuga.

Muitos caíam dos carros de costas ou de frente,
180 às mãos do Atrida. À sua volta ele desvairava com a lança.
Mas quando ele estava prestes a chegar à cidade e à
                                        íngreme muralha,
foi então que o pai dos homens e dos deuses
se sentou nos pincaros do Ida de muitas fontes,
descendo do céu. Em suas mãos segurava o trovão.
185 Mandou Íris das asas douradas transmitir uma mensagem:

"Apressa-te, célere Íris, e vai dizer isto a Heitor:
enquanto ele vir Agamêmnon, pastor do povo,
a desvairar entre os dianteiros, desbaratando as filas,
que fique para trás, ordenando ao resto do exército
190 que peleje contra os inimigos em potente combate.
Mas quando, ferido por uma lança ou atingido por uma seta,
Agamêmnon saltar para o carro, então a Heitor outorgarei
                                        força
para matar, até que chegue às naus bem construídas,
quando se puser o sol e sobrevier a escuridão sagrada."

195 Assim falou; e não lhe desobedeceu Íris de pés velozes
                               como o vento.
Desceu das montanhas do Ida em direção à sagrada Ílion.
Encontrou o filho do fogoso Príamo, o divino Heitor,
em pé junto dos cavalos e do carro bem articulado.
Postando-se junto dele lhe falou Íris de pés velozes:

200 "Heitor, filho de Príamo, igual de Zeus no conselho!
Zeus pai enviou-me para te transmitir esta mensagem:
enquanto vires Agamêmnon, pastor do povo,
a desvairar entre os dianteiros, desbaratando as filas,
cede na batalha, ordenando ao resto do exército
205 que peleje contra os inimigos em potente combate.
Mas quando, ferido por uma lança ou atingido por uma seta,
Agamêmnon saltar para o carro, então a ti outorgará força
para matares, até que chegues às naus bem construídas,
quando se puser o sol e sobrevier a escuridão sagrada."

210 Tendo assim falado, partiu Íris de pés velozes.
E logo do seu carro Heitor saltou armado para o chão.
Brandindo duas lanças afiadas, percorreu todo o exército,
incitando ao combate; e levantou o fragor tremendo da
                                                    refrega.
Reagruparam-se as tropas e posicionaram-se defronte dos
                                                    Aqueus;
215 mas os Argivos por seu lado fortaleceram as falanges.
Ordenou-se a batalha e posicionaram-se frente a frente;
e Agamêmnon foi o primeiro a lançar-se,
pois ele queria combater à frente de todos.

Dizei-me agora, ó Musas que no Olimpo tendes vossas
                                                    moradas,
quem foi o primeiro a enfrentar Agamêmnon,
220 dentre os próprios Troianos ou seus famosos aliados.
Foi Ifidamante, filho de Antenor, homem alto e valente,
que fora criado na Trácia de férteis sulcos, mãe de rebanhos.

CANTO XI

Foi Cisseu que o criou em casa quando era ainda criança,
ele que era seu avô materno e que gerara Teano de lindo
rosto.
225 Mas quando ele chegou à medida certa da florescente
juventude,
Cisseu reteve-o lá e deu-lhe sua filha em casamento.
Mal casara saiu do tálamo atrás do rumor dos Aqueus
com as doze naus recurvas que o seguiram.
Em seguida deixou as naus bem construídas em Percote,
230 prosseguindo viagem para Ílion a pé.
Era ele que agora enfrentava o Atrida Agamêmnon.
Quando estavam já perto e avançavam um contra o outro,
o Atrida falhou o alvo, pois desviara-se a sua lança;
porém Ifidamante golpeou-o no cinturão debaixo da
couraça,
235 arremetendo com seu peso, confiante em sua mão pesada.
No entanto não penetrou o cinturão faiscante, pois já antes
a ponta da lança chegara à prata e como chumbo se dobrara.
Foi então que, agarrando na lança com a mão, Agamêmnon
de vasto poder a puxou para si, furibundo como um leão,
240 e arrancou-a da mão de Ifidamante. E atingindo-o no
pescoço,
deslassou-lhe os membros. Assim tombou para dormir um
sono
de bronze, pobre mancebo, longe da esposa para ajudar os
cidadãos:
esposa de que não recebera alegria, embora muita lhe dera,
pois dera-lhe cem bois e depois lhe prometeu mais mil,
245 cabras juntamente com ovelhas, que apascentava, incontáveis.
Em seguida o despojou o Atrida Agamêmnon e caminhou
através da turba dos Aqueus, segurando as suas belas armas.

Mas quando se apercebeu Cóon, eminente entre os varões
e filho mais velho de Antenor, uma dor fortíssima
250 lhe encobriu os olhos por causa do irmão tombado.
Posicionou-se de um lado com a lança, despercebido

do divino Agamêmnon, e golpeou-lhe o braço sob o cotovelo:
e por completo o trespassou a ponta da lança reluzente.
Estremeceu em seguida Agamêmnon, soberano dos homens;
no entanto nem assim desistiu da batalha e da guerra,
mas arremeteu contra Cóon com a lança que o vento
aguçara.
Ora ele estava a arrastar pelo pé Ifidamante, seu irmão
e filho do mesmo pai, e chamava pelos mais valentes;
mas enquanto arrastava no meio da turba atingiu-o
Agamêmnon por cima do escudo cravejado de bossas
com um golpe da brônzea lança, deslassando-lhe os
membros.
Aproximou-se depois e decapitou-o junto de Ifidamante.
Foi aí que os filhos de Antenor, às mãos do rei Atrida,
completaram seu destino e desceram à mansão de Hades.

Porém Agamêmnon percorria as falanges dos outros
com a lança e a espada e enormes pedregulhos,
enquanto o sangue ainda jorrava quente da ferida.
Mas quando a ferida secou, depois de o sangue estancar,
agudas dores sobrevieram à Força do Atrida.
Tal como o dardo afiado atinge a parturiente —
dardo penetrante enviado pelas Ilitias, deusas do parto,
filhas de Hera e senhoras de dores amargas —
assim agudas dores sobrevieram à Força do Atrida.
Saltou para o carro e ordenou ao cocheiro
que o conduzisse às côncavas naus: doía-lhe o coração.
Soltou um grito penetrante e assim dissé aos Dânaos:

"Amigos, regentes e comandantes dos Argivos,
é a vós que agora compete afastar das naus
o fragor da refrega, visto que Zeus o conselheiro
não permite que eu combata os Troianos o dia inteiro."

Assim falou; e o cocheiro chicoteou em direção às
côncavas naus

os cavalos de belas crinas, que não se recusaram a correr.
Com o peito a espumar e as barrigas sujas de pó
levaram o soberano ferido para longe da batalha.

Mas quando Heitor viu que Agamêmnon partia,
²⁸⁵ aos Troianos e aos Lícios gritou bem alto:

"Troianos e Lícios e Dárdanos, prestos combatentes!
Sede homens, amigos, e lembrai-vos da bravura animosa!
Partiu o melhor guerreiro e a mim deu grande glória
Zeus Crônida! Os cavalos de casco não fendido conduzi
²⁹⁰ contra os Dânaos valentes, para ganhardes a glória
                                          vitoriosa!"

Assim falando, incitou a força e a coragem de cada um.
Tal como quando um caçador atiça os galgos de brancos
                                          dentes
contra um javali selvagem ou contra um leão —
assim contra os Aqueus atiçava os magnânimos Troianos
²⁹⁵ Heitor, filho de Príamo, igual de Ares, flagelo dos mortais.
Ele próprio caminhava entre os dianteiros com altos
                                          pensamentos,
e lançou-se no combate como a rajada da tempestade,
que revolve e encrespa o mar cor de violeta.
Quem foi o primeiro, e quem o último, a quem matou
³⁰⁰ Heitor, filho de Príamo, quando Zeus lhe outorgou a glória?
O primeiro foi Aseu; e depois Autônoo e Opites;
e Dólops, filho de Clício, e Ofélcio e Agelau;
e Esimno e Oro e Hipônoo, tenaz em combate.
Matou estes comandantes dos Dânaos; e em seguida
³⁰⁵ atirou-se à multidão, tal como quando o Zéfiro empurra
as nuvens do Noto, atingindo-as com forte temporal;
rolam as ondas inchadas e a espuma no alto
é espalhada pelo sopro do vento que muito vagueia —
assim muitas cabeças do exército foram subjugadas por
                                          Heitor.

Então teria sido a desgraça, teriam acontecido coisas
>irremediáveis;
agora teriam os Aqueus se precipitado em fuga para as naus,
se ao Tidida Diomedes não tivesse Ulisses gritado:

"Tidida, que sofremos para que nos esqueçamos da
>bravura animosa?
Vem para cá, amigo, e posiciona-te a meu lado. Vergonha
será, na eventualidade de Heitor do elmo faiscante tomar
>as naus!"

Respondendo-lhe assim falou o possante Diomedes:
"Ficarei ao teu lado e aguentarei. Mas exíguo será
o nosso proveito, porquanto Zeus que comanda as nuvens
decidiu outorgar a força aos Troianos e não a nós."

Falou; e do carro atirou Timbreu ao chão, atingindo-o
com a lança no mamilo esquerdo. E Ulisses matou
Molíon, o divino escudeiro daquele soberano.
Deixaram-nos onde estavam, tendo-lhes cerceado o combate,
e puseram-se a criar confusão na turba, como quando
dois javalis destemidos se atiram aos cães de caça.
Deste modo eles se viraram contra os Troianos e os mataram.
E os Aqueus que fugiam do divino Heitor respiraram melhor.

Tomaram então um carro com dois homens, os melhores
>do povo,
ambos filhos de Mérops de Percote; ele que acima de todos
era perito na adivinhação e não queria que os filhos fossem
para a guerra aniquiladora de homens; mas os dois não
>deram
ouvidos ao pai, pois o destino da negra morte os levava.
A estes tirou o sopro e a vida o Tidida, Diomedes famoso
pela sua lança, e despojou-os das armas famigeradas.
E Ulisses matou Hipódamo e Hipíroco.

CANTO XI

Foi então que, equável, o Crônida lhes estendeu o combate,
olhando do Ida. E eles iam se matando uns aos outros.
O filho de Tideu feriu com a arremetida da sua lança
Agástrofo, filho de Péon, na anca; os cavalos não estavam
340 perto para que pudesse fugir, pois o ânimo se lhe obnubilara;
é que o escudeiro mantinha-os longe, enquanto ele combatia
como peão entre os dianteiros, até perder a vida amada.
Rápido, Heitor discerniu-os entre as fileiras; e lançou-se
contra eles, gritando; com ele seguiam as falanges dos
Troianos.
345 Estremeceu ao vê-lo Diomedes, excelente em auxílio,
e logo dirigiu a palavra a Ulisses, que estava ali perto:

"Até nós rola esta desgraça: o possante Heitor.
Mas permaneçamos e repulsemos a sua arremetida!"

Assim falando, apontou e arremessou a lança de longa
sombra;
350 atirou e não falhou o alvo, acertando na cabeça de Heitor,
no cimo do elmo; mas por bronze foi o bronze desviado,
e não lhe atingiu a linda pele; pois foi contido pelo triplo
elmo de penacho, que lhe oferecera Febo Apolo.
Mas Heitor saltou logo para trás e misturou-se na multidão;
355 caiu de joelhos e assim ficou, apoiando a mão firme contra
a terra. A escuridão da noite veio cobrir-lhe os olhos.

Enquanto o Tidida seguia o trajeto da lança por entre
os dianteiros, onde lhe parecia que se cravara na terra,
Heitor voltou a si; e saltando de novo para o carro
360 conduziu-o por entre a turba, escapando ao negro destino.
Brandindo a lança gritou-lhe o possante Diomedes:

"De novo, ó cão, foges da morte! Mas na verdade bem perto
esteve a desgraça. Agora salvou-te de novo Febo Apolo,
a quem decerto tu rezas quando te metes entre dardos
arremessados.

365 Mas darei cabo de ti depois, quando te encontrar novamente,
se algum dos deuses houver que me queira ajudar.
Agora perseguirei outros: todo aquele que apanhar."

Falou; e despojou das armas o filho de Péon, célebre lanceiro.
Porém Alexandre, esposo de Helena dos belos cabelos,
370 apontou uma seta ao Tidida, pastor do povo,
encostado contra uma coluna no túmulo que másculas mãos
erigiram para Ilo, filho de Dárdano, ancião de outros tempos.
Ora Diomedes estava a despir a couraça faiscante do peito
do valente Agástrofo, assim como o escudo dos ombros
375 e o elmo pesado, quando Páris puxou o entalho
e disparou; e não foi em vão que a seta lhe fugiu das mãos,
pois acertou-lhe no pé direito. A seta trespassou-o por
                                      completo
e fixou-se na terra. Rindo-se aprazivelmente, Páris saltou
do refúgio onde estava e proferiu uma palavra ufanosa:

380 "Foste ferido! Não foi em vão que fugiu a minha seta.
Prouvera que tivesse te acertado no baixo-ventre e tivesse te
privado da vida! Assim os Troianos teriam alívio da desgraça,
eles que tremem à tua frente como cabras balidoras
                                     perante um leão."

Sem tremor algum lhe respondeu o possante Diomedes:
385 "Arqueiro, injuriador! Vaidoso do teu penteado, sedutor
                                     de virgens!
Prouvera que com armas me pusesses à prova corpo a corpo!
Então de pouco te serviriam o arco e as setas velozes.
Ufanas-te em vão por teres me arranhado a planta do pé.
Não dou qualquer importância: é como se contra mim tivesse
390 atirado mulher ou tola criança. Pois foi um dardo embotado
de um homem que não vale nada. Nem que seja só tocado
                                     por mim,
diferente é o efeito do dardo afiado, pois logo derruba
                                     quem atinge.

CANTO XI

E dilaceradas pelo pranto ficam ambas as faces da sua mulher
e órfãos ficam os filhos. Torna vermelha a terra com seu
                                                        sangue
395 e à sua volta estão mais aves de rapina do que mulheres."

Assim falou; aproximou-se dele Ulisses, famoso lanceiro,
e postou-se a seu lado. Arrancou do pé a seta afiada
e uma dor aflitiva atravessou a carne de Diomedes.
Saltou para o carro e ordenou ao cocheiro
400 que o conduzisse às côncavas naus: doía-lhe o coração.

Sozinho ficou Ulisses, famoso lanceiro, e nenhum dos Argivos
ficou ao seu lado, pois o terror dominava-os a todos.
Desanimado assim disse ao seu magnânimo coração:

"Ai, pobre de mim, que estarei para sofrer? Grande mal seria
405 se fugisse com medo desta turba; mas pior seria se fosse
tomado só; pois o Crônida pôs em fuga os outros Dânaos.
Mas por que razão o meu ânimo assim comigo dialoga?
Sei que eles são vis e que fugiram da batalha; por outro lado,
àquele que é excelente no combate, a esse compete ficar
410 sem arredar pé, quer seja atingido, ou outros atinja."

Enquanto assim ponderava no espírito e no coração,
aproximaram-se as fileiras de Troianos portadores de escudo,
encurralando-o no seu meio e preparando grande desgraça.
Tal como quando cães e vigorosos mancebos pressionam
415 um javali de todos os lados — ele que saiu do denso arvoredo
com o branco colmilho afiado nos maxilares redondos;
e eles arremetem de todos os lados e ouve-se o som de dentes
a serem ferrados, mas eles não arredam pé, terrível
                                                embora seja —
assim em torno de Ulisses, dileto de Zeus, pressionavam
420 os Troianos. Mas ele atingiu primeiro o irrepreensível
Deiopites no cimo do ombro, atirando-se a ele com a
                                                lança afiada;

e depois matou Tóon e Êunomo; e logo em seguida
a Quersidamante, no momento em que saltava do carro,
atingiu com a lança no umbigo, sob o escudo adornado de
　　　　　　　　　　　　　　　　　　　　　　　　bossas.
₄₂₅ Ele caiu na poeira e com a palma da mão agarrou a terra.
Deixou-os onde estavam e atingiu Cárops, filho de Hípaso,
com um golpe da lança, ele que era irmão do abastado Soco.
Para o auxiliar veio Soco, homem semelhante aos deuses,
e postando-se perto dele lhe dirigiu estas palavras:

₄₃₀ "Ó muito louvável Ulisses, urdidor de penas e enganos!
Ou hoje proferirás jactâncias sobre ambos os filhos de
　　　　　　　　　　　　　　　　　　　　　　　　Hípaso,
tendo ambos chacinado e despojado das suas armas,
ou então golpeado pela minha lança perderás a tua vida."

Assim falou; e atingiu-o no escudo bem equilibrado.
₄₃₅ Através do escudo fulgente penetrou a lança potente
e através do colete bem trabalhado penetrou:
e do flanco lhe rasgou a carne toda, mas Palas Atena
não permitiu que a lança chegasse às vísceras de Ulisses.
E Ulisses percebeu que o dardo não atingira ponto mortal;
₄₄₀ recuando, a Soco dirigiu as seguintes palavras:

"Desgraçado! Agora veio ao teu encontro a morte escarpada!
Decerto me impediste de guerrear contra os Troianos;
mas a ti declaro eu aqui que a morte e o escuro destino
te virão neste dia: pela minha lança subjugado,
₄₄₅ trar-me-ás a glória; ao Hades de nobres poldros, a tua alma."

Falou; e o outro recuou e lançou-se na fuga.
Enquanto se voltava, nas costas entre os ombros lhe fixou
Ulisses a lança, que lhe trespassou o peito.
Tombou com um estrondo e sobre ele exultou o divino
　　　　　　　　　　　　　　　　　　　　　　　　Ulisses:

CANTO XI

450 "Ó Soco, filho do fogoso Hípaso, domador de cavalos!
Rápido te sobreveio o termo da morte; não lhe escapaste.
Desgraçado! Teu pai e tua excelsa mãe não te fecharão
os olhos na morte, mas as aves de rapina que devoram
carne crua te dilacerarão, batendo todas cerradas as asas
455 à tua volta. Por mim, se morrer, sepultar-me-ão os Argivos."

Assim falando, arrancou a possante lança do fogoso Soco
da sua carne e do escudo adornado com bossas;
mas ao arrancar a lança jorrou o sangue, afligindo-lhe o
coração.
Assim que os magnânimos Troianos viram o sangue de
Ulisses,
460 chamaram uns pelos outros na turba e foram todos contra
ele.
Mas ele cedeu, recuando, e gritou pelos companheiros.
Três vezes gritou ele tão alto quanto pode uma cabeça
humana;
e três vezes ouviu seu grito Menelau, dileto de Ares.
E logo falou a Ájax que estava ali perto:

465 "Ájax Telamônio, criado por Zeus, rei do povo!
Aos meus ouvidos chegou o grito do paciente Ulisses,
como se a ele, isolado, os Troianos tivessem atacado
e cortado o caminho no potente combate.
Atravessemos a multidão; o melhor é auxiliá-lo.
470 Temo que venha a sofrer, sozinho entre os Troianos,
valente embora seja; grande saudade seria para os Dânaos."

Assim falando, abriu caminho, seguido pelo homem divino.
Encontraram Ulisses, dileto de Zeus: à sua volta os Troianos
arremetiam como morenos chacais nas montanhas de roda
475 de um chifrado veado ferido, a quem um homem atingiu
com uma flecha do seu arco; dele foge o veado com a rapidez
das patas, enquanto o sangue jorra quente e os joelhos
aguentam;

mas quando por fim a flecha veloz o subjuga, os chacais
sedentos de carne viva devoram-no nas montanhas,
480 num bosque sombrio; só que o deus traz contra eles um leão
assassino: os chacais fogem todos e o leão devora a presa —
assim em torno do fogoso Ulisses de matizado pensamento
muitos e valentes Troianos pressionavam; mas o herói,
brandindo a lança, afastou o impiedoso dia da morte.
485 Ájax aproximou-se segurando um escudo como uma torre,
e postou-se a seu lado. Os Troianos fugiram, cada um
            para seu lado.
E o guerreiro Menelau levou Ulisses para fora da multidão,
segurando-o pela mão, até que chegasse seu escudeiro
            e seu carro.

Então Ájax lançou-se contra os Troianos e matou Dóriclo,
490 filho bastardo de Príamo; e depois arremeteu contra Pândoco,
e contra Lisandro e Píraso e Pilartes.
Tal como quando o rio cheio desce para a planície, provindo
das montanhas invernosas e impelido pela chuva de Zeus;
e muitos secos carvalhos e muitos pinheiros arrasta,
495 e muita lenha vai lançar no mar —
assim o glorioso Ájax se lançava sobre a planície,
chacinando cavalos e homens. De nada se apercebeu
Heitor, pois combatia no flanco esquerdo da batalha,
junto às margens do rio Escamandro, onde numerosas
500 caíam as cabeças de homens e uma grita inextinguível
            surgia
em torno do grande Nestor e do belicoso Idomeneu.
Com estes se meteu Heitor, praticando terríveis façanhas
com a lança e a cavalo; desbaratou falanges de mancebos.
Mas do seu caminho não teriam ainda desistido os divinos
            Aqueus
505 se Alexandre, esposo de Helena dos belos cabelos,
não tivesse travado Macáon, pastor do povo, na peleja,
atingindo-o no ombro direito com uma seta de farpa tripla.
Então os Aqueus, que respiravam força, sentiram receio,

CANTO XI

não fosse alguém matá-lo na tergiversação da batalha.
510 De imediato assim disse Idomeneu ao divino Nestor:

"Ó Nestor, filho de Neleu, grande glória dos Aqueus!
Monta agora para o teu carro e que Macáon monte também
e depressa conduz para as naus os cavalos de casco não
                                                    fendido.
Pois um médico é homem que vale por muitos outros,
515 quando se trata de retirar setas e aplicar fármacos
                                                    apaziguadores."

Assim falou; e não lhe desobedeceu Nestor de Gerênia,
                                                    o cavaleiro.
Logo subiu para o carro e para junto dele subiu também
Macáon, filho de Asclépio, o médico irrepreensível.
Chicoteou os cavalos, que não se recusaram a correr
520 até as côncavas naus, pois era lá que lhes era agradável estar.

Porém Cebríones viu os Troianos fugindo em debandada,
em pé junto de Heitor; e assim lhe dirigiu a palavra:

"Heitor, é aqui que nos estamos a meter com os Dânaos,
na extremidade da guerra dolorosa, enquanto os outros
525 Troianos fogem à toa, tanto cavalos como homens.
É Ájax, filho de Télamon, que os põe em fuga; conheço-o
                                                    bem.
Vasto é o escudo que leva aos ombros. Conduzamos também
nós os cavalos e os carros para lá onde sobretudo
os cavaleiros e peões em malévola disputa se atingem
530 e matam uns aos outros e onde a grita é inextinguível."

Assim dizendo, chicoteou os cavalos de belas crinas
com o agudo chicote; e eles, ao sentirem o golpe,
puxaram depressa o carro por entre Troianos e Aqueus,
pisando os cadáveres e os escudos. De sangue estavam
535 salpicados o eixo das rodas e os rebordos do carro,

com as gotas que eram atiradas pelas patas dos cavalos
e pelas rodas. Heitor estava ávido de entrar na turba
de homens, para nela saltar e a desbaratar. Entre os Dânaos
espalhou um fragor maligno e pouco esteve sua lança inativa.
540 Na verdade, Heitor percorria as falanges dos outros
com a lança e a espada e enormes pedregulhos;
mas evitou combater contra Ájax, filho de Télamon.

Porém de seu alto trono Zeus pai incitou Ájax a pôr-se em
fuga.
545 Parou, atordoado; e às costas atirou o escudo de sete camadas
de pele de boi. Com um olhar receoso para a turba,
cedeu como um animal selvagem, sempre olhando
para trás e retrocedendo, um passo de cada vez.
Tal como quando do estábulo é escorraçado
o fulvo leão por cães e por homens lavradores,
550 que não o deixam levar a vaca mais gorda,
mas mantêm vigília toda a noite; ao passo que ele,
ávido de carne, avança, mas nada alcança, pois dardos
velozes voam contra ele de mãos audazes,
e tochas ardentes, que receia, ávido embora esteja;
555 e ao nascer da Aurora tem de partir de ânimo cabisbaixo —
assim Ájax cedeu aos Troianos de coração cabisbaixo,
muito contrariado; pois receava pelas naus dos Aqueus.

Tal como quando o burro que passa junto à seara é mais
forte
que os rapazes, burro esse em cujas costelas muitos bordões
560 se quebraram, e que entra pela seara dentro e estraga o
fundo cereal,
embora os rapazes lhe deem bordoada, só que exígua
é a sua força;
com afinco de lá o tiraram, mas já ele se saciara de
forragem —
assim ao grande Ájax, filho de Télamon,
os orgulhosos Troianos e seus numerosos aliados

565 alvejavam com lanças no meio do escudo e seguiam atrás dele.
E por vezes Ájax se lembrava da sua bravura animosa,
voltando-se para trás para reter as falanges de Troianos
domadores de cavalos; outras vezes tentava fugir.
Mas impediu-os a todos de chegar às naus velozes,
570 e postou-se ele próprio entre Troianos e Aqueus,
combatendo valorosamente. E as lanças atiradas por mãos
audazes se cravavam no enorme escudo à medida que avançavam,
e muitas ficaram no meio, sem atingirem seu corpo branco,
fixas na terra, desejosas de se fartarem de carne humana.

575 Mas quando o glorioso filho de Evémon, Eurípilo,
se apercebeu que ele estava a ser alvejado por dardos cerrados,
postou-se junto dele, e atirou sua lança reluzente,
que acertou em Apisáon, filho de Fáusio, pastor do povo,
no fígado sob as costelas; e logo lhe deslassou os joelhos.
580 Eurípilo atirou-se a ele, para lhe despir as armas dos ombros.
Mas quando o divino Alexandre o viu a despojar
as armas de Apisáon, imediatamente apontou o arco
contra Eurípilo e atingiu-o com uma seta na coxa direita.
A cana da seta partiu-se, mas a coxa ficou pesada.
585 Logo se imiscuiu no meio do seu povo, receoso da morte.
Soltou um grito penetrante e assim disse aos Dânaos:

"Amigos, regentes e comandantes dos Argivos!
Voltai-vos e permanecei para afastardes o dia impiedoso
de Ájax, a quem alvejam com dardos. Não penso
590 que ele fuja à guerra dolorosa. Permanecei e enfrentai-os
para auxiliardes o grande Ájax, filho de Télamon."

Assim disse Eurípilo, ferido. E eles a seu lado
ficaram juntos, encostando os escudos aos ombros
e erguendo as lanças. À frente deles chegou Ájax: voltou-se
595 e ali estacou, assim que chegou ao grupo dos camaradas.

Assim combateram eles como se fossem fogo ardente.
Suadas, as éguas de Neleu levaram Nestor da guerra,
e levaram também Macáon, pastor do povo.
Viu-o o divino Aquiles de pés velozes,
600 pois estava em pé junto à popa da nau de grande quilha,
fitando o íngreme sofrimento e a debandada lacrimosa.
Imediatamente chamou por Pátroclo, seu companheiro,
gritando de junto da nau. Ele ouviu e saiu da tenda
igual a Ares — o que para ele foi o início da desgraça.
605 A Aquiles falou primeiro Pátroclo, valente filho de Menécio:
"Por que me chamas, ó Aquiles? Por que precisas de mim?"

Respondendo-lhe assim falou Aquiles de pés velozes:
"Divino filho de Menécio, que encantas o meu coração!
Penso que agora os Aqueus estarão ao redor dos meus
                                                    joelhos,
610 suplicantes: sobreveio uma desgraça que já não se pode
                                                    aguentar.
Mas vai tu agora, ó Pátroclo dileto de Zeus, e pergunta
a Nestor quem é o homem que ele traz ferido da batalha.
Na verdade em tudo me parece ser Macáon, filho de
                                                    Asclépio,
mas não me foi possível ver os seus olhos, pois os cavalos
615 passaram rápidos, ávidos de seguir em frente."

Assim falou; e Pátroclo obedeceu a seu companheiro amado
e foi correndo ao longo das tendas e das naus dos Aqueus.

Quando os outros chegaram à tenda do filho de Neleu,
desmontaram e pisaram a terra provedora de dons;
620 e Eurimedonte, o escudeiro, desatrelou do carro os cavalos
do ancião. Enxugaram o suor das túnicas, de pé
na praia, com o ar do mar; mas depois foram
para a tenda e sentaram-se em assentos.
E para eles misturou a bebida Hecameda de belas tranças,
625 ela que o ancião trouxera de Tênedo, quando Aquiles saqueou

CANTO XI

a cidade, filha do magnânimo Arsínoo; tinham-na escolhido
os Aqueus para ele, porque de todos ele era o melhor no
conselho.

Primeiro junto deles pôs ela uma mesa bela,
com pés de precioso azul, bem polida; e sobre ela
630 colocou um cesto de bronze e uma cebola, para temperar
a bebida, e pálido mel e grãos moídos de sagrada cevada.
Colocou também uma lindíssima taça, que de casa trouxera
o ancião, cravejada de ouro; era uma taça de quatro asas,
e em torno de cada uma duas pombas douradas bicavam
635 alimento; e por baixo havia dois suportes.
Outro homem só a custo a levantaria da mesa
se estivesse cheia; mas o ancião Nestor erguia-a sem esforço.
Nesta taça, a mulher semelhante às deusas misturou
vinho de Pramno, e por cima ralou queijo de cabra
640 com um ralador de bronze; e polvilhou depois a branca
cevada.
Convidou-os a beber, depois que preparou a bebida.
E depois de terem bebido e afastado a sede ressequidora,
deliciaram-se contando histórias um ao outro.

Mas eis que Pátroclo estava à porta, homem divino.
645 Ao vê-lo se levantou o ancião do trono fulgente:
conduziu-o pela mão e disse-lhe para se sentar.
Mas Pátroclo, de onde estava, não quis anuir e disse:

"Sentar-me não quero, ó ancião criado por Zeus; não
me convencerás.
Venerando e respeitado é quem me mandou para saber
650 quem é o homem que trazes ferido. Mas eu próprio
estou a reconhecê-lo: vejo que é Macáon, pastor do povo.
Agora voltarei de novo para Aquiles, para lhe dar a notícia.
Tu bem sabes, ó ancião criado por Zeus, quão terrível
é aquele homem! Depressa culparia quem não tem culpa."

655 A ele deu resposta Nestor de Gerênia, o cavaleiro:
"Será que Aquiles está assim preocupado com os filhos
                                      dos Aqueus,
tantos quantos foram feridos por dardos? Nada ele sabe
do sofrimento que campeia no exército. Pois os melhores
jazem no meio das naus, com feridas infligidas por setas e
                                                   lanças.
660 Ferido está o filho de Tideu, o possante Diomedes; feridos
por lanças estão Ulisses, famoso lanceiro, e Agamêmnon.
Ferido foi também Eurípilo, com uma flecha na coxa.
E este homem aqui trouxe eu mesmo agora da batalha,
ferido por uma seta, disparada da corda. Porém Aquiles,
665 valente embora seja, não se compadece nem tem pena dos
                                                        Dânaos.
Será que está à espera de que as naus velozes junto do mar
à revelia dos Argivos sejam consumidas pelo fogo ardente,
e nós próprios sejamos chacinados, um a seguir ao outro?
Pois a minha força já não é o que era nos membros flexíveis.
670 Quem me dera ser novo e ter firmeza na minha força,
como quando surgiu o conflito entre os Eleios e o nosso povo
por causa do roubo de gado! Nesse tempo matei Itimoneu,
valente filho de Hipíroco, que habitava na Élide, quando
eu levava o gado que tomáramos em retaliação. Ao lutar
675 pelos seus bois foi ferido entre os dianteiros por uma lança
da minha mão e tombou. Os campônios fugiram por toda
                                                       a parte.
Muitos despojos nós reunimos daquela planície:
cinquenta rebanhos de bois e outros tantos de ovelhas;
outras tantas varas de porcos, tantas cabras vagueadoras,
680 assim como cento e cinquenta éguas ruças,
todas fêmeas e muitas amamentando seus poldros.
Todo este gado levamos para Pilos, cidade de Neleu,
no meio da noite; regozijou-se Neleu em seu espírito, porque
muito espólio me coubera ao partir para a guerra, ainda
                                                            novo.
685 Os arautos proclamaram alto ao nascer da Aurora

CANTO XI

que todos teriam a haver o que lhes era devido na divina
                                                    Élide;
e todos os que eram os regentes dos Pílios reuniram-se
e fizeram a divisão, visto que para com muitos estavam
                                                 os Epeios
em dívida, pelo que nós em Pilos éramos poucos e oprimidos.
⁶⁹⁰ É que por lá passara a grande Força de Héracles
em anos anteriores e todos os mais valentes foram
                                               dizimados.
Pois doze éramos nós, os filhos do irrepreensível Neleu:
só eu sobrevivi, todos os outros foram mortos.
Por isso os altivos Epeios, vestidos de bronze,
⁶⁹⁵ quiseram ultrajar-nos, congeminando planos maldosos.
Do espólio Neleu escolheu um rebanho de bois e um grande
rebanho de ovelhas: escolheu trezentas com os seus pastores.
Pois para com ele havia uma grande dívida na Élide divina:
quatro cavalos, arrebatadores de prêmios, com o carro
                                              respectivo,
⁷⁰⁰ que tinham ido aos jogos. A corrida era para ganhar uma
                                                 trípode.
Mas Augeu, soberano dos homens, ficou com eles,
e mandou embora o cocheiro, cheio de pena dos cavalos.
Por causa dessas coisas, palavras e atos, se encolerizou
                                                o ancião
e tirou abundante recompensa; o resto deu ao povo para
                                                dividir,
⁷⁰⁵ para que ninguém visse sonegada a parte que lhe cabia.
Dispúnhamos então de cada coisa e na cidade oferecíamos
sacrifícios aos deuses. Mas ao terceiro dia todos os Epeios
vieram, muitos homens e cavalos de casco não fendido,
com velocidade; entre eles, ambos os Molíones envergaram
⁷¹⁰ as armas, rapazes embora fossem, inexpertos da bravura
                                                 animosa.
Ora existe uma cidade chamada Trioessa, monte escarpado,
lá longe para as bandas do Alfeu, no extremo de Pilos
                                                arenosa.

Em roda dela acamparam, ávidos de a arrasarem por
$$\text{completo.}$$
Mas depois que atravessaram toda a planície, até nós desceu
₇₁₅ Atena depressa do Olimpo para anunciar que nos
$$\text{armássemos}$$
de noite; e em Pilos reuniu uma hoste de modo algum
$$\text{contrariada,}$$
mas que queria com todo o afinco combater. Neleu não
permitiu que me armasse e escondeu os meus cavalos.
É que afirmava que eu nada sabia dos trabalhos da guerra.
₇₂₀ No entanto era dos melhores entre os nossos cavaleiros,
peão embora fosse, pois assim dispôs Atena o combate.
Há um rio chamado Minieu, que desagua no mar
perto de Arena, onde aguardamos a Aurora divina,
nós os cavaleiros dos Pílios; a onda de peões veio depois.
₇₂₅ Daí em disparada, vestidos com as armaduras,
chegamos ao meio-dia à corrente sagrada do Alfeu.
Aí sacrificamos belas vítimas a Zeus de supremo poder,
um touro a Alfeu e um touro a Posêidon; mas uma vitela
da manada sacrificamos a Atena de olhos esverdeados.
₇₃₀ Em seguida no exército tomamos a refeição em grupos
e deitamo-nos para dormir, cada homem armado
junto às correntes do rio. Porém os magnânimos Epeios
estavam em torno da cidade, ávidos de a arrasarem por
$$\text{completo.}$$
Mas antes que isso acontecesse lhes surgiu o grande prélio
$$\text{de Ares.}$$
₇₃₅ É que quando o sol se posicionou por cima da terra,
entramos na batalha, rezando a Zeus e a Atena.
Assim que começou o combate entre Pílios e Epeios,
o primeiro a matar um homem fui eu, para me apoderar
de seus cavalos: Múlion, o lanceiro. Era genro de Augeu:
₇₄₀ desposara a filha mais velha, a loira Agameda,
que conhecia todos os fármacos que produz a ampla terra.
Atingi-o frontalmente com a lança de bronze;
tombou na poeira. E eu saltei para o seu carro e de lá

combati entre os dianteiros. Mas os Epeios magnânimos
₇₄₅ fugiam cada um para seu lado quando viram o homem
tombado, pois era capitão dos cavaleiros e excelente em
                                                                         combate.
Mas eu atirei-me a eles como uma negra tempestade
e tomei cinquenta carros; em cada carro dois homens
morderam o chão, subjugados pela minha lança.
₇₅₀ E agora teria eu chacinado os dois Molíones, da linhagem
de Actor, se da batalha não os tivesse salvado seu pai,
o Sacudidor da Terra de vasto poder, ocultando-os em
                                                                   névoa cerrada.
Então Zeus outorgou grande força aos Pílios.
Fomos seguindo pela ampla planície,
₇₅₅ matando homens e recolhendo as suas belas armas,
até conduzirmos os cavalos até Buprásion, rica em trigo,
e à Rocha Olênia e ao local que o monte de Alésion
é chamado: foi aí que Atena mandou para trás a hoste.
Foi aí que matei o último homem e ali o deixei; mas os Aqueus
₇₆₀ conduziram os velozes cavalos de Buprásion para Pilos;
                                                                              e todos
glorificaram Zeus, entre os deuses, e Nestor, entre os homens.
Portanto assim era eu, no meio dos varões. Mas Aquiles
quer ser o único a ter proveito da sua valentia. Penso que
muito ele se lamentará, quando o povo perecer.
₇₆₅ Meu amigo! Disto na verdade te incumbiu Menécio
naquele dia em que te mandou da Ftia para Agamêmnon —
pois ambos lá estávamos, eu e o divino Ulisses,
e no palácio ouvimos tudo de que te incumbiu.
Pois viéramos à casa bem construída de Peleu para reunir
₇₇₀ a hoste em toda a terra da Acaia provedora de dons.
Foi lá dentro que encontramos o herói Menécio,
tu próprio e, contigo, Aquiles; o velho auriga Peleu queimava
gordas coxas de boi para Zeus que com o trovão se deleita
na cercadura do pátio; e nas mãos segurava uma taça
                                                                              dourada,
₇₇₅ derramando o vinho frisante em flamejantes sacrifícios.

Vós ambos talháveis a carne do boi quando nós aparecemos
de pé à porta. E Aquiles, espantado, levantou-se
e conduziu-nos pela mão e disse-nos para nos sentarmos.
Ofereceu-nos a hospitalidade devida aos hóspedes.
780 Depois que nos deliciamos com comida e bebida,
dei início ao discurso; e disse-vos que seguísseis.
Viestes de bom grado e eles muitas coisas recomendaram.
O ancião Peleu recomendou a Aquiles, seu filho,
que primasse pela valentia e fosse superior aos outros todos.
785 A ti recomendou o seguinte Menécio, filho de Actor:
'meu filho, pelo nascimento é Aquiles mais nobre que tu,
mas tu és o mais velho, embora pela força ele seja superior.
Sê tu a dizer-lhe uma válida palavra, aconselha-o
e mostra-lhe o caminho: ele seguir-te-á em seu benefício.'
790 Disto te incumbiu o ancião, mas tu olvidaste. Mas ainda
agora poderias falar ao fogoso Aquiles; talvez te desse
                                                                                                ouvidos.
Quem sabe se, com ajuda divina, não lhe incitarias o coração
pelas tuas palavras? Coisa boa é a persuasão de um amigo.
Mas se em seu espírito ele evita algum oráculo
795 e algo lhe foi transmitido da parte de Zeus pela excelsa mãe,
que ele te mande a ti, e que contigo siga o restante exército
dos Mirmidões, para que possas trazer luz aos Dânaos.
E que ele te dê suas belas armas para levares para a guerra,
na esperança de que, tomando-te por ele, os Troianos
                                                                                        se abstenham
800 do combate e assim os belicosos filhos dos Aqueus
                                                                                        respirariam,
apesar de exaustos. Pois pouco tempo há para respirar
                                                                                        na guerra.
É que facilmente vós, que não estais cansados, afastaríeis
homens cansados das naus e tendas em direção à cidade."

Assim falando, incitou o coração no peito de Pátroclo,
805 que voltou a correr para as naus de Aquiles, o Eácida.
Mas quando junto às naus do divino Ulisses chegou

CANTO XI

Pátroclo na sua corrida, lá onde era o local da assembleia
e da justiça e onde estavam também os altares dos deuses,
foi aí que deu de cara com Eurípilo, filho de Evémon
810 criado por Zeus, ferido por uma seta na coxa,
coxeando do combate. E escorria-lhe o suor
dos ombros e da cabeça e da ferida aflitiva
corria o negro sangue. Mas a sua mente estava intacta.
Ao vê-lo se compadeceu o valente filho de Menécio
815 e chorando lhe dirigiu palavras aladas:

"Ah, desgraçados, regentes e comandantes dos Dânaos!
Assim estava destinado que longe dos familiares e da pátria
saciásseis com vossa branca gordura os rápidos cães de Troia!
Mas diz-me tu agora, ó herói Eurípilo, criado por Zeus,
820 se os Aqueus retêm ainda o possante Heitor,
ou se morrem subjugados pela sua lança?"

Respondendo-lhe assim falou Eurípilo ferido:
"Já não haverá, ó Pátroclo criado por Zeus, defesa
dos Aqueus, mas lançar-se-ão para as escuras naus.
825 Pois todos os que antes eram os melhores guerreiros
jazem junto das naus, feridos por setas ou lanças
às mãos dos Troianos, cuja força aumenta sempre.
Mas ajuda-me tu agora e leva-me à minha escura nau
e corta da coxa a flecha e lava-lhe o negro sangue
830 com água morna e nela aplica fármacos apaziguadores,
excelentes, que se diz teres tu aprendido de Aquiles,
a quem ensinou Quíron, o mais justo dos Centauros.
Pois penso que dos médicos, Podalírio e Macáon,
um deles jaz ferido por entre as tendas, ele próprio
835 precisado de um médico irrepreensível; o outro está
na planície, aguentando a aguçada arremetida dos Troianos."

A ele deu resposta o valente filho de Menécio:
"Como podem ser essas coisas? Que faremos, ó herói
                                              Eurípilo?

Estou abalado para transmitir ao fogoso Aquiles a mensagem
840 de que me incumbiu Nestor de Gerênia, guardião dos Aqueus.
Mas não te negligenciarei, assim aflito como estás."

Falou; e abraçando o pastor do povo debaixo do peito,
levou-o para a tenda. Ao vê-lo, o escudeiro estendeu no chão
peles de boi. Então com uma faca lhe cortou Pátroclo
845 da anca a afiada seta penetrante; e da ferida lavou o negro sangue
com água morna e sobre ela aplicou uma raiz amarga,
esfregando-a com as mãos: raiz anuladora da dor, que reteve
todas as dores. A ferida secou e o sangue estancou.

Canto XII

Deste modo junto das tendas o valente filho de Menécio
socorria Eurípilo ferido. Por seu lado, combatiam
numa chusma Argivos e Troianos; e já nem a vala
dos Dânaos os protegia, nem a ampla muralha em cima,
a qual construíram como defesa das naus, tendo em torno
escavado uma vala (embora aos deuses não tivessem
                                                                  oferecido
gloriosas hecatombes) para que as naus velozes e os
                                                                    abundantes
despojos ficassem lá dentro em segurança. À revelia dos
                                                                          deuses
imortais fora construída; pelo que pouco tempo ficou de pé.

Enquanto viveu Heitor e Aquiles continuava encolerizado
e incólume permanecia a cidade do soberano Príamo,
também de pé ficou a grande muralha dos Aqueus.
Mas quando morreram os melhores dos Troianos
e quando muitos dos Argivos ou tinham morrido ou partido,
e a cidade de Príamo foi saqueada no décimo ano
e os Argivos partiram nas naus para a amada terra pátria,
foi então que Posêidon e Apolo tomaram a decisão
de varrer de lá a muralha, reunindo o caudal dos rios
que das montanhas do Ida fluíam para o mar:
o Reso e o Heptáporo e o Careso e o Ródio;
o Grenico e o Esepo e o divino Escamandro

e o Simoente, onde muitos escudos de pele de boi e muitos elmos
tinham caído na poeira, assim como a raça de homens semidivinos.
De todos estes rios juntou Febo Apolo as embocaduras
e durante nove dias os fez fluir contra a muralha. Zeus choveu
continuamente, para mais depressa levar a muralha para o mar.
O próprio Sacudidor da Terra com o tridente nas mãos
liderava; e mandou para as ondas todos os alicerces
de vigas e pedras, que os Aqueus colocaram com esforço.
Alisou tudo ao longo da forte corrente do Helesponto
e novamente cobriu de areia a longa praia, após ter
varrido de lá a muralha. E desviou os cursos dos rios
para lá onde antes tinham vertido as suas belas correntes.

Assim haveriam Poseidon e Apolo de fazer no futuro.
Mas agora era a guerra e o fragor da batalha que lavravam
em torno da muralha bem construída; e as vigas das torres
ricocheteavam ao serem alvejadas. Os Argivos subjugados
pelo chicote de Zeus estavam encurralados junto das naus,
aterrados perante Heitor, forte congeminador de debandadas:
ele que já antes combatera semelhante a uma tempestade.
Tal como quando no meio de cães e de homens caçadores
um javali ou leão rodopia, exultante na sua força;
e estes se dispõem uns aos outros como uma muralha
e se posicionam contra ele arremessando das mãos
dardos cerrados; porém o valente coração da fera
não se amedronta nem receia, pois sua coragem é sua desgraça;
e amiúde rodopia para pôr à prova as fileiras dos homens
e sempre que arremete as fileiras dos homens arredam pé —
assim Heitor se movimentava por entre a multidão e pedia
aos companheiros que atravessassem a vala. Mas não ousaram

CANTO XII

seus céleres corcéis, mas bem alto relincharam, parados
à beira vertiginosa, pois amedrontava-os a vala por ser
tão ampla; facilmente não seria atravessada
a salto nem a galope, porque em toda a volta havia
55 barrancos iminentes e por cima estava espetada
com estacas afiadas, que lá tinham posto os filhos dos
                 Aqueus,
grandes e cerradas, como proteção contra homens inimigos.
Não seria facilmente que lá se meteria um cavalo a puxar
                 um carro
bem provido de rodas; mas os peões estavam dispostos, se
                 pudessem.
60 Então se acercou Polidamante do audaz Heitor e disse:

"Heitor e vós, demais comandantes e aliados dos Troianos!
Insensatamente tentamos conduzir os céleres corcéis
                 através da vala.
Na verdade, é muito difícil de atravessar, pois nela estão
                 espetadas
estacas afiadas; e perto delas está a muralha dos Aqueus.
65 Aos cavaleiros não é possível desmontar nem combater.
Pois o espaço é exíguo e penso que sofreremos danos.
Se de todo está disposto a desbaratar estes em malevolência
Zeus que troveja nas alturas e prestar auxílio aos Troianos,
então quereria eu que tal acontecesse rapidamente:
70 que anônimos aqui perecessem os Aqueus, longe de Argos.
Mas se eles se virarem contra nós e acontecer uma retirada
das naus que nos force para dentro da vala escavada,
não penso que algum de nós regresse à cidade
como mensageiro, recobrados os Aqueus.
75 Mas agora façamos como eu digo e obedeçamos todos:
que os escudeiros retenham os cavalos junto da vala
e que nós avancemos a pé, revestidos das armaduras,
e que todos juntos sigamos Heitor. Pois os Aqueus
não resistirão, se sobre eles forem atados os nós do
                 morticínio."

80 Assim falou Polidamante; e a Heitor aprouve seu prudente
discurso.
Logo com as suas armas saltou do carro para o chão.
Não ficaram os demais Troianos reunidos nos carros,
mas todos saltaram também, quando viram o divino Heitor.
Em seguida comandou cada um ao seu escudeiro
85 que ordenadamente retivesse os cavalos junto da vala.
Os guerreiros dividiram-se e voltaram a dispor-se;
e organizados em cinco grupos seguiram os comandantes.

Uns foram atrás de Heitor e do divino Polidamante,
os que eram melhores e mais numerosos, ávidos
90 de romper a muralha e combater junto das côncavas naus.
Com eles seguia como terceiro Cebríones; e junto do carro
deixara Heitor outro homem, mais fraco que Cebríones.
O segundo grupo lideravam Páris e Alcátoo e Agenor;
o terceiro grupo, Heleno e o divino Deífobo, ambos filhos
95 de Príamo; e como terceiro estava com eles o herói Ásio,
Ásio filho de Hírtaco, a quem de Arisbe os grandes e fulvos
cavalos haviam trazido, de junto do rio Seleis.
O quarto grupo era liderado pelo valente filho de Anquises,
Eneias; e com ele seguiam os dois filhos de Antenor,
100 Arquéloco e Acamante, peritos em todo o tipo de combate.
Sarpédon conduzia os famigerados aliados e escolheu
como seus camaradas Glauco e o belicoso Asteropeu,
pois estes pareceram-lhe ser os mais valentes dos outros
todos, além de si próprio; ele que sobressaía entre todos.
105 Depois que posicionaram na formação os escudos de pele
de boi,
arremeteram com afinco contra os Dânaos, convencidos
de que
já não seriam retidos, mas que cairiam sobre as escuras naus.

Então os demais Troianos e seus famigerados aliados
obedeceram ao conselho do irrepreensível Polidamante.
110 Só que Ásio, filho de Hírtaco, condutor de homens,

CANTO XII

   não queria deixar ali os cavalos e o cocheiro, seu escudeiro;
   mas com o carro se aproximou das naus velozes,
   estulto! pois não escaparia ao destino funesto,
   e não haveria de regressar das naus, regozijando-se
115 com os cavalos e o carro, de Ílion ventosa.
   Antes disso o encobriria o destino nefasto por meio
   da lança de Idomeneu, filho do altivo Deucalião.
   É que ele se precipitou para a esquerda das naus, aonde os
                                                            Aqueus
   costumavam regressar da planície com cavalos e carros.
120 Foi aí que conduziu os cavalos e o carro, mas não encontrou
   fechados nem os portões nem o comprido ferrolho,
   porque homens os mantinham abertos, para o caso de algum
   dos camaradas fugindo da batalha querer salvar-se junto
                                                            das naus.
   Para lá, determinado, conduziu os cavalos e seguiram-no
125 os seus, gritando alto; pensavam que os Aqueus já
   não os reteriam, mas que cairiam sobre as escuras naus.

   Estultos! Pois dois homens valentes encontraram aos portões,
   dois filhos orgulhosos dos Lápitas lanceiros,
   um deles filho de Pirítoo, o possante Polipetes;
130 o outro Leonteu, igual de Ares, flagelo dos mortais.
   Estes dois estavam à frente dos elevados portões,
   como dois carvalhos de alta copa nas montanhas,
   que todos os dias aguentam o vento e a chuva,
   bem firmes devido à grande extensão das raízes —
135 assim estes dois, confiantes na força dos braços,
   aguentaram a arremetida do grande Ásio sem arredar pé.
   Os inimigos investiram contra a muralha bem construída,
   levantando os escudos de pele de boi com alta grita
   em torno do soberano Ásio, de Iálmeno, de Orestes,
140 de Adamante, filho de Ásio, de Tóon e de Enómao.
   Os outros incitavam os Aqueus de belas cnêmides
   havia algum tempo lá de dentro, para defenderem as naus.
   Mas quando viram os Troianos investindo contra

a muralha, logo surgiu o terror e a gritaria dos Dânaos;
só que eles dois saíram dos portões para combater
como javalis selvagens, que nas montanhas
aguentam a multidão de homens e cães arremetendo
contra eles; e lançando-se em todas as direções
dizimam os arvoredos em redor, arrancando-os pela raiz,
até que algum o atinja e assim o prive da vida —
assim se ouvia o fragor do luzente bronze contra os peitos
de ambos, dos que contra eles atiravam; pois com muita força
combatiam, confiantes na hoste por cima e na sua força.
Os que estavam em cima atiravam com pedras das torres
bem construídas, para se defenderem a si próprios, às tendas
e às naus velozes. As pedras caíam como os flocos de neve
que o vento tempestuoso, soprando pelas nuvens sombrias,
derrama em grande quantidade na terra provedora de
                                                                    dons —
assim se derramavam das mãos as armas de arremesso,
tanto de Aqueus como de Troianos; e os elmos e os escudos
adornados de bossas retiniam ao serem atingidos com pedras.
Em seguida gemeu e, batendo com as mãos nas coxas,
lamentou-se Ásio, filho de Hírtaco, e proferiu estas palavras:

"Zeus pai, na verdade tu és completamente amigo de
                                                                    mentiras!
Pois eu não pensava que os heróis Aqueus fossem capazes
de resistir à nossa força e às nossas mãos invencíveis.
Eles que, tal como vespas coruscantes ou abelhas
que numa híspida vereda fizeram sua morada
e não abandonam seu oco habitáculo, mas lá ficam
dentro e afastam os caçadores por causa da progênie —
assim estes homens, apesar de só dois, não querem ceder
de junto dos portões, até que matem ou então sejam mortos."

Assim falou; mas dizendo tais coisas não convenceu a mente
de Zeus, que estava decidido a outorgar glória a Heitor.
Mas os outros combatiam junto aos outros portões.

CANTO XII

E difícil seria para mim narrar tudo como um deus.
É que por toda a parte brotava o fogo ardente
da pétrea muralha; os Argivos acabrunhados
defendiam à força as naus. E aos deuses doía o coração,
180 a todos quantos queriam auxiliar os Dânaos em combate.
Os Lápitas, esses arremetiam na luta e no conflito.

Foi então que o filho de Pirítoo, o possante Polipetes,
com a lança atingiu Dâmaso através do elmo de brônzeos
                                                           bocetes.
O elmo de bronze não reteve a lança, que o atravessou,
185 assim como ao osso. Os miolos por dentro ficaram
todos borrifados; e assim subjugou quem contra ele
                                                           arremetia.
Em seguida matou Pílon e Órmeno.
E Leonteu, vergôntea de Ares, atingiu com a lança
                                                      Hipômaco,
filho de Antímaco, ferindo-o no cinturão.
190 Da bainha tirou depois a espada afiada e primeiro feriu
Antífates, lançando-se contra ele através da turba
em combate corpo a corpo e atirou-o ao chão.
Foi depois que a Mênon, Iálmeno e Orestes, a todos,
uns a seguir aos outros, fez tombar na terra provedora de
                                                         dons.

195 Enquanto os despiam das suas armas resplandecentes,
os mancebos que seguiam Polidamante e Heitor,
eles que eram valentes e numerosos e mais desejavam
passar a muralha e deitar fogo às naus,
esses mesmos hesitaram, de pé junto da vala.
200 É que sobreviera uma ave quando queriam atravessar,
uma águia de voo sublime sobrevoando a hoste pela
                                                        esquerda,
que nas garras levava uma monstruosa cobra vermelha,
ainda viva e aguerrida, que não desistia de lutar:
pois contorcendo-se para trás mordeu no peito,

205 perto do pescoço, quem a segurava; e a águia,
com a dor, deixou a cobra cair ao chão no meio da turba,
e com um grito voou para longe com a rajada do vento.
Os Troianos horrorizaram-se ao ver a cobra a contorcer-se,
ali jazente no meio deles — portento de Zeus detentor da
égide!
210 Então se acercou Polidamante do audaz Heitor e disse:

"Heitor, sempre me repreendes nas assembleias,
embora eu diga coisas justas, visto que não fica bem
que alguém do povo te contradiga, seja na deliberação
ou na guerra, pois deve sempre aumentar o teu poder.
215 Mesmo assim agora direi aquilo que me parece melhor.
Não avancemos para combater os Dânaos junto das naus.
Pois é isto que, segundo penso, irá se passar, se for verdadeiro
o portento da ave que sobreveio aos Troianos ávidos de
avançar:
uma águia de voo sublime sobrevoando a hoste pela
esquerda,
220 que nas garras levava uma monstruosa cobra vermelha,
ainda viva; mas deixou-a cair antes de chegar ao ninho,
nem acabou de a levar para a dar de comer às suas crias.
Do mesmo modo nós, ainda que com grande força demos
cabo dos portões e da muralha dos Aqueus e eles cedam,
225 com desordem regressaremos das naus pelos mesmos
caminhos.
Pois muitos Troianos lá deixaremos, a quem os Aqueus
matarão com o bronze em defesa das naus.
Esta seria a interpretação de um adivinho, que no ânimo
tem conhecimento de portentos e no qual o povo confia."

230 Fitando-o com sobrolho carregado lhe deu resposta Heitor:
"Polidamante, isto que tu dizes já não me agrada:
sabes conceber outro discurso melhor que esse!
Mas se na verdade foi a sério aquilo que disseste, então
não há dúvida de que os deuses te deram cabo da mente.

CANTO XII

235 Tu que me dizes para esquecer de Zeus tonitruante
os conselhos que ele próprio me deu e a que inclinou a
cabeça!
Tu dizes-me para obedecer a aves de longas asas,
a que não volto o rosto nem dou importância,
quer voem para a direita, para a Aurora e o sol,
240 quer voem para a esquerda, para a escuridão sombria.
Obedeçamos antes à deliberação do grande Zeus,
ele que rege todos os mortais e imortais.
Há um portento que é o melhor: combater pela pátria.
Por que razão tu receias a batalha e a refrega?
245 Pois se nós, os outros, formos todos mortos
nas naus dos Argivos, não corres o risco de morrer,
já que o teu coração não é belicoso nem firme na luta.
Mas se te afastares da luta, ou se com palavras
convenceres outro a desistir do combate,
250 logo golpeado pela minha lança perderás a tua vida."

Assim falando, abriu caminho; e eles seguiram-no
com assombroso fragor. E Zeus que com o trovão se deleita
fez levantar das montanhas do Ida uma rajada de vento,
que contra as naus lançou poeira. E assim confundiu
255 o espírito dos Aqueus, dando a glória aos Troianos e a
Heitor.
Confiando em portentos e na sua força, os Troianos
procuravam arrasar a grande muralha dos Aqueus.
Deitaram abaixo os merlões das torres e as ameias,
e arrancaram os contrafortes, que os Aqueus tinham posto
260 em primeiro lugar na terra como suportes das torres.
Tentaram arrancá-los, na esperança de assim arrasarem
a muralha dos Aqueus. Mas os Dânaos não arredavam pé,
mas fecharam as ameias com peles de boi e de lá
alvejavam os inimigos que se aproximavam da muralha.

265 Ambos os Ajantes movimentavam-se por todo o lado
nos muros, incitando a coragem dos Aqueus. A um

falavam com palavras suaves; a outro repreendiam
com palavras duras, se o vissem desistindo do combate:

"Amigos, entre os Argivos quem for melhor, mediano
₂₇₀ ou pior (visto que não podem ser todos os homens
iguais na guerra), agora há trabalho para todos!
Isto sabeis também vós. Que ninguém volte para trás,
para as naus, por ter ouvido consonante gritaria.
Mas avançai para a frente e incitai-vos uns aos outros,
₂₇₅ na esperança de que Zeus, o astral relampejador Olímpio,
nos permita repelir o assalto e correr com o inimigo para
                                                                        a cidade."

Assim gritaram ambos e incitaram os Aqueus a combater.
Tal como densos caem os flocos de neve em dia
de inverno, quando Zeus o conselheiro se dispõe
₂₈₀ a fazer nevar, mostrando aos homens as suas flechas;
depois de amansar os ventos, faz nevar continuamente,
para cobrir os píncaros das montanhas, os altos
                                                                        promontórios,
as planícies cobertas de lótus e os férteis campos dos homens;
até sobre os portos e praias do mar cinzento se espalha
                                                                        a neve,
₂₈₅ ainda que o chapinhar da onda a afaste; mas todas as coisas
na neve são envoltas, quando sobrevém a tempestade de
                                                                        Zeus —
assim, de ambos os lados, voavam densas as pedras,
algumas contra os Troianos, outras pelos Troianos lançadas
contra os Aqueus; e por cima da muralha toda se elevou
                                                                        o fragor.

₂₉₀ Mas nem assim teriam os Troianos e o glorioso Heitor
quebrado os portões da muralha e o comprido ferrolho,
se a Sarpédon, seu filho, Zeus o conselheiro não tivesse
incitado contra os Argivos, como a um leão contra gado
                                                                        bovino.

Sarpédon pôs logo à sua frente o escudo bem equilibrado,
295 belo escudo de bronze martelado, que o metalurgista
martelara, cosendo por dentro as espessas peles de boi
com grampos dourados no perímetro do rebordo.
Foi este escudo que pôs à sua frente; e brandindo duas lanças,
saiu como um leão criado na montanha, que há muito
300 sente a falta de carne e assim o orgulhoso coração
lhe manda, a ponto de chegar ao redil e atacar os rebanhos;
pois embora lá venha a encontrar homens boieiros
guardando os rebanhos com cães e lanças, não lhe ocorre
deixar o redil sem tentar alguma coisa: ou salta no meio
305 do rebanho para arrebatar um animal, ou é ele próprio
                                                                    atingido
entre os dianteiros por um dardo atirado por mão rápida —
assim ao divino Sarpédon mandou seu ânimo
que se lançasse contra a muralha para derrubar as ameias.
Logo disse a Glauco, filho de Hipóloco:

310 "Glauco, por que razão nós dois somos os mais honrados
com lugar de honra, carnes e taças repletas até a borda
na Lícia, e todos nos miram como se fôssemos deuses?
Somos proprietários de um grande terreno nas margens
                                                                    do Xanto,
belo terreno de pomares e de searas dadoras de trigo.
315 Por isso é nossa obrigação colocarmo-nos entre os dianteiros
dos Lícios para enfrentarmos a batalha flamejante,
para que assim diga algum dos Lícios de robustas couraças:
'ignominiosos não são os nossos reis que governam
a Lícia, eles que comem as gordas ovelhas e bebem
320 vinho seleto, doce como mel; pois sua força é também
excelente, visto que combatem entre os dianteiros dos Lícios.'
Meu amigo, se tendo fugido desta guerra pudéssemos
viver para sempre isentos de velhice e imortais,
nem eu próprio combateria entre os dianteiros
325 nem te mandaria a ti para a refrega glorificadora de homens.
Mas agora, dado que presidem os incontáveis destinos

da morte de que nenhum homem pode fugir ou escapar,
avancemos, quer outorguemos glória a outro, ou ele a nós."

Assim falou; e Glauco não voltou para trás nem desobedeceu.
330 Foram ambos em frente, conduzindo a grande hoste de
                                                    Lícios.
Ao vê-los estremeceu Menesteu, filho de Peteu, pois foi contra
a parte da muralha onde estava que avançaram, trazendo
                                                    a desgraça.
Observou hesitante a muralha dos Aqueus, na esperança
                                                    de ver
algum dos comandantes, que dos camaradas afastaria
                                                    a desgraça.
335 Viu os dois Ajantes, insaciáveis na guerra, ali em pé;
e Teucro, que saíra havia pouco da sua tenda, estava perto.
Mas era-lhe impossível gritar de modo a que ouvissem,
tal era o barulho: o fragor subia ao céu,
de escudos alvejados, de elmos com crinas de cavalo,
340 dos portões. É que estavam todos fechados e à frente
os inimigos pela força tentavam quebrá-los e entrar.
Imediatamente Menesteu mandou o arauto Tootes a Ájax:

"Vai correndo, divino Tootes, e chama Ájax, ou de preferência
ambos os Ajantes, pois isso seria o melhor de tudo,
345 visto que aqui muito em breve acontecerá a íngreme desgraça.
É assim que nos pressionam os comandantes dos Lícios,
que há muito são ferozes nos possantes combates.
Mas se também ali surgiu a labutação da refrega,
que venha sozinho o valente Ájax Telamônio
350 e que com ele venha Teucro, perito no arco e na flecha."

Assim falou; e o arauto, ouvindo, não lhe desobedeceu,
                                                    mas foi
correndo ao longo da muralha dos Aqueus vestidos de bronze
e postou-se à frente dos Ajantes e assim disse:

CANTO XII

"Ajantes, comandantes dos Argivos vestidos de bronze!
O filho amado de Peteu, criado por Zeus, pede-vos
que lá vades, para susterdes algum tempo o bélico esforço;
ambos, de preferência! Pois isso seria o melhor de tudo,
visto que ali muito em breve acontecerá a íngreme desgraça.
Lá nos pressionam os comandantes dos Lícios,
que há muito são ferozes nos possantes combates.
Mas se também aqui surgiu a labutação da refrega,
que venha sozinho o valente Ájax Telamônio,
e que com ele venha Teucro, perito no arco e na flecha."

Assim falou; e não lhe desobedeceu o grande Ájax
                                                            Telamônio.
E logo ao filho de Oileu dirigiu palavras aladas:

"Ájax, que vós dois, tu e o possante Licomedes,
aqui vos mantenhais, para incitardes os Dânaos a combater.
Pela minha parte irei até lá, para suster o bélico esforço.
Mas depressa voltarei para cá, depois de os ter auxiliado."

Assim dizendo, partiu Ájax, filho de Télamon,
e com ele foi Teucro, seu irmão, filho do mesmo pai.
Com eles foi Pandíon, que levou o arco recurvo de Teucro.
Quando chegaram ao posto do magnânimo Menesteu,
caminhando ao longo da muralha (junto de acabrunhados
chegavam), os valentes comandantes e regentes dos Lícios
subiam as ameias como um escuro furacão.
Embateram uns contra os outros e levantou-se o fragor.

Ájax Telamônio foi o primeiro a matar um homem:
foi o companheiro de Sarpédon, o magnânimo Épicles.
Atingiu-o com uma enorme pedra lacerante, que estava
por cima, dentro da muralha junto às ameias. Não seria fácil
para um homem, dos que hoje vivem, levantá-la com as
                                                            mãos,
por muito novo que fosse. Mas Ájax ergueu-a bem alto

e atirou-a, estilhaçando o elmo de quatro chifres e também
385 todos os ossos da cabeça de Épicles. Tombou do alto muro
como um mergulhador e a vida deixou os seus ossos.
Teucro atingiu Gláucon, possante filho de Hipóloco,
com uma seta do alto muro, quando ele se lançava contra
 eles,
pois vira-lhe a nudez do braço e assim o impediu de lutar.
390 Saltou para trás, despercebido, da muralha, para que nenhum
dos Aqueus percebesse que fora atingido e proferisse
 jactâncias.
Mas a Sarpédon sobreveio o desgosto pela partida de
 Gláucon,
assim que dela se apercebeu. Mas nem assim descurou a luta,
mas golpeou com a lança Alcmáon, filho de Testor, e logo
395 arrancou a lança. E Alcmáon seguiu o trajeto da lança e
 tombou
de frente; sobre ele ressoaram as armas embutidas de bronze.
Porém Sarpédon com suas mãos possantes agarrou parte
da ameia e puxou-a; toda ela cedeu e a muralha por cima
se desnudara, o que a muitos proporcionou a entrada.

400 Mas contra ele vieram Ájax e Teucro: este atingiu-o
com uma seta no luzente boldrié do escudo protetor
em torno do peito; mas Zeus afastou o destino do seu filho,
para que não fosse subjugado junto às popas das naus.
Mas Ájax com um salto atingiu-lhe o escudo; a lança não
405 penetrou completamente, mas atirou-o para trás, contuso.
Cedeu um pouco de espaço da ameia, mas completamente
não se retirou, pois esperava seu coração obter a glória.
Virando-se assim gritou aos Lícios divinos:

"Ó Lícios, por que rejeitastes a bravura animosa?
410 É-me difícil, por muito valente que eu seja,
quebrar o muro de modo a abrir caminho para as naus.
Esforçai-vos! Por obra de muitos será melhor o trabalho!"

CANTO XII

Assim falou; e eles, receosos devido à repreensão do rei,
esforçaram-se mais ao lado do seu rei e conselheiro;
415 e do outro lado os Argivos reforçaram as falanges
dentro do muro: apareceu-lhes à frente um trabalho ingente.
É que nem os valentes Lícios lograram quebrar a muralha
dos Dânaos de modo a abrirem caminho para as naus,
nem os lanceiros dos Dânaos lograram repelir os Lícios
420 da muralha, a partir do momento em que dela se
 aproximaram.
Mas tal como, de volta dos muros de pedra, dois homens
 seguram
nas mãos objetos de medição e contendem num campo
 comum;
e num terreno exíguo disputam uma divisão equitativa —
assim os separavam as ameias. E por cima delas
425 golpeavam as fivelas de cabedal em torno dos peitos
uns dos outros, os escudos redondos e os couros franjados.

Muitos foram feridos na carne pela arremetida do bronze
 impiedoso,
uns quando se voltavam e deixavam nuas as costas enquanto
combatiam; outros diretamente através do próprio escudo.
430 Por todo o lado os muros e ameias estavam borrifados
com sangue de homens de ambos os lados, Troianos e
 Aqueus.
Mas nem assim conseguiam pôr os Aqueus em debandada,
porquanto eles se mantinham firmes, como a fiandeira
 honesta
que segura a balança e levanta os pesos e a lã de cada lado
435 para os igualizar, de modo a ganhar uma ninharia para os
 filhos —
assim de forma equável se esticou a luta e a batalha,
até que Zeus outorgou a glória a Heitor, o Priâmida,
que foi o primeiro a saltar para dentro da muralha dos
 Aqueus.
Com um grito penetrante, chamou pelos Troianos:

440 "Levantai-vos, ó Troianos domadores de cavalos! Quebrai a muralha dos Aqueus e espalhai entre as naus o fogo ardente!"

Assim falou incitando-os; e todos lhe prestaram ouvidos e lançaram-se em massa contra a muralha. Em seguida subiram aos merlões com as lanças nas mãos.
445 Heitor segurou e levou uma pedra que estava à frente dos portões, grossa embaixo, mas afiada em cima.
Dois homens, os mais fortes do exército, não a levantariam facilmente com uma alavanca: homens como os que vivem hoje. Mas com facilidade Heitor levantou a pedra sozinho.
450 Pois leve a tornara para ele o filho de Crono de retorcidos conselhos.
Tal como quando o pastor transporta facilmente o velo do bode,
levando-o numa mão, e muito pouco aquele peso o incomoda —
assim Heitor pegou na pedra e a lançou diretamente contra as portas que protegiam os fortes e cerrados portões,
455 portas duplas e altas. E duas barras cruzadas as retinham por dentro e um só ferrolho as mantinha fechadas.
Posicionou-se muito perto e atirou a pedra contra o meio, apoiando-se bem para que ao arremesso não faltasse força; quebrou ambas as dobradiças e a pedra caiu lá dentro
460 devido ao seu próprio peso. Alto gemeram os portões de ambos os lados e as barras não aguentaram; as portas foram quebradas pelo arremesso da pedra. E o glorioso Heitor
lançou-se lá para dentro e o seu semblante era como a noite repentina.
Brilhava o bronze, medonho, que lhe cobria o corpo, e nas mãos
465 segurava duas lanças. Ninguém poderia agora retê-lo, a não ser
os deuses, assim que se lançou para dentro dos portões.

Como fogo seus olhos faiscavam. Virando-se na multidão,
chamou pelos Troianos para que escalassem a muralha.
Eles obedeceram a quem os incitava. Logo uns escalaram
                                                         o muro,
470 e outros entraram pelo portão bem construído. Os Dânaos
                                                           fugiram
para as côncavas naus e levantou-se uma gritaria infindável.

Canto XIII

Zeus, depois de trazer os Troianos e Heitor para as naus,
aí os deixou para terem esforços e sofrimentos incessantes,
enquanto ele próprio desviou os olhos brilhantes
e olhou para longe, para a terra dos cavaleiros Trácios
e dos Mísios, aguerridos combatentes, e dos Hipemolgos,
que bebem leite de égua, e dos Ábios, homens justíssimos.
Para Troia já de todo os olhos brilhantes não virava,
pois não pensava em seu coração que algum dos imortais
se aproximasse para prestar auxílio a Troianos ou Dânaos.

Mas não foi uma vigília cega a do poderoso Sacudidor da Terra.
Pois ele olhava admirado para a batalha e para o combate,
no píncaro mais elevado da frondosa Samotrácia,
donde se via perfeitamente toda a montanha do Ida
e se viam a cidade de Príamo e as naus dos Aqueus.
Aí se sentara, tendo emergido do mar; dos Aqueus sentiu
pena, subjugados pelos Troianos, e contra Zeus forte ira sentiu.

Desceu imediatamente da áspera montanha, caminhando
com passos rápidos; tremeram os altos montes e os bosques
sob os pés imortais de Posêidon, à medida que caminhava.
Três foram os passos que deu: e ao quarto passo chegou
ao destino, Egas, onde fora construído seu famoso palácio

CANTO XIII

    no fundo do mar, dourado e cintilante, imperecível para
sempre.
Foi aí que chegou e fez atrelar ao carro seus cavalos velozes
de brônzeos cascos com fartas crinas douradas;
25 e de ouro se armou ele próprio em volta do corpo. Agarrando
no chicote de ouro bem forjado, subiu para o carro,
que conduziu por cima das ondas. Por baixo dançaram
golfinhos das profundezas, pois conheciam seu soberano.
De felicidade se abriu o mar. E ele continuou depressa em
frente,
30 sem que se molhasse do carro o eixo de bronze.
Às naus dos Aqueus o levaram os cavalos empinadores.

    Há uma ampla gruta nas profundezas do mar profundo,
a meio caminho entre Tênedo e a rochosa Imbro.
Foi lá que Posêidon, Sacudidor da Terra, parou os cavalos
35 e os desatrelou do carro; lançou-lhes à frente pasto ambrosial
para comerem e à volta das patas lançou correntes de ouro,
impossíveis de quebrar ou deslaçar, para que aí ficassem
à espera do regresso do amo. E ele foi para o exército dos
Aqueus.

    Ora os Troianos todos juntos como labareda ou tempestade
40 seguiam avidamente Heitor Priâmida, com alto clamor
e altos gritos. Tinham a esperança de tomar as naus
dos Aqueus e de lá chacinar todos os mais nobres.
Porém Posêidon, que segura e sacode a terra,
incitou os Argivos, depois de emergir do fundo do mar,
45 assemelhando-se a Calcas no corpo e na voz incansável.
Primeiro falou aos dois Ajantes, ávidos também eles:

    "Ó Ajantes, sereis vós a salvar o exército dos Aqueus,
se vos lembrardes da bravura em vez da frígida fuga!
Não é alhures que eu temo as mãos invencíveis
50 dos Troianos, que numa chusma escalaram a muralha,
pois haverão de os reter os Aqueus de belas cnêmides;

é aqui mesmo que receio terrivelmente que algo soframos,
pois é aqui que campeia como uma chama o cão enraivecido,
Heitor, que até afirma ser filho de Zeus poderoso!
Mas que no vosso espírito isto coloque um dos deuses:
permanecerdes firmes e encorajardes os outros.
Deste modo o poderíeis repelir, apesar de tão ávido,
das naus velozes, ainda que seja o próprio Olímpio a
                                                incitá-lo."

Falou; e o deus que segura e sacode a terra percutiu-os
com o cetro e encheu-os de força valente;
tornou-lhes os membros leves, tanto os pés como as mãos.
E tal como um falcão de rápidas asas se lança no voo,
depois de se elevar sobre um elevado rochedo escarpado,
e se apressa pela planície na perseguição de outra ave —
assim de junto deles se lançou Posêidon, Sacudidor da Terra.
De ambos o primeiro a reconhecê-lo foi o célere Ájax,
                                                filho de Oileu,
que imediatamente disse a Ájax, filho de Télamon:

"Ájax, visto que um dos deuses, que o Olimpo detêm,
com o aspecto do vidente nos diz para combater junto das
                                                naus —
pois este não era Calcas, o áugure e adivinho:
pelos sinais atrás dos pés e das pernas facilmente
o reconheci ao partir; os deuses dão-se a conhecer.
Além de que o meu ânimo no peito está mais desejoso
de combater na guerra e de batalhar; e ávidos
estão meus pés embaixo e minhas mãos em cima!"

Respondendo-lhe assim falou Ájax, filho de Télamon:
"De igual modo desejam as minhas mãos invencíveis
agarrar a lança; excitou-se-me a força e ambos os pés
estão cheios de rapidez. Quero acima de tudo defrontar
sozinho Heitor, filho de Príamo, que desvaira sem parar."

CANTO XIII

Enquanto estas coisas diziam um ao outro,
exultantes na força que o deus lhes lançara no coração,
o Sacudidor da Terra incitou os Aqueus da retaguarda,
os que descansavam o coração junto das naus velozes.
85 Deslassaram-se-lhes os membros devido ao penoso esforço
e surgia-lhes no espírito a tristeza ao contemplarem
os Troianos, que numa chusma escalaram a grande muralha.
Ao vê-los dos olhos lhes escorriam as lágrimas,
pois não pensavam poder escapar à desgraça. Mas facilmente
90 o Sacudidor da Terra, ao passar por eles, incitou as fortes
falanges.
A Teucro chegou primeiro e a Léito para lhes dar ordens;
depois ao herói Peneleu, a Toante e a Deípiro;
a Meríones e a Antíloco, donos do grito de guerra.
Incitando-os proferiu palavras aladas:

95 "Vergonha, Argivos, jovens mancebos! Na vossa peleja
confiava eu para que se salvassem as nossas naus.
Mas se vós desistis da guerra angustiosa, agora
chega o dia de sermos subjugados pelos Troianos.
Ó amigos, grande é a maravilha que meus olhos contemplam,
100 coisa terrível, que nunca pensei poder vir a cumprir-se!
Os Troianos avançam contra as nossas naus, eles que
antes pareciam corças amedrontadas, que na floresta
se tornam presa de chacais, panteras e lobos,
enquanto vagueiam impotentes, sem espírito combativo.
105 Assim eram dantes os Troianos, que à força e às mãos
dos Aqueus não resistiam, nem por um momento!
Agora longe da cidade pelejam junto às côncavas naus,
por causa da covardia do comandante e da indiferença das
hostes,
que, por estarem em conflito com ele, não querem defender
110 as naus velozes, mas deixam-se chacinar no meio delas.
Mas se na verdade é completamente responsável
o herói Atrida, Agamêmnon de vasto poder,
porque desonrou o Pelida de pés velozes,

não é por isso que nós vamos desistir da guerra.
¹¹⁵ Expiemos depressa: os espíritos dos valentes aceitam
a expiação.
Já não vos fica bem que desistais da bravura animosa,
vós que sois os melhores do exército. Pela minha parte
não implicaria com um homem que desistisse da guerra
por ser débil; mas convosco me irrito no coração.
¹²⁰ Covardes! Rapidamente conseguireis maior mal
por causa desta indiferença! No espírito colocai cada um
de vós
a vergonha e a indignação! Na verdade surgiu um grande
conflito.
Junto das naus campeia, possante, Heitor excelente em
auxílio;
já arrombou os portões e quebrou o comprido ferrolho."

¹²⁵ Deste modo incitou o Sacudidor da Terra os Aqueus.
Em torno dos Ajantes se dispuseram as falanges,
possantes, que nem Ares ao entrar na liça desbarataria,
nem Atena incitadora das hostes. Pois os valentes
e escolhidos guerreiros aguentaram a arremetida dos
Troianos
¹³⁰ e do divino Heitor, com lança contra lança, escudo contra
escudo,
broquel contra broquel, elmo contra elmo, homem contra
homem.
Tocaram-se os penachos de crina de cavalo nos luzentes
rebordos
dos elmos, quando foram cerrados uns contra os outros;
e as lanças nas mãos audazes entrechocaram ao serem
¹³⁵ brandidas. E eles estavam concentrados, ávidos de combater.

Cerrados avançaram os Troianos; liderava-os Heitor,
sobrepujando, tal como o pedregulho de um rochedo,
que o rio na corrente invernosa empurra da aba do
cabeço, após

CANTO XIII

com torrente espantosa rebentar os alicerces da pedra sem vergonha;
140 de cima vai saltando no seu voo e a floresta ressoa debaixo dela;
e vai ganhando velocidade sem impedimento, até que chega
à planície e aí já não rola mais, apesar de vir lançada —
assim Heitor durante um tempo ameaçava chegar ao mar
facilmente por entre as tendas e naus dos Aqueus, matando
145 a torto e a direito. Mas quando deparou com as falanges cerradas,
aproximou-se delas e estacou. Defronte estavam os filhos
dos Aqueus, arremetendo com as espadas e lanças de ponta dupla
e empurrando-o de junto deles. Heitor teve de ceder, vacilante.
Com um grito enorme assim berrou aos Troianos:

150 "Troianos e Lícios e Dárdanos, prestos combatentes,
não cedais! Muito tempo não será que me reterão os Aqueus,
ainda que tenham se disposto a si mesmos como muralha.
Segundo penso, acanhar-se-ão perante a minha lança, se na verdade
me incitou o mais excelso dos deuses, esposo tonitruante de Hera."

155 Assim dizendo, incitou a coragem e o ânimo de cada um.
Ora a caminhar no meio deles se pusera com altivos pensamentos
Deífobo, o Priâmida, segurando à frente o escudo bem equilibrado:
levemente avançou a pé, pondo pé ante pé sob proteção do escudo.
Meríones apontou contra ele a lança reluzente e atingiu-o;
160 não falhou o alvo, mas acertou no escudo bem equilibrado
de pele de boi; porém não penetrou o couro, pois antes que
tal acontecesse se quebrou no encaixe a lança comprida.

Deífobo afastou de si o escudo de pele de boi e temeu
no coração a lança do fogoso Meríones — herói esse
165 que de novo se retirou para junto dos conterrâneos,
duplamente espantado pela perda da vitória e da lança.
Caminhou ao longo das tendas e naus dos Aqueus
para ir buscar uma enorme lança, que deixara na tenda.
Mas os outros continuavam lutando; surgiu um clamor
inextinguível.
170 Teucro Telamônio foi o primeiro a matar um homem:
Ímbrio, o lanceiro, filho de Mentor, dono de muitos cavalos.
Habitara em Pedeu, antes da chegada dos Aqueus,
e desposara a filha ilegítima de Príamo, Medesicasta.
Mas quando chegaram as naus recurvas dos Dânaos,
175 de novo voltou para Ílion. Distinguiu-se entre os Troianos
e viveu na casa de Príamo, que o estimou como se fosse
seu filho.
Foi ele que o filho de Télamon atingiu debaixo da orelha
com a lança. Retirou a lança e ele tombou como o freixo
que no cume da montanha, visível ao longe de todos os lados,
180 é cortado pelo bronze e ao chão faz tombar a tenra folhagem.
Assim caiu Ímbrio e em torno dele ressoaram as armas de
bronze.

Teucro lançou-se ávido para o despojar das armas,
mas ao precipitar-se Heitor alvejou-o com a lança reluzente.
Porém Teucro fitou-o bem e conseguiu evitar a brônzea lança
185 por pouco; e Heitor atingiu Anfímaco, filho de Ctéato,
filho de Actor,
com a lança no peito, no momento em que entrava na
batalha.
Tombou com um estrondo e sobre ele ressoaram as armas.

Heitor precipitou-se para arrancar o elmo ajustado
às têmporas da cabeça do magnânimo Anfímaco.
190 Mas Ájax arremeteu com a lança reluzente contra Heitor
que se precipitava. Não lhe feriu a carne, pois estava todo
revestido de medonho bronze; mas acertou-lhe na bossa

do escudo, repelindo-o com força ingente. Ele retrocedeu
de junto dos dois cadáveres, que foram arrastados pelos
                                                      Aqueus.
195 Em seguida, Estíquio e o divino Menesteu, comandantes
dos Atenienses, levaram Antímaco para a hoste dos Aqueus;
a Ímbrio levaram os Ajantes, impulsivos na sua bravura
                                                      animosa.
Tal como dois leões que a cães de dentes afiados
arrebataram uma cabra e a levam pelo cerrado matagal,
200 segurando-a nas mandíbulas por cima do chão —
assim ao alto levaram Ímbrio os Ajantes, que depois
o despojaram das armas. Do macio pescoço lhe cortou
a cabeça o filho de Oileu, furibundo por causa de Antímaco,
e a fez rolar como uma bola por entre a multidão.
205 Foi cair na poeira à frente dos pés de Heitor.
Foi então que em seu coração se encolerizou Posêidon,
quando tombou o filho de seu filho na aterradora peleja.
Caminhou ao longo das tendas e das naus dos Aqueus,
incitando os Dânaos; mas desgraças para os Troianos
                                                      preparava.
210 Deu de cara com Idomeneu, famigerado pela sua lança,
vindo de junto do companheiro que havia pouco
viera da batalha ferido no joelho pelo bronze afiado.
Traziam-no os camaradas; e Idomeneu, entregando-o
aos médicos, ia para a tenda, pois queria ainda voltar
215 ao combate. Falou-lhe o poderoso Sacudidor da Terra,
assemelhando a voz à de Toante, filho de Andrêmon,
que na Plêuron inteira e na íngreme Cálidon
era rei dos Etólios, honrado pelo povo como um deus:

"Idomeneu, conselheiro dos Cretenses! Aonde foram ter
220 as jactâncias, com que os filhos dos Aqueus ameaçaram os
                                                      Troianos?"

Respondendo-lhe assim falou Idomeneu, comandante dos
                                                      Cretenses:

"Ó Toante, nenhum homem está em falta, tanto quanto
me apercebo: é que todos nós sabemos combater.
A ninguém domina o vil terror; e ninguém por temor
225 se retirou da guerra malévola. Mas é assim que o caso
está prestes a aprazer ao Crônida de supremo poder:
que anônimos aqui pereçam os Aqueus, longe de Argos.
Mas, ó Toante, já que antes eras tenaz combatente
e incitas também outro que tu vejas desencorajado,
230 não desistas agora e vai chamar cada homem."

Em seguida lhe deu resposta Posêidon, Sacudidor da Terra:
"Idomeneu, que esse homem nunca mais regresse a casa
de Troia, mas que aqui se torne joguete de cães,
aquele que neste dia de sua vontade se retirar da liça.
235 Mas pega nas armas e vai. É preciso que juntos nos apressemos,
a ver se algum proveito tiraremos do fato de sermos dois:
homens juntos têm valor, mesmo que de valor tenham pouco.
Mas nós dois sabemos lutar, nem que seja com os bons."

Assim dizendo, de novo ingressou o deus no esforço dos homens.
240 Porém Idomeneu, assim que chegou à tenda bem construída,
envergou por cima do corpo as belas armas e agarrou em duas lanças.
Pôs-se a caminho semelhante ao relâmpago que o Crônida
agarra na mão e lança do Olimpo refulgente como terrível
presságio para os mortais, e luzentes esplandecem os raios —
245 assim brilhava o bronze de Idomeneu no peito enquanto corria.
E logo Meríones, seu escudeiro, deu de cara com ele,
ainda perto da tenda; pois para lá se dirigia com intenção
de buscar uma brônzea lança. Falou-lhe a Força de Idomeneu:

"Meríones, filho de Molo, rápido de pé e mais amado dos camaradas,

250 por que razão aqui chegas, tendo deixado a guerra e a refrega?
Será que foste ferido e te lacera a ponta de um dardo,
ou vens ao meu encontro com alguma mensagem?
Pela minha parte não quero ficar na tenda: quero mais
é lutar."

Respondendo-lhe assim falou o prudente Meríones:
255 "Idomeneu, conselheiro dos Cretenses vestidos de bronze!
Venho aqui ver se porventura a lança ficou na tenda,
para a levar. É que se quebrou a lança que eu levava
quando a atirei contra o escudo do presunçoso Deífobo."

Respondendo-lhe assim falou Idomeneu, comandante dos Cretenses:
260 "Lanças, se é isso que queres, encontrarás — uma ou vinte! —
dispostas em pé na tenda junto à reluzente entrada:
lanças troianas, que arrebatei aos mortos. Pois não penso
em lutar contra homens inimigos posicionando-me ao longe;
por isso tenho lanças e escudos ornados de bossas
265 e elmos e couraças que brilham reluzentes."

Respondendo-lhe assim falou o prudente Meríones:
"Também eu tenho na tenda e na escura nau muitos despojos
troianos. Mas não estão perto para que os possa levar.
Pois afirmo que nem eu me esqueço da bravura,
270 mas entre os dianteiros me posiciono na luta
exaltadora de homens, quando surge o conflito da guerra.
Talvez a outro dos Aqueus eu tenha passado despercebido
na refrega, mas penso que tu próprio estás ciente de tudo
isso."

Respondendo-lhe assim falou Idomeneu, comandante dos Cretenses:
275 "Sei como és valoroso. Por que razão precisas dizer essas coisas?

Pois se agora junto às naus nos reuníssemos, nós os melhores,
para uma emboscada, situação em que melhor se avalia o
                                                                                      valor
dos varões, onde tanto o covarde como o valente se
                                                                                     revelam —
é que a pele do covarde está sempre a mudar de cor,
280 nem o ânimo lhe assenta imperturbável no espírito,
mas fica irrequieto e apoia-se ora num pé, ora no outro,
e o coração bate com força dentro do peito
ao pressentir a morte e na boca lhe chocalham os dentes;
porém a cor do valente não se altera nem sente medo
285 em demasia, depois de estar no seu lugar na emboscada
de varões: reza é para depressa entrar na cópula da luta
                                                                                        funesta —
ora nem em tal situação tua força ou teus braços seriam
                                                                                       aviltados!
E se fosses atingido por um dardo na labutação da refrega,
ou ferido por um golpe, não seria por trás ou no pescoço
290 que o projétil te atingiria; mas apanhava-te no peito ou na
                                                                                        barriga,
no momento de te lançares em frente para namorar os
                                                                                        dianteiros.
Mas não falemos mais dessas coisas como se fôssemos
                                                                                        crianças,
não vá alguém encolerizar-se de forma desmedida.
Vai então à tenda e tira de lá uma lança potente."

295 Assim falou; e Meríones, igual do célere Ares,
rapidamente tirou da tenda a brônzea lança,
e seguiu Idomeneu com alta concentração na batalha.
Tal como Ares, flagelo dos mortais, entra na guerra,
e com ele vai o Terror, seu filho amado, possante
300 e destemido, que põe em fuga até o guerreiro mais corajoso;
armam-se ambos para partir da Trácia em direção aos Éfiros
ou aos Fleges magnânimos, embora não deem ouvidos
a ambos os lados, mas dão a glória ora a uns, ora a outros —

CANTO XIII

    assim Meríones e Idomeneu, condutores de homens,
305 foram para a guerra, revestidos de bronze fulgente.
    Foi Meríones o primeiro a falar, assim dizendo:

"Filho de Deucalião, onde queres tu entrar na turba?
Do lado direito de todo o exército, ou no meio,
ou do lado esquerdo? Pois estou convencido de que
310 é aí que falham na guerra os Aqueus de longos cabelos."

Respondendo-lhe assim falou Idomeneu, comandante dos
                                                  Cretenses:
"No meio das naus outros há que possam defender,
os dois Ajantes e Teucro, que dos Aqueus é o melhor
no arco e na flecha; excelente é também na peleja de perto.
315 Estes levarão à saciedade da guerra
Heitor Priâmida, por muito forte que seja.
Íngreme lhe será, ainda que impulsivo no combate,
vencer a força daqueles e as suas mãos invencíveis
e deitar fogo às naus, a não ser que o Crônida
320 lance uma tocha ardente às naus velozes.
A nenhum homem cederia o enorme Ájax Telamônio
que seja mortal e se alimente do cereal de Deméter
e possa ser quebrantado pelo bronze ou grandes
                                                      pedregulhos.
Nem perante Aquiles, desbaratador de falanges, ele
                                                      arredaria pé,
325 na luta corpo a corpo; pois na velocidade ninguém com
                                                      ele rivaliza.
Mas quanto a nós dois, vai para a esquerda do exército,
                                                      para que
depressa saibamos se a outro daremos a glória, ou a nós
                                                      mesmos."

Assim falou; e Meríones, igual do célere Ares,
foi à frente, até chegarem ao exército, onde fora dito.

³³⁰ Quando os Troianos viram Idomeneu, semelhante a uma chama,
tanto ele como o escudeiro, revestidos de armas trabalhadas,
chamaram uns pelos outros através da turba e lançaram-se contra ele.
E junto às popas das naus embateram todos juntos.
Tal como quando sopram as rajadas dos ventos guinchantes
³³⁵ num dia em que há mais poeira nos caminhos
e os ventos em confusão levantam uma nuvem de pó —
assim embateu a luta deles e no coração estavam desejosos
de se matarem uns aos outros com o bronze afiado.
Eriçada estava a batalha destruidora de homens
³⁴⁰ com lanças compridas, que levavam para rasgar a carne.
Encandeava-lhes a vista o brilho de bronze dos elmos fulgentes,
das couraças de feitura recente e dos escudos brilhantes
dos que avançavam na confusão. De ânimo muito audaz seria quem
então se regozijasse ao ver tal esforço de guerra sem se penalizar.

³⁴⁵ Com dividida intenção os dois poderosos filhos de Crono
fabricavam para os heróis varonis sofrimentos funestos.
Zeus queria a vitória para os Troianos e para Heitor,
para glorificar Aquiles de pés velozes. Porém não queria
que o exército aqueu perecesse totalmente em Ílion,
³⁵⁰ mas queria honrar Tétis e o seu filho de forte coração.
Por seu lado, Posêidon andava no meio dos Aqueus a incitá-los,
tendo emergido às ocultas do mar cinzento. Doía-lhe vê-los
subjugados pelos Troianos e contra Zeus fortemente se irou.
Na verdade provinham ambos da mesma linhagem e de um só pai,
³⁵⁵ mas Zeus nascera antes e tinha maior quantidade de conhecimentos.

CANTO XIII

Por isso evitava Posêidon prestar auxílio abertamente e
                                                    incitava
o exército às ocultas, assemelhando-se a um homem.
Da poderosa discórdia e da guerra equitativa estendiam
ambos os deuses sobre ambos os exércitos a corda retesada
360 impossível de quebrar ou deslaçar, que a muitos deslassou
                                                    os joelhos.

Foi então que, a despeito das suas cãs, aos Dânaos gritou
Idomeneu; e saltando para meio dos Troianos, provocou
                                                    sua fuga.
É que abateu Otrioneu de Cabeso, presente na altura,
que chegara recentemente devido ao rumor da guerra;
365 pedira a Príamo a mais bela das suas filhas, Cassandra.
Não trouxera dons nupciais, mas prometera uma grande
                                                    façanha:
à força escorraçar de Troia os filhos dos Aqueus.
Prometera-lhe então a filha o ancião Príamo, inclinando
a cabeça; e ele combatia, confiante no que fora prometido.
370 Porém Idomeneu apontou contra ele a lança luzente; atirou-a
e acertou-lhe enquanto caminhava, altivo. A couraça de
                                                    bronze
que envergava não o protegeu: a lança fixou-se em seu ventre.
Tombou com um estrondo e sobre ele exultou Idomeneu:

"Otrioneu, sem dúvida acima de todos te considero louvável,
375 se na verdade fizeres todas as coisas que prometeste
a Príamo Dardânida; ele que te prometeu sua filha!
Também nós prometeríamos o mesmo e o cumpriríamos,
e dar-te-íamos a mais bela das filhas do Atrida,
trazendo-a de Argos para a desposares, se para nós
380 tu saqueasses a bem habitada cidadela de Ílion! Segue pois
conosco, para que junto às naus tudo sobre as núpcias
combinemos: maus não somos como parentes por
                                                    casamento!"

Assim dizendo, arrastou-o pelo pé no possante combate
o herói Idomeneu; mas Ásio veio em auxílio de Otrioneu,
₃₈₅ a pé à frente dos cavalos cujo bafo ele sentia nos ombros
ao serem guiados pelo seu cocheiro. No coração queria
arremeter contra Idomeneu; mas este, antecipando-se, feriu-o
com a lança na garganta sob o queixo; o bronze
trespassou-o.
Tombou como tomba carvalho ou choupo
₃₉₀ ou alto pinheiro, que nas montanhas os carpinteiros
cortam com machados afiados para a construção das naus —
assim tombou Ásio à frente do carro e dos cavalos e jazeu
estatelado a gemer, agarrado à poeira ensanguentada.
O cocheiro foi atingido no juízo que até aí tivera
₃₉₅ e nem ousou fugir às mãos dos inimigos e virar para trás
os cavalos; alvejou-o Antíloco, tenaz em combate,
com a lança e trespassou-o na cintura; a couraça de bronze
que envergava não o protegeu: a lança fixou-se em seu ventre.
Tombou ofegante do carro bem construído
₄₀₀ e seus cavalos levou Antíloco, magnânimo filho de Nestor,
dentre os Troianos para os Aqueus de belas cnêmides.

Ora Deífobo muito de perto se aproximou de Idomeneu,
desgostoso por causa de Ásio, e arremessou a lança luzente.
Mas olhando bem para ele Idomeneu evitou a brônzea lança,
₄₀₅ pois escondeu-se por trás do escudo bem equilibrado,
escudo esse trabalhado com pele de boi e bronze brilhante
que costumava levar, provido ainda de duas barras;
sob o escudo todo se escondeu e a brônzea lança voou por
cima.
Asperamente ressoou o escudo à passagem da lança.
₄₁₀ Mas não foi em vão que Deífobo atirou com a mão possante,
pois atingiu Hipsenor, filho de Hípaso, pastor do povo,
no fígado sob as costelas e logo lhe deslassou os joelhos.
Terrivelmente exultou Deífobo, gritando bem alto:

"Não é privado de vingança que Ásio jaz, mas afirmo que

CANTO XIII

415 a caminho do Hades, o forte guardião, se regozijará
no coração, pois providenciei-lhe um acompanhante!"

Assim falou; e aos Argivos sobreveio a dor porque exultava.
Mormente ao fogoso Antíloco agitou o coração.
Mas acabrunhado embora estivesse não se esqueceu do
　　　　　　　　　　　　　　　　　　　camarada:
420 foi correndo postar-se de plantão por cima dele e cobriu-o
com o escudo. Em seguida se agacharam dois fiéis
　　　　　　　　　　　　　　　　　　companheiros,
Mecisteu, filho de Équio, e o divino Alastor, que levaram
Hipsenor, gemendo em voz alta, até as côncavas naus.

Porém Idomeneu não abrandou sua fúria ingente, sempre
425 desejoso de cobrir algum dos Troianos com o negrume da
　　　　　　　　　　　　　　　　　　　　noite,
ou então de tombar ele mesmo, enquanto afastava a ruína
　　　　　　　　　　　　　　　　　　　dos Aqueus.
Foi nesse momento que ao filho amado de Esietes, criado
　　　　　　　　　　　　　　　　　　　por Zeus,
o herói Alcátoo — ele que era genro de Anquises,
pois desposara a mais velha das suas filhas, Hipodamia,
430 a quem no coração o pai e a excelsa mãe amavam
no seu palácio, dado que ela superava toda a juventude
　　　　　　　　　　　　　　　　　　　coetânea
na beleza, nos lavores e no juízo; e por isso
a desposara o melhor homem na ampla Troia —
ele que, por intermédio de Idomeneu, Posêidon subjugou,
435 enfeitiçando-lhe os olhos brilhantes e prendendo-lhe o
　　　　　　　　　　　　　　　　　　　belo corpo,
de molde a que não pudesse fugir para trás ou evitar a lança;
mas ali estacado, como uma coluna ou uma árvore de alta
　　　　　　　　　　　　　　　　　　　folhagem,
atingiu-o no meio do peito com a lança o herói Idomeneu
e fendeu-lhe a túnica de bronze em torno do corpo,
440 que antes lhe protegera a carne da morte.

Só que agora ressoou com aspereza ao ser fendida pela lança.
Tombou com um estrondo, com a lança cravada no coração,
que todavia ainda batia, fazendo estremecer a ponta da lança.
Mas em seguida o temível Ares aí lhe retirou a força.
₄₄₅ Terrivelmente exultou Idomeneu, gritando bem alto:

"Deífobo, acaso consideraremos agora que houve justa
retribuição: três mortos por um? Pois tu bem te ufanaste!
Estranha pessoa! Mas sê tu próprio a enfrentar-me agora,
para que vejas que filho de Zeus sou eu que aqui vim,
₄₅₀ Zeus que primeiro gerou Minos como guardião de Creta.
Minos gerou também um filho, o irrepreensível Deucalião;
e Deucalião gerou-me a mim, soberano de muitos homens
na ampla Creta. E agora para cá me trouxeram as naus,
para desgraça tua, de teu pai e dos demais Troianos."

₄₅₅ Assim falou; e Deífobo refletiu com a mente dividida,
se haveria de socorrer-se de algum dos magnânimos Troianos
depois de arredar pé, ou se entraria no combate sozinho.
Enquanto assim refletia, isto lhe pareceu a melhor decisão:
dirigir-se a Eneias. Encontrou-o em pé lá para o fim
₄₆₀ da multidão; pois sempre contra Príamo divino estava
                                                zangado,
porque apesar de tão valente entre os homens Príamo
                                            não o honrava.
Aproximando-se proferiu Deífobo palavras aladas:

"Eneias, conselheiro dos Troianos, é agora que precisas
auxiliar o teu cunhado, se é que sentes alguma pena!
₄₆₅ Vem comigo, para ajudarmos Alcátoo, que embora não fosse
mais que teu cunhado, te criou, ainda criança, em seu
                                            palácio.
Pois matou-o Idomeneu, famigerado pela sua lança."

Assim falou; e incitou o ânimo no peito de Eneias,
que foi à procura de Idomeneu, com belicosos pensamentos.

470 Mas o terror não se apoderou de Idomeneu como de um rapaz
mimado, mas estacou como um javali nas montanhas, confiante
na sua força, que aguenta a chusma de homens que contra ele
avança em local ermo; o dorso se lhe eriça em cima
e como fogo lhe brilham os olhos; e afia as presas,
475 ansioso por dali repulsar homens e cães —
assim permaneceu firme Idomeneu, famoso pela sua lança,
sem arredar pé, à investida de Eneias para prestar ajuda; e chamou
pelos companheiros, mirando Ascálafo e Afareu e Deípiro
e Meríones e Antíloco, peritos no grito de guerra.
480 Incitando-os proferiu palavras aladas:

"Para cá, ó amigos! Auxiliai-me, que estou sozinho! Receio
terrivelmente a investida de Eneias de pés velozes, que vem
contra mim. Forte é ele quando se trata de matar homens na luta.
E está na floração da juventude, quando maior é a pujança.
485 Se fôssemos da mesma idade nestas mesmas circunstâncias,
rapidamente ele levaria uma grande vitória, ou então eu."

Assim falou; e eles no espírito tinham todos um só ânimo.
Tomaram as posições, inclinando os escudos contra os ombros.
Do outro lado chamou Eneias pelos seus companheiros,
490 mirando Deífobo e Páris e o divino Agenor, eles que
com ele eram comandantes dos Troianos. E atrás deles
seguia a hoste, como as ovelhas seguem o bode ao bebedouro
depois de pastarem, e o pastor se alegra no seu coração —
assim se regozijou o coração de Eneias no seu peito,
495 quando viu a hoste de conterrâneos a seguir atrás dele.

À volta do cadáver de Alcátoo arremeteram uns contra os outros
com as lanças compridas; em torno dos peitos o bronze
ecoava de modo medonho ao alvejarem-se uns aos outros
na multidão. Acima dos outros, dois homens belicosos,
500 Eneias e Idomeneu, ambos iguais de Ares, desejavam
reciprocamente rasgar a carne do outro com o bronze afiado.
Foi Eneias que primeiro arremessou contra Idomeneu;
mas este, olhando-o de frente, evitou a brônzea lança,
e o dardo de Eneias cravou-se, fremente, na terra,
505 pois fora em vão que o arremessara da mão possante.
Porém Idomeneu arremessou e atingiu Enômao no meio
do ventre; fendeu a superfície da couraça e para fora fez o bronze
entornar os intestinos. Tombou na poeira e agarrou a terra.
Idomeneu arrancou do cadáver a lança de longa sombra,
510 mas não conseguiu despir-lhe dos ombros outras partes
da bela armadura, pois acabrunhavam-no os dardos.
É que as articulações dos pés já não eram firmes nas arremetidas,
quando se tratava de arremeter ou de fugir do dardo de outrem.
Por isso afastou na luta corpo a corpo o dia impiedoso,
515 mas na retirada já os pés não o levavam depressa da batalha.
Ao retirar-se pé ante pé contra ele arremeteu Deífobo
com a lança luzente, pois contra ele sentia um ódio imorredouro.
Só que mais uma vez falhou e atingiu com a lança Ascálafo,
filho de Ares Eniálio; através do ombro a lança possante
520 penetrou. Tombou na poeira e agarrou a terra com a mão.
Porém o terrível possante Ares não se apercebera ainda
de que o filho tombara em potente combate, pois estava
sentado no píncaro mais elevado do Olimpo, sob nuvens de ouro,
constrangido pelas deliberações de Zeus, lá onde estavam
525 os outros deuses imortais, afastados da guerra.

CANTO XIII

À volta do cadáver de Ascálafo arremeteram uns contra os outros.
Deífobo arrebatou da cabeça de Ascálafo o elmo luzente,
mas Meríones, igual do célere Ares, deu um salto
e com a lança feriu Deífoco no braço; da mão caiu
530 ao chão o elmo penachudo clangorosamente.
Meríones voltou a saltar, como um abutre,
e arrancou do cimo do braço a lança possante,
retirando-se de novo para junto dos conterrâneos.
Polites, irmão de Deífobo, pôs-lhe os braços em volta da cintura
535 e levou-o da guerra funesta, até chegar aos céleres corcéis,
que estavam parados à espera na retaguarda da batalha
e da guerra com o cocheiro e o carro embutido.
Estes levaram-no à cidade, gemendo profundamente
e acabrunhado; pelo braço abaixo escorria sangue da ferida.

540 Mas os outros continuavam a lutar; surgiu um clamor inextinguível.
Foi então que Eneias se lançou contra Afareu, filho de Caletor,
que estava virado para ele, e feriu-o na garganta com a lança afiada.
A cabeça ficou de banda e por cima dele caiu o escudo
e o elmo; envolveu-o a morte aniquiladora do espírito.
545 Medindo a situação, Antíloco atirou-se a Tóon que tergiversava
e deu-lhe uma estocada: inteiramente rompeu a veia
que acompanha as costas até chegar ao pescoço:
rompeu-a toda. E Tóon caiu para trás na poeira,
estendendo ambas as mãos para os queridos companheiros.
550 Porém Antíloco saltou para cima dele para lhe despir dos ombros
as armas, olhando em derredor; pois os Troianos cercavam-no
e arremetiam de vários lados contra o seu escudo amplo e luzente;
mas não conseguiram penetrar com o bronze impiedoso

até a tenra carne de Antíloco; pois Posêidon, Sacudidor da Terra,
555 protegia o filho de Nestor, até no meio de tantos dardos.
É que dos inimigos não se afastava Antíloco, mas andava
no meio deles; em descanso não mantinha a lança, mas brandia-a
constantemente e a agitava. No espírito procurava alvejar
e acertar nalgum inimigo, ou então enfrentá-lo de perto.

560 Mas ao alvejar na turba não passou despercebido a Adamante,
filho de Ásio, que lhe desferiu um golpe no escudo
com o bronze afiado, arremetendo de perto. Inutilizada foi
a ponta por Posêidon de azuis cabelos, negando-lhe a vida de Antíloco.
E uma metade da lança ficou cravada, qual estaca chamuscada,
565 no escudo de Antíloco; a outra metade jazia por terra.
Adamante retirou-se para junto dos conterrâneos, evitando a morte.
Mas Meríones seguiu atrás dele e atirou-lhe com a lança,
ferindo-o entre os membros genitais e o umbigo, onde
Ares é sobremodo doloroso para os desgraçados mortais.
570 Foi aí que cravou a lança; e o outro, com a lança dentro dele,
contorcia-se como um touro que nas montanhas os boieiros
amarraram com vimes torcidos e arrastam à força —
assim se contorceu Adamante, mas não durante muito tempo:
até que da carne lhe arrancasse a lança o herói Meríones,
575 chegando ao pé dele. A escuridão cobriu os seus olhos.

Em combate corpo a corpo Heleno feriu Deípiro na testa
com a grande espada trácia, arrancando-lhe o elmo;
e o elmo, atirado da sua cabeça, caiu por terra. Apanhou-o
um dos Aqueus enquanto rolava por entre os pés dos combatentes.
580 Sobre os olhos de Deípiro desceu o negrume da noite.

CANTO XIII

A dor tomou o Atrida, Menelau excelente em auxílio.
Foi com ameaças contra o herói Heleno, o soberano,
brandindo a lança afiada, enquanto o outro puxava o entalho do
arco. Ao mesmo tempo dispararam ambos, um com a lança afiada,
585 o outro com uma flecha disparada da corda.
O Priâmida atingiu Menelau no peito com a seta,
na superfície da couraça; mas para trás saltou a seta amarga.
Tal como de uma larga joeira na grande eira
saltam os feijões de pele escura ou as lentilhas
590 graças ao vento guinchante e à força do joeireiro —
assim da couraça do glorioso Menelau
saltou e voou para longe a seta amarga.
Mas o Atrida, Menelau excelente em auxílio,
feriu Heleno na mão com que segurava o arco polido.
595 E a brônzea lança atravessou a mão, até chegar ao arco.
Heleno retirou-se para junto dos conterrâneos, evitando a morte,
com a mão pendente. Atrás dele arrastava a lança de freixo,
que depois o magnânimo Agenor lhe arrancou da mão;
e atou-lhe a mão com uma medida de torcida lã de ovelha,
600 uma braçadeira que o escudeiro tinha para o pastor do povo.

De imediato arremeteu Pisandro contra o glorioso Menelau.
Um destino maligno o levava até ao termo da morte,
para ser morto por ti, ó Menelau, em aterradora peleja!
Mas quando já estavam perto e arremeteram um contra o outro,
605 o Atrida falhou o lance e para o lado se desviou sua lança;
porém Pisandro desferiu um golpe no escudo do glorioso Menelau,
mas não logrou trespassar o bronze totalmente, pois a lança
foi retida pelo amplo escudo e quebrou-se no encaixe.
No espírito sentia exultação e esperava ainda pela vitória.
610 Só que o Atrida desembainhou a espada cravejada de prata

e atirou-se a Pisandro, que sob o escudo agarrou machado
belo e do melhor bronze, fixo num cabo de oliveira,
comprido e bem polido. Ao mesmo tempo arremeteram
ambos.
Pisandro desferiu um golpe no elmo com crinas de cavalo,
615 na parte de cima, sob o penacho; mas ao avançar lhe desferiu
Menelau uma estocada na testa, acima do nariz. Os ossos
crepitaram e ambos os olhos caíram-lhe ensanguentados
no pó à frente dos pés. Vergando-se, tombou.
Menelau pisou-lhe o peito com o calcanhar;
e despindo-o das armas assim exultou:

620 "Assim deixareis as naus dos Dânaos, condutores de cavalos,
ó presunçosos Troianos, insaciáveis no fragor da refrega!
De outro ultraje e de vergonha não tendes falta,
vós que me ultrajastes, ó grandes cadelas!, nem no espírito
temestes a cólera terrível do tonitruante Zeus Hospitaleiro,
625 que um dia destruirá a vossa íngreme cidade.
Vós que me raptastes a esposa legítima e muitos tesouros
sem razão levastes, quando vos aprouve serdes amásios dela.
E agora às naus preparadas para o alto-mar quereis lançar
o fogo aniquilador e chacinar os heróis dos Aqueus.
630 Mas sereis repelidos, por muito belicosos que vos sintais!
Ó Zeus pai, na verdade dizem os homens que todos superas
no espírito, tanto homens como deuses. De ti procedem todas
estas coisas; deste modo agracias homens insolentes,
os Troianos, cuja força vai sempre em frente;
635 nem conseguem saciar-se do clamor da guerra equitativa.
De tudo existe a saciedade: do sono e do amor,
do doce canto e da dança irrepreensível.
E destas coisas qualquer homem preferiria saciar o desejo
do que da guerra. Mas os Troianos na guerra são insaciáveis!"

640 Assim dizendo, despiu do corpo as armas ensanguentadas
e aos companheiros as deu o irrepreensível Menelau.
Depois voltou ao combate e imiscuiu-se entre os dianteiros.

CANTO XIII

Contra ele saltou então o filho do rei Pilémenes,
Harpálion, que seguira o pai amado para combater
645 em Troia, mas não haveria de regressar à terra pátria.
Foi ele que de perto arremeteu com a lança contra o escudo
do Atrida, mas não logrou trespassar o bronze.
Retirou-se para junto dos conterrâneos, evitando a morte
e olhando em derredor, não fosse alguém rasgar-lhe a carne
650 com o bronze. Ao recuar, Meríones disparou contra ele
uma seta de brônzea ponta e atingiu-o na nádega direita.
A seta trespassou-o totalmente até chegar à bexiga,
                            debaixo do osso.
Sentado onde estava, nos braços dos queridos companheiros,
expeliu o sopro da vida, tal como uma minhoca na terra
655 que jaz ao comprido. O negro sangue corria e umedeceu
                                            a terra.
Trataram dele os magnânimos Paflagônios,
que o puseram num carro e o levaram para a sacra Ílion,
acabrunhados. Com eles seguiu o pai, lavado em lágrimas.
Só que pelo filho morto nunca houve recompensa.

660 Pela sua morte muito se enfureceu Páris no coração.
Pois entre os muitos Paflagônios fora Harpálion seu anfitrião.
Encolerizado por causa dele, disparou uma brônzea flecha.
Ora havia um certo Euquenor, filho do vidente Poliído;
homem rico e valente, cuja morada era em Corinto.
665 Embarcara na nau sabendo bem do funesto destino,
pois muitas vezes lhe dissera o bom ancião Poliído
que ou morreria de doença horrível em seu próprio palácio,
ou entre as naus dos Aqueus nas mãos dos Troianos seria
                                          morto.
Por este motivo evitara ao mesmo tempo o duro tributo
                                          dos Aqueus
670 e a doença detestável, para que dores não sofresse no coração.
Mas foi a ele que Páris atingiu no maxilar, sob a orelha.
                                                E logo
a vida lhe deixou os membros e tomou-o a escuridão odiosa.

Assim eles combatiam, como se fossem fogo ardente.
Porém Heitor, dileto de Zeus, não ouvira dizer nem sabia
que à esquerda das naus as suas hostes estavam a ser dizimadas
pelos Argivos. E rapidamente teria sido em pleno a glória
dos Aqueus, de tal forma o deus que segura e sacode a terra
incitava os Argivos, ajudando-os com a sua própria força.
Mas Heitor pressionou onde primeiro escalara os portões
e a muralha e desbaratara as cerradas fileiras dos Dânaos
portadores de escudos, lá onde estavam as naus de Ájax
e Protesilau, na praia junto do mar cinzento. Mais além
a muralha fora feita mais baixa; e era aí, principalmente,
que soldados e cavalos estavam mais encarniçados.

Aí os Beócios e os Jônios de túnicas a arrastar
e os Lócrios e os Ftios e os gloriosos Epeios
se esforçavam para travar a sua investida contra as naus,
mas não conseguiram repelir aquela labareda, o divino Heitor.
Nem os guerreiros selecionados entre os Atenienses;
e entre eles Menesteu, filho de Peteu, era o comandante,
e seguiam-no Fídias e Estíquio e o corajoso Biante;
aos Epeios lideravam Fileídes e Meges e Anfíon e Drácio;
e à frente dos Ftios estavam Médon e Podarces, tenaz em combate.
Um deles era filho ilegítimo do divino Oileu:
Médon, irmão de Ájax. Contudo vivia em Fílace,
longe da terra pátria, porque assassinara um homem,
parente de Eriópis, sua madrasta, que Oileu desposara.
O outro, Podarces, era filho de Íficles, filho de Fílaco.
Estes, armados à frente dos magnânimos Ftios,
pugnavam em defesa das naus juntamente com os Beócios.

Ora de forma alguma Ájax, célere filho de Oileu,
se afastava de Ájax Telamônio, nem por pouco tempo.
Mas tal como em terra de pousio dois bois cor de vinho

CANTO XIII

com ânimo idêntico puxam o arado articulado e da base
705 dos cornos brota o suor em grande abundância;
e a ambos só o jugo bem polido mantém afastados,
esforçando-se na terra até o arado cortar o termo do
                                                    campo —
assim se posicionaram os Ajantes, um ao lado do outro.
Ao filho de Télamon seguiam muitos e valentes
710 companheiros e as hostes, que dele recebiam o escudo,
quando a fadiga e o suor lhe acometiam o corpo.
Mas os Lócrios não seguiam o filho magnânimo de Oileu,
pois seu coração não lhes permitia a luta corpo a corpo,
visto que não tinham brônzeos elmos com crinas de cavalo,
715 nem escudos redondos, nem lanças de freixo,
mas confiantes nos arcos e em fisgas de bem torcida
lã de ovelha tinham seguido com ele para Ílion; com estas
armas disparando, procuravam quebrar as falanges dos
                                                    Troianos.
Portanto uma parte à frente com ricas armas trabalhadas
720 combatia contra os Troianos e Heitor armado de bronze;
os outros disparavam de trás, ocultados. E na luta já
os Troianos não pensavam, pois confundiam-nos as setas.
Então desgraçadamente das naus e das tendas teriam
os Troianos cedido e regressado a Ílion ventosa,
725 se do audaz Heitor não tivesse se acercado Polidamante
                                                    e dito:

"Heitor, muita dificuldade tens tu em dar ouvidos a bons
                                                    conselhos!
Porque o deus te concedeu preeminência nas façanhas
                                                    guerreiras,
também por isso queres estar acima de todos no conselho;
só que tu próprio não serás capaz de abarcar todas as coisas.
730 É que a um homem dá o deus as façanhas guerreiras,
a outro a dança e a outro ainda a lira e o canto;
e no peito de outro coloca Zeus, que vê ao longe,
uma mente excelente, de que muitos homens tiram vantagem:

a muitos ele consegue salvar, coisa que sabe mais que todos.
₇₃₅ Por isso eu te direi aquilo que me parece melhor.
Por toda a parte está em chamas a coroa da guerra.
Os magnânimos Troianos, agora que escalaram o muro,
estão
alguns deles afastados com as armas, enquanto outros
combatem
em número reduzido contra muitos, espalhados pelas naus.
₇₄₀ Retrocede um pouco e chama para cá os mais valentes.
Depois consideraremos bem toda a forma de conselho,
se cairemos sobre as naus bem providas de bancos,
se o deus quiser nos outorgar a força, voltando depois
das naus incólumes. Pois pela parte que me toca
₇₄₅ receio que os Aqueus paguem a dívida de ontem,
visto que junto às naus está um homem insaciável na guerra,
que segundo penso não se absterá por muito mais tempo
da luta."

Assim falou Polidamante; e o seu conselho agradou a Heitor.
Logo do seu carro saltou armado para o chão
₇₅₀ e falando-lhe proferiu palavras aladas:

"Polidamante, retém tu aqui todos os valentes,
enquanto eu vou ali enfrentar a guerra; depressa
regressarei, quando lhes tiver dado as ordens."

Assim falou. Precipitou-se como uma montanha nevada
₇₅₅ e gritando bem alto se apressou por entre Troianos e aliados.
Para junto de Polidamante, filho de Pântoo, todos
se apressaram, depois de ouvirem o grito de Heitor.
Em demanda de Deífobo e da Força do soberano Heleno,
de Adamante, filho de Ásio, e de Ásio, filho de Hírtaco,
₇₆₀ caminhou ao longo dos dianteiros, a ver se os encontrava.
Porém já não os encontrou incólumes nem salvos,
pois uns jaziam juntos às popas das naus dos Aqueus,
tendo perdido a vida às mãos dos Argivos;

e outros estavam dentro do muro, alvejados ou golpeados.
765 Um guerreiro ele encontrou à esquerda da batalha lacrimosa,
o divino Alexandre, esposo de Helena de belos cabelos,
encorajando os camaradas e incitando-os a combater.
Acercando-se dele dirigiu-lhe palavras humilhantes:

"Páris devasso, nobre guerreiro somente na cuidada
              aparência,
desvairado por mulheres e bajulador!
770 Onde estão Deífobo e a Força do soberano Heleno
e Adamante, filho de Ásio, e Ásio, filho de Hírtaco?
Onde está Otrioneu? Agora se afundou na ruína
toda a íngreme Ílion! Agora está garantida a morte
              escarpada."

Respondendo-lhe assim falou o divino Alexandre:
775 "Heitor, visto que é tua intenção culpar quem não tem culpa,
na verdade outras vezes tive mais vontade de me retirar
              da guerra,
visto que não de todo covarde me gerou minha mãe.
Desde que para o combate junto às naus tu incitaste os
              camaradas,
desde então aqui temos estado provocando os Dânaos
780 continuamente. Morreram os companheiros por que
              perguntas.
Somente Deífobo e a Força do soberano Heleno
se afastaram, ambos feridos por lanças compridas
no braço; porém o Crônida afastou a morte.
Mas agora lidera para onde o espírito e o coração quiserem.
785 Pela nossa parte seguir-te-emos com afinco, e não penso
que nos falte valor, enquanto sentirmos força. Além da força
é que não se pode combater, por muito que se queira."

Assim dizendo, o herói virou as intenções do irmão.
Dirigiram-se para onde a luta e o fragor sobrepujavam,
790 em torno de Cebríones e do irrepreensível Polidamante;

de Falces e de Orteu e do divino Polifetes;
de Pálmis e de Ascânio e de Móris, filho de Hipótion,
eles que da Ascânia de férteis sulcos tinham vindo
no dia anterior como reforços; agora Zeus incitava-os a lutar.

795 Lançaram-se semelhantes à rajada dos ventos apavorantes,
que se precipita para a planície debaixo do trovão de Zeus
pai,
e com bramido sobrenatural se mistura com o mar, onde
se levantam muitas ondas inchadas do mar marulhante,
arqueadas e brancas de espuma, umas a seguir às outras —
800 assim os Troianos, em disposição cerrada, uns a seguir aos
outros,
rebrilhavam de bronze e seguiam atrás dos comandantes.
Era Heitor que comandava, igual de Ares, flagelo dos
mortais,
o Priâmida! À sua frente segurava o escudo bem equilibrado,
espesso com peles de boi e trabalhado com muito bronze.
805 Em volta das suas têmporas se agitava o luzente penacho.
Andou por toda a parte a pôr à prova as falanges,
a ver se cediam enquanto avançava, protegido pelo escudo;
mas não esmagou o ânimo nos peitos dos Aqueus.
Foi Ájax o primeiro a desafiá-lo, avançando com passos
largos:

810 "Homem estranho! Chega-te aqui ao pé! Por que razão
procuras
amedrontar os Aqueus? Não somos inexpertos no combate:
fomos antes subjugados pelo chicote maligno de Zeus.
Certamente deseja o teu coração destruir e espoliar
as naus; mas também nós temos mãos para as defender.
815 É mais provável que a vossa bem habitada cidade seja
arrasada
e seja pelas nossas mãos tomada e saqueada!
Quanto a ti, afirmo que está perto o dia em que fugirás
rezando a Zeus pai e aos outros imortais que teus cavalos

de belas crinas sejam mais rápidos que falcões —
820 eles que te levarão para a cidade, levantando a poeira da planície!"

Enquanto falava, voou do lado direito uma ave:
uma águia de voo sublime. Logo gritou a hoste dos Aqueus,
encorajada pelo portento. Respondeu o glorioso Heitor:

"Ájax de palavras tolas, grande alardeador, o que foste dizer!
825 Tal como se filho de Zeus detentor da égide
todos os dias da minha vida, ou filho da excelsa Hera,
eu fosse honrado como são honrados Atena ou Apolo —
do mesmo modo este dia traz a desgraça aos Argivos,
a todos sem exceção, entre os quais serás morto, se ousares
830 enfrentar a minha lança comprida, que rasgará o lírio da tua carne.
E logo irás empanturrar os cães e as aves de rapina de Troia
com o teu sebo e tuas carnes, tombado junto às naus dos Aqueus."

Assim falando, avançou em frente; e eles seguiram atrás dele
com clamor sobrenatural e por trás toda a hoste gritou.
835 Mas os Argivos do outro lado gritaram em resposta e seu valor
não olvidaram, à espera da arremetida dos mais nobres dos Troianos.
O clamor dos dois lados chegou ao éter e à luminescência de Zeus.

Canto XIV

Nestor, apesar de entretido a beber, apercebeu-se do clamor;
e logo ao filho de Asclépio dirigiu palavras aladas:

"Reflete bem, ó Macáon, sobre como se passarão estas
                                                               coisas.
Mais forte junto das naus é o clamor de vigorosos mancebos.
5   Mas agora bebe aí sentado o vinho frisante, até que
Hecamede de belos cabelos aqueça a água quente
e lave do teu corpo o sangue coagulado. Pela minha parte
caminharei até a atalaia para depressa me informar."

Assim falando, agarrou no escudo bem forjado de seu filho,
10 que jazia ali na tenda, de Trasimedes domador de cavalos,
todo reluzente de bronze; o filho levara o escudo de seu pai.
Pegou numa forte lança, aguçada com o bronze afiado,
e posicionou-se fora da tenda. Logo viu um trabalho
                                                               vergonhoso:
os Aqueus em fuga, a serem perseguidos pelos orgulhosos
15 Troianos. A muralha dos Aqueus fora arrombada.

Tal como quando o vasto mar roxeia com ondas silenciosas,
como que prevendo os rápidos caminhos dos ventos
                                                               guinchantes,
e nem as ondas se põem a rolar numa direção ou na outra
antes que definida desça do céu a ventania de Zeus —

CANTO XIV

20 assim hesitava o ancião, de ânimo dividido, se haveria
de se lançar no meio da chusma de Dânaos de rápidos
                                                    poldros,
ou se deveria antes dirigir-se ao Atrida Agamêmnon,
                                                    pastor do povo.
Enquanto assim refletia, foi isto que lhe pareceu mais
                                                    proveitoso:
ir ao encontro do Atrida. Entretanto os outros matavam-se
25 uns aos outros no combate. Ressoava-lhes no corpo o bronze
inflexível, ao arremeterem com espadas e lanças de dois
                                                    gumes.

Com Nestor se encontraram os reis criados por Zeus,
                                                    subindo
de junto das naus, eles que tinham sido feridos pelo bronze:
o Tidida e Ulisses e o Atrida Agamêmnon.
30 Muito longe da batalha estavam as suas naus, na praia
junto do mar cinzento; tinham-nas disposto na primeira fila,
mas construíram a muralha ao lado das naus em última
                                                    posição.
Pois embora a praia fosse espaçosa, não o era suficientemente
para acolher todas as naus, pelo que se estreitara a hoste.
35 Por isso dispuseram as naus em filas, enchendo a grande
embocadura do grande areal fechado pelos promontórios.
Os reis iam observar juntos o combate e a guerra,
apoiados nas lanças. Sentia grande desgosto
o ânimo nos seus peitos. Encontrou-os o ancião,
40 Nestor, e fez vacilar o ânimo nos peitos dos Aqueus.
Falando-lhe assim lhe disse o poderoso Agamêmnon:

"Nestor, filho de Neleu, grande glória dos Aqueus!
Por que razão deixaste a guerra aniquiladora de homens
e aqui vens? Receio que o temível Heitor cumpra a sua
                                                    palavra
45 e as ameaças que proferiu no meio dos Troianos:
que de junto das naus não regressaria a Ílion,

antes que as tivesse queimado com fogo e nos tivesse chacinado.
Foi assim que ele falou; e agora na verdade tudo se cumpre.
Ah!, certamente os outros Aqueus de belas cnêmides
50 contra mim atiraram a fúria no coração, tal como Aquiles,
e recusam-se a combater junto das popas das naus."

Respondendo-lhe assim falou Nestor de Gerênia, o cavaleiro:
"Na verdade todas essas coisas se cumpriram; diferentemente
não as teria feito o próprio Zeus, que troveja nas alturas.
55 A muralha foi arrombada, na qual confiáramos
como baluarte inquebrantável das naus e de nós mesmos.
Os inimigos travam junto das naus um combate sem tréguas
continuamente; se observasses não conseguirias perceber
de que lado os Aqueus fogem em debandada, de tal forma
60 confusa é a maneira como são mortos. O clamor chega ao céu.
Mas pensemos nós agora como se passarão esses trabalhos,
se é que o pensamento ajuda. Não ordeno que na batalha
entremos, pois não há maneira de um homem ferido combater."

A ele deu resposta Agamêmnon, soberano dos homens:
65 "Nestor, visto que combatem junto às popas das naus,
e que a muralha bem construída de nada serviu, nem a vala,
pela qual muito sofreram os Dânaos, esperando no coração
que fosse baluarte inquebrantável das naus e deles mesmos —
pois de certo modo é assim que apraz a Zeus de supremo poder,
70 que anônimos longe de Argos aqui pereçam os Aqueus.
É que percebi isto quando de bom grado auxiliou os Dânaos;
mas sei agora que glorifica os Troianos como se fossem deuses
bem-aventurados, tendo atado nossa força e nossas mãos.
Mas façamos como eu digo e obedeçamos todos:
75 às naus que estão dispostas na primeira fila junto do mar,

CANTO XIV

arrastemo-las e empurremos todas para o mar divino.
Deixemo-las fundeadas com âncoras, até que chegue
a noite imortal, se é que à sua chegada os Troianos
pararão o combate; depois arrastaríamos as naus todas.
80 Pois não é vergonhoso fugir à desgraça, nem que seja de noite.
É melhor que quem foge fuja à desgraça do que seja tomado."

Fitando-o com sobrolho carregado lhe respondeu o astucioso Ulisses:
"Atrida, que palavra passou além da barreira dos teus dentes?
Desgraçado! Quem me dera que a outro vergonhoso exército
85 desses ordens e não nos regesses a nós, a quem Zeus
desde a juventude até a velhice incumbiu de atar os fios
de guerras difíceis, até que morra cada um de nós.
É assim que anseias por deixar para trás a cidade de ruas amplas
dos Troianos, por causa da qual nós sofremos muitos males?
90 Cala-te! Não vá outro dos Aqueus ouvir essa palavra,
que nenhum homem deveria ter deixado passar pela boca,
homem que no seu espírito soubesse dizer coisas acertadas
e fosse detentor de cetro e a quem obedecessem hostes
como aquelas que tu reges entre os Argivos.
95 Mas agora desprezo a tua inteligência, por aquilo que disseste.
Tu que nos dizes, na presença da guerra e do combate,
para arrastarmos para o mar as naus bem construídas,
para que ainda mais os Troianos se alegrem e prevaleçam,
caindo sobre nós a morte escarpada. É que os Aqueus
100 não se manterão no combate uma vez arrastadas as naus ao mar,
mas desviarão o olhar e retirar-se-ão da batalha. Será então
a tua deliberação a nossa desgraça, ó condutor das hostes!"

Respondendo-lhe assim falou Agamêmnon, soberano dos homens:

"Ó Ulisses, como tu feriste o meu coração com insuportável
105 censura! Não ordeno que à sua revelia os filhos dos Aqueus
arrastem para o mar as naus bem construídas. Mas que
houvesse
agora alguém que proferisse melhor argúcia do que esta,
fosse ele novo ou velho: bem-vindo ele me seria!"

Entre eles falou então Diomedes, excelente em auxílio:
110 "Perto está esse homem, longe o não procuraremos,
se quiserdes obedecer; e que cada um não se encolerize
pelo fato de pela idade ser eu o mais novo entre vós.
Declaro que sou filho de um pai excelente,
Tideu, a quem cobre a terra amontoada em Tebas.
115 Ora de Porteu nasceram três filhos irrepreensíveis,
que habitavam em Plêuron e na íngreme Cálidon:
Ágrio e Mélane, sendo o terceiro o cavaleiro Oineu,
que foi pai de meu pai. Na valentia era o melhor de todos.
Permaneceu lá, mas o meu pai vagueou até Argos,
120 onde se estabeleceu: assim quis Zeus e os outros deuses.
Desposou uma das filhas de Adrasto e morou em casa
de sustento abundante e suficientes eram as suas searas
dadoras de trigo e muitos eram os pomares em redor
e muitos rebanhos de ovelhas possuía. Sobrelevava com
a lança
125 a todos os Aqueus. Destas coisas já ouvistes dizer se são
verdadeiras.
Por isso não direis que pela linhagem sou covarde e incapaz,
desdenhando a palavra proferida que eu disser com acerto.
Regressemos de novo à guerra, embora feridos, pois é preciso.
Aí nos manteremos depois afastados da refrega e do alcance
130 das lanças, para que ninguém incorra em ferida sobre ferida.
Mas incitaremos os outros a combater, até aqueles que antes
comprouveram seus corações, afastados sem querer lutar."

Assim falou; todos lhe deram ouvidos e lhe obedeceram.
Partiram e liderou-os Agamêmnon, soberano dos homens.

CANTO XIV

135 Mas não foi uma vigília cega a do famoso Sacudidor da Terra:
caminhou com eles semelhante a um homem idoso;
segurando na mão direita do Atrida Agamêmnon,
falou dirigindo-lhe palavras aladas:

"Atrida, é agora porventura que o coração malvado de
                                                                                            Aquiles
140 exulta no seu peito, ao contemplar a matança e o desbarato
dos Aqueus, visto que não tem juízo, nem exiguamente.
Mas na verdade que ele pereça e que um deus o derrube!
Contigo não estão os deuses bem-aventurados inteiramente
encolerizados, mas ainda haverão os comandantes e regentes
145 dos Troianos de empoeirar a vasta planície, enquanto tu
                                                                                                 próprio
os verás em fuga das naus e das tendas em direção à cidade."

Assim falando, emitiu um grande grito, correndo pela
                                                                                                    planície.
Tal como nove mil ou dez mil guerreiros
gritam na guerra, reunidos no conflito de Ares —
150 assim do seu peito o poderoso Sacudidor da Terra
soltou um grito; e aos Aqueus grande força no coração
de cada um lançou, para lutarem e combaterem sem cessar.

Ora com os olhos observava Hera do trono dourado,
posicionada numa elevação do Olimpo. Logo reconheceu
155 Posêidon afadigando-se na luta exaltadora de homens,
ele que era irmão e cunhado dela; e rejubilou no coração.
Depois olhou para Zeus, sentado no píncaro mais elevado
do Ida de muitas fontes, e odioso lhe pareceu ele ao coração.
Refletiu em seguida Hera rainha com olhos de plácida toura
160 sobre como poderia iludir a mente de Zeus detentor da égide.
E esta foi a deliberação que a seu espírito pareceu a melhor:
ir até ao Ida, depois de ter lindamente se embelezado a si
                                                                                                            própria,
na esperança de que ele desejasse deitar-se em amor

com o corpo dela, pelo que lhe derramaria sobre as pálpebras
e sobre a mente manhosa um sono suave e sem perigo.

Foi então para o seu aposento, que lhe construíra seu filho,
Hefesto; ele que ajustara portas robustas às ombreiras
com um fecho secreto, que nenhum outro deus abriria.
Foi lá que a deusa entrou e depois fechou as portas luzentes.
Com ambrosia limpou primeiro da pele desejável
todas as imperfeições e ungiu-se com suave azeite
ambrosial, dotado de especial fragrância. Bastava
agitá-lo no palácio de brônzeo chão de Zeus
para que o seu perfume chegasse ao céu e à terra.
Foi com isso que limpou o belo corpo; penteou
o cabelo e com as mãos entreteceu tranças brilhantes,
belas e ambrosiais, que caíam da sua cabeça imortal.
Depois vestiu uma veste ambrosial, que Atena
lhe tecera com alta perícia, urdindo muitos bordados.
Ajustou-a ao corpo com pregadeiras de ouro.
Cingiu a cintura com uma cinta de cem borlas,
e nas orelhas bem furadas colocou brincos triplos
de contas parecidas com amoras: muita beleza refulgia!
Com um véu por cima se cobriu a divina entre as deusas,
belo e fulgurante: sua cor tinha a brancura do sol.
Nos pés resplandecentes calçou as belas sandálias.

Depois que em torno do corpo realçara toda a beleza,
saiu dos aposentos e chamou por Afrodite.
Longe dos outros deuses lhe disse então a deusa:
"Será que obedecerás, querida filha, àquilo que eu pedir,
ou irás recusar-me, por estares zangada no teu coração,
porque eu auxilio os Dânaos e tu os Troianos?"

Em seguida lhe deu resposta Afrodite, filha de Zeus:
"Hera, deusa veneranda, filha do grande Crono,
exprime a tua intenção, pois manda-me o coração cumpri-la,
se for suscetível de cumprimento e cumpri-la eu puder."

CANTO XIV

A ela deu resposta a excelsa Hera, congeminando um dolo:
"Dá-me agora o amor e o desejo, com que subjugas
todos os imortais e todos os homens mortais.
200 Irei visitar os limites da terra provedora de dons
e o Oceano, origem dos deuses, e a madre Tétis,
eles que em sua casa me criaram e estimaram,
recebendo-me de Reia, quando Zeus que vê ao longe
atirou Crono para debaixo da terra e do mar nunca
                                                                                                                      cultivado.
205 Irei visitá-los e resolverei os seus conflitos incessantes.
Há muito tempo que se mantêm mutuamente afastados
da cama e do amor, visto que a raiva lhes entrou no coração.
Se com palavras eu conseguisse convencer o coração
de ambos a voltarem à cama para se unirem em amor,
210 para sempre chamada seria eu por eles amiga venerada."

Respondendo-lhe assim falou Afrodite, deusa dos sorrisos:
"Não é possível nem lícito que eu contrarie a tua palavra:
pois tu dormes nos braços de Zeus, o mais excelente."

Falou; e do peito desatou a cinta bordada e colorida,
215 na qual estavam urdidos todos os encantamentos:
nela está o amor, nela está o desejo, nela está o namoro
e a sedução, que rouba o juízo aos mais ajuizados.
Pondo-lha nas mãos, assim disse tratando-a pelo nome:
"Aqui tens: põe no teu peito esta cinta colorida,
220 na qual todas as coisas estão urdidas. Afirmo que
não regressarás com aquilo que desejas incumprido."

Assim falou; sorriu Hera rainha com olhos de plácida toura
e sorrindo pôs seguidamente a cinta no seu peito.
E para seu palácio foi Afrodite, filha de Zeus.

225 Porém Hera deixou apressada o píncaro do Olimpo:
aterrou na Piéria e na agradável Emácia e apressou-se
por cima das serras nevadas dos cavaleiros da Trácia,

sobre os píncaros mais altos, sem tocar a terra com os pés.
Do monte Ato pisou o mar a espumar de ondas
230 e chegou a Lemnos, cidade do divino Toante.
Aí encontrou o Sono, irmão da Morte;
e acariciando-o com a mão assim lhe disse e chamou pelo
nome:

"Sono, soberano de todos os deuses e de todos os homens!
Se alguma vez ouviste palavra minha, obedece-me então
235 agora; e dever-te-ei gratidão durante todos os meus dias.
Adormece sob as sobrancelhas os olhos brilhantes de Zeus,
assim que eu tiver me deitado ao lado dele em amor.
Dar-te-ei presentes, um belo trono imperecível para sempre,
dourado: Hefesto, o meu filho ambidestro, o fará
240 com perícia e por baixo colocará um banco para os pés,
onde poderás descansar os pés luzentes quando bebes o
teu vinho."

Respondendo-lhe assim falou o Sono suave:
"Hera, deusa veneranda, filha do grande Crono!
A outro dos deuses que são para sempre facilmente
245 eu adormeceria, nem que fossem as correntes do rio
Oceano, ele que é a origem de todos os deuses.
Mas de Zeus Crônida eu não me aproximaria,
nem adormeceria, a não ser que ele próprio me ordenasse.
Já antes me prejudicou uma tua recomendação,
250 no dia em que aquele magnânimo filho de Zeus
navegou de Ílion, tendo saqueado a cidade dos Troianos.
Enfeiticei a mente de Zeus detentor da égide, derramando-me
suavemente à volta dele. E tu congeminaste maldades no
ânimo,
levantando os ventos ferozes sobre a superfície do mar;
255 e daí o levaste para a bem habitada Cós, para longe
de todos os amigos. Mas Zeus ao acordar encolerizou-se,
e atirou com os deuses pelo palácio, à procura de mim
acima de todos. E do éter me teria lançado invisível ao mar,

se não me salvara a Noite, subjugadora dos deuses e dos homens.
260 Cheguei junto dela na minha fuga; e Zeus refreou-se,
embora furioso, pois coibia-se de desagradar à Noite veloz.
Agora de novo me pedes outra coisa impossível de cumprir."

Respondeu-lhe Hera rainha com olhos de plácida toura:
"Sono, por que razão remóis estas coisas no teu espírito?
265 Julgas que aos Troianos quer auxiliar Zeus que vê ao longe,
da maneira como se encolerizou por causa de Héracles, seu filho?
Mas vá: dar-te-ei uma das jovens Graças para desposares,
e ela chamar-se-á a tua esposa — Pasítea,
que tu sempre desejaste durante todos os teus dias."

270 Assim disse; o Sono rejubilou e deu-lhe esta resposta:
"Jura-me então pela inviolável Água Estígia:
com uma mão toca na terra provedora de dons,
e com a outra no mar cintilante, para que entre nós
sejam testemunhas todos os deuses lá embaixo com Crono,
275 que deveras me darás uma das jovens Graças,
Pasítea, por quem esperei durante todos os meus dias."

Assim falou; e não desobedeceu a deusa, Hera de alvos braços.
Jurou como ele ordenara e invocou todos os deuses
debaixo do Tártaro, eles que têm o nome de Titãs.
280 Mas depois que jurou e pôs fim ao juramento,
partiram deixando as cidades de Lemnos e Imbro,
envoltos em nevoeiro, apressando seu caminho.
Chegaram ao Ida de muitas fontes, mãe de feras,
a Lecto, onde primeiro deixaram o mar. Pisaram ambos
285 terra firme e a floresta mais alta tremeu sob os seus pés.
Aí ficou o Sono, antes que o vissem os olhos de Zeus,
e subiu para um pinheiro altíssimo, o mais alto que nesse tempo

crescia no Ida: chegava por entre o nevoeiro até o céu.
Aí se sentou, densamente ocultado pelas ramagens do
                                                  pinheiro,
semelhante a uma ave de voz aguda das montanhas,
a que os deuses chamam cálcis, mas os homens cimíndis.

Porém Hera chegou depressa a Gárgaro, píncaro
do alto Ida. Viu-a Zeus que comanda as nuvens.
Assim que a viu, o amor envolveu-lhe o espírito robusto,
tal como quando primeiro fizeram amor,
deitados na cama, às ocultas dos seus progenitores.
Pôs-se de pé diante dela e falou-lhe tratando-a pelo nome:

"Hera, com que intenção até aqui desceste do Olimpo?
Onde estão os cavalos e o carro em que pudesses montar?"

A ele deu resposta a excelsa Hera, congeminando um dolo:
"Vou visitar os limites da terra provedora de dons
e o Oceano, origem dos deuses, e a madre Tétis,
eles que em sua casa me criaram e estimaram.
Irei visitá-los e resolverei os seus conflitos incessantes.
Há muito tempo que se mantêm mutuamente afastados
da cama e do amor, visto que a raiva lhes entrou no coração.
Os meus corcéis estão no sopé do Ida de muitas fontes,
eles que me levarão sobre o que há de sólido e de líquido.
Mas agora é por tua causa que até aqui desci do Olimpo,
para que depois contra mim não te enfureças, por eu ter ido
sem dizer nada para a mansão do Oceano de correntes
                                                  fundas."

A ela deu resposta Zeus que comanda as nuvens:
"Hera, para lá também poderás ir mais tarde:
voltemo-nos agora para o prazer do amor.
Pois desta maneira nunca o desejo de deusa ou mulher
me subjugou ao derramar-se sobre o coração no meu peito,
nem quando me apaixonei pela esposa de Ixíon,

CANTO XIV

que deu à luz Pirítoo, igual dos deuses no conselho;
nem por Dânae dos belos tornozelos, filha de Acrísio,
320 que deu à luz Perseu, o mais valente dos homens;
nem pela filha do famigerado Fênix,
que me deu como filhos Minos e o divino Radamanto;
nem por Sêmele ou Alcmena em Tebas,
esta que deu à luz Héracles, seu filho magnânimo,
325 ao passo que Sêmele deu à luz Dioniso, alegria dos mortais;
nem pela soberana Deméter das belas tranças;
nem pela gloriosa Leto — e nem mesmo por ti própria
me apaixonei como agora te amo, dominado pelo doce
                                                                  desejo."

A ele deu resposta a excelsa Hera, congeminando um dolo:
330 "Crônida terribilíssimo, que palavra foste tu dizer!
Se o que tu queres agora é deitar-te em amor
nos píncaros do Ida, isso estaria à vista de todos!
Como seria se um dos deuses que são para sempre
nos visse dormindo e depois fosse contar a todos os deuses?
335 Pela minha parte já não poderia regressar à tua casa,
depois de me levantar do leito, pois isso seria uma vergonha.
Mas se é essa a tua vontade e se é agradável ao teu coração,
tens um tálamo, que te construiu o teu próprio filho,
Hefesto, tendo ajustado às ombreiras portas robustas.
340 Vamos então deitar-nos lá, visto que o leito é o teu desejo."

A ela deu resposta Zeus que comanda as nuvens:
"Hera, não receies que algum deus ou homem
observe o ato, tal é a nuvem dourada com que
te esconderei. Nem o próprio Sol nos descortinaria,
345 embora nenhuma luz veja mais agudamente que a dele."

Falou; e nos seus braços tomou a esposa o filho de Crono.
Debaixo deles a terra divina fez crescer relva fresca,
a flor de lótus orvalhada e açafrão e jacintos macios
em profusão, que os mantiveram acima do solo.

₃₅₀ Foi nesse leito que se deitaram, ocultando-se numa nuvem
bela e dourada, a qual destilava gotas reluzentes.
Deste modo adormeceu tranquilo o Pai no pincaro de
 Gárgaro,
subjugado pelo sono e pelo amor, com a esposa nos braços.

Porém o Sono suave correu até as naus dos Aqueus
₃₅₅ para dar a notícia ao deus que segura e sacode a terra.
Postando-se junto dele proferiu palavras aladas:
"Com afinco agora aos Dânaos, ó Posêidon, presta auxílio!
Outorga-lhes a glória, exígua embora seja sua duração,
enquanto dorme Zeus, já que o cobri com o sono macio:
₃₆₀ pois Hera o seduziu para com ele se deitar em amor."

Assim dizendo, partiu para o meio das raças famosas dos
 homens,
tendo animado ainda mais Posêidon para auxiliar os Dânaos.
De imediato saltou para o meio dos dianteiros e gritou alto:
"Argivos, será que novamente vamos ceder a vitória a Heitor
₃₆₅ Priâmida, para que tome as naus e fique com a glória?
Pois é isso que ele declara e afirma, porquanto Aquiles
permanece junto das côncavas naus, encolerizado no coração.
Mas dele não virá grande saudade, se nós, os outros,
nos mobilizarmos para prestar auxílio reciprocamente.
₃₇₀ Agora àquilo que eu disser, obedeçamos todos!
Enverguemos os escudos que no exército forem maiores
e melhores e cobramos as cabeças com elmos faiscantes
e com as mãos agarremos nas lanças mais compridas
e avancemos! Serei eu a liderar; e não penso que
₃₇₅ Heitor Priâmida permaneça mais tempo, ávido embora esteja.
Quanto ao homem tenaz em combate, que leva ao ombro
um escudo pequeno, que o dê a um homem inferior,
envergando ele próprio um escudo melhor."

Assim falou; e eles deram-lhe ouvidos e obedeceram.
Dispuseram-nos os reis, apesar de feridos:

CANTO XIV

380 o Tidida, Ulisses e o Atrida Agamêmnon.
Indo ao longo do exército, providenciaram a troca de armas.
O valente envergou armas valentes; o inferior, inferiores.
Depois de terem revestido o corpo com bronze reluzente,
avançaram; e liderou-os Posêidon, Sacudidor da Terra,
385 segurando na mão firme uma espada temível, longa,
semelhante a um relâmpago: com ela não era lícito que
se entrasse em luta dolorosa, pois amedrontava os homens.

Por seu lado dispunha os Troianos o glorioso Heitor.
Esticaram então o mais terrível conflito da guerra
390 Posêidon de azuis cabelos e o glorioso Heitor,
um auxiliando os Troianos; o outro, os Argivos.
O mar subiu até as tendas e as naus dos Argivos.
Ambos os lados embateram com estrépito ingente.
Nem a onda do mar brame assim contra a praia,
395 impelida do mar alto pelo sopro pavoroso do Bóreas;
nem assim é o bramido do fogo ardente nas clareiras
das montanhas, quando salta para queimar a floresta;
nem o vento grita assim através das copas dos carvalhos,
ele que brame com mais força na sua fúria —
400 pois assim era o clamor de Troianos e Aqueus,
gritando terrivelmente ao atirarem-se uns aos outros.

Contra Ájax arremessou primeiro o glorioso Heitor
com a lança, quando ele se virava de frente, e acertou
no local onde os dois boldriés se lhe sobrepunham no peito
405 (o boldrié do escudo e o da espada cravejada de prata,
que lhe protegiam a carne macia). Enfureceu-se Heitor,
porque em vão lhe fugira da mão o dardo afiado;
e retirou-se para junto dos conterrâneos, evitando a morte.
Mas enquanto Heitor recuava, o enorme Ájax Telamônio
410 com uma pedra, das que havia com fartura como suportes
das naus velozes e rolavam aos pés dos que combatiam:
ora levantando uma destas, atingiu Heitor no peito
por cima do rebordo do escudo, junto do pescoço,

e pô-lo a virar como um peão, rodopiando por toda a parte.
Tal como quando pelo raio de Zeus pai um carvalho
415 é arrancado pelas raízes e dele surge um cheiro terrível
de enxofre; e perde a audácia quem está ali perto
olhando, pois atroz é o relâmpago do grande Zeus —
assim tombou no chão depressa a Força de Heitor na poeira.
A lança caiu-lhe da mão, mas o escudo foi atirado por cima,
420 assim como o elmo; e à volta dele ressoaram as armas de
bronze.

Com gritos desmedidos vieram correndo os filhos dos
Aqueus,
na esperança de o arrastarem; e arremessaram cerradas
as lanças. Só que ninguém logrou ferir o pastor do povo
com arremesso ou estocada: antes que tal sucedesse ficaram
425 de plantão os mais valentes: Polidamante, Eneias e o
divino Agenor;
e Sarpédon, condutor dos Lícios, e o irrepreensível Glauco.
Nenhum dos outros o descurou, mas à frente dele seguraram
perto os escudos bem redondos. E levantaram-no os
companheiros
nos braços e levaram-no da refrega, até chegarem aos
céleres corcéis,
430 que estavam parados à espera na retaguarda da batalha
e da guerra com o cocheiro e o carro embutido.
Estes levaram-no à cidade, gemendo profundamente.

Porém quando chegaram ao vau do rio de lindo fluir,
o Xanto com seus torvelinhos, que gerara Zeus imortal,
435 foi aí que o tiraram do carro para o chão e derramaram
água por cima dele. Heitor veio a si e levantou os olhos;
depois ajoelhou-se e vomitou sangue enegrecido.
Mas de novo caiu para trás no chão e a noite escura veio
cobrir-lhe os olhos. O arremesso subjugara-lhe o espírito.

440 Quando os Argivos viram Heitor retirando-se, atiraram-se

CANTO XIV

    com mais afinco contra os Troianos e concentraram-se na luta.
Foi então que antes dos outros o veloz Ájax, filho de Oileu,
se atirou contra Sátnio e o feriu com uma estocada da lança afiada:
era filho de Énops, que uma náiade irrepreensível dera à luz
445 para Énops quando ele apascentava os bois junto das correntes
do Satniunte. Dele se aproximou o filho de Oileu, famoso lanceiro,
e feriu-o no flanco. Caiu para trás e em volta dele
Troianos e Dânaos se juntaram em possante combate.
Como auxiliador veio a brandir a lança Polidamante,
450 filho de Pântoo, e feriu no ombro direito Protoenor,
filho de Arílico: a lança potente penetrou através do ombro
e ele tombou na poeira, segurando a terra com a mão.
Terrível foi a exultação de Polidamante, que gritou alto:

"Não penso que mais uma vez tenha sido em vão que saltou
455 a lança da mão forte do magnânimo filho de Pântoo,
mas algum dos Argivos a recebeu na sua carne, e apoiando-se
nela como numa bengala penso que descerá à mansão de Hades."

Assim falou; mas porque se ufanava sobreveio dor aos Argivos.
Provocou sobretudo o espírito do fogoso Ájax,
460 filho de Télamon: pois muito perto dele tombara o outro.
Rapidamente atirou com a lança luzente, quando se retirava
Polidamante, que evitou ele próprio o negro fado,
saltando para o lado; e foi no filho de Antenor, Arquéloco,
que a lança acertou. Quiseram os deuses que ele morresse.
465 A lança acertou-lhe entre a cabeça e o pescoço,
na vértebra mais alta da coluna, e cortou ambos os tendões.
A cabeça, a boca e o nariz chegaram muito mais depressa

ao chão enquanto tombava do que as pernas e joelhos.
Então gritou Ájax ao irrepreensível Polidamante:

470 "Considera, ó Polidamante, e diz-me com verdade:
será que este homem era digno de ser morto em troca
de Protoenor? Não me parece vil nem descendente de vis,
mas irmão de Antenor, o domador de cavalos,
ou talvez filho: é muito parecido com ele!"

475 Falou assim, mas sabia-o bem; e aos Troianos tomou a dor.
Acamante pôs-se de plantão em defesa do irmão e atingiu
com a lança Prômaco, o beócio, que arrastava o cadáver
pelos pés.
Terrível foi a exultação de Acamante, que gritou alto:

"Ó Argivos, dementes arqueiros! Insaciáveis nas ameaças!
480 Não será apenas para nós que haverá pena e sofrimento,
mas de igual modo sereis também vós chacinados.
Reparai como Prômaco dorme, subjugado pela minha lança!
É para que a retaliação pela morte do meu irmão não tarde
em ser paga. É por isto que um homem reza que
485 no palácio lhe reste um familiar, para afastar a ruína."

Assim falou; mas porque se ufanava sobreveio dor aos
Argivos.
Provocou sobretudo o espírito do fogoso Peneleu,
que arremeteu contra Acamante. Só que este não ficou à
espera
da arremetida de Peneleu, pelo que acertou em Ilioneu,
490 filho de Forbante, dono de muitas ovelhas, a quem Hermes
mais amava entre os Troianos e recompensara com riqueza.
Para ele deu à luz a mãe Ilioneu como filho único.
Foi então em Ilioneu que Peneleu enterrou a lança,
debaixo do sobrolho, nas raízes dos olhos,
ejetando o próprio olho: a ponta penetrou direita
495 através do olho e da garganta; tombou para trás,

CANTO XIV

  esticando ambos os braços. Mas Peneleu desembainhou
  a espada afiada e desferiu-lhe um golpe no pescoço,
  decapitando-lhe a cabeça com o elmo. No olho estava
  ainda a lança potente; e levantando-a como uma papoula
500 mostrou-a aos Troianos e proferiu uma palavra ufanosa:

  "Dizei, ó Troianos, ao pai amado do altivo Ilioneu
  e à mãe que ergam as lamentações no palácio.
  É que a esposa de Prômaco, filho de Alegenor,
  não rejubilará com a chegada do esposo amado,
505 quando nós, mancebos dos Aqueus, sairmos com as naus
                                                 de Troia."

  Assim falou; e o tremor dominou os membros de todos.
  E cada um observava como fugiria à morte escarpada.
  Dizei-me agora, ó Musas que no Olimpo tendes vossas
                                                  moradas,
  quem foi o primeiro dos Aqueus a levar os despojos
                                               sangrentos,
510 depois que virou o curso da batalha o famoso Sacudidor
                                                  da Terra!

  Foi Ájax Telamônio o primeiro, pois trespassou Hírtio,
  filho de Gírtio, condutor dos magnânimos Mísios.
  E Antíloco despiu das armas Falces e Mérmero;
  e Meríones matou Móris e Hipócio;
515 e Teucro matou Prótoon e Perifetes.

  Depois o Atrida estocou Hiperenor, pastor do povo,
  no flanco, e o bronze fez sair para fora os intestinos,
  ao trespassá-lo; a alma escapou-se depressa pela ferida
  aberta e a escuridão cobriu-lhe os olhos.

520 Mas quem matou mais homens foi Ájax, célere filho
  de Oileu. Pois como ele não havia ninguém para perseguir
  homens com os pés, quando Zeus os punha em fuga.

Canto xv

Depois que os Troianos em fuga passaram as estacas
e a vala, muitos foram subjugados às mãos dos Dânaos.
Permaneceram parados junto dos carros de cavalos,
pálidos de medo, aterrorizados. Então acordou Zeus
nos píncaros do Ida, junto de Hera do trono dourado.

Levantou-se depressa e viu Troianos e Aqueus:
aqueles em debandada; os Argivos a perseguirem-nos
à retaguarda; e no meio deles viu o soberano Posêidon.
Viu Heitor jazente na planície, rodeado pelos camaradas,
ofegante com falta de ar e em estado de desespero,
                                                    vomitando sangue,
visto que não o atingira o mais fraco dos Aqueus.
Ao vê-lo se compadeceu o pai dos homens e dos deuses;
sob o sobrolho lançou um olhar terrível a Hera e disse:

"Foi o teu dolo, ó Hera intratável de manhas malignas!,
que parou o combate do divino Heitor e pôs o povo em fuga.
Na verdade não sei se novamente da tua malevolência funesta
serás a primeira a beneficiar e se hei de espancar-te à
                                                    bofetada.
Lembras-te de quando foste suspensa de cima, quando dos
                                                    pés
te suspendi duas bigornas e nos teus pulsos coloquei uma
                                                    pulseira

CANTO XV

20 de ouro inquebrantável? No meio do éter e das nuvens
ficaste suspensa. Os deuses indignaram-se no alto Olimpo,
mas não lograram aproximar-se para te soltar. A quem eu
apanhasse, atirava-o da soleira até que chegasse à terra,
já sem força alguma. Mas nem assim a dor incessante largou
25 o meu coração, por causa do divino Héracles, a quem tu
(em conluio com o Bóreas, depois de lhe convenceres as
                                                     rajadas)
mandaste pelo mar nunca cultivado, congeminando
                                                     malefícios.
E depois o levaste para a ilha bem habitada de Cós.
Fui eu que o salvei de lá e o trouxe novamente
30 a Argos apascentadora de cavalos, depois de muitos
                                                     trabalhos.
Destas coisas te recordo, para que desistas das tuas trapaças,
e para que vejas se porventura te beneficiará o leito de amor
em que te deitaste comigo, afastada dos deuses, para me
                                                     ludibriares."

Falou; e estremeceu Hera rainha com olhos de plácida toura
35 e falando dirigiu-lhe palavras aladas:
"Tomo por testemunhas a terra e o vasto céu por cima dela
e a Água Estígia que se precipita nas profundezas —
juramento maior e mais terrível para os deuses imortais! —
e a tua sagrada cabeça e o nosso próprio leito matrimonial,
40 pelo qual nunca eu alguma vez me perjuraria,
que não é por vontade minha que Posêidon, Sacudidor da
                                                     Terra,
prejudica os Troianos e Heitor, auxiliando os inimigos.
É o seu próprio ânimo que o incita e encoraja: ao ver como
os Aqueus estavam acabrunhados junto das naus, teve
                                                     pena deles.
45 Todavia tanto a ti como a ele eu aconselharia a seguir
por onde tu, ó senhor da nuvem azul, o conduzires."

Assim disse; e sorriu o pai dos homens e dos deuses

e respondendo-lhe proferiu palavras aladas:
"Se doravante, ó Hera rainha com olhos de plácida toura,
50 sintonizasses com o meu o teu pensamento sentada no meio
dos imortais, por mais contrário que estivesse Posêidon,
rapidamente mudaria de tenção para seguir o teu e meu sentir.
Mas se de fato estás a falar com verdade e sem rodeios,
volta agora para as raças dos deuses e ordena
55 que até aqui venham Íris e Apolo, famigerado arqueiro,
para que Íris à hoste dos Aqueus vestidos de bronze
se dirija e diga ao soberano Posêidon
que pare de combater e regresse ao seu palácio;
e que Febo Apolo incite ao combate Heitor,
60 nele insuflando força, para que esqueça as dores
que agora lhe atormentam o espírito e desvie de novo
os Aqueus, provocando neles o pânico abjeto:
na sua fuga tombarão junto das naus bem construídas
do Pelida Aquiles, ele que enviará o seu companheiro
65 Pátroclo, a quem matará depois com a lança o glorioso Heitor
à frente de Ílion, depois de ele ter chacinado muitos
outros mancebos, entre eles meu filho, o divino Sarpédon.
Enfurecido por causa dele, o divino Aquiles matará Heitor.
A partir daí causarei a retirada dos Troianos de junto das naus
70 de forma continuada, até que finalmente os Aqueus
tomem a íngreme Ílion, por conselho de Atena.
Mas antes disso não pararei a minha cólera nem permitirei
que outro dos imortais preste auxílio aos Dânaos,
até que se cumpra a vontade do Pelida, tal como
75 eu anuí da primeira vez e inclinei a cabeça,
no dia em que a deusa Tétis me agarrou os joelhos,
suplicando-me para que honrasse Aquiles, saqueador de cidades."

Assim falou; e não lhe desobedeceu Hera, a deusa dos alvos braços,

CANTO XV

mas dirigiu-se das montanhas do Ida ao alto Olimpo.
E tal como se apressa o pensamento do homem, que atravessou
vasta extensão de terra e assim pensa no seu espírito experiente
"quem me dera estar aqui, ou ali", formulando muitos desejos —
assim rapidamente se apressou com afinco a excelsa Hera.

Chegou ao íngreme Olimpo e juntou-se aos deuses
imortais reunidos no palácio de Zeus, que se levantaram
todos assim que a viram e a brindaram com as taças.
Mas Hera não fez caso dos outros e de Têmis do lindo rosto
aceitou a taça, pois ela fora a primeira a correr a cumprimentá-la;
e falando-lhe proferiu palavras aladas:

"Hera, por que vieste? Dás impressão de estares agitada!
Na verdade te amedrontou o Crônida, teu esposo."

A ela deu resposta Hera, a deusa dos alvos braços:
"Deusa Têmis, sobre isso não me interrogues. Tu sabes
como é o ânimo dele, presunçoso e inflexível.
Mas dá início ao festim compartilhado dos deuses.
Ouvirás no meio de todos os outros imortais
que atos maldosos Zeus planeja. Não penso que
de igual modo a todos agradará, quer mortais,
quer deuses, se algum se banqueteia de espírito alegre."

Depois que assim falou, sentou-se a excelsa Hera,
e muito se iraram os deuses no palácio de Zeus.
Mas ela riu-se com os beiços, embora tenso
permanecesse o sobrolho azul. E a todos declarou:

"Estultos, que na nossa insânia nos iramos contra Zeus!

Na verdade queremos aproximar-nos dele para o
                                    restringirmos,
por palavra ou por ato! Mas ele senta-se à parte, sem ligar
nem se importar. Pois ele declara que entre os deuses imortais
pelo poder e pela força é abertamente o melhor de todos.
Por isso contentai-vos com a desgraça que ele der a cada um.
Já prevejo que para Ares está a ser preparado um sofrimento,
pois seu filho pereceu na batalha, o mais amado dos homens:
Ascálafo, que Ares possante afirma ser seu filho."

Assim falou; e Ares bateu nas coxas musculosas com a palma
das mãos e com um gemido de lamentação declarou:
"Não me censureis agora vós, que no Olimpo tendes
                                    moradas,
se eu for até as naus dos Aqueus vingar o meu filho,
mesmo que seja meu destino pelo relâmpago de Zeus
ser atingido e jazer na poeira no meio dos cadáveres."

Assim disse e ordenou ao Terror e ao Pânico que atrelassem
seus cavalos, enquanto ele próprio envergava as armas
                                    luzentes.
Então teria surgido maior e mais funesta raiva e cólera
da parte de Zeus em relação aos deuses imortais,
se extremamente receosa pelos deuses Atena se não tivesse
precipitado pela porta, deixando o trono onde se sentara;
e tirou-lhe o elmo da cabeça e o escudo dos ombros;
e tirou-lhe da mão possante a lança de bronze
e com palavras repreendeu Ares furioso:

"Demente, de espírito insano, vais te perder! Em vão
tens ouvidos para ouvir e perdeste o juízo e a vergonha!
Não ouviste o que disse a deusa, Hera dos alvos braços,
ela que acaba de chegar de junto de Zeus Olímpio?
Será que queres tu próprio encher-te de dores incontáveis,
e à força regressares ao Olimpo ainda que acabrunhado,
enquanto para todos os outros semeias enorme desgraça?

CANTO XV

135 Pois de imediato Zeus deixará altivos Troianos e Aqueus
e virá para o Olimpo com o intuito de nos pôr em alvoroço,
castigando tanto o que tem culpa como aquele que não tem.
Por isso te digo que abandones a ira por causa do teu filho.
Já outro muito melhor que ele na força e nas mãos
140 morreu ou morrerá ainda: pois é difícil preservar
a linhagem e a geração de todos os homens."

Assim dizendo, sentou no trono Ares furioso.
Porém Hera chamou Apolo para fora do palácio
e Íris, ela que é mensageira dos deuses imortais,
145 e falando-lhes proferiu palavras aladas:

"Zeus ordena-vos que o mais depressa vades ao Ida.
Depois que lá tiverdes chegado e visto o rosto de Zeus,
fareis aquilo que ele vos ordenar e comandar."

Após ter assim falado, de novo retrocedeu a excelsa Hera
150 e sentou-se em seu trono. Eles lançaram-se a caminho
e chegaram ao Ida de muitas fontes, mãe de feras,
e encontraram o Crônida que vê ao longe sentado
no cume de Gárgaro; à sua volta, a nuvem perfumada
como uma grinalda. À frente de Zeus que comanda as nuvens
155 se colocaram ambos; e ele não se encolerizou ao vê-los,
porquanto depressa tinham obedecido às palavras da esposa.
A Íris dirigiu primeiro palavras aladas:

"Vai agora, ó célere Íris, ter com o soberano Posêidon
e transmite-lhe estas coisas sem seres mentirosa mensageira:
160 ordena-lhe que desista da batalha e da guerra
e que vá para junto das raças dos deuses ou para o mar
                                                             divino.
Mas se ele não obedecer às minhas palavras, não lhes dando
importância, que pense bem no espírito e no coração,
não vá acontecer que, forte embora seja, ele não aguente
165 a minha arremetida, pois afirmo que pela força sou superior

e sou primogênito. Contudo seu coração não se importa de
declarar-se igual a mim, a quem temem os outros deuses."

Assim falou; e não desobedeceu a célere Íris com pés de
vento,
mas desceu das montanhas do Ida para a sacra Ílion.
170 Tal como quando das nuvens voa neve ou gelado granizo
por causa das rajadas do Bóreas nascido na luz —
assim depressa voou com afinco a célere Íris.
Postando-se junto dele, assim disse ao famoso Sacudidor
da Terra:

"Para te transmitir, ó Segurador da Terra de azuis cabelos,
175 uma mensagem de Zeus detentor da égide aqui vim.
Ordena-te que desistas da batalha e da guerra
e que vás para junto das raças dos deuses ou para o mar
divino.
Mas se não obedeceres às suas palavras, não lhes dando
importância, ele ameaça que aqui virá para lutar
180 contigo frente a frente; e avisa-te que evites
as mãos dele, pois afirma que pela força é superior
e é primogênito. Contudo teu coração não se importa de
declarar-se igual a ele, a quem temem os outros deuses."

Em grande fúria lhe disse o famoso Sacudidor da Terra:
185 "Ah, por mais forte que seja falou com presunção, se contra
a minha vontade me impedir a mim, que tenho honra
igual, pela força!
Pois somos três os irmãos, filhos de Crono, que Reia deu à
luz:
Zeus e eu, sendo o terceiro Hades, rei dos mortos.
De forma tripla estão todas as coisas divididas; cada um
participa
190 da honra que lhe coube. Coube-me habitar para sempre
o mar cinzento, agitadas as sortes; a Hades, a escuridão
nebulosa.

E a Zeus coube o vasto céu, no meio do éter e das nuvens.
Mas a terra ainda é comum aos três, assim como o alto
  Olimpo.
Por isso não caminharei segundo as intenções de Zeus;
que tranquilo fique ele na terceira porção, possante
  embora seja.
E que ele não me amedronte com as mãos, como se eu
  fosse covarde.
Às filhas e aos filhos melhor seria que ele ameaçasse
com palavras violentas, a esses que ele próprio gerou
e que necessariamente obedecerão àquilo que ele ordenar."

A ele deu resposta a célere Íris com pés de vento:
"É portanto assim, ó Segurador da Terra de azuis cabelos,
que devo transmitir a Zeus esta mensagem áspera e forte,
ou mudarás ainda de intenção? Adaptável é o espírito dos
  nobres.
Sabes como as Erínias seguem sempre para favorecer os
  mais velhos."

Em seguida lhe deu resposta Posêidon, Sacudidor da Terra:
"Deusa Íris, falaste de fato na medida certa. Condição
  excelente
se encontra criada, quando o mensageiro sabe bem o que é
  útil.
Mas esta dor amarga se apoderou do meu coração,
quando a outro, de igual honra fadada pelo destino,
alguém intenta repreender com palavras encolerizadas.
Por agora cederei, encolerizado embora esteja.
Mas dir-te-ei outra coisa, farei esta ameaça na minha ira:
se apesar de mim e de Atena arrebatadora de despojos,
de Hera e de Hermes e do soberano Hefesto,
ele poupar a íngreme Ílion e não quiser que seja
saqueada, dando grande força aos Argivos,
que fique a saber isto: entre nós implacável será a cólera."

Assim dizendo, deixou a hoste aqueia o Sacudidor da Terra.
Partiu e mergulhou no mar, deixando saudades aos heróis
Aqueus.

220 A Apolo disse em seguida Zeus que comanda as nuvens:
"Vai agora, Febo amado, até Heitor armado de bronze.
Pois já o deus que segura e sacode a terra
partiu para o mar divino, de modo a evitar a nossa
cólera escarpada. Da nossa luta teriam ouvido outros
deuses,
225 aqueles que estão debaixo da terra, à volta de Crono.
Mas isto assim é de longe preferível tanto para mim
como para ele, que antes ele tenha cedido, apesar de irado,
às minhas mãos, visto que sem suor não teria a coisa
acabado.
Ora pega tu com as mãos na égide ornada de borlas,
230 e agita-a com força para aterrorizares os heróis Aqueus.
Cabe a ti, ó deus que ages de longe, proteger o glorioso
Heitor.
Por agora faz surgir nele uma força descomunal, para que
os Aqueus
se ponham em fuga até as naus e cheguem ao Helesponto.
A partir daí deliberarei eu próprio tanto atos como palavras,
235 de modo a que de novo os Aqueus possam respirar da
fadiga."

Assim falou; e às ordens do pai não desobedeceu Apolo.
Lançou-se das montanhas do Ida como um célere falcão
matador de pombas, que é a mais veloz de todas as aves.
Encontrou o filho do fogoso Príamo, o divino Heitor,
240 sentado (pois já não jazia) a recuperar novo fôlego.
Em volta dele estavam os camaradas. Parara a falta de ar
e a transpiração, pois avivara-o Zeus detentor da égide.
Postando-se junto dele assim lhe disse Apolo que age de
longe:

"Heitor, filho de Príamo! Por que razão longe dos outros
te sentas, desfalecido? Que sofrimento te sobreveio?"

Sem forças lhe deu resposta Heitor do elmo faiscante:
"Quem dos deuses és tu, potentíssimo, que me falas cara
a cara?
Não sabes tu que junto das popas das naus dos Aqueus
me atingiu Ájax, excelente em auxílio, quando eu dizimava
seus camaradas, com uma pedra no peito, retendo-me
a bravura animosa? Pensei que os mortos e a mansão de
Hades
neste dia eu veria, depois de ter expirado a vida."

Respondeu-lhe o soberano que acerta ao longe, Apolo:
"Tem coragem. Tal é o auxiliador que o Crônida
te mandou do Ida para estar ao teu lado e proteger-te:
Febo Apolo da espada dourada, que desde há muito
te protejo, tanto a ti próprio como à íngreme cidade.
Mas agora ordena aos numerosos cocheiros
que conduzam os céleres corcéis contra as côncavas naus;
pela minha parte, irei à frente e alisarei todo o caminho
para os carros; e obrigarei à fuga os heróis Aqueus."

Assim falando, insuflou grande força no pastor do povo.
Tal como quando o cavalo no estábulo se saciou
à manjedoura e, quebrando os arreios, corre a galope
pela planície, desejoso de se banhar no rio de lindo fluir,
exultante: mantém a cabeça erguida, as crinas lhe esvoaçam
nos ombros e, confiante na sua beleza, levam-no os ágeis
joelhos
para os lugares costumeiros e para as pastagens das éguas —
assim Heitor deu rapidamente aos pés e aos joelhos,
incitando os cocheiros, depois que ouvira a voz do deus.

E tal como quando um veado chifrado ou bode selvagem
é perseguido por cães ou homens lavradores,

mas um penedo escarpado ou matagal sombrio
o salva, pois não está fadado que eles o encontrem;
275 mas depois com o clamor deles surge o leão barbudo
no caminho, e logo eles fogem apesar do seu afinco —
assim os Dânaos arremetiam continuamente em chusmas,
estoqueando com espadas e lanças de dois gumes;
mas quando viram Heitor a mover-se nas fileiras de homens
280 amedrontaram-se e a alma de todos caiu-lhes aos pés.

No meio deles falou então Toante, filho de Andrêmon,
de longe o melhor dos Etólios, experto atirador de dardos
e valente na luta corpo a corpo; na assembleia eram poucos
os Aqueus que o superavam nos debates de mancebos.
285 Bem-intencionado assim se lhes dirigiu e disse:

"Ah, grande é o prodígio que contemplo com meus olhos,
porquanto de novo se levantou e afastou o destino
Heitor! O ânimo de cada um de nós esperou deveras
que ele tivesse morrido nas mãos de Ájax Telamônio.
290 Mas um dos deuses protegeu e salvou Heitor,
ele que deslassou os joelhos a tantos Dânaos,
tal como agora acontecerá. É que não será sem ajuda
de Zeus tonitruante que tão ávido se apresenta como
                                                        guerreiro.
Mas agora àquilo que eu disser, obedeçamos todos!
295 Ordenemos à turba que regresse para as naus.
Porém nós, que nos declaramos os mais valentes
do exército, tomemos as nossas posições e o enfrentemos,
brandindo as lanças. Creio que, apesar de tão ávido,
no coração receará lançar-se contra a chusma dos Dânaos."

300 Assim falou; e eles deram-lhe ouvidos e obedeceram.
Aqueles que estavam em volta de Ájax e do soberano
                                                        Idomeneu,
e Teucro e Meríones e Meges, igual de Ares,
dispuseram o ataque, chamando pelos comandantes,

e enfrentaram Heitor e os Troianos. Mas atrás deles
305 seguiu a multidão para as naus dos Aqueus.

Foi então que os Troianos avançaram, cerrados, liderados
por Heitor, que caminhava com passos largos; à frente dele
seguia Febo Apolo, os ombros envoltos em nuvem, segurando
a égide impetuosa, terrível e refulgente, que o metalurgo
310 Hefesto dera a Zeus, para com ela pôr os homens em
                debandada.
Esta era a égide que Apolo tinha nas mãos ao liderar o povo.

Mas os Argivos, cerrados, não arredaram pé; e agudo surgiu
o grito de guerra de ambas as partes. Dos entalhos voaram
as flechas. Muitas eram as lanças atiradas por mãos audazes:
315 umas fixavam-se na carne de mancebos prestos no combate;
mas muitas ficavam a meio, antes de penetrarem carne
                branca,
espetadas na terra, ávidas de se fartarem de carne humana.

Ora enquanto imóvel em suas mãos segurava a égide Febo
                Apolo,
durante esse tempo os dardos de ambas as partes acertavam
320 e o povo tombava. Mas quando olhava de frente os Dânaos
de rápidos poldros e agitava a égide, gritando bem alto,
enfeitiçava-lhes o ânimo no peito e descuravam a bravura
                animosa.
Tal como quando a uma manada de bois ou rebanho de
                ovelhas
duas feras selvagens põem em alvoroço no negrume da noite,
325 quando de repente atacam e não há pastor que valha —
assim impotentes os Aqueus se puseram em fuga; pois Apolo
semeara o pânico, outorgando a glória aos Troianos e a
                Heitor.

Então homem era chacinado por homem na dispersão do
                combate.

Heitor abateu Estíquio e Arcesilau:
330 um deles regente dos Beócios vestidos de bronze;
o outro fiel companheiro do magnânimo Menesteu.
E Eneias abateu Medonte e Íaso.
Um deles era filho ilegítimo do divino Oileu,
Médon, irmão de Ájax; contudo vivia em Fílace,
335 longe da sua terra pátria, porque assassinara um homem,
parente de sua madrasta, Eríopis, que Oileu desposara.
Quanto a Íaso, era regente dos Atenienses:
chamavam-lhe filho de Esfelo, filho de Búcolo.
Polidamante matou Mecisteu; e Équion, Polites
340 (na luta dianteira); e Clônio foi morto pelo divino Agenor.
Páris atingiu Deíoco por trás enquanto fugia entre os
                 dianteiros,
na parte mais baixa do ombro, e trespassou-o
                completamente.

Enquanto lhes despiam as armas, os Aqueus atiravam-se
para a vala escavada, contra as fileiras de estacas, fugindo
345 nesta e naquela direção, recorrendo à muralha pela
                 necessidade.
Aos Troianos bradou Heitor, vociferando bem alto:
"Apressai-vos contra as naus e deixai os despojos sangrentos!
Àquele que eu discernir longe das naus do outro lado,
de imediato lhe darei a morte, nem a ele darão na morte
350 os homens da família e as mulheres a honra devida do fogo,
mas os cães o despedaçarão à frente da nossa cidade."

Assim falando, com o gesto de cima para baixo chicoteou
os cavalos e chamou pelos Troianos enfileirados. E com ele
levantaram todos grande clamor e conduziram os cavalos
355 com grita assombrosa. E à sua frente Febo Apolo com seus
                   pés
facilmente deitou abaixo os barrancos da vala funda,
atirando-os para o meio, assim formando uma ponte
                 como via

CANTO XV

comprida e ampla, com a distância do arremesso de uma
                                                    lança,
quando é arremessada por um homem que põe a força à
                                                    prova.
360 Foi por aí que se derramaram, falange atrás de falange,
                            e à sua frente
foi Apolo com a égide veneranda. Deitou abaixo a muralha
dos Aqueus com a facilidade do menino que espalha areia
na praia junto do mar, quando com ela constrói brincadeiras
                                                    infantis
e logo em seguida com as mãos e os pés a espalha,
                                                    brincando.
365 Foi assim que tu, ó Febo arqueiro, derrubaste o longo
                                                    trabalho
e o esforço dos Argivos, lançando contra eles a debandada.

Foi portanto assim que junto das naus pararam os Dânaos,
chamando uns pelos outros e erguendo as mãos
a todos os deuses; e cada um deles rezou com grande fervor,
370 mormente orou Nestor de Gerênia, guardião dos Aqueus,
levantando as mãos em direção ao céu cheio de astros:

"Zeus pai, se alguma vez em Argos rica em trigo alguém
queimou em tua honra gordas coxas de boi ou ovelha,
rezando pelo regresso que tu prometeste, inclinando a
                                                    cabeça,
375 lembra-te agora de tais coisas, ó Olímpio, e afasta o dia
                                                    funesto;
e não permitas que pelos Troianos sejam subjugados os
                                                    Aqueus!"

Assim falou, rezando; e alto trovejou Zeus, o conselheiro,
em resposta à prece do ancião Nestor.

Mas os Troianos, ao ouvirem o estrondo de Zeus detentor
                                                    da égide,

380 lançaram-se contra os Argivos com mais afinco, lembrados da luta.
Tal como quando uma enorme onda do mar de amplos caminhos
rebenta sobre as amuradas de uma nau, quando é impelida
pela força do vento, que sobremaneira faz inchar as ondas —
assim os Troianos com clamor ingente desceram a muralha
385 e, conduzindo para dentro os carros, pelejaram junto das popas
com as lanças de dois gumes em renhido combate: eles dos carros,
porém os Argivos no alto das suas escuras naus, aonde haviam
escalado, lutavam com chuços compridos que estavam ali
nas naus para lutas navais: chuços providos de brônzeas pontas.

390 Quanto a Pátroclo, enquanto Aqueus e Troianos combatiam
em torno da muralha, afastados das naus velozes,
ficou sentado na tenda do amavioso Eurípilo,
deleitando-o com palavras, enquanto sobre a ferida dolorosa
aplicava fármacos que apaziguassem as negras dores.
395 Porém quando viu os Troianos a lançarem-se contra
a muralha, enquanto os Dânaos aos gritos fugiam,
gemeu e bateu nas coxas com as palmas das mãos
e em grande lamentação proferiu estas palavras:

"Eurípilo, não posso ficar aqui mais tempo contigo,
400 ainda que de mim precises: é que surgiu um conflito tremendo.
Que o teu escudeiro te reconforte agora, pois eu irei
depressa para junto de Aquiles, para incitá-lo a combater.
Quem sabe se, com ajuda divina, eu não lhe incitaria o coração
pelas minhas palavras? Coisa boa é a persuasão de um amigo."

CANTO XV

405 Levaram-no seus pés, depois que assim disse. Porém os Aqueus
aguentaram firmes a arremetida dos Troianos, mas não lograram
repeli-los das naus, embora fossem em menor número.
Nem os Troianos lograram desbaratar as falanges dos Aqueus
para se imiscuírem no meio das tendas e das naus.
410 Mas tal como quando o fio do carpinteiro alinha a tábua
de uma nau nas mãos de um experto construtor que bem
conhece toda a espécie de técnica pelos conselhos de Atena —
assim igualmente esticada era a batalha e a guerra.

Numerosos eram os que combatiam em torno de naus numerosas,
415 mas Heitor fez-se imediatamente ao glorioso Ájax.
Labutavam em volta da mesma nau e não conseguiam
que um repulsasse o outro para deitar fogo à nau,
nem que o outro o repelisse, visto que um deus ali o trouxera.
E foi então que o glorioso Ájax atingiu Caletor, filho de Clício,
420 no peito com a lança, ele que trazia fogo para incendiar a nau.
Tombou com um estrondo, e a tocha caiu-lhe das mãos.
Mas quando Heitor com seus olhos viu o primo
tombado na poeira à frente da nau escura,
aos Troianos e aos Lícios gritou bem alto:

425 "Troianos e Lícios e Dárdanos, prestos combatentes!
Não cedais na batalha num aperto como este!
Mas salvai o filho de Clício, para que os Aqueus
não o dispam das armas, tombado no meio das naus."

Assim dizendo, arremeteu contra Ájax com a lança luzente.
430 Não lhe acertou, mas em Lícofron, filho de Mastor,
escudeiro de Ájax, oriundo de Citera, que com ele

vivia, porque assassinara um homem na sacra Citera:
foi na cabeça dele, acima da orelha, que Heitor acertou
com o bronze afiado, quando estava junto de Ájax. Tombou
para trás na poeira da popa da nau e deslassaram-se-lhe
                                      os membros.
Estremeceu Ájax e assim disse a seu irmão:

"Meu bom Teucro, foi morto um fiel companheiro de nós
                                      dois,
o filho de Mastor, a quem nós honrávamos quando conosco
vivia, ele que era oriundo de Citera: era honrado como um
                                      parente
no nosso palácio. Matou-o o magnânimo Heitor. Onde estão
tuas setas de rápida morte e teu arco, que te deu Febo Apolo?"

Assim falou e o outro obedeceu. Foi a correr tomar posição,
levando nas mãos o arco recurvo e a aljava portadora de
                                      flechas.
E muito rapidamente se pôs a disparar setas contra os
                                      Troianos.
Atingiu Clito, filho glorioso de Pisenor, que segurava
as rédeas nas mãos, afadigando-se com os cavalos.
Pois para lá os conduzia, onde maior número de falanges
eram desbaratadas, para agradar a Heitor e aos Troianos.
Mas depressa sobreveio a desgraça, que ninguém podia
                                      repelir,
por mais que o quisessem. A seta de muitos gemidos atingiu-o
no pescoço, atrás, e ele tombou do carro, ao que se
                                      desviaram
os cavalos, fazendo chocalhar o carro vazio. Logo se
                                      apercebeu
o soberano Polidamante, o primeiro a avançar para os
                                      cavalos,
os quais ele deu a Astínoo, filho de Prociáon, recomendando
que ele os mantivesse bem perto, enquanto o observava.
Ele próprio voltou a imiscuir-se entre os guerreiros dianteiros.

Então Teucro tirou contra Heitor outra seta de brônzea
                                                                    ponta,
e ter-lhe-ia cerceado o combate junto das naus dos Aqueus,
460 se tivesse atingido o pelejador, privando-o da vida.
Mas não passou despercebido à mente sábia de Zeus,
que protegeu Heitor, retirando a glória a Teucro Telamônio;
Zeus que quebrou a corda bem torcida do arco irrepreensível
ao ser esticada contra Heitor; e noutra direção foi desviada
465 a flecha pesada de bronze e o arco caiu-lhe das mãos.
Estremeceu Teucro e assim disse a seu irmão:

"Ah, na verdade um deus frustra os planos da nossa luta
completamente e arrebatou o arco da minha mão
e quebrou a corda acabada de torcer que atei
470 de manhã, para que cerradas dela se disparassem as setas."

Respondendo-lhe assim falou o possante Ájax Telamônio:
"Meu caro, deixa estar o arco e as tuas muitas setas,
visto que um deus as frustrou em malevolência contra
                                                                    os Dânaos.
Mas pega com as mãos numa lança comprida e põe ao ombro
475 um escudo e assim luta contra os Troianos e incita os outros.
Não será sem esforço, ainda que nos subjuguem, que nos
tomarão as naus bem construídas. Lembremo-nos do
                                                                    combate!"

Assim falou; e Teucro depôs o arco na tenda
e aos ombros pôs um escudo de quatro camadas;
480 na altiva cabeça colocou um elmo bem trabalhado,
com penacho de cavalo: e terrível era o seu movimento.
Pegou numa lança potente, provida de brônzea ponta,
e foi correndo posicionar-se ao lado de Ájax.

Mas quando Heitor viu invalidados os dardos de Teucro,
485 aos Troianos e aos Lícios gritou bem alto:

"Troianos e Lícios e Dárdanos, prestos combatentes!
Sede homens, amigos, e lembrai-vos da bravura animosa
no meio das côncavas naus! Na verdade vi eu com os olhos
os dardos de um homem excelente invalidados por Zeus.
₄₉₀ Fácil é distinguir o auxílio que Zeus outorga aos homens,
tanto àqueles a quem ele concede a glória, como àqueles
que ele amesquinha e se recusa a auxiliar, como agora
amesquinhou a força dos Argivos, auxiliando-nos a nós.
Combatei pois cerrados nas naus! E se algum de vós,
₄₉₅ alvejado ou golpeado, encontrar a morte e o destino,
que morra! Pois não é vergonha nenhuma morrer
pela pátria. Pois a salvo ficam a mulher e os filhos,
e a sua casa e propriedade incólumes, se os Argivos
partirem nas naus para a amada terra pátria."

₅₀₀ Assim dizendo, incitou a coragem e o ânimo de cada um.
Por seu lado gritou Ájax aos seus companheiros:

"Vergonha, ó Argivos! Agora está visto que ou morreremos
ou nos salvaremos ao repelirmos a desgraça das naus.
Ou credes que, se as naus tomar Heitor do elmo faiscante,
₅₀₅ desembarcareis cada um de vós na vossa terra pátria?
Não ouvis Heitor a incitar todo o seu exército,
ele que está em fúria para deitar fogo às naus?
Não é para a dança que ele os chama, mas para a luta.
E para nós não há conselho nem plano melhor
₅₁₀ do que juntarmos mãos e força em renhido combate.
Melhor é morrer de uma vez por todas (ou então viver!)
do que nos vermos longamente acossados em aterradora
                                                    peleja,
assim em vão nas naus, por homens que são piores do que
                                                    nós."

Assim dizendo, incitou a força e a coragem de cada um.
₅₁₅ Foi então que Heitor matou Esquédio, filho de Perimedes,
comandante dos Fócios; e Ájax matou Laodamante,

comandante dos peões, glorioso filho de Antenor.
Polidamante abateu Oto, oriundo de Cilene, camarada
do filho de Fileu, comandante dos magnânimos Epeios.
520 Viu-o Meges e atirou-se a ele; mas Polidamante desviou-se
debaixo dele e Meges não lhe acertou: é que Apolo
não permitia que o filho de Pântoo morresse entre os
               dianteiros.
Com uma estocada da lança penetrou Cresmo no peito.
Tombou com um estrondo e o outro lançou-se a ele para
               lhe despir
525 as armas dos ombros. Entretanto contra ele saltou Dólops,
perito lanceiro, filho de Lampo, a quem gerara Lampo,
filho de Laomedonte, experto na bravura animosa:
foi ele que arremeteu com a lança contra o escudo do filho
de Fileu, atacando de perto; mas salvou-o a espessa couraça,
530 que envergava, adornada de mossas redondas, a qual Fileu
trouxera de Éfire, de junto do rio Seleis. Fora-lhe oferecida
seu amigo e anfitrião Eufetes, soberano dos homens,
para vestir na guerra, como proteção contra homens
               inimigos.
Tal couraça protegeu agora da morte o corpo de seu filho.

535 Mas contra a parte mais alta do elmo de bronze adornado
com crinas de cavalo arremeteu Meges com a lança afiada,
cortando-lhe o equino penacho; e todas as crinas
caíram na poeira, brilhantes e havia pouco tingidas de
               vermelho.
Ora enquanto Meges insistia em lutar, ainda esperançado
               na vitória,
540 entretanto o belicoso Menelau se aproximou para o auxiliar;
posicionou-se com a lança, despercebido de Dólops, e
               atingiu-o
no ombro por trás. A ponta da lança trespassou-lhe o peito,
ávida de penetrar; e ele tombou de cara no chão.
Ambos avançaram para lhe despir dos ombros
545 as brônzeas armas; mas Heitor chamou pelos parentes

todos sem exceção e repreendeu primeiro o filho de
                                                Hiquetáon,
o possante Melanipo: ele que até agora apascentara os bois
de passo cambaleante em Percota, quando os inimigos
                                                estavam longe.
Mas quando chegaram as naus recurvas dos Dânaos,
550 de novo voltou a Ílion para brilhar entre os Troianos;
morava na casa de Príamo, que o honrava como a seus
                                                filhos.
Foi a ele que Heitor repreendeu, tratando-o pelo nome:

"É assim, ó Melanipo, que desistimos? Não se comove
teu coração com o teu parente que foi abatido?
555 Não vês como estão em volta das armas de Dólops?
Vai! Pois já não nos é possível combater os Argivos de longe,
até que os matemos, ou então que eles tomem de cima
                                                a baixo
a íngreme Ílion e matem todos os seus cidadãos."
Assim dizendo, foi à frente e o outro seguiu, um homem
                                                divino.

560 Aos Argivos incitava o enorme Ájax Telamônio:
"Amigos, sede homens! Ponde vergonha nos corações!
Tende vergonha uns dos outros nos potentes combates!
Dos homens com vergonha, mais se salvam do que morrem;
mas dos que fogem não surge nem glória nem proveito."

565 Assim falou. Eles de si próprios estavam desejosos de repulsar
os inimigos, mas puseram a sua palavra no espírito e
                                                cercaram
as naus com uma sebe de bronze. Contra eles mandava Zeus
os Troianos. Então Menelau, excelente em auxílio, incitou
                                                Antíloco:

"Antíloco, nenhum outro dos Aqueus é mais novo que tu;
570 nenhum mais célere de pés, nem tão corajoso no combate:

CANTO XV

prouvera que saltasses para fora e atingisses algum dos
                                                    Troianos!"

Assim dizendo, voltou a retirar-se; mas incitara o outro.
Antíloco saltou por entre os dianteiros e arremeteu com
                                                    a lança
luzente, depois de ter observado ao redor. Cederam os
                                                    Troianos,
575 quando o guerreiro atirou. E não foi em vão que
                                                    arremessou a lança,
pois acertou no filho de Hiquetáon, o altivo Melanipo,
que se lançava na luta: acertou-lhe no peito, junto do mamilo.
Tombou com um estrondo e a escuridão veio cobrir-lhe os
                                                    olhos.
Antíloco atirou-se a ele como um cão que se lança
580 sobre um gamo ferido, que o certeiro caçador alvejara
ao saltar para fora do antro, deslassando-lhe os membros —
foi assim, ó Melanipo, que te atacou Antíloco tenaz em
                                                    combate,
para te despir das armas! Mas ao divino Heitor não passou
despercebido, ele que veio correndo enfrentá-lo no combate.
585 Porém Antíloco não aguentou, célere guerreiro embora fosse,
mas fugiu como a fera selvagem que praticou qualquer crime:
que matou um cão ou um boieiro no meio da manada de bois
e depois foge perante o avanço da multidão de homens
                                                    reunidos.
Assim fugiu o filho de Nestor; e os Troianos e Heitor
590 com grita assombrosa jacularam contra ele dardos gemedores.
Mas ele virou-se e manteve-se firme, chegado junto do seu
                                                    povo.

Como leões carnívoros se lançaram os Troianos
contra as naus, cumprindo as ordens de Zeus:
ele que despertava neles grande força, enfeitiçando o espírito
595 dos Argivos e sonegando-lhes a glória; mas incitava os
                                                    outros.

Pois queria seu coração outorgar a glória a Heitor
Priâmida, para que às naus recurvas lançasse o fogo
                                                       indefectível,
de espantoso ardor, pelo que assim se cumpriria toda
a prece presunçosa de Tétis. Por isto esperava Zeus, o
                                                       conselheiro,
600 até que seus olhos observassem as labaredas das naus a arder.
A partir daí tinha intenção de repelir os Troianos
das naus, de modo a dar a glória aos Dânaos.
Intentando estas coisas, incitou nas côncavas naus
Heitor Priâmida, ele que de si estava já muito incitado.

605 Heitor desvairava como Ares, o lanceiro, ou como o fogo
                                                       assassino
que desvaira nas montanhas, nos bosques de uma floresta
                                                       profunda.
Começou a espumar da boca e os seus olhos lampejavam
sob as sobrancelhas terríveis e de volta das suas têmporas
chocalhou o elmo, medonho, de Heitor enquanto combatia.
610 Pois o próprio Zeus do cimo do éter era o seu defensor,
ele que a Heitor, só entre muitos homens, outorgou
a honra e a glória. É que exígua seria a duração da sua vida,
pois já naquele momento lhe apressava o dia fatal
Palas Atena, por intermédio da Força do Pelida.
615 Todavia Heitor queria desbaratar as falanges de soldados,
pondo-os à prova, onde via maior concentração de armas
                                                       excelentes.

Mas não logrou desbaratá-las, impetuoso embora estivesse.
Permaneceram firmes como um muro, ou como o rochedo
alto e escarpado junto do mar cinzento, que aguenta
620 os velozes itinerários dos ventos guinchantes
e as ondas inchadas, que contra ele rebentam —
assim os Dânaos resistiram aos Troianos sem fugir.

Porém Heitor, refulgindo com fogo por todos os lados,

atirou-se no meio da multidão, como quando debaixo das nuvens
625 uma onda inchada pelos ventos rebenta sobre a nau veloz,
e toda ela é coberta pela espuma e a rajada terrível do vento
grita contra a vela e tremem os espíritos dos marinheiros,
aterrorizados; pois por pouco dali foram levados da morte —
assim se rasgavam nos seus peitos os corações dos Argivos.

630 Mas Heitor atirou-se a eles como o leão malévolo que se lança
contra os bois a pastar na fundura de um amplo pantanal,
bois às miríades! e no meio deles está um boieiro que não sabe
ainda como lutar contra a fera sobre a carcaça da vitela morta:
na verdade ele anda pelo lado dos bois da frente e de trás,
635 sempre a seu lado, mas o leão salta para o meio da manada
e devora uma vitela, enquanto todas as vacas se dispersam —
assim assombrosamente os Aqueus foram postos em fuga por Heitor
e por Zeus pai, todos, ainda que Heitor matasse só Perifetes
de Micenas, filho de Copreu, que costumava levar mensagens
640 do soberano Euristeu à Força de Héracles.
Dele, pai muito inferior, nascera um filho superior
em todo o tipo de excelência, tanto na corrida como na luta;
e pela inteligência estava entre os primeiros dos de Micenas.
Ora foi ele que cedeu a Heitor a glória prevalecedora.
645 É que tropeçou, ao virar-se, no rebordo do escudo
que ele próprio levava, escudo que chegava ao chão,
proteção contra dardos. Tropeçou nele e caiu para trás:
de forma medonha lhe ressoou o elmo nas frontes ao tombar.

Mas Heitor apercebeu-se rápido e foi correndo tomar posição:
650 no peito lhe fixou a lança e chacinou-o ali junto dos queridos
companheiros. E eles não puderam, por mais que quisessem,
ajudá-lo: pois grande medo sentiam perante o divino Heitor.

Estavam no meio das naus e as extremidades das naus,
>> que primeiro
ali haviam sido colocadas, os confinavam. Os Troianos
>> atacavam.
₆₅₅ Mas os Argivos cederam, forçados, do local onde estavam
as naus extremas; permaneceram junto das tendas, todos
>> juntos,
sem se dispersarem pelo acampamento. Tomavam-nos a
>> vergonha
e o medo. Permanentemente chamavam uns pelos outros.
E mormente chamou Nestor de Gerênia, guardião dos
>> Aqueus.
₆₆₀ Suplicava a cada um, invocando cada homem pelo pai que
>> o gerara:

"Amigos, sede homens! Ponde nos corações a vergonha
perante outros homens e lembrai-vos, cada um de vós,
dos vossos filhos e mulheres, dos haveres e dos pais,
independentemente de ainda serem vivos, ou já mortos.
₆₆₅ Por aqueles que aqui não estão vos suplico que firmes
permaneçais e que não vireis as costas em fuga!"

Assim dizendo, incitou a coragem e a força de cada um.
De seus olhos afastou Atena o nevoeiro sobrenatural.
Grandemente rebrilhou a luz de todos os lados,
₆₇₀ tanto do lado das naus, como do da guerra maligna.
Discerniram Heitor, excelente em auxílio, e os companheiros,
quer os que estavam à retaguarda sem combater,
quer os que combatiam junto das naus velozes.

Já não agradava ao coração do magnânimo Ájax
₆₇₅ estar ali onde se mantinham afastados os outros Aqueus,
mas calcorreava com passos largos o convés das naus,
brandindo nas mãos uma estaca comprida para luta naval,
provida de grampos circulares, com vinte e dois cúbitos.
Tal como quando um homem perito em equitação

CANTO XV

680 atrela quatro cavalos, escolhidos dentre muitos,
e os conduz da planície rumo à grande cidade
numa ampla estrada; e são muitos os que se maravilham,
homens e mulheres; mas ele salta, sempre seguro,
de um cavalo para outro, enquanto eles se apressam —
685 assim calcorreava Ájax o convés das naus velozes,
com passos largos; e a sua voz chegava ao céu.
Com terríveis bramidos ordenava aos Dânaos
que defendessem as naus e as tendas. Nem Heitor
permanecia entre a turba dos Troianos armados.
690 Mas tal como a fulva águia se lança sobre uma raça
de aves voadoras que debicam junto de um rio:
gansos ou grous ou cisnes de longos pescoços —
assim Heitor se lançou contra a nau de proa escura,
arremetendo diretamente. E Zeus por trás empurrou-o
695 com mão sobremaneira possante e com ele incitou o povo.

De novo surgiu renhido combate junto das naus.
Tu dirias que sem cansaço e sem fadiga se defrontavam
na guerra, de tal forma furiosamente eles combatiam.
E este era o seu pensamento ao combaterem: os Aqueus
700 não julgavam poder fugir da desgraça, mas morreriam;
mas o coração no peito de cada um dos Troianos esperava
deitar fogo às naus e chacinar os heróis dos Aqueus.
Era isso que pensavam enquanto se enfrentavam.

Porém Heitor tomou a proa de uma nau de alto-mar,
705 bela nau e célere nas ondas, que trouxera Protesilau
para Troia, mas que o não levaria de novo à terra pátria.
Em torno da nau dele Aqueus e Troianos matavam-se
uns aos outros em renhido combate. Já não se mantinham
afastados para aguentarem o voo de flechas e dardos,
710 mas perto uns dos outros se posicionavam, com um só
coração, e lutavam com afiados machados e cutelos
e espadas compridas e lanças de dois gumes.
Muitas belas adagas, atadas no punho com escuras correias,

caíram ao chão das mãos e dos ombros dos homens
715 que combatiam. A terra escorria negra de sangue.

Mas Heitor, ao agarrar na popa, já não queria largá-la;
segurando o corno da popa com as mãos, ordenou aos
Troianos:

"Trazei fogo e fazei ressoar em uníssono o grito de guerra!
Agora é que Zeus nos concedeu o dia que vale por todos:
720 de tomar as naus, que aqui vieram à revelia dos deuses,
trazendo-nos muitos sofrimentos devido à covardia
dos anciãos, que quando eu queria lutar junto das popas
das naus me refrearam e retiveram o exército.
Mas se nessa altura nos aturdiu o espírito Zeus que vê ao
longe,
725 agora é ele próprio que nos incita e nos lidera."

Assim disse; e eles atiraram-se com mais afinco aos Argivos.
Já nem Ájax permanecia firme, pressionado por dardos.
Cedeu um pouco, convencido de que ia morrer,
na plataforma de sete pés de altura, e deixou o convés da nau.
730 Aí se posicionou à espreita, e com a lança sempre
das naus afastava quem dos Troianos trazia o fogo
indefectível.
Com gritos medonhos chamava constantemente pelos
Dânaos:

"Meus caros heróis Dânaos, escudeiros de Ares,
sede homens, ó amigos, e lembrai-vos da bravura animosa!
735 Será que pensamos haver quem nos auxilie à retaguarda?
Ou que existe alguma forte muralha, que aos soldados afaste
a desgraça? Não temos perto nenhuma cidade provida
de muros,
onde nos pudéssemos abrigar com um povo alterador do
combate.
Mas estamos na planície dos Troianos armados de couraças:

740 estamos longe da pátria e só temos o mar para nos ajudar.
Por isso a luz está nas nossas mãos, e não no combate
indolente."

Falou ao mesmo tempo que arremetia com a lança afiada.
A quem dos Troianos trouxesse para as côncavas naus
o fogo ardente, para agradar a Heitor que assim mandava,
745 por este esperava Ájax para o ferir com a lança comprida.
Doze foram os homens que feriu no combate à frente das
naus.

Canto XVI

Deste modo combatiam em torno da nau bem construída.
Porém Pátroclo chegou junto de Aquiles, pastor do povo,
vertendo lágrimas candentes, como a fonte de água negra
que do rochedo desdenhado por cabras derrama sombrio
          caudal.
5   Ao vê-lo se condoeu o divino Aquiles de pés velozes
e falando-lhe proferiu palavras aladas:

"Por que razão choras, ó Pátroclo, como uma garotinha,
uma menina, que corre para a mãe a pedir colo
e, puxando-lhe pelo vestido, impede-a de andar,
10 fitando-a chorosa até que a mãe a pegue no colo?
Igual a ela, ó Pátroclo, choras tu lágrimas fartas.
Será que tens algo a anunciar aos Mirmidões ou a mim?
Será que tens notícias da Ftia, que só tu ouviste?
Dizem que vive ainda Menécio, filho de Actor;
15 e que vive Peleu, o Eácida, entre os Mirmidões:
por estes dois muito nos entristeceríamos se morressem.
Ou será que estás choroso por causa dos Argivos, porque
morrem junto das côncavas naus devido à sua presunção?
Fala! Não escondas nada na mente, para que ambos
          saibamos."

20 Suspirando profundamente lhe respondeste, ó Pátroclo
          cavaleiro:

CANTO XVI

"Ó Aquiles, filho de Peleu, de longe o mais valente dos Aqueus,
não te encolerizes! Pois tal foi a dor que se abateu sobre os Aqueus.
É que na verdade todos os que antes eram os melhores guerreiros
jazem no meio das naus, com feridas infligidas por setas e lanças.
25 Ferido está o filho de Tideu, o possante Diomedes; feridos
por lanças estão Ulisses, famoso lanceiro, e Agamêmnon;
ferido foi também Eurípilo, com uma flecha na coxa.
Em torno destes se afadigam os médicos com seus muitos fármacos,
procurando curá-los. Mas tu nasceste intratável, ó Aquiles.
30 Que a mim jamais tome ira, como a que tu acalentas.
Terrível é esse valor de que és dotado! Que homem futuro tirará
proveito de ti, se te recusas a evitar a morte vergonhosa dos Argivos?
Insensível! Não creio que fosse teu pai o cavaleiro Peleu;
nem Tétis, tua mãe: foi o mar de cor esverdeada que te gerou
35 e os penhascos escarpados; e por isso tens uma mente inflexível.
Mas se em teu espírito evitas algum oráculo
e algo te foi transmitido da parte de Zeus pela excelsa tua mãe,
que me mandes a mim, e que comigo siga o restante exército
dos Mirmidões, para que eu possa trazer luz aos Dânaos.
40 E dá-me as tuas belas armas para eu levar para a guerra,
na esperança de que, tomando-me por ti, os Troianos se abstenham
do combate e assim os belicosos filhos dos Aqueus respirariam,
apesar de exaustos. Pois pouco tempo há para respirar na guerra.

É que facilmente nós, que não estamos cansados, afastaríamos
homens cansados das naus e tendas em direção à cidade."

Assim falou, em grande súplica — o estulto! Pois suplicava
a sua própria morte funesta e o seu próprio destino.
Muito agitado lhe respondeu então Aquiles de pés velozes:

"Ai de mim, ó Pátroclo criado por Zeus, o que foste dizer!
Não me preocupa nenhum oráculo, de que tive
                                        conhecimento,
nem coisa alguma me transmitiu de Zeus minha excelsa mãe.
Mas esta dor amarga se apoderou do meu coração,
desde o momento em que um homem quis defraudar outro
que é seu igual, tirando-lhe o prêmio, por pelo poder lhe
                                        ser superior.
Amarga é para mim esta dor, visto que sofri tristezas no
                                        coração.
A donzela que para mim escolheram os filhos dos Aqueus
como prêmio, que ganhei com a minha lança ao saquear
                                        a cidade
bem amuralhada, das minhas mãos a tirou de novo
                                        Agamêmnon,
poderoso Atrida, como se eu fosse um refugiado
                                        desrespeitado.
Mas a estas coisas permitiremos o já terem sido. Não era ira
indefectível que eu haveria de sentir no coração. Mas declarei
que não abandonaria a ira antes que às minhas naus
chegasse a batalha e o grito de guerra.
Mas tu enverga nos ombros as minhas armas gloriosas
e lidera para o combate os Mirmidões amigos de guerrear,
se na verdade a nuvem negra de Troianos se abateu
com força por cima das naus e os Argivos não têm
outra proteção que não a orla do mar, restando-lhes
um espaço exíguo. Pois toda a cidade dos Troianos saiu
contra eles com coragem, já que não veem a fronte do meu
                                        elmo

rebrilhando ali ao pé. Rapidamente na sua fuga encheriam
                                              os leitos
de água de cadáveres, se por mim o poderoso Agamêmnon
                                              tivesse
alguma consideração. Mas agora combatem em todo
                                              o exército.
Pois não é nas mãos do Tidida Diomedes que desvaira
75   a lança que dos Dânaos logrará afastar a ruína.
Também não ouvi a voz do Atrida a berrar daquela cabeça
                                              odiosa.
Mas é a voz de Heitor matador de homens que ressoa
a incitar os Troianos; e eles com enorme clamor
dominam toda a planície e vencem na luta os Aqueus.
80   Mas mesmo assim, ó Pátroclo, ao afastares a desgraça das
                                              naus
arremete com toda a força, para que com fogo ardente
eles não queimem as naus e tirem o dia do regresso.
Ouve agora o termo do discurso que te porei no espírito,
para que me alcances grande honra e glória
85   entre todos os Dânaos, e que a donzela lindíssima
eles de novo restituam e com ela oferendas gloriosas.
Depois de os teres afastado das naus, regressa. Se porventura
o esposo tonitruante de Hera te der a glória,
não desejes combater contra os Troianos amigos de guerrear
90   privado de mim. Diminuirás a honra que é minha.
E arrebatado de exultação na guerra e na refrega,
chacinando os Troianos, não queiras chegar a Ílion,
não vá um dos deuses que são para sempre descer
do Olimpo: pois muito os ama Apolo que age de longe.
95   Não, volta para trás assim que tiveres trazido a luz
para o meio das naus; deixa que outros combatam na
                                              planície.
Quem me dera — ó Zeus pai!, ó Atena!, ó Apolo! —
que nenhum dos Troianos escapasse à morte, nenhum deles!,
nem nenhum dos Argivos! Mas que nós dois sobrevivêssemos,
100 para que sozinhos da sacra Troia soltássemos o diadema!"

Deste modo essas coisas diziam um ao outro.
Mas Ájax já não aguentava, pressionado pelos dardos.
Subjugavam-no a vontade de Zeus e os altivos Troianos
com seus arremessos. De modo terrível ressoava o elmo
             luzente
105 em torno das suas têmporas ao ser atingido, pois
              continuamente
era alvejado nos bocetes bem forjados. Sentia fadigado
               o ombro
esquerdo de segurar sempre o escudo coruscante. Mas não
lograram repeli-lo, por muito que o alvejassem com dardos.
Sentia permanente dificuldade em respirar e suor abundante
110 lhe escorria por toda a parte dos membros. Não conseguia
recobrar o fôlego. De todo a desgraça se sobrepunha à
               desgraça.

Dizei-me agora vós, ó Musas que no Olimpo tendes vossas
               moradas,
como primeiro foi lançado o fogo contra as naus dos Aqueus.

Foi Heitor que se aproximou de Ájax e lhe infligiu um golpe
115 na lança de freixo com a sua enorme espada na base da ponta
e cortou-a por completo. E Ájax Telamônio brandia nas mãos
em vão uma lança sem ponta: longe dele foi cair
com um retinido a ponta de bronze no chão.
Apercebeu-se Ájax no seu irrepreensível coração
              e estremeceu:
120 era obra divina, pois anulava completamente a intenção
               da luta
Zeus que troveja nas alturas para dar a vitória aos Troianos.
Ájax cedeu e afastou-se dos dardos. Os Troianos lançaram
               o fogo
indefectível contra a nau veloz. E logo se elevou a chama
               inexaurível.

Deste modo estava a popa cercada de fogo. Porém Aquiles

125 bateu em ambas as coxas e assim disse a Pátroclo:
"Levanta-te, Pátroclo criado por Zeus, ó mestre de
                                                    cavaleiros!
Vejo claramente ali nas naus uma labareda de fogo ardente.
Que eles não tomem as naus, que não se inviabilize a fuga!
Enverga rapidamente as minhas armas e eu reunirei a hoste."

130 Assim falou; e Pátroclo vestiu-se de bronze refulgente.
Primeiro protegeu as pernas com as belas cnêmides,
adornadas de prata na parte ajustada ao tornozelo.
Em segundo lugar protegeu o peito com a couraça
variegada, ornada de estrelas, do veloz Pelida.
135 Aos ombros pôs uma espada de bronze com adereços
prateados; em seguida o escudo, possante e resistente.

Na altiva cabeça colocou um elmo bem trabalhado,
com penacho de cavalo: e terrível era o seu movimento.
Pegou em duas lanças, bem ajustadas à sua mão.
140 Somente não pegou na lança do irrepreensível Eácida,
pesada, imponente, enorme. Nenhum outro dos Aqueus
a conseguia brandir; só Aquiles sabia como brandir
a lança de freixo do Pélion, que a seu pai dera Quíron,
do píncaro do Pélion, para a carnificina de heróis.
145 Que depressa atrelasse os cavalos ordenou a Automedonte,
a quem ele mais honrava a seguir a Aquiles desbaratador
de homens, por ser o mais fiel a acatar-lhe as ordens na
                                                         batalha.
Para ele atrelou então Automedonte os corcéis velozes,
Xanto e Bálio, que voavam rápidos como os ventos:
150 gerara-os para o vento Zéfiro a harpia Podarga,
quando pastava nas pradarias perto da corrente do Oceano.
Aos tirantes laterais atou outro cavalo, o irrepreensível
                                                         Pédaso,
que Aquiles trouxera depois de saquear a cidade de Eécion:
cavalo que, mortal embora fosse, acompanhava corcéis
                                                         imortais.

Porém Aquiles pôs-se a caminho e incitou os Mirmidões
com as suas armas em todas as tendas. E eles como lobos
carnívoros, em cujo espírito existe uma fúria inominável —
lobos que nas montanhas mataram um grande veado
chifrado
e o devoraram, todos eles com as bocas vermelhas de sangue;
avançam em matilha e do espelho da fonte de água escura
sorvem com suas línguas delgadas a escura água, enquanto
lhes vem à boca o sangue da matança, embora nos peitos
o coração permaneça inabalável, pois saciada têm
a barriga —
assim os comandantes e regentes dos Mirmidões
se apressaram à volta do valente escudeiro do veloz Eácida.
E no meio deles estava de pé o belicoso Aquiles,
incitando tanto cavalos como homens portadores de escudo.

Cinquenta eram as naus velozes que para Troia liderara
Aquiles dileto de Zeus. Em cada uma delas havia
cinquenta homens companheiros nos toletes.
Cinco eram os regentes em quem confiava e nomeara
para comandar; mas ele próprio mandava com mais
autoridade.

Uma falange era comandada por Menéstio do colete luzente,
filho do Esperqueio, rio alimentado pelo céu.
Deu-o à luz a filha de Peleu, a bela Polidora,
para o incansável Esperqueio, mulher que se deitou com
um deus,
embora o pai pelo nome fosse Boro, filho de Perieres,
que a cortejou publicamente, oferecendo incontáveis
presentes.

Outra falange comandava o belicoso Eudoro, filho de
suposta virgem,
a quem dera à luz Polimela, cuja beleza brilhava na dança,
filha de Filante. Dela se enamorou o forte Matador de Argos,

quando a viu com seus olhos no coro dançante
de Ártemis, deusa das setas douradas e do rumor da caça.
De imediato subiu com ela para o aposento de cima
secretamente Hermes, o Auxiliador; e ela deu-lhe um filho,
o glorioso Eudoro, rápido corredor e combatente.
Depois que a deusa do parto, Ilitia, o trouxe
para a luz e depois que ele viu os raios do sol,
para sua casa o levou a Força de Équecles, filho de Actor,
após ter oferecido incontáveis presentes nupciais.
E o ancião Filante estimou e criou Eudoro,
cobrindo-o de mimos como se fosse seu filho.

Da terceira falange era comandante o belicoso Pisandro,
filho de Mêmalo, ele que se distinguia entre os Mirmidões
todos pela lança, depois do amigo do filho de Peleu.
Da quarta falange era comandante o velho cavaleiro Fênix;
da quinta, Alcimedonte, filho irrepreensível de Laerces.
Depois que a todos sob seus comandos dispusera Aquiles,
bem separadas as falanges, de pé proferiu um discurso severo:

"Mirmidões! Que nenhum de vós se esqueça das jactâncias,
com que junto das naus velozes ameaçastes os Troianos
enquanto durava a minha cólera, quando cada um me
repreendia:
'ó desgraçado filho de Peleu! Foi com fel que tua mãe te
criou!
Insensível! Tu que à sua revelia reténs nas naus os camaradas!
Regressemos pois para casa nas naus preparadas para o mar,
visto que deste modo se abateu sobre teu coração uma ira
maligna.'
Com tais palavras, reunidos, amiúde me repreendíeis. Mas
agora
tendes à frente o grande esforço da peleja, por que antes vos
apaixonastes. Com coração valente combatei os Troianos!"

Assim dizendo, incitou a coragem e o ânimo de cada um.

E cerraram ainda mais as fileiras, depois que ouviram o rei.
Tal como quando com pedras bem ajustadas um homem
constrói o muro de uma alta casa para evitar a força dos ventos —
assim cerrados se dispunham os elmos e os escudos com bossas.
Escudo premia contra escudo, elmo contra elmo, homem contra
homem. Tocavam-se os penachos de crinas de cavalo nos elmos
coruscantes dos que avançavam, cerrados uns junto dos outros.
À frente de todos, dois homens se preparavam para a luta:
Pátroclo e Automedonte, ambos com uma só intenção,
que era de combater à frente dos Mirmidões. Mas Aquiles
voltou para a tenda e abriu a tampa de uma arca
bela e trabalhada, que Tétis dos pés prateados pusera
na nau para ele levar, bem repleta de túnicas e de capas
para o agasalhar contra o vento e de mantas de lã.
Aí tinha uma taça bem cinzelada, da qual nenhum
outro dentre os homens bebia o vinho frisante;
nem eram oferecidas libações a outro deus que não Zeus pai.
Tirou pois a taça da arca e em primeiro lugar limpou-a
com enxofre; depois enxaguou-a com belas correntes de água.
Ele próprio lavou as mãos e verteu o vinho frisante.
Rezou depois em pé no meio do pátio e derramou
uma libação de vinho, olhando para o céu; não passou
despercebido a Zeus que com o trovão se deleita:

"Zeus soberano, que habitas Dodona! Ó Pelasgo, que longe
habitas, regente de Dodona invernosa! São os Selos que habitam
à tua volta, intérpretes da tua palavra; eles que sem banhar os pés

CANTO XVI

dormem no chão. Outrora, quando orava, ouviste a minha
                                                    palavra;
honraste-me e grandemente fustigaste a hoste dos Aqueus:
portanto também agora faz que se cumpra este meu desejo.
Eu próprio aqui permanecerei na conglomeração das naus,
240 mas envio o meu companheiro com numerosos Mirmidões
para combater. Outorga-lhe a glória, ó Zeus que vês ao longe,
e encoraja-lhe o coração no peito, para que também Heitor
saiba se isoladamente tem competência para lutar
o meu escudeiro, ou se suas mãos só desvairam
245 invencíveis, quando eu entro na chusma de Ares.
Porém quando das naus tiver afastado o combate e o fragor
da refrega, que ele me volte incólume para as naus velozes,
com todas as armas e com os camaradas, renhidos lutadores."

Assim falou, orando; e escutou-o Zeus, o conselheiro.
250 Concedeu-lhe uma parte o Pai, mas negou-lhe a outra.
Que Pátroclo repelisse das naus a batalha e o combate
lhe concedeu; mas negou-lhe que da luta regressasse salvo.

Derramadas as libações e após ter rezado a Zeus pai,
Aquiles voltou para a tenda e guardou a taça na arca;
255 mas depois saiu e ficou de pé à frente da tenda: em seu
                                                    coração
queria ainda observar a tremenda refrega de Troianos
                                                    e Aqueus.

Ora aqueles que com o magnânimo Pátroclo haviam se
                                                    armado
avançaram e com grande afinco se atiraram aos Troianos.
De imediato se entornaram como vespas das veredas,
260 a quem os rapazes têm por hábito encolerizar,
sempre as atormentando em seus ninhos nas veredas,
os estultos! pois assim provocam um mal comum a todos.
É que as vespas, se por elas passa algum homem, um
                                                    viandante

insciente, voam contra ele com belicoso valor no coração,
²⁶⁵ pois todas elas querem proteger as suas crias —
com igual coração e ânimo se derramaram os Mirmidões
das naus. E levantou-se um clamor inexaurível.
Porém Pátroclo gritou pelos camaradas e assim lhes disse:

"Mirmidões, companheiros de Aquiles filho de Peleu!
²⁷⁰ Sede homens, ó amigos, e lembrai-vos da bravura animosa,
para que honremos o Pelida, ele que é de longe o melhor
dos Argivos nas naus, assim como seus aguerridos escudeiros.
Reconheça pois o Atrida, Agamêmnon de vasto poder,
o seu desvario, por em nada ter honrado o melhor dos
                                                                               Aqueus."

²⁷⁵ Assim dizendo, incitou a força e a coragem de cada um.
Lançaram-se, cerrados, contra os Troianos. E à volta das
                                                                               naus
retumbou o eco medonho da gritaria dos Aqueus.

Mas quando os Troianos viram o valente filho de Menécio,
quando o viram a ele e ao escudeiro, refulgindo com as
                                                                               armas,
²⁸⁰ agitou-se o coração de todos e moveram-se as falanges,
convencidos de que junto das naus o veloz Pelida
abandonara a cólera para optar, em vez dela, pela amizade.
E cada um olhou em volta para ver como fugir à morte
                                                                           escarpada.

Pátroclo foi o primeiro a arremeter com a lança luzente,
²⁸⁵ atirando-a para o meio, onde a maioria deles se juntava,
perto da popa da nau do magnânimo Protesilau;
e acertou em Pirecmes, que conduzira os Péones
de Âmido, de junto do rio Áxio de amplo fluir.
Atingiu-o no ombro direito e ele tombou para trás
²⁹⁰ na poeira com um gemido. À sua volta se afugentaram
os Péones, seus camaradas, pois entre eles Pátroclo espalhara

CANTO XVI

o pânico ao matar o comandante, excelente combatente.
Escorraçou-os da nau e extinguiu o fogo ardente.
Metade queimada ali deixou a nau. Mas amedrontaram-se
295 os Troianos com grita assombrosa; e os Dânaos
                                  derramaram-se
por entre as côncavas naus: levantou-se um fragor incessante.
Tal como quando do alto cume de uma enorme montanha
uma densa nuvem é movida por Zeus, conglomerador de
                                  trovões,
e aparecem à vista todos os píncaros, elevados promontórios
300 e todos os vales e a partir do céu se rasga o éter infinito —
assim os Dânaos, após terem repelido das naus o fogo
                                  ardente,
recobraram o fôlego, embora não houvesse suspensão do
                                  combate.
Pois ainda não tinham sido postos em fuga os Troianos
pelos Aqueus diletos de Ares de junto das escuras naus,
305 mas ainda lhes resistiam, cedendo contrariados das naus.

Foi então que, ao espalhar-se o combate, dentre os regentes
cada homem matou seu homem. O valente filho de Menécio
feriu primeiro com a lança afiada a coxa de Arílico, quando
este se voltava: o bronze trespassou-o por completo.
310 A lança partiu o osso e ele tombou de cara no chão.
Por seu lado o belicoso Menelau golpeou Toante no peito
desnudado junto do escudo e deslassou-lhe os membros.
Enquanto observava Ânficlo a lançar-se contra ele,
o filho de Filcu atingiu-o na base da perna, onde mais
                                    robustos
315 são os músculos do homem: à volta da lança se rasgaram
os tendões e a escuridão veio cobrir-lhe os olhos.
Quanto aos filhos de Nestor: Antíloco arremeteu contra
Antímnio com a lança afiada e o bronze trespassou-lhe
                                    o flanco.
Tombou de frente. Porém Máris, que estava ali perto,
                                    atirou-se

320 contra Antíloco com a lança, enraivecido por causa do irmão,
e pôs-se de plantão por cima do morto. Mas o divino
                                                    Trasimedes
foi mais rápido e, antes que ele arremetesse, não errou o alvo
e atingiu-o no ombro. A ponta da lança decepou o braço
dos músculos e estilhaçou por completo o osso.
325 Tombou com um estrondo e a escuridão cobriu-lhe os olhos.
Deste modo ambos os irmãos, subjugados por dois irmãos,
foram para o Érebo, valentes camaradas de Sarpédon,
lanceiros e filhos de Amisódaro, ele que alimentara
a terrífica Quimera, flagelo para muitos homens.

330 Então Ájax, filho de Oileu, atirou-se a Cleobulo e tomou-o
vivo, no emaranhado da multidão. Mas aí lhe deslassou
a força, ao desferir-lhe no pescoço um golpe com a espada
de bom punho; e toda a lâmina ficou quente do seu sangue.
Sobre seus olhos desceu a morte purpúrea e o fado inelutável.
335 Foi então que embateram Peneleu e Lícon: é que com as
                                                        lanças
nenhum acertara no outro, pois ambos arremessaram em
                                                        vão.
Embateram de novo com as espadas. Então Lícon desferiu
um golpe no cimo do elmo com crinas de cavalo; a espada
quebrou-se no punho. Mas Peneleu desferiu-lhe um golpe
340 no pescoço, debaixo da orelha, e toda a espada penetrou;
                                                        já nada
a pele segurava. A cabeça ficou de banda e deslassaram-se
seus membros. E Meríones ultrapassou depressa Acamante,
quando montava para o carro, e deu-lhe uma estocada no
                                                        ombro
direito. Tombou do carro e sobre seus olhos se derramou
                                                        o nevoeiro.
345 Idomeneu estocou Erimante na boca com o bronze renitente.
Trespassou-lhe completamente o cérebro a lança de bronze,
estilhaçando-lhe os brancos ossos. Para fora, sacudidos,
saltaram os dentes e ambos os olhos se encheram de sangue.

CANTO XVI

Cuspiu através da boca e das narinas com expressão
de pasmo
350 no semblante, mas depois veio encobri-lo a nuvem negra
da morte.

Cada um destes, regentes dos Dânaos, matou o seu homem.
Tal como lobos rapinantes que se lançam contra cordeiros
ou cabritos, escolhendo-os dos rebanhos, quando devido
à estultícia do pastor estão tresmalhados nas montanhas;
355 mas os lobos veem e depressa atacam os ovinos
pusilânimes —
assim os Dânaos atacaram os Troianos, que só se lembravam
da fuga vergonhosa, pois esqueceram a bravura animosa.

O enorme Ájax tentava permanentemente arremessar o dardo
contra Heitor vestido de bronze; mas ele, experto na guerra,
360 protegido pelo escudo bovino nos seus ombros largos,
observava bem o voo das flechas e o arremesso das lanças.
Ele percebia de fato que mudava a vitória alteradora da
batalha;
mas mesmo assim não arredou pé e procurou salvar os
camaradas.

Tal como quando do Olimpo pelo céu dentro segue uma
nuvem
365 vinda do éter luzente, quando Zeus espalha a tempestade —
assim das naus surgiu a gritaria e a debandada dos Troianos;
e não foi de forma ordenada que atravessaram de novo a vala.
Os céleres corcéis levavam Heitor com as armas; deixara
a hoste
dos Troianos, a quem a vala escavada retinha, contrariados.
370 E na vala muitas parelhas de cavalos que puxavam carros
partiram a vara e abandonaram os carros dos soberanos.

Mas Pátroclo seguiu atrás, com gritos ferozes para os
Dânaos,

intentando desgraças contra os Troianos, que com gritos
                                                                                   e pânico
enchiam todos os caminhos, visto que tinham sido
                                                                                    desbaratados.
Em cima, uma nuvem de pó se estendia debaixo das nuvens,
375 enquanto os cavalos de casco não fendido se esforçavam
por regressar à cidade, vindos das naus e das tendas.
E no sítio onde Pátroclo via maior concentração de fugitivos,
aí conduzia os cavalos, berrando; e sob os eixos do carro
caíam homens dos seus carros, pois os coches eram revirados.

380 Por cima da vala diretamente saltaram os céleres corcéis
imortais, que os deuses tinham dado a Peleu, oferta gloriosa!,
lançando-se em frente. O ânimo mandava-o contra Heitor,
pois Pátroclo queria feri-lo. Mas os cavalos velozes
                                                                                  levavam Heitor.
Tal como quando sob uma tempestade se enegrece toda
                                                                                      a terra
385 em dia de ceifa, quando torrencialmente Zeus faz chover,
encolerizado na sua fúria contra homens que pela força
na assembleia proferem sentenças judiciais tortas,
escorraçando assim a justiça, indiferentes à vingança divina;
e todos os seus rios incham ao fluir o seu caudal
390 e as torrentes sulcam muitas colinas e em direção
ao mar purpúreo correm grandes correntes com fragor
a pique das montanhas, destruindo os campos dos homens —
assim era o relinchar das éguas Troianas a galope.

Mas depois que Pátroclo impediu a fuga das primeiras
                                                                                      falanges,
395 de novo as empurrou para as naus; e não deixava
que na cidade pusessem pé, por mais que quisessem;
mas entre as naus e o rio e a alta muralha os chacinava
na sua raiva, vingando a morte de muitos companheiros.
Primeiro atingiu Prônoo com a lança luzente, no peito
400 desnudado junto do escudo, e deslassou-lhe os membros.

Tombou com um estrondo. Depois arremeteu contra
Testor, filho de Énops, que estava agachado no seu carro
bem polido, pois de mente desvairada de pânico
deixara cair as rédeas das mãos; mas Pátroclo aproximou-se
405 e deu-lhe uma estocada com a lança no maxilar direito
e fê-la trespassar os dentes; depois agarrou na lança
e levantou-o por cima do rebordo do carro, como o pescador
sentado num promontório do mar arrasta para a terra
um peixe sagrado com linha e anzol brilhante de bronze —
assim a lança luzente o arrastou, embasbacado, do carro;
                                                                                              e de cara
410 para baixo atirou-o ao chão. A vida deixou-o quando caiu.
Depois, enquanto Erilau arremetia contra ele, atingiu-o
com uma pedra no meio da cabeça; e todo o crânio se fendeu
dentro do elmo pesado. E ele caiu de cabeça no chão
e à volta dele se derramou a morte aniquiladora do espírito.
415 Em seguida Erimante e Anfótero e Epaltes;
Tlepólemo, filho de Damastor, e Équio e Píris;
Ifeu e Evipo e Polimelo, filho de Árgeas:
a todos fez tombar na terra provedora de dons.

Mas quando Sarpédon viu os camaradas de túnicas não
                                                                                                    cingidas
420 a serem subjugados às mãos de Pátroclo, filho de Menécio,
repreendeu com gritos os Lícios semelhantes aos deuses:

"Vergonha, ó Lícios! Aonde fugis? Sede velozes mas é na luta!
Pois eu próprio me oporei a este homem, para que saiba
quem é que assim prevalece e tantos males pratica
425 contra os Troianos; a muitos já deslassou os joelhos."
Assim falando, saltou armado do carro para o chão.

Por seu lado, Pátroclo, quando o viu, saltou do carro.
Tal como abutres de garras tortas e bicos recurvos
lutam com altos gritos num penhasco elevado —
430 assim com gritos arremeteram um contra o outro.

Ao vê-los se compadeceu o Crônida de retorcidos conselhos,
assim dizendo para Hera, que era sua esposa e sua irmã:
"Ai de mim, pois está fadado que Sarpédon, a quem mais
amo
dentre os homens, seja subjugado por Pátroclo, filho de
Menécio.
435 Duplamente se divide meu coração enquanto penso:
se arrebatando-o vivo da batalha pródiga em lágrimas
o levarei para a fértil terra da Lícia;
ou se o subjugarei agora às mãos do Menecida."

Respondeu-lhe Hera rainha com olhos de plácida toura:
440 "Crônida terribilíssimo, que palavra foste tu dizer!
A homem mortal, há muito fadado pelo destino,
queres tu salvar de novo da morte funesta?
Faz isso. Mas todos nós, demais deuses, não te louvaremos.
E outra coisa te direi; tu guarda-a no teu espírito:
445 se tu mandares Sarpédon vivo para sua casa,
reflete se em seguida outro deus não quererá
tirar o seu filho amado dos potentes combates.
Pois muitos são os filhos de imortais que lutam em torno
da grande cidadela de Príamo: entre eles raiva terrível
porás.
450 Mas se tu o amas e se sofre o teu coração,
permite que ele seja subjugado em potente combate
às mãos de Pátroclo, filho de Menécio.
Porém, quando a alma e a vida o tiverem deixado,
envia a Morte e o Sono suave para o transportarem,
455 até que cheguem à terra da ampla Lícia.
Aí seus irmãos e parentes lhe prestarão honras fúnebres,
com sepultura e estela; pois essa é a honra devida aos
mortos."

Assim falou; e não lhe desobedeceu o pai dos homens
e dos deuses.
Porém derramou sobre a terra uma chuva ensanguentada,

460 para honrar o filho amado, a quem Pátroclo estava prestes
a matar em Troia de férteis sulcos, longe da sua pátria.

Quando já estavam perto, avançando um contra o outro,
foi então que Pátroclo matou o glorioso Trasimelo,
que era o valoroso escudeiro do soberano Sarpédon:
465 atingiu-o no baixo-ventre e deslassou-lhe os membros.
Todavia Sarpédon não lhe acertou com a lança luzente,
arremetendo em seguida; mas atingiu o cavalo, Pédaso,
com a lança no ombro direito. O cavalo relinchou ao expirar
o sopro vital e caiu com um mugido no pó; dele voou a vida.
470 Os outros dois cavalos empinaram-se, fazendo ranger o jugo;
e por cima deles se emaranharam as rédeas, depois que na
                       poeira
caíra o outro cavalo. Mas Automedonte, famoso lanceiro,
                       encontrou
uma solução: desembainhou a espada comprida da coxa
                       musculosa
e, saltando em frente, cortou as rédeas de Pédaso, sem hesitar.
475 E os outros dois puseram-se direitos e puxaram as rédeas.
Novamente embateram eles em conflito devorador do
                       espírito.

Só que mais uma vez Sarpédon não acertou com a lança
                       luzente,
mas por cima do ombro esquerdo de Pátroclo passou a ponta
da lança, sem o atingir. Em seguida com o seu bronze
                       arremeteu
480 Pátroclo: e não foi em vão que o dardo lhe fugiu da mão.
Atingiu Sarpédon na zona dos pulmões e do coração
                       palpitante.
Tombou como tomba carvalho ou choupo
ou alto pinheiro, que nas montanhas os carpinteiros
cortam com machados afiados para a construção das naus —
485 assim tombou Sarpédon à frente do carro e dos cavalos
                       e jazeu

estatelado a gemer, agarrado à poeira ensanguentada.
Tal como um leão se mete no meio da manada e mata um touro,
fulvo e audaz no meio dos bois de passo cambaleante,
que morre com um mugido devido às mandíbulas do leão —
490 assim debaixo de Pátroclo o regente dos escudeiros Lícios
estrebuchou na morte e chamou pelo companheiro amado:

"Meu caro Glauco, guerreiro entre homens: agora é preciso
que sejas um verdadeiro lanceiro e corajoso combatente.
Que a guerra maligna seja o teu desejo, se és rápido lutador.
495 Primeiro incita os comandantes dos soldados Lícios,
percorrendo todos, a porem-se de plantão em torno de Sarpédon.
Depois combate tu com o bronze, para me defenderes.
Pois serei para ti no futuro motivo de arrependimento e censura
todos os dias da tua vida continuamente, se os Aqueus
500 me despirem das armas, morto na conglomeração das naus.
Age agora com potência e incita toda a nossa hoste."

Enquanto falava, o termo da morte veio cobrir-lhe os olhos
e as narinas. E Pátroclo pôs-lhe o calcanhar no peito
e do corpo arrancou a lança; os pulmões vieram atrás.
505 E assim de uma só vez arrancou dele a alma e a ponta da lança.
Os Mirmidões fizeram estacar ali os cavalos resfolegantes,
ávidos de fugir, uma vez que tinham deixado os carros dos amos.

Terrível foi a dor que se abateu sobre Glauco, quando ouviu a voz.
Seu coração estava destroçado, porque não conseguira defendê-lo.
510 Com a mão fazia pressão contra o braço, pois doía-lhe
a ferida, que lhe infligira Teucro com uma seta, quando ele

CANTO XVI

repulsava a desgraça dos camaradas e Glauco arremetia.
Rezando assim falou a Apolo que age de longe:

"Ouve-me, soberano! Tu que porventura estás na fértil Lícia
515 ou então em Troia: pois consegues ouvir de qualquer parte
um homem acabrunhado, tal como agora me encontro.
É que tenho esta ferida gravosa e em torno do braço
sinto dores lancinantes; nem o sangue consegue
estancar. E pesa-me o ombro por causa da ferida.
520 Não consigo agarrar com firmeza na lança, nem avançar
contra os inimigos para combater. O melhor homem de todos
morreu, Sarpédon, filho de Zeus; ele que seu filho não
               protegeu.
Mas tu, ó soberano, cura-me desta ferida opressora!
Anula as dores, dá-me força, para que chame
525 pelos companheiros Lícios e os incite a combater!
E para que eu próprio lute junto ao cadáver do morto."

Assim falou, rezando; e ouviu-o Febo Apolo.
De imediato fez parar as dores e fez estancar o negro sangue
da ferida opressora e lançou-lhe coragem no coração.
530 Glauco apercebeu-se em seu espírito e regozijou-se,
porque um grande deus o ouvira, logo que rezara.
Primeiro incitou os guerreiros, comandantes dos Lícios,
percorrendo todos, a porem-se de plantão em volta de
               Sarpédon.
Com largos passos foi depois juntar-se aos Troianos;
535 dirigiu-se a Polidamante, filho de Pântoo, e ao divino Agenor.
Foi atrás de Eneias e de Heitor do elmo de bronze
e postando-se junto dele proferiu palavras aladas:

"Heitor, agora estás completamente esquecido dos aliados,
que por tua causa longe das famílias e da terra pátria
540 gastam a sua vida. No entanto não queres auxiliá-los.
Jaz morto Sarpédon, regente dos escudeiros Lícios,
ele que a Lícia protegia com sua força e sua justiça.

Sob a lança de Pátroclo foi subjugado pelo brônzeo Ares.
Mas protegei-o, ó amigos, e indignai-vos no coração,
545 para que os Mirmidões não lhe tirem as armas
e profanem seu corpo, irados por quantos Dânaos morreram,
a quem nós matamos com as nossas lanças junto das naus
velozes."

Assim falou; e aos Troianos tomou um sofrimento impossível
de aguentar, avassalador; pois Sarpédon era para eles
550 o baluarte da cidade, embora estrangeiro. Com ele seguiam
muitas hostes; e ele próprio era exímio combatente.
Atiraram-se logo aos Dânaos com afinco. Liderou-os Heitor,
enfurecido por causa de Sarpédon. Por seu lado os Aqueus
eram incitados pelo filho de Menécio, Pátroclo de peito
hirsuto.
555 Primeiro falou aos dois Ajantes, eles que estavam ávidos
de lutar:

"Ajantes, que vos apraza agora repelir os inimigos, vós que
há muito assim sois entre os homens — ou melhores ainda!
Jaz morto o homem que primeiro escalou a muralha dos
Aqueus:
Sarpédon. Procuremos então agarrá-lo e dispamos
560 as armas dos seus ombros; e a quem dentre os seus
camaradas
tentar defender-lhe o cadáver, matemos com o bronze
renitente."

Assim falou; e eles próprios estavam ávidos de repelir os
inimigos.
Depois que de ambos os lados reforçaram as falanges,
Troianos e Lícios e Mirmidões e Aqueus
565 embateram em combate pelo cadáver do morto,
com gritos terríveis. Forte foi o eco das armas dos homens.
E Zeus estendeu a noite deletéria sobre o potente combate,
para que em torno de seu filho amado deletéria fosse a refrega.

CANTO XVI

Os Troianos repeliram primeiro os Aqueus de olhos
                                                brilhantes.
570 Pois foi atingido um homem que não era o pior dos
                                                Mirmidões:
o divino Epigeu, filho do magnânimo Ágacles,
que outrora fora rei no bem habitado Budeio.
Mas depois que assassinou um nobre familiar,
foi como suplicante para Peleu e Tétis dos pés prateados.
575 Eles mandaram-no seguir Aquiles, desbaratador de falanges,
até Ílion de famosos cavalos, para combater os Troianos.
Foi a ele, quando tocava no cadáver, que o glorioso Heitor
atingiu na cabeça com uma pedra. E todo o crânio se fendeu
dentro do elmo pesado. E ele caiu de cabeça no chão
580 e à volta dele se derramou a morte aniquiladora do espírito.
Mas a Pátroclo tomou o sofrimento pelo amigo morto
e lançou-se através dos dianteiros como o falcão
veloz, que põe em fuga gralhas e estorninhos —
assim te lançaste rápido, ó Pátroclo mestre cavaleiro,
585 contra os Lícios, pois estavas enfurecido por causa do amigo.

Então atingiu Estenelau, filho amado de Itemeneu,
no pescoço com uma pedra, rasgando-lhe os tendões.
E tanto os dianteiros como o glorioso Heitor cederam.
A distância do voo de um dardo comprido arremessado
590 por um homem que põe à prova a sua força num certame
ou na guerra, acabrunhado por inimigos sanguinários —
assim cederam os Troianos, empurrados pelos Aqueus.
Mas Glauco, comandante dos escudeiros Lícios,
foi o primeiro a voltar-se e matou o magnânimo Baticleu,
595 filho amado de Cálcon, que tinha sua casa na Hélade
e pela ventura e pela fortuna se destacava entre os
                                                Mirmidões.
Foi nele que Glauco desferiu um golpe no peito com a lança,
virando-se de repente, quando o outro tentava ultrapassá-lo.
Tombou com um estrondo; e um denso sofrimento tomou
600 os Aqueus, pois tombara um homem excelente. Alegraram-se

os Troianos e puseram-se em torno dele, cerrados. Sua
coragem,
porém, não olvidaram os Aqueus: levaram a força contra eles.

Foi então que Meríones matou um homem armado dos
Troianos,
Laógono, audacioso filho de Onetor, que era sacerdote
de Zeus
₆₀₅ do Ida e era honrado pelo povo como se fosse um deus.
Atingiu-o no maxilar, debaixo da orelha; e depressa
o espírito
saiu dos seus membros e foi tomado pela escuridão detestável.
Porém Eneias arremessou a lança de bronze contra Meríones,
pois esperava atingi-lo enquanto avançava sob o escudo.
₆₁₀ Mas Meríones fitou-o de frente e evitou a brônzea lança;
inclinou-se para a frente e atrás dele se fixou a lança
comprida no chão; a ponta da lança estremeceu.
Foi aí, contudo, que foi travada a fúria de Ares potente.
A lança de Eneias — essa caiu palpitante no chão,
₆₁₅ pois fora arremessada em vão por sua mão poderosa.
Mas Eneias enfureceu-se no espírito e assim disse:

"Meríones, por mais ágil bailarino que tu sejas, minha lança
teria parado de vez o teu bailar, se te tivesse atingido!"

Respondendo-lhe assim falou Meríones, famoso lanceiro:
₆₂₀ "Eneias, difícil te seria, potente guerreiro embora sejas,
dar cabo da força de todos os homens, de todos quantos
de ti se aproximassem em sua defesa. Até tu foste feito
mortal.
Se o meu arremesso te acertasse com o bronze afiado,
rapidamente, forte embora sejas e confiante nas tuas mãos,
₆₂₅ a mim darias a glória; e a Hades de nobres poldros, a tua
alma."

Assim falou; mas o valoroso filho de Menécio repreendeu-o:

"Meríones, por que falas desse modo, um homem
excelente como tu?
Meu caro, não é mediante palavras insultuosas que os
Troianos
se afastarão do cadáver. Antes disso a terra terá tomado
algum.
630 Nas nossas mãos está o desfecho da guerra; o das palavras
é no conselho. Por isso não interessa falar, mas sim
combater."

Assim dizendo, foi à frente; e o outro seguiu-o, um homem
divino.
Tal como o fragor que surge de homens lenhadores
nas clareiras das montanhas e ao longe se ouve o seu eco —
635 assim da terra de amplos caminhos se elevou deles um fragor,
barulho de bronze e de couro bovino e de escudos bem
trabalhados,
ao golpearem-se uns aos outros com espadas e lanças de
dois gumes.
E nem um homem que conhecesse bem o divino Sarpédon
conseguiria reconhecê-lo, visto que estava totalmente
coberto
640 de dardos, de sangue e de poeira, da cabeça às solas dos pés.
Ao redor do cadáver se reuniam, tal como quando as moscas
no curral zumbem em volta dos baldes repletos de leite,
na estação primaveril, quando o leite enche os baldes —
assim se reuniam eles em torno do cadáver. E de modo algum
645 desviou Zeus os seus olhos brilhantes do potente combate,
mas continuamente olhava para eles e debatia no coração,
muitas coisas refletindo sobre a morte de Pátroclo,
se já ali em potente combate, por cima do divino Sarpédon,
o glorioso Heitor o abateria com o bronze
650 e dos ombros lhe arrancaria as armas,
ou se a outros abrangeria na íngreme desgraça.
Enquanto assim pensava, isto lhe pareceu mais proveitoso:
que o escudeiro valoroso do Pelida Aquiles

de novo aos Troianos e a Heitor vestido de bronze
655 empurrasse para a cidade, a muitos tirando a vida.

Antes de mais em Heitor incitou Zeus a fuga covarde:
subiu para o carro, pôs-se em fuga e gritou aos outros
Troianos que fugissem. Compreendera a sacra balança
                                                                               de Zeus.
Então nem os Lícios potentes permaneceram, mas todos
660 foram desbaratados, assim que viram o rei atingido no
                                                                               coração,
jazendo no meio dos cadáveres. Pois muitos por cima dele
tinham tombado, quando o Crônida esticou o conflito
                                                                               possante.
Dos ombros de Sarpédon despiram os Mirmidões
as armas fulgentes de bronze; e o valente filho de Menécio
665 deu-as aos companheiros para serem levadas para as
                                                                               côncavas naus.

Foi então que a Apolo disse Zeus que comanda as nuvens:
"Vai tu agora, ó Febo amado, e limpa o negro sangue
de Sarpédon; tira-o do meio dos dardos e depois leva-o
para muito longe. Dá-lhe banho nas correntes do rio
670 e unge-o com ambrosia; veste-o com roupas imortais.
Entrega-o a dois pressurosos portadores para o levarem,
Sono e Morte, dois irmãos, eles que rapidamente
o porão na terra fértil da ampla Lícia,
onde seus irmãos e parentes lhe prestarão honras fúnebres,
675 com sepultura e estela: pois essa é a honra devida aos
                                                                               mortos."

Assim falou; e a seu pai não desobedeceu Apolo.
Desceu das montanhas do Ida para o fragor tremendo
                                                                               da refrega
e de imediato levantou do meio dos dardos o divino Sarpédon.
Levou-o para muito longe e deu-lhe banho nas correntes
                                                                               do rio;

CANTO XVI

680 ungiu-o com ambrosia e vestiu-lhe roupas imortais.
Entregou-o a dois pressurosos portadores para o levarem,
Sono e Morte, dois irmãos, eles que rapidamente
o puseram na terra fértil da ampla Lícia.

Ora Pátroclo chamou por seus cavalos e por Automedonte
685 e seguiu atrás de Troianos e Lícios, grandemente desvairado,
o estulto! Pois se tivesse acatado a palavra do Pelida,
teria escapado ao fado malévolo da negra morte.
Mas a intenção de Zeus é sempre superior à dos homens,
ele que põe em fuga o homem corajoso e facilmente
690 o defrauda da vitória, quando ele próprio incita ao
combate.
Foi Zeus que agora lançou ímpeto no peito de Pátroclo.

Quem primeiro e quem por último, ó Pátroclo, mataste,
quando os deuses te chamaram para a morte?
Primeiro mataste Adrasto e Autônoo e Équeclo;
695 e Périmo, filho de Megas, e Epistor e Melanipo;
e em seguida Élaso e Múlio e Pilartes: matou estes.
Os demais, cada um deles, pensaram em fugir.

Então teriam os filhos dos Aqueus tomado Troia de altos
portões
pelas mãos de Pátroclo (por todo o lado desvairava com
a lança),
700 se na muralha bem construída não tivesse se posicionado
Febo Apolo,
com a intenção de lhe fazer mal e de prestar auxílio aos
Troianos.
Três vezes pisou Pátroclo um canto da sublime muralha;
três vezes o repulsou Apolo, arremetendo
contra o escudo refulgente com suas mãos imortais.
705 Mas quando Pátroclo pela quarta vez se lançou como um
deus,
com um grito terrível lhe disse Apolo palavras aladas:

"Cede, ó Pátroclo criado por Zeus! Não está fadado
que pela tua lança seja destruída a cidade dos altivos
                                                              Troianos,
nem sequer pela de Aquiles, que é muito melhor guerreiro
                                                              que tu."

710 Assim falou; e Pátroclo retrocedeu para bastante longe,
de modo a evitar a ira de Apolo que acerta ao longe.

Mas seus cavalos de casco não fendido às Portas Esqueias
                                                                parara
Heitor, indeciso se haveria de voltar ao combate no meio
                                                               da turba,
ou se haveria antes de chamar o exército para dentro
                                                            da muralha.
715 Enquanto hesitava aproximou-se dele Febo Apolo,
assemelhando-se a um homem, jovem e encorpado:
a Ásio, tio materno de Heitor domador de cavalos,
irmão de Hécuba e filho de Dimante,
que habitava na Frígia junto das correntes do Sangário.
720 Assemelhando-se a ele lhe falou Apolo, filho de Zeus:

"Heitor, por que desistes da batalha? Não tens tal
                                                          necessidade.
Quem me dera ser tão mais forte como sou mais fraco
                                                          do que tu!
Odiosamente se assim fosse te retirarias do combate!
Mas vai agora e conduz contra Pátroclo teus cavalos de
                                                        fortes cascos!
725 Pode ser que consigas matá-lo e que Apolo te dê a glória."

Assim dizendo, de novo ingressou o deus no esforço dos
                                                          homens.
Ao fogoso Cebríones ordenou o glorioso Heitor
que chicoteasse os cavalos em direção ao combate. Porém
                                                              Apolo

seguiu o seu caminho e entrou na turba, lançando contra
                                    os Aqueus
730 um pânico vil, para outorgar a glória aos Troianos e a Heitor.
Mas Heitor ignorou os outros Dânaos sem procurar matá-los
e contra Pátroclo conduziu os seus cavalos de fortes cascos.
Por seu lado Pátroclo saltou do carro para o chão,
com uma lança na mão esquerda, enquanto com a direita
735 pegou numa pedra coruscante e lacerante, que sua mão
                                    escondia.
Posicionou-se e atirou-a sem acertar no homem certo;
mas o arremesso não foi em vão, pois acertou no cocheiro
                                    de Heitor,
Cebríones, filho ilegítimo do glorioso Príamo: acertou-lhe
                                    na testa
com a pedra lacerante, quando segurava as rédeas dos
                                    cavalos.
740 A pedra estilhaçou ambos os sobrolhos e o osso ficou lasso,
pois os olhos saltaram para fora e caíram no chão na poeira,
à frente dos pés do próprio. E semelhante a um mergulhador
tombou do carro bem trabalhado e a vida deixou-lhe
                                    os ossos.
Então falaste com palavras zombeteiras, ó Pátroclo cavaleiro:

745 "Mas que agilidade tem este homem! Que facilidade no
                                    mergulho!
Na verdade se isto fosse porventura o mar piscoso,
a muitos daria este homem satisfação na demanda de ostras,
mergulhando da nau, por muito encapelado que estivesse
                                    o mar!
A facilidade com que ele agora mergulhou do carro para
                                    a planície!
750 Parece que entre os Troianos não faltam bons
                                    mergulhadores."

Assim dizendo, avançou em direção ao herói Cebríones
com a fúria do leão que, quando atacava o estábulo,

foi ferido no peito e perece devido à sua própria coragem.
Assim contra Cebríones, ó Pátroclo, arremeteste em fúria.
Mas Heitor por seu lado saltou do carro para o chão.
Então ambos lutaram pelo corpo de Cebríones como dois
leões
que nos cumes das montanhas lutam por uma corça morta,
ambos esfomeados, ambos orgulhosos e aguerridos —
assim em volta de Cebríones lutaram dois peritos no grito
de guerra:
Pátroclo, o Menecida, e o glorioso Heitor, ambos desejosos
de rasgar a carne um do outro com o bronze impiedoso.
Heitor agarrou na cabeça de Cebríones e não a largava.
Pátroclo por seu lado agarrou no pé. E os demais
Troianos e Dânaos juntaram-se a eles em potente combate.

Tal como o Euro e o Noto competem entre si
quando fazem estremecer o fundo bosque de um vale
na montanha, bosque de faias e freixos e de lisos cornisos;
e as árvores fazem embater entre si as longas ramagens
com assombroso fragor e surge o estrepitar de ramos
partidos —
assim Troianos e Aqueus se atiraram uns aos outros
em confusão, e nenhum dos lados pensou na fuga ruinosa.
Em torno de Cebríones muitas lanças afiadas estavam fixadas,
e flechas aladas disparadas dos arcos;
e muitas foram as pedras enormes que embateram nos
escudos,
enquanto lutavam à volta dele. Mas ele no torvelinho de pó
jazia grandioso na sua grandiosidade, esquecido da
equitação.

Ora enquanto o Sol prosseguia seu curso no meio do céu,
acertaram no alvo os dardos de ambas as partes e o povo
morria.
Mas quando o Sol trouxe a altura de desatrelar os bois do
jugo,

CANTO XVI

780 então além do que estava fadado prevaleceram os Aqueus.
Arrastaram o herói Cebríones do arremesso dos dardos
e dos gritos dos Troianos e dos ombros lhe despiram as armas;
e Pátroclo arremeteu contra os Troianos com intenção funesta.
Três vezes se atirou a eles, igual do célere Ares,
785 com gritos medonhos; três vezes matou nove homens.
Mas quando pela quarta vez se lançou como um deus,
então, ó Pátroclo, apareceu o termo da tua vida.
Pois ao teu encontro em potente combate veio Febo,
deus terrível. E Pátroclo não o viu caminhando entre a multidão,
790 pois vinha ao seu encontro envolto em denso nevoeiro.

Atrás dele se posicionou Apolo e bateu-lhe nas costas
e nos ombros largos com a mão, fazendo-lhe revirar os olhos.
E da sua cabeça Febo Apolo atirou o elmo,
que ecoou enquanto rolava sob as patas dos cavalos:
795 o elmo com penachos, mas cujas crinas ficaram imundas
de sangue e de pó. Até aquele momento nunca os deuses
tinham permitido que o elmo com crinas de cavalo se sujasse,
pois protegera a cabeça e bela testa de um homem divino,
Aquiles. Mas foi então que Zeus deu o elmo a Heitor,
800 para pôr na sua cabeça, embora perto dele estivesse a morte.
E nas mãos de Pátroclo se quebrou a lança de longa sombra,
pesada, imponente, enorme e de brônzea ponta; e dos ombros
caiu ao chão o escudo adornado de borlas e o cinturão.
Desapertou-lhe a couraça o soberano Apolo, filho de Zeus.
805 Então o desvario tomou-lhe a mente e deslassou-lhe os membros:
estava ali de pé, atordoado. E nas costas com uma lança afiada
entre os ombros lhe acertou com o arremesso um Dárdano:
Euforbo, filho de Pântoo, que se destacava dos da sua idade
no arremesso da lança, na equitação e na veloz corrida.

810 Já vinte homens ele atirara ao chão de seus carros,
à sua primeira chegada com o carro, ainda aprendiz da
                                                                guerra.
Foi ele que primeiro te atingiu, ó Pátroclo cavaleiro,
mas não te subjugou. Correu para trás e imiscuiu-se na turba,
tendo arrancado a lança de freixo da carne; pois não se
                                                                atreveu
815 a enfrentar Pátroclo, nu embora estivesse, na refrega.
Mas Pátroclo, acabrunhado pelo golpe do deus e pela lança,
retrocedeu para junto dos conterrâneos, para evitar a morte.

Só que quando Heitor viu o magnânimo Pátroclo
retrocedendo, golpeado pelo bronze afiado, atravessou
820 as falanges para se acercar dele e deu-lhe uma estocada
com a lança no baixo-ventre; a lança trespassou-o por
                                                                completo.
Tombou com um estrondo e muito se entristeceu a hoste
                                                                dos Aqueus.
Tal como quando um leão vence pela força um
                                                                inquebrantável javali,
quando nos píncaros das montanhas lutam ambos,
                                                                orgulhosos,
825 por uma exígua nascente de água, pois ambos querem beber;
e muito resfolega o javali, mas o leão vence-o pela força —
assim ao filho valoroso de Menécio, depois de matar muitos,
Heitor Priâmida tirou a vida, ferindo-o de perto com a lança.
E com jactância proferiu palavras aladas:

830 "Pátroclo, porventura pensaste que saquearias a nossa cidade
e que às mulheres Troianas tirarias o dia da liberdade,
para as levares nas naus para a tua amada terra pátria.
Estulto! À frente delas os corcéis velozes de Heitor
levantam as patas para a batalha; e eu próprio com a lança
835 sou o melhor entre os aguerridos Troianos, eu que deles
afasto o dia da desgraça. Mas a ti aqui comerão os abutres.
Pobre de ti! Nem Aquiles, valente embora seja, te valeu,

ele que porventura te deu esta incumbência ao aqui vires:
'não voltes para cá, ó Pátroclo mestre cavaleiro,
para as côncavas naus, antes que a Heitor matador de homens
tenhas tingido de sangue a túnica no seu peito.'
Foi isso que ele te disse; e tu, na tua demência, te
convenceste."

Foi então que, já sem forças, lhe disseste, ó Pátroclo cavaleiro:
"Por agora, ó Heitor, ufana-te em excesso. A ti outorgou
a vitória Zeus Crónida e Apolo, que me subjugaram
facilmente. Pois eles próprios me despiram as armas dos
ombros.
Mas se vinte homens como tu me tivessem enfrentado,
todos aqui teriam morrido, subjugados pela minha lança.
Mas matou-me o fado e o filho de Leto; entre os homens,
Euforbo. Tu, contudo, foste o terceiro a matar-me.
Mas dir-te-ei outra coisa; e tu guarda-a no teu espírito:
não será por muito mais tempo que viverás, mas
já a morte de ti se aproxima e o fado irresistível,
pois morrerás pelas mãos do irrepreensível Eácida, Aquiles."

Enquanto assim falava, cobriu-o o termo da morte.
A alma evolou-se do corpo e foi para o Hades, chorando
seu destino, deixando para trás a virilidade e a juventude.
E ao morto proferiu estas palavras o glorioso Heitor:

"Pátroclo, por que razão me profetizas a morte escarpada?
Quem sabe se Aquiles, filho de Tétis das belas tranças,
não perderá a vida golpeado pela minha lança?"

Assim falando, arrancou da ferida a lança de bronze;
pisando-o com o calcanhar, atirou-o para longe da lança.
E logo com a lança foi atrás de Automedonte,
o divino escudeiro de Aquiles de pés velozes,
desejoso de o matar. Mas levaram-no os cavalos imortais,
que os deuses tinham dado a Peleu, oferta gloriosa!

Canto XVII

Não passou despercebido ao filho de Atreu, Menelau dileto
de Ares,
que pelos Troianos fora Pátroclo subjugado na refrega.
Atravessou as filas dianteiras armado de bronze cintilante
e pôs-se de plantão por cima dele, como uma vaca que deu
à luz
5 pela primeira vez, junto a sua vitela com lamentosos mugidos:
assim em volta de Pátroclo se colocou o loiro Menelau.
À sua frente segurava a lança e o escudo bem equilibrado,
ávido de matar quem se aproximasse para levar o cadáver.

Mas ao filho de Pântoo da lança de freixo não foi indiferente
10 a morte do irrepreensível Pátroclo; aproximou-se dele,
ficou ali de pé e assim disse a Menelau, dileto de Ares:

"Atrida Menelau, criado por Zeus, comandante das hostes,
cede! Abandona o cadáver e deixa os despojos sangrentos.
Dentre os Troianos e seus famigerados aliados nenhum
15 atingiu Pátroclo com a lança no potente combate:
por isso deixa-me ganhar uma nobre fama entre os Troianos,
não vá eu arremeter contra ti para te privar da doçura
de estares vivo."

Em grande agitação lhe respondeu o loiro Menelau:
"Zeus pai, não é coisa boa a presunçosa jactância!

CANTO XVII

20 Na verdade força assim nem de leopardo ou de leão,
nem de malévolo javali selvagem, cuja fúria enorme
exulta de força no seu peito — tal é a altivez
dos filhos de Pântoo da lança de freixo.
Na verdade nem a Força de Hiperenor domador de cavalos
25 aproveitou a juventude, quando me amesquinhou e susteve
o meu ataque, afirmando que entre os Dânaos eu era o pior
guerreiro. Declaro que não foi pelo seu próprio pé
que regressou para alegrar a esposa amada e os nobres
                                                        progenitores.
Do mesmo modo deslassarei a tua força, se me enfrentares
30 cara a cara. Mas sou eu próprio que te digo para retrocederes
de novo para a turba: não queiras enfrentar-me, antes que
                                                        sofras
a desgraça que, uma vez cumprida, até ao tolo traz a
                                                        compreensão."

Assim falou, mas não o convenceu; pois em resposta lhe
                                                        disse:
"É agora, ó Menelau criado por Zeus, que terás deveras
                                                        de pagar
35 o preço do meu irmão, que mataste e sobre quem te
                                                        vangloriaste.
Fizeste enviuvar sua mulher no íntimo recesso de seu
                                                        tálamo recente;
dor indizível e sofrimento proporcionaste aos seus
                                                        progenitores.
Tornar-me-ia contudo para eles, coitados, uma consolação
                                                        na dor,
se eu conseguisse levar a tua cabeça e as tuas armas
40 para as pôr nas mãos de Pântoo e de Frôntis divina.
Todavia não ficará muito tempo por resolver ou combater
esta labutação, quer seja no sentido da vitória ou da fuga."

Assim dizendo, arremeteu contra o escudo bem
                                                        equilibrado.

Porém o bronze não o atravessou: virou-se a ponta dentro
⁴⁵ do escudo possante. Em seguida com seu bronze se atirou
contra ele o Atrida Menelau, com uma prece a Zeus pai.
Enquanto o outro cedia, deu-lhe uma estocada na base da
garganta,
arremetendo com a massa muscular, confiante na mão
pesada.
A ponta da lança trespassou-lhe por completo o pescoço
macio.
⁵⁰ Tombou com um estrondo e sobre ele ressoaram as armas.
De sangue se umedeceram seus cabelos, que eram como
os das Graças, com as tranças entretecidas de ouro e prata.

Tal como o lavrador trata de uma pujante vergôntea de
oliveira
em terreno solitário, onde brota quantidade suficiente de
água:
⁵⁵ árvore bela e frondosa, à qual fazem estremecer as brisas
de todos os ventos e floresce com flores de cor branca;
mas de repente vem a rajada de uma desmedida tempestade
e arranca a árvore da terra, deixando-a estatelada no chão —
assim a Euforbo da lança de freixo, filho de Pântoo,
⁶⁰ o Atrida Menelau matou; depois apressou-se para as suas
armas.
Tal como o leão criado nas montanhas, confiante na sua
força,
da manada a pastar arrebata a melhor das vacas;
primeiro com sua dentição possante lhe agarra o pescoço,
e depois devora-lhe o sangue e todas as vísceras
⁶⁵ na sua fúria, enquanto à volta cães e pastores
gritam repetidamente de longe, mas sem quererem
aproximar-se, pois na verdade os domina o pálido terror —
assim não havia coragem nos peitos dos Troianos
que ousasse enfrentar o glorioso Menelau.

⁷⁰ Então facilmente teria o Atrida levado as armas gloriosas

do filho de Pântoo, se a ele não as tivesse sonegado Febo
Apolo,
que contra ele incitou Heitor, igual do célere Ares,
assemelhando-se a Mentes, comandante dos Cícones.
E falando-lhe proferiu palavras aladas:

75 "Heitor, estás a precipitar-te para alcançares o inalcançável:
os cavalos do fogoso Eácida. Porém difíceis são eles
de serem domados ou conduzidos por homens mortais,
à exceção de Aquiles, que foi gerado por mãe imortal.
Entretanto o belicoso Menelau, filho de Atreu, pôs-se de
plantão
80 por cima de Pátroclo e matou o melhor dos Troianos:
Euforbo, filho de Pântoo, travando-lhe a bravura animosa."

Assim dizendo, de novo ingressou o deus no esforço dos
homens.
Porém o espírito de Heitor se adensou sombriamente com
funesta
tristeza: olhou num relance para as falanges e logo viu que
Menelau
85 despojava Euforbo das suas armas gloriosas, jazendo este
por terra. E o sangue não parava de correr da ferida aberta.
Atravessou as filas dianteiras armado de bronze cintilante,
emitindo gritos penetrantes, semelhante à chama indefectível
de Hefesto. Seus gritos não passaram despercebidos ao
Atrida,
90 que em desespero assim disse ao seu magnânimo coração:

"Ai de mim! Se eu deixar para trás as armas gloriosas
e o próprio Pátroclo, que aqui jaz morto por causa da
minha honra,
receio que algum dos Dânaos me repreenda, se vir o que
se passa.
Mas se sozinho eu travar combate com Heitor e com os
Troianos

por vergonha, receio que me circundem, sendo eu só e eles muitos.
Pois todos os Troianos conduz para cá Heitor do elmo faiscante.
Mas por que razão meu coração me recomenda essas coisas?
Quando um homem quer à revelia dos deuses combater um homem
honrado por um deus, depressa ao seu encontro rola grande desgraça.
Por isso que não me repreenda nenhum dos Dânaos que me veja
a ceder perante Heitor, visto que ele luta por vontade divina.
Mas se porventura eu encontrar Ájax, excelente em auxílio,
ambos poderíamos voltar de novo e dedicarmo-nos ao combate,
ainda que contra a vontade divina, na esperança de salvarmos
o cadáver para o Pelida Aquiles. Dos males seria esse o menor."

Enquanto assim ponderava no espírito e no coração,
avançaram as falanges dos Troianos, lideradas por Heitor.
Então Menelau retrocedeu donde estava e deixou o cadáver,
voltando-se permanentemente como o leão barbudo
a quem cães e homens escorraçam do estábulo
com lanças e gritos; e o valente coração se gela no seu peito,
enquanto se afasta contrariado dos currais da granja —
assim de Pátroclo se afastava o loiro Menelau. Voltou-se
e ali estacou de pé, assim que chegou ao grupo dos camaradas,
tentando discernir o enorme Ájax, filho de Télamon.
Imediatamente o viu na ala esquerda de toda a batalha,
encorajando os companheiros e incitando-os a combater.
Pois sobrenatural era o pânico que lançara Febo Apolo.
Foi correndo e quando chegou junto dele assim lhe disse:

CANTO XVII

120 "Ájax, querido amigo, apressemo-nos a proteger Pátroclo
morto,
na esperança de a Aquiles podermos levar o corpo,
o cadáver nu: pois já Heitor do elmo faiscante lhe despiu
as armas."
Assim falou, agitando o coração do fogoso Ájax,
que caminhou por entre os dianteiros com o loiro Menelau.

125 Ora Heitor despira de Pátroclo as armas gloriosas e
arrastava-o
para dos ombros lhe cortar a cabeça com o bronze afiado
e dar depois o cadáver aos cães de Troia para comerem.
Ájax aproximou-se segurando o escudo como uma torre.
Heitor retrocedeu e voltou para o grupo dos camaradas
130 e saltou para o carro. Deu as armas gloriosas aos Troianos
para as levarem para a cidadela, para serem sua grande
glória.
Mas Ájax cobriu o filho de Menécio com seu enorme escudo,
e pôs-se de plantão como o leão em torno das suas crias
com que na floresta, caminhando à frente dos jovens leões,
135 homens caçadores deram de cara; e o leão exulta na sua força
e faz descer todo o sobrolho até ocultar os olhos —
assim Ájax se pôs de plantão perto de Pátroclo, o herói.
E a seu lado estava o Atrida, Menelau dileto de Zeus,
que nutria em seu peito um enorme sofrimento.

140 Mas Glauco, filho de Hipóloco, condutor dos homens da
Lícia,
fitou Heitor com sobrolho carregado e repreendeu-o com
aspereza:

"Heitor, és um homem lindo; mas na guerra deixas muito
a desejar.
Em vão te abrange uma nobre fama, quando não passas
de desertor.
Pensa bem agora como poderás salvar a cidade e a cidadela,

só e auxiliado tão somente por soldados nascidos em Ílion.
É que dos Lícios ninguém sairá para combater os Dânaos
em benefício da cidade, visto que não há gratidão, ao que
parece,
por quem combate incessantemente contra homens inimigos.
Como salvarias tu na turba um homem de linhagem pior,
ó miserável!, quando a Sarpédon, teu hóspede e amigo,
deixaste como presa e despojo para os Argivos?
Ele que tantas vezes te foi útil, tanto à cidade como a ti,
quando era vivo. Agora nem coragem tens para afastar
dele os cães.
Por isso se agora algum dos Lícios me der ouvidos,
iremos para casa e que para Troia surja a morte escarpada.
Quem dera que nos Troianos houvesse coragem muito audaz,
desprovida de medo, como a que sobrevém àqueles que
pela pátria
aguentam o esforço e a labutação contra homens inimigos!
Rapidamente arrastaríamos Pátroclo para dentro de Ílion!
E se à grande cidade do soberano Príamo
ele chegasse como cadáver (se o tirássemos da refrega),
depressa os Argivos restituiriam as belas armas
de Sarpédon e seu corpo traríamos para dentro de Ílion.
De tal homem foi o morto escudeiro — dele que é o melhor
entre os Argivos nas naus e seus aguerridos escudeiros.
Mas tu não tiveste coragem para enfrentar o magnânimo
Ájax
cara a cara, olhando-o olhos nos olhos na grita dos inimigos,
nem para com ele lutares, visto que ele é mais homem que
tu."

Fitando-o com sobrolho carregado lhe respondeu Heitor:
"Glauco, por que razão te exprimiste, um homem como tu,
com tal sobranceria? Pensava eu, caro amigo, que no siso
superavas todos os que habitam na Lícia de férteis sulcos.
Mas agora desprezo completamente o teu juízo pelo que
disseste:

CANTO XVII

tu que afirmas não ter eu enfrentado na luta o enorme Ájax!
175 Não estremeço com batalhas nem com o estampido de
                                                                                cavalos.
Mas a intenção de Zeus é sempre superior à dos homens,
ele que põe em fuga o homem corajoso e facilmente
o defrauda da vitória, quando ele próprio incita ao combate.
Mas vem para cá, meu caro, e põe-te ao meu lado e olha
                                                                                para isto:
180 vê bem se ao longo deste dia me mostrarei covarde, como
                                                                                   dizes,
ou se travarei algum dos Dânaos, ávido embora esteja
da peleja, em torno do cadáver de Pátroclo."

Aos Troianos bradou então Heitor, vociferando bem alto:
"Troianos e Lícios e Dárdanos, prestos combatentes!
185 Sede homens, amigos, e lembrai-vos da bravura animosa,
enquanto eu envergo as armas do irrepreensível Aquiles,
belas armas que à força despi de Pátroclo, depois de o
                                                                                     matar."

Assim falando, afastou-se Heitor do elmo faiscante da fúria
da guerra e foi correndo ter com os companheiros, assaz
190 rapidamente, embora não estivessem longe, com pés
                                                                                  velozes;
com os que levavam para a cidade as armas gloriosas do
                                                                                    Pelida.
E afastado da batalha muito lacrimosa mudou então de
                                                                                   armas.
Deu as que ele antes envergara aos Troianos amigos de
                                                                                  combater
para levarem para a sacra Ílion; e depois vestiu as armas
                                                                                  imortais
195 do Pelida Aquiles, as quais outrora os deuses habitantes
                                                                                   do céu
ofereceram ao pai amado; Peleu que, envelhecido, as dera
                                                                                 ao filho.

Porém não seria vestido com as armas do pai que o filho
envelheceria.

Quando de longe o viu Zeus que comanda as nuvens
a vestir-se com as armas do divino Pelida, abanou
200 a cabeça e assim disse ao seu próprio coração:
"Ah, pobre desgraçado, na verdade não pensas na morte;
e ela está já perto de ti. Tu que agora vestes as armas imortais
de um homem nobilíssimo, perante o qual tremem os demais.
Mataste o companheiro dele, homem bondoso e valente,
205 e de forma bem feia lhe despiste da cabeça e dos ombros
as armas. Contudo por agora te outorgarei grande força
como compensação pelo fato de já não regressares da batalha
para Andrômaca receber de ti as armas gloriosas do Pelida."

Assim falou o Crônida, inclinando o azul sobrolho.
210 Ao corpo de Heitor ajustou as armas; e nele entrou Ares,
terrível Eniálio, e seus membros se encheram
de força e coragem. Seguiu caminho com os famosos aliados,
vociferando a altos brados. Mostrou-se então a todos,
refulgente nas armas do magnânimo Pelida.
215 Percorreu todos, incitando com palavras cada um:
Mestles e Glauco e Médon e Tersíloco;
Asteropeu e Disenor e Hipótoo;
Fórcis e Crômio e Énomo, o áugure.
Incitando-os proferiu palavras aladas:

220 "Ouvi-me, ó raças numerosas dos aliados circunvizinhos!
Não foi porque procurei uma multidão ou dela precisasse
que aqui reuni cada um de vós das vossas cidades,
mas para que me salvásseis as mulheres e pequenas crianças
dos Troianos dos Aqueus amigos de combater.
225 Com esta intenção depaupero o povo por causa dos dons
da comida com que aumento a coragem de cada um de vós.
Por isso ide agora direitos contra o inimigo e morrei
ou salvai-vos: pois é assim mesmo que se namora na guerra.

CANTO XVII

Àquele que consiga arrastar o cadáver de Pátroclo para
o meio
dos Troianos domadores de cavalos e consiga travar Ájax,
a esse darei eu metade dos despojos, ficando eu próprio
com a outra metade; e à minha glória será a dele equivalente."

Assim falou; e eles logo com afinco arremeteram contra os
Dânaos,
brandindo bem alto as lanças. E grande era a sua esperança
de arrastarem o cadáver donde estava, debaixo de Ájax
Telamônio,
os estultos! É que a muitos privaria ele da vida sobre o morto.
Foi então que Ájax falou assim a Menelau, excelente em
auxílio:

"Querido amigo, Menelau criado por Zeus! Perdi a esperança
de nós dois regressarmos salvos da guerra.
Já não é tanto pelo cadáver de Pátroclo que receio,
pois em breve fartará os cães de Troia e as aves de rapina:
é mais pela minha própria cabeça que temo, por aquilo
que poderá
sofrer, e pela tua, visto que tudo cobre a nuvem da guerra —
Heitor. E para nós se manifesta já a morte escarpada.
Mas chama agora tu pelos regentes dos Dânaos: talvez um
nos ouça."

Assim falou; e não lhe desobedeceu Menelau excelente
em auxílio.
Soltou um grito penetrante e assim disse aos Dânaos:
"Amigos, regentes e comandantes dos Argivos!
Vós que ao lado dos Atridas, Agamêmnon e Menelau,
bebeis o vinho do povo e dais ordens, cada um de vós,
às hostes e sobre quem recai a honra e glória de Zeus!
É-me difícil descortinar aqui cada um dos comandantes,
tal é a forma como lavra o conflito da guerra.
Mas que cada um avance por sua conta e se envergonhe

255 no coração de que Pátroclo se torne joguete dos cães de
Troia."

Assim falou; e ouviu-o claramente o célere Ájax, filho de
Oileu.
Foi o primeiro a vir a correr ao seu encontro na batalha;
depois dele vieram Idomeneu e o companheiro de Idomeneu,
Meríones, igual de Eniálio matador de homens.
260 Quanto aos outros, quem em seu espírito nomeá-los poderia?
Foram tantos os que depois atearam o combate dos Aqueus!

Porém os Troianos avançavam, cerrados, liderados por
Heitor.
Tal como quando na foz de um rio alimentado pelo céu
a onda enorme brame contra a corrente e os promontórios
265 em redor ecoam com o som de fora do mar marulhante —
assim gritavam os Troianos enquanto avançavam. Mas os
Aqueus
com um só coração ficaram de volta do Menecida, formando
uma barreira com escudos de bronze. E em torno
dos elmos coruscantes derramou o Crônida escuridão
cerrada,
270 visto que nem anteriormente por ele odiado fora o Menecida,
quando era ainda vivo e era escudeiro do Eácida. O que Zeus
odiava era que ele se tornasse joguete dos cães dos inimigos,
dos Troianos. E por isso encorajou os amigos a defendê-lo.

Primeiro os Troianos repulsaram os Aqueus de olhos
brilhantes,
275 que deixaram o cadáver e retrocederam; porém a nenhum
deles
mataram os altivos Troianos com as lanças, embora
quisessem,
mas prepararam-se para arrastar o cadáver. Por tempo
exíguo
os repeliriam os Aqueus, pois deveras rapidamente os incitou

CANTO XVII

Ájax, ele que em beleza e em façanhas guerreiras sobrelevava
280 a todos os outros Aqueus, à exceção do irrepreensível Pelida.
Foi direto pelo meio dos dianteiros, na força como um javali
selvagem, que nas montanhas facilmente dispersa cães
e vigorosos mancebos, ao atacá-los rodopiando nas clareiras:
assim o filho do altivo Télamon, o glorioso Ájax, se meteu
285 no meio deles e facilmente dispersou as falanges dos
                   Troianos,
eles que se posicionaram em volta de Pátroclo, sobretudo
                    decididos
a arrastá-lo para a cidade deles e desse modo alcançar a
                      glória.

Ora Hipótoo, filho glorioso de Leto, o Pelasgo, arrastava
o cadáver pelo pé no potente combate, tendo atado um cinto
290 aos tendões dos dois tornozelos, para assim agradar
a Heitor e aos Troianos. Mas depressa lhe sobreveio uma
                    desgraça,
que nenhum deles logrou repelir, por mais que quisessem.
Pois através da chusma arremeteu contra ele o filho de
                    Télamon,
e golpeou-o de perto através do elmo com bocetes de bronze.
295 O elmo com penachos de crinas de cavalo fendeu-se em
                     torno
da ponta, golpeado por lança comprida e mão possante;
e o cérebro jorrou da ferida ao longo da articulação da lança,
ensanguentado. Deslassou-se-lhe a força e das mãos
deixou cair por terra o pé do magnânimo Pátroclo.
300 E ele foi cair de cara, ao lado do próprio cadáver,
longe de Larisa de férteis sulcos, nem aos progenitores
restituiu o preço de o terem criado, pois exígua foi
a sua vida, subjugado pela lança do magnânimo Ájax.

E Heitor arremessou contra Ájax a sua lança luzente;
305 mas Ájax fitou-o diretamente e evitou a brônzea lança,
mas por pouco; e Heitor acertou em Esquédio, filho de Ífito,

o magnânimo, mais nobre dos Fócios, que no famoso
                                              Panopeu
habitava um palácio e era rei de muitos homens: em Esquédio
acertou então a meio da clavícula e a ponta da lança
310 trespassou-o por completo e veio sair na base do ombro.
Tombou com um estrondo e sobre ele ressoaram as armas.

E Ájax golpeou Fórcis, fogoso filho de Fénops, no estômago
quando ele se punha de plantão por cima de Hipótoo.
Fendeu a superfície da couraça; e o bronze deitou cá para
                                                    fora
315 os intestinos. Caiu na poeira, agarrando a terra com a mão.
Cederam então os dianteiros e o glorioso Heitor
e os Argivos vociferaram alto e arrastaram os cadáveres
de Fórcis e Hipótoo e começaram a despi-los das armas.

Então teriam os Troianos sido empurrados pelos Aqueus
320 diletos de Ares até Ílion, subjugados pela sua covardia,
e aos Argivos teriam granjeado glória além do que estava
fadado por Zeus pela sua força e coragem; mas o próprio
                                                    Apolo
foi incitar Eneias, semelhante no corpo a Perifante,
arauto filho de Épito, que como pregoeiro envelhecera
325 na casa do pai, conhecedor no espírito da boa vontade.
Assemelhando-se a ele lhe disse então Apolo, filho de Zeus:

"Eneias, como poderíeis à revelia da vontade divina proteger
a íngreme Ílion? Na verdade eu já vi outros homens
confiados na sua coragem, força e poderio e também
330 na sua hoste numerosa, reis do povo contra a vontade de
                                                    Zeus.
Porém para nós quer Zeus muito mais a vitória do que
para os Dânaos. Mas indizível é o medo que tendes e não
                                                    lutais."

Assim falou; e Eneias reconheceu Apolo que acerta ao longe

quando olhou para o seu rosto, e chamou aos gritos por Heitor:
335 "Heitor e vós outros regentes e aliados dos Troianos!
Que vergonha é esta de sermos empurrados pelos Aqueus
amigos de combater para Ílion, subjugados pela nossa covardia!
Mas ainda agora me disse um dos deuses, postando-se ao meu lado,
que Zeus, o sublime conselheiro, é nosso auxiliador na batalha.
340 Por isso arremetamos contra os Dânaos, para que tranquilos
eles não levem para as naus o cadáver de Pátroclo."

Assim falou; e saltou para tomar posição à frente dos dianteiros.
Os Troianos reagruparam-se e enfrentaram os Dânaos.
Foi então que com a lança Eneias estocou Liócrito,
345 filho de Arisbante, valoroso companheiro de Licomedes.
Ao vê-lo tombar se compadeceu Licomedes, dileto de Ares,
que se aproximou de perto e arremessou a lança luzente,
acertando em Apisáon, filho de Hípaso, pastor do povo,
no fígado sob a cintura e logo lhe deslassou os joelhos;
350 Apisáon esse que viera da Peônia de férteis sulcos,
e a seguir a Asteropeu se destacava pela excelência no combate.
Mas ao vê-lo tombar se compadeceu o belicoso Asteropeu,
que se lançou em frente, ávido de combater os Dânaos.
Mas não havia meio: é que com os escudos formavam de todos
355 os lados uma barreira à volta de Pátroclo, de lanças na mão.
Pois Ájax de fato abordava todos com muitas recomendações:
ordenou-lhes que ninguém podia retroceder do cadáver,
nem tampouco pelejar a título individual à frente dos outros Aqueus,
mas tinham de estar junto do morto e lutar perto uns dos outros.

360 Enquanto o possante Ájax dava estas ordens, de sangue purpúreo
se umedecia a terra; uns atrás dos outros tombavam os mortos,
tanto do lado dos Troianos e seus orgulhosos aliados,
como da parte dos Dânaos. Pois estes não lutaram sem derrame
de sangue, embora tombassem em menor número. Só pensavam
365 em afastar dos outros no meio da turba o íngreme morticínio.

Assim lutaram eles como se fossem fogo ardente; e não dirias
que porventura ainda existiam o sol e a lua.
Pois de escuridão estavam envoltos na peleja, todos os regentes
que estavam em pé em volta do falecido filho de Menécio.
370 Mas os outros Troianos e Aqueus de belas cnêmides
combatiam com facilidade debaixo de céu limpo e sobre eles
se estendia a ofuscante luminescência do sol: nuvem não havia
em toda a terra e nas montanhas. Combatiam com algumas pausas,
procurando evitar os dardos portadores de gemidos uns dos outros,
375 pondo-se à distância. Mas os que estavam no meio sofriam dores
devido à escuridão e à guerra, acabrunhados pelo bronze renitente,
todos eles que eram os melhores. Mas dois homens não sabiam ainda,
dois varões gloriosos, Trasimedes e Antíloco,
que morrera o irrepreensível Pátroclo. Ainda pensavam
380 que ele estava vivo a combater os Troianos na fila dianteira.
E esses dois, concentrados na morte e na fuga dos companheiros,
lutavam à parte, tal como lhes ordenara Nestor,

CANTO XVII

quando de junto das escuras naus os chamara para a
                                                   guerra.

Durante todo o dia desvairou o grande morticínio do conflito
385 feroz. E com cansaço e com suor incessantemente
os joelhos e as pernas e os pés de cada um se umedeciam;
e as mãos e os olhos, enquanto combatiam os dois lados
à volta do excelente escudeiro do Eácida de pés velozes.
Tal como quando um homem dá ao povo para esticar
390 a pele de um grande touro, toda impregnada de gordura;
e depois de a receberem colocam-se em círculo para a
                                                    esticarem,
e logo toda a umidade desaparece e a gordura penetra
devido ao puxar de muitos e toda pele é esticada ao
                                                   máximo —
assim para este lado e para aquele eles arrastavam o cadáver
395 num espaço exíguo; e os seus corações estavam cheios de
                                                    esperança:
da parte dos Troianos de o arrastar para Ílion; da parte
                                                   dos Aqueus
de o levar para as côncavas naus. E em volta dele a
                                                   batalha desvariava,
selvagem. Nem Ares, incitador das hostes, nem Atena
                                                   a poderiam
ter amesquinhado, se a vissem, enorme embora fosse a sua
                                                   raiva.

400 Tal esforço maligno de homens e cavalos estendeu Zeus
sobre Pátroclo naquele dia. No entanto nada sabia
o divino Aquiles de que Pátroclo tinha morrido,
pois longe das naus velozes eles combatiam,
sob a muralha dos Troianos. Por isso em seu coração
405 Aquiles não pensava que ele morrera, mas que regressaria
                                                   vivo,
após ter chegado aos portões, visto que não previa de
                                                   modo algum

que Pátroclo saqueasse a cidade sem ele — nem com ele.
É que muitas vezes isso ouvira da mãe, em íntima escuta,
quando ela lhe dava notícias da deliberação do grande Zeus.
Embora nessa altura toda a dimensão da desgraça não lhe
tivesse
transmitido sua mãe: a morte do amigo que ele de longe
mais amava.

Porém os outros em torno do morto com lanças afiadas
continuamente arremetiam e chacinavam-se uns aos outros.
Deste modo fala um dentre os Aqueus vestidos de bronze:
"Ó amigos, boa não seria a nossa reputação se voltássemos
para as côncavas naus: mas que neste sítio a terra escura
nos engula a todos. Isso seria para nós muito melhor,
se tivermos de ceder este morto aos Troianos domadores
de cavalos,
para o levarem até à cidade deles e desse modo alcançar
a glória."

De vez em quando assim dizia um dos magnânimos
Troianos:
"Ó amigos, ainda que seja nosso fado sermos todos
subjugados
ao lado deste homem, que ninguém pense em desistir da
luta."

Assim dizia um deles, para incitar a coragem de cada um.
Continuaram a combater: e o fragor com som de ferro
chegou ao céu de bronze através do ar nunca vindimado.

Ora os cavalos de Aquiles, afastados do combate, estavam
chorando desde o momento em que primeiro ouviram
que seu cocheiro tombara na poeira, chacinado por
Heitor.
Com efeito Automedonte, o valoroso filho de Diores,
muitos golpes lhes infligiu com o célere chicote,

muitas vezes lhes falou com palavras suaves, muitas vezes
com ameaças; mas eles recusavam-se tanto a regressar
                                                    para as naus
no amplo Helesponto como para a luta no meio dos
                                                    Aqueus.
Tal como fica imóvel uma coluna sobre o túmulo
₄₃₅ de um homem morto ou de uma mulher —
assim imóveis permaneciam com o carro lindíssimo,
vergando as cabeças até ao chão. Das suas pálpebras
escorriam lágrimas candentes até o chão ao chorarem
com saudades do seu cocheiro. Sujavam-se suas crinas fartas,
₄₄₀ que caíam debaixo da coleira de ambos os lados do jugo.
Ao vê-los se compadeceu deles o Crônida
e abanando a cabeça assim disse ao seu coração:

"Ah, coitados, por que razão vos demos ao soberano Peleu,
um homem mortal? E vós que sois isentos de velhice e
                                                    imortais.
₄₄₅ Foi para que entre os homens desgraçados sentísseis a dor?
Pois na verdade nada há de mais miserável que o homem
de todos os seres que vivem e rastejam em cima da terra.
Mas em vós e no vosso carro maravilhosamente trabalhado
não montará Heitor Priâmida. Não o permitirei.
₄₅₀ Não é suficiente que tenha as armas e com elas em vão se
                                                    ufane?
Nos vossos joelhos e no espírito lançarei a força,
para que também a Automedonte salveis da batalha
em direção às côncavas naus. Aos Troianos darei ainda
                                                    a glória
de chacinarem até que cheguem às naus bem construídas
₄₅₅ e se ponha o sol, na altura em que sobrevier a escuridão
                                                    sagrada."

Assim dizendo, nos cavalos insuflou grande força.
E eles sacudiram das suas crinas a poeira para o chão
e puxaram depressa o carro por entre Troianos e Aqueus.

Atrás deles combatia Automedonte, apesar do desgosto
                                                pelo amigo,
460 voando com o carro como um abutre no meio de gansos:
pois facilmente ele fugia dos gritos de guerra dos Troianos
para facilmente atacar, arremetendo através da multidão.
No entanto não matava ninguém, quando depressa
                                                perseguia,
pois não lhe era possível, sozinho no carro sagrado,
465 atacar com a lança e controlar os céleres corcéis.
Por fim o viu com seus olhos um companheiro,
Alcimedonte, filho de Laerces, filho de Hémon;
aproximou-se do carro e assim disse a Automedonte:

"Automedonte, qual dos deuses tão inútil deliberação
470 te pôs no espírito e te privou do teu excelente juízo?
É assim que combates contra os Troianos na turba dianteira,
isolado? Pois teu companheiro foi chacinado e suas armas
enverga-as o próprio Heitor, ufano nas armas do Eácida."

Em seguida lhe respondeu Automedonte, filho de Diores:
475 "Alcimedonte, que outro homem dentre os Aqueus tem
                                                igual valor
para dominar e conduzir o espírito de cavalos imortais,
além de Pátroclo, igual dos deuses em conselho,
quando era vivo? Mas agora encontrou a morte e o fado.
Porém tu agarra no chicote e nas rédeas fulgentes
480 e eu descerei do carro, para que possa lutar."

Assim disse; e Alcimedonte saltou para o célere carro
e rapidamente pegou no chicote e nas rédeas com as mãos;
e Automedonte desmontou. Mas apercebeu-se o glorioso
                                                Heitor
e logo falou a Eneias, que estava ali ao pé:

485 "Eneias, conselheiro dos Troianos vestidos de bronze,
descortino ambos os cavalos do Eácida de pés velozes

a aparecerem na batalha conduzidos por cocheiros covardes.
Tenho esperança de arrebatar esta parelha, se em teu espírito
me quisesses ajudar, visto que eles dois não aguentariam
490 o nosso ataque se tivessem de lutar conosco na batalha."

Assim disse; e não lhe desobedeceu o valente filho de Anquises.
Foram ambos em frente, os ombros protegidos com escudos
de pele de boi, fortes e ásperos, em cuja feitura havia bronze
abundante. E com eles foram Crômio e o divino Areto:
495 ambos avançaram. Pois grandemente esperava seu coração
matar os homens e arrebatar os cavalos de sublimes pescoços —
os estultos! Não seria sem derrame de sangue que de novo
regressariam de junto de Automedonte. Ora ele rezou a Zeus pai
e encheu-se o seu escuro peito de força e de coragem.
500 De imediato assim disse a Alcimedonte, seu fiel camarada:

"Alcimedonte, longe de mim não segures os cavalos,
mas perto, para que sinta seu bafo nas costas: não penso
que Heitor Priâmida faça parar sua fúria, até montar
nos cavalos de belas crinas de Aquiles, tendo-nos
505 matado a ambos e desbaratado as falanges dos homens
Argivos, isto se ele próprio não morrer entre os dianteiros."

Assim dizendo, chamou pelos Ajantes e por Menelau:
"Ajantes, ó regentes dos Argivos, e Menelau!
Passai a incumbência de velar por esse cadáver aos valorosos
510 que se ponham em volta dele e repulsem as falanges de homens,
mas acudi-nos agora a nós, que estamos vivos, e afastai a morte!
É que para cá avançam trazendo a guerra lacrimosa
Heitor e Eneias, eles que são os melhores dos Troianos.

Mas na verdade essas coisas assentam sobre os joelhos dos
deuses:
arremessarei também eu e todo o resto competirá a Zeus."

Assim disse; e apontou e arremessou a lança de longa sombra
e acertou no escudo de Areto, bem equilibrado dos lados.
Mas o escudo não reteve a lança; o bronze entrou por
completo
e penetrou no baixo-ventre através do cinturão.
Tal como quando um homem forte com o afiado machado
golpeia atrás dos chifres um boi do curral e corta
os tendões completamente e o boi cai para trás —
assim Areto saltou para a frente, mas tombou para trás.
E a lança afiada,
estremecendo-lhe nos intestinos, deslassou-lhe os membros.
Mas Heitor arremessou contra Automedonte a sua lança
luzente.
Mas ele fitou-o de frente e evitou a brônzea lança;
inclinou-se para a frente e atrás dele se fixou a lança
comprida no chão; a ponta da lança estremeceu.
Foi aí, contudo, que foi travada a fúria de Ares potente.
E agora com as espadas teriam iniciado um renhido combate,
se os Ajantes não os tivessem separado na sua fúria,
eles que atravessaram a turba chamados pelo companheiro.
Receosos deles cederam de novo para trás
Heitor e Eneias e Crômio de aspecto divino.
Ali deixaram Areto, mortalmente ferido no coração,
jazente. E Automedonte, igual do célere Ares,
despiu-o das armas e proferiu palavras ufanas:

"Na verdade já um pouco aliviei a dor pela morte
do Menecida, tendo embora abatido um homem pior."

Assim dizendo, pegou nos despojos ensanguentados
e depositou-os no carro; depois montou, com os pés e as mãos
cobertos de sangue, como o leão que devorou um boi.

CANTO XVII

Novamente por cima de Pátroclo se estendeu a luta potente,
pavorosa e repleta de lágrimas, pois Atena avivara o conflito,
545 descendo do céu. É que a enviara Zeus que vê ao longe
para incitar os Dânaos. A verdade é que sua mente mudara.
Tal como quando um purpúreo arco-íris para os mortais
Zeus estica do céu, como portento quer da guerra,
quer da gélida tempestade que obriga os homens
550 a parar a lavoura nos campos e prejudica os rebanhos —
assim Atena, envolta numa nuvem purpúrea, entrou
na chusma dos Aqueus e encorajou cada homem.
Primeiro falou ao filho de Atreu, incitando-o com palavras:
ao valente Menelau (pois ele estava ali perto dela),
555 assemelhando-se a Fênix no corpo e na voz indefectível:

"Para ti, ó Menelau, será motivo de arrependimento e
 censura
se ao nobre e fiel companheiro de Aquiles dilacerarem
os rápidos cães debaixo da muralha dos Troianos.
Age agora com potência e incita toda a nossa hoste."

560 À deusa deu resposta Menelau, excelente em auxílio:
"Fênix, velho paizinho há muito nascido! Quem dera que
 Atena
me desse força para afastar de mim o arremesso dos dardos!
Se assim fosse quereria pois pôr-me ao lado de Pátroclo
para o proteger. Sua morte tocou-me deveras o coração.
565 Porém Heitor tem a força terrível do fogo e não desiste
de atacar com o bronze. É a ele que Zeus outorga a glória."

Assim falou; e regozijou-se a deusa, Atena de olhos
 esverdeados,
porque dos deuses todos fora a ela que ele rezara primeiro.
Nos joelhos e nos ombros lhe insuflou força;
570 e no peito pôs-lhe a audácia do moscardo,
que apesar de enxotado amiúde da pele do homem
teima em picar, pois doce lhe é o sangue humano —

com tal audácia lhe encheu o escuro peito.
Ele foi para junto de Pátroclo e arremessou a lança luzente.

575 Ora entre os Troianos havia um certo Podes, filho de Eécion,
homem rico e valente; sobremaneira o honrava Heitor
entre o povo, pois era bem-vindo comensal no festim.
Foi nele que o loiro Menelau acertou no cinturão,
quando se pôs em fuga; e o bronze penetrou por completo.
580 Tombou com um estrondo. Em seguida o Atrida Menelau
arrastou
o cadáver dentre os Troianos para a hoste dos seus
conterrâneos.

Foi então que Apolo se aproximou de Heitor para o incitar,
assemelhando-se a Ásio, filho de Fénops, que de todos
os hóspedes lhe era o mais caro; ele que vivia em Ábido.
585 Assemelhando-se a ele lhe disse Apolo que age de longe:

"Heitor, que outro homem dos Aqueus alguma vez te
receará?
Pois deixaste-te amedrontar por Menelau, que antes não
passava
de guerreiro efeminado. Agora, sozinho, arrastou um cadáver
dos Troianos, depois de ter abatido o teu companheiro fiel,
590 valente entre os dianteiros: Podes, filho de Eécion."

Assim falou; e uma nuvem negra de dor se abateu sobre
Heitor.
Atravessou as filas dianteiras armado de bronze cintilante.
E nesse momento o Crônida levantou a égide ornada de
borlas,
refulgente, e escondeu a montanha do Ida com nuvens.
595 Relampejou e trovejou com grande força, agitando a égide.
Deu a vitória aos Troianos e aos Aqueus pôs em fuga.

O primeiro a dar início à debandada foi Peneleu, o Beócio.

CANTO XVII

Pois foi ferido no ombro com uma lança, na parte de cima
do ombro, uma ferida superficial; no entanto chegou ao osso
600 a ponta de Polidamante, pois ele arremessara de perto.
Por seu lado Heitor feriu Léito na mão junto do pulso,
o filho do magnânimo Aléctrion e travou-lhe o combate.
Mas depois retrocedeu, ansioso, porquanto já não esperava
no coração combater os Troianos com a lança na mão.
605 No momento em que Heitor perseguia Léito,
Idomeneu golpeou-o na couraça, no peito junto do mamilo;
mas quebrou-se a lança comprida, ao que os Troianos
gritaram alto. Mas Heitor arremessou contra Idomeneu,
filho de Deucalião, de pé no carro; mas não lhe acertou,
por pouco.
610 Acertou sim no camarada e cocheiro de Meríones,
Quérano, que o seguira da bem construída Licto:
pois a pé viera Idomeneu das naus recurvas,
e teria cedido grande prevalência aos Troianos,
se Quérano não tivesse vindo com os cavalos velozes.
615 Por isso chegou como luz para Idomeneu, evitando o dia
fatal,
embora ele próprio perdesse a vida nas mãos de Heitor
matador
de homens. Pois ele golpeou-o no maxilar debaixo da orelha
e a lança arrancou os dentes pelas raízes e cortou a língua
a meio.
Tombou do carro, deixando as rédeas cair ao chão.
620 Mas Meríones pegou nelas com as suas mãos,
agachando-se no chão, e assim disse a Idomeneu:

"Dá agora ao chicote até chegares às naus velozes!
Tu próprio já sabes que a vitória não é dos Aqueus."

Assim falou; e Idomeneu chicoteou os cavalos de belas crinas
625 até as côncavas naus. Pois na verdade o medo acometera
seu coração.

Ao magnânimo Ájax e a Menelau não passou despercebido
que Zeus dera aos Troianos a vitória alteradora do combate.
Entre eles o primeiro a falar foi o enorme Ájax Telamônio:

"Ah, qualquer homem, ainda que muito tolo, haveria
₆₃₀ de compreender que aos Troianos o próprio Zeus pai auxilia.
Pois os dardos deles todos acertam, qualquer que seja
            o atirador,
seja covarde ou valente. É Zeus que lhes dá reto destino.
Porém em vão os nossos dardos caem inúteis no chão.
Mas deliberemos agora nós mesmos um plano excelente,
₆₃₅ de modo a que consigamos resgatar o cadáver e regressemos
nós próprios para alegrarmos os nossos caros companheiros,
que ao olharem para cá se apoquentam e não acreditam
que a fúria e mãos invencíveis de Heitor matador de homens
possa ter travada; em vez disso se abaterá sobre as escuras
            naus.
₆₄₀ Quem me dera que rapidamente algum companheiro levasse
a notícia ao Pelida, já que não creio que ele tenha ouvido
a notícia funesta, de que morreu seu companheiro amado.
No entanto não consigo ver a pessoa certa entre os Aqueus,
pois estão todos envoltos em escuridão e seus cavalos
            também.
₆₄₅ Zeus pai! Salva da escuridão os filhos dos Aqueus:
torna o ar límpido e concede-nos que vejamos com os olhos!
Mata-nos antes às claras, visto que tal é a tua intenção."

Assim falou; e o Pai apiedou-se dele, ao vê-lo chorar.
Logo dispersou a escuridão e escorraçou a neblina:
₆₅₀ resplandeceu o sol e toda a batalha se tornou visível.
Foi então que Ájax disse a Menelau, excelente em auxílio:

"Observa tu agora, ó Menelau criado por Zeus, a ver se
            discernes
ainda vivo Antíloco, filho do magnânimo Nestor;
incita-o a correr rapidamente para junto do Pelida Aquiles,

CANTO XVII

655 para lhe anunciar ter morrido o amigo que de longe ele
mais amava."

Assim falou; e não lhe desobedeceu Menelau, excelente em
auxílio.
Seguiu o seu caminho como um leão que sai dos currais,
quando se fatigou com grande cansaço porque cães e homens
não o deixam arrebatar a vaca mais gorda da manada,
660 mantendo-se vigilantes toda a noite; mas ávido de carne
o leão vai em frente, mas nada alcança: pois cerrados voam
contra ele os dardos, atirados por mãos audazes, assim como
tochas ardentes, que o amedrontam, por muito ávido que
esteja,
e ao nascer do dia se afasta para longe com espírito
petulante —
665 assim de junto de Pátroclo partiu Menelau, excelente em
auxílio,
grandemente contrariado. É que tinha o maior receio que
os Aqueus
em fuga miserável ali o deixassem como presa para os
inimigos.
Muito recomendou ele a Meríones e aos dois Ajantes:

"Ajantes, regentes dos Argivos, e ó tu, Meríones!
670 É agora que cada um se deve lembrar da bondade de
Pátroclo,
coitado: pois ele soube ser para todos de trato gentil,
quando era vivo. Mas agora sobrevieram a morte e o fado."

Assim falando, afastou-se o loiro Menelau, olhando
em todas as direções como a águia, de quem se diz
675 ter a vista mais arguta de todas as aves voadoras do céu;
a quem lá no alto não passa despercebida a lebre veloz,
agachada sob um frondoso arvoredo, mas a águia desce
sobre ela depressa e arrebata-a, privando-a da vida —
assim, ó Menelau criado por Zeus, os teus olhos brilhantes

olhavam por toda a parte no meio dos numerosos
conterrâneos,
na esperança de poder discernir vivo o filho de Nestor.
Imediatamente o viu na ala esquerda de toda a batalha,
encorajando os companheiros e incitando-os a combater.
Postando-se junto dele lhe disse então o loiro Menelau:

"Antíloco, chega aqui, ó tu criado por Zeus!, para que fiques
a saber uma notícia funesta, que nunca deveria ter
acontecido.
Creio na verdade que pela observação já tu próprio
compreendeste que o deus pôs a rolar a desgraça para os
Dânaos
e a vitória para os Troianos. Mas foi morto o melhor dos
Aqueus:
Pátroclo. E enorme é a saudade que sobreveio aos Dânaos.
Mas vai tu imediatamente correndo até as naus dos Aqueus
dizer a Aquiles que depressa ele leve o cadáver salvo para
a nau.
O cadáver nu: pois já Heitor do elmo faiscante lhe despiu
as armas."

Assim falou; e Antíloco horrorizou-se ao ouvir tais palavras.
Longa afasia de palavras o tomou; os seus olhos
encheram-se de lágrimas e travou-se a sua voz sonora.
Mas mesmo assim não ignorou a ordem de Menelau
e foi logo correndo, deixando as armas ao amigo
irrepreensível,
Laódoco, que ali virava os cavalos de casco não fendido.

A ele que chorava, levaram-no pois os pés da guerra,
para dar a notícia funesta ao Pelida Aquiles.
Todavia não quis teu coração, ó Menelau criado por Zeus!,
prestar auxílio aos camaradas acabrunhados, quando partiu
Antíloco; e grande foi a saudade que sobreveio aos Pílios.
Mas para junto deles mandou ele o divino Trasimedes,

CANTO XVII

e ele próprio foi pôr-se de novo de plantão sobre Pátroclo,
o herói; e foi correndo para junto dos Ajantes, a quem disse:

"Mandei Antíloco ir correndo até as naus velozes,
para dar a notícia a Aquiles. No entanto não creio
710 que ele saia contra o divino Heitor, por irado que esteja.
É que não combateria despido de armas contra os Troianos.
Mas deliberemos agora nós mesmos um plano excelente,
de modo a que consigamos resgatar o cadáver e escapemos
à morte e ao destino no meio do fragor bélico dos
                 Troianos."

715 Respondendo-lhe assim falou o enorme Ájax Telamônio:
"Tudo o que disseste foi na medida certa, ó glorioso
                 Menelau.
Juntamente com Meríones agacha-te depressa perto do corpo,
para levantardes o cadáver e o resgatardes do combate.
Na retaguarda nós lutaremos contra os Troianos e o
                 divino Heitor,
720 tendo o mesmo coração como o mesmo nome, nós que há
                 muito
nos habituamos a aguentar Ares aguçado um ao lado do
                 outro."

Assim falou; e eles tomaram o cadáver nos braços e
                 levantaram-no
do chão, bem alto. E atrás deles a hoste dos Troianos gritou
alto, assim que viram os Aqueus levantando o cadáver.
725 Arremeteram como cães que se atiram contra um ferido
javali, incitados por mancebos que vieram à caça;
num momento atacam, ávidos de dilacerarem o javali,
mas depois ele vira-se contra eles, confiante na sua pujança,
e os cães afastam-se amedrontados, cada um para seu lado —
730 assim os Troianos durante um tempo seguiram em chusmas,
arremetendo com espadas e com lanças de dois gumes.
Mas quando os dois Ajantes se voltavam e se posicionavam

contra eles, mudava-se a cor da sua pele e ninguém
ousava lançar-se em frente para lutar pelo cadáver.

₇₃₅ Deste modo eles se esforçavam para levar o corpo da guerra
até as côncavas naus. E contra eles se estendia um conflito
como fogo selvagem que lavra contra uma cidade humana
de forma repentina e põe tudo a arder; e as casas ruem
no meio das enormes labaredas, pois a força do vento
                                                                                o impele.

₇₄₀ Deste modo contra eles se lançava o fragor incessante
de carros de cavalos e de homens lanceiros.
Mas tal como mulas que, doseando dos lados a sua força,
puxam da montanha por uma áspera vereda um tronco
ou grande prancha para uma nau; e em seu ânimo estão
₇₄₅ oprimidas pelo cansaço e pelo suor enquanto se apressam —
assim estes se esforçaram no transporte do cadáver.
E atrás deles os Ajantes retinham o inimigo, como um
                                                                                barranco
retém a torrente de água, barranco frondoso na planície,
que retém as correntes funestas dos rios poderosos,
₇₅₀ e logo faz vaguear a corrente a todos os rios,
e nem a sua força lhes permite quebrá-lo —
assim constantemente os Ajantes retinham para trás
a arremetida dos Troianos. Mas eles seguiam, sobretudo dois:
Eneias, filho de Anquises, e o glorioso Heitor.
₇₅₅ E tal como voa uma nuvem de estorninhos ou gralhas
com gritos de perdição, quando vê aproximar-se
o falcão que às aves pequenas traz a morte —
assim os mancebos dos Aqueus fugiram de Eneias e Heitor,
com gritos de perdição, e esqueceram-se do combate.
₇₆₀ E muitas belas armaduras caíram na vala, enquanto fugiam
os Dânaos; mas não havia cessação possível da guerra.

Canto XVIII

Deste modo combatiam como se fossem fogo ardente.
Porém Antíloco de pés velozes dirigiu-se como mensageiro
a Aquiles. Encontrou-o à frente das naus de chifres direitos,
pressentindo no coração aquilo que estava para se passar.
Desesperado assim dizia Aquiles ao seu magnânimo
                                                          coração:

"Ai de mim, por que razão os Aqueus de longos cabelos
estão sendo empurrados para as naus através da planície?
Que os deuses não façam cumprir dores funestas ao meu
                                                          coração,
como as que outrora me declarou minha mãe ao dizer-me
que, estando eu vivo, o melhor dos Mirmidões
pelas mãos dos Troianos abandonaria a luz do sol.
Na verdade morreu o filho valente de Menécio, desgraçado!
Mas eu ordenei-lhe que, após ter repelido o fogo ardente,
às naus regressasse e não combatesse à força com Heitor."

Enquanto isso pensava no espírito e no coração,
chegou junto dele o filho do excelso Nestor.
Vertendo lágrimas escaldantes, deu a triste notícia:

"Ai de mim, ó filho do fogoso Peleu! Demasiado funesta
é a notícia que ouvirás, prouvera que nunca tivesse
                                                          acontecido!

20 Pátroclo tombou. Em torno do seu corpo estão combatendo —
do seu corpo nu: pois suas armas tem Heitor do elmo faiscante."

Assim falou; e uma nuvem negra de dor se apoderou de Aquiles.
Levantando com ambas as mãos a poeira enegrecida,
atirou-a por cima da cabeça e lacerou seu belo rosto.
25 Sobre a sua túnica perfumada caiu a cinza negra.
E ele próprio, grandioso na sua grandiosidade, jazia
estatelado na poeira e com ambas as mãos arrancava o cabelo.
As servas que Aquiles e Pátroclo tinham arrebatado como espólio
gritaram bem alto na angústia do coração e correram porta afora
30 junto do fogoso Aquiles. Todas com as mãos batiam
no peito e a cada uma delas se enfraqueceram os joelhos.

Por seu lado Antíloco lamentava-se e chorava muitas lágrimas,
segurando nas mãos de Aquiles, que gemia no seu glorioso coração;
é que receava que com o ferro ele cortasse a própria garganta.
35 Medonhos foram os gritos de Aquiles. Ouviu-o a excelsa mãe,
sentada nas profundezas do mar junto do ancião, seu pai.
Logo lançou um grito ululante. E as deusas vieram rodeá-la,
todas quantas eram Nereides nas profundezas do mar.

Estavam lá Glauce e Talia e Cimódoce,
40 Neseia, Espeio e Toa
e Hália com olhos de plácida toura;
e Cimótoe e Actaia e Limoreia

e Mélite e Iaira e Anfítoe e Agave;
e Doto e Proto e Ferusa e Dinâmene;
e Dexâmene e Anfínome e Calianeira;
45 Dóris e Pânope e a gloriosa Galateia
e Nemertes e Apseudes e Calianassa;
estavam lá Clímene e Ianeira e Ianassa
e Moira e Oritia e Amalteia de belos cabelos;
e outras que eram Nereides nas profundezas do mar.
50 Delas se encheu a gruta luminosa. Todas juntas
bateram no peito e foi Tétis que deu início ao lamento:

"Ouvi-me, Nereides minhas irmãs, para que escutando
fiqueis todas sabendo os sofrimentos que tenho no
                                                 coração!
Ai de mim, desgraçada! Infeliz parturiente de um príncipe!
55 Eu que dei à luz um filho irrepreensível e forte, excelso
entre os heróis, que cresceu rápido como uma viga.
Fui eu que o criei, como árvore em fértil pomar;
mas depois mandei-o nas naus recurvas para Ílion,
para combater os Troianos. Porém nunca mais o receberei
60 de novo, regressado para casa, no palácio de Peleu.
Enquanto ele vive e contempla a luz do sol,
sofre; embora eu vá ter com ele, em nada o posso ajudar.
Mas irei, para que veja meu filho amado; para que ouça
qual foi o sofrimento que lhe sobreveio, afastado da guerra."

65 Assim dizendo, abandonou a gruta; e as Nereides foram
com ela chorando. Em volta delas as ondas do mar
se fendiam. E quando chegaram a Troia de férteis sulcos,
emergiram para a praia, umas atrás das outras, lá onde
                                                 cerradas
estavam as naus dos Mirmidões em torno do veloz Aquiles.
70 Do filho que gemia profundamente se acercou a excelsa mãe.
Com um grito ululante, acariciou a cabeça de seu filho;
e lamentando-se proferiu palavras aladas:

"Meu filho, por que choras? Que dor te chegou ao espírito?
Fala, não escondas o pensamento. Em teu benefício essas coisas
foram cumpridas por Zeus, tal como quando antes imploraste,
elevando as mãos, que todos os filhos dos Aqueus junto às popas
ficassem encurralados, precisados de ti, e sofrendo dores indignas."

Suspirando profundamente lhe respondeu Aquiles de pés velozes:
"Minha mãe, na verdade essas coisas cumpriu para mim o Olímpio.
Mas que satisfação tenho eu nisso, se morreu o companheiro amado,
Pátroclo, a quem eu honrava acima de todos os outros,
como a mim próprio? Perdi-o! E Heitor, que o matou,
despiu-lhe as armas, grandes e belas (maravilha de se ver),
presentes gloriosos que os deuses deram a Peleu no dia
em que te empurraram para a cama de um homem mortal.
Prouvera que entre as imortais deusas marinhas tivesses ficado
a viver, e que Peleu tivesse desposado uma mulher mortal!
Mas agora para que também a ti chegue a dor desmedida —
pelo filho morto, que nunca mais receberás de novo,
regressado para casa, visto que meu ânimo não me compele
a viver entre os homens e com eles coexistir, se primeiro
Heitor não perder a vida golpeado pela minha lança
e pagar a espoliação de Pátroclo, filho de Menécio."

Respondendo-lhe assim falou Tétis, vertendo lágrimas:
"Ai de mim, será rápido o teu destino, meu filho, pelo que dizes!
Pois logo a seguir à de Heitor está a tua morte preparada."

CANTO XVIII

    Muito agitado lhe respondeu então Aquiles de pés velozes:
"Que eu morra logo em seguida, visto que auxílio não
                                          prestei
ao companheiro quando foi morto; deveras longe da sua
                                             pátria
100 morreu e precisou de mim como repulsor da desgraça.
Mas agora já não regressarei à amada terra pátria,
nem serei luz para Pátroclo nem para os outros
                                             companheiros,
que numerosos foram subjugados pelo divino Heitor,
mas jazo aqui junto às naus, fardo inútil sobre a terra,
105 eu que não tenho igual entre os Aqueus vestidos de bronze
na guerra, embora na assembleia outros sejam melhores.
Que a discórdia desapareça da vista dos deuses e dos homens,
assim como a raiva que leva o homem a irar-se, por sensato
                                             que seja;
raiva que muito mais doce do que mel a escorrer
110 aumenta como se fosse fumo nos peitos dos homens:
foi assim que me irou Agamêmnon soberano dos homens.
Mas a essas coisas permitiremos o já terem sido, apesar da
                                             dor,
refreando o coração no peito porque a necessidade a tal
                                             obriga.
E agora irei ao encontro de quem a cabeça amada me matou:
115 Heitor. O meu destino acolherei na altura em que Zeus
quiser cumpri-lo, assim como os outros deuses imortais.
Nem a Força de Héracles fugiu ao destino,
ele que mais amado foi pelo soberano Zeus Crônida.
Também a ele o destino subjugou, e a raiva malévola de Hera.
120 Do mesmo modo também eu, se igual destino me foi
                                             preparado,
haverei de jazer quando morrer. Agora escolho o glorioso
                                           renome.
E porei alguma das Troianas e das Dardânias de fundas
                                           cinturas
com ambas as mãos a limpar as lágrimas das faces macias,

no meio de lamentações incessantes: e assim ficarão sabendo
que há muito eu estava afastado da guerra. Não me impeças
de combater, por mais que me ames: não me convencerás."

A ele deu resposta a deusa, Tétis dos pés prateados:
"Quanto àquilo que dizes, meu filho, é verdade que não
               fica mal
afastar a morte escarpada dos companheiros acabrunhados;
mas a tua bela armadura são os Troianos que a têm,
brônzea e refulgente. É ela que Heitor do elmo faiscante
tem em cima dos ombros, ufano. Mas não penso que
muito mais tempo se ufanará, pois está perto a sua morte.
Pela tua parte não entres na confusão de Ares,
até que com os olhos aqui me vejas regressar.
De manhã cedo regressarei ao nascer do sol,
trazendo belas armas da parte do soberano Hefesto."

Assim dizendo, virou-se para de novo se afastar do filho
e ao voltar-se assim disse às marítimas irmãs:
"Mergulhai agora vós no amplo regaço do mar,
para verdes o Velho do Mar e o palácio paterno
e tudo lhe narrai. Pela minha parte ao alto Olimpo
irei, para junto de Hefesto, famoso artífice, a ver
se ele oferece a meu filho gloriosas armas reluzentes."

Assim falou; e elas mergulharam de imediato nas ondas
               do mar.
Para o Olimpo foi a deusa Tétis dos pés prateados,
para trazer ao filho amado armas gloriosas.
Levavam-na pois os pés ao Olimpo. Porém os Aqueus,
com fragor assombroso, de Heitor matador de homens
fugiam; e chegaram às naus e ao Helesponto.
Mas os Aqueus de belas cnêmides não conseguiam arrastar
para longe dos dardos Pátroclo morto, escudeiro de Aquiles.
Mais uma vez chegavam perto dele o exército e os cavalos
e Heitor, filho de Príamo, na sua força igual a uma labareda.

CANTO XVIII

155 Três vezes por trás pegou nele pelos pés o glorioso Heitor,
ávido de o arrastar; e com voz alta chamava os Troianos.
Três vezes os dois Ajantes, vestidos de bravura animosa,
o repulsavam do cadáver. Mas ele, confiante na sua força,
arremetia de novo na refrega, e de novo ali se postava,
160 gritando alto; pois recusava-se de todo a arredar pé.
Tal como de uma carcaça os pastores do campo repulsar
não logram o fulvo leão, grandemente esfomeado —
assim os dois guerreiros Ajantes não conseguiram
afastar do cadáver Heitor Priâmida.
165 Mas agora o teria conseguido e ganhado glória indizível
se ao Pelida não tivesse chegado Íris com pés de vento
para lhe anunciar do Olimpo que se devia armar,
despercebida de Zeus e dos outros deuses. Hera a mandara.
Postando-se junto dele proferiu palavras aladas:

"Levanta-te, Pelida, mais temível dos homens!
170 Presta auxílio a Pátroclo: por causa dele levantou-se
frente às naus o fragor tremendo da refrega. Matam-se
uns aos outros, na tentativa de defender o cadáver do morto,
enquanto os Troianos arremetem para o arrastar
175 até Ílion ventosa. Acima de todos o glorioso Heitor
está ávido de o arrastar; e o espírito incita-o a cortar a cabeça
do pescoço macio, para a espetar numa estaca da muralha.
Levanta-te, não fiques aí deitado! Que a reverência
                                                  sobrevenha
ao teu espírito, para que Pátroclo não se torne joguete dos
                                                          cães
180 de Troia. Tua seria a vergonha, se o cadáver chegasse
                                                          mutilado."

Respondeu-lhe em seguida o divino Aquiles de pés velozes:
"Deusa Íris, qual dos deuses me mandou a ti como
                                                   mensageira?"

Respondendo-lhe assim falou a rápida Íris com pés de vento:

"Hera me mandou, esposa gloriosa de Zeus.
Mas não sabe o Crónida no seu alto trono, nem outro
dos imortais, que habitam no Olimpo coberto de neve."

Respondendo-lhe assim falou Aquiles de pés velozes:
"Como irei eu para a luta? São eles que têm as minhas armas.
Não me deixa minha mãe amada que me arme,
antes que meus olhos a vejam regressar para mim.
Pois prometeu trazer belas armas da parte de Hefesto.
Não conheço nenhum outro cujas armas eu pudesse vestir,
a não ser que fosse o escudo de Ájax Telamônio.
Mas também ele, espero, está metido com os dianteiros,
dando estocadas com a lança em defesa de Pátroclo
morto."

Respondendo-lhe assim falou a rápida Íris com pés de vento:
"Também nós sabemos bem que eles têm tuas armas
gloriosas.
Mas vai para a vala e mostra-te aos Troianos assim como
estás,
na esperança de que aterrorizados os Troianos desistam
da batalha e para que os belicosos filhos dos Aqueus,
exaustos,
possam respirar. Breve é o tempo de respiração na guerra."

Tendo ela assim falado, partiu Íris com pés velozes.
Levantou-se Aquiles, dileto de Zeus. E Atena
lançou-lhe em torno dos ombros possantes a égide franjada,
e em volta da sua cabeça pôs a divina entre as deusas
uma nuvem dourada e de Aquiles fez arder uma chama
fulgente.
Tal como quando a fumaça sobe da cidade e chega ao éter,
lá longe de uma ilha sitiada por um exército inimigo,
e todo o dia os homens são postos à prova na guerra odiosa
a partir da muralha da cidade; e ao mesmo tempo que o
sol se põe

CANTO XVIII

ardem as fogueiras umas atrás das outras e nas alturas
                                                  fulmina
o brilho para ser visto pelos povos que habitam em redor,
para que venham com suas naus como repulsores da
                                                  desgraça —
assim da cabeça de Aquiles a luminescência chegou ao céu.
215 Pôs-se de pé na vala, vindo da muralha, mas não se imiscuiu
entre os Aqueus, pois da mãe respeitava o válido conselho.
Ali posicionado, gritou; e de longe Palas Atena ressoou.
Porém entre os Troianos se levantou turbilhão indizível.
Tal como quando claro é o som, quando a trombeta ressoa
220 sob a chusma de inimigos homicidas que sitiam uma
                                                  cidade —
assim clara ressoou a voz do neto de Éaco.
E quando ouviram a voz de bronze do neto de Éaco,
a todos se desanimou o coração. Até os cavalos de belas
                                                  crinas
puxaram para trás os carros, pois pressentiam no espírito
                                                a desgraça.
225 E os cocheiros amedrontaram-se quando viram o fogo
                                                incansável,
terrível, por cima da cabeça do magnânimo filho de Peleu,
ardendo; pois fê-lo arder a deusa, Atena de olhos
                                                esverdeados.
Três vezes por cima da vala gritou bem alto o divino Aquiles;
três vezes ficaram aturdidos os Troianos e seus famosos
                                                aliados.
230 E logo ali morreram doze dos melhores homens, no meio
das suas próprias lanças e dos seus carros. Porém os
                                                Aqueus
com regozijo tiraram Pátroclo para longe dos dardos
e depuseram-no numa padiola. Em torno dele os caros
companheiros choravam. Atrás seguia Aquiles de pés
                                                velozes,
235 vertendo lágrimas escaldantes, quando viu o amigo fiel
deitado na padiola e golpeado pelo bronze afiado.

Pois mandara-o para a guerra com cavalos e com carro,
mas nunca mais ele o recebeu à sua chegada.

Hera rainha com olhos de plácida toura mandou o sol
240 incansável mas contrariado para as correntes do Oceano.
O sol pôs-se e os divinos Aqueus fizeram uma pausa
nos possantes combates e na guerra equitativa.

Por seu lado, os Troianos regressados dos potentes combates
desatrelaram dos carros os céleres cavalos e reuniram-se
245 na assembleia, antes que lhes ocorresse jantar.
Ficaram de pé enquanto durou a assembleia e nenhum
ousou sentar-se. A todos tomava o terror, porque Aquiles
se mostrara, ainda que havia muito se abstivesse da luta
dolorosa.
Entre eles começou a falar o prudente Polidamante,
250 filho de Pântoo; só ele olhava para trás e para a frente.
De Heitor era companheiro, e na mesma noite tinham
nascido;
mas um vencia pelas palavras, o outro muito mais pela lança.
Bem-intencionado assim se dirigiu à assembleia:

"De vários lados refleti sobre isto, ó amigos. Por mim
255 entendo que devereis regressar à cidade; a aurora divina
não espereis na planície junto das naus: estamos longe da
muralha.
Enquanto aquele homem contra o divino Agamêmnon
estava irado, mais fáceis eram os Aqueus de combater.
Também eu me alegrei quando passei a noite junto das naus,
260 na esperança de que tomássemos as naus recurvas.
Mas agora tenho um medo terrível do veloz Pelida.
De tal forma é seu ânimo sobranceiro que não quererá
ficar na planície, onde Troianos e Aqueus participam
ambos no meio da fúria de Ares. Não, ele combaterá
265 para alcançar a cidade e as nossas mulheres.
Vamos portanto para a cidade: obedecei-me! Assim será.

CANTO XVIII

Por agora a noite ambrosial refreou o Pelida de pés velozes.
Se amanhã vier ao nosso encontro, e nós aqui estivermos,
lançando-se com as suas armas, bem o ficarão a conhecer
270 alguns de nós. Aliviadamente chegará à sacra Ílion
quem conseguir fugir, mas a muitos dos Troianos comerão
os cães e os abutres. Que longe do meu ouvido fique tal coisa.
Se obedecermos às minhas palavras, apesar de acabrunhados,
esta noite manteremos as forças na ágora; e à cidade
275 protegerão as muralhas e os altos portões e as respectivas
portas lá metidas, grandes e bem polidas e fechadas.
De manhã, ao nascer da Aurora, armados com armaduras
nos posicionaremos nas muralhas. E pior será para ele,
se quiser vir das naus para combater conosco pela muralha.
280 De regresso às naus ele irá, após ter saciado da corrida
os corcéis de pescoço arqueado, conduzindo-os em volta
                                                da cidade.
Mas o ânimo não o deixará forçar a entrada,
nem a saqueará; antes disso o terão comido os rápidos cães."

Fitando-o com sobrolho carregado lhe disse Heitor do
                                                elmo faiscante:
285 "Polidamante, aquilo que tu disseste já não é do meu agrado,
tu que nos mandas para a cidade para lá ficarmos
                                                encurralados.
Não estais já fartos de estardes encurralados dentro
                                                dos muros?
Outrora falavam todos os homens mortais da cidade
de Príamo, como estava repleta de ouro e de bronze.
290 Mas agora os belos haveres se perderam das casas,
pois muitas riquezas à Frígia e à agradável Meônia
foram vendidas, desde que se encolerizou o grande Zeus.
Agora que o filho de Crono de retorcidos conselhos me
                                                outorgou
obter a glória junto das naus e encurralar os Aqueus perto
                                                do mar,
295 tu, ó estulto!, apresentas tais conselhos entre o povo.

Nem um dos Troianos te dará ouvidos! Não o permitirei.
Mas agora àquilo que eu disser, obedeçamos todos.
Agora por todo o exército tomai a vossa refeição em grupos;
não vos esqueçais da vigia. Mantende-vos acordados, cada
um de vós.
300 Quem dentre os Troianos em demasia se preocupar
com os haveres, que os reúna e os dê ao povo, em festim
comum.
Será melhor que sejam eles a tirar proveito do que os Aqueus.
De manhã cedo, ao nascer da Aurora, armados com
armaduras,
despertemos a guerra aguçada junto das côncavas naus.
305 Se na verdade junto das naus se levantou o divino Aquiles,
pior será para ele, se assim quiser. Pela parte que me toca,
não fugirei da guerra funesta, mas frente a frente ficarei
em pé diante dele, quer seja ele a vencer, quer seja eu.
Igualitário é o deus da guerra; e mata quem quer matar."

310 Assim falou Heitor, ao que os Troianos aplaudiram,
estultos! Pois o juízo lhes tirara Palas Atena.
A Heitor, que dera maus conselhos, louvaram;
mas a Polidamante ninguém louvou, ele que dera excelente
conselho.
Em todo o exército tomaram o jantar. Porém os Aqueus
315 toda a noite lamentaram Pátroclo, chorando.
Entre eles foi o Pelida que iniciou o violento lamento,
pousando as mãos assassinas no peito do companheiro,
gemendo constantemente como o leão barbudo,
cujas crias arrebatou algum caçador de corças
320 na densa floresta; e o leão, chegando depois, aflige-se
e percorre muitas clareiras no rastro do homem,
na esperança de o apanhar, pois raiva sinistra o domina —
assim com profundos suspiros falou ele aos Mirmidões:

"Ah, como foi vã a palavra que proferi naquele dia
325 em que procurei animar o herói Menécio no nosso palácio!

CANTO XVIII

Disse-lhe que a Opunte eu lhe traria o filho glorioso,
depois de ter saqueado Ílion, com os despojos que lhe
    caberiam.
Mas aos homens não faz Zeus cumprir todos os
    pensamentos.
Pois ambos estamos fadados para avermelhar de sangue
330 a mesma terra, aqui em Troia; nem me receberá no palácio
ao meu regresso o velho cavaleiro Peleu,
nem Tétis minha mãe, mas será aqui que a terra me cobrirá.
Visto que agora, ó Pátroclo, irei depois de ti para debaixo
    da terra,
não te sepultarei, antes que para cá eu tenha trazido
335 as armas e a cabeça de Heitor, assassino de ti, magnânimo.
E na tua pira funerária cortarei as gargantas a doze
gloriosos filhos dos Troianos, irado porque foste chacinado.
Até lá jazerás assim como estás junto das naus recurvas;
e à tua volta Troianas e Dardânias de fundas cinturas
340 chorarão de dia e de noite, vertendo lágrimas,
elas que nós próprios obtivemos pela força e pela lança
    comprida,
quando saqueamos as ricas cidades de homens mortais."

Assim dizendo, aos companheiros ordenou o divino Aquiles
que colocassem uma grande trípode em cima do fogo,
345 para depressa lavarem de Pátroclo a ensanguentada
    imundície.
Colocaram sobre o fogo ardente a trípode para aquecer água:
nela verteram água para o banho; por baixo puseram lenha.
O fogo cobriu a barriga da trípode e a água ficou quente.

Assim que a água ferveu no caldeirão de bronze,
350 foi então que o lavaram e ungiram com azeite,
enchendo-lhe as feridas com unguento de nove anos.
Depuseram-no na cama e cobriram-no com linho macio
dos pés à cabeça, e por cima com uma alva vestimenta.
Depois, toda a noite, em torno de Aquiles de pés velozes,

355 os Mirmidões lamentaram Pátroclo, com lágrimas e gemidos.

Mas por seu lado falou Zeus a Hera, sua esposa e irmã:
"Conseguiste, ó Hera rainha com olhos de plácida toura,
espicaçar Aquiles de pés velozes. Na verdade foi
de ti própria que nasceram os Aqueus de longos cabelos."

360 A ele deu resposta Hera rainha com olhos de plácida toura:
"Crônida terribilíssimo, que palavra foste tu dizer?
Até um mortal se dispõe a fazer o que pode por outro
               homem,
um que é mortal e não é dotado de muitas ideias.
Como então eu — que afirmo ser a mais excelsa das deusas
365 por duas razões: pelo nascimento e porque tua esposa
sou chamada, tu que reges todos os deuses imortais —
como não haveria eu de coser desgraças para os Troianos?"

Enquanto deste modo entre si assim diziam essas coisas,
ao palácio de Hefesto chegou Tétis dos pés prateados:
370 palácio imperecível, astral, eminente entre as casas imortais
e brônzeo, que construíra o próprio deus de pé manco.
Encontrou-o transpirado e atarefado, de roda dos foles.
É que ele fabricava trípodes, vinte ao todo, para ficarem
de pé em volta do muro da sua casa bem construída;
375 e rodas de ouro colocara sob a base de cada uma,
para que entrassem, automáticas, na reunião divina
e de novo voltassem a casa, maravilha de se ver!
Neste estado de aperfeiçoamento estavam já; faltava pôr-lhes
as orelhas trabalhadas; mas ele preparava-as e fabricava
               os rebites.
380 Enquanto ele trabalhava essas coisas com perícia excepcional,
aproximou-se dele Tétis, a deusa dos pés prateados.
Acercava-se Cáris do véu brilhante, que a viu;
a bela Cáris, que o deus ambidestro desposara.
Pegando-lhe na mão, assim lhe disse, tratando-a pelo nome:

CANTO XVIII

385 "Por que razão vens a nossa casa, ó Tétis de longos vestidos,
veneranda e estimada? Antes não eram frequentes as tuas visitas.
Mas chega-te mais à frente, para que te ofereça hospitalidade."

Assim falando, caminhou à frente a divina entre as deusas.
Fê-la sentar-se num trono cravejado de adornos prateados,
390 belo e bem trabalhado; sob o trono havia um apoio para os pés.
Depois chamou Hefesto, o famoso artífice, e assim disse:
"Hefesto, chega aqui. Tétis precisa de qualquer coisa de ti."

Respondendo-lhe assim falou o famoso deus ambidestro:
"Então na verdade está aí dentro uma deusa terrível e veneranda,
395 ela que me salvou, quando me sobreveio a dor após a longa queda,
por vontade de minha mãe (essa cadela), que me quis esconder
por eu ser coxo. Então teria eu sofrido dores no coração,
se Eurínome e Tétis me não tivessem acolhido ao colo,
Eurínome, filha do Oceano, rio que flui em sentido contrário.
400 Com elas durante nove anos forjei muitos objetos belos,
pregadeiras e recurvas pulseiras e cálices e colares,
em sua côncava gruta. E à minha volta a corrente do Oceano
fluía, espumando, corrente inominável. Nenhum outro
sabia de mim, ninguém dentre os deuses nem dentre os homens;
405 mas Tétis e Eurínome sabiam, elas que me salvaram.
Agora é Tétis que chega a nossa casa. Por isso incumbe-me
retribuir a Tétis dos lindos cabelos todo o preço da minha vida.
Mas tu coloca-lhe à frente belas oferendas de hospitalidade,
enquanto eu ponho de parte os foles e todos os instrumentos."

410 Falou; e levantou-se da bigorna, qual colosso ofegante,
coxeando; mas as pernas por baixo dele eram ágeis.
Colocou os foles longe do fogo e todos os instrumentos
reuniu numa arca de prata, todos de que se servira.
Com uma esponja limpou a cara e os dois braços,
415 assim como o pescoço possante e o peito hirsuto;
depois vestiu uma túnica e agarrou num cetro robusto;
saiu porta fora a coxear. Para dar apoio ao soberano
                                      correram
duas servas douradas, semelhantes a moças vivas.
Nelas há entendimento no espírito; são dotadas de voz
420 e de força e conhecem os trabalhos dos deuses imortais.
Foram estas que se apressaram a apoiar o amo, que foi a
coxear até onde estava Tétis e sentou-se num trono luzente.
Acariciando-a com a mão assim lhe disse, tratando-a pelo
                                      nome:

"Por que razão vens a nossa casa, ó Tétis de longos vestidos,
425 veneranda e estimada? Antes não eram frequentes as tuas
                                      visitas.
Exprime a tua intenção, pois manda-me o coração cumpri-la,
se for suscetível de cumprimento e cumpri-la eu puder."

Em seguida lhe respondeu Tétis, vertendo lágrimas:
"Hefesto, haverá alguma das que são deusas no Olimpo
430 que tenha sofrido no espírito dores funestas, como as que,
além de todas as outras, Zeus Crônida me deu a mim?
Entre as filhas do mar fui eu que ele deu a um mortal
para me subjugar, a Peleu Eácida, e aguentei a cama
de um homem, contrariada. Por causa da velhice funesta
435 jaz ele acabado no palácio, mas outras são as minhas dores.
Um filho ele me deu para gerar e criar, excelso
entre os heróis, que cresceu rápido como uma viga.
Fui eu que o criei, como árvore em fértil pomar;
mas depois mandei-o nas naus recurvas para Ílion,
440 para combater os Troianos. Porém nunca mais o receberei

CANTO XVIII

de novo, regressado para casa, no palácio de Peleu.
Enquanto ele vive e contempla a luz do sol,
sofre; embora eu vá ter com ele, em nada o posso ajudar.
A donzela que lhe deram como prêmio os filhos dos Aqueus,
novamente dos seus braços a tirou o poderoso Agamêmnon.
Desgostoso por causa dela dava cabo do coração. Só que
os Troianos encurralaram os Aqueus junto das popas
e não os deixavam sair. Os anciãos dos Argivos dirigiram-lhe
súplicas e prometeram-lhe muitos presentes gloriosos.
Então embora se recusasse ele próprio a afastar a desgraça,
vestiu Pátroclo com as armas que eram suas
e mandou-o para a guerra e com ele foi uma hoste numerosa.

Todo o dia combateram de volta das Portas Esqueias;
e nesse mesmo dia teria ele tomado a cidade, se Apolo
não tivesse matado o filho de Menécio, fazedor de muitos
                males,
entre os dianteiros, assim outorgando a glória a Heitor.
É por isso que estou perante os teus joelhos, na esperança
de que queiras dar a meu filho de rápido destino um escudo,
um elmo, belas cnêmides bem ajustadas aos tornozelos
e uma couraça. Pois a armadura que outrora foi dele,
perdeu-a o fiel amigo, subjugado pelos Troianos.
Quanto a meu filho, jaz no chão de ânimo angustiado."

Respondendo-lhe assim falou o famoso deus ambidestro:
"Anima-te: que tais coisas não te apoquentem o espírito.
Prouvera que eu fosse capaz de assim o esconder longe
da morte dolorosa, quando sobrevier o terrível destino,
do mesmo modo como serão dele belas armas, tais que
as admirará quem no futuro dentre muitos homens as vir!"

Assim dizendo, deixou-a ali e dirigiu-se a seus foles,
que virou para o fogo e lhes ordenou que trabalhassem.
E os foles, vinte ao todo, sopravam sobre os fornilhos,
expirando uma pronta rajada com todo o tipo de força,

às vezes para o apoiar no esforço, outras vezes de outro modo,
consoante Hefesto queria e o trabalho o exigia.
Lançou para o fogo bronze renitente e estanho
475 e ouro precioso e prata. Logo em seguida colocou
sobre o suporte uma grande bigorna; com uma das mãos
pegou num martelo ingente; com a outra, nas tenazes.

Fez primeiro um escudo grande e robusto,
todo lavrado, e pôs-lhe à volta um rebordo brilhante,
480 triplo e refulgente, e daí fez um talabarte de prata.
Cinco eram as camadas do próprio escudo; e nele
cinzelou muitas imagens com perícia excepcional.

Nele forjou a terra, o céu e o mar;
o sol incansável e a lua cheia;
485 e todas as constelações, grinaldas do céu:
as Plêiades, as Híades e a Força de Oríon;
e a Ursa, a que chamam Carro,
cujo curso revolve sempre no mesmo sítio, fitando Oríon.
Dos astros só a Ursa não mergulha nas correntes do Oceano.

490 E fez duas cidades de homens mortais,
cidades belas. Numa havia bodas e celebrações:
as noivas saídas dos tálamos sob tochas lampejantes
eram levadas pela cidade; muitos entoavam o canto nupcial.
Mancebos rodopiavam a dançar; e no meio deles
495 flautas e liras emitiam o seu som. As mulheres
estavam em pé, cada uma à sua porta, maravilhadas.
Mas o povo estava reunido na ágora; pois surgira aí
um conflito e dois homens discutiam a indenização
por outro, assassinado. Um deles afirmava ter pagado tudo,
500 em declarações ao povo; o outro negava-se a aceitar o que fosse.
Ambos ansiavam por ganhar a causa junto do juiz.
O povo incitava ambas as partes, a ambas apoiando.

CANTO XVIII

Os arautos continham o povo; mas os anciãos
estavam sentados em pedras polidas no círculo sagrado,
505 segurando nas mãos os cetros dos arautos de voz penetrante.
Com eles se levantavam e julgavam um de cada vez.
Jaziam no meio dois talentos de ouro, para serem dados
àquele dentre eles que proferisse a sentença mais justa.

Mas por volta da outra cidade estavam dois exércitos,
510 refulgentes de armas. Duas alternativas lhes aprouveram:
ou destruir a cidade, ou então dividir tudo em dois,
todo o patrimônio que continha a cidade aprazível.
Os sitiados não queriam e armavam-se para uma emboscada.
As esposas amadas e as crianças pequenas guardavam
515 em pé a muralha, e com elas os homens já idosos.
Os outros saíam, liderados por Ares e Palas Atena,
ambos de ouro e de ouro revestidos, belos
e altos nas suas armas, como deuses que eram,
salientes no meio dos outros; os homens eram menores.
520 Quando chegaram aonde lhes pareceu fácil a emboscada,
num rio que servia de bebedouro para todos os rebanhos,
aí se posicionaram, revestidos de fulvo bronze.
Depois saíram dois vigias para longe da hoste,
à espera de verem chegar as ovelhas e bois de chifres
                                                                     recurvos,
525 que chegaram depressa. Atrás deles seguiam dois pastores,
deleitando-se ao som da flauta. Não pressentiram o dolo.
Ao verem-nos contra eles se atiraram os soldados e depressa
cortaram o acesso às manadas de bois e aos belos rebanhos
de ovelhas brancas e em seguida mataram os pastores.
530 Mas os sitiadores ouviram a grande confusão dos bois,
sentados à frente dos lugares da assembleia, e logo montaram
nos seus cavalos de patas leves e chegaram depressa.
Posicionando-se, combateram junto das correntes do rio,
e arremeteram uns contra os outros com lanças de bronze.
535 Com eles estava a Discórdia e o Tumulto e o Destino fatal,
que agarrava num homem vivo e recém-atingido e noutro

incólume; e a outro já morto arrastava por entre a turba
pelos pés.
A veste que levava aos ombros estava vermelha de sangue
humano.
Participavam na luta e combatiam como homens vivos,
540 e arrastavam os cadáveres dos mortos uns dos outros.

Pôs também uma leira amena, terra fecunda,
ampla e três vezes arada; nela muitos lavradores
conduziam as juntas para aqui e para acolá.
Quando davam a volta ao chegarem à meta do campo,
545 acorria um homem a pôr-lhes nas mãos uma taça
de vinho doce como mel. E os lavradores davam a volta
nos sulcos, desejosos de atingir o termo do fundo lavradio.
A terra negrejava para trás, semelhante a terra arada,
embora fosse de ouro! Deveras fabricou uma maravilha.

550 Pôs também uma propriedade régia, onde trabalhavam
jornaleiros, segurando nas mãos foices afiadas.
Alguns molhos caíam no chão na carreira do alfange,
outros por homens eram atados com palha torcida.
Três atadores estavam presentes; porém por trás
555 rapazes recolhiam as paveias e traziam-nas nos braços,
sempre à disposição. O rei em silêncio no meio deles
assistia à ceifa em pé, de cetro na mão, jucundo no coração.
À distância debaixo de um carvalho, os arautos
preparavam a refeição,
desmanchando o grande boi que tinham sacrificado.
Com muita
560 cevada branca as mulheres polvilhavam o jantar dos
jornaleiros.

Pôs ainda uma vinha bem carregada de cachos,
bela e dourada. Negras eram as uvas
e segurou-as em toda a extensão com esteios de prata.
Estendeu em volta uma trincheira azul e ao redor uma sebe

CANTO XVIII   539

565 de estanho. Uma só vereda lá ia dar, pela qual caminhavam
os vindimadores, quando era altura de vindimar a vinha.
Virgens e mancebos com ingênuos pensamentos o fruto
de sabor de mel transportavam em cestos entretecidos.
No meio deles um rapaz dedilhava com amorosa saudade
570 a lira de límpido som; na sua voz aguda e delicada entoava
o canto dedicado a Lino; e os outros com sintonizado
                                                    estampido
seguiam na dança de pés saltitantes com uivos de alegria.

Fez também uma manada de bois de chifres direitos.
As vacas fê-las de ouro e de estanho; com mugidos
575 se apressavam do estábulo para a pastagem, para junto
do rio cheio de murmúrios e do canavial ondulante.
De ouro eram os boieiros que acompanhavam os bois,
quatro ao todo; e seguiam-nos nove cães de patas rápidas.
Mas dois medonhos leões entre o gado que ia à frente
580 agarravam um touro de urros profundos, que mugia alto
ao ser arrastado. Perseguiam-no os cães e os mancebos.
Os leões tinham já rasgado o couro do enorme boi
e devoravam as vísceras e o negro sangue, enquanto em vão
os boieiros os afugentavam, incitando os cães velozes.
585 Porém estes tinham medo de morder os leões,
mas ficaram ali ao pé, ladrando e desviando-se aos saltos.

Fez também o famoso deus ambidestro
uma pastagem situada num belo vale, grande pastagem
de brancas ovelhas, com redis, toldados casebres e currais.

590 Um piso para a dança cinzelou o famoso deus ambidestro,
semelhante àquele que outrora na ampla Cnossos
Dédalo concebeu para Ariadne de belas tranças.
Mancebos e virgens que valiam muitos bois
dançavam, segurando os pulsos uns dos outros.
595 Elas estavam vestidas de pano fino, mas eles vestiam
túnicas bem tecidas, suavemente luzidias de azeite.

Elas levavam belas grinaldas, mas eles traziam adagas
de ouro, que pendiam de talabartes de prata.
Eles corriam com pés expertos e grande era a facilidade,
600 tal como quando um oleiro experimenta sentado
a roda ajustada entre as suas mãos, a ver se gira —
ou então corriam em filas, uns em direção aos outros.
Uma multidão numerosa observava a dança apaixonante,
604-5 deslumbrada; e dois acrobatas no meio deles rodopiavam
para cima e para baixo, eles que lideravam a dança.

Colocou ainda a grande força do rio Oceano,
à volta do último rebordo do escudo bem forjado.

Mas depois que forjou o escudo grande e robusto,
610 forjou para Aquiles uma couraça mais luzente que o fogo;
e forjou um elmo pesado, ajustado às têmporas,
belo e bem lavrado; e por cima pôs um penacho dourado.
Forjou ainda cnêmides de estanho moldável.

Depois que fabricou todas as armas o famoso deus
                                        ambidestro,
615 pegou nelas e depositou-as à frente da mãe de Aquiles.
Como um falcão saltou ela do Olimpo coberto de neve,
levando da parte de Hefesto as armas refulgentes.

Canto XIX

Das correntes do Oceano com seu manto de açafrão
surgiu a Aurora, para trazer a luz aos deuses e aos homens.
Tétis chegou às naus trazendo os presentes do deus.
Encontrou seu filho amado abraçado a Pátroclo,
5 chorando em voz alta. À volta dele muitos camaradas
choravam. No meio deles se postou a divina entre as deusas.
E acariciando-o com a mão assim falou, tratando-o pelo
                                                                nome:

"Meu filho, deixemos que este jaza, por mais que
                                                                soframos,
visto que de uma vez por todas subjugado ele foi pela
                                                               vontade divina.
10 Recebe tu agora da parte de Hefesto estas armas gloriosas,
tão belas, tais como nunca homem algum levou aos ombros."

Assim falando, a deusa depôs à frente de Aquiles
as armas, que ressoaram, todas esplendentes.
A todos os Mirmidões tomou o medo, e nenhum ousava
15 olhá-las de frente, mas ficaram a tremer. Porém Aquiles,
quando as viu, mais raiva sentiu; e os seus olhos
                                                               lampejavam
terríveis sob as pálpebras, como se fossem labaredas.
Mas sentiu prazer de segurar nas mãos os presentes
                                                              gloriosos do deus.

Depois que se deleitou no espírito a olhar para o seu
esplendor,
de imediato dirigiu à mãe palavras aladas:

"Minha mãe, as armas que o deus ofereceu são claramente
obra dos imortais, homem algum conseguiria forjá-las.
Agora então me armarei. Mas estou terrivelmente receoso
de que entretanto no corpo do valente filho de Menécio
entrem moscas pelas feridas infligidas pelo bronze
e lá criem vermes, assim profanando o cadáver:
pois dele foi chacinada a vida, e toda a sua carne
apodrecerá."

Respondendo-lhe assim falou Tétis, a deusa dos pés
prateados:
"Filho, que tais coisas não te preocupem o espírito.
Dele tentarei afastar as raças cruéis, as moscas,
que se alimentam de homens tombados em combate.
Nem que ele aqui jaza um ano inteiro,
sempre a sua carne ficará salva, se não melhor ainda.
Mas tu convoca para a assembleia os heróis Aqueus
e renuncia à cólera contra Agamêmnon, pastor do povo.
Logo em seguida arma-te para a guerra e veste-te de força."

Assim falando, concedeu-lhe a força de todas as audácias;
e a Pátroclo introduziu ambrosia e rubro néctar
pelas narinas, para que a salvo ficasse a sua carne.

Ao longo da orla do mar caminhou o divino Aquiles,
lançando um grito medonho, que acordou os heróis Aqueus.
E até aqueles que outrora tinham o hábito de permanecer
entre as naus, os que eram pilotos ou seguravam o leme
das naus
ou que eram ucheiros nas naus, despenseiros de comida,
até esses vieram à assembleia, porque Aquiles
aparecera, ele que havia muito desistira do combate doloroso.

CANTO XIX

Dois escudeiros de Ares compareceram a coxear,
o Tidida tenaz em combate e o divino Ulisses,
apoiados na lança; pois os seus ferimentos eram graves.
⁵⁰ Dirigiram-se à assembleia e sentaram-se na primeira fila.
O último a chegar foi Agamêmnon, soberano dos homens,
também ferido; pois a ele em potente combate ferira
Cóon, filho de Antenor, com a lança de bronze.
Ora assim que se reuniram todos os Aqueus,
⁵⁵ levantou-se e falou no meio deles Aquiles de pés velozes:

"Atrida, será que foi isto a melhor coisa para ambos,
para ti e para mim, quando cheios de dor no coração em conflito
devorador do ânimo nos zangamos por causa de uma mulher?
Quem me dera que nas naus Ártemis a tivesse matado com uma seta,
⁶⁰ no dia em que a tomei como presa depois de saquear Lirnesso!
Não teriam sido tantos os Aqueus a morder com os dentes
a ampla terra, sob mãos inimigas, por causa da minha cólera.
Para Heitor e para Troia é que isto foi favorável. Penso eu que
muito tempo se lembrarão os Aqueus do teu e do meu conflito.
⁶⁵ Mas a estas coisas permitiremos o já terem sido, apesar da dor,
refreando o coração no peito porque a necessidade a tal obriga.
É agora que vou parar a minha ira, pois não devo
permanecer sempre inflexível. Mas rapidamente
chama para a guerra os Aqueus de longos cabelos,
⁷⁰ para que eu saia contra os Troianos e os ponha à prova,
a ver se querem ficar de noite junto das naus. Mas penso
que descansadamente quererá dobrar os joelhos quem fugir
da fúria da guerra, perseguido pela minha lança."

Assim falou; e exultaram os Aqueus de belas cnêmides,
porque sua cólera abandonara o magnânimo Pelida.
Entre eles falou então Agamêmnon, soberano dos homens,
do próprio assento onde estava, sem se levantar no meio
deles:

"Meus amigos, heróis Dânaos, escudeiros de Ares!
É bonito ouvir quem fala de pé, e não fica bem
interromper. Difícil seria, até para quem tivesse experiência.
No meio da gritaria de muitos homens, como é que alguém
pode ouvir ou falar? Prejudica-se, límpido orador embora
seja.
Ao Pelida declararei o meu pensamento; mas vós, demais
Aqueus,
devereis prestar atenção: que cada um fique sabendo o
meu discurso.
Amiúde de fato me disseram os Aqueus estas palavras,
e repetidas vezes me repreenderam. Só que não sou eu o
culpado,
mas Zeus e a Moira e a Erínia que na escuridão caminha:
eles que na assembleia me lançaram no espírito a
Obnubilação
selvagem, no dia em que eu próprio tirei o prêmio a Aquiles.
Mas que poderia eu ter feito? É o deus que tudo leva a seu
termo.
E a Obnubilação é a filha mais velha de Zeus, que a todos
obnubila,
mortífera! Delicados são seus pés. Pois não é no chão
que caminha, mas sobre as cabeças dos homens,
prejudicando
os seres humanos. Ora a um, ora a outro ela amarra.
Outrora obnubilou Zeus, embora se diga entre os homens
que ele é o melhor dos deuses. Mas também a ele
Hera, sendo fêmea, enganou com a congeminação de um
logro,
no dia em que Alcmena estava para dar à luz

CANTO XIX

a Força de Héracles em Tebas da linda coroa.
100 Assim falou Zeus, ufano, no meio de todos os deuses:
'Ouvi-me, deuses todos e deusas todas, para que vos
diga aquilo que o coração no meu peito me impele a dizer:
neste dia Ilitia, deusa do parto, à luz trará um homem,
que será rei de todos quantos vivem à sua volta,
105 da raça dos homens cuja origem vem do meu próprio sangue.'
A ele deu resposta a excelsa Hera, congeminando um dolo:
'Vais querer mentir sem ter cumprido a tua palavra!
Mas agora jura-me, ó Olímpio, um poderoso juramento,
que a quantos vivem à sua volta regerá o homem
110 que neste dia cairá entre os pés de uma mulher,
da raça dos homens cuja origem vem do teu próprio sangue!'
Assim falou; e Zeus não se apercebeu do dolo
congeminado,
mas jurou um grande juramento, grandemente obnubilado.
E Hera lançou-se rápida do píncaro do Olimpo,
115 e depressa chegou à aqueia Argos, onde sabia que
estava a robusta mulher de Esténelo, filho de Perseu;
ela que estava grávida do querido filho, no sétimo mês.
Mas Hera fê-lo sair para a luz antes de cumpridos os meses
e atrasou o parto de Alcmena, retendo as Ilitias.
120 E ela própria foi dar a notícia a Zeus Crônida:
'Zeus pai, feroz relampejador, porei uma palavra no teu
espírito:
já nasceu um homem valente, que será rei sobre os Argivos.
É Euristeu, filho de Esténelo, filho de Perseu, da tua
linhagem.
Não é nenhuma vergonha que ele seja rei dos Argivos!'
125 Assim falou; e uma dor aguda lhe atingiu o fundo do espírito
e logo agarrou na Obnubilação pela cabeça de cabelos
gordurentos,
enraivecido no seu espírito, e jurou um juramento grandioso,
que nunca mais ao Olimpo e ao céu cheio de astros
de novo regressaria a Obnubilação, que a todos obnubila.
130 Assim dizendo, rodopiou com ela na mão e lançou-a

do céu cheio de astros e depressa ela chegou aos campos
dos homens.
Por causa dela sempre gemia, quando via o seu filho amado
preso na labutação vergonhosa dos trabalhos de Euristeu.
Do mesmo modo eu, quando o alto Heitor do elmo faiscante
¹³⁵ chacinava os Argivos junto das popas das naus, não pude
esquecer-me da Obnubilação, que primeiro me obnubilou.
Mas visto que fiquei obnubilado e Zeus me tirou o juízo,
quero repor tudo de novo e oferecer incontável indenização.
Levanta-te para combater e incita as outras hostes!
¹⁴⁰ Todos os presentes eu oferecerei, todos os que indo
ontem à tua tenda te prometeu o divino Ulisses.
Ou se quiseres, embora estejas desejoso de combater,
espera, e os escudeiros da minha nau buscarão e trarão
os presentes, para que vejas que darei o que te satisfaz o
ânimo."

¹⁴⁵ Respondendo-lhe assim falou Aquiles de pés velozes:
"Atrida gloriosíssimo, Agamêmnon soberano dos homens!
Quanto aos presentes, depende de ti dá-los, se quiseres,
como é justo, ou ficar com eles. Mas agora lembremo-nos
rapidamente do combate. Não interessa estarmos aqui
falando
¹⁵⁰ ou perdendo tempo. Pois uma grande façanha está ainda
por fazer,
para que de novo Aquiles seja visto entre os dianteiros
desbaratando as falanges dos Troianos com a lança de
bronze.
Que assim combata, lembrado, cada um de vós contra um
homem."

Respondendo-lhe assim falou o astucioso Ulisses:
¹⁵⁵ "Assim não, por mais valente que sejas, ó divino Aquiles!
Não incites os filhos dos Aqueus a combater em jejum
os Troianos contra Ílion, visto que de pouca duração
não será a batalha, quando se imiscuírem as falanges

CANTO XIX

dos homens e o deus insuflar força a cada lado.
160 Mas ordena aos Aqueus que façam uma refeição junto das naus
com comida e bebida, pois aí reside força e coragem.
É que não há homem que todo o dia até o pôr do sol
consiga combater em abstinência de alimento:
embora no coração esteja ávido de combater,
165 despercebidamente vão lhe pesando os membros; atinge-o
a sede e a fome e os joelhos desfalecem quando anda.
Por outro lado, aquele que saciado de vinho e comida
combate todo o dia contra homens inimigos,
audaz é o coração no peito e os membros não se
170 cansam, antes que todos se retirem da batalha.
Dispersa portanto a assembleia e dá ordem para que se prepare
a refeição. E que os presentes de Agamêmnon soberano dos homens
sejam trazidos para o meio da ágora, para que todos os Aqueus
os vejam com os olhos e para que tu te regozijes no coração.
175 E que ele se levante e jure um juramento no meio dos Argivos,
que nunca com ela foi para a cama nem a ela se uniu,
como é norma, ó soberano, entre homens e mulheres.
Que o coração esteja apaziguado no teu peito.
Em seguida, que ele te aplaque na tenda com um rico
180 festim, para que nada te falte daquilo a que tens direito.
Atrida, para com outro serás tu doravante mais justo.
Pois não é censurável um rei que procura aplacar
outro homem, quando foi ele a iniciar a desavença."

A ele deu resposta Agamêmnon, soberano dos homens:
185 "Alegro-me, ó filho de Laertes, de ouvir as tuas palavras.
Tudo apresentaste e disseste na medida certa. Pela minha parte
quero jurar estas coisas, é o coração que me obriga;
e perjuro não serei perante o deus. Porém que Aquiles

aqui permaneça, ávido embora esteja de combater.
190 Permanecei também todos vós juntos, até que os presentes
venham da minha tenda e façamos juramentos com sacrifício.
A ti próprio dou esta incumbência e esta ordem:
escolhe os mancebos, príncipes de todos os Aqueus,
que tragam os presentes da minha nau, tudo o que ontem
195 à noite prometemos a Aquiles; e que tragam as mulheres.
E que rapidamente Taltíbio prepare no vasto exército
dos Aqueus um javali, para sacrificarmos a Zeus e ao Sol."

Respondendo-lhe assim falou Aquiles de pés velozes:
"Atrida gloriosíssimo, Agamêmnon soberano dos homens,
200 noutra altura seria melhor que com tais coisas vos ocupásseis,
quando surgir entre nós na guerra alguma pausa para
                                                      respirar
e a fúria no meu peito não seja assim tão grande.
Agora jazem mutilados, aqueles a quem subjugou
Heitor Priâmida, quando Zeus lhe outorgou a glória —
205 e vós dois insistis na comida! Na verdade pela minha parte
ordenaria agora aos filhos dos Aqueus que combatessem
em jejum e abstinência e na hora do pôr do sol organizassem
um grande banquete, depois de termos vingado a vergonha.
Antes disso, pela minha garganta abaixo não passarão
210 bebida ou comida, estando morto o meu companheiro,
que jaz na minha tenda mutilado pelo bronze afiado,
com os pés voltados para a porta, e à sua volta os camaradas
choram. Por isso não são estas coisas que me interessam,
mas o morticínio, o sangue e os doridos gemidos de homens."

215 Respondendo-lhe assim falou o astucioso Ulisses:
"Ó Aquiles, filho de Peleu, de longe o mais valente dos
                                                      Aqueus!
Melhor és tu que eu e não pouco mais forte com a lança,
mas no raciocínio eu estou muito à tua frente,
visto que sou mais velho e sei mais coisas.
220 Por isso que aguente teu coração ouvir as minhas palavras.

CANTO XIX

Aos homens chega rapidamente a saciedade da luta,
da qual o bronze deita ao chão maior quantidade de palha,
embora seja exígua a ceifa, quando Zeus inclina
a balança, ele que dos homens é o despenseiro da guerra.
225 Com a barriga é que não há meio de os Aqueus lamentarem
um cadáver, pois muitos tombam, uns após os outros,
todos os dias. Quem respiraria de alívio perante tal trabalho?
Compete-nos sepultar aquele que morreu,
de coração inflexível, chorando só naquele dia.
230 Mas todos os que foram deixados vivos pela guerra detestável
têm de se lembrar da bebida e da comida, para que ainda
melhor combatam, sempre incessantes, contra os inimigos,
revestidos de bronze renitente. E que mais ninguém
do exército fique à espera de outra ordem que não esta:
235 e a ordem é que ficará mal quem for deixado
junto das naus dos Aqueus. Mas lançando-nos juntos
levantemos Ares aguçado contra os Troianos domadores
de cavalos!"

Falou; e levou com ele os filhos do glorioso Nestor,
e Meges, filho de Fileu, e Toante e Meríones;
240 e Licomedes, filho de Creonte, e Melanipo.
Foram até a tenda do Atrida Agamêmnon.
Em seguida foi logo a palavra proferida, e o ato cumprido.
Levaram da tenda as sete trípodes, que ele lhe prometera,
e vinte caldeirões resplandecentes, e doze cavalos.

245 Levaram as mulheres conhecedoras de irrepreensíveis lavores,
sete ao todo, e como oitava foi Briseida de lindo rosto.
Depois de ter medido dez talentos de ouro, Ulisses partiu
à frente, e com ele os outros mancebos dos Aqueus com os
presentes.
Colocaram-nos no meio da ágora e Agamêmnon levantou-se.
250 Taltíbio, cuja voz à de um deus se assemelhava, pôs-se
de pé junto do pastor do povo e segurou um javali com as
mãos.

Acercou-se o Atrida e tirou com a mão a adaga,
que pendia sempre junto à bainha da espada;
e cortando cerdas ao javali, levantou as mãos a Zeus
₂₅₅ e rezou. Todos os Argivos estavam sentados em silêncio,
como é devido, a prestar ouvidos ao rei.

Rezando assim disse, olhando para o vasto céu:

"Que saiba Zeus antes de tudo, mais sublime e melhor dos
deuses,
e a Terra e o Sol e as Erínias, que debaixo da terra
₂₆₀ se vingam dos homens que juram juramentos falsos,
que eu não pus a mão na donzela Briseida,
nem para me unir a ela na cama nem por outra razão,
mas que permaneceu honrada na minha tenda.
E se alguma parte deste juramento for falsa, que os deuses
₂₆₅ me deem muitos sofrimentos, dos que dão aos perjuros."

Falou; e com o bronze renitente degolou o javali.
E Taltíbio, rodopiando com o corpo, atirou-o
ao mar cinzento, como comida para os peixes.
Aquiles assim falou entre os belicosos Argivos:

₂₇₀ "Zeus pai, grande é a obnubilação que dás aos homens!
Nunca no coração no meu peito teria o Atrida
suscitado a raiva, nem levado a donzela, teimoso,
à minha revelia. Mas porventura quis Zeus
que a muitos Aqueus sobreviesse a morte.
₂₇₅ Ide agora para a refeição, para que nos juntemos na luta."

Assim falou, dissolvendo rapidamente a assembleia.
Os outros se dispensaram, cada um para a sua nau;
mas os magnânimos Mirmidões atarefaram-se com os dons
e levaram-nos para a nau do divino Aquiles.
₂₈₀ Depuseram-nos nas tendas e lá deixaram as mulheres;
e os ágeis escudeiros levaram os cavalos para a pastagem.

CANTO XIX

Porém Briseida, cuja beleza igualava a da dourada Afrodite,
quando viu Pátroclo golpeado pelo bronze afiado,
abraçou-o com um grito ululante e com as mãos
285 lacerou os seus peitos e o pescoço macio e o lindo rosto.
Entre lágrimas assim disse a mulher semelhante às deusas:

"Pátroclo que sempre mais encantaste meu pobre coração!
Vivo te deixei quando parti desta tenda, mas agora
encontro-te morto, ó condutor de homens, ao meu regresso.
290 Deste modo sempre para mim o mal se segue ao mal.
O marido, a quem meu pai e minha excelsa mãe me deram,
vi-o à frente da cidade, golpeado pelo bronze afiado;
e meus três irmãos, que minha mãe dera à luz,
irmãos adorados, todos eles encontraram o dia da morte.
295 Mas tu não me deixaste, quando Aquiles veloz matou
o meu marido e saqueou a cidade do divino Mines,
não me deixaste chorar, mas prometeste que me farias
a esposa legítima do divino Aquiles e que ele me levaria
nas naus para a Ftia, para a festa nupcial dos Mirmidões.
300 Morto te choro sem cessar, tu que foste sempre tão brando."

Assim falou chorando e as mulheres também se lamentaram
por causa de Pátroclo, mas cada uma chorava suas tristezas.
Reuniram-se em torno de Aquiles os anciãos dos Aqueus,
suplicando-lhe que se alimentasse; mas ele recusou-se,
                                                gemendo:

305 "Suplico-vos, se é que algum dos meus amigos me quer
                                                obedecer,
que não me convençais a saciar o meu espírito com comida
e bebida, visto que terrível é a dor que me sobreveio.
Assim permanecerei e aguentarei até o pôr do sol."

Assim falando, mandou embora os outros reis,
310 mas ficaram os dois Atridas e o divino Ulisses;
e Nestor e Idomeneu e o velho cocheiro Fênix,

consolando-o na sua dor intensa; mas a seu espírito nada
consolava, antes que entrasse na boca da guerra sangrenta.
Com a rememoração muito suspirou e assim disse:

315 "Outrora, ó vítima do destino e mais amado dos
                                        companheiros!,
também preparavas tu próprio uma refeição na tenda,
de modo rápido e despachado, quando os Aqueus se
                                        apressavam
a levar a guerra lacrimosa contra os Troianos domadores
                                        de cavalos.
Mas agora jazes aqui golpeado e o meu coração recusa
320 a comida e a bebida (embora estes amigos aqui estejam)
por saudade de ti. Nada de pior poderia eu sofrer,
nem que me viessem dizer que morreu o meu pai,
que está agora na Ftia chorando fartas lágrimas por precisar
deste filho, ao passo que estou entre um povo estrangeiro
325 e combato os Troianos por causa de Helena arrebatada —
nem que fosse meu filho amado que em Esquiro é criado,
se é que ainda vive o divino Neoptólemo.
É que antes eu sentia a esperança no coração de sozinho
morrer longe de Argos apascentadora de cavalos,
330 aqui em Troia, enquanto tu regressarias à Ftia,
para que na escura nau fosses buscar meu filho
a Esquiro e lhe mostrasses tudo o que me pertence,
os meus haveres, os meus servos e o alto palácio.
Agora estou convencido de que Peleu ou morreu
335 ou, se lhe resta ainda algum sopro de vida, está
atormentado pela detestável velhice, sempre à espera
de notícias funestas a meu respeito, quando souber que
                                              morri."

Assim falou, chorando; e os anciãos lamentaram-se também,
lembrados daquilo que cada um deixara em seu palácio.
340 Ao vê-los se compadeceu deles o Crônida;
e logo dirigiu a Atena palavras aladas:

CANTO XIX

"Minha filha, abandonas de todo o teu homem!
No teu espírito já lugar não há para Aquiles?
Ele que junto das naus de chifres direitos está sentado,
₃₄₅ chorando o companheiro amado; e enquanto os outros
foram jantar, está ele votado ao jejum e à abstinência.
Mas vai agora tu e destila no seu peito o néctar
e a aprazível ambrosia, para que a fome não lhe sobrevenha."

Assim dizendo, incitou Atena, já desejosa de partir.
₃₅₀ Como uma ave marinha de longas asas e voz penetrante
se lançou do céu através do éter. Entretanto os Aqueus
armavam-se depressa por todo o exército. Porém ela
no peito de Aquiles destilou néctar e a aprazível ambrosia,
para que a fome desagradável não lhe sobreviesse aos
                                                membros.
₃₅₅ Ela própria partiu para o palácio robusto de seu pai
                                                poderoso,
enquanto os Aqueus se entornavam das naus velozes.

Tal como quando esvoaçam cerrados os flocos de neve de
                                                Zeus,
frígidos, sob a rajada do Bóreas oriundo do éter —
assim cerrados os elmos de brilho resplandecente
₃₆₀ saíam das naus e os escudos ornados de bossas
e as maciças couraças e as lanças de freixo.
O fulgor chegou ao céu e toda a terra sorriu
devido ao brilho do bronze; e surgiu um estampido
dos pés dos homens; e no meio deles se armou o divino
                                                Aquiles.
₃₆₅ Rangia os dentes e ambos os olhos brilhavam
como labaredas de fogo; e no coração entrou
uma dor impossível de suportar. Furibundo contra os
                                                Troianos,
envergou os dons do deus, que Hefesto fabricara com seu
                                                esforço.

Primeiro protegeu as pernas com as belas cnêmides,
370 adornadas de prata na parte ajustada ao tornozelo.
Em segundo lugar protegeu o peito com a couraça.
Aos ombros pôs uma espada de bronze com adereços
prateados; em seguida o escudo, possante e resistente,
agarrou, cujo brilhou se espalhava ao longe como o da lua.

375 Tal como quando aos marinheiros aparece a chama
do fogo ardente, que arde no alto de uma montanha
num ermo redil, mas as rajadas à sua revelia os levam
sobre o mar piscoso para longe dos que lhes são queridos —
assim do escudo de Aquiles a chama chegou ao céu,
380 escudo belo e bem trabalhado. Pegando no elmo pesado,
posicionou-o na cabeça. Brilhou como uma estrela o elmo
com crinas de cavalo, e à sua volta se agitavam os penachos
dourados, que Hefesto colocara cerrados à volta do elmo.
Experimentou-se então a si próprio nas armas o divino
Aquiles,
385 a ver se lhe serviam e se ágeis se mexiam seus membros
gloriosos.
Como asas lhe serviam as armas: levantavam o pastor do
povo!
Do estojo em forma de flauta tirou a lança paterna,
pesada, imponente, enorme. Nenhum outro dos Aqueus
a conseguia brandir; só Aquiles sabia como brandir
390 a lança de freixo do Pélion, que a seu pai dera Quíron,
do píncaro do Pélion, para a carnificina de heróis.
Automedonte e Álcimo apressaram-se a atrelar
os cavalos: puseram-lhes as belas correias e os freios
lhes lançaram nas mandíbulas e esticaram as rédeas
395 atrás do carro articulado. Agarrou com a mão no luzente
chicote que bem se lhe ajustava e saltou para o carro
Automedonte; por trás subiu Aquiles, armado,
refulgente nas suas armas como o luzente Hipérion.
Com um grito medonho se dirigiu aos cavalos de seu pai:

400 "Xanto e Bálio, famigerados filhos de Podarga!
De outra maneira pensai em trazer salvo o vosso cocheiro
para cá da chusma dos Dânaos, quando nos saciarmos da
                guerra,
e não o deixeis lá morto, como fizestes com Pátroclo!"

Respondeu-lhe debaixo do jugo o cavalo de céleres patas,
405 Xanto; de repente baixara a cabeça e toda a crina caía
solta da coleira junto do jugo até tocar no chão.
De fala o dotara a deusa, Hera de alvos braços:

"Pois desta vez te salvaremos, ó possante Aquiles.
Mas perto está já o dia em que morrerás. Culpados não
410 seremos nós, mas um deus poderoso e o Fado tremendo.
Não foi por causa da nossa lentidão ou preguiça
que os Troianos conseguiram arrancar as armas de Pátroclo;
foi o melhor dos deuses, a quem Leto deu à luz,
que o matou entre os dianteiros, dando a glória a Heitor.
415 Pela nossa parte correríamos com o sopro do Zéfiro,
que segundo se diz é o mais veloz dos ventos. A ti está fadado
que por um deus e por um homem sejas à força subjugado."

Depois que assim falou, as Erínias privaram-no da fala.
Muito agitado lhe respondeu então Aquiles de pés velozes:

420 "Xanto, por que predizes a minha morte? Não é preciso.
Eu próprio bem sei que é meu destino aqui morrer,
longe de meu pai amado e de minha mãe. Mas nem assim
desistirei, antes que da guerra eu tenha fartado os Troianos."

Falou; e com um grito conduziu os corcéis de casco não
                fendido.

Canto XX

Deste modo junto das naus recurvas envergaram as armas
à tua volta, ó filho de Peleu insaciável no combate, os Aqueus.
E o mesmo fizeram os Troianos na inclinação da planície.

Porém Zeus ordenou a Têmis que convocasse os deuses
5 para a assembleia na falda do Olimpo de muitas escarpas.
Por todo o lado se apressou e mandou que viessem à casa
de Zeus.
Nenhum dos rios se absteve de vir, à exceção do Oceano,
nenhuma das ninfas que os belos bosques habitam
e as nascentes dos rios e os prados atapetados de relva.
10 Ao chegarem à casa de Zeus que comanda as nuvens
sentaram-se entre as colunas polidas, que para Zeus pai
forjara Hefesto com perícia excepcional.

Assim se reuniram na mansão de Zeus. O Sacudidor da Terra
não desobedecera à deusa, mas emergira do mar para
junto deles.
15 Sentou-se no meio dos deuses e indagou acerca do plano
de Zeus:

"Por que razão, Senhor do Trovão, convocaste o concílio
dos deuses?
Será que intentas alguma coisa em relação a Aqueus e
Troianos?

Pois neste momento se lhes ateou a guerra de que estão já perto."

Respondendo-lhe assim falou Zeus que comanda as nuvens:
"Percebeste, ó Sacudidor da Terra, a intenção no meu peito, as coisas
por que vos convoquei. Eles preocupam-me, embora vão morrer.
Todavia pela minha parte aqui permanecerei sentado numa falda
do Olimpo, donde ficarei a ver para deleite do meu espírito.
Mas ide vós outros, até que chegueis a Troianos e Aqueus,
e prestai auxílio a ambos os lados, consoante aprouver a cada um.
É que se Aquiles combater isolado contra os Troianos,
nem de forma exígua conseguirão reter o veloz Pelida.
Antes até já costumavam tremer só de o verem!
Mas agora que tem o coração em raiva terrível por causa do amigo,
receio que, além do que está destinado, ele arrase a muralha da cidade."

Assim falou o Crónida e levantou a guerra incessante.
Para a guerra foram os deuses, de espírito dividido.
Hera foi para a conglomeração das naus com Palas Atena
e Posêidon, Sacudidor da Terra, e o Auxiliador
Hermes, que a todos supera nas manhas do espírito.
Hefesto foi com eles, exultando na sua força,
coxeando; mas as pernas por baixo dele eram ágeis.

Mas para os Troianos foram Ares do elmo faiscante,
e com ele Febo da intonsa cabeleira e Ártemis a arqueira;
e Leto e Xanto e Afrodite, a deusa dos sorrisos.

Enquanto os deuses se mantiveram longe dos homens,
eram os Aqueus que venciam, porque Aquiles

se mostrara, ainda que havia muito se abstivesse da luta
dolorosa.
Mas aos Troianos deslassou os membros o pávido tremor,
45 apavorados, quando viram o Pelida de pés velozes
refulgente nas suas armas, igual de Ares flagelo dos mortais.
Porém quando os Olímpios chegaram à turba dos homens,
saltou a forte Discórdia, incitadora das hostes; e Atena gritou,
ora de pé junto da vala escavada fora da muralha,
50 ora gritava alto junto das praias de rouco bramido.
Do outro lado gritava Ares, semelhante a um negro furacão,
ora em voz alta aos Troianos do alto da cidadela,
ora correndo junto do Simoente para as bandas de
Calicolone.

Deste modo os deuses bem-aventurados ambos os lados
55 incitaram a colidir; e entre eles fizeram irromper pesada
discórdia.
Terrivelmente trovejou o pai dos homens e dos deuses
das alturas; e debaixo deles fez Posêidon tremer
a ampla terra e os píncaros escarpados das montanhas.
Todos os sopés tremeram do Ida de muitas fontes e todos
60 os cumes; tremeram a cidade dos Troianos e as naus dos
Aqueus.
Aterrorizou-se nas profundezas Hades, senhor dos mortos;
com o medo saltou do trono e berrou, não fosse acontecer
que Posêidon, Sacudidor da Terra, fendesse o solo
e sua morada ficasse visível aos homens e aos deuses,
65 morada medonha e bafienta, que os deuses odeiam.
Tal era o barulho surgido à entrada dos deuses no combate.

Pois frente a frente contra o soberano Posêidon
estava Febo Apolo, com suas setas aladas;
contra Ares Eniálio estava a deusa, Atena de olhos
esverdeados;
70 contra Hera se posicionou a caçadora das flechas douradas,
Ártemis a arqueira, irmã do deus que age de longe;

CANTO XX

contra Leto se posicionou o forte Auxiliador, Hermes;
e contra Hefesto, o grande rio de fundos redemoinhos,
a quem os deuses chamam Xanto, mas os homens,
                                              Escamandro.

75 Deste modo contra os deuses saíram os deuses. Mas Aquiles
queria sobretudo defrontar Heitor Priâmida na multidão:
era sobretudo com o sangue de Heitor que o coração
lhe ordenava fartar Ares, guerreiro do escudo de boi.
Porém Apolo estimulou Eneias, incitador das hostes,
80 a defrontar o Pelida, e nele insuflou grande força.
À voz de Licáon, filho de Príamo, assemelhou a sua voz;
e com o aspecto dele assim falou Apolo, filho de Zeus:

"Ó Eneias, conselheiro dos Troianos, onde estão as
                                                  jactâncias,
que bebendo teu vinho lançavas aos príncipes dos Troianos,
85 de que irias combater frente a frente com Aquiles, o Pelida?"

Respondendo-lhe assim retorquiu Eneias:
"Priâmida, por que razão me dizes a mim, que não o quero,
que combata frente a frente com o presunçoso Pelida?
Não será a primeira vez que defronto Aquiles de pés velozes,
90 mas já antes ele me assarapantou com a lança
do Ida, quando investiu contra as nossas manadas
e arrasou Lirnesso e Pédaso. Porém Zeus salvou-me,
ele que estimulou a minha força e tornou velozes os meus
                                                      joelhos.
Se assim não fosse teria sido subjugado às mãos de Aquiles
                                                    e Atena,
95 ela que foi à frente dele e lá colocou a sua luz, dizendo-lhe
para matar com a lança de bronze Léleges e Troianos.
Por isso não é possível a nenhum homem enfrentar Aquiles,
pois a seu lado tem ele sempre um deus, que afasta a
                                                  desgraça.
De si próprio voa o seu dardo, que não desiste até que

penetre a carne de um homem. No entanto se um deus
quisesse estender o termo da guerra equitativa, facilmente
ele não me venceria, nem que dissesse ser todo feito de
bronze."

Respondendo-lhe assim falou o soberano Apolo, filho de
Zeus:
"Ó herói, reza então tu aos deuses que são para sempre.
Pois de ti dizem que nasceste de Afrodite, filha de Zeus,
ao passo que ele nasceu de uma deusa menor.
Tua mãe é filha de Zeus; a mãe dele, filha do Velho do Mar.
Leva contra ele o bronze renitente, nem deixes que de todo
ele te demova com ameaças e palavras insultuosas."

Assim dizendo, insuflou grande força no pastor do povo.
Atravessou as fileiras dianteiras armado de bronze cintilante.
Mas o filho de Anquises a Hera de alvos braços não passou
despercebido, ao defrontar o Pelida na chusma de homens.
A deusa reuniu os deuses e no meio deles assim disse:

"Considerai agora vós, ó Posêidon e Atena,
nos vossos espíritos, como se passarão esses atos.
Eneias, que aqui vedes, avança armado de bronze cintilante
contra o Pelida; foi Febo Apolo que o enviou.
Mas pela nossa parte repulsemo-lo para trás.
Ou então que depois um de nós se coloque ao lado
de Aquiles e lhe confira força inumana, para que nada
lhe falte de ânimo e saiba que o estimam os melhores
dos imortais e que de umas quantas rajadas de vento
não passam os que antes defenderam os Troianos da guerra.
Todos os que descemos do Olimpo participamos
deste combate, para que hoje entre os Troianos Aquiles
nada sofra. Depois sofrerá o que o Fado lhe fiou
à nascença, quando a mãe o deu à luz.
Se Aquiles não for informado destas coisas por voz divina,
sentirá medo depois, quando algum deus se lhe opuser

CANTO XX

na batalha: tremendos são os deuses quando aparecem às claras."

Respondendo-lhe assim falou Posêidon, Sacudidor da Terra:
"Hera, não te enfureças além da razão. Não tens necessidade.
Eu não quereria que puséssemos em conflito os deuses
contra nós, os outros, visto que somos muito superiores.
Mas pela nossa parte afastemo-nos e sentemo-nos fora do caminho
numa atalaia; a guerra é aos homens que compete.
Porém se Ares ou Febo Apolo derem início à luta
ou se impedirem Aquiles e não o deixarem combater,
então que surja também da nossa parte o conflito
da refrega. E penso que rapidamente se separarão
e voltarão ao Olimpo para a reunião dos deuses,
subjugados forçosamente pelas nossas mãos."

Assim falando, abriu caminho o deus de cabelos azuis
até a muralha amontoada do divino Héracles,
a alta muralha que para ele os Troianos e Palas Atena
haviam construído para que lá se abrigasse do famoso cetáceo,
quando o monstro marinho o perseguiu da praia até a planície.
Foi aí que se sentaram Posêidon e os outros deuses,
e em volta dos ombros puseram uma nuvem opaca.
Os deuses do outro lado sentaram-se nas faldas de Calicolone
em torno de ti, ó Febo arqueiro, e de Ares, saqueador de cidades.
Assim ficaram sentados, cada um do seu lado, congeminando
planos; porém ambas as partes se recusavam a iniciar
a guerra dolorosa; mas Zeus sentado nas alturas a ordenara.

Toda a planície se enchera de homens e de cavalos
e refulgia de bronze. A terra ressoava debaixo dos pés,
ao embaterem uns contra os outros. Dois homens excelentes

encontraram-se no meio das duas hostes, desejosos de
>combater:
160 Eneias, filho de Anquises, e o divino Aquiles.
Eneias foi o primeiro a avançar com intento ameaçador,
agitando o elmo pesado. Um escudo robusto segurava
à frente do peito e brandia a lança de bronze.
Por seu lado o Pelida atirou-se a ele como um leão
165 esfomeado que ávidos de matar estão os homens
reunidos, todo o povo: num primeiro momento o leão
segue o seu caminho, indiferente; mas após um dos mancebos
o ter atingido com a lança, agacha-se de boca aberta, com
>os dentes
cheios de espuma e geme-lhe no peito o coração valente;
170 com a cauda fustiga os flancos e as costelas, incitando-se
a si próprio a combater; e com os olhos cada vez mais claros
lança-se com força em linha reta, quer seja ele a matar
um dos homens, ou seja ele morto na multidão da frente —
assim a Aquiles incitaram a força e o ânimo orgulhoso
175 a sair para lutar frente a frente com o magnânimo Eneias.
Mas quando já estavam perto, avançando um contra o outro,
o primeiro a falar foi o divino Aquiles de pés velozes:

"Eneias, por que razão saíste tão longe da multidão para me
enfrentares? Será que o coração te manda combater contra
>mim,
180 na esperança de entre os Troianos domadores de cavalos
>da honraria
de Príamo te assenhoreares? Porém nem que me matasses,
não seria por isso que Príamo te poria tal prêmio nas mãos.
Pois ele tem filhos, além de que tem juízo e não está demente.
Ou será que os Troianos te demarcaram um domínio
>senhorial
185 superior aos outros: terra de pomares e lavoura, para nela
>habitares,
no caso de me matares? Porém eu penso que dificilmente
>o farás.

CANTO XX

    Pois declaro que já outra vez te assustei com a minha lança.
Não te lembras da ocasião em que estavas só e te pus a fugir
dos bois, a correr com pés velozes das montanhas do Ida
190 a toda a velocidade? Nesse dia fugiste sem olhar para trás.
Dali fugiste para Lirnesso, mas eu arrasei a cidade,
auxiliado por Atena e por Zeus pai; levei as mulheres
como cativas e tirei-lhes o dia da liberdade.
Pela tua parte, foste salvo por Zeus e pelos outros deuses.
195 Mas não penso que hoje te salvará, crença que meteste
na cabeça. Sou eu que te digo para voltares de novo
para a multidão. Não te ponhas à minha frente,
ou sofrerás algum mal. Até os tolos percebem fatos."

    Respondendo-lhe assim falou em seguida Eneias:
200 "Pelida, não esperes assustar-me com palavras
como se eu fosse uma criança: eu próprio bem sei
proferir injúrias e insultos vergonhosos.
Conhecemos a linhagem um do outro, os progenitores;
ouvimos os cantos épicos antigos de homens mortais.
205 Mas com a vista nunca tu viste meus pais nem eu os teus.
Dizem que tu és filho do irrepreensível Peleu,
e que tua mãe é Tétis de belas tranças, filha do mar.
Porém eu declaro como filho do magnânimo Anquises
ter nascido e que minha mãe é Afrodite.
210 Destes uns ou outros o filho amado lamentarão
hoje; pois afirmo que não é com palavras infantis
que nos separaremos para depois regressarmos da batalha.
Mas se quiseres, ouve também isto, para que bem saibas
a minha linhagem; aliás há muitos homens que a sabem.
215 Zeus que comanda as nuvens gerou primeiro Dárdano,
que fundou a Dardânia, pois a sacra Ílion não tinha ainda
sido construída na planície como cidade de homens
                                                                                            mortais,
mas ainda habitavam as faldas do Ida de muitas fontes.
Dárdano por sua vez gerou o rei Erictônio,
220 que se tornou o mais rico dos homens mortais.

Três mil cavalos tinha ele nas pastagens,
éguas que se regozijavam com seus tenros poldros.
Destas enquanto pastavam se enamorou o Bóreas
e cobriu-as assemelhando-se a um garanhão de crinas
azuis.
225 As éguas emprenharam e pariram doze poldras,
as quais ao saltitarem sobre a terra dadora de cereais
corriam sobre o grão cimeiro das espigas sem as quebrar;
e quando saltavam sobre o vasto dorso do mar
corriam por cima das ondas do mar salgado.
230 Erictônio gerou Trós como soberano dos Troianos;
e de Trós nasceram três filhos irrepreensíveis:
Ilo e Assáraco e o divino Ganimedes,
ele que foi o mais belo de todos os homens mortais.
Arrebataram-no os deuses para servir o vinho a Zeus
235 por causa da sua beleza, para que vivesse entre os imortais.
Ilo gerou como filho o irrepreensível Laomedonte;
e Laomedonte gerou Titono e Príamo
e Lampo e Clício e Hiquetáon, vergôntea de Ares.
Assáraco gerou Cápis e este gerou Anquises.
240 E Anquises gerou-me a mim; Príamo, Heitor divino.
Ora desta linhagem e deste sangue afirmo provir.
Quanto ao valor, é Zeus que para os homens o aumenta
ou diminui, conforme entende; pois ele é superior a todos.
Mas não fiquemos aqui dizendo estas coisas como crianças,
245 parados no meio do aterrador combate.
Ambos teríamos muitos insultos a proferir, muitos mesmo;
nem uma nau de cem bancos lhes carregaria o peso.
Ágil no linguajar é a língua dos homens; e discursos há
muitos,
de todos os gêneros: grande é o alcance das palavras aqui
e ali.
250 Seja qual for a palavra que disseres, essa mesma ouvirás.
Mas por que razão temos necessidade de com insultos e
injúrias
nos injuriarmos um ao outro, como se fôssemos mulheres?

CANTO XX

Elas que depois de se enfurecerem em conflito devorador
                                                              da alma
saem para o meio da rua a injuriarem-se umas às outras,
com muitas palavras verdadeiras e falsas. É a raiva que as
                                                              impele.
Mas a mim que estou ávido de combater não me desviarás
com palavras, antes que tenhamos pelejado com o bronze.
Ponhamo-nos rapidamente à prova com as lanças de
                                                         brônzea ponta!"

Falou; e contra o escudo terrível e medonho de Aquiles
                                                              arremessou
a lança possante; o grande escudo ressoou em torno da lança.
O Pelida com mão firme segurou o escudo à sua frente,
temeroso: é que receava poder a lança de longa sombra
do magnânimo Eneias facilmente penetrar o escudo —
estulto!, pois não sabia no espírito e no coração
que não é facilmente que os gloriosos presentes dos deuses
são por homens mortais domados ou levados a ceder.
Desta vez a lança potente do fogoso Eneias não penetrou
o escudo, pois o ouro a reteve, oferenda do deus.
Porém penetrou duas camadas, só que havia ainda mais três,
pois cinco eram as camadas que forjara o deus de pé manco:
duas de bronze, mais duas interiores de estanho,
e uma de ouro, devido à qual foi retida a lança de freixo.

Em seguida arremessou Aquiles a sua lança de longa sombra
e atingiu o escudo de Eneias, equilibrado de todos os lados,
sob o rebordo exterior, onde o bronze corria finíssimo
e finíssima era a camada de pele de boi. A lança de freixo
do Pélion penetrou logo e o escudo ressoou debaixo dela.
Eneias atemorizou-se e longe de si segurou o escudo,
receoso; e a lança passou por cima dele e na terra
ficou espetada, furiosa, tendo rasgado duas camadas
do escudo protetor. E Eneias, tendo escapado à lança
                                                              comprida,

pôs-se de pé e um sofrimento incomensurável se derramou
sobre os seus olhos, pois ficara amedrontado porque
estava a lança
ali tão perto. Mas Aquiles desembainhou a espada afiada
e atirou-se
285 a ele, com um grito medonho. Eneias agarrou com a mão
numa pedra, feito sobre-humano! Era uma pedra que nem
dois homens
levariam, dos que hoje existem. Mas facilmente ele a
levantou, só.
Então Eneias, lançado, tê-lo-ia atingido com a pedra,
ou no elmo ou no escudo que dele afastara a funesta
desgraça,
290 e o Pelida em renhida peleja teria privado Eneias da vida,
se rápido não tivesse se apercebido Posêidon, Sacudidor da
Terra.
E de imediato dirigiu estas palavras aos deuses imortais:

"Ah, que sofrimento o meu pelo magnânimo Eneias!
Ele que rapidamente subjugado pelo Pelida descerá ao Hades,
295 por ter se deixado convencer por Apolo que atinge de longe,
estulto!, pois o deus não afastará dele a funesta desgraça.
Mas por que razão deve ele, homem sem culpa, sofrer dores
em vão por causa de sofrimentos que são de outros, ele
que sempre
ofereceu presentes aos deuses que o vasto céu detêm?
300 Que seja conduzido então por nós para longe da morte,
para que não se enfureça o Crônida, se Aquiles
o matar. Pois está fadado que ele sobreviva à guerra,
para que desprovida de esperma não pereça a raça de
Dárdano,
a quem o Crônida amou mais do que todos os filhos,
305 que lhe foram gerados por mulheres mortais.
Entretanto o Crônida pôs-se a odiar a raça de Príamo;
e agora será a Força de Eneias a reger os Troianos,
assim como os filhos de seus filhos, que de futuro nascerão."

CANTO XX

A ele respondeu Hera rainha com olhos de plácida toura:
310 "Sacudidor da Terra, decide tu próprio em teu coração
a respeito de Eneias, se o salvarás, ou se permitirás
que ele pelo Pelida Aquiles seja subjugado, valente embora
seja.
Na verdade nós ambas muitos juramos
entre os deuses imortais, eu e Palas Atena,
315 de jamais afastar dos Troianos o dia da desgraça,
nem mesmo quando Troia toda estiver a arder em fogo
devorador, fogo esse ateado pelos belicosos filhos dos
Aqueus."

Assim que isto ouviu Posêidon, Sacudidor da Terra,
entrou por entre a refrega e o arremesso de lanças
320 e chegou onde estavam Eneias e o glorioso Aquiles.
Imediatamente derramou uma neblina sobre os olhos
do Pelida Aquiles. Quanto à lança de freixo, bem provida
de bronze, tirou-a do escudo do magnânimo Eneias
e posicionou-a logo à frente dos pés de Aquiles.
325 Mas arrebatando Eneias no ar, levantou-o da terra:
por cima de muitas falanges de homens e de cavalos
saltou Eneias, levado pela mão do deus,
e chegou ao limite derradeiro da guerra dolorosa,
lá onde os Caucones se armavam para a batalha.
330 Aproximou-se dele Posêidon, Sacudidor da Terra,
e falando dirigiu-lhe palavras aladas:

"Eneias, qual dos deuses te ordena a ti, desvairado,
que combatas contra o presunçoso Pelida?
Ele que é mais forte e mais querido dos deuses imortais?
335 Não, arrepia caminho quando te defrontares com ele,
para que além do fado não entres na mansão de Hades.
Porém quando Aquiles encontrar a morte e o destino,
então poderás ganhar coragem e combater entre os
dianteiros.
Pois nenhum outro dos Aqueus poderá matar-te."

340 Assim dizendo, deixou-o ali, depois que tudo lhe explicara.
Logo em seguida dispersou a neblina sobrenatural dos
                                                             olhos
de Aquiles. Ele fixou intensamente a vista com os olhos
e agitado assim disse ao seu magnânimo coração:

"Ah, foi grande o prodígio que viram os meus olhos!
345 A minha lança jaz aqui sobre a terra, mas nenhum homem
eu vejo, contra quem eu a arremessei, ávido de o matar.
Na verdade, também Eneias pelos deuses imortais
é amado, embora eu pensasse que tivesse se ufanado em vão.
Que siga o seu caminho. Não terá ânimo de novamente
350 me pôr à prova, contente como está agora de ter fugido à
                                                             morte.
Mas vá! Depois de chamar pelos Dânaos amantes da guerra,
sairei para pôr à prova alguns dos outros Troianos."

Disse e saltou para o meio das fileiras, ordenando a cada um:
"Não vos mantenhais longe dos Troianos, ó divinos Aqueus!
355 Mas que homem vá contra homem, ávido de combater!
Difícil é para mim, por mais valente que eu seja,
enfrentar tantos homens e combater contra todos.
Nem Ares, que é deus imortal, nem Atena controlaria
e aguentaria as mandíbulas de uma refrega destas!
360 Mas tanto quanto eu puder alcançar com mãos e pés
e força, afirmo eu que não cederei nem exiguamente;
mas atravessarei a eito a fileira deles; e não penso que se
                                                            alegrará
nenhum dos Troianos que chegar perto da minha lança."

Assim falou para os encorajar. E aos Troianos o glorioso
                                                           Heitor
365 chamou com um grito e declarou que ia enfrentar Aquiles:
"Troianos de elevado ânimo, não tenhais medo do Pelida!
Com palavras também eu combateria até contra os deuses
                                                           imortais!

Mas com a lança é mais difícil, visto que são muito mais fortes.
Aquiles não fará cumprir todas as suas palavras,
370 mas cumprirá uma parte, ficando a outra por cumprir.
Para o enfrentar sairei, ainda que ao fogo se assemelhem suas mãos:
e se ao fogo se assemelham as mãos, a força é ao ferro faiscante!"

Assim falou para os encorajar. E defronte ergueram as lanças
os Troianos. Confusa se misturou a fúria e levantou-se a grita.
375 Foi então que a Heitor disse Febo Apolo, aproximando-se:
"Heitor, de forma alguma combatas contra Aquiles,
mas aguarda-o na multidão e no clamor do combate,
para que contra ti ele não arremesse ou desfira um golpe."

Assim falou; e Heitor voltou de novo para a chusma de homens,
380 receoso, quando ouviu a voz do deus que lhe falava.
Aquiles atirou-se aos Troianos com o espírito vestido de força
e gritou de modo medonho. Primeiro matou Ifítion,
valente filho de Otrinteu, condutor de numerosas hostes,
a quem uma náiade dera à luz para Otrinteu saqueador de cidades
385 debaixo do Tmolo coberto de neve, na terra fértil de Hida.
Arremetendo contra ele atingiu-o com a lança o divino Aquiles
no meio da cabeça e todo o crânio se partiu em dois.
Tombou com um estrondo e sobre ele exultou o divino Aquiles:

"Jaz, ó filho de Otrinteu, mais temível dos homens!
390 Aqui tiveste a tua morte, porém o nascimento foi
no Lago Gigeu, onde fica o domínio dos teus antepassados,
em Hilo piscoso e no Hermo cheio de redemoinhos."

Assim falou, ufano; mas a escuridão cobriu os olhos do outro,
cujo corpo foi massacrado pelas rodas dos carros dos Aqueus
na refrega dianteira. Depois dele Aquiles matou Demoleonte,
valente baluarte da batalha, filho de Antenor,
penetrando-lhe a testa através do elmo com bocetes de bronze.
Porém o elmo de bronze não reteve a lança, mas através dele
penetrou a ponta e estilhaçou o osso. Os miolos por dentro
ficaram todos borrifados; e assim subjugou quem contra ele arremetia.
Em seguida a Hipodamante, quando saltava do carro
para fugir à sua frente, atingiu nas costas com a lança.
Ao expirar o ânimo saiu-lhe um bramido, como o bramido do touro
arrastado em torno do altar do soberano de Hélice,
quando o arrastam mancebos, para gáudio do Sacudidor da Terra:
assim bramiu ele quando o espírito altivo lhe deixou os ossos.

Porém Aquiles perseguiu com a lança o divino Polidoro,
filho de Príamo, a quem o pai não deixava combater,
porquanto entre seus filhos era ele o mais novo
e por ele era o mais amado; a todos vencia na corrida.
Mas agora na sua estultícia, para exibir a excelência dos pés,
correu por entre os dianteiros até perder a sua vida.
Atingiu-o com o arremesso da lança Aquiles de pés velozes
no meio das costas enquanto corria, onde as pregadeiras
douradas do cinturão se juntavam por baixo da couraça.
A ponta da lança penetrou diretamente o umbigo
e ele tombou de joelhos com um gemido; uma nuvem escura
veio cobri-lo e ao tombar segurava os intestinos nas mãos.

Quando Heitor se apercebeu de que o irmão Polidoro
segurava os intestinos nas mãos, tombado por terra,
uma neblina sobre os seus olhos se derramou. E já não

CANTO XX

aguentou estar longe do combate, mas saiu contra Aquiles
brandindo a lança afiada, qual labareda! Porém Aquiles,
ao vê-lo, logo saltou e proferiu uma palavra ufanosa:

425 "Perto está o homem que mais me feriu o coração,
ele que me matou o amigo honrado. Não será por
mais tempo que nos evitaremos nos diques da guerra."
Falou; e com sobrolho carregado disse ainda ao divino
                Heitor:
"Aproxima-te, para que atinjas depressa os nós do
                morticínio."

430 Mas sem medo lhe deu resposta Heitor do elmo faiscante:
"Pelida, não esperes assustar-me com palavras
como se eu fosse uma criança: eu próprio bem sei
proferir injúrias e insultos vergonhosos.
Sei que tu és valente e que eu próprio sou muito mais fraco.
435 Mas estas coisas assentam sobre os joelhos dos deuses,
se eu embora mais fraco te privarei da vida com o arremesso
da lança, já que anteriormente afiada se revelou a minha
                arma."

Assim dizendo, apontou e arremessou a lança, mas Atena
com um sopro a desviou para trás do glorioso Aquiles,
440 respirando ao de leve. A lança voltou para o divino Heitor
e caiu-lhe à frente dos pés. Porém Aquiles atirou-se
a ele furiosamente, ávido de o matar, emitindo um berro
medonho. Mas Apolo arrebatou Heitor assaz facilmente,
como é próprio de um deus, e ocultou-o em denso nevoeiro.
445 Três vezes se lançou em seguida o divino Aquiles de pés
                velozes
com a brônzea lança; três vezes deu estocadas no fundo
                nevoeiro.
Mas quando pela quarta vez contra ele se lançou como
                um deus,
deu um grito terrível e proferiu palavras aladas:

"De novo fugiste da morte, ó cão! Mas deveras perto de ti
450 chegou a desgraça. Agora mais uma vez te salvou Febo
Apolo,
a quem deves rezar quando te metes entre o arremesso de
lanças.
Mas na verdade acabarei contigo da próxima vez que te
encontrar,
se porventura comigo algum dos deuses estiver como
auxiliador.
Agora irei novamente atrás de outros, de quem me surgir
à frente."

455 Disse e atingiu Dríops no pescoço com uma estocada da
lança.
Ele caiu-lhe à frente dos pés. Mas Aquiles deixou-o jazente
e acabou com Demuco, filho de Filector, homem alto e forte,
atingindo-o no joelho com a lança. Seguidamente desferiu-lhe
um golpe com a espada possante e privou-o da vida.
460 Lançou-se depois contra Laógono e Dárdano, filhos de
Biante:
atirou ambos ao chão do carro de cavalos
e a um atingiu com a lança; ao outro, com a espada.

Porém Trós, filho de Alastor, veio agarrar-lhe os joelhos,
na esperança de que ele o tomasse e deixasse vivo,
465 não o matando por compaixão para com um jovem coetâneo,
estulto!, pois uma coisa ele não sabia: convencê-lo não
conseguiria.
É que de coração doce e de espírito brando não era aquele
homem,
mas feroz! Ora Trós abraçou-lhe os joelhos com os braços,
desejoso
de lhe dirigir súplicas. Mas Aquiles enterrou-lhe a espada
no fígado.
470 Para fora lhe deslizou o fígado e o negro sangue que dele
provinha

encheu-lhe o peito. A escuridão cobriu-lhe os olhos quando
a vida lhe faltou. Porém Aquiles aproximou-se de Múlio
e golpeou-o no ouvido. Através do outro ouvido atravessou
a ponta de bronze. Depois ao filho de Agenor, Équeclo,
475 atingiu em pleno na cabeça com a espada provida de punho
e todo o gume ficou quente de sangue. Sobre os olhos
do outro desceu a morte purpúrea e o fado poderoso.

A Deucalião seguidamente, onde se juntam os tendões
do cotovelo, foi aí que o penetrou através do braço
480 com a ponta de bronze. Mas ele aguentou de braço pesado,
olhando a morte de frente. Aquiles desferiu-lhe no pescoço
um golpe com a espada, atirando para longe a cabeça com
                                                                               o elmo.
O tutano jorrou da coluna vertebral, o corpo estatelado
                                                                               no chão.

Mas Aquiles foi atrás do filho irrepreensível de Peires,
485 Rigmo, ele que viera da Trácia de férteis sulcos.
Com um arremesso da lança o atingiu no meio do corpo
e no seu ventre se fixou o bronze. Caiu do carro.
Enquanto o escudeiro Arítoo virava os cavalos,
Aquiles trespassou-lhe as costas
com a lança afiada, atirando-o do carro.
Os cavalos desataram a correr, tresloucados.

490 Tal como quando nas fundas clareiras de uma sedenta
                                                                            montanha
lavra um fogo assombroso, e toda a floresta profunda arde
e em todas as direções o vento faz rodopiar as chamas —
assim com a lança por toda a parte corria Aquiles como
                                                                           um deus,
pressionando os que chacinava. E a terra corria negra de
                                                                                sangue.

495 Tal como quando alguém atrela touros de amplas frontes

para pisar a branca cevada numa eira bem construída
e depressa
se pisam os grãos debulhados sob os pés dos bois a mugir —
assim os cavalos de casco não fendido do magnânimo Aquiles
pisaram tanto cadáveres como escudos, com todo o eixo
do carro
500 salpicado de sangue por baixo e os rebordos do carro,
pois saltavam contra eles os salpicos das patas dos cavalos
e das rodas. Porém o Pelida continuou em frente para obter
a glória, e de sangue estavam borrifadas suas mãos
invencíveis.

Canto XXI

Ora quando chegaram ao vau do rio de lindíssimo fluir,
o Xanto cheio de redemoinhos, a quem gerara Zeus imortal,
foi aí que Aquiles os dividiu: a uns perseguiu pela planície
até a cidade, aonde os Aqueus espantados tinham fugido
no dia anterior, quando desvariava o glorioso Heitor.
Para lá se entornavam em debandada; e Hera espalhou à
                                                frente
deles cerrado nevoeiro para os impedir. Mas a outra
                                                metade era
empurrada para as fundas correntes do rio de prateados
                                                torvelinhos.
Para lá se atiraram com grande estrondo; ecoaram as
                                                correntes
que fluíam a pique e os barrancos em derredor ressoaram.
                                                Aos berros
nadavam eles em várias direções, rodopiando nos
                                                redemoinhos.

Tal como quando sob a investida do fogo voam os
                                                gafanhotos
em fuga para o rio; lavram as labaredas indefectíveis
quando surgem de repente e os insetos caem na água —
assim à frente de Aquiles se encheu de cavalos e homens
a torrente sonora do Xanto de fundas correntes.

Em seguida o herói gerado por Zeus deixou a lança na
ribeira,
inclinada contra um tamarindo, e mergulhou como um deus,
segurando apenas a espada: planejava no espírito
trabalhos ruins.
20 Pôs-se a dar golpes com a espada, às voltas no rio.
Surgiram gritos
pavorosos dos que ele feria; a água ficou vermelha de sangue.
Tal como quando de um golfinho, grande cetáceo, os
demais peixes
fogem para encher os recessos de um porto de bom
ancoradouro,
aterrorizados; pois sofregamente ele devora tudo o que
apanha —
25 assim os Troianos caíram nas correntes terríveis do rio,
sob os barrancos escarpados. E Aquiles, quando se fartou
da matança, tirou vivos do rio doze mancebos:
o preço do morto Pátroclo, filho de Menécio.
Levou-os de lá, assarapantados como gamos,
30 e atou-lhes as mãos atrás com as belas correias
que eles traziam como adereços nas túnicas bem tecidas,
e deu-os aos amigos para os levarem para as naus recurvas.
Depois se lançou de novo, ávido de mais morticínio.

Foi então que deu de cara com um filho de Príamo Dardânio
35 fugindo do rio: Licáon, a quem outrora Aquiles tomara
à força no pomar de seu pai, quando lá caminhava
a meio da noite. O jovem cortava com o bronze afiado
vergônteas de figueira selvagem, rebordo para o seu carro.
De encontro a ele, como ínvio flagelo, surgira o divino
Aquiles.
40 E depois o vendera na bem fundada Lemnos, levando-o
para lá na nau, onde o filho de Jasão pagou o preço por ele.
Mas de lá o resgatara um hóspede paterno por uma fortuna:
Eécion de Imbro, que o mandara para a divina Arisbe.
Porém de lá Licáon fugira às escondidas para casa de seu pai.

CANTO XXI

45 E durante onze dias se dedicara ao prazer com seus amigos,
vindo de Lemnos. Mas ao décimo segundo dia de novo
um deus o lançou nas mãos de Aquiles, que estava prestes
a mandá-lo para o Hades, embora ele não quisesse ir.

Assim que o divino Aquiles de pés velozes viu Licáon
50 nu, sem elmo nem escudo e sem lança na mão
(porque tudo atirara ao chão, pois oprimia-o o suor
quando fugia do rio e o cansaço domava-lhe os joelhos),
agitado assim disse ao seu magnânimo coração:

"Ah, grande é o prodígio que contemplam meus olhos!
55 Na verdade os magnânimos Troianos, que eu matei,
de novo voltarão à vida da escuridão nebulosa,
tal como este escapou ao dia impiedoso, ele que foi
vendido na sacra Lemnos! Nem o reteve a extensão
do mar cinzento, que a muitos engole, contrariados.
60 Mas ele agora vai saborear a ponta da minha lança,
para que eu veja e compreenda no espírito
se de igual modo lá de baixo regressará, ou se o reterá
a terra provedora da vida, ela que até os fortes retém."

Assim refletiu e aguardou. Mas o jovem chegou junto dele
65 assarapantado, desejoso de lhe tocar nos joelhos, pois queria
em seu espírito fugir da morte maligna e do negro destino.
O divino Aquiles levantou bem alto sua lança comprida,
ávido de o penetrar; mas Licáon pôs-se por baixo e
                                                  agarrou-lhe
os joelhos, agachando-se; e a lança passou-lhe por cima
                                                  das costas
70 e ficou espetada na terra, esfomeada de carne de homem.
Então Licáon com uma mão tocou-lhe os joelhos em súplica,
enquanto com a outra agarrava a lança afiada e não a
                                                  largava.
E falando-lhe proferiu palavras aladas:

"Peço-te pelos teus joelhos, ó Aquiles. Respeita-me e tem pena
75 de mim. Perante ti, ó tu criado por Zeus, sou suplicante venerando.
Pois foi à tua mesa que primeiro comi o cereal de Deméter,
no dia em que me tomaste no bem cuidado pomar;
depois me levaste para longe do meu pai e dos meus amigos,
para a sacra Lemnos; lá te fiz lucrar o preço de cem bois.
80 Agora ganhei a liberdade por ter pagado três vezes o meu preço;
e esta é a minha décima segunda aurora, desde que regressei
a Ílion depois de tudo o que sofri. Agora de novo nas tuas mãos
me pôs o fado malévolo. Sou decerto detestado por Zeus pai,
que me dá novamente a ti. Para uma vida curta me deu à luz
85 minha mãe, Laótoa, filha de Altes, o ancião —
Altes, que é rei dos belicosos Léleges,
senhor da íngreme Pédaso no Satnioente.
Príamo desposou sua filha, assim como muitas outras;
mas dele nós dois nascemos, e tu matar-nos-ás aos dois.
90 Ao outro tu mataste entre os peões dianteiros,
ao divino Polidoro, com uma estocada da tua lança.
Agora ao meu encontro virá a morte. Pois não creio
que escaparei das tuas mãos, visto que nelas me pôs um deus.
Mas outra coisa te direi e tu guarda-a no teu espírito:
95 não me mates, pois não nasci do útero donde nasceu Heitor
que matou o teu companheiro, tão bondoso e tão valente."

Assim lhe falou o glorioso filho de Príamo com palavras
de súplica; mas não foi voz branda que ouviu em resposta:
"Tolo! Não me ofereças resgates nem regateies comigo.
100 Antes de a Pátroclo ter sobrevindo o dia do seu destino,
sempre me era mais agradável ao espírito poupar
os Troianos; e muitos levei eu vivos para vender noutro lado.
Mas agora nem um fugirá à morte, de todos os que o deus
me lançar nas mãos à frente das muralhas de Ílion:

CANTO XXI

105 nem um dentre todos os Troianos, muito menos os filhos
de Príamo.
Não, querido amigo: morre tu também. Por que choras
para nada?
Também morreu Pátroclo, que era muito melhor que tu.
E não olhas para mim e não vês como sou alto e belo?
Homem nobre é meu pai e deusa é a mãe que me gerou.
110 Mas também para mim virá a morte e o fado inelutável.
Chegará a aurora, a tarde ou então o meio-dia
em que em combate alguém me privará da vida,
quer atirando a lança ou disparando uma flecha."

Assim falou; e deslassaram-se os joelhos e o coração do
outro.
115 Largou a lança, mas pôs-se de joelhos com ambos os braços
estendidos. Aquiles desferiu-lhe um golpe com a espada
afiada
na clavícula, por baixo do pescoço; e a espada de dois
gumes
penetrou. Prostrado no chão ficou Licáon, estatelado;
seu negro sangue jorrou da ferida e molhou a terra.
120 Porém Aquiles agarrou nele pelo pé e atirou-o ao rio;
e jactante lhe disse palavras aladas:

"Deita-te aí no meio dos peixes, que lamberão o sangue
das tuas feridas, sem quererem saber de ti. Tua mãe
não te porá no leito nem te chorará, mas o Escamandro
125 irá levar-te nos seus redemoinhos até ao amplo regaço do
mar.
Muitos serão os peixes que saltando na onda escura
se lançarão para comer a branca gordura de Licáon.
Morrei, pois, até que cheguemos à sacra Ílion,
vós que agora fugis. Tudo destruirei no vosso encalço.
130 De nada vos servirá o rio de belas correntes de prateados
torvelinhos,
a quem certamente vós sacrificastes numerosos touros,

e vivos nos redemoinhos lançastes cavalos de casco não
fendido.
Mas mesmo assim morrereis uma morte ruim, até que todos
me pagueis a morte de Pátroclo e o sofrimento dos Aqueus,
que chacinastes junto das naus velozes quando longe me
mantive."

Assim falou; e o rio enfureceu-se ainda mais no coração
e cismou no espírito como poderia pôr cobro à labutação
do divino Aquiles e assim afastar dos Troianos a desgraça.
Entretanto o filho de Peleu com sua lança de longa sombra
atirou-se a Asteropeu, desejoso de o matar, a ele
que era filho de Pélegon, a quem gerara o Áxio de amplo
caudal
e Peribeia, a mais velha das filhas de Aquessámeno.
Foi com ela que o rio de fundas correntes se deitou em amor.
Contra ele se lançou Aquiles e Asteropeu saiu do rio
para o enfrentar, com duas lanças na mão. No ânimo lhe
pusera
o Xanto a coragem, furioso por causa dos mancebos mortos,
a quem Aquiles chacinara no rio sem dó nem piedade.
Mas quando já estavam perto, avançando um contra o outro,
o primeiro a falar foi o divino Aquiles de pés velozes:

"Quem és tu e donde vens, tu que ousas enfrentar-me?
Filhos de infelizes são os que se opõem à minha força."

Respondendo-lhe assim falou o glorioso filho de Pélegon:
"Pelida magnânimo, por que queres saber da minha
linhagem?
Venho da Peônia de férteis sulcos, terra longínqua, e sou
comandante dos Peônio com suas lanças compridas.
Esta é a minha décima primeira aurora, desde que cheguei
a Ílion.
Mas minha linhagem provém do Áxio de amplo caudal,
do Áxio cujas águas são as mais belas da terra,

CANTO XXI

ele que gerou Pélegon, famoso pela sua lança. Dizem que ele
160 foi meu pai. Mas agora combatamos, ó glorioso Aquiles!"

Assim falou com voz ameaçadora; mas o divino Aquiles
    elevou
a lança de freixo do Pélion. Porém o herói Asteropeu
    arremessou
ambas as lanças em simultâneo, pois era ambidestro.
Com uma lança acertou no escudo, mas não logrou
165 penetrar, pois reteve-a o ouro, oferenda divina.
Com a outra lança infligiu ao braço direito de Aquiles
uma ferida lacerante; jorrou o negro sangue. Mas a lança
passou por cima dele e fixou-se na terra, esfomeada de carne.
Em seguida contra Asteropeu arremessou Aquiles
170 a sua lança direita de freixo, ávido de o matar.
Mas não o atingiu, acertando no escarpado barranco;
e até metade do seu comprimento se fixou a lança de freixo.
Porém o Pelida desembainhou de junto da coxa a espada
    afiada
e atirou-se a ele furioso; e Asteropeu não conseguiu arrancar
175 do barranco a lança de freixo com sua mão possante.
Três vezes a fez estremecer na sua vontade de a arrancar,
três vezes desistiu do esforço. À quarta vez queria no ânimo
dobrar e quebrar a lança de freixo do Eácida, mas antes
que tal acontecesse aproximou-se Aquiles e matou-o.
180 Desferiu-lhe um golpe no ventre, junto do umbigo; e todas
as vísceras se entornaram no chão. A ele que ofegava veio
a escuridão cobrir-lhe os olhos. Aquiles saltou-lhe para cima
do peito e despojou-o das armas com palavras ufanas:

"Jaz aí assim. Difícil é pelejar contra os filhos do forte
    Crônida,
185 mesmo para alguém cuja linhagem provém de um rio.
Declaraste que eras descendente de um rio de amplo caudal.
Mas eu afirmo ser da linhagem do grande Zeus.
O pai que me gerou é rei dos numerosos Mirmidões:

Peleu, o Eácida. E Éaco foi gerado por Zeus.
190 Tal como mais forte é Zeus do que os rios que murmuram
                                                           até o mar,
mais forte é a linhagem de Zeus do que a dos rios.
Pois aqui junto de ti está um grande rio, se é que ele servirá
de alguma coisa. Não é possível lutar contra Zeus Crônida.
Ao nível dele nem o poderoso Aqueloo se coloca,
195 nem a grande Força do Oceano de fundas correntes,
de quem todos os rios procedem e todo o mar,
todas as fontes e todas as nascentes profundas.
Mas também tem medo do relâmpago do grande Zeus
e de seu terrível trovão, quando irrompe no céu."

200 Assim falou; e do barranco tirou a lança de bronze.
Deixou Asteropeu onde estava, depois de o ter privado da
                                                           vida,
jazente no areal; e a água escura veio molhá-lo.
À volta dele se afadigaram as enguias e os peixes,
arrancando e rasgando a gordura dos seus rins.
205 Porém Aquiles foi atrás dos senhores de carros de combate,
os Peônios, que estavam aterrorizados no rio redemoinhante,
após terem visto o melhor deles em potente combate
a ser subjugado pelas mãos e pela espada do Pelida.
Foi aí que ele matou Tersíloco e Mídon e Astípilo;
210 Mneso e Trásio e Énio e Ofelestes.
E mais Peônios teria o veloz Aquiles chacinado,
se não tivesse se enfurecido o rio de fundos torvelinhos,
assumindo forma humana e fazendo soar uma voz do
                                                           redemoinho:

"Ó Aquiles, aos homens superas na força e no mal que
                                                           praticas.
215 Pois permanentemente os próprios deuses te prestam auxílio.
Se te concedeu o Crônida chacinares todos os Troianos,
ao menos escorraça-os para fora da minha corrente e
                                                           pratica

a carnificina na planície. Minhas correntes amoráveis
                                             estão cheias
de cadáveres, nem consigo derramar minhas águas no mar
                                             divino,
pois está tudo entupido com corpos que tu mataste sem
                                             piedade.
Agora deixa-me em paz. O espanto me domina, ó senhor
                                             das hostes."

Respondendo-lhe assim falou Aquiles de pés velozes:
"Que assim seja, ó Escamandro criado por Zeus, como
                                             ordenas.
Mas não cessarei de chacinar os presunçosos Troianos
até que os tenha encurralado a todos na cidade e posto Heitor
à prova corpo a corpo, a ver se me subjugará, ou eu a ele."

Assim dizendo, arremeteu contra os Troianos como um deus.
E logo a Apolo disse o rio de fundos torvelinhos:

"Ah, Senhor do Arco de Prata, filho de Zeus! Não obedeceste
às ordens do Crônida, que te disse para com afinco protegeres
e estares ao lado dos Troianos, até que sobrevenha a estrela
tardia da tarde e à terra de férteis sulcos cubra a escuridão."

Assim falou; mas Aquiles, famoso pela lança, saltou do
                                             barranco
para o meio do rio que, por sua vez, com rápida corrente
                                             inchada
se atirou contra ele, despertando todas a correntes com
                                             ímpeto
e arrastando os muitos cadáveres no seu leito, mortos por
                                             Aquiles.
E atirou-os para fora, com sonorosos mugidos de touro,
para a terra; e aos vivos salvou nas belas correntes,
escondendo-os nos amplos e fundos torvelinhos.
De forma terrível se elevou sobre Aquiles a onda impetuosa;

a corrente contra seu escudo arrastou-o para trás; não era
possível manter-se de pé. Então agarrou com as mãos num alto
e belo ulmeiro; mas tombou, arrancado pelas raízes, arrastando
toda a ribeira, estendendo-se sobre as belas correntes
²⁴⁵ com a sua abundante folhagem, criando uma ponte sobre o rio,
pois toda a árvore nele caíra. Mas Aquiles emergiu da corrente
e pôs-se a voar em fuga com pés velozes através da planície,
receoso. O grande deus não desistiu, mas levantou-se contra ele
em alta onda de crista escura, para travar no seu esforço
²⁵⁰ o divino Aquiles e para afastar dos Troianos a desgraça.

Mas o Pelida retrocedeu a distância de um arremesso de lança,
com o ímpeto de uma águia negra, ave de rapina caçadora,
que é a mais rápida e mais forte dos pássaros voadores.
Como a águia se precipitou e sobre seu peito o bronze
²⁵⁵ ressoava de modo medonho. Desviava-se do dilúvio
e fugia em frente, mas o rio seguia atrás com rugido descomunal.
Tal como quando da nascente de água escura o jardineiro
desvia a corrente de água para as plantas e canteiros
de enxada na mão, retirando do canal os empecilhos;
²⁶⁰ à medida que flui todos os seixos são arrastados,
e a água sussurrando segue depressa para baixo, descendo
o terreno inclinado até ultrapassar quem a guia —
assim a onda da corrente ultrapassava Aquiles, rápido
embora fosse. Aos homens superiores são os deuses.
²⁶⁵ Quantas as vezes que tentava o divino Aquiles de pés velozes
estacar frente a frente para perceber se todos os imortais
o punham em fuga, todos que o vasto céu detêm,

tantas eram as vezes que a grande onda do rio alimentado
pelo céu
lhe batia de cima nos ombros. E se Aquiles saltava com os
pés,
270 irritado no coração, o rio cansava-lhe os joelhos, fluindo
com violência por baixo, tirando-lhe a terra debaixo dos pés.
O Pelida gemeu e olhou para o vasto céu:

"Zeus pai, como é que nenhum dos deuses me ajuda nesta
miséria
e me salva do rio? Que eu sofra depois o que tiver de sofrer.
275 Para mim nenhum outro dos deuses celestiais é tão culpado
como minha mãe amada, que me enfeitiçou com mentiras.
Ela que me disse que sob a muralha dos Troianos couraçados
eu haveria de morrer por causa das rápidas flechas de Apolo.
Oxalá tivesse sido Heitor a matar-me, o melhor dos
homens de lá:
280 valor teria tido quem matara, valor teria tido quem fora
morto.
Mas agora por uma morte miserável foi decidido que eu fosse
apanhado no grande rio, como um rapazinho tratador de
porcos
a quem arrasta a torrente invernosa que tentou atravessar."

Assim falou; e imediatamente Posêidon e Atena se
aproximaram
285 e se puseram ao seu lado, semelhantes a homens mortais;
seguraram-lhe as mãos e apoiaram-no com palavras.
O primeiro a falar foi Posêidon, Sacudidor da Terra:

"Pelida, não tremas excessivamente nem sintas medo.
Nós somos da parte dos deuses teus coadjuvantes
290 com consentimento de Zeus: eu próprio e Palas Atena.
Não está fadado que tu pereças por causa do rio;
rapidamente ele desistirá e tu próprio o saberás.
Sabiamente te aconselharemos, se nos escutares.

Não faças tuas mãos cessar da guerra maligna, até que dentro
295 das célebres muralhas de Ílion tenhas encurralado a hoste
dos Troianos, que foge de ti. E tu, depois de teres matado
Heitor,
volta de novo para as naus. Conceder-te-emos que ganhes
a glória."

Depois que assim falaram, partiram ambos para junto dos
imortais.
Ele seguiu caminho, muito encorajado pelas palavras dos
deuses,
300 em direção à planície. E todo o terreno estava inundado
de água;
muitas belas armaduras de mancebos dizimados na batalha
e muitos cadáveres flutuavam. Mas alto levantou ele os
joelhos,
avançando direto contra a corrente; e nem o conseguiu reter
o rio de amplo caudal, pois grande força lhe insuflara Atena.
305 Mas o Escamandro não diminuiu sua raiva, mas enfureceu-se
ainda mais contra o Pelida; elevou-se até formar com a
corrente
uma onda de alta crista e chamou com um brado pelo
Simoente:

"Querido irmão, retenhamos ambos a força deste homem,
visto que vai rapidamente destruir a grande cidade do rei
Príamo;
310 os Troianos não serão capazes de lhe resistir no combate.
Mas vem ajudar-me depressa e enche as tuas correntes
com água das nascentes e desperta todas as torrentes;
faz levantar uma onda enorme e cria um imenso turbilhão
de árvores caídas e de pedras, para pararmos este homem
feroz
315 que agora prevalece, disposto até a competir com os deuses.
Pois afirmo que a sua força e a sua beleza de nada lhe
servirão,

nem as belas armas, que talvez venham a jazer no fundo
da lagoa, cobertas de lama; e ao próprio Aquiles
eu cobrirei com areia e verterei por cima dele quantidades
incontáveis de seixos e nem os Aqueus saberão onde
recolher seus ossos, com tal fundura de lama o cobrirei.
Pois aqui mesmo será a sua sepultura e não precisará
de um túmulo elevado, quando os Aqueus lhe fizerem o
funeral."

Assim disse; e atirou-se, impetuoso, sobre Aquiles, caindo-lhe
de cima e espumando de escuma e de sangue e de cadáveres.
A onda purpúrea do rio alimentado pelo céu elevou-se
sobre ele e estava prestes a engolir o Pelida.
Mas Hera gritou alto, receosa por causa de Aquiles,
não fosse o grande rio de fundas correntes arrastá-lo;
e logo disse a Hefesto, seu filho amado:

"Levanta-te, ó Pé Manco, ó meu filho! Pois foi contra ti
que decidimos que o Xanto se oporia em combate.
Presta auxílio rapidamente e faz lavrar tuas chamas
abundantes.
E eu própria farei levantar o Zéfiro e o branco Noto,
para que soprem do mar com terrível rajada de tempestade,
para que se queimem os Troianos mortos e as suas armas,
empurrando em frente a chama maligna. Mas tu junto das
margens
do Xanto queima as árvores e lança-lhe o fogo. Não deixes
que te demova com palavras suaves ou com ameaças.
E não ponhas cobro à tua fúria até que eu te dê sinal
com um grito: então poderás acalmar teu fogo indefectível."

Assim disse; e Hefesto ateou seu fogo sobrenatural.
Primeiro surgiu o fogo na planície e queimou os mortos
numerosos que ali jaziam, chacinados por Aquiles.
Toda a planície ficou ressequida; a bela água, impedida.
Tal como quando na época da ceifa o Bóreas seca

um pomar há pouco irrigado e alegra-se o cavador —
assim ficou seca toda a planície e os mortos foram
queimados. Mas depois virou a chama brilhante contra o rio.
350 Arderam os ulmeiros e os choupos e os tamarindos;
arderam o lódão e os juncais e a junça, que crescia
com abundância à volta das belas correntes do rio.
Muito sofreram as enguias e os peixes nos torvelinhos;
estrebuchavam para cá e para lá nas correntes,
355 atormentados pelo sopro do ardiloso Hefesto.
A Força do rio estava a arder e falou-lhe pelo nome:

"Hefesto, não há entre os deuses quem contigo rivalize:
não combaterei contra ti, que lavras como fogo ardente!
Desiste do conflito; quanto aos Troianos, que para a cidade
360 os empurre já o divino Aquiles. Que me interessa lutar ou
                                                                         ajudar?"

Falou, queimado pelo fogo; suas belas correntes ferviam.
Tal como o caldeirão ferve por dentro incitado por fogo vivo
e derrete a banha de um grande suíno cevado,
fervendo por toda a parte e mais lenha é posta por baixo —
365 assim com o fogo ardiam as belas correntes e a água fervia.
O rio já não queria fluir em frente, mas estava parado;
atormentava-o o fogo do sagaz Hefesto. Depois a Hera
dirigiu muitas súplicas e palavras aladas:

"Hera, por que razão decidiu teu filho atormentar a
                                                                          minha corrente,
370 dentre todas as outras? Não sou assim tão culpado perante ti,
mas todos os outros, que prestam auxílio aos Troianos.
Pela minha parte desistirei, se é isso que tu ordenas;
mas que desista também Hefesto. E jurarei
jamais afastar dos Troianos o dia da desgraça,
375 nem mesmo quando Troia arder com fogo devorador,
quando os belicosos filhos dos Aqueus lhe pegarem fogo."

CANTO XXI

Quando ouviu esta súplica a deusa, Hera de alvos braços,
imediatamente disse a Hefesto, seu filho amado:
"Hefesto, para, ó meu filho glorioso! Não é bonito
380 assim atacares um deus imortal por causa de mortais."

Assim falou; e Hefesto extinguiu seu fogo sobrenatural;
e de novo se apressou o caudal pelo leito de belas correntes.

Depois que foi domada a fúria do Xanto, ambos desistiram
do conflito: pois Hera os impedira, zangada embora estivesse.
385 Mas sobre os outros deuses se abateu a discórdia pesada
e terrível, e duplamente se dividiu seu espírito.
Caíram uns sobre os outros com enorme bramido e a terra
ressoou; o grande céu ecoou com som de trombeta.
Zeus ouviu, sentado no Olimpo. E riu-se seu coração
390 de alegria, quando viu os deuses lutando uns contra os
                                                         outros.
E eles já não se abstinham. Quem deu início à luta foi Ares,
perfurador de escudos, e atirou-se contra Atena,
segurando a brônzea lança, com palavras insultuosas:

"Por que razão, ó carraça, arrastas os deuses para a luta,
395 com tua feroz audácia, incitada por teu altivo coração?
Não te lembras da vez em que atiçaste o Tidida Diomedes
a ferir-me, quando tu própria pegaste na lança
e contra mim arremeteste, rasgando-me a bela carne?
Creio que por isso agora pagarás o preço do que fizeste."

400 Assim dizendo, golpeou-a na égide ornada de borlas —
medonha, contra a qual nem o relâmpago de Zeus prevalece!
Foi contra ela que sua lança comprida atirou Ares
                                                   ensanguentado.
Mas Atena recuou e com mão firme agarrou num pedregulho
que jazia na planície, lacerante, negro e pesado, que outrora
405 os homens colocavam como limite das propriedades.
Com ele atingiu o célere Ares no pescoço e deslassou-lhe

os membros. Tombando ocupou ele sete jeiras de terreno;
os cabelos ficaram sujos de pó e as armas ressoaram. Riu-se
Palas Atena, que ufana lhe dirigiu palavras aladas:

410 "Estulto! Ainda não percebeste que muito mais forte declaro
eu ser, conquanto procures igualar a minha força.
Assim saciarás completamente as Erínias de tua mãe,
que furiosa contra ti congemina danos, porque abandonaste
os Aqueus e prestas auxílio aos presunçosos Troianos."

415 Assim falando, desviou dele seus olhos brilhantes.
Mas a Ares tomou pela mão a filha de Zeus, Afrodite,
e levou-o enquanto ele gemia profundamente. A custo
recobrava o fôlego. Quando a viu a deusa, Hera dos alvos
                                                    braços,
de imediato a Atena dirigiu palavras aladas:

420 "Ah, filha de Zeus detentor da égide, Atritona!
Eis que de novo a inoportuna leva Ares flagelo dos mortais
para longe da refrega no meio da turba. Vai atrás dela!"

Assim falou; e Atena apressou-se, exultando no coração.
Chegou junto de Afrodite e com mão firme a esmurrou
425 nos peitos. Logo ali se lhe deslassaram os joelhos e o coração.
Jazeram pois ambos na terra provedora de dons
E Atena, ufana, dirigiu-lhes palavras aladas:

"Prouvera que assim jazessem todos os adjuvantes dos
                                                    Troianos
ao combaterem contra os Aqueus couraçados,
430 assim descarados e audazes, tal como Afrodite
veio auxiliar Ares, desafiando a minha força.
Há muito teríamos nós acabado com a guerra,
tendo saqueado a cidade bem habitada de Ílion."

Assim falou; e sorriu a deusa, Hera de alvos braços.

CANTO XXI

435 Porém a Apolo falou o poderoso Sacudidor da Terra:
"Febo, por que razão nos afastamos? Não fica bem,
já que outros começaram. Mais vergonhoso seria, se assustados
regressássemos ao Olimpo, ao palácio de Zeus de brônzeo chão.
Começa! Pois tu és mais novo. Não seria bonito ser eu
440 a começar, visto que sou mais velho e sei mais coisas.
Tolo! Como tens um coração sem tino! Nem te lembras
de tudo quanto sofremos de males em Ílion,
só nós dentre os deuses, quando ao altivo Laomedonte
servimos como jornaleiros por vontade de Zeus durante um ano,
445 recebendo jorna fixa; e ele era nosso amo e dava as ordens.
Na verdade construí para os Troianos a muralha em torno da cidade,
vasta e de grande beleza, para que a cidade nunca fosse saqueada.
E tu, ó Febo, apascentaste o gado de passo cambaleante
nas faldas do Ida de muitas florestas e muitas escarpas.
450 Mas quando as estações jucundas volveram até chegar o termo
da nossa jorna, foi então que de todo o pagamento nos defraudou
o tremendo Laomedonte, e mandou-nos embora com ameaças.
Ameaçou que nos ataria os pés, assim como as mãos em cima,
e que nos venderia como escravos nas ilhas longínquas!
455 E atirou-se a nós como se nos quisesse decepar as orelhas
com o bronze. E nós regressamos de coração entristecido,
furiosos por causa do pagamento que foi prometido mas não pago.
É ao povo dele que tu agora favoreces e não colaboras
conosco para que pereçam os presunçosos Troianos
460 de forma horrível: eles, seus filhos e suas esposas legítimas."

Respondendo-lhe assim falou o soberano Apolo que age
de longe:
"Sacudidor da Terra, nunca dirias que tenho discernimento
no espírito, se eu lutasse contra ti por causa dos mortais,
esses desgraçados, que como as folhas ora estão
465 cheios de viço e comem o fruto dos campos,
ora definham e morrem. Com toda a rapidez
desistamos do combate. Eles que lutem entre si."

Assim dizendo, virou as costas, pois envergonhava-se
de se pegar à pancada e ao murro contra o irmão de seu pai.
470 Mas muito o repreendeu sua irmã, a rainha das feras,
Ártemis dos bosques, e proferiu um discurso insultuoso:

"Então foges, ó deus que ages de longe, e a Posêidon dás
toda a vitória e outorgas-lhe a glória sem razão!
Tolo! Por que carregas um arco inútil como o vento?
475 Que eu nunca mais te ouça a vangloriares-te no palácio
de nosso pai, como antes fazias entre os deuses imortais,
que enfrentarias Posêidon em combate corpo a corpo."

Assim falou; mas não lhe deu resposta Apolo que age de
longe.
Mas enfureceu-se a veneranda esposa de Zeus
480 e repreendeu a Arqueira com palavras insultuosas:
"Como queres tu, ó cadela desavergonhada, pores-te de pé
contra mim? Difícil eu te seria pela força se me virasse
contra ti,
arqueira embora sejas: leoa te fez Zeus contra as mulheres,
e concedeu-te poderes de matar quem delas quiseres.
485 Mas seria melhor estares nas montanhas chacinando as
feras selvagens
e os veados do que virares-te contra quem é mais forte.
Porém se queres, fica sabendo o que é a guerra, para que
saibas
quão mais forte sou eu que tu, visto que te medes comigo."

CANTO XXI

    Assim falou; e agarrou ambas as mãos da outra pelo pulso
490 com a sua mão esquerda; e com a direita tirou-lhe arco e
                                                                         flechas
dos ombros e com estes objetos, sempre com um sorriso
                                                                            na boca,
lhe bateu nas orelhas. Ela agitava-se e as setas caíram da
                                                                              aljava.
Lavada em lágrimas, Ártemis fugiu dela como a pomba
que foge de um falcão para a concavidade de uma rocha
495 num penhasco, pois não está fadado que seja apanhada —
assim fugiu Ártemis chorando, deixando o arco onde estava.
A Leto disse então o mensageiro Matador de Argos:

"Leto, eu contra ti não combaterei. Coisa feia seria andar
à pancada com as mulheres de Zeus que comanda as nuvens.
500 Mas podes vangloriar-te à vontade entre os deuses imortais
que pelo poder da tua força me venceste no combate."

Assim falou; e Leto recolheu o arco recurvo e as setas
que tinham caído, por todo o lado, no turbilhão de poeira.
E depois de ter pegado no arco da filha, voltou para trás.
505 Porém Ártemis chegou ao palácio de brônzeo chão de Zeus
e sentou-se lacrimosa aos joelhos do pai;
estremecia à volta dela o vestido ambrosial. Abraçou-a
o pai Crônida e assim lhe disse, rindo aprazivelmente:

"Querida filha, quem dentre os deuses celestiais te tratou tão
510 depravadamente, como se andasses às claras a praticar o
                                                                                  mal?"

Respondeu-lhe a bem coroada deusa do rumor da caça:
"Foi tua esposa que me espancou, ó pai: Hera de alvos
                                                                              braços.
A partir dela sobre os imortais se abateram a discórdia
                                                                                e o conflito."

Deste modo estas coisas diziam entre si.
515 Porém Febo Apolo entrou na sacra Ílion,
pois preocupava-o a muralha da cidade bem construída,
não fossem os Dânaos destruí-la naquele dia, à revelia
                              do destino.
Os outros deuses que são para sempre foram para o Olimpo,
alguns enfurecidos, outros em grande exultação.
520 Sentaram-se ao lado do Pai, deus da nuvem azul. Mas
                              Aquiles
chacinava ainda os Troianos e seus cavalos de casco não
                              fendido.
Tal como quando a fumaça sobe até ao vasto céu
de uma cidade em chamas, e a cólera divina o faz deflagrar;
a todos cria o sofrimento e a muitos traz a desgraça —
525 assim Aquiles causava sofrimento e desgraça aos Troianos.

Ora Príamo, o ancião, estava de pé em cima da muralha.
Discerniu o portentoso Aquiles. Também viu que por ele
os Troianos eram perseguidos em fuga e não havia auxílio
possível. Com um gemido desceu ao chão da muralha
530 e gritou aos ilustres guardiões ao longo do muro:

"Mantende nas mãos os portões abertos, até que as hostes
espavoridas entrem na cidade. Na verdade eis aqui Aquiles,
que os persegue de perto. Penso que coisa horrenda irá
                              acontecer.
Porém assim que tiverem entrado descansados na muralha,
535 de novo fechai os portões duplos, bem ajustados.
Tenho medo que aquele homem mortífero salte a muralha."

Assim falou; e eles destrancaram os portões e tiraram os
                              ferrolhos.
E os portões abertos trouxeram a luz da salvação. Porém
                              Apolo
saltou para enfrentar Aquiles, de modo a afastar a ruína
                              dos Troianos,

CANTO XXI

540 que fugiam diretamente para a cidade e sua alta muralha,
oprimidos pela sede e todos sujos do pó da planície.
E Aquiles pressionava-os com a lança e no coração sempre
dominava a insânia feroz, louco para obter a glória.

Então teriam os filhos dos Aqueus tomado Troia dos altos
portões,
545 se Febo Apolo não tivesse incitado o divino Agenor,
filho de Antenor, homem irrepreensível e possante.
No coração lhe lançou a coragem e ele próprio ao seu lado
se postou, para repulsar as mãos pesadas da morte.
E Apolo reclinou-se contra o carvalho, envolto em denso
nevoeiro.
550 Ora quando Agenor se apercebeu de Aquiles, saqueador
de cidades,
estacou; e muitas coisas no coração cismou sombriamente.
Em grande agitação assim disse a seu magnânimo
coração:

"Ai de mim! Se eu fugir à frente do potente Aquiles,
para lá onde os outros fogem espavoridos,
555 irá tomar-me mesmo assim e chacinar-me como covarde.
E se eu deixar que estes sejam perseguidos
pelo Pelida Aquiles e com os pés fugir alhures,
para a planície de Ílion, para chegar
às faldas do Ida para me esconder nas matas?
560 Ao fim da tarde poderia depois banhar-me no rio,
para me refrescar do suor, e depois voltar a Ílion.
Mas por que razão o meu ânimo assim comigo dialoga?
Que Aquiles não me veja desviando-me da cidade para a
planície;
que correndo atrás de mim não me ultrapasse com seus
pés velozes.
565 Então já não será possível escapar à morte e ao destino.
Pois ele é sobremaneira possante entre todos os homens.
Todavia, e se eu saísse à frente da cidade para o enfrentar?

Também a carne dele poderá ser penetrada pelo bronze
afiado.
Ele só tem uma vida e os homens consideram-no mortal.
570 Porém Zeus Crônida lhe outorga a glória."

Assim dizendo, ficou à espera de Aquiles; dentro dele
seu coração valente estava ávido de combate e de peleja.
Tal como a fêmea do leopardo que sai de um denso matagal
para enfrentar um caçador; e seu ânimo não estremece
575 nem sente medo, ainda que ouça o ululante latir dos cães;
e mesmo que o caçador se antecipe e a fira com lança ou seta,
até mesmo golpeada pela lança não desiste
da fúria, até se atirar a ele ou ser morta —
assim o filho altivo de Antenor, o divino Agenor,
580 não quis fugir antes de pôr à prova Aquiles,
mas segurou à frente o escudo bem equilibrado
e apontou a lança contra Aquiles, assim gritando:

"Porventura esperas em teu espírito, ó glorioso Aquiles,
saquear neste dia a cidade dos altivos Troianos.
585 Estulto! Muitas serão as dores por causa dela.
Pois lá dentro somos muitos e valorosos homens,
que perante os pais amados, as mulheres e os filhos
protegemos Ílion. Tu é que aqui encontrarás a morte,
por mais terrível que sejas e audaz guerreiro!"

590 Assim falou; e com mão pesada arremessou a lança aguçada
e acertou-lhe na canela, debaixo do joelho. Não falhou.
E por cima dele a cnêmide de estanho de forja recente
ressoou de modo medonho. Mas o bronze saltou para trás
e não penetrou, pois o presente do deus o reteve.
595 E por sua vez arremeteu o Pelida contra o divino Agenor.
Mas Apolo não lhe permitiu que granjeasse a glória,
mas arrebatou Agenor, envolto em denso nevoeiro,
e mandou-o embora da guerra para seguir seu caminho.
Pelo dolo o deus manteve longe do povo o Pelida;

600 e Apolo, em tudo semelhante ao próprio Agenor, postou-se
perante os pés de Aquiles, que se atirou a ele para o perseguir.
E enquanto ele o perseguia pela planície dadora de trigo,
Apolo desviou-o para o rio Escamandro de fundos
             torvelinhos,
indo sempre um pouco à sua frente. Pelo dolo
            enfeitiçava-o Apolo,
605 pois Aquiles esperava sempre apanhá-lo na corrida.

Entretanto os outros Troianos espavoridos entraram
em multidão na cidade, aliviados; a cidade encheu-se deles.
Já não ousavam esperar uns pelos outros fora da cidade
e da muralha, para descobrirem quem tinha escapado
610 e quem morrera na guerra. Mas entornaram-se às pressas
para dentro da cidade, todos a quem pés e joelhos salvaram.

Canto XXII

Por toda a cidade os Troianos espavoridos como gamos
refrescavam o suor e bebiam para matar a sede, reclinados
nas belas fortificações. Também os Aqueus chegaram
depressa à muralha, encostando os escudos contra os
    ombros.
5 Mas a Heitor amarrou o fado funesto, para que ali
ficasse à frente de Ílion e das Portas Esqueias.

Foi então que ao Pelida falou Febo Apolo:
"Por que razão, ó filho de Peleu, me persegues com pés
    velozes,
tu próprio um mortal e eu deus imortal? Parece que ainda
10 não percebeste que sou um deus, no teu desvario
    incessante.
Já não te interessa o esforço dos Troianos, que afugentaste,
e que agora estão na cidade, enquanto te desviaste?
Jamais me matarás, pois para a morte não fui fadado."

Grandemente enfurecido lhe respondeu Aquiles de pés
    velozes:
15 "Enganaste-me, ó tu que ages de longe, mais cruel dos
    deuses todos,
desviando-me para cá da muralha. Se assim não fosse, teriam
muitos mordido a terra antes de terem alcançado Ílion.
Agora me defraudaste da grande glória e salvaste-os

CANTO XXII

com toda a facilidade, pois não te amedronta vingança
                                                    futura.
20 Pois sobre ti eu me vingaria, se tivesse poder para isso."

Assim dizendo foi para a cidade com orgulhosos
                                              pensamentos,
apressando-se como um cavalo granjeador de prêmios
                                              com seu carro,
cavalo que facilmente atravessa a planície a galope;
assim depressa fletiu Aquiles seus joelhos e seus pés.

25 O primeiro a vê-lo com os olhos foi Príamo, o ancião:
viu-o refulgente como um astro a atravessar a planície,
como a estrela que aparece na época das ceifas, cujos raios
rebrilham entre os outros astros todos no negrume da noite,
estrela a que dão o nome de Cão de Oríon.
30 É a estrela mais brilhante do céu, mas é portento maligno,
pois traz muita febre aos desgraçados mortais.
Assim brilhava o bronze no peito dele enquanto corria.
Gemeu o ancião e bateu na cabeça com as mãos,
levantando-as bem alto, e com grandes gemidos
35 suplicou seu filho amado, que estava parado à frente
dos portões, em ávida fúria de combater com Aquiles.
Dirigiu-lhe o ancião palavras penosas, de mãos estendidas:

"Heitor, não me fiques aí, meu filho, à espera daquele
                                                     homem,
isolado sem ninguém que te ajude, para que não encontres
40 logo a morte, subjugado pelo Pelida, que é muito mais
                                              forte que tu,
homem cruel e duro. Quem me dera que pelos deuses fosse
                                                        ele
amado como é por mim! Rapidamente os cães e os abutres
o comeriam, jazente. E um terrível sofrimento partiria da
                                              minha alma.
Pois ele me privou de muitos e valorosos filhos,

45 matando-os e vendendo-os em ilhas longínquas.
Pois ainda agora dois filhos meus, Licáon e Polidoro,
não consigo discernir entre os Troianos reunidos na cidade,
eles que Laótoa me gerou, soberana entre as mulheres.
Mas se eles estiverem ainda vivos no exército inimigo, iremos
50 resgatá-los com bronze e ouro, pois disso não falta lá dentro:
muitos presentes à sua filha ofereceu o glorioso ancião Altes.
Mas se morreram e estão na mansão de Hades,
sobrevirá a dor ao meu coração e à mãe, nós que os
geramos.
Mas para os outros Troianos da hoste será uma dor menor,
55 conquanto tu não morras, subjugado por Aquiles.
Entra cá para dentro, meu filho, para salvares
os Troianos e as Troianas e para não dares grande glória
ao Pelida, privando-te a ti próprio da vida amada.
Além disso tem pena de mim, um desgraçado que ainda
sente;
60 um malfadado, a quem o pai Crônida na soleira da velhice
matará com um triste destino, depois de ter visto muitos
horrores:
os meus filhos a morrer, minhas filhas a serem arrastadas,
minhas câmaras de tesouro pilhadas e crianças inocentes
a serem atiradas ao chão em aterradora chacina
65 e as minhas noras arrastadas pelas mãos funestas dos
Aqueus.
A mim próprio, por último, às portas primeiras dilacerarão
os cães esfomeados, depois de alguém pelo bronze afiado
com estocada ou arremesso me privar da vida — os cães
que no palácio eu criei à minha mesa para guardarem as
portas:
70 depois de em estado de loucura terem bebido o meu sangue
jazerão aos meus portões. Tudo fica bem ao homem novo
chacinado na guerra, quando jaz golpeado pelo bronze
afiado.
Morto embora esteja, tudo nele é belo, tudo o que está à
vista.

CANTO XXII

Mas quando os cães profanam vergonhosamente a cabeça grisalha
e a barba grisalha e os membros genitais de um velho morto,
isso é a coisa mais angustiante que existe para os pobres mortais."

Assim disse o ancião; e com as mãos arrancou os cabelos brancos
da cabeça. Mas não conseguiu persuadir o coração de Heitor.
Por seu lado a mãe lamentava-se lavada em lágrimas,
desapertando o vestido e com a outra mão mostrando o peito.
E vertendo lágrimas lhe dirigiu palavras aladas:

"Heitor, meu filho, respeita este peito e compadece-te de mim,
se alguma vez te apaziguei dando-te o peito para mamares.
Lembra-te disto, querido filho, e repulsa aquele inimigo
do lado de cá da muralha: não te ponhas aí para o enfrentar.
Pois ele é duro e cruel; e se ele te matar, nunca eu te porei
num leito para te chorar, ó rebento amado!, que dei à luz,
nem tua mulher prendada. Mas lá, longe de nós, junto
das naus dos Aqueus, os rápidos cães te devorarão."

Assim ambos choraram, implorando seu filho amado
com muitas súplicas. Mas não persuadiram o coração de Heitor,
que aguardou até se aproximar o enorme Aquiles.
Tal como a serpente da montanha aguarda na toca um homem,
tendo comido ervas malignas, com raiva terrível dentro dela;
e fita com olhar medonho, rastejando e enrolando-se na toca —
assim Heitor com sua coragem indefectível não cedeu,
e encostou contra as muralhas o seu escudo luzente.
Mas depois, agitado, assim disse ao seu magnânimo coração:

"Ai de mim! Se eu passar os portões e entrar para lá dos muros,
100 o primeiro a atirar-me com censuras será Polidamante,
ele que me disse para conduzir os Troianos para a cidade
durante a noite funesta em que se ergueu o divino Aquiles.
Mas eu não quis obedecer. Mais proveitoso teria sido!
Mas agora destruí o exército por causa da minha insensatez
105 e tenho vergonha dos Troianos e das Troianas de longas vestes,
não vá algum homem mais vil e covarde dizer de mim:
'Confiante na sua força, Heitor destruiu o exército.'
Assim dirão. E para mim teria sido muito mais proveitoso
defrontar Aquiles e regressar depois de o ter matado,
110 ou então ser gloriosamente morto por ele à frente da cidade.
Por outro lado, poderia depor o escudo adornado de bossas
e o elmo pesado e, reclinando a lança contra a muralha,
ir eu próprio ao encontro do irrepreensível Aquiles;
poderia prometer-lhe que Helena e todos os seus haveres,
115 sobretudo aqueles que Alexandre na côncava nau
trouxe para Troia — Helena, que foi o início do conflito,
daremos aos Atridas para levarem: além disso e em separado,
dividiremos para os Aqueus tudo o que a cidade contém.
E poderia arrancar aos anciãos dos Troianos o juramento
120 de que nada se esconderia, mas que tudo seria dividido,
todo o tesouro que a cidade agradável tem lá dentro.
Mas por que razão o meu ânimo assim comigo dialoga?
Que eu não me aproxime dele, pois não se apiedará de mim
nem sentirá respeito, mas matar-me-á nu, assim como estou,
125 como se eu fosse uma mulher, visto que despi as armas.
Não é agora que de uma árvore ou de uma pedra
namorarei com ele, qual virgem com seu mancebo —
virgem com seu mancebo, namorando um com o outro.
Melhor seria o embate belicoso e o mais rápido possível!
130 Fiquemos a saber a qual dos dois o Olímpio outorgará a glória."

CANTO XXII

Assim refletiu enquanto aguardava. Mas aproximou-se dele
Aquiles, igual de Eniálio, guerreiro do elmo de agitado
                                                    penacho,
brandindo por cima do seu ombro direito a terrível lança
                                                    de freixo
do Pélion. E em torno da ponta o bronze luzia como o brilho
135 de fogo ardente ou do sol quando nasce no horizonte.
O medo dominou Heitor, assim que o viu. Não se atreveu
a ficar onde estava, mas abandonou os portões e fugiu.
E o Pelida lançou-se atrás dele, confiante na rapidez dos pés.

Tal como o falcão das montanhas, mais célere das aves
                                                    voadoras,
140 facilmente se abate sobre uma pávida pomba que foge à
                                                    sua frente,
mas o falcão cada vez mais perto, com gritos agudos, sem
                                                    desistir
se lança contra ela, pois ordena-lhe o ânimo que a apanhe —
assim Aquiles voava furioso em frente e Heitor fugia
sob as muralhas dos Troianos, fletindo célere os joelhos.

145 Passaram a atalaia e a figueira selvagem sacudida pelo vento,
sempre para longe da muralha pelo caminho batido,
e chegaram às fontes de belo fluir, onde estavam as nascentes
duplas que alimentavam o redemoinhante Escamandro.
Uma delas fluía com água quente e à volta dela se formava
150 vapor como fumaça que surge de fogo ardente;
mas a outra até no verão fluía com água fria como granizo,
ou como gélida neve ou como o cristal de gelo na água.
E perto dessas nascentes estavam os amplos lavadouros,
belos e feitos de pedra, onde as vestes resplandecentes
155 vinham lavar as mulheres e belas filhas dos Troianos;
mas isso fora antes, em tempo de paz, antes da chegada
                                                    dos Aqueus.
Por aí correram, um deles fugindo, o outro perseguindo.
À frente fugia um homem valente, mas outro muito melhor

o perseguia depressa: pois não era por animal sacrificial
160 ou pela pele de um boi que competiam, prêmios nas corridas
de homens, mas pela vida de Heitor domador de cavalos.

Tal como quando cavalos de casco não fendido, granjeadores
de troféus, contornam velozes os postes, pois grande é o
prêmio,
porventura uma trípode ou uma mulher, em honra de
herói morto —
165 assim três vezes eles correram em torno da cidade de Príamo
com pés velozes. E todos os deuses estavam olhando.
Entre eles o primeiro a falar foi o pai dos homens e dos
deuses:

"Ah, estou vendo com os meus olhos um homem que amo
sendo perseguido em volta da muralha. Meu coração chora
170 por Heitor, que para mim queimou muitas coxas de bois,
tanto nos píncaros do Ida de muitas escarpas,
como na cidadela de Troia. Mas agora o divino Aquiles
persegue-o com pés velozes em torno da cidade de Príamo.
Refleti então vós, ó deuses, e aconselhadamente deliberai
175 se o salvaremos da morte, ou se agora será
pelo Pelida Aquiles subjugado, valoroso embora seja."

A ele deu resposta a deusa, Atena de olhos esverdeados:
"Pai do candente relâmpago, deus da nuvem azul! Que
disseste!
A homem mortal, há muito fadado pelo destino,
180 queres tu salvar de novo da morte funesta?
Faz isso. Mas todos nós, demais deuses, não te louvaremos."

Respondendo-lhe assim falou Zeus que comanda as nuvens:
"Anima-te, ó Tritogênia, querida filha. Não é com séria
intenção que falo; pelo contrário, quero ser-te favorável.
185 Faz como te indicar teu ânimo; já não precisas de te
refreares."

CANTO XXII

Assim dizendo, incitou Atena, já desejosa de partir.
E ela lançou-se veloz dos pincaros do Olimpo.

Numa perseguição sem tréguas a Heitor pressionava o
                                                veloz Aquiles.
Tal como quando nas montanhas o cão espanta um gamo
                                                de veado,
190 levantando-o do seu leito, e persegue-o através de clareiras
                                                e vales;
e embora o gamo lhe escape, oculto no matagal,
o cão lhe descobre o rastro e corre até o encontrar —
assim Heitor não conseguiu esconder-se do veloz Pelida.
Quantas as vezes que ele tentava correr até aos portões
195 dos Dárdanos para se abrigar nas muralhas bem construídas,
na esperança de que os de cima repelissem Aquiles com
                                                dardos,
tantas eram as vezes que Aquiles a ele se antecipava,
                                                obrigando-o
a voltar para a planície. E ele não parava de correr ao lado
                                                da cidade.
Tal como quando num sonho quem persegue não alcança
                                                quem foge,
200 mas nem um consegue fugir, nem o outro consegue
                                                perseguir —
assim nem com os pés Aquiles alcançava Heitor, nem este
                                                escapava.
Ora como é que Heitor teria escapado ao destino da morte,
se Apolo, pela última e derradeira vez, não tivesse
dele se aproximado, para lhe fortalecer e aligeirar os joelhos?

205 Mas o divino Aquiles fazia sinal ao seu povo com a cabeça,
e não autorizava que alvejassem Heitor com dardos amargos,
não alcançasse outro a glória, vindo ele como segundo.
Mas quando pela quarta vez chegaram às nascentes,
foi então que o Pai levantou a balança de ouro,
210 e nela colocou os dois destinos da morte irreversível:

o de Aquiles e o de Heitor domador de cavalos.
Pegou na balança pelo meio: desceu o dia fadado de Heitor
e partiu para o Hades. E Febo Apolo abandonou-o.

Junto do Pelida chegou a deusa, Atena de olhos esverdeados,
215 e postando-se perto dele proferiu palavras aladas:

"Agora espero que nós dois, ó glorioso Aquiles criado por
Zeus,
aos Aqueus levemos grande glória para as naus, depois
de matarmos Heitor, por mais ávido de combater que ele
esteja.
Pois agora já não lhe seria possível fugir de nós, por mais
220 que se esforçasse Apolo, que age de longe,
prostrando-se à frente de Zeus pai detentor da égide.
Mas tu fica agora aí e recobra teu fôlego; eu dirigir-me-ei
àquele homem para o convencer a lutar contigo frente a
frente."

Assim disse Atena; e Aquiles obedeceu, exultando no
coração;
225 e ali ficou de pé, encostado à sua lança de freixo de
brônzea ponta.
Atena deixou-o e foi ter com o divino Heitor,
assemelhando-se a Deífobo no corpo e na voz indefectível.
Postando-se junto dele proferiu palavras aladas:

"Caro irmão, não há dúvida de que o veloz Aquiles te
violenta,
230 perseguindo-te com pés velozes em torno da cidade de
Príamo.
Mas enfrentemo-lo os dois e repulsemos o seu ataque."

À deusa respondeu o grande Heitor do elmo faiscante:
"Deífobo, já antes tu eras para mim o mais amado
dos irmãos, daqueles a quem Hécuba e Príamo geraram.

235 Mas agora penso que no coração te honrarei ainda mais,
tu que ousaste por minha causa, quando me viste com os olhos,
sair para fora da muralha, enquanto os outros ficaram lá dentro."

A ele deu resposta a deusa, Atena de olhos esverdeados:
"Caro irmão, na verdade o pai e a excelsa mãe
240 muitas súplicas me dirigiram, e meus camaradas também,
para lá ficar. A tal ponto todos eles têm medo de Aquiles!
Mas meu coração dentro de mim se oprimia de dolorosa tristeza.
Agora arremetamos contra ele e combatamos: não demos
tréguas às lanças, para que saibamos se Aquiles
245 nos matará e levará os nossos despojos sangrentos
para as côncavas naus, ou se será domado pela tua lança."

Assim dizendo, manhosamente o levou Atena.
E quando estavam já perto, avançando um contra o outro,
o primeiro a falar foi o grande Heitor do elmo faiscante:

250 "De ti, ó filho de Peleu, já não fugirei, como antes
três vezes à volta da grande cidade de Príamo, sem me atrever
a parar para te enfrentar. Mas agora o espírito me incita
a não arredar pé perante ti, quer eu mate, quer seja morto.
Mas agora invoquemos os deuses como testemunhas:
255 serão os melhores garantes e guardiões do nosso acordo.
Não profanarei vergonhosamente o teu cadáver, se Zeus
me der força para te vencer e eu te privar da vida.
Mas depois de te ter despido das armas gloriosas, ó Aquiles,
restituirei o cadáver aos Aqueus. E tu faz o mesmo."

260 Fitando-o com sobrolho carregado lhe disse o veloz Aquiles:
"Heitor, não me fales, ó louco!, de acordos.
Tal como entre leões e homens não há fiéis juramentos,
nem entre lobos e ovelhas existe concordância,

mas sempre estão mal uns com os outros —
265 assim entre ti e mim não há amor, nem para ambos
haverá juramentos, até que um ou outro tombe morto,
para fartar com seu sangue Ares, portador de escudo de
                                                                                                         touro.
Lembra-te agora de todo o teu valor: agora te compete
seres lanceiro e aguerrido combatente.
270 Já não há fuga para ti, pois Palas Atena
te subjugará pela minha lança. E agora pagarás toda a dor
pelos meus amigos que tu mataste desvariando com a lança."

Assim falou. Apontou e arremessou a lança de longa sombra.
Mas o glorioso Heitor fitou-o de frente e evitou o arremesso.
275 Olhou e agachou-se; por cima passou a brônzea lança,
fixando-se no chão. Mas Palas Atena apanhou-a, ela que a
                                                                                                           deu
de novo ao Pelida, sem que se apercebesse Heitor, pastor
                                                                                                       do povo.
E Heitor assim declarou ao irrepreensível Pelida:

"Falhaste. Não foi porventura, ó Aquiles semelhante aos
                                                                                          deuses,
280 da parte de Zeus que soubeste da minha morte. Mas
                                                                          falaste nela.
Pois armaste-te em trapaceiro de fala pronta
para que eu sentisse medo de ti e me esquecesse do valor
                                                                         e da força.
Não fugirei para que espetes a lança nas minhas costas,
mas trespassa-me diretamente o meu peito,
285 se tal te concedeu um deus. Agora evita tu a minha lança
de bronze. Prouvera que a recebesses toda na tua carne!
Mais leve, se assim fosse, seria a guerra para os Troianos,
se tu morresses. Pois na verdade és o seu maior sofrimento."

Assim falou. Apontou e arremessou a lança de longa sombra,
290 e acertou no Pelida, no meio do escudo. Não falhou.

CANTO XXII

Só que para longe do escudo saltou a lança. E Heitor
enfureceu-se, porque em vão lhe fugira da mão o dardo veloz
e agora estava ali em apuros, pois não tinha outra lança
de freixo.
Com um brado gritou bem alto para Deífobo do alvo escudo;
²⁹⁵ pediu-lhe uma lança comprida. Mas ele não estava ao pé dele.
E Heitor compreendeu no seu espírito e assim disse:

"Ah, na verdade os deuses chamaram-me para a morte.
Pois eu pensava que o herói Deífobo estava ao meu lado.
Mas ele está dentro da muralha e foi Atena que me enganou.
³⁰⁰ Agora está perto de mim a morte malévola; já não está longe,
nem há fuga possível. Era isto de há muito agradável
a Zeus e ao filho de Zeus que acerta ao longe, que antes
me socorriam de bom grado. Agora foi o destino que me
apanhou.
Que eu não morra de forma passiva e inglória, mas por
ter feito
³⁰⁵ algo de grandioso, para que os vindouros de mim ouçam
falar!"

Assim dizendo, desembainhou a espada afiada,
que pendia sob o flanco, espada enorme e potente;
reunindo as suas forças, lançou-se como a águia de voo
sublime,
que através das nuvens escuras se lança em direção à planície
³¹⁰ para arrebatar um terno cordeiro ou tímida lebre —
assim arremeteu Heitor, brandindo a espada afiada.
E Aquiles atirou-se a ele, com o coração cheio de ira
selvagem, e cobriu o peito à frente com o escudo,
belo e variegado, agitando o elmo luzente
³¹⁵ de quatro chifres. Belas se agitavam as crinas
douradas, que Hefesto pusera cerradas como penacho.
Como o astro que surge entre as outras estrelas no
negrume da noite,
a estrela da tarde, que é o astro mais belo que está no céu —

assim reluziu a ponta da lança, que Aquiles apontou
na mão direita, preparando a desgraça para o divino Heitor,
olhando para a bela carne, para ver onde melhor seria
penetrada.
Ora todo o corpo de Heitor estava revestido pelas
brônzeas armas,
belas, que ele despira de Pátroclo depois de o matar.
Mas aparecia, no local onde a clavícula se separa do pescoço
e dos ombros, a garganta, onde rapidíssimo é o fim da vida.
Foi aí que com a lança arremeteu furioso o divino Aquiles,
e a ponta trespassou completamente o pescoço macio.
Mas a lança de freixo, pesada de bronze, não cortou a
traqueia,
para que Heitor ainda pudesse proferir palavras em resposta.
Tombou na poeira. E sobre ele exultou o divino Aquiles:

"Heitor, porventura pensaste quando despojavas Pátroclo
que estarias a salvo e não pensaste em mim, que estava longe.
Tolo! Longe dele um auxiliador muito mais forte
nas côncavas naus ficara para trás: eu próprio, eu que agora
te deslassei os joelhos. Os cães e as aves de rapina irão
dilacerar-te vergonhosamente, mas a Pátroclo sepultarão
os Aqueus."

Já quase sem forças lhe respondeu Heitor do elmo faiscante:
"Suplico-te pela tua alma, pelos teus joelhos e pelos teus pais,
que não me deixes ser devorado pelos cães nas naus dos
Aqueus;
mas recebe o que for preciso de bronze e de ouro,
presentes que te darão meu pai e minha excelsa mãe.
Mas restitui o meu cadáver a minha casa, para que do fogo
Troianos e mulheres dos Troianos me deem, morto, a
porção."

Fitando-o com sobrolho carregado lhe disse o veloz Aquiles:
"Não me supliques, ó cão, pelos meus joelhos ou meus pais.

CANTO XXII

Quem me dera que a força e o ânimo me sobreviessem
para te cortar a carne e comê-la crua, por aquilo que fizeste.
Pois homem não há que da tua cabeça afastará os cães,
nem que eles trouxessem e pesassem dez vezes ou vinte vezes
o resgate e me prometessem ainda mais do que isso!
Nem que o teu próprio peso em ouro me pagasse
Príamo Dardânio. Nem assim a tua excelsa mãe
te deporá num leito para chorar o filho que ela deu à luz,
mas cães e aves de rapina te devorarão completamente."

Moribundo lhe disse então Heitor do elmo faiscante:
"Na verdade te conheço bem e direi o que será; mas convencer-te
era algo que não estava para ser. O coração no teu peito é de ferro.
Mas reflete bem agora, para que eu para ti não me torne
maldição dos deuses, no dia em que Páris e Febo Apolo
te matarão, valente embora sejas, às Portas Esqueias."

Assim dizendo, cobriu-o o termo da morte.
E a alma voou-lhe do corpo para o Hades, lamentando
o seu destino, deixando para trás a virilidade e a juventude.
E para ele, já morto, assim disse o divino Aquiles:
"Morre. O destino eu aceitarei, quando Zeus quiser
que se cumpra e os outros deuses imortais."

Assim disse; e do cadáver arrancou a lança de bronze
e deitou-a de lado; depois dos ombros lhe despiu as belas armas
ensanguentadas. Acorreram os outros filhos dos Aqueus,
que contemplaram a estatura de corpo e a beleza arrebatadora
de Heitor. Mas nenhum se aproximou sem desferir-lhe um golpe.
E assim dizia um deles, olhando de soslaio para outro:

"Ah, não há dúvida de que Heitor está mais mole agora
do que quando deitou fogo às naus com chama ardente!"

375 Assim dizia um deles e, acercando-se, dava-lhe uma estocada.
Mas depois que o despojou o divino Aquiles de pés velozes,
disse de pé no meio dos Aqueus palavras aladas:

"Ó amigos, comandantes e regentes dos Argivos!
Visto que nos concederam os deuses subjugar este homem,
380 que muitos males praticou, mais do que todos os outros,
façamos prova das armas em torno da cidade,
para que saibamos a intenção dos Troianos,
se abandonarão a alta cidade agora que este morreu,
ou se continuarão lutando, embora Heitor já não seja.
385 Mas por que razão o meu ânimo assim comigo dialoga?
Jaz junto das naus o morto que não foi chorado nem
sepultado:
Pátroclo. Dele não me esquecerei, enquanto eu permanecer
entre os vivos e meus joelhos mantiverem o vigor.
Se na mansão de Hades os homens esquecem seus mortos,
390 eu pelo contrário até lá me lembrarei do companheiro amado.
Mas agora entoando o canto vitorioso, ó mancebos dos
Aqueus,
regressemos para as côncavas naus e levemos este cadáver.
Granjeamos grande glória! Matamos o divino Heitor,
a quem os Troianos rezavam na cidade como a um deus!"

395 Assim disse; e para o divino Heitor planejou atos sem
vergonha.
Perfurou atrás os tendões de ambos os pés
do calcanhar ao tornozelo e atou-lhes correias de couro,
atando-os depois ao carro. A cabeça deixou que arrastasse.
Depois que subiu para o carro e lá colocou as armas
gloriosas,
400 chicoteou os cavalos, que não se recusaram a correr em
frente.

De Heitor ao ser arrastado se elevou a poeira, e dos dois lados
os escuros cabelos se espalhavam; toda na poeira estava
a cabeça que antes fora tão bela. Mas Zeus a seus inimigos
o dera, para a vergonhosa profanação na sua própria terra pátria.

405 Deste modo toda a cabeça de Heitor estava suja de pó.
Mas a mãe
arrancava os cabelos. Longe de si atirou o véu resplandecente,
fazendo soar grandes gritos ululantes ao ver o seu filho.
Gemeu agoniado o pai amado e o povo à volta
estava preso pela lamentação e pelo choro em toda a cidade.
410 A parecença era sobretudo com isto: como se toda a cidade,
toda a íngreme Ílion, ardesse com fogo de cima a baixo.
O povo conseguia a custo reter o ancião tresloucado,
que queria sair na sua demência das Portas Dardânias.
A todos implorava, rolando no esterco,
415 e chamava cada homem pelo seu nome:

"Desisti, amigos, e deixai-me ir sozinho, solícitos embora sejais;
deixai-me sair da cidade para ir até as naus dos Aqueus.
Suplicarei aquele homem implacável, propagador de violência,
na esperança de que se envergonhe perante os coevos e sinta pena
420 da minha velhice. Também ele tem um pai como eu,
Peleu, que o gerou e criou como flagelo para os Troianos.
Sobre mim, mais do que a todos os outros, pôs ele a dor,
dado que foram tantos os filhos que me matou na flor da idade.
Mas por todos eles não choro eu tanto, enlutado embora esteja,
425 como por um único; a dor por causa dele me levará para o Hades:

Heitor. Se ao menos ele tivesse morrido nos meus braços!
Assim nos teríamos saciado do pranto e da lamentação,
a mãe que o deu à luz para sua desgraça e eu próprio."

Assim falou chorando; e os cidadãos também choravam.
430 Entre as Troianas ergueu Hécuba este pranto inconformado:

"Filho, ai de mim! Como viverei neste terrível sofrimento,
agora que tu morreste? Tu que de noite e de dia
eras a minha jactância em toda a cidadela e uma benesse
para todos os Troianos e Troianas na cidade; como um deus
435 te cumprimentavam. Para eles eras tu deveras a glória maior
quando eras vivo! Agora te encontraram a morte e o
          destino."

Assim falou chorando. No entanto a esposa de Heitor nada
          ouvira
dizer ainda. É que nenhum fiel mensageiro chegara
para lhe dar a notícia de que o marido estava fora dos
          portões.
440 Ela estava sentada ao tear no íntimo recesso do alto aposento,
tecendo uma trama purpúrea de dobra dupla e nela
          bordava flores
de várias cores. Chamou pelas servas de belas tranças lá
          na casa,
para porem ao lume uma trípode enorme, para que houvesse
para Heitor água quente para o banho quando voltasse da
          batalha.
445 Insciente! Pois não sabia ela que muito longe de banhos
o subjugara às mãos de Aquiles a deusa Atena de olhos
          esverdeados.
Mas Andrômaca ouviu os gritos e o pranto vindos da
          muralha:
estremeceu-lhe o corpo e a lançadeira caiu ao chão.
Depois disse assim no meio das servas de belas tranças:

CANTO XXII

450 "Vinde comigo, duas de vós, para que eu veja o que
                                                    aconteceu.
Ouvi a voz de minha sogra veneranda: no meu peito
o coração saltou-me à boca e os joelhos por baixo de mim
                                                    ficaram
dormentes. Perto está alguma desgraça para os filhos de
                                                    Príamo.
Que longe dos meus ouvidos esteja tal palavra! Mas receio
455 terrivelmente que o divino Aquiles tenha cortado ao audaz
                                                    [Heitor
o acesso à cidade e que esteja sozinho com ele na planície;
talvez lhe tenha travado a coragem causadora de sofrimentos
que o dominava: pois ele nunca ficava na chusma de homens,
mas punha-se muito à frente, a nenhum cedendo na sua
                                                    força."

460 Assim dizendo, apressou-se através do palácio como uma
                                                    louca,
com o coração palpitante. Com ela iam as suas criadas.
Mas quando chegou à muralha e à multidão de homens,
pôs-se de pé na muralha — e depois viu Heitor
sendo arrastado à frente da cidade. Cavalos velozes
465 o arrastavam sem piedade para as naus recurvas dos
                                                    Aqueus.
Sobre os seus olhos desceu a escuridão da noite;
caiu para trás e expirou, ofegante, sinal de vida.
Depois atirou para longe o brilhante adorno da cabeça,
o diadema, a touca, o lenço e o laço entretecido,
470 e o véu que lhe oferecera a dourada Afrodite
no dia em que Heitor do elmo faiscante a levara de casa
de Eécion, depois de ter dado incontáveis presentes nupciais.
À sua volta acorreram as irmãs do marido e as esposas
                                                    dos cunhados,
que a ampararam, desesperada até à morte, no meio delas.
475 Quando Andrômaca veio a si, com o fôlego restituído ao
                                                    peito,

levantou a voz em lamentação e assim disse no meio das
Troianas:

"Heitor, ai de mim! Para o mesmo destino nascemos
ambos, tu em Troia no palácio de Príamo,
e eu em Tebas sob a frondosa Placo no palácio de Eécion,
480 que me criou desde criança, desafortunado pai
de filha desventurada. Prouvera que nunca me tivesse gerado!
Pois agora tu partiste para a mansão de Hades nas
profundezas
da terra e deixas-me em sofrimento detestável como viúva
no palácio. Teu filho não passa ainda de pequena criança,
485 ele a quem tu e eu geramos, desafortunados! Para ele
não serás tu uma benesse, ó Heitor, porque morreste; nem
ele para ti.
Pois mesmo que ele escape à guerra cheia de lágrimas dos
Aqueus,
sempre para ele no futuro haverá sofrimento e preocupações,
já que outros serão senhores das terras que são dele.
490 O dia da orfandade separa a criança dos amigos da sua
idade.
Anda sempre cabisbaixo, suas faces sempre sulcadas de
lágrimas;
na sua necessidade o rapaz dirige-se aos amigos do pai,
puxando um pela capa e outro pela túnica.
Um dos que se apiedam dá-lhe a taça por instantes:
495 chega a umedecer os beiços, mas a boca fica seca.
E outro rapaz, cujos pais ainda vivem, escorraça-o do festim
à bofetada e com palavras humilhantes e insultuosas:
'Sai daqui! Teu pai não partilha do nosso festim.'
Choroso volta então o rapaz para a sua mãe enviuvada:
500 Astíanax, que anteriormente nos joelhos do pai
só comia o tutano e a rica gordura das ovelhas.
E quando sobrevinha o sono e parava de brincar,
dormitava no leito, nos braços da sua ama,
numa cama macia, seu coração saciado de coisas boas.

CANTO XXII

505 Mas agora, privado do pai amado, terá muito que sofrer:
Astíanax, a quem os Troianos puseram este nome;
pois só tu salvavas os portões e as altas muralhas.
Mas agora junto das naus recurvas, longe dos teus pais,
os vermes rastejantes te comerão, após os cães terem se
fartado
510 do teu corpo nu. Porém no palácio há vestimentas,
graciosas e belas, urdidas pelas mãos das mulheres.
Mas todas essas vestes eu queimarei com o fogo ardente,
visto que a ti já não farão proveito e não jazerás nelas,
mas para os Troianos e Troianas representarão a glória."

515 Assim falou chorando; e as mulheres também se
lamentaram.

Canto XXIII

Deste modo choravam por toda a cidade. Porém os Aqueus,
assim que chegaram às naus e ao Helesponto,
dispersaram-se e cada um foi para a sua nau;
mas Aquiles não permitiu que se dispersassem os Mirmidões,
mas assim disse entre os seus companheiros, amigos de
combater:

"Mirmidões de rápidos poldros! Meus fiéis companheiros!
Não soltemos ainda dos carros os cavalos de casco não
fendido,
mas com os próprios cavalos e com carros nos aproximemos
para lamentarmos Pátroclo, pois essa é a honra devida aos
mortos.
Depois que tivermos nos saciado do triste pranto,
soltaremos os cavalos e aqui todos jantaremos."

Assim disse; e eles lamentaram-se juntos, liderados por
Aquiles.
Três vezes em torno do morto conduziram os corcéis de
belas crinas,
carpindo; e entre eles Tétis lhes despertou o desejo de chorar.
Umedeceram-se as areias, umedeceram-se as armas dos
homens
com lágrimas; pois grande congeminador de debandadas
era Pátroclo, de quem agora sentiam tantas saudades.

CANTO XXIII

E entre eles foi o Pelida que iniciou o lamento violento,
pousando as mãos assassinas no peito do companheiro:

"Saúdo-te, ó Pátroclo, também agora na mansão de Hades.
20 Todas as coisas eu cumpro que antes te prometi:
arrastei para cá Heitor, para os cães o comerem cru;
e na tua pira funerária cortarei as gargantas de doze
gloriosos filhos dos Troianos, irado porque foste chacinado."

Assim disse; e para o divino Heitor planejou atos sem
vergonha,
25 estatelando-o de cara para baixo na poeira à frente do esquife
do Menecida. E cada um deles despiu as armas
resplandecentes
de bronze e soltaram os cavalos de sonorosos relinchos;
depois se sentaram junto da nau do veloz Eácida —
multidão incontável! Ele preparou-lhes a refeição fúnebre:
30 e muitos bois lustrosos mugiram de volta da lâmina de ferro
ao serem abatidos; muitas ovelhas e cabras balidoras;
muitos porcos de brancas presas, ricos em gordura,
foram chamuscados na chama de Hefesto. Por todo o lado
em torno do morto era tanto o sangue que podia ser
apanhado à taça.

35 Depois os reis dos Aqueus levaram o soberano Pelida
de pés velozes até ao divino Agamêmnon; com afinco
o tinham convencido, tão irado ele estava pelo companheiro.
Quando chegaram à tenda de Agamêmnon,
logo ordenaram aos arautos de voz penetrante
40 que pusessem ao lume uma grande trípode, na esperança
de convencerem o Pelida a lavar do corpo o sangue e a
sujidade.
Mas ele recusou-se terminantemente e jurou este juramento:

"Por Zeus, que é o mais excelso e melhor dos deuses!
Não é lícito que a água do banho chegue à minha cabeça,

⁴⁵ antes de ter posto Pátroclo na pira, de ter lhe elevado
um túmulo e de ter lhe cortado o meu cabelo, visto que outro
luto como este não sobrevirá ao meu coração, enquanto
for vivo.
Por agora entreguemo-nos ao banquete odioso.
Mas ao nascer da aurora, ó soberano Agamêmnon,
⁵⁰ manda que se traga lenha e se prepare tudo a que o morto
tem direito, na altura em que parte para a escuridão sombria,
de modo a que o possa consumir o fogo indefectível, depressa
e para longe da nossa vista, para que o povo volte aos
trabalhos."

Assim falou; e eles deram-lhe ouvidos e obedeceram-lhe.
⁵⁵ Com urgência cada um preparou a sua refeição;
comeram e nada lhes faltou naquele festim compartilhado.
Mas quando afastaram o desejo de comida e bebida,
cada homem foi para a sua tenda descansar.

Mas junto da orla do mar marulhante estava Aquiles deitado,
⁶⁰ gemendo profundamente no meio dos numerosos
Mirmidões
em espaço aberto, onde as ondas rebentavam na praia.
Mas quando sobreveio o sono que, suavemente derramado
à volta dele, lhe deslassou as angústias do espírito (pois
moídos
estavam os membros de perseguir Heitor até Troia ventosa),
⁶⁵ aproximou-se a alma do infeliz Pátroclo,
em tudo semelhante a ele na altura e nos lindos olhos
e na voz; e era a mesma a roupa que vestia no corpo.
Postou-se junto à cabeça de Aquiles e assim lhe disse:

"Tu dormes, ó Aquiles, e já te esqueceste de mim.
⁷⁰ Enquanto era vivo não me descuraste; só agora que estou
morto.
Sepulta-me depressa, para que eu transponha os portões
de Hades.

CANTO XXIII

À distância me mantêm afastado as almas, fantasmas dos
                                                       mortos;
não deixam que a elas eu me junte na outra margem do rio:
em vão estou a vaguear pela mansão de amplos portões de
                                                       Hades.
75 Dá-me a tua mão, com lágrimas te suplico; pois nunca mais
voltarei do Hades, após me terdes dado o fogo que me é
                                                       devido.
Vivos nunca mais nos sentaremos longe dos queridos
                                                       companheiros
a tomar decisões sozinhos, pois o destino odioso me
                                                       devorou,
ainda que fosse o destino que me cabia desde que nasci.
80 Também para ti próprio, ó Aquiles semelhante aos deuses,
está destinado que morras sob a muralha dos ricos Troianos.
E outra coisa te direi e pedirei, na esperança de que obedeças:
não ponhas os meus ossos longe dos teus, ó Aquiles,
mas juntos, já que fomos criados em vosso palácio,
85 quando Menécio me trouxe, criança ainda, de Opunte
para a vossa terra, por causa de um homicídio funesto,
naquele dia em que matei o filho de Anfidamante,
na minha estultícia, sem querer, irado no jogo dos dados.
Foi então que me acolheu em sua casa o cavaleiro Peleu
90 e me criou com todo o carinho e me nomeou teu escudeiro.
Que os ossos de nós dois uma só urna acolha,
dourada e de asa dupla, que te deu tua excelsa mãe."

Respondendo-lhe assim falou Aquiles de pés velozes:
"Por que razão, ó cabeça amada, aqui te dirigiste,
95 e por que me recomendas cada uma dessas coisas?
Tudo farei e obedecerei como tu ordenas.
Mas aproxima-te de mim. Embora por pouco tempo,
abracemo-nos um ao outro no prazer do triste pranto."

Assim falando, estendeu os seus braços, mas não logrou
100 agarrá-lo. Como um sopro de fumo, o fantasma partiu

para debaixo da terra, balbuciando. Espantado se levantou
Aquiles e, batendo as mãos, proferiu esta palavra lastimosa:

"Ah, é verdade que até na mansão de Hades subsiste
uma alma e um fantasma, embora sem vitalidade alguma!
105 Pois toda a noite a alma do desgraçado Pátroclo esteve
junto de mim, chorando e lamentando-se. Sobre cada
            coisa me
deu recomendações, assombrosamente a ele se
              assemelhando."

Assim falou; e neles todos despertou o desejo de chorar.
Surgiu a Aurora de róseos dedos enquanto eles carpiam
110 em volta do pobre cadáver. Então o poderoso Agamêmnon
ordenou que mulas e homens fossem buscar lenha,
saindo de todas as tendas; e um homem valente os vigiou,
Meríones, escudeiro do amavioso Idomeneu.
Partiram levando nas mãos machados rachadores de lenha
115 e cordas bem torcidas; à frente deles foram as mulas.
Muitas subidas, descidas, desvios e atalhos comportou o
              caminho.
Mas quando chegaram às faldas do Ida de muitas fontes,
logo em seguida com o bronze de longa lâmina cortaram
carvalhos de alta copa; e as árvores com grande estrondo
120 iam tombando. Depois os Aqueus fenderam os troncos
e ataram-nos atrás das mulas. E estas com as patas
            sulcavam
a terra, apressando-se rumo à planície pelo denso matagal.
Todos os lenhadores carregaram achas; pois assim ordenara
Meríones, escudeiro do amavioso Idomeneu.
125 Na praia as depuseram, cada um à sua vez, lá onde para
              Pátroclo
e para si próprio planejava Aquiles um grande túmulo.
Depois que depuseram por toda a parte a lenha incontável,
ali se sentaram, permanecendo todos juntos. E Aquiles
ordenou imediatamente aos Mirmidões amigos de combater

CANTO XXIII

130 que se cingissem de bronze, e a cada um que atrelasse ao carro
seus cavalos. Levantaram-se e envergaram as armas
e subiram para os carros, guerreiros e aurigas.
À frente foram os cavaleiros, depois uma nuvem de peões,
incontáveis! No meio levaram Pátroclo seus companheiros.
135 Cobriram, como se de veste se tratasse, todo o corpo
com seus cabelos cortados. O divino Aquiles segurava a cabeça,
chorando: era irrepreensível o amigo que mandava para o Hades.

Quando chegaram ao local que lhes indicara Aquiles,
depuseram o morto e logo providenciaram lenha abundante.
140 Foi então que pensou outra coisa o divino Aquiles de pés velozes:
pôs-se de pé, afastado da pira, e cortou uma loira madeixa,
cujo comprimento ele mantinha prometido ao rio Esperqueio.
Entristecido assim disse, fitando o mar cor de vinho:

"Esperqueio, em vão te prometeu o meu pai Peleu
145 que quando eu regressasse à amada terra pátria
para ti cortaria o meu cabelo, oferecendo uma sacra hecatombe;
e que lá eu sacrificaria cinquenta carneiros imaculados
nas tuas águas, lá onde tens teu domínio e teu fragrante altar.
Assim prometeu o ancião, mas tu não fizeste cumprir a sua tenção.
150 Agora, visto que já não regressarei à amada terra pátria,
oferecerei ao herói Pátroclo esta madeixa para o acompanhar."

Assim dizendo, pôs a madeixa nas mãos do companheiro amado,
e em todos despertou o desejo de chorar.

E a luz do sol ter-se-ia posto sobre o seu pranto,
se de Agamêmnon não tivesse se aproximado Aquiles e dito:

"Atrida, é às tuas palavras que a hoste dos Aqueus sobretudo
obedece. É possível chegar-se à saciedade do pranto,
mas por agora manda-os embora da pira e diz-lhes que
preparem
a refeição. Quanto às coisas presentes, incumbirão a nós,
que mais próximos éramos do morto. Conosco fiquem os
regentes."

Depois que isso ouviu Agamêmnon soberano dos homens,
logo dispersou a hoste pelas naus bem niveladas;
porém os que eram mais próximos ficaram e amontoaram
a lenha.
Fizeram uma pira de cem pés em cada direção,
e no topo da pira colocaram o morto, enlutados no coração.
Muitas ovelhas robustas e bois de passo cambaleante
esfolaram e prepararam à frente da pira; e dos animais todos
tirou a gordura e com ela envolveu o morto o magnânimo
Aquiles,
dos pés à cabeça, e em volta dele pôs as carcaças esfoladas.
Por cima colocou jarros de asa dupla de mel e azeite,
reclinando-os contra o esquife. Quatro cavalos de altos
pescoços
ganindo e gemendo ele atirou depressa sobre a pira.
Nove cães tinha Pátroclo, que comiam sob a sua mesa:
a dois destes Aquiles cortou a garganta e atirou-os sobre
a pira.
E doze nobres filhos dos magnânimos Troianos ele degolou
com o bronze, pois pusera no espírito trabalhos ruins.
Lançou a força férrea do fogo, para que lavrasse.
E em seguida chorou e chamou o amigo amado pelo nome:

"Saúdo-te, ó Pátroclo, também agora na mansão de Hades.
Todas as coisas eu cumpro que antes te prometi:

CANTO XXIII

doze nobres filhos dos magnânimos Troianos,
contigo a todos o fogo devorará. Porém não darei
Heitor Priâmida ao fogo para ser comido, mas sim aos cães."

Assim falou com ameaças. Só que com Heitor não se afadigavam
185 os cães, pois afastava-os a filha de Zeus, Afrodite,
de dia e de noite, ungindo-o com óleo de rosas ambrosial,
para que Aquiles não o lacerasse quando o arrastava.
E por cima dele trouxe uma nuvem escura Febo Apolo,
do céu para a planície, e cobriu todo o terreno
190 onde jazia o cadáver, para que antes do tempo a força do sol
não mirrasse a carne nos seus músculos e membros.

Todavia, a pira de Pátroclo morto não pegava fogo.
Foi então que pensou outra coisa o divino Aquiles de pés velozes.
Afastou-se da pira e rezou aos dois ventos,
195 ao Bóreas e ao Zéfiro, e prometeu-lhes belas oferendas.
Vertendo muitas libações de uma taça dourada, implorou-lhes
que viessem, para que depressa os cadáveres ardessem com fogo
e a lenha se apressasse a atear-se. Imediatamente ouviu Íris
a sua prece e foi logo transmitir aos ventos a mensagem.

200 Ora os ventos banqueteavam-se todos juntos na casa
do Zéfiro de rajadas ferozes. Íris estacou na corrida
na soleira de pedra; e eles, assim que a viram com os olhos,
levantaram-se todos e cada um chamou-a para junto de si.
Mas ela recusou-se a sentar-se e proferiu estas palavras:

205 "Não posso sentar-me, pois regressarei às correntes do Oceano,
à terra dos Etíopes, onde eles estão oferecendo hecatombes
aos imortais, para que também participe do festim sagrado.
Mas Aquiles pede ao Bóreas e ao Zéfiro guinchante

que venham e promete-lhes belas oferendas,
210 para que inciteis a pira a arder, na qual jaz
Pátroclo, por quem todos os Aqueus choram."

Tendo assim falado, partiu. E os ventos levantaram-se
com eco sobrenatural, empurrando as nuvens à sua frente.
Depressa chegaram ao mar para nele soprarem e a onda
ergueu-se
215 sob o sopro guinchante. Chegaram a Troia de férteis sulcos
e caíram sobre a pira; alto bramiu o fogo sobrenatural.
Toda a noite impeliram ao mesmo tempo a chama da pira,
soprando com voz aguda; e toda a noite o veloz Aquiles
de uma cratera dourada, segurando uma taça de asa dupla,
220 tirava vinho e derramava-o no chão, umedecendo a terra;
e chamava pela alma do infeliz Pátroclo.
Tal como chora o pai ao cremar os ossos do filho
que casara há pouco e que, morrendo, enlutou os pobres
pais —
assim Aquiles chorava ao cremar os ossos do companheiro,
225 passando à frente da pira com passo pesado, gemendo sem
parar.

Quando a estrela da manhã surgiu para anunciar a luz à
terra,
estrela atrás da qual vem a Aurora de manto de açafrão
espalhar-se sobre o mar, esmoreceu o fogo e pararam as
labaredas.
Os ventos voltaram de novo para a sua morada,
230 sobre o mar da Trácia, que bramiu com ondulação inchada.
Foi então que o Pelida se afastou da pira funerária
e deitou-se, exausto; sobre ele saltou um sono suave.

Mas os que estavam com os Atridas reuniram-se todos;
o barulho e estrépito que faziam ao aproximarem-se
acordaram-no.
235 Aquiles sentou-se direito e dirigiu-lhes estas palavras:

CANTO XXIII

"Atrida e vós outros, demais regentes de todos os Aqueus!
Primeiro apagai toda a pira com vinho frisante,
onde chegou a força do fogo. Em seguida
recolhamos os ossos de Pátroclo, filho de Menécio,
separando-os bem dos outros: são fáceis de reconhecer.
Pois ele jazia no meio da pira, enquanto os outros
foram cremados à parte, no rebordo, tanto cavalos como homens.
Coloquemos os ossos numa urna dourada com dupla camada
de gordura, até que eu próprio me veja escondido no Hades.
Não vos digo para vos esforçardes com um túmulo enorme:
apenas o que for decente. Mas depois fazei, ó Aqueus,
um túmulo amplo e elevado, vós que depois de mim
ficareis no meio das naus de muitos remos."

Assim falou; e eles obedeceram ao Pelida de pés velozes.
Primeiro apagaram a pira fúnebre com vinho frisante,
onde chegara a força do fogo e a cinza era profunda.
Chorando, recolheram os ossos do brando companheiro
para uma urna dourada com dupla camada de gordura;
colocaram-na na tenda e cobriram-na com um pano de linho.
Depois delinearam o diâmetro do túmulo e lançaram os alicerces
em torno da pira; amontoaram seguidamente a terra
e após terem feito o túmulo regressaram. Porém Aquiles
reteve ali o povo e fê-los sentarem-se em ampla reunião.
Das naus trouxe prêmios: caldeirões e trípodes,
cavalos e mulas, e robusto gado bovino;
mulheres de belas cinturas e o ferro cinzento.

Para os céleres aurigas colocou primeiro gloriosos prêmios:
uma mulher para levarem, conhecedora de irrepreensíveis lavores,
e uma trípode de orelhas com capacidade para vinte e duas medidas,

265 para quem fosse o primeiro; para o segundo colocou uma
égua
de seis anos, indomada, que estava para parir uma mula;
para o terceiro colocou um caldeirão, intocado pelo fogo,
belo, com capacidade para quatro medidas, ainda branco;
para o quarto colocou dois talentos de ouro;
270 e para o quinto, uma urna de asa dupla,
intocada pelo fogo. Depois pôs-se de pé e assim disse no
meio dos Argivos:

"Atrida e demais Aqueus de belas cnêmides!
Estes prêmios jazem para os aurigas no certame.
Se em honra de outro nós Aqueus competíssemos,
275 decerto seria eu a levar o primeiro prêmio para a minha
tenda.
Pois vós sabeis como os meus cavalos sobrelevam em
excelência,
visto que são imortais e foi Posêidon que os ofereceu
a meu pai, Peleu; depois ele a mim os deu.
Mas abster-me-ei, assim como meus cavalos de casco não
fendido.
280 Pois eles perderam a glória valente do seu cocheiro,
tão bondoso!, que amiúde lhes vertia o líquido azeite
nas crinas, depois de os ter lavado com água clara.
Por causa dele estão eles ali entristecidos e as crinas
arrastam no chão; ambos estão ali, tristes no coração.
285 Mas vós, os outros, preparai-vos em todo o exército: todo
aquele
que dos Aqueus confiar nos seus cavalos e no carro
articulado."

Assim disse o Pelida; e espevitaram-se os céleres aurigas.
De longe o primeiro a levantar-se foi o soberano Eumelo,
filho amado de Admeto, homem experto na equitação.
290 A seguir levantou-se o Tidida, o possante Diomedes,
que conduzia sob o jugo os cavalos de Trós, que antes

ele arrebatara a Eneias, embora a Eneias arrebatasse Apolo.
A seguir levantou-se o Atrida, o loiro Menelau
criado por Zeus, que conduzia sob o jugo cavalos velozes:
295 Eta, égua de Agamêmnon, e o seu próprio cavalo, Podargo.
A égua fora oferecida a Agamêmnon pelo filho de Anquises,
Equepolo, para que ele não viesse para Ílion ventosa,
mas ficasse antes em casa, gozando o prazer. Pois dera-lhe
Zeus uma grande fortuna e vivia na ampla Sícion.
300 Esta era a égua que Menelau conduzia, ávida de correr.
Em quarto lugar preparou Antíloco seus corcéis de belas
                                                  crinas,
filho glorioso de Nestor, soberano de sublime coração,
filho de Neleu. Nascidos em Pilos eram os cavalos
de céleres patas que puxavam o carro. Junto dele chegou
                                                  seu pai
305 para o aconselhar como homem sensato para outro avisado:

"Antíloco, embora na verdade sejas ainda jovem,
                                                  estimaram-te
Zeus e Posêidon e ensinaram-te toda a arte da equitação.
Por isso dar-te lições é coisa de que não precisas.
Sabes bem como contornar o poste; só que teus cavalos
310 são os mais lentos na corrida. Por isso antevejo apuros.
Os cavalos dos outros são mais rápidos, mas os concorrentes
não sabem congeminar melhores expedientes que os teus.
Ora então, meu querido, lança no espírito a argúcia
toda, para que não te fujam os prêmios.
315 Pela argúcia é melhor o lenhador do que pela força;
é pela argúcia que o timoneiro no mar cor de vinho
mantém direita a nau veloz assolada pelos ventos;
e pela argúcia um auriga sobreleva a outro auriga.
Outro homem, confiante nos cavalos e no carro,
320 muito serpenteia à toa para um lado e para o outro
e seus cavalos vagueiam no curso e não os controla.
Mas aquele que tem mente arguta, embora conduza
                                                  cavalos piores,

fita sempre o poste e vira quando está perto, nem descura
como ao princípio deve segurar as rédeas de couro bovino,
₃₂₅ mas segura-as, atinado, e observa o concorrente da frente.
Agora falar-te-ei de um sinal claro, que não te passará
                despercebido.
Há um tronco de madeira, que se eleva uma braça acima
                do chão,
de carvalho ou de pinho: não apodrece devido à chuva
e de cada lado estão encostadas duas brancas pedras
₃₃₀ na junção do curso; e a pista hipodrômica é lisa em volta.
Porventura será o túmulo de um homem há muito falecido,
ou então trata-se do poste das corridas de homens antigos;
mas agora escolheu-o como poste o divino Aquiles de pés
                velozes.
Aproximando-te de perto, conduz o carro e os cavalos;
₃₃₅ mas pela tua parte inclina-te no carro bem entrançado,
para a esquerda da parelha. Ao cavalo do lado direito aplica
o acicate, chamando por ele; dá-lhe bastante rédea das
                tuas mãos.
Mas deixa que o cavalo do lado esquerdo se aproxime do
                poste,
a ponto de parecer que nele o cubo da roda bem fabricada
₃₄₀ está quase a roçar. Mas evita tocares na pedra,
para que não firas os cavalos e destruas o carro:
isso seria uma alegria para os outros, mas uma humilhação
para ti próprio. Pois bem, meu querido, sê prudente e atinado.
É que se, ao passares o poste, fores à frente dos outros,
₃₄₅ não haverá ninguém que te alcançará acelerando nem
                ultrapassará,
nem que conduzisse em tua perseguição o divino Aríon,
cavalo veloz de Adrasto, que é de raça divina;
ou então os cavalos de Laomedonte, nobre raça desta terra."

Assim falando, Nestor, filho de Neleu, sentou-se de novo
₃₅₀ no seu lugar, depois que explicara ao filho os limites de
                cada coisa.

CANTO XXIII

    Também Meríones, o quinto, preparou seus cavalos de
belas crinas.
E depois montaram nos carros e atiraram as sortes.
Agitou-as Aquiles; e para fora saltou a sorte de Antíloco,
filho de Nestor. Depois dele calhou o lugar ao forte Eumelo.
355 E junto dele o Atrida, o famoso lanceiro Menelau;
e junto dele a Meríones calhou o lugar. Por fim o Tidida,
embora o melhor, recebeu o lugar para conduzir os cavalos.
Tomaram seus lugares em fila; e Aquiles indicou-lhes o
poste
lá longe na lisa planície. Como árbitro de linha ali colocou
360 o divino Fênix, seguidor de seu pai, para que vigiasse
a corrida e sobre ela se pronunciasse com verdade.

    Foi então que sobre os cavalos ergueram todos juntos os
chicotes
e lhes bateram com as rédeas, dirigindo-lhes palavras
afincadamente. E logo se precipitaram sobre a planície,
365 para longe das naus rapidamente. Debaixo dos peitos
a poeira levantava-se e ficava no ar como nuvem ou procela;
e as crinas dos cavalos eram atiradas para trás pelo sopro
do vento.
Os carros tanto seguiam por cima da terra provedora de dons
como de vez em quando saltavam alto. Os aurigas
370 permaneciam nos carros e o coração de cada um palpitava,
ávidos como estavam de vitória. Cada um chamava
pelos seus cavalos, que voavam pela planície cobertos de pó.

    Ora quando os céleres corcéis estavam cumprindo a parte
final
da trajetória, já em direção ao mar cinzento, foi então que
o brio
375 de cada um se revelou e a corrida puxou pelos cavalos.
Depressa
se destacaram à frente as éguas velozes do filho de Feres;
e a seguir a estas se destacaram os garanhões de Diomedes,

da raça de Trós, que não estavam muito para trás, mas muito perto!
Continuamente pareciam querer subir para o carro de Eumelo,
380 cujas costas e largos ombros eles aqueciam com seu bafo,
pois por cima dele inclinavam as cabeças enquanto voavam.
E agora teria o Tidida passado à frente ou deixado um desfecho
ambivalente, se contra ele não se tivesse encolerizado Febo Apolo,
que lhe fez saltar das mãos o chicote luzente.
385 Dos olhos de Diomedes brotaram lágrimas de raiva,
porquanto via as éguas a avançarem muito mais depressa,
estando seus cavalos prejudicados, porque corriam sem aciate.
Mas não passou despercebido a Atena que Apolo defraudava
o Tidida; e lançou-se rapidamente atrás do pastor do povo.
390 Deu-lhe o chicote e nos cavalos insuflou a força.
Irada foi então a deusa atrás do carro do filho de Admeto
e partiu-lhe o jugo dos corcéis. As éguas corriam
à toa pela pista e a vara soltou-se por terra.
Ele próprio foi projetado do carro de junto da roda
395 e dos seus ombros, boca e nariz se esfolou a pele
e a testa por cima das sobrancelhas ficou ferida.
Os olhos encheram-se de lágrimas e a voz pujante ficou retida.
O Tidida virou, controlados, os seus cavalos de casco não fendido
saindo muito à frente dos outros. É que Atena
400 insuflara força nos cavalos, para lhe outorgar a glória.
A seguir vinha o Atrida, o loiro Menelau.
Porém Antíloco gritou aos cavalos de seu pai:

"Ide em frente também vós! Esforçai-vos o mais rápido que puderdes!
Com aqueles cavalos acolá não vos ordeno que compitais,

CANTO XXIII
633

405 com os corcéis do fogoso Tidida, aos quais Atena agora
conferiu velocidade e ao próprio outorgou a glória.
Mas ultrapassai os cavalos do Atrida, não fiqueis para trás!,
rapidamente, para que sobre vós não verta a vergonha
Eta, que não passa de uma fêmea. Deixai-vos ultrapassar,
            ó caros?
410 Pois isto vos direi, coisa que não ficará sem cumprimento:
contemporização alguma não terá Nestor, o pastor do povo,
mas imediatamente vos matará com o bronze afiado,
se devido à vossa falta de empenho levarmos um prêmio
            reles.
Segui pois atrás deles e apressai-vos o mais rápido que
            puderdes.
415 E agora estas coisas congeminarei eu próprio e planejarei,
para os ultrapassarmos na pista estreita; não estarei
            desatento."

Assim falou; e os cavalos aterrorizados pela repreensão do
            amo
avançaram mais rápidos, durante pouco tempo. Mas logo
discerniu um estreito na pista oca Antíloco, tenaz em
            combate:
420 era uma greta no chão, onde as chuvas invernosas haviam
arrancado parte do caminho e todo o terreno se afundara.
Por aí foi Menelau, para evitar as ultrapassagens dos outros.
Mas Antíloco virou os cavalos de casco não fendido
para fora da pista e seguiu Menelau, um pouco desviado.
425 O Atrida ficou cheio de medo e vociferou a Antíloco:

"Antíloco, és irresponsável a conduzir! Controla os teus
            cavalos!
A pista aqui está mais estreita, mas depressa ficará mais
            larga.
Não queiras prejudicar-nos a ambos, dando cabo do meu
            carro."

Assim falou; mas Antíloco conduziu com maior velocidade,
430 aplicando o chicote, fazendo de conta que nada tinha ouvido.
Tão longe quanto é o percurso do disco lançado do ombro
por um homem ainda novo fazendo prova da sua juventude —
tão longe assim correram. Mas as éguas do Atrida ficaram
para trás, pois ele próprio, voluntariamente, não as incitava,
435 não fossem os cavalos de casco não fendido colidir na pista,
ficando revirados os carros bem entrançados e eles próprios
tombados na poeira por causa da sua ânsia pela vitória.
Repreendendo-o lhe falou o loiro Menelau:

"Antíloco, nenhum outro mortal é mais pernicioso que tu.
440 Vai para o raio que te parta! Falsamente nós Aqueus te consideramos
um homem sério. Mas não levarás o prêmio sem jurares primeiro."

Assim dizendo, gritou e chamou pelas suas éguas:
"Não desistais e não fiqueis paradas, de coração triste!
Fatigar-se-ão os pés e os joelhos deles antes dos vossos:
445 pois do que têm falta ambos os cavalos é de juventude!"

Assim falou; e as éguas receosas por causa da repreensão do amo
avançaram mais rápidas e depressa apanharam os outros.

Os Argivos sentados na assembleia olhavam para os cavalos,
que por sua vez voavam pela planície, cobertos de pó.
450 O primeiro a discernir os cavalos foi Idomeneu, rei dos Cretenses.
Pois estava sentado, alto, afastado da assembleia numa atalaia.
Quando ouviu a voz daquele que gritara, ainda que lá longe,

CANTO XXIII

reconheceu-a: e discerniu um cavalo a avançar, visível, em frente,
todo ele escuro no resto do corpo, mas que na testa
455 tinha um sinal branco que era circular como a lua.
Pôs-se de pé e assim disse entre os Argivos:

"Ó amigos, comandantes e regentes dos Argivos!
Sou só eu que vislumbro os cavalos, ou também vós?
Parece-me que são outros os cavalos que vão à frente;
460 é outro o auriga que aparece. As éguas terão algures
na planície sofrido algum dano, elas que iam à frente!
Pois na verdade eu vi-as a contornar primeiro o poste,
mas agora em parte alguma as vejo, embora por todo o lado
meus olhos num relance apanhem a planície troiana quando olho.
465 Será que as rédeas fugiram ao auriga e que ele não pôde
contornar bem o poste, tendo-lhe saído mal a volta?
Penso que ali terá tombado e dado cabo do carro; e as éguas
terão saído da pista, quando o terror se apoderou do seu espírito.
Mas levantai-vos também vós e olhai. Pois não consigo
470 ver com clareza. Parece-me que o homem à frente
é de raça etólia, soberano entre os Dânaos: o filho
de Tideu domador de cavalos, o potente Diomedes."

Insultuosamente o repreendeu o célere Ájax, filho de Oileu:
"Idomeneu, por que falas sempre mais alto do que deves?
Acolá
475 estão as éguas de levantadas patas, correndo na vasta planície.
Tal como entre os Argivos não és tu o mais novo, também
da tua cabeça não observam teus olhos com a melhor visão.
Mas sempre aos altos berros te saem as palavras! Não precisas

de falar tão alto, pois aqui outros há bem melhores que tu.
São as próprias éguas que vêm à frente, as mesmas de há
>>pouco,
as de Eumelo: é o próprio que está no carro e segura as
>>rédeas."

Furioso lhe respondeu então o rei dos Cretenses:
"Ájax, príncipe do insulto, mas vil de entendimento! Em tudo
ficas atrás dos outros Argivos, pois acasmurrada é a tua
>>mente.
Anda cá! Apostemos uma trípode ou um caldeirão
e que entre nós arbitre o Atrida Agamêmnon, sobre quais
são as éguas que vão à frente, para que aprendas, mas a
>>pagar!"

Assim falou; e logo se levantou o célere Ájax, filho de Oileu,
furibundo, para lhe responder com palavras ásperas.
E mais longe teria chegado a altercação de ambos,
se o próprio Aquiles não se tivesse levantado e dito:

"Não respondais um ao outro com palavras insultuosas,
ó Ájax e Idomeneu, nem com palavras vis, pois não vos
>>fica bem.
Cada um de vós está zangado com o outro, por ter feito
>>tal coisa.
Mas sentai-vos aqui na assembleia e observai os cavalos;
rapidamente na sua ânsia de vencer aqui chegarão.
Nessa altura conhecereis, cada um de vós, os cavalos dos
>>Argivos:
os que chegam em segundo lugar e os que chegam em
>>primeiro."

Assim falou; e o Tidida, lançado, chegou ali muito perto,
sempre a manusear o chicote a partir do ombro. E os cavalos
saltavam alto enquanto seguiam depressa o seu caminho.
Continuamente bocados de pó assaltavam o auriga;

e o carro trabalhado com ouro e estanho corria
atrás dos cavalos de céleres patas. Não era grande
505 o rastro das extremidades das rodas deixado
na fina poeira, pois a parelha voava depressa.
Pôs-se de pé no meio da assembleia; o suor escorria
abundante até o chão dos pescoços e peitos dos cavalos.
O próprio Diomedes saltou para o chão do carro reluzente
510 e encostou o chicote contra o jugo. Não se atrasou
o possante Esténelo, mas depressa agarrou no prêmio
e deu-o aos altivos companheiros para levarem: a mulher
e a trípode de orelhas. Depois desatrelou os cavalos.

A seguir foi Antíloco, da linhagem de Neleu, que conduziu
os cavalos,
515 tendo ultrapassado Menelau pela astúcia, e não pela
velocidade.
Mesmo assim, Menelau veio logo a seguir com os seus
cavalos.
Tanto quanto da roda dista o cavalo, que leva o amo
através da planície, esforçando-se por puxar o carro;
no rebordo da roda tocam as últimas crinas da cauda,
520 pois a roda corre atrás e não é grande o espaço
de permeio quando corre sobre a ampla planície —
assim era a distância entre Menelau e o irrepreensível
Antíloco,
embora antes tivesse ficado para trás tão longe quanto
alguém
lança um disco; mas depressa o apanhou. Pois valeu-lhe
525 a força excelente da égua de Agamêmnon, Eta das belas
crinas.
E se a pista tivesse sido mais longa para ambos,
tê-lo-ia ultrapassado e o caso não teria ficado na dúvida.

Porém Meríones, valoroso escudeiro de Idomeneu,
distava do glorioso Menelau o arremesso de uma lança.
530 É que mais lentos eram seus cavalos de belas crinas,

além de que ele próprio era o pior a conduzir carros na
corrida.
O filho de Admeto chegou em último lugar, atrás de todos,
arrastando o belo carro e conduzindo em frente os cavalos.
Ao vê-lo se compadeceu o divino Aquiles de pés velozes;
535 e de pé no meio dos Argivos disse palavras aladas:

"Por último seus cavalos de casco não fendido conduz
o melhor homem. Demos-lhe um prêmio (pois fica bem),
o segundo prêmio; e que o primeiro leve o filho de Tideu."

Assim falou; e todos concordaram fazer como mandara.
540 E agora ter-lhe-ia dado a égua, com anuência dos Aqueus,
se Antíloco, filho do magnânimo Nestor, não se tivesse
levantado para exigir do Pelida Aquiles o que lhe era devido:

"Ó Aquiles, muito me zangarei contigo, se cumprires
essa palavra! Estás na disposição de me defraudares do
prêmio,
545 convencido de que o carro e os velozes cavalos dele
soçobraram,
apesar de ele ser um homem valoroso. Ele deveria ter aos
imortais
dirigido preces. Desse modo não teria acabado a corrida
em último.
Mas se tens pena dele e se ele se tornou amável ao teu
coração,
na tua tenda tens muito ouro, tens muito bronze
550 e ovelhas; e tens ainda servas e cavalos de casco não fendido.
Desses tesouros tira depois um prêmio melhor para lhe dares,
ou então já imediatamente, para que te louvem os Aqueus.
Mas eu não cederei a égua. Quem dos homens a quiser
que se haja comigo e lute com a força das mãos."

555 Assim disse; e sorriu o divino Aquiles de pés velozes,
embevecido com Antíloco, que era seu companheiro amado.

CANTO XXIII

E respondendo-lhe proferiu palavras aladas:

"Antíloco, se me ordenas que de minha casa eu ofereça
outro presente a Eumelo, também isso eu cumprirei.
560 Dar-lhe-ei a couraça que arrebatei a Asteropeu:
é de bronze e tem por cima adornos circulares
de estanho brilhante. Ser-lhe-á de grande valor."

Assim falou; e ordenou a Automedonte, seu amado
               camarada,
que a trouxesse da tenda. Ele foi e depois veio trazê-la;
565 entregou-a nas mãos de Eumelo, que a recebeu de bom grado.

Entre eles se levantou em seguida Menelau de coração
               agitado,
pois estava perdido de fúria contra Antíloco. O arauto
pôs-lhe o cetro nas mãos e ordenou aos Argivos
que se calassem. Assim disse o homem semelhante aos deuses:

570 "Antíloco, tu que antes eras prudente, que coisa foste fazer!
Aviltaste a minha excelência e prejudicaste os meus cavalos,
empurrando para a frente os teus, que são muito piores.
Mas agora, ó comandantes e regentes dos Argivos,
julgai entre nós dois, sem que haja favorecimento,
575 para que ninguém diga dentre os Aqueus vestidos de bronze:
'Com mentiras prevaleceu Menelau sobre Antíloco
e ficou com a égua: conquanto seus cavalos fossem muito
               piores,
ele próprio era mais forte pela nobreza e pelo poder.'
Mas serei eu próprio a julgar e declaro que nenhum
580 dos Dânaos me censurará. Reta será minha sentença.
Antíloco, chega aqui, ó tu criado por Zeus! Como é justo,
põe-te de pé ao lado dos teus cavalos e carro e toma
nas mãos o chicote com que antes conduziste; e pondo
a mão sobre os cavalos jura pelo deus que segura e sacode
               a terra

585 que não foi por nenhuma manha que prejudicaste o meu
                                                        carro."

A ele deu resposta o prudente Antíloco:
"Contemporiza agora. Sou muito mais novo que tu,
ó soberano Menelau; tu és mais velho e melhor.
Sabes quais são as transgressões de um homem novo,
590 precipitado quanto ao espírito, mas débil quanto à
                                                        inteligência.
Por isso que sinta paciência teu coração. A égua que ganhei,
quero eu próprio dar-te; e se da minha casa pretenderes
outra coisa melhor, imediatamente quereria dar-te,
de preferência a ser expulso do teu coração todos os dias
595 da minha vida e ficar como prevaricador perante os deuses."

Assim disse; e levando a égua, o filho do magnânimo Nestor
foi entregá-la nas mãos de Menelau, cujo coração
exultou como o trigo que ao sentir o orvalho nas espigas
amadurece, na altura em que as searas se enchem de cereal.
600 Do mesmo modo a ti, ó Menelau, se te alegrou o coração!
E falando proferiu palavras aladas:

"Antíloco, eu próprio abandonarei agora a minha raiva
contra ti, visto que anteriormente não tinhas o hábito
de seres tolo e leviano. A juventude é que te venceu o juízo.
605 Para a próxima, não procures passar a perna nos mais
                                                        nobres.
Na verdade, depressa não me teria persuadido outro dos
                                                        Aqueus.
Mas tu já sofreste muito e muito te esforçaste, assim como
teu excelente pai e teu irmão, por minha causa.
Por isso darei ouvidos à tua súplica; além disso te darei
610 a égua, apesar de ser minha, para que compreendas, e estes
aqui também, que nem altivo nem inflexível é o meu
                                                        coração."

Assim disse; e deu a égua a Noémon, companheiro de Antíloco,
para ele a levar; e ele, por sua vez, escolheu o caldeirão refulgente.
E Meríones pegou nos dois talentos de ouro, pois chegara
em quarto lugar. Mas o quinto prêmio ficou para trás,
a urna de asa dupla. Então Aquiles deu-a a Nestor, levando-a
através da reunião dos Argivos, e assim lhe disse perto dele:

"Fica também tu agora, ó ancião, com este tesouro,
como recordação do funeral de Pátroclo. Pois a ele nunca
mais tu verás no meio dos Argivos. Ofereço-te este prêmio
sem ter sido ganho; pois não será no pugilato que competirás,
nem na luta, nem no arremesso de dardos, nem na corrida
com os pés. Já a penosa velhice pesa sobre ti."

Assim dizendo, pôs-lhe a urna nas mãos. Ele recebeu-a
de bom grado e dirigiu-lhe palavras aladas:
"Na verdade tudo o que disseste, ó filho, foi na medida certa.
Pois já não sinto firmeza nos membros, meu querido amigo,
e nos pés; e os braços já não se lançam leves dos meus ombros.
Quem me dera ser novo e ter firmeza na minha força!
Tal como no dia em que os Epeios sepultavam em Buprásio
o poderoso Amarinceu e seus filhos colocaram prêmios em honra
do rei. Lá não houve nenhum homem que comigo se igualasse,
entre os Epeios ou os Pílios ou os magnânimos Etólios.
No pugilato venci Clitomedes, filho de Énops;
na luta, Anceu de Plêuron, que se levantou contra mim.
Na corrida passei à frente de Ífícles, excelente embora fosse;
e no arremesso da lança venci Fileu e Polidoro.
Na corrida de cavalos só os dois filhos de Actor me venceram,
fazendo valer a superioridade numérica, zelosos da vitória,
porquanto os melhores prêmios tinham ficado por ganhar.

Eram irmãos gêmeos: um deles conduzia com mão firme,
com mão firme conduzia, enquanto o outro chicoteava.
Assim era eu outrora. Agora que compitam os mais novos
em tais trabalhos. É necessário que eu obedeça à triste
              velhice,
645 mas naquela altura eu destacava-me entre os heróis.
Vai então e homenageia o teu companheiro com concursos!
Quanto a este presente, recebo-o de bom grado, e alegra-se
o meu coração, porque te lembraste de mim e não me ignoras;
e lembras-te da honra em que devo ser tido pelos Aqueus.
650 Que por estas coisas te deem os deuses condigno favor."

Assim falou; e o Pelida atravessou a enorme multidão
dos Aqueus, após ter ouvido o louvor do filho de Neleu.
Em seguida colocou os prêmios para o doloroso pugilato.
Trouxe uma mula robusta e atou-a no meio da assembleia;
655 uma mula de seis anos, indomada, dificílima de domar.
Para o vencido colocou uma taça de asa dupla.
De pé proferiu este discurso no meio dos Aqueus:

"Ó Atrida e vós, demais Aqueus de belas cnêmides!
Por estes prêmios chamamos dois varões, os melhores
660 que houver, a levantarem as mãos no pugilato. Àquele
a quem Apolo der resistência, e todos os Aqueus consentirem,
será dado levar para a sua tenda esta mula robusta.
Porém o vencido levará esta taça de asa dupla."

Assim falou; e logo se levantou um homem alto e forte,
665 perito no pugilato: Epeio, filho de Panopeu.
Agarrou na mula robusta e assim declarou:
"Que se aproxime quem levará a taça de asa dupla!
Pois afirmo que nenhum outro dos Aqueus levará a mula,
vencendo-me com punhos cerrados, visto que sou o melhor.
670 Não é suficiente que eu fique aquém na batalha? Não é
              possível
em todos os trabalhos ser-se um homem perito.

CANTO XXIII

E isto eu direi, coisa que se irá cumprir:
rasgar-lhe-ei a carne e estilhaçar-lhe-ei os ossos.
Que os seus familiares permaneçam no meio da turba,
675 para depois o levarem quando for subjugado às minhas mãos."

Assim falou; e todos permaneceram em silêncio.
Só Euríalo se levantou para o enfrentar, homem divino!,
filho do soberano Mecisteu, filho de Talau,
que outrora viera a Tebas ao funeral de Édipo falecido
680 e lá venceu todos os filhos de Cadmo.
E o filho de Tideu, famoso lanceiro, ajudou-o a preparar-se,
encorajando-o com palavras, pois muito queria que ele vencesse.
Primeiro pôs-lhe um cinturão; e depois deu-lhe umas tiras
bem cortadas, feitas de pele de boi campestre.
685 Após se terem cingido, ambos avançaram para o meio
da assembleia e, erguendo as mãos, embateram ambos
e enrolaram-se um com o outro com murros pesados.
Terrível era o estalido dos maxilares e o suor escorria-lhes
por toda parte do corpo. Contra ele se lançou o divino Epeio
690 e bem direcionado o esmurrou no queixo. Não por mais tempo
se manteve de pé Euríalo: deram de si os seus membros gloriosos.
Tal como quando devido à rajada do Bóreas o peixe é lançado
na praia cheia de algas, mas depois vem a escura onda cobri-lo —
assim saltou Euríalo, esmurrado. Mas o magnânimo Epeio
695 tomou-o nas mãos e levantou-o. Acercaram-se dele os amigos,
que o levaram da assembleia com os pés arrastando
e cuspindo o negro sangue, com a cabeça caída para um lado.
Trouxeram-no, meio tresloucado e zonzo, para o meio deles;

e foram eles próprios a ir buscar a taça de asa dupla.

700 De imediato colocou o Pelida os prêmios do terceiro concurso,
mostrando-os aos Dânaos: era o concurso da luta dolorosa.
Àquele que vencesse iria uma enorme trípode para o lume,
a qual os Aqueus avaliavam como valendo doze bois.
E para o homem vencido pôs no meio uma mulher,
705 perita em muitos lavores, que valia o preço de quatro bois.
Aquiles pôs-se de pé e assim disse aos Argivos:
"Levantai-vos, vós que competireis neste concurso!"

Assim falou; e logo se levantou o enorme Ájax Telamônio;
e levantou-se Ulisses de mil ardis, perito na astúcia.
710 Após terem se cingido, ambos avançaram para o meio
e agarraram-se um ao outro com suas mãos poderosas,
como as traves que um famoso construtor junta
no alto palácio, para evitar a violência dos ventos.
As costas deles estalavam sob a pressão vigorosa
715 das mãos audazes. O suor escorria-lhes pelo dorso;
e muitas feridas, vermelhas de sangue, apareceram-lhes
nas costelas e nos ombros. Mas eles esforçavam-se
continuamente pela vitória, para ganharem a trípode forjada.
Nem Ulisses conseguia derrubar Ájax e atirá-lo ao chão,
720 nem Ájax conseguia o mesmo: firme era a força de Ulisses.
Mas quando estavam prestes a cansar os Aqueus de belas cnêmides,
foi então que lhe disse o enorme Ájax Telamônio:
"Filho de Laertes, criado por Zeus, Ulisses de mil ardis!
Levanta-me tu, ou deixa-me levantar-te: que Zeus decida tudo."

725 Assim dizendo, levantou-o. Mas suas manhas não olvidou Ulisses.
Bateu-lhe por trás no joelho e os seus membros deram de si.
Ájax foi atirado para trás e Ulisses caiu-lhe em cima do peito.

CANTO XXIII

As hostes olhavam para o que se passava, cheias de espanto.
Em seguida, o sofredor e divino Ulisses tentou levantá-lo,
730 e moveu-o um pouco do chão, porém não o levantou.
Mas entrosou o seu joelho no dele. Ambos caíram ao chão,
perto um do outro. Estavam imundos de pó.
E agora pela terceira vez teriam se levantado para lutar,
se Aquiles não tivesse se levantado para os reter:

735 "Não continueis lutando! Mais não sofrais com tormentos!
A vitória é de ambos. Tomai prêmios equivalentes
e ide, para que compitam também os outros Aqueus."

Assim falou; e eles deram-lhe ouvidos e obedeceram.
Limparam a sujidade do corpo e vestiram as túnicas.

740 Em seguida colocou o Pelida os prêmios da rapidez de pés:
uma bacia de prata, bem trabalhada, que levava seis medidas;
pela beleza vencia de longe qualquer outra da terra,
visto que a tinham forjado os Sidônios, excelentes artífices,
e homens Fenícios a tinham trazido sobre o mar nebuloso;
745 no porto a puseram e deram-na como dom a Toante;
e como resgate por Licáon, filho de Príamo,
Euneu, filho de Jasão, a dera a Pátroclo, o herói.
Ora foi esta bacia que Aquiles colocou como prêmio pelo
                                                    amigo,
para aquele que fosse o mais rápido no concurso dos pés
                                                    velozes.
750 Para o segundo colocou um grande boi rico em gordura;
e meio talento de ouro colocou para o último.
Depois Aquiles pôs-se de pé e assim disse aos Argivos:
"Levantai-vos, vós que competireis neste concurso!"

Assim falou; e logo se levantou o célere Ájax, filho de Oileu,
755 e Ulisses dos mil ardis; e em seguida o filho de Nestor,
Antíloco. Pois ele vencia todos os mancebos na rapidez
                                                    dos pés.

Posicionaram-se em fila; e Aquiles indicou a meta.
Desde a marca da partida foi-lhes traçado um curso.
Depressa se destacou o filho de Oileu. O divino Ulisses
760 vinha atrás dele, muito perto: tão perto como do peito
de uma mulher de bela cintura está a roca, quando
com as mãos estica o fio, segurando a roca perto
do peito — assim perto corria Ulisses, e os seus pés
pisavam as pegadas de Ájax antes que as cobrisse o pó.
765 Sobre a cabeça de Ájax vertia seu hálito o divino Ulisses,
correndo sempre em frente. Todos os Aqueus gritavam
àquele homem ávido de vitória; chamavam por ele, que tanto
se esforçava. Mas quando chegaram à parte final da corrida,
Ulisses rezou a Atena de olhos esverdeados no seu coração:
770 "Ouve-me, ó deusa! Vem como auxiliadora dos meus pés!"

Assim falou, rezando; e ouviu-o Palas Atena, tornando-lhe
os membros mais leves, mais leves os pés e as mãos.
Ora quando estava prestes a chegar rapidamente aos prêmios,
foi então que Ájax escorregou (pois Atena o prejudicara)
775 no local onde estava o esterco dos bois de fortes mugidos,
que em honra de Pátroclo matara Aquiles de pés velozes.
E com o esterco dos bois ficou cheia sua boca e narinas.
Assim sendo, o sofredor e divino Ulisses pegou na bacia,
visto que chegara primeiro; e o glorioso Ájax ficou com o boi.
780 De pé segurando com as mãos o chifre do boi campestre,
cuspiu o esterco e assim disse no meio dos Argivos:

"Ah, foi a deusa que me prejudicou os pés, ela que sempre
está ao lado de Ulisses como uma mãe a ajudá-lo."

Assim falou; e aprazivelmente todos se riram dele.
785 Antíloco pôde então levar o último prêmio
e, sorrindo, assim disse no meio dos Argivos:

"Direi a vós algo que já sabeis, ó amigos! Agora
os imortais honram os homens mais velhos.

CANTO XXIII

Pois Ájax é só um pouco mais velho do que eu,
mas Ulisses é de anterior geração de homens anteriores.
Diz-se que bem vigorosa é a idade com que ele está! Mas difícil seria
para os Aqueus competir com ele na corrida, à exceção de Aquiles."

Assim falou, glorificando o Pelida de pés velozes.
E Aquiles respondeu-lhe com estas palavras:
"Antíloco, não será em vão que teu elogio foi proferido,
mas acrescentarei ao teu prêmio mais meio talento de ouro."

Assim dizendo, pôs-lhe ouro nas mãos, que ele recebeu, exultante.
Ora em seguida colocou o Pelida uma lança de longa sombra
no certame, assim como um escudo e um elmo:
eram as armas de Sarpédon, que Pátroclo lhe despira.
Pôs-se de pé e assim disse no meio dos Argivos:

"Para ganhar estes prêmios chamamos dois varões, os melhores,
a envergarem as armas e a empunharem o bronze que corta a carne,
para à prova se porem entre si à frente da multidão.
Aquele que atingir primeiro a bela carne do outro,
chegando às vísceras através da armadura e ao negro sangue,
a esse eu darei esta espada trabalhada com prata,
espada bela da Trácia, que arrebatei a Asteropeu.
E que estas armas levem ambos para partilharem;
e prepararemos para eles um bom banquete nas tendas."

Assim disse; e logo se levantou o enorme Ájax Telamônio;
e levantou-se o Tidida, o possante Diomedes.
Depois que se armaram, cada um do seu lado da turba,
avançaram ambos para o meio, ávidos de pelejar,
lançando olhares terríveis. O espanto dominou os Aqueus.

Mas quando já estavam perto, avançando um contra o outro,
três vezes arremeteram e três vezes embateram.
Então Ájax desferiu um golpe no escudo bem equilibrado,
mas não chegou à carne. É que a couraça aparou o golpe.
820 Por seu lado o Tidida tentava sempre por cima do escudo
ingente chegar ao pescoço, com a ponta da lança luzente.
Foi então que os Aqueus tiveram receio por Ájax,
e ordenaram a ambos que parassem e recebessem prêmios
iguais.
Porém ao Tidida deu o herói a grande espada,
825 juntamente com a bainha e o bem cortado boldrié.

Em seguida colocou o Pelida um pedaço maciço de ferro,
que outrora costumava lançar a grande Força de Eécion.
Porém chacinara-o o divino Aquiles de pés velozes
e levara o ferro nas naus com os outros tesouros.
830 Pôs-se de pé e assim disse no meio dos Argivos:

"Levantai-vos, vós que competireis neste concurso!
Ainda que seus férteis campos estejam longe,
o vencedor poderá servir-se deste ferro durante
o volver de cinco anos; não será por falta de ferro
835 que lavrador ou pastor irão à cidade. Isto lhes servirá."

Assim falou; e logo se levantou Polipetes, tenaz em combate;
levantou-se a potente Força do divino Leonteu;
levantaram-se Ájax Telamônio e o divino Epeio.
Posicionaram-se por ordem e o divino Epeio pegou
840 no ferro, rodopiou e lançou-o. Todos os Aqueus se riram.

Depois lançou Leonteu, vergôntea de Ares.
O terceiro a lançar foi o enorme Ájax Telamônio
com sua mão possante: ultrapassou as marcas de todos.
Mas quando no ferro pegou Polipetes, tenaz em combate,
845 tão longe quanto o homem boieiro atira seu cajado,
que rodopia a voar por cima das manadas dos bois —

CANTO XXIII

tão longe assim ultrapassou todos. E eles gritaram alto.
Levantaram-se os companheiros do possante Polipetes
e levaram para as côncavas naus o prêmio do rei.

850 Para os arqueiros colocou Aquiles roxo ferro como prêmio:
colocou dez machados duplos e dez machados simples.
Colocou o mastro de uma nau de escura proa
lá longe no areal; e com uma corda fina atou
uma pávida pomba pela pata, e ordenou-lhes
855 que contra ela disparassem. "Quem acertar na pávida
                                                    pomba
poderá soerguer e levar para casa os machados duplos.
Quem acertar na corda, falhando o alvo da ave,
será pior arqueiro, pelo que levará os machados simples."

Assim falou; e logo se levantou a Força do rei Teucro;
860 levantou-se Meríones, valoroso escudeiro de Idomeneu.
Escolheram as sortes e agitaram-nas num elmo;
foi a Teucro que coube o primeiro disparo. De imediato
disparou com força a seta, mas não prometeu ao Soberano
que lhe daria uma famosa hecatombe de cordeiros
                                                    primogênitos.
865 Não acertou na ave, pois tal lhe sonegara Apolo.
Mas acertou na corda junto da pata, com que a ave estava
                                                    atada.
E a seta amarga cortou a corda completamente;
a pomba voou para o céu e a corda ficou pendurada,
descaída por terra. Logo os Aqueus gritaram alto.

870 Porém Meríones arrebatou o arco das mãos de Teucro,
pois segurara uma seta enquanto Teucro disparava,
e de imediato prometeu a Apolo que acerta ao longe
uma famosa hecatombe de cordeiros primogênitos.
Muito alto, sob as nuvens, discerniu a pávida pomba:
875 acertou nela em cheio debaixo da asa enquanto rodopiava.
A seta trespassou-a por completo e caiu por terra,

à frente dos pés de Meríones. Mas a pomba
aterrou no mastro da nau de escura proa,
com o pescoço de banda e as asas de densas penas descaídas.
₈₈₀ Rápida lhe fugiu a vida dos membros; caiu longe
do mastro. O povo olhava, cheio de espanto.
Meríones soergueu os dez machados duplos
e Teucro levou os simples para as naus recurvas.

Depois o Pelida colocou uma lança de longa sombra
₈₈₅ e um caldeirão intocado pelo fogo, no valor de um boi,
cinzelado com flores. Levantaram-se os atiradores de dardos.
Levantou-se o Atrida, Agamêmnon de vasto poder,
e Meríones, valoroso escudeiro de Idomeneu.
Entre eles falou então o divino Aquiles de pés velozes:

₈₉₀ "Atrida, na verdade nós sabemos como superas todos os
                                                              outros
e como na capacidade e no arremesso dos dardos és o melhor.
Leva tu então este prêmio e vai para as côncavas naus;
quanto à lança, queiramos dá-la ao herói Meríones,
se tal consentir teu coração. É isso que eu quero."

₈₉₅ Assim falou; e não lhe desobedeceu o soberano dos homens.
Deu a brônzea lança a Meríones; e em seguida o herói
Agamêmnon deu ao arauto Taltíbio o lindíssimo prêmio.

Canto XXIV

Dispersou-se o certame e para as naus velozes se dirigiram
cada uma das hostes; pensaram então em deleitar-se
com o jantar e com o sono suave. Porém Aquiles
chorava, lembrado do companheiro amado; e não o tomou
5 o sono que tudo domina, mas voltava-se de um lado para
o outro,
saudoso da virilidade e da força potente de Pátroclo,
rememorando tudo o que com ele fizera e sofrera
ao atravessarem as guerras dos homens e as ondas dolorosas.

Recordado destas coisas derramava lágrimas copiosas,
10 ora deitado de lado, ora deitado de costas, ora deitado
de cara para baixo. Mas logo em seguida se levantava
para caminhar, vagueando, pela orla do mar; e despercebida
não lhe passava a Aurora quando surgia sobre o mar e a
praia,
mas atrelava ao jugo do carro os céleres corcéis
15 e arrastava o cadáver de Heitor, que amarrara atrás do carro.
E depois que o arrastara três vezes em torno do túmulo
do falecido filho de Menécio, de novo se deitava na tenda.
Mas deixava Heitor estendido, de cara para baixo na poeira.
Porém Apolo afastava da carne todo o aviltamento, com pena
20 de Heitor, até na morte. Cobriu-lhe o corpo todo com a égide
dourada, para que Aquiles não lhe dilacerasse a carne ao
arrastá-lo.

Deste modo na sua fúria Aquiles aviltou o divino Heitor.
Mas condoeram-se os deuses bem-aventurados ao verem
o que se passava e incitaram o Matador de Argos de vista arguta
25 a roubar o cadáver. A todos os outros isto agradou,
menos a Hera e a Posêidon e à virgem de olhos esverdeados,
que estavam como quando primeiro lhes repugnou a sacra Ílion
e Príamo e seu povo, por causa do desvario de Alexandre,
que insultou as deusas quando elas vieram à sua granja,
30 ao louvar aquela que lhe favoreceu sua lascívia atroz.

Foi quando sobreveio a décima segunda aurora
que entre os imortais falou Febo Apolo:

"Sois cruéis, ó deuses, e malévolos. Será que nunca
vos queimou Heitor coxas de bois e de cabras imaculadas?
35 Agora que ele está morto não ousais salvá-lo,
para que possa ser visto pela esposa, pela mãe e por seu filho,
pelo pai Príamo e pelo povo, que rapidamente
o cremarão no fogo e lhe prestarão honras fúnebres.
Mas é ao feroz Aquiles, ó deuses, que quereis favorecer:
40 ele a quem faltam pensamentos sensatos e um espírito
moldável no peito. Como um leão, só quer saber de selvagerias:
um leão que encorajado pela sua estatura e força e altivo
coração se atira aos rebanhos dos homens, para arrebatar a refeição.
Do mesmo modo Aquiles perdeu toda a compaixão e não tem
45 a vergonha que tanto prejudica como ajuda os homens.
Pode ser que outro tenha perdido alguém que amava:
um irmão nascido da mesma mãe ou então um filho.
Mas depois de o ter chorado e lamentado, sabe parar:
pois um coração que aguenta deram os Fados aos homens.
50 Mas este homem, depois de ter privado da vida o divino Heitor,

CANTO XXIV

ata-o ao carro e arrasta-o em torno do túmulo do companheiro
amado. Só que nada obterá de mais belo nem de mais proveitoso.
Que contra ele não nos encolerizemos, nobre embora seja!
Pois ele avilta na sua fúria terra que nada sente."

55 Irada lhe respondeu a deusa Hera de alvos braços:
"Poderia cumprir-se essa tua palavra, ó Senhor do Arco de Prata,
se vós deuses concedêsseis igual honra a Aquiles e a Heitor.
Heitor não passa de um mortal, amamentado por peito de mulher.
Porém Aquiles é filho de uma deusa, que eu própria
60 criei e favoreci e dei a um homem como esposa:
a Peleu, que muito estimado foi pelos imortais.
E todos vós, ó deuses, assististes à boda; no meio estavas
tu de lira na mão, ó amigo de malfeitores, como sempre infiel."

Respondendo-lhe assim falou Zeus que comanda as nuvens:
65 "Hera, não te enfureças tão completamente contra os deuses.
Única não será pois a honra deles. Mas também Heitor
era dos mortais de Ílion o mais estimado pelos deuses.
Pelo menos para mim era, pois nunca faltou com gratas oferendas.
Nunca o meu altar careceu do festim compartilhado,
70 nem de libações nem do aroma do sacrifício, a honra que nos cabe.
Mas não permitiremos que seja roubado (pois disso
se aperceberia Aquiles) o corpo do audaz Heitor. É que Tétis
vem continuamente para junto de Aquiles, de dia e de noite.
Mas que um dos deuses diga a Tétis que venha à minha presença,
75 para que lhe diga uma válida palavra, de modo a que Aquiles
aceite as oferendas de Príamo e restitua o cadáver de Heitor."

Assim falou; e logo se levantou Íris com pés de tempestade
e no meio de Samos e da rochosa Imbro mergulhou
no escuro mar. Marulharam por cima dela as águas.
₈₀ Desceu até ao fundo como o prumo de chumbo,
que no chifre de um boi campestre desce
para levar a morte aos peixes esfomeados.
Na côncava gruta encontrou Tétis; à sua volta estavam
sentadas as outras deusas marinhas; e ela no meio
₈₅ chorava o destino do filho irrepreensível, que estava
prestes
a morrer em Troia de férteis sulcos, longe da sua pátria.
Postando-se junto dela lhe disse Íris de pés velozes:
"Levanta-te, Tétis! Zeus chama, perito em imorredouros
conselhos."

Respondendo-lhe falou Tétis, a deusa dos pés prateados:
₉₀ "Por que me convoca o grande deus? Envergonho-me
de me imiscuir no meio dos imortais, pois tenho dores
incontáveis
no coração. Mas irei; e não será vã a palavra dele, seja ela
qual for."

Assim falando, num véu escuro pegou a divina entre as
deusas,
de cor mais preta do que o qual outra vestimenta não
havia.
₉₅ Partiu e à sua frente foi a célere Íris com pés de vento.
À sua volta se abriu a ondulação do mar.
Depois de emergirem na praia, subiram ao céu
e encontraram o Crônida que vê ao longe; à sua volta
estavam
todos os outros deuses bem-aventurados que são para
sempre.
₁₀₀ Sentou-se Tétis junto de Zeus pai, pois Atena lhe cedera
o lugar.
E Hera pôs-lhe nas mãos uma taça dourada e falou-lhe

CANTO XXIV

com palavras amáveis. Tétis restituiu a taça depois de beber.
Entre eles o primeiro a falar foi o pai dos homens e dos
        deuses:

"Vieste ao Olimpo, ó deusa Tétis, apesar do teu desgosto;
tens no coração uma dor inapaziguável. Bem o sei.
Mesmo assim dir-te-ei por que te chamei aqui.
Há nove dias que entre os imortais surgiu a discórdia
por causa do cadáver de Heitor e de Aquiles, saqueador de
        cidades.
Incitam o Matador de Argos de vista arguta a roubar o
        corpo.
Porém em relação a isto quero dar glória a Aquiles,
por respeito para com a tua reverência e estima no futuro.
Apressa-te então até ao exército e dá conta disto a teu filho:
diz-lhe que os deuses estão irados contra ele; e eu mais do
        que todos
estou grandemente enfurecido, porque ele com espírito
        tresloucado
retém o corpo de Heitor nas naus recurvas e não o restitui;
diz-lhe isto para que ele se amedronte e restitua Heitor.
Pela minha parte, enviarei Íris ao magnânimo Príamo,
para lhe dizer que resgate o filho amado, indo às naus dos
        Aqueus,
levando oferendas para Aquiles que lhe aplacarão o coração."

Assim falou; e não lhe desobedeceu Tétis, a deusa dos pés
        prateados.
Lançou-se veloz dos píncaros do Olimpo
e chegou à tenda de seu filho. Ali o encontrou,
gemendo incessantemente. À volta dele seus camaradas
se afadigavam com a preparação do jantar.
Fora sacrificado na tenda um grande carneiro lanzudo.
Sentou-se muito perto dele a excelsa mãe
e acariciando-o com a mão assim lhe chamou pelo nome:

"Meu filho, quanto tempo chorando e lamentando
devorarás teu coração, esquecido da comida
130 e da cama? Seria bom deitares-te em amor
com uma mulher. Pois não será longa a tua vida,
mas já estão ao teu lado a morte e o fado inflexível.
Ora ouve-me agora, pois para ti sou mensageira de Zeus.
Diz que os deuses estão irados contra ti; e ele mais do que todos
135 está grandemente enfurecido, porque tu com espírito tresloucado
reténs o corpo de Heitor nas naus recurvas e não o restituis.
Mas agora restitui o morto e aceita o resgate pelo cadáver."

Respondendo-lhe assim falou Aquiles de pés velozes:
"Que assim seja. Quem trouxer o resgate que leve o morto,
140 se o próprio Olímpio assim ordena de coração decidido."

Deste modo na conglomeração das naus mãe e filho
disseram um ao outro muitas palavras aladas.
Porém o Crônida mandou Íris para a sacra Ílion:

"Apressa-te, célere Íris! Deixa a sede do Olimpo
145 e anuncia ao magnânimo Príamo lá dentro de Ílion
que vá resgatar o filho amado às naus dos Aqueus;
que leve oferendas para Aquiles, que lhe aplacarão o coração,
sozinho: que nenhum outro dos Troianos siga com ele.
Um arauto idoso poderá acompanhá-lo, para guiar
150 as mulas e o carro de belas rodas e para trazer de volta
à cidade o morto — aquele que o divino Aquiles matou.
Que não o preocupe a morte nem o terror,
pois dar-lhe-emos como guia o Matador de Argos,
que o levará até chegar junto de Aquiles.
155 E depois de o ter levado para a tenda de Aquiles,
este não o matará e impedirá todos os outros que o façam.
Ele não é desprovido de siso, nem desatento nem facínora:
pelo contrário, compassivamente poupará o suplicante."

CANTO XXIV

Assim falou; e Íris lançou-se com pés de tempestade.
160 Chegou ao palácio de Príamo e encontrou-o em choro e pranto.
Os filhos estavam sentados em torno do pai dentro do pátio
e umedeciam as roupas com lágrimas; no meio deles estava
o ancião agasalhado com uma manta. A cabeça e o pescoço
do ancião estavam cobertos do esterco que ele apanhara
165 com as suas próprias mãos, esgaravatando na terra.
As filhas e as noras choravam dentro de casa,
lembradas dos muitos e valentes guerreiros mortos,
que jaziam desprovidos de vida às mãos dos Aqueus.
Junto de Príamo se postou a mensageira de Zeus e interpelou-o,
170 falando com voz baixa. Mas o tremor se apoderou dos membros dele:

"Anima-te, ó Príamo Dardânida, no espírito; não tenhas medo.
Não é para te trazer a desgraça que aqui chego,
mas com boa intenção. Sou mensageira de Zeus,
ele que por ti sente grande preocupação e piedade.
175 O Olímpio ordena-te que vás resgatar o divino Heitor;
leva oferendas para Aquiles, que lhe aplacarão o coração,
sozinho: que nenhum outro dos Troianos siga contigo.
Um arauto idoso poderá acompanhar-te, para guiar
as mulas e o carro de belas rodas e para trazer de volta
180 à cidade o morto — aquele que o divino Aquiles matou.
Que não te preocupe a morte nem o terror,
pois dar-te-emos como guia o Matador de Argos,
que te levará até chegares junto de Aquiles.
E depois de ter te levado para a tenda de Aquiles,
185 este não te matará e impedirá todos os outros que o façam.
Ele não é desprovido de siso, nem desatento nem facínora:
pelo contrário, compassivamente poupará o suplicante."

Tendo assim falado, partiu Íris de pés velozes.

E o rei mandou aos filhos que preparassem uma carroça
									de mulas
de boas rodas e que por cima pusessem vimes entrançados.
Ele próprio foi para a abobadada câmara de tesouro,
fragrante de cedro e alta, onde havia muitas preciosidades.
Chamou pela esposa, Hécuba, e assim lhe disse:

"Minha querida, de Zeus me chegou olímpio mensageiro,
dizendo-me para resgatar o filho amado, indo às naus dos
									Aqueus,
para levar oferendas a Aquiles, que lhe aplacarão o coração.
Mas diz-me agora tu: como te parece isto ao espírito?
Pela minha parte assombrosamente a força e o ânimo
me obrigam a ir até as naus e ao vasto exército dos Aqueus."

Assim disse; mas a mulher emitiu um grito ululante e
									respondeu:
"Ai de mim! Aonde foi parar a sabedoria, que outrora te fez
famoso entre homens estrangeiros e o povo a quem regias?
Como queres tu ir sozinho até as naus dos Aqueus,
para te pores diante dos olhos do homem que tantos
e valorosos filhos te matou? O teu coração é de ferro.
Pois se ele te apanhar e te contemplar com seus olhos,
tão cruento e ruim é o homem que não se apiedará de ti,
nem te respeitará. Lamentemo-nos à distância,
sentados no palácio. Para ele assim o fado inflexível
lhe fiou o destino à nascença, quando eu própria o dei à luz,
para que ele fartasse os rápidos cães longe dos progenitores,
junto de um homem tremendo, cujo fígado eu quereria
morder para o devorar: talvez assim houvesse retaliação
pelo meu filho, a quem ele não matou praticando maldades,
mas em defesa dos Troianos e das Troianas de avantajados
									peitos,
sem pensar sequer na fuga ou num abrigo para se proteger."

A ela deu resposta o ancião Príamo, semelhante aos deuses:

"Não me retenhas, pois quero ir; e não sejas para mim
uma ave de mau agouro no palácio. Não me convencerás.
220 Pois se tivesse me comandado alguém dos homens terrestres,
quer fossem videntes ou arúspices ou sacerdotes,
considerá-lo-íamos mentira e mais ainda o rejeitaríamos.
Mas mesmo agora eu ouvi a voz de uma deusa e vi o seu
rosto:
portanto irei, e vã não será a palavra. Se for meu destino
225 morrer junto das naus dos Aqueus vestidos de bronze,
é isso que quero. Que logo em seguida Aquiles me mate,
depois de eu ter abraçado o meu filho e satisfeito o desejo
de chorar."

Falou; e abriu as belas tampas das arcas.
De lá tirou doze vestes lindíssimas,
230 doze capas de dobra simples e outros tantos tapetes;
e outras tantas mantas brancas e outras tantas túnicas.
De ouro pesou e levou dez talentos ao todo,
e duas trípodes refulgentes e quatro caldeirões;
e uma taça lindíssima, que haviam lhe dado os Trácios
235 quando lá fora numa embaixada, grande tesouro! Nada disto
o ancião poupou no palácio, pois queria muito em seu
coração
resgatar o filho amado. Depois escorraçou todos os Troianos
do pórtico e insultou-os com palavras humilhantes:

"Ide daqui para fora, ó trastes desprezíveis! Em vossa casa
240 não tendes choro suficiente, para que aqui venhais
molestar-me?
Não vos basta que Zeus Crônida tenha me dado estas dores,
que eu tenha perdido o meu melhor filho? Mas percebê-lo-eis,
porque muito mais fácil será para os Aqueus matar-vos,
agora que aquele morreu. Pela parte que me toca,
245 antes que eu veja a cidade saqueada e destruída
com meus olhos, que possa descer à mansão de Hades."

Falou; e brandindo o cetro foi contra os homens. Eles saíram
à frente do ancião exaltado. Depois chamou alto pelos filhos,
repreendendo Heleno e Páris e o divino Ágaton;
250 e Pámon e Antífono e Polites, excelente em auxílio;
e Deífobo e Hipótoo e o altivo Dio. A estes nove filhos
               gritou o ancião:

"Apressai-vos, filhos ruins, vis nulidades! Quem me dera
que todos vós em vez de Heitor tivésseis morrido junto das
                    naus!
255 Ai de mim, de todo amaldiçoado! Eu que gerei filhos
                  excelentes
na ampla Troia, mas deles não me resta nem um único:
nem o divino Mestor nem Troilo condutor de cavalos;
nem Heitor, que era um deus entre os homens
e não parecia filho de um mortal, mas de um deus!
260 Todos estes me tirou Ares, mas deixou-me todos os piores:
mentirosos e bailarinos de pé leve, peritos no bailar
e no roubar cordeiros e cabritos do próprio povo.
Será que não vos dareis ao trabalho de preparar depressa
                  um carro
e não poreis lá estas coisas, para que nós possamos seguir
                  caminho?"

265 Assim falou; e eles receosos por causa da repreensão do pai
trouxeram o leve carro de mulas de belas rodas,
belo e de feitura recente, e lá puseram o vime entrançado;
e do prego fizeram descer o jugo das mulas em madeira de
                  buxo,
que tinha um cepilho e era bem provido de buracos para
                  as rédeas;
270 tiraram a correia de nove cúbitos do jugo, assim como o jugo.
Ajustaram cuidadosamente o jugo à vara bem polida,
na parte da frente, e colocaram o anel sobre a vareta,
atando-o ao cepilho três vezes de cada lado;
depois ataram-no à vara e por baixo curvaram o gancho.

CANTO XXIV

275 Trouxeram da câmara de tesouro e puseram no carro bem polido
as incontáveis riquezas para resgatar a cabeça de Heitor;
atrelaram as mulas de fortes cascos que na tração se afadigam,
gloriosos presentes que outrora a Príamo ofereceram os Mísios.
Para Príamo puseram sob o jugo os cavalos que o ancião
280 guardava para si e alimentava na bem polida manjedoura.

Deste modo no alto palácio ambos mandavam atrelar o carro,
o arauto e Príamo, com sábios pensamentos no espírito,
quando deles se aproximou Hécuba de ânimo dorido,
segurando na mão direita vinho doce como mel
285 numa taça dourada, para que vertessem uma libação à partida.
Postou-se à frente dos cavalos e falou, tratando-o pelo nome:

"Toma e verte uma libação para Zeus pai; reza que para casa possas
regressar do meio dos inimigos, visto que teu ânimo te incita
em direção às naus, embora eu não queira que tu vás.
290 Mas reza tu agora ao Crónida da nuvem azul,
deus do Ida, que contempla toda a terra de Troia,
e pede-lhe uma ave, célere mensageiro, a ave que de todas
lhe é mais cara e pela força é a maior de todas: que apareça
do teu lado direito, para que tu próprio a vejas com os olhos
295 e possas ir confiante até as naus dos Dânaos de rápidos poldros.
Mas se Zeus que vê ao longe não te conceder este mensageiro,
eu não te encorajaria nem te ordenaria que fosses
para as naus dos Argivos, por mais que o queiras fazer."

Respondendo-lhe assim falou Príamo semelhante aos deuses:
300 "Ó mulher, nisto que sugeres não te desconsiderarei.

Pois é bom levantar as mãos a Zeus: talvez ele se compadeça."

Assim falou; e o ancião ordenou à serva governanta
que lhe vertesse nas mãos água imaculada. Aproximou-se
a serva, segurando nas mãos a jarra e a bacia; e o rei,
305 depois de lavar as mãos, recebeu da esposa a taça.
Rezou depois em pé no meio do pátio e derramou
uma libação de vinho, olhando para o céu. Disse assim:

"Zeus pai, que reges do Ida, gloriosíssimo, máximo!
Concede-me que chegue estimado e miserando à tenda de Aquiles
310 e envia uma ave, célere mensageiro, a ave que de todas
te é mais cara e pela força é a maior de todas: que apareça
do meu lado direito, para que eu próprio a veja com os olhos
e possa ir confiante até as naus dos Dânaos de rápidos poldros."

Assim falou, rezando; e ouviu-o Zeus, o conselheiro.
315 De imediato enviou uma águia, mais seguro portento entre as aves,
a águia escura caçadora, a que os homens chamam negra.
Tão ampla como a porta da câmara de tesouro
de um homem rico, porta bem provida de ferrolhos —
tão ampla assim é a extensão das suas asas. E a águia
320 surgiu do lado direito, apressando-se para a cidade. Ao verem-na
se regozijaram; e o coração no peito de todos se alegrou.

Apressou-se depois o ancião e subiu para o seu carro,
que ele conduziu para fora dos portões e do pórtico retumbante.
À frente as mulas puxavam o carro de quatro rodas,
325 conduzidas pelo fogoso Ideu. Atrás vinham então
os cavalos, que o ancião chicoteava e conduzia

CANTO XXIV

rapidamente através da cidade. Todos os familiares
com ele seguiam chorando, como se ele fosse para a morte.
Ora quando saíram da cidade e chegaram à planície,
330 para Ílion arrepiaram caminho e regressaram os familiares,
seus filhos e genros. Mas eles não passaram despercebidos
a Zeus que vê ao longe ao aparecerem na planície. Ao vê-lo
se compadeceu Zeus do ancião e logo disse a Hermes, seu
filho:

"Hermes, já que aquilo que de tudo mais te agrada
335 é acompanhares um homem, e dás ouvidos a quem queres,
vai agora e guia Príamo até as naus recurvas dos Aqueus,
para que ninguém o veja nem se aperceba dele entre
os outros Dânaos, até que chegue à tenda do Pelida."

Assim falou; e não lhe desobedeceu Hermes, Matador de
Argos.
340 Logo em seguida em seus pés calçou as belas sandálias,
douradas, imortais, que com as rajadas do vento
o levam sobre o mar e sobre a terra ilimitada.
Pegou na vara com que enfeitiça os olhos dos homens
a quem quer adormecer; ou então a outros acorda do sono.
345 Segurando-a na mão, lançou-se no voo o forte Matador
de Argos.
E logo chegou à terra de Troia e ao Helesponto.
Caminhou semelhante a um jovem príncipe com a barba
despontando, altura em que a juventude tem mais encanto.

Ora quando os outros tinham passado o grande túmulo
de Ilo,
350 pararam as mulas e os cavalos, para lhes darem de beber
no rio. É que a escuridão sobreviera já sobre a terra.
O arauto apercebeu-se que ali muito perto caminhava
Hermes, e logo assim disse e falou a Príamo:

"Está atento, ó Dardânida! Passa-se algo que exige reflexão.

355 Estou a ver ali um homem; e penso que nos cortará às postas.
Fujamos já no carro de cavalos, ou então agarra-lhe os
                                                     joelhos
e suplica-lhe, na esperança de que sinta pena de nós."

Assim disse; e turvou-se a lucidez do ancião e sentiu medo
                                                     terrível:
sentia os pelos eriçados em seus membros flexíveis e ficou
360 ali de pé, confuso. Mas o Auxiliador aproximou-se
e tomando a mão de Príamo assim lhe perguntou, dizendo:

"Aonde, ó pai, conduzes cavalos e mulas no meio
da noite imortal, quando dormem os outros mortais?
Será que não receias os Aqueus resfolegando força,
365 homens inimigos e implacáveis, que estão aqui perto?
Se algum deles te visse levando na rápida noite escura
tal quantidade de tesouro, qual seria a tua decisão?
Tu próprio já não és novo e velhote é o teu companheiro
para vos defenderdes do homem que primeiro se irasse.
370 Mas eu não te farei mal; aliás, contra outro
te defenderei, pois a meu pai amado te assemelho."

Respondendo-lhe falou o ancião Príamo, semelhante aos
                                                     deuses:
"As coisas, meu querido filho, são assim como dizes.
Mas algum dos deuses sobre mim estende a mão,
375 pois mandou ao meu encontro um viandante como tu,
maravilhoso! Tão atraente no corpo como na beleza,
e de feitio tão ajuizado! Bem-aventurados são os teus pais."

A ele deu resposta o mensageiro, Matador de Argos:
"Tudo o que tu disseste, ó ancião, foi na medida certa.
380 Mas diz-me agora tu com verdade e sem rodeios,
se levas todos estes tesouros abundantes e excelentes
a homens estrangeiros, para que lá fiquem a salvo,
ou se já todos abandonais a sacra Ílion,

amedrontados. É que morreu o melhor homem:
385 o teu filho, ele que nunca se recusou a combater os Aqueus."

Respondendo-lhe falou o ancião Príamo, semelhante aos
deuses:
"Quem és tu, meu querido, e quem são os teus progenitores?
Tu que dizes coisas tão bonitas sobre o destino do meu
pobre filho?"

A ele deu resposta o mensageiro, Matador de Argos:
390 "Queres pôr-me à prova, ancião, ao falares-me do divino
Heitor.
Muitas vezes o vi na luta glorificadora de homens
com meus olhos, quando depois de empurrar os Argivos
para as naus ele os chacinava com o bronze afiado.
Nós ficávamos pasmados a olhar, pois Aquiles
395 não nos deixava combater, encolerizado contra o Atrida.
É que sou escudeiro dele; a mesma nau aqui nos trouxe.
Sou um dos Mirmidões e o meu pai é Polictor.
É homem rico e ancião como tu também és:
teve seis filhos e eu próprio sou o sexto.
400 Tiradas as sortes, fui eu que vim para cá.
Agora cheguei à planície, vindo das naus. Pois ao nascer
do dia
os Aqueus de olhos brilhantes porão a batalha em torno
da cidade.
Estão já cansados de estarem aqui sentados; e não conseguem
os reis dos Aqueus retê-los na sua ânsia de irem para a
guerra."

405 Respondendo-lhe falou o ancião Príamo, semelhante aos
deuses:
"Se na verdade tu és escudeiro do Pelida Aquiles,
agora, peço-te, diz-me toda a verdade,
se junto das naus está ainda o meu filho, ou se já
aos cães o lançou Aquiles, depois de o cortar aos bocados?"

A ele deu resposta o mensageiro, Matador de Argos:
"Ó ancião, nem os cães nem as aves de rapina o devoraram,
mas ele jaz ainda junto da nau de Aquiles no meio das tendas,
tal como antes. É já a décima segunda aurora para o cadáver
ali jazente, mas nem a carne se decompôs, nem os vermes
a consomem, os que comem os homens mortos na guerra.
É verdade que em torno do túmulo do companheiro amado
Aquiles o arrasta cruelmente, assim que surge a Aurora
divina,
mas não o lacera. Tu próprio te maravilharias se ali fosses
e visses a frescura em que está deitado, limpo de sangue,
sem imundície alguma. Todas as feridas estão fechadas, lá
onde
foi ferido; e foram muitos os que enterraram o bronze na
sua carne.
Deste modo os deuses bem-aventurados cuidam do teu filho,
embora esteja morto, visto que o amaram no coração."

Assim falou; o ancião alegrou-se e assim respondeu:
"Ó filho, é bom oferecermos aos imortais as oferendas
devidas.
Pois nunca o meu filho (se é que alguma vez existiu)
no palácio se esqueceu dos deuses, que o Olimpo detêm.
Por isso se lembraram dele, embora esteja no fado da morte.
Mas agora aceita da minha parte esta bela taça
e protege-me e guia-me com a anuência dos deuses,
até que eu tenha chegado à tenda do Pelida."

A ele deu resposta o mensageiro, Matador de Argos:
"Pões-me à prova, ó ancião, por ser mais novo; mas não me
convencerás, tu que me dizes para aceitar presentes sem
conhecimento
de Aquiles. Tenho medo dele e envergonho-me no coração
de o defraudar, não vá acontecer-me no futuro alguma
desgraça.
Mas como teu guia eu até iria até a famosa Argos,

acompanhando-te com gentileza numa nau veloz ou a pé.
E ninguém faria pouco do teu guia, a ponto de te atacar."

⁴⁴⁰ Falou o Auxiliador; e saltando para o carro de cavalos
rapidamente pegou no chicote e nas rédeas com as mãos;
e nos cavalos e nas mulas insuflou grande força.
Mas quando chegaram à muralha protetora das naus e à
                vala,
os guardas tinham havia pouco começado a preparar o
                jantar;
⁴⁴⁵ mas sobre eles derramou o sono o mensageiro, Matador
                de Argos,
sobre todos; e logo abriu os portões, deslocando os ferrolhos;
e levou para dentro Príamo com os dons gloriosos no carro.

Mas quando chegaram à tenda do Pelida, tenda
alta, que os Mirmidões tinham feito para o soberano,
⁴⁵⁰ tendo cortado traves de pinheiro; e por cima puseram
um telhado de colmo, que tinham recolhido nas pradarias;
e em volta elevaram para o rei um grande pátio com paliçadas
cerradas; e a porta era fechada por uma única trave de pinho,
que três Aqueus moviam para a fechar,
⁴⁵⁵ e outros três para abrir a grande tranca da porta,
três dos outros: pois Aquiles movia-a sozinho —
então Hermes, o Auxiliador, abriu a porta para o ancião,
e trouxe para dentro as gloriosas oferendas para o veloz
                Pelida;
e descendo do carro para o chão assim disse:

⁴⁶⁰ "Ó ancião, eu que vim para junto de ti sou um deus imortal,
Hermes. Foi meu pai que me mandou ser teu guia.
Mas agora regressarei, para não entrar no campo
de visão de Aquiles. Seria porventura censurável
que um deus imortal fosse recebido às claras por mortais.
⁴⁶⁵ Mas tu entra e agarra os joelhos do Pelida,
e por seu pai e por sua mãe de belas tranças

e por seu filho lhe suplica, para comoveres seu coração."

Tendo assim falado, Hermes voltou para o alto Olimpo.
Príamo saltou do carro para o chão
⁴⁷⁰ e ali deixou Ideu, que ficou a tomar conta
dos cavalos e das mulas. O ancião foi direito à casa
onde Aquiles, dileto de Zeus, costumava estar sentado.
Aí o encontrou, mas os amigos sentavam-se à parte.
Eram só dois: o herói Automedonte e Álcimo, vergôntea
                                                                                                                                                                         de Ares,
⁴⁷⁵ que o serviam. Ele acabara havia pouco a refeição, parara
de comer e beber. A mesa estava ainda ao seu lado.
Despercebido deles entrou o grande Príamo; acercou-se
e com as mãos agarrou os joelhos de Aquiles e beijou
as terríveis mãos assassinas, que tantos filhos lhe mataram.
⁴⁸⁰ Tal como quando sobrevem denso desvario ao homem
que na sua pátria mata outro e foge para casa de
                                                                                                                                                                 estrangeiros,
para casa de um homem rico, e o espanto domina quem o
                                                                                                                                                                               vê —
assim se espantou Aquiles ao ver Príamo divino.
Espantaram-se os demais e olhavam uns para os outros.
⁴⁸⁵ Suplicante lhe dirigiu então Príamo este discurso:

"Pensa no teu pai, ó Aquiles semelhante aos deuses!
Ele que tem a minha idade, na soleira da dolorosa velhice.
Decerto os que vivem à volta dele o tratam mal,
e não há ninguém que dele afaste o vexame e a humilhação.
⁴⁹⁰ Porém quando ouve dizer que tu estás vivo,
alegra-se no coração e todos os dias sente esperança
de ver o filho amado, regressado de Troia.
Mas eu sou totalmente amaldiçoado, que gerei filhos
                                                                                                                                                                    excelentes
na ampla Troia, mas afirmo que deles não me resta nenhum.
⁴⁹⁵ Eram cinquenta, quando chegaram os filhos dos Aqueus.
Dezenove nasceram do mesmo ventre materno;

CANTO XXIV

os outros foram dados à luz por mulheres no palácio.
A estes, numerosos embora fossem, Ares furioso deslassou
    os joelhos.
E o único que me restava, ele que sozinho defendia a
    cidade e o povo,
500 esse tu mataste quando ele lutava para defender a pátria:
Heitor. Por causa dele venho às naus dos Aqueus
para te suplicar; e trago incontáveis riquezas.
Respeita os deuses, ó Aquiles, e tem pena de mim,
lembrando-te do teu pai. Eu sou mais desgraçado que ele,
505 e aguentei o que nenhum outro terrestre mortal aguentou,
pois levei à boca a mão do homem que me matou o filho."

Assim falou; e em Aquiles provocou o desejo de chorar
    pelo pai.
Tocando-lhe com a mão, afastou calmamente o ancião.
E ambos se recordavam: um deles de Heitor matador de
    homens
510 e chorava amargamente, rolando aos pés de Aquiles;
porém Aquiles chorava pelo pai, mas também, por outro
    lado,
por Pátroclo. O som do seu pranto encheu toda a casa.
Mas depois que o divino Aquiles se saciou de chorar,
e o respectivo desejo lhe saíra do coração e dos membros,
515 imediatamente se levantou do trono e levantou o homem
com a mão, condoído de ver a cabeça e a barba grisalhas;
e falando-lhe proferiu palavras aladas:

"Ah, infeliz, muitos males aguentaste no teu coração!
Como ousaste vir sozinho até as naus dos Aqueus,
520 para te pores diante dos olhos do homem que tantos
e valorosos filhos te matou? O teu coração é de ferro.
Mas agora senta-te num trono; nossas tristezas deixaremos
que jazam tranquilas no coração, por mais que soframos.
Pois não há proveito a tirar do frígido lamento.
525 Foi isto que fiaram os deuses para os pobres mortais:

que vivessem no sofrimento. Mas eles próprios vivem sem
cuidados.
Pois dois são os jarros que foram depostos no chão de Zeus,
jarros de dons: de um deles, ele dá os males; do outro, as
bênçãos.
Àquele a quem Zeus que com o trovão se deleita mistura a
dádiva,
530 esse homem encontra tanto o que é mau como o que é bom.
Mas àquele a quem dá só males, fá-lo amaldiçoado,
e a terrível demência o arrasta pela terra divina
e vagueia sem ser honrado quer por deuses, quer por mortais.
Assim, também a Peleu os deuses deram gloriosos dons
535 desde o nascimento: a todos os homens sobrelevava
em ventura e riqueza e era rei dos Mirmidões;
sendo mortal, deram-lhe uma deusa como esposa.
Mas além disso lhe deram os deuses o mal, porque
não foi gerada no palácio uma progênie de filhos vigorosos,
540 mas só teve um filho, fadado para uma vida breve. E eu
nem o acompanho na sua velhice, visto que bem longe da
pátria
estou aqui sentado em Troia, atormentando-te a ti e aos
teus filhos.
Mas também de ti, ó ancião, ouvimos dizer que outrora
foste feliz.
Tudo o que até Lesbos, sede de Mácaro, está compreendido,
545 e lá para cima, para a Frígia, assim como o amplo
Helesponto:
dizem que entre estes povos eras distinto pela riqueza e
pelos filhos.
Mas desde que os celestiais Olímpios te trouxeram esta
desgraça,
sempre em torno da tua cidade há combates e morticínios.
Mas aguenta: não chores continuamente no teu coração.
550 Pois de nada te aproveitará lamentares o teu filho,
nem o trarás à vida, antes de teres já sofrido outro mal."

CANTO XXIV

Respondendo-lhe assim falou Príamo, semelhante aos deuses:
"Não me sentes num trono, ó tu criado por Zeus, enquanto
Heitor jaz sem cuidados na tenda, mas o mais rapidamente
555 restitui-me ele, para que o veja com os olhos. E tu aceita o abundante
resgate, que te trazemos. Que com ele te alegres e possas regressar
à tua terra pátria, visto que logo desde o início me poupaste,
deixando-me viver para contemplar a luz do sol."

Fitando-o com sobrolho carregado lhe respondeu o veloz Aquiles:
560 "Não me irrites agora, ó ancião! Eu próprio estou decidido
a restituir-te Heitor, pois como mensageira de Zeus veio ter
comigo a mãe que me gerou, filha do Velho do Mar.
E quanto a ti, ó Príamo, sei eu no meu coração (não me
enganas) que um dos deuses te trouxe até as naus velozes dos Aqueus.
565 Nenhum mortal se atreveria a aqui vir, ainda que novo,
para o meio do exército. Não passaria despercebido aos guardas,
nem facilmente conseguiria abrir os ferrolhos das nossas portas.
Por isso não irrites mais o meu espírito no meio das dores,
não vá acontecer que eu não te poupe, ó ancião, na tenda,
570 suplicante embora sejas, e erre assim contra a vontade de Zeus."

Assim falou; amedrontou-se o ancião e obedeceu ao que foi dito.
O Pelida saltou como um leão para fora da casa,
mas não foi só: com ele foram dois escudeiros,
o herói Automedonte e Álcimo, a quem mais honrava
575 Aquiles dos seus companheiros, a seguir ao falecido Pátroclo.
Eles desatrelaram dos jugos os cavalos e as mulas,
e para dentro levaram o arauto, mensageiro do ancião,

e sentaram-no num assento. Do carro de belas cambas
tiraram o incontável resgate pela cabeça de Heitor.
580 Mas deixaram lá duas vestes e uma túnica bem tecida,
para que Aquiles vestisse o morto e o entregasse para ser
                levado
para casa. E chamou as servas e ordenou-lhes que o
                banhassem
e ungissem, mas à parte, para que Príamo não visse o filho,
não fosse acontecer que ele não conseguisse reter a ira no
                coração
585 ao ver o filho e que o coração de Aquiles se encolerizasse
e o levasse a matar o ancião, errando assim contra a
                vontade de Zeus.

Depois que as servas o banharam e ungiram com azeite,
lançaram-lhe por cima uma bela capa e uma túnica.
Foi o próprio Aquiles a levantá-lo e a pô-lo num esquife;
590 depois com ele os companheiros o puseram no carro polido.
E Aquiles gemeu em seguida e invocou o companheiro
                amado:

"Não te zangues comigo, ó Pátroclo, se é que me consegues
                ouvir
na mansão de Hades, por eu ter restituído o divino Heitor
ao pai amado, visto que não foi vergonhoso o resgate que
                me deu.
595 A ti eu darei destas coisas aquilo que te é devido."

Assim falou; e de novo para a tenda foi o divino Aquiles
e sentou-se no trono adornado, de que havia pouco se
                levantara,
junto à outra parede e este discurso dirigiu a Príamo:

"O teu filho te foi restituído, ó ancião, como pediste,
600 e jaz num esquife. Ao nascer da aurora poderás
contemplá-lo e levá-lo Mas agora pensemos na refeição.

CANTO XXIV

Nem Níobe de belas tranças descurou a comida,
apesar de doze filhos lhe terem morrido no palácio:
seis filhas e seis filhos vigorosos.
605 Aos mancebos matou Apolo com o arco de prata,
encolerizado contra Níobe; às donzelas, Ártemis, a arqueira,
porque Níobe se medira com Leto do belo rosto,
dizendo que a deusa gerara só dois filhos, mas ela gerara
muitos.
Por isso eles, dois embora fossem, mataram-nos a todos.
610 Durante nove dias jazeram no próprio sangue, pois ninguém
havia para os sepultar: o Crônida transformara o povo em
pedra.
Mas no décimo dia os deuses celestiais os sepultaram.
E Níobe lembrou-se da comida, pois estava cansada de
chorar.
Agora algures nos rochedos, nas montanhas solitárias,
615 no Sípilo onde dizem estar os leitos das ninfas divinas,
elas que dançam em torno da corrente de Aqueloo,
aí está ela, uma pedra, cismando nas tristezas vindas dos
deuses.
Pensemos então também nós dois, ó ancião divino,
na comida. Depois lamentarás teu filho amado, depois
620 de o teres levado para Ílion. Muitas lágrimas ele te causará."

Falou; e com um salto o veloz Aquiles degolou uma alva
ovelha e os companheiros esfolaram-na e prepararam-na.
Cortaram as postas com perícia e puseram-nas em espetos;
depois assaram bem a carne e distribuíram as porções.
625 Automedonte pegou pão e arranjou-o em cima da mesa
em belos cestos, enquanto Aquiles servia a carne.
E eles lançaram mãos às iguarias que tinham à sua frente.
Mas quando afastaram o desejo de comida e bebida,
foi então que Príamo Dardânida olhou maravilhado para
Aquiles,
630 como era alto e belo. Pois na verdade olhá-lo era ver um deus.
E Aquiles olhou maravilhado para Príamo Dardânida:

fitou o nobre aspecto e escutou as suas palavras.
Mas depois de terem se deleitado, olhando um para o outro,
o primeiro a falar foi o ancião Príamo semelhante aos deuses:

635 "Deita-me agora depressa, ó tu criado por Zeus, para que
nos possamos deleitar com o sono suave, repousando.
É que ainda os meus olhos não se fecharam sob as pálpebras,
desde que o meu filho às tuas mãos perdeu a vida,
mas choro permanentemente e penso nas incontáveis
tristezas,
640 rolando no esterco nos espaços fechados do pátio.
Mas agora provei comida e permiti que descesse o vinho
frisante
pela minha garganta. Pois antes eu não tinha provado nada."

Assim falou; e Aquiles ordenou aos companheiros e às servas
que armassem camas debaixo do pórtico e que sobre elas
645 pusessem cobertores purpúreos e estendessem mantas,
e que lá colocassem capas de lã em que eles se envolvessem.
As servas saíram da sala com tochas acesas nas mãos
e rapidamente fizeram as duas camas, atarefadas.
A Príamo disse jocosamente Aquiles de pés velozes:

650 "Deita-te cá fora, querido ancião, não vá acontecer que aqui
venha algum dos conselheiros dos Aqueus, que sempre
vêm se sentar ao meu lado para deliberar, como é justo.
Se um destes te visse através da rápida noite escura,
logo iria dizer a Agamêmnon, pastor do povo,
655 e surgiriam atrasos na restituição do cadáver.
Mas diz-me agora tu com verdade e sem rodeios:
durante quantos dias farás o funeral do divino Heitor,
para que eu próprio aqui permaneça e retenha o exército."

Respondendo-lhe falou o ancião Príamo semelhante aos
deuses:
660 "Se tu queres que eu dê as honras fúnebres ao divino Heitor,

se assim fizeres, ó Aquiles, me mostrarás um grande favor.
Sabes como estamos encurralados na cidade e fica longe
trazer a lenha da montanha; e os Troianos têm grande receio.
Durante nove dias o choraremos no palácio;
665 ao décimo dia faremos o funeral e a refeição do povo;
ao décimo primeiro dia far-lhe-emos a sepultura;
e ao décimo segundo dia combateremos, se for preciso."

A ele deu resposta o divino Aquiles de pés velozes:
"Que assim seja, ó ancião Príamo, assim como dizes.
670 Pararei a guerra durante o tempo que tu me pedes."

Assim falando, pelo pulso tomou a mão direita
do ancião, para que não sentisse medo no coração.
Eles deitaram-se à frente da casa, o arauto
e Príamo, com sábios pensamentos no espírito.
675 Porém Aquiles dormiu no íntimo recesso da tenda bem
construída;
e ao seu lado veio se deitar Briseida de lindo rosto.

Os outros deuses e os homens, senhores de carros de cavalos,
dormiram toda a noite, tomados pelo sono suave.
Mas o sono não se apoderou de Hermes, o Auxiliador,
680 que refletia no espírito como ao rei Príamo ele guiaria
para longe das naus, despercebido dos fortes guardiões.
Postou-se junto da sua cabeça e assim lhe disse:

"Ó ancião, não te preocupa mal algum, da maneira como
dormes
no meio de homens inimigos, agora que Aquiles te poupou.
685 Resgataste o teu filho amado e pagaste um preço exorbitante.
Mas pela tua vida teriam de pagar três vezes mais
os teus filhos que ficassem, se Agamêmnon te reconhecesse,
o Atrida, e te reconhecessem todos os Aqueus."

Assim falou; o ancião amedrontou-se e levantou o arauto.

690 Hermes atrelou-lhes os cavalos e as mulas; e com leveza
os conduziu através do exército e ninguém soube de nada.

Ora quando chegaram ao vau do rio de lindíssimo fluir,
o Xanto cheio de redemoinhos, a quem gerara Zeus imortal,
foi então que Hermes partiu para o alto Olimpo
695 e a Aurora de manto de açafrão espalhou-se por toda a terra.
Com choro e com pranto conduziram os cavalos até a cidade,
enquanto as mulas levavam o morto. Nenhum outro
se apercebeu deles, dentre os homens e mulheres de bela
cintura;
porém Cassandra, semelhante à dourada Afrodite,
700 subira a Pérgamo e de lá avistou o pai amado
em pé no carro e o arauto, mensageiro da cidade.
Viu Heitor, jazente num esquife, puxado pelas mulas.
Emitiu um grito ululante e disse a toda a cidade:

"Vede, Troianos e Troianas! Vinde e vede Heitor,
705 se alguma vez vos regozijastes ao vê-lo regressar vivo da
batalha:
à cidade era ele uma grande felicidade, assim como a todo
o povo."

Assim falou; e ali na cidade não ficou nenhum homem
ou mulher. A todos sobreveio uma dor impossível de
suportar.
Junto dos portões encontram Príamo a trazer o morto.
710 As primeiras a arrancarem os cabelos para ele foram a
esposa amada
e a excelsa mãe, que se atiraram ao carro de belas rodas
e lhe seguraram a cabeça. Toda a multidão em redor chorava.
E agora durante todo o dia até o pôr do sol teriam
chorado Heitor, vertendo lágrimas à frente dos portões,
715 se do carro não tivesse dito o ancião ao povo:

"Abri caminho para a passagem das mulas. Em seguida

vos saciareis do pranto, quando eu o tiver levado para casa."

Assim falou; e eles separaram-se e deixaram passar o carro.
Mas quando chegaram ao famoso palácio, depuseram-no
720 numa cama encordoada; e junto dele colocaram cantores
para darem início aos cantos fúnebres, eles que cantaram
o canto de lamentação, ao que as mulheres se lamentaram.
No meio delas Andrômaca de alvos braços iniciou o
                lamento,
segurando nas mãos a cabeça de Heitor matador de homens:

725 "Marido, para a vida morreste tu jovem e deixas-me viúva
no palácio. Teu filho não passa ainda de pequena criança,
ele a quem tu e eu geramos, desafortunados! Mas não
                  creio
que ele chegue à adolescência, pois antes disso terá a cidade
sido arrasada de alto a baixo. Eras o protetor e morreste:
730 só tu a defendias e guardavas as nobres esposas e crianças
                 pequenas,
elas que rapidamente partirão nas côncavas naus,
e entre elas irei eu. E tu, ó filho, também me seguirás,
para lá onde desempenharás tarefas aviltantes,
laborando à frente de um amo severo; ou então um dos
                  Aqueus
735 pegará em ti pela mão e te lançará da muralha, morte
                 desgraçada!,
encolerizado porque Heitor lhe matou o irmão
ou o pai ou o filho, visto que muitos Aqueus
com os dentes morderam a vasta terra às mãos de Heitor.
Pois o teu pai não era brando na guerra funesta;
740 por isso o povo o chorará em toda a cidade.
Dor indizível e sofrimento proporcionaste aos teus
                 progenitores,
ó Heitor! Mas a mim sobretudo deixaste dores amargas.
Pois ao morrer não estendeste para mim as mãos do leito,
nem me disseste uma válida palavra, sobre a qual eu sempre

₇₄₅ refletiria de noite e de dia enquanto chorava por ti."

Assim falou chorando; e as mulheres também se lamentaram.
Em seguida entre elas começou Hécuba seu intenso lamento:

"Heitor, de longe mais amado no coração de todos os meus filhos!
Enquanto eras vivo, foste estimado pelos deuses
₇₅₀ e por isso cuidaram de ti, também no destino da morte.
A outros filhos meus vendeu Aquiles de pés velozes,
quem lhe caía nas mãos, lá longe no mar nunca cultivado,
em Samos ou em Imbro ou em Lemnos coberta de fumo;
mas depois de te ter privado da vida com o bronze comprido,
₇₅₅ muitas vezes te arrastou em torno do túmulo do companheiro,
Pátroclo, que tu mataste. Mas nem assim o trouxe à vida.
Mas agora jazes no palácio na frescura de quem acabou
de morrer, igual àquele a quem Apolo do arco de prata
com as suas setas suaves sobreveio e matou."

₇₆₀ Assim falou chorando e fez surgir lamentação incessante.
Em seguida entre elas foi Helena a terceira a lamentar-se:

"Heitor, de longe o mais estimado no coração de todos os cunhados!
Na verdade meu marido é Alexandre semelhante aos deuses,
que me trouxe para Troia. Quem me dera ter morrido antes disso!
₇₆₅ Pois na verdade este é já o vigésimo ano
desde que saí de lá e deixei a minha pátria.
Mas de ti nunca ouvi uma palavra desagradável ou ofensiva.
Mas se alguém falava mal de mim no palácio —
dentre os teus irmãos ou irmãs ou cunhadas de belos vestidos
₇₇₀ ou a tua mãe (mas teu pai foi sempre amável como um pai) —
tu com palavras os impedias e convencias,

graças à tua bondade e às tuas palavras.
Por isso eu choro-te a ti e a mim, desafortunada, com
    coração pesado;
pois já não tenho ninguém na ampla Troia
775 que seja amável ou amigo, mas a todos causo repugnância."

Assim falou chorando; e a multidão incontável gemeu.
Ao povo proferiu o ancião Príamo as seguintes palavras:

"Agora, ó Troianos, trazei lenha para a cidade; não receeis
no coração qualquer robusta cilada dos Argivos. Pois Aquiles
780 ao mandar-me embora das naus escuras me prometeu
que ninguém nos faria mal, até chegar a décima segunda
    aurora."

Assim falou; e eles atrelaram sob as carroças bois e mulas,
e em seguida foram depressa recolher lenha à frente da
    cidade.
Durante nove dias trouxeram quantidades incontáveis de
    lenha.
785 Mas quando surgiu a décima aurora para dar luz aos
    mortais,
foi então que, chorando, trouxeram para fora o audaz Heitor;
e no cimo da pira colocaram o cadáver e lançaram-lhe o fogo.

Quando surgiu a que cedo desponta, a Aurora de róseos
    dedos,
foi então que o povo se reuniu em torno da pira do
    famoso Heitor.
790 Quando estavam já reunidos, todos em conjunto,
primeiro apagaram a pira fúnebre com vinho frisante,
tanto quanto sobre ela sobreviera a força do fogo; mas depois
os irmãos e os companheiros recolheram os brancos ossos,
carpindo, e abundantes lhes escorreram nas faces as lágrimas.
795 Colocaram os ossos numa arca dourada,
pondo por cima finas mantas de púrpura.

Depuseram-na depressa numa sepultura e por cima
amontoaram grandes pedras, bem cerradas.
Depressa ergueram o túmulo, com sentinelas por toda a
parte,
800 não fossem antes do tempo atacar os Aqueus de belas
cnêmides.
Após terem erguido o túmulo, voltaram; e em seguida,
reunidos festejaram segundo o rito com um banquete
no palácio de Príamo, rei criado por Zeus.

E assim foi o funeral de Heitor, domador de cavalos.

Um breve glossário

No tocante aos epítetos aplicados a deuses e heróis importantes, ver "Personagens principais".

ÁGUA ESTÍGIA: referência ao Estige, rio do mundo subterrâneo à beira do qual os deuses prestavam juramento.

ARAUTO: aquele que mantém a ordem nas reuniões, faz anúncios, atua como escolta, leva mensagens, cumpre missões e serve nas festas e sacrifícios.

ARMADURA: *thôrêx*, a couraça ou corselete que protegia o corpo.

BUTIM: o espólio obtido nas incursões era repartido entre todo o exército, e o líder ficava com a parte do leão.

CASAMENTO: Homero às vezes fala em presentes nupciais — oferendas do pretendente ao pai da moça — e às vezes em dote, presente entregue ao noivo juntamente com a noiva.

CETRO: símbolo de autoridade e poder. Na assembleia, o orador o segura.

DESVARIO: ver na página seguinte "Personificação", e "desvario" no Índice remissivo.

ÉGIDE: uma espécie de capa divina que, quando um deus a sacode diante do inimigo, causa pavor. Também é usada para proteger o corpo de Heitor. Significa também "nuvem da tempestade", a qual dizem que é comandada por Zeus.

ÊNIO: divindade que personificava o conflito.

ESCUDEIRO: pessoa designada para acompanhar e ajudar o guerreiro, geralmente como seu auriga.

HONRA: a palavra grega (*timê*) significa basicamente "avaliação", o modo como cada qual é estimado pelos que o circundam. A honra se associa normalmente a recompensas materiais.

HOSPITALIDADE: um vínculo de amizade criado entre famílias, pressupondo obrigações e geralmente selado com uma troca de presentes.

INCESTO: os filhos de Urano, Cronos e Zeus, os primeiros governantes divinos do mundo, casavam-se livremente entre si. Afinal de contas, o mundo dos deuses precisava ser povoado.

PERSONIFICAÇÃO: os gregos tinham o hábito de atribuir qualidades humanas ou mesmo divinas a uma ideia ou coisa comum. Assim, a lança podia ficar faminta de carne humana, a pedra podia ser impiedosa. Do mesmo modo, poderosas forças humanas como o pânico, a confusão, a força e a ilusão e características naturais como a noite, o sono e os rios eram passíveis de se transformar em deuses.

PREÇO DO MORTO: o assassinato era perdoado desde que a compensação fosse aceita pelos parentes. Caso contrário, o sangue derramado tinha de ser pago com mais sangue.

SÚPLICA: o ato de pedir ajuda, geralmente ajoelhando-se diante de alguém e tocando-lhe os joelhos e/ou o queixo. Era grande a pressão moral sobre a pessoa suplicada para que atendesse ao pedido. Na história da *Ilíada*, levando-se em conta o tempo cronológico, nenhum ser humano atende a uma súplica humana antes que Aquiles acuda a de Príamo no último canto.

TÁRTARO: região mais baixa que o Hades no mundo subterrâneo.

VALOR: não há dinheiro no mundo homérico. Os valores geralmente são determinados em termos de número de bois ou de mulheres.

ALGUNS EPÍTETOS

CÔNCAVAS NAUS: as embarcações tinham proa alta, curvada, com uma concavidade no cimo.

DE LONGOS CABELOS: um sinal de aristocracia.

DOMADOR DE CAVALOS: os cavalos são animais aristocráticos, de manutenção caríssima.

LANÇA DE FREIXO: o freixo flexível era o melhor material para fazer lanças.

MULHERES DE BELA CINTURA: referência ao cinto que cingia a túnica da mulher, delineando sua cintura.

Índice remissivo

Este índice se concentra nos personagens e temas principais. As referências são ao Canto e ao número do verso.

AFRODITE
Vencida por Atena XXI.424; escolhida no julgamento de Páris XXIV.30; cinta bordada XIV.216; recebe a solidariedade da mãe V.382; preserva o corpo de Heitor XXIII.185; salva Eneias V.312; salva Páris III.374, IV.11; ameaça Helena III.414; trabalho tradicional V.422, 428; ferida por Diomedes V.335.

AGAMÊMNON
Aquiles e seus homens: reconhecido por Aquiles XXIII.890; reconhece seus erros no trato com Aquiles II.377, IX.115, 515, XIX.90 (ver também DESVARIO); desonra Aquiles e outros I.356, 412, 507, IX.111, 647, XIII.113, XVI.274, XVIII.445; afeição por Menelau IV.169, XX.124, XI.139; insulta Ulisses IV.338, Diomedes IV.370.

Campo de batalha: armas XI.16; encorajado por Posêidon XIV.143; feito de armas II.91; mata seu oponente V.38, 533, VI.33,64, 11.92, 93, 101, 122, 246, 260; elogia Teucro VIII.281; impede Menelau de desafiar Heitor VII.109; recua VIII.78, XI.273; inspeciona as tropas IV.223; ataca pontos fracos de Ílion VI.435; manda Menelau não fazer prisioneiros VI.55; testa os gregos II.73; tropas II.569; oferece-se para desafiar Heitor VII.162; ferido XI.252.

Capacidades, sentimentos: autoridade (ou falta de) I.231, 281, IX.38, 98; abusa do fraco I.11, 32, 106, 379; comanda o maior contigente de soldados I.281, II.577; covarde I.225, IX.42; enganado pelo sonho II.36; exige compensação I.118, 135, Briseida I.184, obediência I.185, 286, IX.158; descrito por Helena III.178; pessimista com a expedição/recomenda a retirada II.114, VIII.236, IX.17, X.9, 91, XIV.44, 75; ganância I.122, II.226; louco I.342; comportamento ultrajante I.203, 205, 214; excepcional II.477, 578, XXIII.890; prefere Criseida a Clitemnestra I.113; ameaça os outros I.138, 145, II.391; aceita uma crítica XIV.104.

Criticado: por Aquiles IX.308, Diomedes IX.32, Nestor IX.105, Ulisses XIV.83, Posêidon XIII.108, Tersites II.225 (ver também AQUILES).

Enganado por desvario: I.412, II.111, VIII.237, IV.18,115, 119, XVI.274, XIX.88, 136, 270.

ÁJAX, FILHO DE OILEU (DE LÓCRIDA)
Discute corrida de cavalo com Idomeneu XXIII.450; corrida a pé XXIII.754, 774; inspirado por Posêidon XIII.6; mata seu oponente XIV.442, 520, XVI.332; não tão bom quanto Ájax Telamônio II.529; recua VIII.79; une-se aos gregos XII.268; fica perto de Ájax Telamônio XII.701; ataca pontos fracos de Ílion VI.435; tropas II.527, XIII.712; oferece-se para desafiar Heitor XII.164.

ÁJAX, FILHO DE TÉLAMON (DE SALAMINA)
Campo de batalha: suplica para que se dissipe a escuridão XVII.645; ajuda Ulisses XI.485; inspirado por Posêidon

XIII.60; mata seu oponente IV.473, V.611, VI.5, XI.490, XII.379, XIV.464, 511, XV.419, 516, 746, XVII.298, 315; luta com Heitor XIV.418; planeja o resgate do corpo de Pátroclo XVII.629; protege o cadáver de Pátroclo XVII.279; une-se aos gregos XII.268, 366, XV.502, 560; recua V.626, VIII.79, XI.544, XV,727, XVI.102; ataca pontos fracos de Ílion VI.435; ameaça Heitor XIII.810, XVI.358; exércitos II.557; empunha uma estaca XV.677.

Outros: o melhor guerreiro depois de Aquiles II.768, 7.289, XIII.321, XVII.279; confiança em combate VII.197; descrito por Helena III.229; duelo com Heitor VII.244; troca presentes com Heitor VII.305; combate de armadura XXIII.811; tem o prêmio ameaçado I.138, 145; elogiado por Agamêmnon IV.285; escudo VII.219, XI.485, 527; discurso para Aquiles IX.624; no concurso de arremesso de peso XXIV.838; oferece-se para desafiar Heitor XVII.164; ganha sorteio para enfrentar Heitor XII.190; no concurso de luta XXIII.709.

ANDRÔMACA

Família destruída por Aquiles VI.413, XXII.478; medo da viuvez VI.408, XXII.484, XXIV.725; alimenta os cavalos de Heitor VIII.186; lamenta Heitor VI.500, XXII.477, XXIV.725; casamento VI.398, XXII.471; necessidade de Heitor VI.413; pessimismo VI.501, XXII.454, 508, 731; tresloucada VI.389, XXII.460; conselho tático VI.433; com o filho e Heitor VI.394, XXII.484.

ANTÍLOCO

Briga com Menelau XXIII.402, 570; corrida XXIII.756; ajuda Menelau V.565; corrida de cavalo XXIII.301; mata seu homem IV.457, V.580, VI.32, XIII.396, 547, XIV.513, XV.576, XVI.317; protegido por Poseîdon XIII.554; foge de Heitor XV.589; informa Aquiles da morte de Pátroclo XVII.698, XVIII.2.

APOLO

E os gregos: ataca Pátroclo XVI.791, XVIII.455; prejudica Diomedes na corrida de cavalo XXIII.383; deita abaixo as defesas gregas XV.361; recebe sacrifício I.315, 458; poupa os gregos de sua ira I.457; libera sua ira contra os gregos I.50, 380; inicia discórdia I.8-9; engana Aquiles XXI.600; dissuade Diomedes V.440; avisa Pátroclo XVI.707; intenta destruir muralha grega XII.17.

E os troianos: abandona Heitor XXII.213, 299; combina uma trégua com Atena XII.29; alerta os trácios para matança X.515; inspira Heitor XV.254, XVII.75, Eneias XVII.323, XX.83; faz imagem de Eneias V.449; preserva o corpo de Heitor XXIII.188, XXIV.18; une-se aos troianos IV.509; recusa-se a combater Posêidon XXI.461; injuriado por Ártemis XXI.471; salva Eneias V.344; salva Agenor XXI.597; alerta Heitor XX.376; salva/protege Heitor XV.256, XX.443.

AQUILES (ver também ATENA)

Agamêmnon: insulta Agamêmnon I.122, 149, 225; quase mata Agamêmnon I.194; reconcilia-se com Agamêmnon XXIII.890; rejeita presentes IX.308.

Andrômaca, família de: mata os irmãos de Andrômaca VI.423; mata Eécion, mas lhe dá sepultura VI.416.

Briseida: entrega Briseida I.337; como ele ganhou Briseida II.689, XVI.57, XIX.60 (cf. XX.92, 191); sentimento por Briseida IV.336, 342.

Campo de batalha: armas para a batalha XIX.364; luta com Xanto XXI.213; exército II.681; mata seu opoenente XX.382, 400, 406, 417, 459, 462, 471 (Trós), 473, 476, 483, 487, 489; XXI.20 (no rio), XXI.116 (Licáon), 181, 209, 210, XXII.326 (Heitor); impedido de enfrentar Heitor XX.443, Agenor XXI.596; enfrenta Eneias XX.178.

Capacidades, sentimentos: na juventude IX.438, 485; exige a lealdade de Fênix IX.613; desejo/impaciência pela batalha/morte de troianos I.492, XIII.746, XVIII.126, XIX.68, 148, 200, 214, 422, 20.2, 362, XXI.103, 133, 224; desejo de tudo controlar I.287; sente-se marginalizado IX.648, XVI.59; destruiu a piedade XXIV.44 (cf. XXIV.207); só ajuda a si próprio XI.762, XVI.31; desdenha os amigos IX.630, 642; desumano/feroz XXI.314, XXII.313, 346, 418, XXIV.40, 207; inspira respeito/medo I.331, XI.648, XXIV.435; insulta os cavalos (que respondem) XIX.400; gosta de lutar/brigar I.177, IX.257, XIX.214; louca paixão XXI.542, XXIV.114; pode enganar o destino XX.29; valor da vida IX.401; orgulho IX.255, 496, 629, 636, 699, XVIII.262; XIX.214; protege o que é seu I.300; rejeita comida XIX.210, 306 (cf. XXIII.44); alimentado por Atena XIX.352 (cf. XXIV.129); filho XIX.326; velocidade XIII.325; força I.280; suscetível XI.649; inflexível XVI.33, 204; habituado a capturar prisioneiros vivos para cobrar resgate VI.427, XI.104, XXI.35, 101, XXII.45, XXIV.751; valor para os gregos I.283, V.788, VI.99, XVIII.268, XIX.61.

Heitor: temia Heitor VII.230; Heitor o temia IX.352; mutila Heitor XXII.395, XXIII.24, XXIV.15, 51, 416; rejeita as condições do funeral XXII.261, 335, 348 (cf. VI.417); jura vingar-se de Heitor XVIII.114, 336, XX.425, 452, XXI.225, XXII.271, XXIII.21, 181.

Honra: entusiasta da honra I.353, XVI.84, 90; decidido a conquistar a glória XVIII.121, XX.502, XXI.543, XXII.393, (cf. XXIV.110, ao devolver o corpo de Heitor).

Morte: aceita a própria morte XVIII.90, 98, 115, 332, XIX.329, 337, 421, XXI.110, XXII.365, XXIII.150, 244, XXIV.540; morte prevista I.352, 416, 505, IX.410 (cf. XX.337), XVII.197, XXI.275, XXIII.80, XXIV.85, 131; dupla sina IX.410; desejo de ser enterrado com Pátroclo XXIII.91, 126, 244.

Pais: linhagem XXI.187; pede a Tétis que interceda com Zeus I.393, 407; quando bebê IV.485; mãe divina I.280, XX.206, XXI.109, XXIV.59; Tétis o mantém informado XVI.37, 17.409, XVIII.9, XXIV.562; o conselho de Peleu IX.253, 438, XI.784; pena de Peleu XVIII.331, XIX.322, XXIV.538.

Pátroclo: aceita a responsabilidade pela morte de Pátroclo XVIII.82, 100; pede perdão a Pátroclo XXIV.592; deseja vingar Pátroclo com sangue XXI.28, XXIII.22; não esquece Pátroclo XXII.390, XXIII.4, XXIV.1; corta o cabelo por Pátroclo XXIII.144; não quer que Pátroclo o sobrepuje XVI.90; teme pela segurança de Pátroclo XVI.247, XVIII.6; ignora a morte de Pátroclo XVII.402, 641; visitado pelo espírito de Pátroclo XXIII.65.

Presentes: aceita presentes XIX.140, 172, 278; sente-se prejudicado nas merecidas recompensas I.161, IX.316, 332, 367, XVI.56, XVIII.444; rejeita os presentes de Agamêmnon IX.378, 679; importância dos presentes IX.515, 602, XIX.140, 172; direito de se zangar ante os presentes oferecidos IX.523.

Príamo: admira Príamo XXIV.629; aconselha Príamo XXIV.518; tem pena de Príamo XXIV.516.

Raiva: I.1, 422, 488, II.689, 769, IV.513, VII.230, IX.646, 678, X.106, XII.10, XXIV.50, 367, XVI.30, 206, XVII.710, XVIII.257, XXIV.395; efeitos da raiva XIX.61; renuncia à raiva XVI.60, XVIII.107, XIX.67.

Retirada: embaixada IX.112, XI.609, XVI.84, XVIII.448; abandona a luta I.306; retorno prenunciado II.694, VIII.474, cf. IX.702, XV.68; recusa-se a combater I.489,

II.688, 772, IV.512, 7.229, X.106, XIII.746 (cf. XIV.139), XIV.367; assiste à luta XI.599, XVI.255; voltará para casa I.169, 9.356.

ARES

Atacado por Atena XV.128, XXI.406; enlouquecido V.831; morte do filho em combate XIII.521; suporta sofrimento V.385; detestado por Zeus V.889; curado V.900; ajuda Afrodite V.363; mata humanos V.842; retira-se da batalha por Atena V.31; ama a guerra V.891; exorta os troianos IV.439, V.461, 507; quer vingar a morte do filho XV.116; ferido por Atena-Diomedes V.859.

ÁSIO

Fracassa no ataque à muralha XII.110; morto XIII.392; exército II.835.

ASTÍANAX

Chora VI.468; futuro VI.478, XXII.484, XXIV.732; nome VI.403, XXII.506-7.

ATENA

Aquiles: aparece para Aquiles I.197; alimenta Aquiles XIX.352; glorifica Aquiles XVIII.203; promete compensação a Aquiles I.213; acelera a morte de Heitor XV.614; apoia Aquiles XX.95, XXI.284, XXII.214.

Como aliada dos gregos: VIII.36; auxilia Diomedes a distinguir homens de deuses V.128; ajuda Diomedes a ferir Ares V.826; auxilia Odisseu e Diomedes X.275, 279, 290, 482, 507; ajuda Tideu IV.390, Nestor VII.154, XI.724, Odisseu XI.438; inspira Diomedes V.1, 121, 406, na corrida de cavalo XXIII.388, 399, Menelau XVII.556, Ulisses na corrida XXIII.771, 782; intervém para evitar a retirada grega II.166; une-se a Hera para favorecer os gregos V.719, VIII.358; organiza exércitos II.446; protege Menelau IV.128; une-se/auxilia os gregos IV.514, V.511; dispersa nevoeiro XVIII.668.

Outros deuses: combina uma trégua com Apolo VII.34; vence Afrodite XXI.424; acorrenta Zeus I.400; culpa Zeus pelas derrotas gregas VIII.360; desobediente a Zeus V.875; zomba de Afrodite V.421; tira Ares da batalha V.31; conspira com Hera IV.20, VIII.458; derrota Ares V.766, XXI.403.

Outros: armas VII.733; quebra juramento IV.73; odeia os troianos IV.21, VII.32, VIII.449, XX.313, XXI.428, XXIV.25; ajuda Héracles VIII.366; insulta Diomedes V.800; santuário em Atenas II.547; engana Heitor XXII.223; os troianos lhe oferecem vestes VI.90, 271, 289.

BRISEIDA
Reclamada por Agamêmnon I.184; entregue a contragosto para Agamêmnon I.348; como foi conquistada por Aquiles II.689, XIX.291; lamenta Pátroclo XIX.287; aprisionada I.346, 392.

BUTIM
Repartido entre os gregos I.162, 166, 299, 368, 392, II.226; já repartido I.125.

CALCAS, SACERDOTE GREGO
I.68-72; explica a peste I.93, 384; teme Agamêmnon I.78; sua profecia no início da expedição II.300; Posêidon assume sua forma XIII.45.

CATÁLOGO DOS CONTINGENTES GREGOS
II.494.

CATÁLOGO DOS CONTINGENTES TROIANOS
II.816.

CAVALOS

Profetizam a morte de Aquiles XIX.408; pressentem desastre XVIII.224; choram Pátroclo XVII.426, XXIII.280.

CRISEIDA, FILHA DE CRISES

Agamêmnon não quer libertá-la I.29; devolvida I.310, 389, 446.

CRISES

Roga pelo fim da fúria de Apolo I.451; clama por vingança I.42; suplica aos gregos I.15, 374.

DEÍFOBO

Atena se disfarça de XXII.227; enfrenta Meríones XIII.156; mata seu oponente XIII.411, 518; ferido por Meríones XXIII.529.

DESVARIO

XIX.91, 126, XXIV.480; de Agástrofo XXI.340; de Agamêmnon I.412, II.111, VIII.237 (imposto por Zeus, cf. IX.18, XIX.137), IX.115, 119, XIX.88, 136, 270; de Eneu IX.537; de Páris VI.356, XXIV.28; de Pátroclo XVI.805; de Zeus XIX.95, 113.

DEUSES

Em conflito com Zeus XI.78, XII.179; podem mudar de opinião IX.497; divergem quanto aos mortais I.574, V.384, 873, XXI.379; bebem/banqueteiam-se, I.601, IV.3; brigam entre si XXI.385; presentes aos homens III.64; como se divide o mundo entre eles XV.187; riem de Hefesto I.599; não ligam para os homens XXIV.526 (cf. XVI.446, cuidam dos filhos); pena de Heitor XXIV.23, 423; preparam-se para lutar uns com os outros XX.31; responsáveis pela guerra III.164; dormem I.606; levantam-se para saudar Zeus I.533; esquivam-se claramente da luta XI.75, XII.179, XIII.524; observam a construção da muralha grega XII.444; observam Troia IV.4, XXII.166; desistem de lutar uns com os outros XX.136.

DIOMEDES

Campo de batalha: desafia Glauco VI.123; enganado por Eneias V.314; troca armadura com Glauco VI.235; feito de armas heroico Cantos V-VI; cavalos de Trós V.261, 321; mata Dólon X.455; mata seu homem V.19, 144, 151, 155, 159, VI.17, VIII.120, 256, XI.320, 334,338, 368; mata Pândaro V.290; lidera reunião VIII.253, XI.317; quase mata Heitor XI.349; recua diante de Heitor V.601; retrocede, ridicularizado por Heitor VIII.145; salva Nestor VIII.91; aniquila os trácios e Reso XX.483; ataca pontos fracos de Ílion VI.435; enfrenta deuses V.362, 457, desiste de enfrentar deuses V.606, 822, VI.129; exércitos II.559; dissuadido por Apolo V.440; com Atena fere Ares V.856; ferido por Pândaro V.98, 281,7 95; ferido por Páris XI.376; fere Afrodite V.335.

Outros: elmo de dentes de javali X.261; corrige Esteneleu IV.412; critica Agamêmnon IX.32; defende-se de Atena V.815; sobre a inútil embaixada enviada a Aquiles IX.698; combate de armadura XXIII.812; honra V.252; insultado por Agamêmnon IV.370, IX.34; precisa se dar conta dos limites humanos V.406, 440, VIII.146, 169, XI.318; linhagem XIV.113; elogiado por Nestor VIII.152; ora a Atena V.115, X.284; rejeita a proposta de Páris VII.400; escolhe Ulisses para um ataque noturno contra os troianos X.243; oferece-se para desafiar Heitor VII.163; vence corrida de cavalo XXIII.290, 399,499.

DÓLON

Capturado X.374; morto X.455; oferece-se para missão de espionagem X.314.

EÉCION

I.366; pai de Andrômaca VI.395, XXII.480; cavalo XVI.153; morto por Aquiles VI.416cf. IX.188, XXIII.827.

ENEIAS

Campo de batalha: ataca Diomedes V.225, Idomeneu XIII.500, Aquiles XX.160; suas tropas II.819; mata seu oponente V.541, XIII.541, XV.332, XII.343; foge de Menelau e Antíloco V.571; salvo de Diomedes por Afrodite V.311; salvo por Apolo V.344; salvo por Posêidon XX.325; instiga Pândaro a enfrentar Diomedes V.171; estimulado por Apolo XVII.323, XX.79.

Outros: raiva de Príamo XIII.460; tão bom quanto Heitor V.467, VI.78; fugiu de Aquiles anteriormente XX.90, 191; linhagem V.247, 313, XX.208; visão da utilidade das palavras no combate XX.244.

EXÉRCITO GREGO

Admira Diomedes XII.403; aplaude Ulisses II.272; aprova a oferta de Crises I.22; reúne-se para a ação II.442; jactancioso VIII.229, XIII.219; constrói muralha defensiva VII.433; sepulta seus mortos VII.421; defendem-se mutuamente III.9, XVII.267, 365; envergonha-se XV.657; obtém suprimento VII.467; moral baixo XIII.88; toma o rumo de casa II.142; tenta desfigurar o corpo de Heitor XXII.371; roga para que Ájax, Diomedes ou Agamêmnon enfrente Heitor VII.179; recua VIII.78; derrotado VIII.336, XV.326; sacrifícios passados VIII.203, 238; entra em ação em silêncio III.8, IV.429; quer a paz III.111, 323; quer capturar Ílion XV.70.

GLAUCO

Avança com Sarpédon XII.330; troca armadura VI.234; curado por Apolo XVI.528; dever heroico VI.208; mata seu homem VII.14, XVI.594; insulta Heitor XVI.538,

XVII.142; conta sua história a Diomedes VI.119; ferido por Teucro XII.389.

HÉCUBA

Ódio a Aquiles XXIV.212; lamenta Heitor XXII.431, XXIV.748; oferece vinho a Heitor VI.254; suplica a Heitor XXII.83.

HEFESTO

Seca o rio Xanto XXI.342; forja XVIII.372, 468; faz as casas dos deuses I.608; faz escudo para Aquiles XVIII.468; salva Ideu V.23; serve vinho I.598; manda Hera ceder a Zeus I.577; arrojado do Olimpo por Zeus I.591.

HEITOR

Campo de batalha: ataca Ájax XIV.402; obstruído pela muralha XII.50; confiante na vitória VIII.530, IX.237, X.46, XII.236, XIII.825, XV.468, 725, XVIII.293; cremado XXIV.787; mata seu oponente V.608, 705, VII.11, XI.301, XIII.186, XV.329, 430, 515, 638, XVI.577, XVII.309, 619; mata Pátroclo XVI.828; derrubado por Ájax XIV.418; lidera/une os troianos II.807, V.496, 590, VI.104, XI.57, 285, XII.88, XIII.136, 802, XIV.388, XV.306, 500, XVII.234, 262, XX.373; obriga os gregos a retrocederem V.699; quase morto por Diomedes XI.355; ignora a tática XIII.726; percebe sua insensatez XXII.104; rejeita presságios XII.237; retrocede XVI.367, 656; recua perante Ájax XIII.193; derrota os gregos VIII.341, XII.467; salvo por Apolo XX.443; habilidade na guerra VII.237, XIII.727; arromba portão na muralha grega XII.445; ameaça Ájax XIII.824; exército II.816; dissuadido por Apolo XX.376.

Gregos: veste a armadura de Aquiles XVII.194; duela com Ájax VII.244; troca presentes com Ájax VII.303; prevê a morte de Aquiles XXII.358; quer decapitar o corpo de Pátroclo XVII.126, 18.176,

Morte: corpo preservado XXII.185, XXIV.19, 414,757; morte prenunciada XV.68, 612; XVI.800, 852, XVII.201, XXI.296; morre XXII.361; estabelece condições do enterro VII.76, XXII.254.

Outros: bravura XXII.457, XXIV.214, 385; deseja fama VII.91; dever e heroísmo VI.441, XXII.129; bom para Helena XXIV.772; zomba da muralha grega VIII.177; faz sacrifício a Zeus/deuses XXII.170, XXIV.33, 69, 427; noção de destino VI.4.87; apoiado por Zeus XI.163, 200, XII.174, 252, 437; confia na vontade de Zeus, não em presságios XII.241 (cf. XV.494).

Troianos: culpa os anciãos troianos XV.721; insultado por Sarpédon V.472, por Polidamante XII.210, XIII.726, por Glauco XVI.538, XVII.142; insulta Páris III.39, VI.280, 325 (moderadamente), VI.521, XIII.769; ameaça os troianos com a morte XII.250, XV.349; com Andrômaca VI.394; com Hécuba VI.264; com Helena e Páris VI.313.

HELENA

Desejo por Menelau III.139; Heitor trata-a com bondade VI.360, XXIV.767; identifica gregos III.178; bondade de Príamo III.172, XXIV.770; lamenta Heitor XXIV.762; rejeita Afrodite III.399; insulta Páris III.428, VI.350; flagelo de Troia III.50, 160; remorso III.173, 180, 242, 404, VI.344, 356, XXIV.764; dorme com Páris III.447; elogio aos troianos III.156, cf. XXIV.775; não quer dormir com Páris III.410.

HERA

E Zeus: medo de contrariar Zeus VIII.430; ataca Zeus I.540; autoridade contra Zeus IV.58, XVIII.364; acorrentando Zeus I.400; decide induzir Zeus a fazer amor XIV.161; mente para Zeus XV.36, XIX.97; seduz Zeus XIV.292; cede a Zeus I.569, VIII.462, XV.45, 104.

E outros deuses: bate em Ártemis XXI.481; não consegue persuadir Posêidon a agir VIII.201; manda Atena intervir I.195, II.156, IV.64; quer atacar Ares V.765.

Gregos e troianos: gosta dos gregos I.55, 196; encoraja Agamêmnon VIII.218; ódio aos troianos IV.31, 51, VIII.449, XVIII.367, XX.313, XXIV.25; auxilia os gregos V.718, 787, VIII.352, 467, XIV.160; salva Aquiles do rio Xanto XXI. 331; esforça-se para organizar o exército grego IV.27.

HÉRACLES

V.392, 638, XV.640; XVIII.117, 20.145; auxiliado por Atena VIII.362; tolhido por Hera XIV.250, XV.25, XIX.98.

HERMES

Acompanha Príamo até Aquiles XXIV.339; recusa-se a lutar com Leto XXI.498.

HOSPITALIDADE

III.354, VI.215, XI.20, XIII.625, 661.

IDOMENEU

Avisa Nestor XI.510; recolhe armadura XIII.260; descreve o perfil do covarde XIII.276; velho XIII.361, 485; discussão com Meríones XIII.249; controvérsia com Ájax de Lócrida sobre corrida de cavalo XXIII.450; luta com Eneias XIII.500; tem o prêmio ameaçado I.145; mata seu homem V.43, XIII.363, 387, 442, 506, XVI.345; mencionado por Helena III.230; linhagem XIII.450; elogiado por Agamêmnon IV.257; recua VIII.18; incitado por Posêidon a feito de armas XIII.219; lento na batalha XIII.512; ataca pontos fracos de Ílion VI.435; exército II.645; oferece-se para desafiar Heitor VII.165.

ÍLION

Amada por Zeus IV.46; paga os aliados XVII.225, XVIII.290; riqueza IX.401, XVIII.289, XXII.50, XXIV.546; será destruída II.331, IV.164, V.716, VI.447, XII.15, XV.71, XX.316, XXI.375 (cf. XXII.411).

ÍRIS

Alerta Aquiles XVIII.170, Atena e Hera VIII.409, Heitor XI.186, Helena III.121, Posêidon XV.173, Príamo XXIV.170, Tétis XXIV.87, troianos II.786; ventos XXIII.201; ajuda Afrodite V.353.

LAOMEDONTE

Cavalos V.269, 640, XXIII.348; linhagem/família VI.23, XX.236; muralhas de Ílion VII.453, VIII.519, XXI.441.

MACÁON

Chamado para ver Menelau IV.193; salvo por Nestor XI.517; ferido XI.505.

MELEAGRO

História de (javali e presentes) IX.529.

MENELAU

Campo de batalha: auxiliado por Antíloco V.570; ajuda Ulisses XI.463; fere Heleno XIII.595; mata seu oponente V.50, 576, XIII.615, XIV.516, XV.543, XVI.311, XVII.50; levanta o corpo de Pátroclo XVII.717; quase poupa Adrasto VI.51; guerreiro sofrível XVII.26, 587; impedido de desafiar Heitor VII.109; protege Pátroclo morto XVII.1; recupera o corpo de Pátroclo XVII.581; ataca pontos fracos de Ílion VI.435; exército II.581.

Outros: culpa os troianos XIII.620; orador comparável a Ulisses III.206; briga com Antíloco XXIII.402, 570; duela com Páris III.346; temido por Agamêmnon VII.109,

10.240; compreensivo em relação à juventude XXIII.602; corrida de cavalo XXIII.293; quase morto em embaixada a Ílion XI.139; demasiado relaxado X.121; compreende Agamêmnon II.409; quer punir Páris II.589, III.28, 351, 366.

MERÍONES

Arqueiro XXIII.860; bravura admirada XIII.287; repreendido por Pátroclo XVI.627; discussão com Idomeneu XIII.249; não quer ferir Deífobo XIII.161; dá elmo especial a Ulisses XI.260; corrida de cavalo XXIII.351; mata seu homem V.59, XIII.567, 650, XIV.514, XVI.343, 603; levanta o corpo de Pátroclo XVII.717; insulta Eneias XVI.620; oferece-se para desafiar Heitor VII.166; fere Deífobo XIII.529.

MORTAIS

Morte certa VI.488, VII.52, XX.127, (cf. XXII.13, XXIII.79, XXIV.210); deuses lutam por I.574, IV.26, V.384, 873, XXI.360, 463; deuses indiferentes a IV.40, XXIV.525; vida uma mistura de bem e mal XXIV.527; miserável XVII.446; poder comparado com o dos deuses V.406, 440, XXI.264; poder de suplicação IX.501; enfrentam deuses V.362, 380, 457, VI.141; efêmeros VI.146.

MUSA

I.1; II.484, 761; XI.218; (cf. XII.176); XIV.508; XVI.112.

NESTOR

Aconselha: Antíloco na corrida de cavalo XXIII.306; os gregos a não fazerem prisioneiros VI.66; ataque noturno contra os troianos X.204); Pátroclo a voltar à batalha com a armadura de Aquiles XI.790; reconciliação com Aquiles IX.111; recuo VIII.140; trégua para enterrar os mortos e construir muralha defensiva VII.327; tentativas de reconciliar Agamêmnon com Aquiles I.275; chama ao combate II.434; sugere tática II.362, IV.303, XIV.62.

Outros: idade I.250, IV.315, VIII.103, X.79, XXIII.623; critica Diomedes IX.53, Menelau, X.114; recebe prêmio XXIII.624; organiza sorteio VII.179; elogiado por Agamêmnon II.371, IV.313; repreende e une gregos II.337, VII.124, XV.661; recruta para a guerra de Troia XI.767; salvo por Diomedes VIII.91; escolhe embaixada IX.167; histórias — serviço com os Lápitas I.262, mata Ereutalião IV.319, VII.132, sucesso contra os eleus XI.671, proeza nos jogos XXIII.630; exército II.591.

PÂNDARO

Ataca Diomedes V.224; história V.180; morto por Diomedes V.296; exército II.824; atira em Diomedes V.95; atira em Menelau IV.104.

PÁRIS

Campo de batalha: armas III.328; desafia Menelau a um duelo III.70; duelo com Menelau III.346; atinge o cavalo de Nestor VIII.83; mata seu homem VII.8, XIII.671, XV.341; foge de Menelau III.29; disposição para a luta VI.339, 521, XIII.775; fere Diomedes XI.375, Macáon XI.505.

Outros: excitado por Helena III.441; criticado por Heitor III.38, VI.326, XIII.769; detestado pelos troianos III.454, VII.390; julgamento de Páris XXIV.28; aparência III.55; recusa-se a devolver Helena, mas se dispõe a devolver bens VII.357; flagelo VI.282; seduziu Helena (dando início ao conflito) III.46, 100, 354, V.63, VI.290, 356, VII.374.

PÁTROCLO

Campo de batalha: armas XVI.130; atacado por Apolo XVI.791, XIX.413; morto XVI.855; mata seu oponente XVI.287, 308, 311, 313, 399, 404, 411, 415-17, 465, 586, 694, 737, 785; mata Sarpédon XVI.481; admoestado por Apolo XVI.707.

Morte: início de sua desgraça XI.604; cuidados dedicados a seu cadáver XVIII.344, XIX.38; corpo resgatado XVII.581, XVIII.231; enterrado XXIII.164; morte prenunciada VIII.476, XV.65, XVIII.12; alucinado XVI.685, 805; admoesta Heitor XVI.851.

Outros: acusa Aquiles de inflexibilidade XVI.29; abandona a luta I.307; homem bondoso XVII.204, 670, XIX.300, XXI.96, XXIII.252, 281; entrega Briseida I.345; ouve a história de Nestor XI.656; ajuda Eurípilo XI.841; o conselho de seu pai XI.786; história XXIII.85; tem de aconselhar Aquiles XI.788; mais velho que Aquiles XI.7 87; volta para Aquiles XV.399; espírito visita Aquiles XXIII.65; serve Aquiles IX.190, 205, XIX.316.

PELEU

Idade XVIII.435, XIX.336; conselho a Aquiles IX.254, XI.784; armadura XVIII.84; efeito da morte de Aquiles XIX.323, 334, XXIV.538; generosidade para com Fênix IX.480; tem esperança de ver o filho XXIV.490; cavalos XVI.381, 867, XVII.443, XXIV.278; interesse pelas famílias VII.128; casamento/esposa imortal XVIII.87, 432, XXIV.60, 537; semelhança com Príamo XXII.421, XXIV.486, 534/543; lança XVI.143, XIX.390; riqueza XIX.400; não quer rever Aquiles XVIII.330, XXIII.144.

POLIDAMANTE

Conselho acatado por Heitor XII.80, XIII.748; conselho rejeitado por Heitor XII.230, XVIII.285, XXII.100; evita a lança de Ájax XIV.462; aconselha Heitor XII.60, 210, XIII.726, XVIII.254; mata seu oponente XIV.449, XV.339, 518.

POSÊIDON

Aprisionando Zeus I.400; desafia Apolo XXI.436; carro XIII.21; inspira os dois Ájax XIII.59, Agamêmnon xiv.139, gregos xiv.151, 364; intervém a favor dos gregos xiii.43; linhagem e direitos xv.187; tem pena dos gregos, zangado com Zeus xiii.15, 351, xv.185; insulta Aquiles xiv.139; salva Eneias xx.291; apoia Aquiles xxi.284; quer destruir muralha xii.17; preocupado com a muralha grega vii.446; sujeita-se a Zeus xv.211.

PRECES

ix.502 (ver também SUPLICAÇÃO).

PRESSÁGIOS

x.274, xii.200, xiii.821 (ver também ZEUS).

PRÍAMO

Admira Aquiles xxiv.631; assiste a juramento iii.259; não culpa Helena iii.164, xxiv.770; não honra Eneias xiii.461; prevê a própria morte xxii.60; grande falador ii.796; compara-se com Peleu xxii.420, xxiv.486; perda dos filhos xxii.44, 423; xxiv.498, 547; visita noturna a Aquiles para resgatar Heitor xxiv.471; linhagem xx.237; oferece-se para levar a oferta de Páris aos gregos vii.367; suplica a Heitor xxii.35, Aquiles xxiv.485; quer saber quem são os heróis gregos iii.166.

PRIORIDADES HEROICAS

i.152, ix.443 (Aquiles), xv.561 (Ájax), v.252, viii.147 (Diomedes), vi.208 (Glauco), vi.441, 476, xv.494 (Heitor), xiii.262 (Idomeneu), xi.408 (Ulisses), v.479 (Sarpédon).

RESO

Cavalos x.436; morto por Diomedes enquanto dorme x.494.

SARPÉDON

Apela para Glauco xvi.492, Heitor v.684; ataca muralha XII.397; corpo levado para casa por Apolo XVI.676; cadáver XVI.638; morte prenunciada XV.67; morto por Pátroclo XVI.502; mata seu oponente XII.395; linhagem XI.199; insulta Heitor V.472; salvo por Zeus V.662, XII.402; enfrenta Tlepólemo V.629; exército II.876; visão do dever heroico V.478, XII.310; ferido V.660.

SUPLICAÇÃO

I.15, 174, 283, 394, 502 (cf. XV.77), 557, 645, VIII.372, IX.451, 465, 501, 520, 574, 585, 591, X.455, XI.609, XV.660, XVIII.448, XIX.304, XX.463, XXI.71, 368, XXII.35, 91, 123, 240, 337, 418, XXIV.485; aceita I.524, II.15, IV.358, IX.453, 597, XXIV.572; rejeitada I.3, 292, VI.64, 10.475, 585, 698; X.455, XIX.307, XX.469, XXI.99, XXII.78, 91, 242, 345 (ver também PRECES).

TEBAS

I. 366.

TERSITES

II.212.

TÉTIS

Vem ajudar/aconselhar Aquiles I.357, XVIII.68, XXIV.128; providencia escudo para Aquiles XVIII.146, 369; prenuncia a morte de Aquiles XVIII.95, XXI.278; ajudou a Zeus outrora I.396; mantém Aquiles informado IX.410, XI.795, XVI.37, XVII.409, XVIII.9 (cf. XXIV.72), XXI.277, XXIV.562; casamento com o mortal Peleu XVIII.432, XXIV.60; protegeu Dionísio VI.136, Hefesto XVIII.398; protege o corpo de Pátroclo XIX.38; suplica a Zeus I.500, VIII.370, XV.76; infelicidade no parto I.414, XVIII.54, 432, XXIV.85.

TEUCRO

Tiro ao arco XXIII.859; arco e braço esmagados por Heitor VIII.325; a corda do arco se arrebenta XV.462;

ÍNDICE REMISSIVO

breve sucesso VIII.266; auxilia Ájax XII.371; ilegítimo VIII.284; mata seu homem VI.31, VIII.274, 302, 312, XIII.170, XIV.515, XV.445; elogiado por Agamêmnon IV.285, VIII.281; fere Glauco XII.387.

TOAS

Mata seu homem IV.529; Posêidon toma sua forma XIII.216; une-se aos gregos XV.286; exército II.638; oferece-se para desafiar Heitor VII.168.

TIDEU

E Tebas IV.372, V.804, X.285, XIV.114.

TROIANO, EXÉRCITO/POVO

Enterra os mortos VII.421; catálogo II.816; disposição na planície X.427; aglomerado na planície VIII.489; em fuga XI.166, XIV.506, XV.1, XVI.304; avído por guerra XIII.633; muitos dialetos II.804, IV.437; perjuro IV.168, 235, 270, VII.351; reparte posses XVIII.300; passa a noite na planície VIII.553; traiçoeiro III.106; apreciado por Zeus IV.46, (cf. menosprezados XXII.403).

ULISSES

Atena: aconselhado por Atena II.173, V.676; proximidade de Atena X.278; auxiliado por Atena II.279, XI.438, XXIII.770; oferece espólio a Atena X.460.

Campo de batalha: aconselha o exército a se alimentar antes da batalha XIX.155, 230; gaba-se por causa de Soco XI.440; covarde? VIII.94; mata seu oponente IV.498, V.677, VI.30, XI.322, 335, 420, 422, 425, 426, 447; ataque noturno contra os troianos X.273; convoca os gregos II.284, XI.312; recua XI.461; recua sem ouvir Diomedes VIII.97; detém a retirada dos gregos II.182; exército II.631; ferido XI.437.

Outros: repreende Térsites II.246; restabelece a ordem entre os homens II.188; elogiado por Diomedes X.243; descrito por Príamo e Helena III.191; pai de Telêmaco II.260, IV.354; corrida XXIV.755; tem o prêmio ameaçado I.138, 145; velho XXIII.790; insultado por Agamêmnon IV.338; comanda expedição a Crise I.311, 430; repreende Agamêmnon XIX.182; indicado para embaixada a Aquiles IX.169; recruta para a guerra de Troia XI.767; reflete sobre o dever heroico XI.408; discurso para Aquiles IX.225; oferece-se para desafiar Heitor VII.168; lutando XXIII.709.

ZEUS

Aquiles: prevê o retorno de Aquiles e a morte de Pátroclo VIII.470, (cf. XV.65); deve honrar Aquiles I.354, 508; promete honrar Aquiles e fazer com que os gregos percam I.524, 558, VIII.370, XIII.347, XV.75 (cf. XV.232), XV.598.

Hera: irrita Hera IV.6; autoriza Hera e Atena a atacarem Ares V.765; seduzido por Hera XIV.346; ameaça Atena e Hera VIII.397, 447; ameaça Hera I.561, XV.14; problemas com Hera I.519, V.893, XIX.97.

Outros deuses: acalma os receios de Posêidon quanto à muralha grega VII.455; consola Ártemis XXI.509; considera Ares odioso V.890; outrora auxiliado por Tétis I.395; desdenha outros deuses XI.80, XIII.8; proíbe intervenção VII.7; bom para Atena VIII.39, XXII.183; ri dos deuses brigando XXI.389; deixa os deuses lutarem até o fim XX.24; mais velho e mais sensato que Posêidon XIII.355; mais forte que Posêidon XV.162 (cf. XIII.355); poder superior I.581, IV.56, VIII.18, 211, 450, XV.23, 107, 132, XVI.688, XVII.176, XXI.193; manda Afrodite esquecer a guerra V.428; aprisionado I.399.

Outros: muda de ideia XVII.546; enganador II.114; segura

a balança do destino VIII.69, XVI.658, XIX.223, XXII.209; honra os reis I.175, 279, II.197; desdenha a luta XIII.3; lamenta Sarpédon XVI.433, Heitor XXII.168; desdenha acordos III.276, IV.160, 235, 7.76, 411 (cf. XXII.254); urde o futuro VIII.470, XI.191, XIII.347, XV.61, 232, 599, XVI.249, 644, XVII.201, 443, XXI.230, XXIV.110, 145; poder sobre as questões humanas II.118, III.65, VIII.143, XVI.688, XVII.176, XVIII.328, XX.242; amantes anteriores XIV.315; rejeita preces II.419, III.302; respeito pelos troianos IV.48, (cf. XIII.633); salva Sarpédon V.662, XII.402; apoia os troianos/Heitor XI.163, 200, XII.174, 252, 437, XII.55, XV.231, 461, 594, 612, 694, XVII.331, 627 (cf. detesta os troianos XX.306); urna do bem e do mal XXIV.527; observa os combates VIII.51, XI.82, XVI.644, XX.23; vontade/propósito I.5 (cf. XIX.273).

Presságios, sinais: agouro da águia VIII.247, XXIV.315; envia chuva de sangue XI.53, XVI. 459, sonho falso II.6, relâmpago II.353, VIII.76, XVII.595, tempestade XII.252; sacode a égide XVII.593; assinala a vitória dos troianos VIII.170, IX.236; sinais IV.381; agouro da serpente II.308; propaga a escuridão XVI.567; troveja VII.479, VIII.75, XV.377, XVII.595, XX.56; desencadeia descarga de raios VII.133 (ver também PRESSÁGIOS).

Referências bibliográficas

I. EDIÇÕES E COMENTÁRIOS

CAIRNS, D. L., ed. *Oxford Readings in Homer's Iliad.* Oxford, 2001.
EDWARDS, M. W. *Homer: Poet of the Iliad.* Baltimore, 1987.
GRIFFIN, J. *Iliad IX.* Oxford, 1995.
KIRK, G. S., ed. *The Iliad: A Commentary.* 6 vols. Cambridge, 1985-93.
LATACZ, J. *Homers Ilias: Gesamtkommentar.* Munique e Leipzig, 2000.
LEAF, W. *The Iliad.* 2 vols. Londres, 1886.
MACLEOD, C. *Homer, Iliad XXIV.* Cambridge, 1982.
PULLEYN, S. *Iliad I.* Oxford, 2000.
SCHEIN, S. L. *The Mortal Hero: An Introduction to Homer's Iliad.* Berkeley, 1984.
SHANKMAN, S., ed. *The Iliad of Homer.* Tradução de Alexander Pope, acompanhado das excelentes "Observations" e do "Poetical Index" de Pope. Harmondsworth, 1996.
TAPLIN, O. P. *Homeric Soundings: The Shaping of the Iliad.* Oxford, 1992.
WEST, Martin L. *Homerus, Ilias.* 2 vols. Munique, Stuttgart e Leipzig, 1998-2000.
WILLCOCK, M. M. *The Iliad of Homer.* 2 vols. Londres, 1978-84.

II. ESTUDOS CRÍTICOS

ANDERSON, M. J. *The Fall of Troy in Early Greek Poetry and Art.* Oxford, 1997.
AREND, W. *Die typischen Szenen bei Homer.* Berlim, 1933.

AUSTIN, N. "The Function of Digression in the *Iliad*", *Greek, Roman and Byzantine Studies* 7 (1966), pp. 295-312.

BAKKER, E. J. *Poetry in Speech: Orality and Homeric Discourse*. Ithaca, NY, 1997.

BANNERT, H. "Formen des Wiederholens bei Homer", *Wiener Studien Beiheft* 13. Viena, 1988.

BOUVIER, D. *Le Sceptre et la lyre: l'Iliade ou les héros de la mémoire*. Grenoble, 2002.

BOWRA, C. M. *Tradition and Design in the Iliad*. Oxford, 1958 (reimpressão).

BRASWELL, B. K. "Mythological Innovation in the *Iliad*", *Classical Quarterly* 21 (1971), pp. 16-27.

BREMER, J. M. (et al.). *Homer: Beyond Oral Poetry*. Amsterdam, 1990.

BURKERT, W. *Griechische Religion der archaischen und klassichen Epoche*. Stuttgart, 1977.

———. "Das hunderttorige Theben und die Datierung der *Ilias*", *Wiener Studien* 10 (1978), pp. 5-21.

———. *Kleine Schriften I: Homerica*. Göttingen, 2001.

BUSHNELL, R. W. "Reading 'Winged Words': Homeric Bird Signs, Similes and Epiphanies", *Helios* 9.1 (1982), pp. 1-13.

CAIRNS, D. L., ed. *Oxford Readings in Homer's Iliad*. Oxford, 2001.

CALHOUN, G. M. "The Art of Formula in Homer — épea pteróenta", *Classical Philology* 30 (1935), pp. 215-27.

CASTRO, J. M. D. *Jerônimo Osório, Tradutor da Ilíada?* Lisboa, 1991.

CHANTRAINE, P. "Le Divin et les dieux chez Homère", in *La Notion du divin depuis Homère jusqu' à Platon*, Entretiens Hardt 1. Genebra, 1954.

CLARKE, H. W. *Homer's Readers: A Historical Introduction to the Iliad and Odyssey*. Newark, 1981.

CLARKE, M. *Flesh and Spirit in the Songs of Homer*. Oxford, 1999.

CLARKE, W. M. "Achilles and Patroclus in Love", *Hermes* 106 (1978), pp. 381-95.

COLDSTREAM, J. N. "Hero Cults in the Age of Homer", *Journal of Hellenic Studies* 96 (1976), pp. 8-17.

CONCHE, M. *Essais sur Homère*. Paris, 1999.

DALBY, A. "The *Iliad*, the *Odyssey* and their Audiences", *Classical Quarterly* 45 (1995), pp. 269-79.

DANEK, G. *Studien zur Dolonie*. Viena, 1988.

DAVIES, M. "Agamemnon's Apology and the Unity of the *Iliad*", *Classical Quarterly* 45 (1995), pp. 1-8.

DEICHGRÄBER, K. *Der letzte Gesang der Ilias*. Mainz, 1972.

DIETZ, G. *Menschenwürde bei Homer. Vorträge und Aufsätze*. Heidelberg, 2000.

DODDS, E. R. *The Greeks and the Irrational*. Berkeley e Los Angeles, 1951.

DURANTE, M. "Épea pteróenta: die Rede als 'Weg' in griechischen und vedischen Bildern", in SCHMITT, R., ed. *Indogermanische Dichtersprache*. Darmstadt, 1968.

EDWARDS, M. W. *Homer, Poet of the Iliad*. Baltimore, 1987.

ERBSE, H. "Betrachtungen über das 5. Buch der *Ilias*", *Rheinisches Museum* 104 (1961), pp. 156-89.

———. "Zeus und Hera auf dem Idagebirge", *Antike und Abendland* 16 (1970), pp. 93-112.

———. *Untersuchungen zum Funktion der Götter im homerischen Epos*. Berlim, 1986.

———. "Beobachtungen über die Gleichnisse der *Ilias* Homers", *Hermes* 128 (2000), pp. 257-74.

FENIK, B. *Typical Battle Scenes in the Iliad*. Wiesbaden, 1968.

FINKELBERG, M. "Patterns of Human Error in Homer", *Journal of Hellenic Studies* 115 (1995), pp. 15-28.

FRÄNKEL, H. *Dichtung und Philosophie des frühen Griechentums*. Nova York, 1951.

———. *Wege und Formen frühgriechischen Denkens*. Munique, 1970.

FRIEDRICH, R. "Homeric Enjambement and Orality", *Hermes* 128 (2000), pp. 1-19.

FRIEDRICH, W. H. *Verwundung und Tod in der Ilias*. Göttingen, 1956.

GASKIN, R. "Do Homeric Heroes Make Real Decisions?", *Classical Quarterly* 40 (1990), pp. 1-15.

GRIFFIN, J. *Homer on Life and Death*. Oxford, 1980.

———. "The Epic Cycle and the Uniqueness of Homer", *Journal of Hellenic Studies* 97 (1977), pp. 39-53.

———. "The Divine Audience and the Religion of the *Iliad*", *Classical Quarterly* 28 (1978), pp. 1-22.

HAINSWORTH, J. B. *The Idea of Epic*. Berkeley, 1991.

HEIDEN, B. "The Placement of 'Book Divisions' in the *Iliad*", *Journal of Hellenic Studies* 118 (1998), pp. 68-81.

HEITSCH, E. *Gesammelte Schriften I. Zum frühgriechischen Epos*. Munique e Leipzig, 2001.

HELLMANN, O. *Die Schlachtszenen der Ilias: das Bild des Dichters vom Kampf in der Heroenzeit*. Stuttgart, 2000.

HIGBIE, C. *Measure and Music. Enjambement and Sentence Structure in the Iliad*. Oxford, 1990.

JABOUILLE, V. *Introdução à ciência dos mitos*. Lisboa, 1994.

JACHMANN, G. *Der homerische Schiffskatalog und die Ilias*. Colônia, 1958.

JANKO, R. C. M. *Homer, Hesiod and the Homeric Hymns*. Cambridge, 1982.

———. "The Homeric Poems as Oral Dictated Texts", *Classical Quarterly* 48 (1998), pp. 1-13.

JONG, I. F. J. de. *Narrators and Focalizers: The Presentation of the Story in the Iliad*. Amsterdam, 1987.

KAKRIDIS, P. J. "Achilles' Rüstung", *Hermes* 89 (1961), pp. 288-97.

KIRK, G. S. *The Songs of Homer*. Cambridge, 1962.

KLINGNER, F. "Über die Dolonie", in *Studien zur griechischen und römischen Literatur*. Zurique e Stuttgart, 1964.

LARDINOIS, A. "Characterization through Gnomai in Homer's Iliad", *Mnemosyne* IV.53 (2000), pp. 641-61.

LATACZ, J. *Homer: His Art and his World*. Ann Arbor, 1996.

———. *Kampfparänese, Kampfdarstellung und Kampfwirklichkeit in der Ilias, bei Kallinos und Tyrtaios*. Munique, 1977.

———. *Homer: Tradition und Neuerung*. Wege der Forschung, vol. 463. Darmstadt, 1979.

———. "Das Menschenbild Homers", *Gymnasium* 91 (1984), pp. 15-39.

———. *Homer: Die Dichtung und ihre Deutung*. Wege der Forschung, vol. 634. Darmstadt, 1991.

———. *Homer: Der erste Dichter des Abendlands*. Dusseldorf e Zurique, 1997.

———. Troia *und Homer: Der Weg zur Lösung eines alten Rätsels*. Munique, 2001.

LESKY, A. *Homeros*. Stuttgart, 1967.

———. *Geschichte der griechischen Literatur*. Berna, 1963.

LÉTOUBLON, F. "Défi et combat dans l'*Iliade*", *Revue des Études Grecques* 96 (1983), pp. 27-48.

LOURENÇO, F. *Grécia revisitada: ensaios sobre cultura grega*. Lisboa, 2004.

LUCE, J. V. *Homer and the Heroic Age*. Londres, 1975.
LYNN-GEORGE, M. "Structures of Care in the *Iliad*", *Classical Quarterly* 46 (1996), pp. 1-26.
MACLEOD, C. "Homer on Poetry and the Poetry of Homer", in *Collected Essays*. Oxford, 1983, pp. 1-15.
MAITLAND, J. "Poseidon, Walls and Narrative Complexity in the Homeric *Iliad*", *Classical Quarterly* 49 (1999), pp. 1-13.
MARG, W. *Homer über die Dichtung*. Münster, 1957.
MATZ, F. e BUCHOLZ, H.-G. *Archaeologia Homerica: Die Denkmäler und das frühgriechische Epos*. Göttingen, 1967.
MILLS, S. "Achilles, Patroclus and Parental Care in Some Homeric Similes", *Greece & Rome* 47 (2000), pp. 3-18.
MOREUX, B. "La Nuit, l'ombre et la mort chez Homère", *Phoenix* 21 (1967), pp. 237-72.
MORRIS, I. e POWELL, B. *A New Companion to Homer*. Leiden, 1997.
NAGLER, M. N. *Spontaneity and Tradition: A Study in the Oral Art of Homer*. Berkeley e Los Angeles, 1974.
NAGY, G. *Homeric Questions*. Austin, Texas, 1996.
PARRY, M. *The Making of Homeric Verse*. Oxford, 1971.
PATZER, H. *Die Formgesetze des homerischen Epos*. Stuttgart, 1996.
PÖTSCHER, W. "Charis und Aphrodite", *Wiener Studien* 114 (2001), pp. 9-24.
PRIETO, M. H. U. *Dicionário de literatura grega*. Lisboa, s.d.
REDFIELD, J. M. *Nature and Culture in the Iliad: The Tragedy of Hector*. Chicago, 1975.
REINHARDT, K. *Die Ilias und ihr Dichter*. Göttingen, 1961.
RIEU, E. V. *Homer: The Odyssey*. Revisado por D. C. H. Rieu. Harmondsworth, 1991.
ROCHA PEREIRA, M. H. *Concepções helénicas de felicidade no além*. Coimbra, 1955.
——. "Fórmulas e epítetos na linguagem homérica", *Alfa* 28 (1984), pp. 1-9.
——. "Em volta das palavras aladas", *Colóquio-Letras* 80 (jul. 1984), pp. 35-48.
——. "História, mito e racionalismo na *Ilíada*", in *Actas do Colóquio "As Línguas Clássicas. Investigação e Ensino II"*. Coimbra, 1995.

——. *Estudos de história da cultura clássica*, Vol. 1: *Cultura Grega*. Lisboa, 2003.
SAUGE, A. *L'Iliade: poème athénien de l'époque de Solon*. Berne, 2000.
SCHADEWALDT, W. *Von Homers Welt und Werk*. Stuttgart, 1965.
——. *Iliasstudien*. Darmstadt, 1966.
SEAFORD, R. *Reciprocity and Ritual: Homer, Tragedy in the Developing City-State*. Oxford, 1994.
SEGAL, C. *The Theme of the Mutilation of the Corpse in the Iliad*. Leiden, 1971.
SHIPP, G. P. *Studies in the Language of Homer*. Cambridge, 1972.
SILK, M. S. *Homer: The Iliad*. Cambridge, 1987.
STEINER, G. e FAGLES, R. *Homer: A Collection of Critical Essays*. Englewood Cliffs, 1962.
TAPLIN, O. "The Shield of Achilles within the *Iliad*", *Greece & Rome* 27 (1980), pp. 1-21.
——. *Homeric Soundings: The Shaping of the Iliad*. Oxford, 1992.
TSAGARAKIS, O. *Form and Content in Homer*. Wiesbaden, 1982.
VISSER, E. *Homers Katalog der Schiffe*. Stuttgart e Leipzig, 1997.
VIVANTE, P. "On Homer's Winged Words", *Classical Quarterly* 25 (1975), pp. 1-12.
WACE, A. J. B. e STUBBINGS, F. H. *A Companion to Homer*. Londres, 1962.
WEST, M. L. "The Date of the *Iliad*", *Museum Helveticum* 52 (1995), pp. 203-19.
——. *The East Face of Helicon: West Asiatic Elements in Greek Poetry and Myth*. Oxford, 1997.
——. "Frühe Interpolationen in der *Ilias*", in *Nachrichten der Akademie der Wissenschaften in Göttingen* 1999, pp. 183--91.
——. "The Invention of Homer", *Classical Quarterly* 49 (1999), pp. 364-82.
——. *Studies in the Text and Transmission of the Iliad*. Munique e Leipzig, 2001.
WILAMOWITZ-MOELLENDORFF, U. von. *Homerische Untersuchungen*. Berlim, 1884.
——. *Die Ilias und Homer*. Berlim, 1920.
WILLCOCK, M. M. "Mythological Paradeigmata in the *Iliad*", *Classical Quarterly* 14 (1964), pp. 141-54.

———. "Some Aspects of the Gods in the *Iliad*", *Bulletin of the Institute of Classical Studies* 17 (1970), pp. 1-10.
———. "The Funeral Games of Patroclus", *Bulletin of the Institute of Classical Studies* 20 (1973), pp. 1-11.

III. ESTUDOS COMPARATIVOS DE TRADUÇÕES

JONES, Peter. *Homer's Iliad: A Commentary on Three Translations* (Londres: Duckworth, 2003). As traduções em questão são: Martin Hammond, *Homer: The Iliad* (Harmondsworth, 1987); Richard Lattimore, *The Iliad of Homer* (Chicago, 1951) e E. V. Rieu, *The Iliad* (West Drayton, 1950).

POSTLETHWAITE, N. *The Iliad of Homer: A Commentary* (Exeter: Exeter University Press, 2000).

WILLCOCK, M. M. *A Companion to the Iliad* (Chicago: University of Chicago Press, 1976).

LEIA MAIS PENGUIN-COMPANHIA
CLÁSSICOS

Homero
Odisseia

Tradução de
FREDERICO LOURENÇO

A narrativa do regresso de Ulisses a sua terra natal é uma obra de importância sem paralelos na tradição literária ocidental. Sua influência atravessa os séculos e se espalha por todas as formas de arte, dos primórdios do teatro e da ópera até a produção cinematográfica recente. Seus episódios e personagens — a esposa fiel Penélope, o filho virtuoso Telêmaco, a possessiva ninfa Calipso, as sedutoras e perigosas sereias — são parte integrante e indelével de nosso repertório cultural.

Em seu tratado conhecido como *Poética*, Aristóteles resume o livro assim: "Um homem encontra-se no estrangeiro há muitos anos; está sozinho e o deus Posêidon o mantém sob vigilância hostil. Em casa, os pretendentes à mão de sua mulher estão esgotando seus recursos e conspirando para matar seu filho. Então, após enfrentar tempestades e sofrer um naufrágio, ele volta para casa, dá-se a conhecer e ataca os pretendentes: ele sobrevive e os pretendentes são exterminados".

Esta edição de *Odisseia* traz uma excelente introdução de Bernard Knox, que enriquece o debate dos estudiosos, mas principalmente serve de guia para estudantes e leitores, curiosos por conhecer o mais famoso épico de nossa literatura.

WWW.PENGUINCOMPANHIA.COM.BR

LEIA MAIS PENGUIN-COMPANHIA
CLÁSSICOS

D. H. Lawrence

O amante de Lady Chatterley

Tradução de
SERGIO FLAKSMAN
Introdução de
DORIS LESSING

Poucos meses depois de seu casamento, Constance Chatterley, uma garota criada numa família burguesa e liberal, vê seu marido partir rumo à guerra. O homem que ela recebe de volta está "em frangalhos", paralisado da cintura para baixo, e eles se recolhem na vasta propriedade rural dos Chatterley, nas Midlands inglesas. Inteiramente devotado à sua carreira literária e depois aos negócios da família, Clifford vai aos poucos se distanciando da mulher e dos amigos. Isolada, Constance encontra companhia no guarda-caças Oliver Mellors, um ex-soldado que resolveu viver no isolamento após sucessivos fracassos amorosos.

Último romance escrito por D. H. Lawrence, *O amante de lady Chatterley* foi banido em seu lançamento, em 1928, e só ganhou sua primeira edição oficial na Inglaterra em 1960, quando a editora Penguin enfrentou um processo de obscenidade para defender o livro. Àquela altura, já não espantava mais os leitores o uso de "palavras inapropriadas" e as descrições vivas e detalhadas dos encontros sexuais de Constance Chatterley e Oliver Mellors. O que sobressaía era a força literária de Lawrence, e a capacidade de capturar uma sociedade em transição, com suas novas regras e valores.

WWW.PENGUINCOMPANHIA.COM.BR

LEIA MAIS PENGUIN-COMPANHIA
CLÁSSICOS

Montaigne

Os ensaios

Tradução de
ROSA FREIRE D'AGUIAR
Introdução de
ERICH AUERBACH

Personagem de vida curiosa, Michel Eyquem, Seigneur de Montaigne (1533-92), é considerado o inventor do gênero ensaio. Esta edição oferece ao leitor brasileiro a possibilidade de ter uma visão abrangente do pensamento de Montaigne, sem que precise recorrer aos três volumes de suas obras completas. Selecionados para a edição internacional da Penguin por M.A. Screech, especialista no Renascimento, os ensaios passam por temas como o medo, a covardia, a preparação para a morte, a educação dos filhos, a embriaguez, a ociosidade.

De particular interesse para nossos leitores é o ensaio "Sobre os canibais", que foi inspirado no encontro que Montaigne teve, em Ruão, em 1562, com os índios da tribo Tupinambá, levados para serem exibidos na corte francesa. Além disso, trata-se da primeira edição brasileira que utiliza a monumental reedição dos ensaios lançada pela Bibliothèque de la Pléiade, que, por sua vez, se valeu da edição póstuma dos ensaios de 1595.

WWW.PENGUINCOMPANHIA.COM.BR

1ª EDIÇÃO [2013] 25 reimpressões

Esta obra foi composta em Sabon por warrakloureiro/ Alice Viggiani
e impressa em ofsete pela Geográfica sobre papel Pólen da
Suzano S.A. para a Editora Schwarcz em abril de 2025

A marca FSC® é a garantia de que a madeira utilizada na fabricação
do papel deste livro provém de florestas que foram gerenciadas de
maneira ambientalmente correta, socialmente justa e economicamente viável, além de outras fontes de origem controlada.